A mulher que roubou a minha vida

Marian Keyes

✳✳✳

Melancia

FÉRIAS!

SUSHI

Casório?!

E Agora... ou Nunca

LOS ANGELES

Um Bestseller pra chamar de meu

Tem Alguém Aí?

Cheio de Charme

A Estrela Mais Brilhante do Céu

CHÁ DE SUMIÇO

Mamãe Walsh

A mulher que roubou a minha vida

Marian Keyes

❋❋❋

Melancia

FÉRIAS!

SUSHI

Casório?!

É Agora... ou Nunca

LOS ANGELES

Um Bestseller pra chamar de meu

Tem Alguém Aí?

Cheio de Charme

A Estrela Mais Brilhante do Céu

CHÁ DE SUMIÇO

Mamãe Walsh

A mulher que roubou a minha vida

A mulher que roubou a minha vida

A mulher que roubou a minha vida

Marian Keyes

Tradução:
Renato Motta

Rio de Janeiro | 2015

Copyright © Marian Keyes, 2014
Título original: *The Woman Who Stole My Life*

Capa: Carolina Vaz

Editoração: Futura

Texto revisado segundo o novo
Acordo Ortográfico da Língua Portuguesa

2015
Impresso no Brasil
Printed in Brazil

Cip-Brasil. Catalogação na publicação.
Sindicato Nacional dos Editores de Livros, RJ.

K55m Keyes, Marian, 1963-
        A mulher que roubou a minha vida / Marian Keyes; tradução Renato Motta. —
        1. ed. — Rio de Janeiro: Bertrand Brasil, 2015.

        Tradução de: The woman who stole my life
        ISBN 978-85-286-2045-0

        1. Ficção irlandesa. I. Motta, Renato. II. Título.

15-26130   CDD: 828.99153
                                            CDU: 821.111(41)-3

Todos os direitos reservados pela:
EDITORA BERTRAND BRASIL LTDA.
Rua Argentina, 171 — 2º andar — São Cristóvão
20921-380 — Rio de Janeiro — RJ
Tel.: (0xx21) 2585-2076 — Fax: (0xx21) 2585-2084

Não é permitida a reprodução total ou parcial desta obra, por
quaisquer meios, sem a prévia autorização por escrito da Editora.

Atendimento e venda direta ao leitor:
mdireto@record.com.br ou (0xx21) 2585-2002

Para Tony

Quero deixar uma coisa bem clara — não importa o que você já ouviu falar, e tenho certeza que já ouviu muita coisa — eu não costumo negar por completo a existência do carma. Pode ser que exista, pode ser que não, como é que eu poderia saber com certeza? Só vim aqui apresentar a *minha* versão dos acontecimentos.

No entanto, se o carma existe *mesmo*, vou dizer uma coisa: ele tem uma fantástica equipe de Relações Públicas. Todos nós conhecemos a "história": o carma gerencia um imenso livro contábil no céu, no qual cada boa ação feita por cada ser humano é gravada para que, em algum momento mais tarde — numa hora escolhida pelo carma (ele é cauteloso em suas jogadas e guarda as cartas coladas no peito) —, ele devolva essa boa ação. Talvez até com juros.

Por causa disso temos a ideia de que, se patrocinarmos jovens para escalar uma montanha e levantar donativos para um asilo de idosos, ou se trocarmos a fralda da nossa sobrinha quando preferíamos ser esfaqueados na cabeça, em algum momento no futuro algo de bom vai acontecer conosco. E, quando algo de bom *realmente* nos acontece entramos numa de "Ah, esse é o meu velho amigo carma, me recompensando por aquela antiga boa ação. Puxa, muito obrigado, carma!"

O carma tem uma lista de créditos com o comprimento do rio Amazonas, mas, na verdade, eu desconfio que ele anda curtindo a versão conceitual de relaxar da vida largado no sofá só de cueca, assistindo ao canal Sky Sports.

Se não é assim, vamos dar uma olhada no "carma em ação".

Um dia, quatro anos e meio atrás, eu estava dirigindo meu carro (um utilitário Hyundai daqueles mais baratos). Seguia num fluxo constante de tráfego quando avistei, um pouco adiante, um carro que tentava sair de uma rua lateral. Alguns detalhes me alertaram de que aquele homem estava tentando sair da tal rua fazia um bom tempo:

Fato A — O homem estava debruçado sobre o volante numa atitude de cansaço e frustração, implorando clemência;

Fato B — Estava dirigindo um Range Rover e, simplesmente pelo fato de estar dirigindo um Range Rover, todo mundo certamente achava "Ah, vejam só aquele grande presunçoso dirigindo seu belo Range Rover. Não vou deixá-lo entrar na minha frente *de jeito nenhum.*"

Então eu pensei: "Ah, vejam só aquele grande presunçoso dirigindo seu belo Range Rover. Não vou deixa-lo entrar na minha frente *de jeito nenhum*". Logo em seguida, pensei — e tudo isso acontecia rapidamente, porque, como já assinalei, eu seguia num fluxo constante de tráfego — e então resolvi: "Ah, vou deixá-lo sair, sim; vou criar — marquem bem minhas palavras neste ponto — ... vou criar um *carma bom.*"

Então eu desacelerei e pisquei as lanternas do carro para indicar ao grande presunçoso dirigindo o belo Range Rover que ele estava livre para entrar; ele me lançou um sorriso cansado e começou a acelerar; senti uma espécie de brilho quente de felicidade e me perguntei vagamente que adorável forma de retorno cármico eu receberia. Só que o carro atrás de mim, despreparado diante da minha redução de velocidade para deixar o Range Rover passar — justamente por ele ser um Range Rover — entrou pela minha traseira e me lançou para frente com tanta força que eu fui de encontro ao Range Rover (enfiei o carro na lateral dele), e de repente havia um triângulo amoroso automotivo rolando. Com a diferença que não havia nenhum amor ali, é claro. Longe disso.

Para mim, a coisa toda aconteceu em câmara lenta. A partir do instante em que o carro de trás começou a fazer uma sanfona do meu, o tempo quase parou. Senti as rodas do carro debaixo de mim, movendo-se livremente sem ordem minha, e olhei fixamente para o homem que dirigia o Range Rover, nossos olhares conectados no mesmo horror, unidos pela estranha intimidade de saber que estávamos prestes a machucar um ao outro e sermos totalmente incapazes de evitar isso.

Então veio a terrível realidade quando meu carro realmente bateu no dele — o som de metal sendo triturado, vidros quebrando e a violência de ossos sendo sacudidos pela força do impacto...

... seguido de um silêncio macabro. Foi só por um segundo, mas um segundo que durou um tempo interminável. Atordoados e chocados, o homem e eu olhamos um para o outro. Ele estava a poucos centímetros de mim — o impacto nos tinha deslocado tanto que nossos carros estavam agora quase lado a lado. Sua janela lateral tinha quebrado e pequenos pedaços de vidro brilhavam em seu cabelo, refletindo uma luz prateada que era da mesma cor dos seus olhos. Ele parecia ainda mais cansado do que quando esperava uma chance para entrar na estrada.

Você está vivo? Perguntei, em pensamentos.

Sim, respondeu ele. *E você?*

Também estou.

Minha porta do carona foi escancarada e o encanto se quebrou.

— Você está bem? — perguntou alguém. — Consegue sair daí?

Com os membros trêmulos, me arrastei na direção da porta aberta e quando me encostei numa parede, já do lado de fora, vi que o homem do Range Rover também estava livre. Com algum alívio, notei que ele estava em pé e na posição certa, que era de cabeça para cima, de modo que seus ferimentos, se havia algum, deviam ser pequenos.

Vindo do nada, um sujeito baixinho pulou na minha frente e gritou, com voz histérica:

— Que diabos você tem na cabeça? Esse é um Range Rover novinho em folha! — Esse era o motorista do terceiro carro, o que tinha provocado o acidente. — Isso vai me custar uma fortuna. É um carro novo! Ainda nem está emplacado!

— Mas... eu...

O homem do Range Rover entrou em cena e disse:

— Pare com isso. Acalme-se. Pare!

— Mas é um carro novinho em folha!

— Gritar não vai mudar as coisas.

Os berros diminuíram e eu disse ao homem do Range Rover:

— Eu estava tentando fazer uma boa ação, deixando-o entrar.

— Está tudo bem.

De repente, percebi que ele estava muito irritado e no mesmo instante saquei como ele era — um daqueles homens de boa aparência, muito mimados, com seu carro caro, o terno bem-cortado e a expectativa de que a vida iria sempre tratá-lo bem.

— Pelo menos ninguém ficou ferido — disse eu.

O homem do Range Rover limpou um pouco de sangue que lhe escorria da testa.

— Sim. Pelo menos ninguém ficou ferido...

— Quero dizer, tipo... Não com gravidade...

— Eu sei. — Ele suspirou. — Você está bem?

— Tudo bem — disse eu, com firmeza. Não queria a preocupação dele.

— Olhe, me desculpe se eu pareci... Você sabe como é... Tive um dia ruim.

— Tudo bem.

Estava tudo caótico à nossa volta. O trânsito ficou engarrafado em ambas as direções, transeuntes "solícitos" ofereciam relatos conflitantes na condição de testemunhas oculares e o homem gritalhão começou a berrar novamente.

Uma pessoa gentil levou-me embora e me ajudou a sentar na soleira de uma porta enquanto esperávamos pela polícia; outra pessoa gentil me deu um saquinho de balas.

— É para o açúcar no seu sangue — explicou. — Você sofreu um choque.

Muito rapidamente a polícia apareceu, começou a redirecionar o tráfego e tomar declarações. O Gritalhão gritou muito, apontando o dedo para mim. O homem do Range Rover tinha um tom tranquilizador; eu olhava para ambos como se estivesse assistindo a um filme. Ali estava meu carro, pensei, vagamente. Destruído. Perda total. Foi absolutamente milagroso eu ter conseguido sair dali de dentro inteira.

O acidente tinha sido culpa do Gritalhão e seu seguro teria de desembolsar uma bolada, mas eu não iria receber o suficiente para substituir meu carro porque as companhias de seguros sempre pagam pouco. Ryan ficaria furiosíssimo, com certeza. Apesar de seu sucesso, vivíamos o tempo todo à beira da inadimplência. Mas eu deixaria para me preocupar com isso mais tarde. No momento estava muito feliz sentadinha ali naquela soleira, comendo balinhas.

Mas esperem um instantinho! O homem do Range Rover estava em movimento. Vinha na minha direção com o paletó aberto, drapejando ao vento.

— Como é que você se sente agora? — perguntou.

— Ótima. — Porque era como eu me sentia, mesmo. Choque, adrenalina, essas coisas.

— Você poderia me dar o número do seu celular?

Eu ri na cara dele.

— Não! — Que tipo de esquisitão ele era, tentando cantar mulheres no local de um acidente de trânsito? — Além do mais, eu sou casada!

— É para o seguro...

— Ah... — *Deus. Que vergonha, que vergonha!* — Ok.

Então, vamos analisar as consequências cármicas da minha boa ação — três carros, todos eles danificados, uma testa ferida, muita ira, gritos, aumentos de pressão arterial, preocupações financeiras e uma profunda, *abissal* humilhação dessas de deixar qualquer um vermelho de vergonha. Mau, muito mau... Ruim de verdade.

EU

Sexta-feira, 30 de maio

14:49

Sabe, se você olhasse para minha janela nesse exato momento, pensaria consigo mesmo: "Veja aquela mulher. Observe a maneira diligente como ela está sentada ereta diante de sua mesa. Analise a maneira aplicada com que suas mãos estão prontas para agir sobre o teclado. Ela está obviamente trabalhando muito duro... Mas espere um instante... Aquela não é Stella Sweeney?! Ela voltou a morar na Irlanda? Está escrevendo um novo livro?! Mas eu ouvi falar que ela estava totalmente acabada!"

Isso mesmo, eu *sou* Stella Sweeney. Sim, *sou eu mesma* (para meu terrível desapontamento, mas não vamos entrar nesse assunto por enquanto) e estou de volta à Irlanda. Sim, *estou escrevendo* um novo livro. Sim, *estou* totalmente acabada.

Mas não vou continuar acabada por muito tempo. Não mesmo. Porque eu estou trabalhando. Basta você olhar para mim aqui na mesa para constatar isso! Sim, estou trabalhando.

... Só que não! *Parecer* estar trabalhando não é a mesma coisa que estar *realmente* trabalhando. Eu não digitei uma única palavra. Não consigo pensar em nada para dizer.

Um pequeno sorriso brinca em meus lábios, apesar disso. Só para o caso de você estar olhando para cá. Estar o tempo todo sob a vigilância do público faz isso com uma pessoa. Você tem que parecer sorridente e agir de forma agradável o tempo todo, as pessoas vão dizer "A fama lhe subiu à cabeça. E ela nem era grande coisa, para começo de conversa."

Preciso instalar umas cortinas aqui, decido. Não vou ser capaz de sustentar essa história de sorriso falso. Meu rosto já está doendo e eu só estou sentada aqui há quinze minutos. Doze, na verdade. Como o tempo passa *devagar*!

Digito uma palavra. "Merda." Isso não melhora muito as coisas, mas é uma sensação boa escrever alguma coisa.

— Comece pelo início — foi o que Phyllis me disse naquele dia terrível em seu escritório em Nova York, alguns meses atrás. — Crie uma apresentação. Faça com que as pessoas se lembrem de quem você é.

— Será que elas já se esqueceram?

— Já, sim.

Eu nunca gostei de Phyllis — ela parecia um buldogue, uma criatura aterrorizante. Mas eu não precisava gostar dela — Phyllis era minha agente, não minha amiga.

Na primeira vez que eu a encontrei, ela agitou meu livro no ar e disse·

— Nós podemos ir longe com isso aqui. Perca cinco quilos e você terá a mim como agente.

Cortei os carboidratos e perdi três dos cinco quilos exigidos. Logo depois tivemos uma conversa na qual ela teve de se contentar com os três quilos a menos, desde que eu usasse uma cinta sempre que aparecesse na TV.

E Phyllis tinha toda razão: fomos *longe* com aquele livro. Um pulo para cima, outro para o lado e depois um longo salto para fora do mapa. Tão fora do mapa que agora estou sentada aqui diante da mesa em minha casinha em Ferrytown, subúrbio de Dublin, de onde eu achava que tinha escapado para sempre, tentando escrever outro livro.

Ok, então, vou me apresentar.

Nome: Stella Sweeney.

Idade: quarenta e um anos e três meses.

Altura: mediana.

Cabelo: comprido, encaracolado e alourado.

Eventos recentes na vida: dramáticos.

Não, isso não vai servir; é muito limitado. Essa apresentação precisa ser mais falante, mais lírica. Vou tentar de novo.

Olá para todo mundo! Aqui é Stella Sweeney. A magra Stella Sweeney, com trinta e oito anos de idade. Sei que não é preciso que alguém lembre a você quem eu sou, mas informo mesmo assim, só por precaução. Eu escrevi o best-seller internacional *Uma piscada de cada vez*, um livro de autoajuda. Apareci em vários programas e tudo mais. Eles me sugaram até o osso em turnês de divulgação que cobriram trinta e quatro cidades americanas (se contarmos Minneapolis e St. Paul como dois lugares). Voei em jatinho particular (uma vez). Tudo foi incrível, absolutamente incrível, exceto pelas partes que foram horríveis. Eu estava vivendo um grande sonho, ah, como estava! Com exceção de quando não estava... Mas a roda do destino girou novamente e eu agora me encontro em circunstâncias completamente diferentes e modestas. Meu ajuste à última reviravolta que minha vida sofreu tem sido muito doloroso, mas também gratificante. Este livro é inspirado na minha nova sabedoria de vida, sem mencionar o fato de que estou falida.

Não, péssima ideia mencionar minha situação financeira. É melhor deixar isso de fora. Cliquei na tecla deletar até que qualquer menção a dinheiro tivesse desaparecido e comecei digitar de novo.

Inspirada por minha nova sabedoria, estou tentando escrever um novo livro. Não faço a mínima ideia sobre o que é, mas estou torcendo para conseguir montar alguma coisa, caso consiga jogar palavras na tela em número suficiente. Vai ser algo ainda mais inspirador do que *Uma piscada de cada vez*!

Ficou ótimo. Vai servir. Tudo bem, talvez a penúltima frase precise de uma arrumação melhor. O fundamental, porém, é que escapei das armadilhas. Como recompensa, vou dar uma rápida olhada no Twitter...

*

... Espantoso como você pode perder três horas num *estalar de dedos*. Emergi do buraco negro chamado Twitter e fiquei atordoada ao ver que ainda me encontrava em minha mesa, ainda no meu pequeno escritório (isto é, o quarto das tralhas) da minha velha casa em Ferrytown. Na Twitterlândia estávamos batendo altos papos sobre o verão ter finalmente chegado. A cada vez que parecia que a discussão estava se encaminhando para a completa irrelevância, alguém novo entrava e reacendia a coisa toda. Conversamos sobre bronzeado falso, alface-crespa, pés vergonhosos... Foi tremendamente *fantástico*. FANTÁSTICO!

Estou me sentindo ótima! Lembro-me de ter lido em algum lugar que as substâncias químicas criadas no cérebro por uma longa sessão de Twitter são semelhantes aos produzidos pela cocaína.

Abruptamente a minha bolha estourou e eu me vi confrontada com a realidade nua e crua: escrevi dez frases hoje. Isto não é suficiente.

Vou trabalhar agora. Eu vou, vou, vou *sim*. Se eu não conseguir, vou ter de me punir desligando a internet...

... É Jeffrey que eu ouço chegando?

É, sim! Ele entra batendo a porta da frente com força e atirando no piso do saguão a porcaria do seu tapetinho de fazer ioga. Eu consigo sentir cada movimento que aquele tapete faz. Estou sempre consciente do tapetinho, como acontece quando você odeia muito alguma coisa. O tapetinho também me odeia. É como se travássemos uma verdadeira batalha pela posse de Jeffrey.

Dou um pulinho até a porta para dizer olá, embora Jeffrey me odeie quase tanto quanto o seu tapetinho de ioga me odeia. Ele me odeia há anos. Uns cinco, mais ou menos, basicamente desde o dia em que ele fez treze anos.

Sempre pensei que as meninas é que tiveram sido feitas para se tornar adolescentes problemáticas e que os meninos simplesmente permanecessem mudos durante todo o período. Mas Betsy não foi má de todo, enquanto Jeffrey sempre se mostrou cheio de... bem... *angústia*. Com toda a franqueza, devido ao trauma de me ter como mãe, ele experimentou uma montanha-russa de emoções, tanto que quando completou quinze anos pediu para ser entregue para adoção.

Apesar de tudo isso, fico muito contente por poder parar de fingir trabalhar por algum tempo e desço a escada correndo.

— Querido! — Eu tento agir como se a hostilidade entre nós não existisse.

Lá está ele, um metro e oitenta e dois de altura, magro como um tubo de aspirador de pó e com um pomo de adão tão grande quanto um *cupcake*. Ele se parece exatamente com o pai quando tinha a mesma idade.

Percebo nele uma animosidade extra hoje.

— Que foi? — pergunto.

Sem olhar para mim, ele diz:

— Corte um pouco esse cabelo.

— Por quê?

— Porque sim. Corte logo. Você está velha demais para usá-lo tão comprido.

— O que aconteceu?

— Olhando de trás você parece... diferente.

Eu o convenço a contar a história toda. Pelo que entende, naquela manhã ele estava no centro da cidade com um dos seus amigos da ioga. Na porta da loja Pound Shop o amigo tinha me visto de costas e emitiu ruídos de admiração, até que Jeffrey avisou, com os lábios pálidos: "Aquela é a minha mãe. Ela tem quase quarenta e dois anos."

Deduzi que os dois deviam estar muito abalados pela experiência.

Talvez eu deva me sentir lisonjeada com isso, mas a verdade é que eu sei que não sou muito ruim vista de trás. A dianteira é que não é tão boa. Sou uma daquelas figuras estranhas que qualquer peso ganho se aloja imediatamente no estômago. Mesmo quando eu era adolescente e todas as outras meninas viviam preocupadas com o tamanho da bunda e a largura das coxas, eu tinha mantido um olho preocupado e ansioso em minha barriga. Sabia que ali é que morava o perigo, e minha vida desde então tem sido uma longa batalha para contê-la.

Jeffrey balança um saco de compras cheio de pimentões para mim, com um ar que só podia ser descrito como agressivo. ("Ele me ameaçou com pimentão vermelho, Meritíssimo.") Suspiro mentalmente. Sei o que está para acontecer. Ele quer cozinhar. De novo. Isso é algo relativamente novo e, apesar de tudo indicar o oposto, Jeffrey acha que é brilhante no que faz. Enquanto procura seu nicho na vida, ele combina ingredientes ridiculamente incompatíveis e me faz comer os resultados. Guisado de coelho com manga foi o que comemos ontem à noite.

— Vou preparar o jantar.

Ele me encara longamente, na esperança de me ver chorar.

— Que legal! — digo, com animação.

Isso significa que só vamos conseguir nos alimentar por volta de meia-noite. Ainda bem que tenho um estoque de biscoitos Jaffa Cakes em meu quarto, tão grande que quase cobre uma parede inteira.

19:41

Vou na ponta dos pés até a cozinha e encontro Jeffrey olhando imóvel para uma lata de abacaxi como se aquilo fosse um tabuleiro de xadrez e ele fosse um Grande Mestre planejando o próximo movimento.

— Jeffrey...

Sem emoção, ele avisa:

— Estou me concentrando. Ou melhor, estava.

— Dá tempo para eu ir visitar mamãe e papai antes do jantar? — Repararam bem como eu me expressei? Não cheguei perguntando: "A que horas essa gororoba sai?" Fiz com que o foco do momento não fosse eu, e sim os avós dele, na esperança de isso amolecer seu coração raivoso.

— Não sei.

— Vou sair só por uma hora.

— O jantar estará pronto antes disso.

Não estará, é claro. Ele está me mantendo aprisionada ali. Vou ter que enfrentar essa guerra passivo-agressiva em algum momento, mas estou me sentindo tão derrotada pelo meu dia inútil e minha vida sem sentido que, nesse momento, não sou capaz disso.

— Ok...

— Por favor, não entre aqui enquanto eu estiver trabalhando.

Volto lá para cima e gostaria de poder tuitar #trabalhandoporranenhuma, mas, alguns de seus amigos me seguem no Twitter. Além disso, todas as vezes que envio um tuíte, isso faz com que as pessoas se lembrem que eu não sou ninguém e já é hora de eles deixarem de me seguir. Isso é um fato mensurável que eu testo às vezes, só para o caso de eu não estar me sentindo uma total perdedora.

Para ser sincera, reconheço que nunca fui uma Lady Gaga, com seus milhões e milhões de seguidores; do meu jeito humilde, porém, já fui uma presença importante no Twitter.

Já que me foi negada uma válvula de escape para a minha melancolia, removo um tijolo da minha parede de biscoitos Jaffa Cakes, deito na cama e devoro vários dos pequenos e maravilhosos discos de felicidade feitos de chocolate com recheio de laranja. Tantos, na verdade, que não sei avaliar quantos no total, porque tomei a decisão firme de não contar. Mas foram muitos, podem acreditar em mim.

Amanhã vai ser diferente, digo a mim mesma. Amanhã *terá de ser* diferente. Haverá montes de escrita, muita produtividade e nenhum Jaffa Cake. Não vou ser essa mulher que fica deitada na cama com o peito coberto de migalhas esponjosas.

Uma hora e meia mais tarde, ainda uma mulher de barriga vazia, ouço uma porta de carro bater e sinto que alguém vem correndo pelo pequeno caminho que leva à nossa residência. Nesta casa, que mais parece feita de papelão, não apenas dá para ouvir como também *sentir* tudo que acontece dentro de um raio de cinquenta metros.

— Papai está aqui. — Há um leve alarme na voz de Jeffrey. — Ele me parece um pouco perturbado da cabeça.

A campainha da porta começa a tocar freneticamente. Desço a escada correndo, abro a porta e ali está Ryan. Jeffrey tem razão: ele parece um pouco perturbado da cabeça.

Ryan se convida a entrar, passa direto por mim e, com um ardor que beira à loucura, anuncia:

— Stella, Jeffrey, tenho novidades fantásticas!

Deixem-me falar um pouco sobre Ryan, meu ex-marido. Ele pode contar as coisas de forma diferente, e é bem-vindo para fazer isso quando quiser, mas como esta é a minha história, vocês receberão a minha versão.

Começamos a namorar quando eu tinha dezenove anos, ele tinha vinte e um e alimentava aspirações de virar artista. Como ele era muito bom para desenhar cães e eu não sabia nada sobre arte, achei que ele fosse altamente talentoso. Foi aceito na escola de arte, onde, para nossa consternação mútua, não mostrou sinais de ser o astro bem-sucedido da sua geração. Costumávamos ter longas conversas até tarde da noite, quando ele me contava todas as diferentes razões pelas quais seus mentores eram cretinos. Eu lhe acariciava as mãos e concordava com ele.

Depois de quatro anos ele se formou com notas medíocres e começou a pintar para ganhar a vida. Só que ninguém comprava suas telas e ele decidiu que a pintura não o levaria a lugar algum. Brincou com diferentes mídias — cinema, grafite, periquitos mortos conservados em formol — mas, um ano se passou e nada decolou. Definitivamente um homem pragmático, Ryan enfrentou os fatos: ele não gostava de ser um eterno pobretão. Não tinha sido talhado para essa existência romântica de morrer de fome num sótão, que parece ser uma característica comum à maioria dos artistas. Além disso, ele tinha conquistado uma mulher (eu) e também tinha uma filha, Betsy. Precisava conseguir um emprego. Mas não qualquer trabalho tradicional. Afinal de contas, ele era, apesar de tudo, um verdadeiro artista.

Mais ou menos por essa época a irmã glamourosa do meu pai, tia Jeanette, faturou uma grana preta e decidiu gastá-la em algo que cobiçava desde menina — um banheiro maravilhoso. Queria algo que fosse — explicou abanando a mão com um jeito expressivo — "fabuloso". O pobre marido de Jeanette, tio Peter, que passara os últimos vinte anos tentando de forma desesperada fornecer o glamour que Jeanette tão claramente desejava, perguntou:

— Como assim, "fabuloso"?

Mas Jeanette não sabia explicar com detalhes.

— Ora, simplesmente... Você sabe... *Fabuloso*.

Peter (mais tarde ele admitiu isso para o meu pai) passou por alguns momentos terríveis em que achou que iria começar a chorar e nunca mais parar, mas foi salvo de tal humilhação por uma ideia luminosa.

— Por que não falamos com Stella para pedir isso a Ryan? — sugeriu. — Ele é um sujeito artístico.

Ryan pareceu humilhado quando lhe propuseram um projeto tão mundano e pediu que eu dissesse a tia Jeanette que ela fosse se ferrar, porque ele era um artista e os artistas não "incomodavam sua inspiração" com discussões sobre a colocação mais adequada de pias em lavabos. Mas eu odeio confronto e estava com medo de provocar um desentendimento na família; então, transmiti a recusa de Ryan em termos mais vagos. Tão vagos que uma pilha de revistas sobre decoração de banheiros foi deixada para que Ryan desse uma olhada.

As revistas ficaram juntando poeira sobre a nossa pequena mesa da cozinha por mais de uma semana.

De vez em quando eu pegava uma delas e exclamava:

— Meu Deus, que coisa *linda*!

Ou então:

— Veja só isso! É tão imaginativo.

Sabem como é... Eu estava mantendo a sobrevivência da nossa pequena família trabalhando como esteticista, e ficaria muito grata se Ryan começasse a trazer algum dinheiro para casa. Mas ele se recusava a morder a isca. Até que uma bela noite ele começou a folhear as páginas, e de repente se viu envolvido. Pegou um lápis e papel de desenho, e em pouco tempo se lançava com determinação a algo novo.

— Ela quer algo "fabuloso"? — murmurou. — Vou dar a ela o "fabuloso".

Ao longo dos dias e das semanas seguintes ele trabalhou no layout, passou horas vasculhando a seção de *Compra e Venda* dos classificados do jornal (eram dias pré-eBay) e pulava da cama no meio da noite com a cabeça artística fervilhando de ideias artísticas.

As notícias da dedicação extrema de Ryan começaram a se espalhar pela minha família, e as pessoas ficaram impressionadas. Meu pai, que nunca tinha demonstrado interesse por Ryan, começou a rever sua opinião, ainda que de forma relutante. Parou de dizer: "Ryan Sweeney, um artista? Só se for um artista de merda!"

O resultado — e todo mundo concordou sobre isso, até mesmo papai, um homem cético da classe trabalhadora — foi realmente fabuloso: Ryan tinha criado uma mini Discoteca Studio 54. Como tinha nascido em Dublin em 1971, nunca teve a honra de visitar a icônica casa noturna nova-iorquina; então, teve de basear seu projeto em fotos antigas ou evidências anedóticas. Chegou a escrever para Bianca Jagger. (Ela não respondeu. Mesmo assim, isso mostra os extremos até onde ele estava disposto a ir.)

Assim que você colocava o pé no banheiro, o piso se iluminava e a canção *Love to love you baby*, de Donna Summer, começava a tocar suavemente. A luz natural tinha sido banida, substituída por uma espécie de brilho ambiente em tons de ouro. Os armários — e havia muitos deles, porque tia Jeanette juntava um monte de tralhas — tinham sido revestidos com purpurina. A *Marilyn* de Andy Warhol foi recriada com oito mil minúsculos pedaços de cerâmica formando um mosaico que cobria uma parede inteira. A banheira era preta, em formato de ovo. O vaso sanitário estava alojado num adorável cubículo revestido em verniz preto. A bancada de maquiagem tinha um monte de lâmpadas enfileiradas, em estilo camarim de teatro, tantas que dariam para iluminar toda Ferrytown (Jeanette tinha estipulado que queria uma iluminação "brutal", pois tinha muito orgulho de sua habilidade para misturar base e corretivos diversos, mas não poderia fazê-lo num ambiente com fraca visibilidade).

Quando, com um floreio final, Ryan exibiu uma pequena bola espelhada que pendia do teto, ele soube que sua obra-prima estava completa.

O visual podia ter ficado brega, ele trabalhou a milímetros de tornar tudo *kitsch*, mas estava — tal como fora estabelecido inicialmente — "fabuloso". Tia Jeanette enviou convites para a família e os amigos se juntarem a ela no dia da grande inauguração. O traje para a ocasião era de discoteca. Só de brincadeira, Ryan comprou um saquinho com cerca de trinta gramas de feno-grego na loja de alimentos natureba de Ferrytown, e arrumou tudo em fileiras sobre a elegante bancada da pia. Todo mundo pensou que fosse "erva" (com exceção de papai. "Não há nada de engraçado nas drogas. Mesmo que não sejam de verdade.").

O clima era festivo. Todos, jovens e velhos, vestidos em estilo disco retrô, lotavam o espaço e dançavam na pequena pista onde a luz piscava. Eu, provavelmente, era a pessoa mais feliz do lugar porque:

a) uma crise familiar acabara de ser evitada e

b) Ryan tinha realizado um trabalho remunerado.

Eu vestia um par de calças boca de sino da Pucci, bem retrô, e uma túnica combinando que tinha encontrado no bazar *Ajude os Idosos* e lavado sete vezes, meu cabelo foi preparado no estilo Farrah Fawcett por um amigo cabeleireiro em troca de um serviço de manicure.

— Você está linda! — disse-me Ryan.

— Você também — respondi, muito alegre, como era de imaginar. E estava sendo sincera porque, vamos reconhecer: transformar-se em alguém capaz de ganhar dinheiro acrescenta brilho até mesmo aos homens de aparência mais comum. (Não que Ryan tivesse aparência comum. Se lavasse o cabelo com mais frequência, ele poderia ser um perigo.) Em suma, foi um dia muito feliz.

De repente, Ryan tinha uma carreira. Não exatamente o que tinha planejado, mas ele era muito bom no que fazia. Seguiu o estilo do seu triunfante Studio 54, mas logo enveredou por um rumo diferente — criou um banheiro que era um verdadeiro retiro florestal pacífico banhado em verde. Mosaicos de árvores cobriam três lados e samambaias de verdade escalavam a quarta parede. A janela do aposento tinha sido substituída por vidro verde e a trilha sonora era o canto de pássaros raros. Para a apresentação final ao cliente, Ryan espalhou pinhas em torno do lugar. (Seu plano original tinha sido recorrer à presença de um esquilo. Porém, apesar de Caleb, o eletricista, e Drugi, o ladrilheiro, terem passado uma manhã inteira agitando nozes na palma da mão e gritando: "Aqui, esquilo!", nas florestas de Crone, não conseguiram pegar nenhum.)

Na trilha bem-sucedida do banheiro florestal, veio o projeto que garantiu a Ryan sua primeira reportagem numa revista especializada — A Caixa de Joias. O ambiente era um país das maravilhas de espelhos, azulejos Swarovski e papel de parede com textura de veludo em tom de vinho clarete (mas resistente a água). Os puxadores eram de cristal da Boêmia, o boxe era feito de vidro salpicado de prata e um lustre de cristal Murano tinha sido pendurado no teto. A trilha sonora (a música de Ryan estava se tornando rapidamente o seu ponto forte de vendas) era a "Dança da Fada Açucarada". Cada vez que alguém abria as torneiras da pia, uma pequena bailarina mecânica girava graciosamente.

Trabalhando sempre com uma equipe pequena, mas de confiança, Ryan Sweeney se tornou o homem do momento para criar banheiros surpreendentes. Era criativo, meticuloso e cobrava absurdamente caro.

Nossa vida era boa. Aí aconteceu algo improvável — quando Betsy estava com três meses de idade eu engravidei de Jeffrey. Mas, graças ao sucesso de Ryan, fomos capazes de comprar uma casa recém-construída de três quartos, grande o bastante para nós quatro.

O tempo passou. Ryan ganhou muito dinheiro, criou belos banheiros, tornou muitas pessoas — a maioria mulheres — felizes. No final de cada projeto, cada cliente de Ryan exclamava: "Você é um artista!" Eles falavam sério e Ryan sabia disso, mas se sentia o tipo errado de artista: queria ser Damien Hirst. Ansiava por ser notório e mundialmente famoso; queria que os especialistas que discutiam arte nos programas de debates do fim de noite gritassem uns com os outros por causa dele; queria que algumas pessoas afirmassem que ele era uma farsa. Bem... Isso ele não conseguiu. Queria que todos dissessem que ele era um gênio, mas sabia que os melhores tipos de gênios são os que geram controvérsia, e ele estava preparado para enfrentar uma ou outra crítica ofensiva.

No entanto, tudo correu muito bem até um dia, em 2010, quando uma tragédia se abateu sobre ele. Para ser franca, especificamente falando, a tragédia foi culpa minha. Mas os artistas, até mesmo os não realizados, têm o hábito de fazer com que tudo gire em torno de si mesmos. As tragédias, pelo menos as de longa duração, não fazem com que todos se unam porque a vida não é uma novela. E essa tragédia terminou com a nossa separação.

Quase imediatamente, coisas estranhas e interessantes começaram a acontecer para mim — vamos chegar a essa parte. Tudo que você precisa saber agora é que Betsy, Jeffrey e eu fomos morar em Nova York.

Ryan ficou em Dublin, na casa que tínhamos comprado como investimento em meados da década de 1990, quando todos na Irlanda pensavam em garantir o futuro adquirindo uma segunda propriedade. (Eu fiquei com a nossa casa original depois do divórcio. Mesmo quando morava num duplex de dez quartos no Upper West Side, nunca me desfiz dela — nunca acreditei que minhas novas circunstâncias fossem durar para sempre. Vivia com medo de voltar para a pobreza, feito um bumerangue.)

Ryan teve algumas namoradas — depois que começou a lavar o cabelo com regularidade, não houve falta delas. Tinha o seu trabalho, tinha um bom carro e uma moto — que ele não usava para nada. Mas queria ter tudo: nunca se sentiu completo. A dor torturante da incompletude, por vezes, ficava adormecida, mas sempre voltava.

E agora aqui está ele, em pé na minha sala, de olhos arregalados. Eu e Jeffrey olhamos para ele, muito alarmados.

— Aconteceu, finalmente aconteceu! — anuncia Ryan. — Meu grande ideal artístico!

— Entre e sente-se — convido. — Jeffrey, coloque a chaleira no fogo.

Tagarelando sem parar, Ryan me segue até a sala da frente, contando os detalhes.

— Tudo começou cerca de um ano atrás...

Sentamo-nos um de frente para o outro enquanto Ryan descreve sua mudança revolucionária. Uma agitação começou bem no fundo da sua alma e, ao longo de um ano, nadou lentamente até a superfície da consciência. Ela o visitou em formas vagas dentro de seus sonhos, em milissegundos entre os pensamentos até que, naquela mesma tarde, sua brilhante ideia finalmente quebrou o gelo para vir à tona. Foram necessários quase vinte anos de labuta com vasos sanitários italianos de alto padrão para o seu gênio florescer, mas isso finalmente aconteceu.

— E então...? — incentivo.

— Estou chamando isso de Projeto Carma. Pretendo doar tudo que tenho na vida. Cada coisa, cada objeto. Meus CDs, minhas roupas, todo o meu dinheiro. Cada televisão, cada grão de arroz, cada foto velha de férias. Meu carro, minha moto, minha casa...

Jeffrey o encara com nojo:

— Que idiotice.

Devemos ser justos: Jeffrey parece odiar Ryan tanto quanto a mim. Oferece a seus dois pais a mesma oportunidade de ser odiado pelo filho. Ele poderia ter feito aquele jogo horroroso que os filhos de casais separados muitas vezes fazem: atirar os pais um contra o outro ou fingir ter um favorito entre ambos. Com toda honestidade, porém, qualquer um teria muita dificuldade para saber qual de nós dois ele odiava mais.

— Você não vai ter lugar algum onde morar! — avisa Jeffrey.

— Errado! — Os olhos de Ryan estão resplandecentes (mas com o tipo errado de resplandecência, um tipo assustador). — O carma vai fazer com que tudo dê certo.

— Mas... e se não der certo? — quero saber.

Fico terrivelmente ansiosa. Não confio em carma, não mais. No passado, algo muito ruim aconteceu comigo. Como resultado direto dessa coisa muito ruim, algo muito, *muito bom* aconteceu. Eu acreditava *muito* em carma nessa época. No entanto, como resultado direto dessa coisa muito, muito boa, uma coisa muito ruim aconteceu. Em seguida, outra coisa ruim. Neste momento eu estou merecendo uma bela subida no meu ciclo de carma, mas isso não parece estar acontecendo. Para ser franca, estou farta do tal do carma.

Num nível mais prático, tenho medo de algo específico: se Ryan não tiver dinheiro, eu vou ter de dar alguma grana, e eu mesma não tenho quase nenhuma.

— Vou provar que o carma existe — explica Ryan. — Estou criando Arte Espiritual.

— Posso ficar com a sua casa? — pergunta Jeffrey.

Ryan fica atônito por um instante. Não considerou tal pedido.

— Ahn... Não... Não! — Enquanto fala, vai ficando mais convencido. — *Definitivamente* não. Se eu a desse a você, que é meu filho, pareceria que eu não estou levando o projeto a sério.

— Posso ficar com o seu carro?

— Não.

— Posso ficar com alguma coisa sua?

— Não.

— Foda-se, então. E *muito*!

— Jeffrey, por favor. — É a minha reação.

Ryan está tão animado que mal percebe o desprezo e o desrespeito de Jeffrey.

— Vou criar um blog e escrever sobre isso, dia após dia, segundo a segundo. Vai ser um triunfo artístico.

— Acho que esse tipo de coisa já foi feito. — A lembrança de algo assim pisca em algum lugar no fundo da minha mente.

— Não — diz Ryan. — Stella, não tente minar meus planos. Você já teve seus quinze minutos de fama, deixe que eu tenha os meus.

— Mas...

— Não, Stella. — Ele já está quase gritando. — Aquilo deveria ter acontecido comigo. Era *eu* quem estava destinado a ser famoso. Não você! Você é a mulher que roubou minha vida!

Esse é um tema de conversa que me era familiar; Ryan se referia a ele quase que diariamente.

Jeffrey continuava ali ao lado, teclando alguma coisa no celular.

— *Já fizeram* isso — anuncia. — Estou recebendo um monte de resultados aqui. Ouçam este, por exemplo: "O homem que doou tudo que tinha." Aqui está outro: "Um milionário austríaco está planejando distribuir todo o seu dinheiro e suas posses."

— Ryan — tento eu, com muita cautela, ansiosa diante da possibilidade de desencadear outro discurso bombástico dele. — Será que você não está.. deprimido?

— Pareço deprimido?

— Não, parece maluco.

Antes mesmo de ele abrir a boca, sei o que vai dizer: "Nunca estive mais são, mentalmente." Para confirmar, Ryan repete exatamente essa frase. E continua:

— Preciso de você para me ajudar, Stella — diz ele. — Preciso de publicidade.

— Você nunca está longe das revistas.

— Mas são revistas de decoração — descarta Ryan, com desprezo — Isso não é bom. Você conhece gente nos principais meios de comunicação.

— *Conhecia*. Não conheço mais.

— ... Ah, conhece, sim. Ainda existe um monte de afeto residual por você. Mesmo que tudo aquilo tenha virado merda.

— Como pretende ganhar dinheiro com isso? — pergunta Jeffrey.

— Arte não tem nada a ver com ganhar dinheiro.

Jeffrey murmura algo. Eu entendo a expressão "cocô na cabeça".

Depois que Ryan sai, Jeffrey e eu nos entreolhamos.

— Diga alguma coisa — sugere Jeffrey.

— Ele não vai levar essa ideia adiante.

— Você acha que não?

— Acho.

22:00

Jeffrey e eu estamos sentados em frente à televisão comendo nosso ensopado de pimentão com abacaxi e salsicha. Estou me esforçando para empurrar mais algumas garfadas para o estômago — esses jantares de Jeffrey estão na categoria "punição cruel e incomum" — e Jeffrey não desgruda do celular.

De repente ele diz:

— Merda!

São as primeiras palavras que trocamos no jantar.

— O quê?

— Papai. Ele acaba de divulgar a sua... Declaração de Missão... E também... — continua clicando numa velocidade frenética. — Lançou seu primeiro vídeo blog. E começou a contagem regressiva para o Dia Zero. Segunda-feira da próxima semana, daqui a dez dias.

O Projeto Carma foi lançado.

"Continue respirando..."

Trecho de *Uma piscada de cada vez*

Deixe-me contar a vocês sobre a tragédia que se abateu sobre mim há quase quatro anos. Lá estava eu com trinta e sete anos, mãe de uma menina de quinze anos, de um menino de quatorze, e esposa de um designer de banheiros bem--sucedido, ainda que insatisfeito em termos criativos. Eu trabalhava com minha irmã mais nova, Karen (na verdade eu trabalhava *para* a minha irmã mais nova, Karen), e levava uma vida mais ou menos normalzinha — havia alguns altos e baixos, mas nada de muito empolgante — quando, uma noite, as pontas dos dedos da minha mão esquerda começaram a formigar. Na hora de me deitar a minha mão direita também já estava formigando direto. Talvez o sinal de como tudo estava chato e sem emoção tenha sido o fato de eu achar aquilo agra-dável. Era como ter pozinho de estrelas espocando debaixo da minha pele.

Em algum momento durante a noite eu estava semiacordada e percebi que agora meus pés também formigavam. Que legal, pensei, ainda meio adormecida, estou com pozinho de estrelas nos pés também. Talvez ao amanhecer eu estivesse com formigamento em todos os lugares. Isso seria o *máximo*, não seria?

Quando o despertador tocou às sete da manhã eu me sentia exausta, mas isso não era esquisito, nem um pouco. Eu me sentia cansada a cada manhã — afinal de contas, era uma pessoa perfeitamente normal. Só que naquela manhã em particular senti um tipo diferente de cansaço: uma espécie de cansaço ruim, pesado, um cansaço feito de chumbo.

— Levante-se — disse a Ryan. Em seguida, quase tropecei nos degraus da escada — analisando em retrospecto, talvez eu tenha *realmente* descido aos tropeços — e comecei a ferver chaleiras e colocar caixas de cereais sobre a mesa; então, subi para acordar meus filhos (ou seja, me esgoelar loucamente até que acordassem).

Desci novamente e tomei um gole de chá. Para minha surpresa, porém, o sabor era estranho e metálico. Olhei de um jeito acusador para a chaleira de aço inox — obviamente uma parte do material tinha se infiltrado no meu chá. Logo ela, uma boa amiga durante todos aqueles anos, por que de repente se virava contra mim?

Lancei mais um olhar magoado, comecei a preparar a torrada especial de Jeffrey, que não passava de uma torrada comum, sem manteiga — ele sentia um sabor estranho em qualquer manteiga; dizia que era "viscosa". Minhas mãos pareciam desajeitadas e dormentes, mas o formigamento agradável tinha parado.

Tomei um gole de suco de laranja, mas logo cuspi tudo fora e gritei.

— Que foi? — Ryan tinha aparecido.

Ele nunca foi grande coisa nas manhãs. Para ser franca, nunca tinha sido grande coisa durante as noites também. Talvez o momento em que ele estava mais em forma fosse o meio do dia, mas eu nunca cheguei a vê-lo nessa hora, e não poderia garantir com certeza.

— Foi o suco de laranja — expliquei. — Ele me queimou.

— Queimou? Como assim? É suco de laranja. Está gelado.

— Mas queimou minha língua. Minha boca.

— Por que você está falando desse jeito?

— De que jeito?

— Como... Como se estivesse com a língua inchada. — Pegou meu copo, tomou um gole e sentenciou: — Não há nada de errado com o seu suco de laranja.

Tentei mais um gole. Senti uma queimação novamente.

Jeffrey se materializou ao meu lado e perguntou, num tom acusador:

— Você passou manteiga na minha torrada?

— Não.

Brincávamos desse joguinho todas as manhãs.

— Você passou manteiga nessa torrada — garantiu ele. — Não consigo comer.

— Tudo bem, então.

Ele me olhou com surpresa.

— Dê-lhe algum dinheiro — pedi a Ryan.

— Por quê?

— Assim ele poderá comprar algo para o café da manhã.

Atônito, Ryan pegou uma nota de cinco euros e, também atônito, Jeffrey a agarrou.

— Tenho de sair — anunciou Ryan.

— Tudo bem. Tchau. Muito bem, crianças, peguem suas coisas. — Normalmente eu conferia uma lista maior que meu braço para dar conta de todas as atividades extracurriculares deles: natação, hóquei, rúgbi, a orquestra da escola... Naquele dia, porém, não dei a mínima. É claro que dez minutos mais tarde, dentro do carro, já no meio do caminho, Jeffrey avisou:

— Esqueci meu banjo.

Não havia a mínima possibilidade de eu dar meia volta no carro para buscar o banjo.

— Não faz mal — disse eu. — Você conseguirá aguentar um dia sem o seu banjo.

Um cobertor de silêncio estupefato cobriu o carro.

No portão da escola, dezenas de adolescentes privilegiados e cosmopolitas circulavam de um lado para outro. Um dos maiores motivos de orgulho na minha vida era o fato de Betsy e Jeffrey serem alunos da Quartley Daily, uma escola que não pertencia a nenhuma congregação religiosa, com mensalidades caríssimas, cujo objetivo era educar "a criança como um todo". Meu prazer culpado era vê-los caminhando em seus uniformes, os dois muito altos e um pouco desajeitados, os cachos loiros de Betsy balançando num rabo de cavalo e o cabelo escuro de Jeffrey despontando em tufos. Eu sempre ficava ali alguns instantes a mais para observá-los, enquanto os dois se misturavam às outras crianças (algumas delas eram filhos de diplomatas — a lâmpada do meu orgulho brilhava ainda mais por saber disso, mas obviamente eu guardava essa alegria para mim; a única pessoa para quem eu admitia isso era Ryan). Só que naquele dia eu não fiquei por ali. Meu foco estava em casa, e eu planejava me deitar um pouco antes de ir para o trabalho.

Assim que entrei em casa, fui tomada por uma onda de fraqueza tão forte que tive de me deitar na entrada. Com o lado do meu rosto pressionado contra as lajotas frias do piso, percebi que não conseguiria ir para o trabalho. Esse foi, até onde eu me lembro, o primeiro dia de doença em minha vida. Mesmo que estivesse com uma ressaca fenomenal eu sempre aparecia para trabalhar; a ética do trabalho estava profundamente arraigada em mim.

Liguei para Karen, mas meus dedos mal conseguiam acertar as teclas do celular.

— Estou gripada — avisei.

— Não está, não — assegurou ela. — Todo mundo acha que está gripado, mas geralmente é só um resfriado. Pode acreditar... Se você estivesse gripada, teria certeza disso.

— Eu tenho certeza disso — garanti. — Estou gripada.

— Você está fazendo essa voz engraçada para que eu acredite em você?

— Sério, Karen, estou com gripe.

— Uma gripe que afeta a língua?

— Estou doente, Karen, juro por Deus. Estarei aí amanhã.

Depois de me arrastar escada acima, tropecei sobre a cama com gratidão, programei o celular para tocar às três da tarde e despenquei num sono profundo.

Acordei com a boca seca e desorientada. Ao esticar a mão e tentar tomar um gole de água, não consegui engolir. Tentei me concentrar com vontade para acordar por completo e engolir a água, mas nada aconteceu: eu realmente não podia engolir. Tive de cuspir tudo de volta no copo.

Só então percebi que, mesmo sem a água na boca, não conseguia engolir. Os músculos na parte de trás da minha garganta simplesmente não funcionavam mais. Concentrei-me profundamente neles, tentando ignorar o pânico crescente, mas nada aconteceu. Eu não conseguia engolir. Realmente, *definitivamente*, não conseguia engolir.

Assustada, liguei para Ryan.

— Há algo de errado comigo. Eu não consigo engolir.

— Tome um Strepsil e depois um Panadol.

— Não estou dizendo que minha garganta está inflamada. Estou dizendo que não consigo engolir.

Ele pareceu confuso.

— Mas qualquer pessoa consegue engolir.

— Eu não consigo. Minha garganta não funciona.

— E sua voz parece engraçada.

— Você pode voltar para casa?

— Estou visitando um cliente em Carlow. Vou levar umas duas horas. Por que não vai ao médico?

— Tudo bem. Vejo você mais tarde.

Só que tentei me levantar dali e minhas pernas não se moviam.

Quando Ryan chegou em casa e viu meu estado, mostrou-se agradavelmente culpado e consternado.

— Eu não imaginei que... Você consegue andar?

— Não.

— E ainda não consegue engolir? Por Deus! Acho que devemos chamar uma ambulância. Devemos chamar uma ambulância?

— Acho que sim.

— Sério? Está assim tão ruim?

— Como é que eu posso saber? Talvez.

Um pouco mais tarde a ambulância chegou com uns homens que me amarraram a uma maca. Ao sair do meu quarto, senti uma pontada de tristeza e choque, como se tivesse a premonição de que muito, muito tempo iria se passar antes de eu tornar a vê-lo.

Sob os olhares de Betsy, Jeffrey e minha mãe, que ficaram em pé junto da porta de entrada, calados e com medo estampado no rosto, fui colocada na ambulância.

— Pode ser que demoremos algum tempo para voltar — avisou Ryan, olhando para eles. — Vocês sabem como as coisas são no pronto-socorro. Provavelmente vamos ficar várias horas por lá.

Mas eu era um caso prioritário. Menos de uma hora depois da minha chegada, um médico apareceu e perguntou:

— E então? Você sente fraqueza muscular?

— Sinto. — Minha fala piorara tanto que a palavra saiu como um grunhido arrastado.

— Fale direito! — ralhou Ryan.

— Estou tentando.

— Isso é o melhor que você consegue fazer? — quis saber o médico, mais interessado.

Tentei assentir com a cabeça e descobri que não conseguia.

— Você consegue apertar esta caneta? — pediu o médico, me entregando o objeto.

Todos nós assistimos quando a caneta despencou entre meus dedos desajeitados.

— Tente com a outra mão... Nada? Consegue erguer o braço? Flexionar o pé? Balançar os dedos dos pés? Não?

— Claro que consegue — disse Ryan, olhando para mim. — Ela consegue, sim — repetiu, mas o médico já tinha se virado para falar com alguém de jaleco branco. Captei no ar frases sussurradas: "Uma paralisia que está se instalando rapidamente"; "função respiratória".

— O que há de errado com ela? — Havia pânico na voz de Ryan.

— Ainda é muito cedo para dizer, mas todos os seus músculos estão entrando em colapso.

— O senhor não consegue fazer alguma coisa? — suplicou Ryan.

O médico foi embora, arrastado às pressas para atender outra emergência.

— Volte! — ordenou Ryan. — O senhor não pode simplesmente dizer isso e depois sair para...

— Com licença. — Uma enfermeira que empurrava um tripé tirou Ryan do caminho. Para mim, ela disse: — Vou colocar você no soro. Se não consegue engolir, vai ficar desidratada.

Sua busca por uma veia doeu, mas muito menos que o passo seguinte: uma sonda foi enfiada em mim.

— Para que isso? — eu quis saber.

— Porque você não pode ir ao banheiro por conta própria. Isso é só para o caso de seus rins pararem de funcionar.

— Eu vou... Vou morrer?

— O quê? Não entendi direito... Ah, não, claro que não!

— Como é que você sabe? Por que motivo estou falando tão esquisito?

— O quê?

Outra enfermeira apareceu, trazendo um aparelho. Colocou uma máscara sobre meu rosto.

— Respire fundo bem aqui, querida. Quero só medir o seu... — Ela analisou alguns números digitais amarelos que apareciam na tela. — Por favor, respire fundo.

Eu estava respirando. Pelo menos tentava...

Para minha surpresa, a enfermeira começou a falar alto, quase gritando, números e códigos. De repente eu estava em movimento, sendo conduzida em alta velocidade sobre uma cama com rodinhas através de enfermarias, corredores e indo direto para a UTI. Tudo acontecia depressa demais. Tentei perguntar o que estava acontecendo, mas nenhum som saiu. Ryan corria ao meu lado e tentava decifrar o jargão médico.

— Acho que são seus pulmões — afirmou. — Eles estão fechando. Respire, Stella, pelo amor de Deus, respire! Faça isso pelas crianças, se não quiser fazer por mim!

Quando meus pulmões desistiram de trabalhar por completo os médicos abriram um buraco na minha garganta — uma traqueostomia — e um tubo foi enfiado lá dentro, ligado a um aparelho de ventilação.

Fui colocada num leito da UTI; muitos tubos entravam e saíam do meu corpo. Eu podia ver e ouvir tudo; sabia exatamente o que estava acontecendo comigo. Porém, exceto por ser capaz de piscar os olhos, não conseguia me mover. Não conseguia engolir, nem falar, nem fazer xixi, nem respirar. Quando os últimos vestígios de movimento abandonaram minhas mãos, não tive mais formas de me comunicar.

Estava enterrada viva em meu próprio corpo.

Em termos de tragédias, essa é muito boa, não acham?

Sábado, 31 de maio

06:00

É sábado, mas meu alarme toca às seis da manhã. Eu fiz um acordo comigo mesma quanto a seguir uma rotina rígida para escrever: todos os dias eu vou "me levantar", "me abluir" em água fria e ser tão disciplinada quanto um monge. Diligência será a minha palavra de ordem. Só que estou exausta. Ontem à noite, a notícia de que Ryan resolvera realmente ir em frente com seu projeto tolo significava que já tinha passado muito de meia-noite quando eu dei início à minha rotina de adulação do sono.

Ao longo da maior parte da minha vida adulta o meu sono foi sempre uma criatura imprevisível, que tinha de ser convencida sobre o quanto era bem-vinda, antes de aparecer. Há muitas maneiras de eu demonstrar meu amor pelo sono — eu bebo chá de menta, tomo iogurte, engulo um punhado de Kalms, tomo um banho em óleo de sândalo, envolvo meu travesseiro em uma densa névoa de spray de alfazema, leio algo muito entediante e ouço um CD com baleias cantando.

Eu ainda estava me virando de um lado para outro na cama à uma da manhã quando finalmente — só Deus sabe em que momento —, adormeci e sonhei com Ned Mount, da TV. Estávamos em algum lugar externo e muito ensolarado — talvez fosse Wicklow. Tínhamos nos sentado em uma mesa de piquenique feita de madeira e ele tentava me dar uma grande caixa onde havia um filtro de água.

— Por favor, pode beber — ofereceu ele. — Isso não me serve de nada. Eu só bebo Evian.

Eu sabia que não era verdade esse papo de só beber Evian; ele me dizia isso porque queria que eu pegasse o filtro. Fiquei comovida por sua generosidade, mesmo sabendo que ele conseguira o filtro de graça, presente de uma empresa de Relações Públicas.

Agora são seis da manhã e eu deveria estar me levantando da cama, mas estou muito cansada. Resolvo voltar a dormir e torno a acordar às oito **e** quarenta e cinco.

Na cozinha, Jeffrey me observa com um ar de silenciosa reprovação enquanto eu faço café e jogo um punhado de granola numa tigela. Sim, no fundo do coração eu *também* sei que granola não passa, na verdade, de muitos pedaços minúsculos de biscoito e um ou outro pedaço de amora e avelã misturados ali dentro. Mas aquilo é oficialmente aceito como "comida para café da manhã" e, portanto, tenho o direito de comer sem sentir culpa.

Subo a escada correndo, a fim de escapar do julgamento do meu filho e pego meu iPad. Volto para cama e vou verificar como anda o projeto de Ryan. Vejo que ele não postou mais nada desde ontem à noite. Obrigado, Senhor. Mesmo assim, continua sendo horrível.

Seu vídeo com a Declaração de Missão de seu projeto me faz lembrar aqueles vídeos gravados por homens-bomba — o texto ensaiado, o entusiasmo cego; ele até mesmo *se parece* com um deles, com seus olhos castanhos, o cabelo escuro e a barba bem aparada.

— Meu nome é Ryan Sweeney e eu sou um artista espiritual. Você e eu estamos prestes a embarcar em um empreendimento único. Estou distribuindo de graça tudo que tenho na vida. Cada posse! Juntos, vamos ver como o universo me dará, em retorno, as coisas fundamentais. Este é o Projeto Carma!

Ele chega a erguer um dos punhos, fechado com força. Eu engulo em seco. Só falta ele dizer: "Allah Akbar".

Assisti ao vídeo mais quatro vezes e pensei comigo mesma: "Que idiota."

Mas o vídeo foi assistido apenas doze vezes, todas elas por Jeffrey e por mim. Ninguém mais embarcou nessa canoa. Talvez Ryan mude de ideia. Logo. Antes de fazer algum estrago. Talvez esse vídeo saia do ar a qualquer momento. Pode ser que a coisa toda simplesmente vá embora e se dissolva no ar...

Contemplo a ideia de ligar para ele. Analisando melhor, porém, prefiro manter a esperança. Até recentemente, eu nunca sequer desconfiara de que tinha um grande talento para a negação. Nesse momento, tiro alguns instantes para enaltecer a mim mesma: sou realmente *muito talentosa* nisso. Muito mesmo!

Enquanto estou ali, online, decido ver como andam as coisas com Gilda — basta um par de cliques, só vai levar alguns minutos. Então eu consigo me forçar a parar e, mentalmente, repito o mantra para ela: *Que você esteja bem, que você esteja feliz, que você esteja livre de sofrimento.*

Seguindo em frente, é hora de tomar a pílula — a probabilidade de eu ficar grávida no momento é inexistente, mas tenho só quarenta e um anos e três meses. *Ainda estou na pista.*

Deus, é melhor eu trabalhar um pouco!

Salto para fora da cama e me preparo para a ablução — "ablução" soa muito mais chique e admirável do que "banho". Eu não quero me abluir — ou, na verdade, tomar uma ducha — mas os padrões consagrados devem ser mantidos. Não posso apenas colocar roupas em cima do meu corpo não abluído, simplesmente não consigo fazer isso. Seria o começo do fim. O problema é que até conseguir instalar cortinas na janela eu não posso me sentar à mesa de trabalho em roupas de dormir, para que qualquer um possa me ver.

Eu me abluo em água fria. Porque Jeffrey já tomou banho e usou toda a água quente.

Pelo amor de Deus! Minhas roupas! Em uma de suas muitas tentativas de me atingir e magoar, Jeffrey resolveu passar, a partir de um determinado dia, a lavar sua própria roupa — algo que, devo acrescentar, não é de todo ruim. Só que, acidentalmente, ele lavou junto com as dele algumas das minhas coisas; depois as secou por tempo demais na secadora, até o ponto de elas ficarem mais duras que papelão. E ele também as encolheu. Pego um par de jeans para vestir, mas não consigo fechar o botão de cima.

Tento vestir outro par e é a mesma história. Vou ter de aceitar isso, por enquanto. Meu terceiro par de jeans está na cesta de roupa suja, e é melhor eu garantir que Jeffrey não coloque as mãos nele.

Sento-me junto da mesa, prego um pequeno sorriso no rosto e leio as palavras inspiradoras que prometi a mim mesma ler diariamente até que o livro esteja pronto. Elas são de Phyllis, minha agente, e eu as transcrevi exatamente como ela as ladrou para mim naquele dia em seu escritório, há dois meses.

— Você era rica, bem-sucedida e estava apaixonada — disse-me ela. — E agora? Sua carreira afundou e eu não sei exatamente o que anda rolando com aquele seu homem, mas não está me parecendo nada bom! Pronto, você já tem muito material aí!

Faço uma pausa na leitura, para deixar que as palavras penetrem melhor, como quem faz uma oração. Eu me sentia doente antes e me sinto doente agora. Phyllis deu de ombros.

— Você quer ouvir mais? Seu filho adolescente odeia você. Sua filha está desperdiçando a vida dela. Você está no lado errado dos quarenta anos. A menopausa está correndo em sua direção, alcançando-a. Você ainda quer mais?

Tentei movimentar meus lábios, mas as palavras não saíram.

— Você foi sábia, uma vez — tinha dito Phyllis. — Seja lá o que escreveu em *Uma piscada de cada vez*, foi algo que tocou as pessoas. Tente novamente usando os seus novos desafios. Envie-me o livro quando ele estiver pronto. — Ela já estava em pé e tentava me empurrar na direção da porta. — Agora eu preciso que você vá embora. Tenho alguns clientes para atender.

Em desespero, me agarrei à cadeira.

— Phyllis? — Eu estava implorando. — Você acredita em mim?

— Você quer autoestima? Procure um psiquiatra.

Eu fui sábia uma vez, lembrei a mim mesma, com as mãos pairando sobre o teclado. Posso muito bem me mostrar sábia novamente. Com vigor, digitei a palavra "merda".

12:17

De repente, me distraio em meio ao que escrevia por causa do toque do celular. Eu nem deveria estar com ele ali no quarto, já que resolvi levar a sério meu projeto de trabalhar sem interrupções, mas o universo em que vivemos é imperfeito, o que se pode fazer? Verifico o identificador de chamadas; é minha irmã, Karen.

— Venha até o Wolfe Tone Terrace — convoca ela.

— Por quê? — O Wolfe Tone Terrace é o lugar onde meus pais moram. — Estou trabalhando.

Ela faz ruídos de deboche.

— Você trabalha por conta própria, pode parar quando bem quiser. Quem vai demitir você?

Juro por Deus, ninguém tem nenhum respeito por mim. Nem pela minha escrita, nem pelo meu tempo, nem pelas minhas circunstâncias.

— Tudo bem — aceito. — Estarei aí em dez minutos.

Jogo o celular na bolsa e juro, mais uma vez, que vou ser devidamente disciplinada. Logo mais. Em breve. Amanhã.

No corredor, me encontro com Jeffrey.

— Aonde você vai? — pergunta ele.

— Para a casa da vovó e do vovô. E você? — Pergunto isso como se não fosse óbvio, diante do jeito desafiador com que ele e seu tapetinho de ioga me olham de cima para baixo, como um casal de namorados prestes a fugir de casa. *Nós nos amamos*, eles parecem dizer. *E você, o que vai fazer a respeito disso?*, desafiam. — Ioga? Novamente?

Ele olha para mim, com cara de desdém.

— Isso mesmo.

— Ótimo. Muito bom... Ahn..

Sinto-me um pouco inquieta. Ele não deveria estar saindo para beber até cair e se meter em brigas, como qualquer rapaz normal de dezoito anos?

Falhei com ele em meu papel de mãe.

Mamãe e papai moram numa rua muito tranquila, em uma pequena casa com terraço que eles compraram da junta administrativa do bairro há muito tempo.

Mamãe abre a porta da frente, me beija e pergunta:

— Por que você está usando botas, pelo amor de Deus?

— ... Aaahhnn...

Ela olha para meu jeans.

— Você não está assando aí dentro?

Era início de março quando eu cheguei de volta à Irlanda. Desde então, estou com os mesmos três pares de jeans, usados em sistema de rodízio. Havia tanta coisa na minha cabeça que roupas novas tinham ido parar no fim da lista.

Mas a estação foi em frente, o tempo mudou e, de repente, não mais que de repente, eu preciso de sandálias e roupas esvoaçantes em tons pastel.

Mamãe, uma criatura baixa e rechonchuda, sempre sentiu frio, mas até ela está andando para cima e para baixo sem seu casaquinho de lã.

— Então, o que está acontecendo aqui? — pergunto.

Ouço um zumbido. Em seguida o filho mais velho de Karen, Clark, passa correndo por mamãe e berra para mim:

— Eles compraram uma cadeira elevatória! Para as costas ruins do vovô!

Nesse instante eu avisto o motivo da comoção. A engenhoca foi montada na parede, acompanhando a escada. Karen está se prendendo ao cinto de segurança com Mathilde, sua filhinha de três anos, no colo. Em seguida, puxa uma alavanca e as duas começam a sua subida barulhenta. Barulhenta e muito lenta. Elas acenam para mamãe, Clark e eu acenamos de volta e o clima é de comemoração.

Mamãe abaixa a voz.

— Seu pai disse que não vai usar esse troço. Vá até lá convencê-lo, mas com muito jeitinho.

Eis que estou à porta da sala de estar e enfio a cabeça dentro do aposento minúsculo. Como sempre, papai está sentado em sua poltrona com um livro da biblioteca aberto no colo. Irradia mau humor. De repente, repara que sou eu e se torna um pouco mais alegre.

— Ah, Stella, é você!

— Você não quer dar um passeio na cadeira nova?

— Não.

— Ah, papai.

— Ah, papai uma ova. Posso muito bem subir a escada sozinho. Eu disse a ela para não comprar aquilo. Estou ótimo e nós não temos dinheiro. — Ele me chama mais perto. — Medo da morte, esse é o problema dela. Sua mãe acha que se comprar aparelhos assim, eles vão nos manter vivos. Mas quando chamam seu número lá em cima, é para subir logo.

— Você ainda tem mais trinta anos pela frente — digo, com firmeza.

Porque pode ser que tenha, mesmo. Meu pai tem só setenta e dois anos, e as pessoas estão vivendo até idades avançadíssimas. Embora isso não aconteça necessariamente a pessoas como meus pais.

Desde os dezesseis anos papai trabalhou com coisas que exigiam muito do seu físico: carregava e descarregava engradados nas docas de Ferrytown. Isso destrói uma pessoa, muito mais do que trabalhar sentado diante de uma mesa. Ele tinha só vinte e dois anos na primeira vez que teve uma hérnia de disco. Passou muito tempo — não sei quanto exatamente, talvez oito semanas — imóvel em sua cama, sob o efeito de analgésicos fortes. Em seguida voltou a trabalhar, mas de vez em quando se arrebentava novamente. Enfrentou lesões nas costas inúmeras vezes — parecia ser uma característica da minha infância a realidade de que o pai estava "doente de novo", algo que acontecia com a mesma regularidade do Halloween e da Páscoa —, mas ele era um guerreiro e continuou a trabalhar até não aguentar mais. Aos cinquenta e quatro anos estava quebrado de vez, perda total, sem conserto, e isso foi o fim de sua vida útil. E também da possibilidade de ganhar a vida com seu trabalho.

Hoje em dia as docas têm máquinas para fazer a descarga, o que teria poupado as costas do meu pai, mas talvez também tivesse significado que ele não teria emprego algum.

— Por favor, papai, faça isso por mim. Sou sua filha favorita.

— Eu só tenho duas filhas favoritas. Venha cá... — Apontou para o exemplar que estava em seu colo. — Nabokov. *O original de Laura* é o nome desse livro. Vou dá-lo a você quando terminar de ler.

— Pare de tentar mudar de assunto. — E, por favor, não me obrigue a ler isso

É uma maldição ser a criança "inteligente" do papai. Ele lê livros do mesmo jeito que outras pessoas encaram o banho frio: são bons para você, mas apreciá-los não é estritamente necessário. E ele passou essa maneira de pensar para mim: se eu me divirto muito com um livro, sinto que perdi meu tempo.

Papai tem uma amizade antiga com Joan, uma mulher que trabalha na biblioteca local e que parece ter adotado papai como seu projeto pessoal — nenhum autor é muito obscuro, nenhum texto é demasiado ilegível.

— Foi seu último romance — explica ele. — Nabokov disse à esposa para queimá-lo, mas ela não o fez. Pense na perda que teria sido para a literatura uma coisa dessas. Se bem que esse livro é uma leitura dura e pesada...

— Vamos até a cadeira. — Estou ansiosa para que ele parasse de falar sobre Nabokov.

Lentamente, papai se levanta. É um homem pequeno, baixo e musculoso. Eu lhe ofereço meu braço e ele me dá um tapa para afastá-lo.

Já no saguão, vejo que Karen voltou ao primeiro andar e estudo suas roupas e cabelo com muito interesse — quando estamos sem maquiagem e sem adornos somos muito parecidas. Se eu copiar o que ela faz, não tenho como errar, certo? Ela parece gerenciar essa transição para o tempo mais quente com muita facilidade. Jeans pretos justíssimos com zíper nos tornozelos, saltos altíssimos, uma camiseta cinza pálido, de algum tecido estranho enrugado. O resultado faz com que as pessoas imaginem que aquela roupa custou uma fortuna, mas provavelmente não foi o caso, porque Karen é muito inteligente nessas coisas e muito boa com o dinheiro. Suas unhas são perfeitamente ovais, num tom *nude* impecável. Seus olhos são azuis, emoldurados com cílios exuberantes e seu cabelo louro — que em sua condição livre de produtos especiais é tão selvagem e encaracolado quanto o meu — foi arrumado e domesticado num coque chique. Ela parece brilhante, porém casual; descontraída, mas muito elegante. Esse é o caminho que devo seguir.

Pego a pequena Mathilde.

— Venha cá porque vou apertar você! — aviso.

Ela faz um esforço para se desvencilhar e grita, alarmada:

— Mamãe!

É uma chatonilda, essa garota. Com cinco anos, Clark é muito melhor. Eu diria que ele provavelmente tem Transtorno do Déficit de Atenção com Hiperatividade, mas pelo menos ele é divertido.

— Stella! — Karen planta um beijo em cada uma das minhas bochechas. É uma coisa automática com ela. Em seguida, lembra que se trata apenas de mim, a irmã mais velha. — Desculpe!

Papai ri abertamente. Ele está encantado com o jeito ambicioso de Karen e — embora jamais vá admitir isso — parece um pouco orgulhoso disso. Eu costumava ser a história de sucesso dessa família. Nos últimos meses, porém, fui deposta de meu lugar e a posição passou para minha irmã mais nova.

Karen é uma "mulher de negócios" — possui um salão de beleza — e realmente parece se cuidar muito bem. É casada com Enda, um homem bonito, calmo, que vem de uma família endinheirada de Tipperary, e é superintendente da Gardai, a Guarda de Paz da Irlanda.

Pobre Enda. Quando ele começou a namorar Karen ela era uma mulher viva, ousada e de presença tão marcante que ele achou que ela pertencia à classe média. Depois, quando já tinha se apaixonado por Karen e era tarde demais para voltar atrás, foi apresentado à sua família e descobriu que ela vinha de uma linhagem completamente diferente: classe trabalhadora que conseguiu se estabelecer.

Nunca vou me esquecer desse dia. O pobre e instruído Enda, sentado na minúscula sala de estar dos meus pais, tentando equilibrar uma xícara de chá em seu colo gigantesco enquanto tentava lembrar se alguma vez já tinha prendido papai.

Hoje em dia, doze anos depois, ainda rimos muito por causa disso. Bem, pelo menos Karen e eu rimos. Enda até hoje não acha nada engraçado.

— Saia da minha frente, sua *parvenu* — diz papai para Karen.

— Por que o senhor a chama de *parvenu*? — quer saber Clark.

Toda vez ele pergunta, mas não parece capaz de reter informações.

— *Parvenu* — explica papai —, segundo a definição do dicionário, é uma pessoa de origem humilde que conquistou rapidamente riqueza ou posição social influente; um novo-rico; um arrivista; um alpinista social.

— Cale a boca! — ralha mamãe, com sua voz sempre estridente. — Ela pode ser uma *parvenu*, mas é a única na família que tem emprego, no momento! Agora, suba naquela cadeira elevatória!

Dou uma olhada rápida em Karen, só para confirmar se aquela história de *parvenu* não a incomoda, mas vejo que nem um pouco. Ela é notável.

Ela ajuda papai a se sentar.

— Sente aí, seu velho esnobe.

— Como posso ser um esnobe? — reclama ele, quase cuspindo as palavras. — Faço parte da classe trabalhadora!

— Você é um esnobe reverso. Um homem da classe trabalhadora que se estabeleceu bem; embora se queixe demais. — Então, com um floreio, ergue a alavanca e papai sobe a escada.

Todos nós batemos palmas e gritamos "Urrú!", e eu finjo que não estou triste.

Dominado pela empolgação, Clark decide tirar todas as roupas e dançar pelado no meio da rua.

Papai retorna à sua posição habitual na poltrona, determinado a prosseguir a leitura do livro, enquanto minha mãe, Karen e eu nos sentamos para beber chá na cozinha. Mathilde se aconchega no colo de Karen.

— Comam um bolinho. — Mamãe joga sobre a mesa um bloco com dezesseis bolinhos cortados em forma de tijolo e envoltos em celofane, um a um. Eu nem preciso olhar para a lista de ingredientes para descobrir que não há nenhum item que pareça remotamente alimentício, e a data de validade é janeiro do ano que vem.

— Não posso acreditar que vocês comem essa merda — protesta Karen.

— Pois eu como, sim.

— A cinco minutos daqui, andando a pé, no centro de Ferrytown, o Mercado dos Produtores Locais vende bolinhos caseiros que são preparados no mesmo dia.

— Vocês foram criadas comendo coisas que estavam longe de serem frescas ou caseiras.

— Tudo bem.

Karen é esperta demais para desperdiçar sua energia entrando numa discussão. Mas ela vai embora daqui a pouco.

— Coma um bolinho — insiste mamãe, empurrando o pacote na direção de Karen.

— Por que *a senhora* não come um bolinho? — responde Karen, empurrando o pacote de volta.

Os bolinhos de repente se transformaram num campo de batalha. Para dissipar a tensão, anuncio:

— *Eu vou comer* um bolinho desses.

Como cinco deles. Mas não gosto daquele troço. Esse é o problema principal.

"Ser capaz de coçar a sola do meu pé usando o dedão do outro pé representa nada menos que um milagre."

Trecho de *Uma piscada de cada vez*

Meu quadril esquerdo parecia estar pegando fogo. Eu podia ver o relógio na bancada de trabalho das enfermeiras — essa era uma das vantagens de estar deitada sobre o meu lado esquerdo; quando eu estava do lado direito ficava só olhando para uma parede —, mas ainda se passaram mais vinte e quatro minutos antes de alguém aparecer para me virar. Elas me viravam na cama a cada três horas, para que eu não tivesse escaras. Mas a última hora antes de cada "virada" estava começando a se tornar desconfortável, depois dolorosa e em seguida *muito dolorosa*.

A única maneira de aguentar aquilo era reduzir o auge das crises em intervalos de apenas sete segundos. Não sei por que escolhi sete — talvez por ser um número ímpar e eu não poder dividi-lo por dez ou por sessenta unidades, e isso tornava as coisas interessantes. Às vezes quatro ou cinco minutos poderiam passar sem que eu percebesse, e então eu tinha uma agradável surpresa.

Eu já estava na UTI há vinte e três dias. Tinham se passado vinte e três dias desde que meu corpo tinha me trancado dentro dele e os únicos músculos que trabalhavam eram os olhos e as pálpebras. O choque tinha sido — ainda era — indescritível.

Naquela primeira noite no hospital, Ryan foi mandado para casa pela enfermeira do último turno.

— Mantenha o telefone ao lado da cama — sugeriu ela.

— Não quero sair daqui — foi a reação dele.

— Se o quadro dela piorar, ligaremos para o senhor vir. É melhor trazer as crianças também... E os pais dela. Que religião ela segue?

— Nenhuma...

— Você deve declarar alguma.

— Católica, eu acho. Ela frequentou uma escola católica.

— Muito bem. Vamos chamar um padre, caso seja necessário. Volte para casa, o senhor não pode ficar aqui. Isto é uma UTI. Vá para sua casa um pouco, tente dormir e mantenha o celular por perto.

Depois de mais algum tempo, parecendo um cão enxotado, Ryan foi embora. Fiquei sozinha e mergulhei num mundo de horror surreal onde já tinham se passado mais de mil vidas. Estava nas garras do pior medo que já tinha conhecido: eu tinha uma chance muito real de morrer. Dava para sentir isso na atmosfera em volta da minha cama. Ninguém sabia o que havia de errado comigo, mas era óbvio que todos os sistemas em meu corpo estavam fechando as portas. Meus pulmões tinham desistido de trabalhar. E se o meu fígado falhasse? E se... Um pensamento de horror... E se meu coração parasse?

Concentrei todos os meus esforços sobre ele, incentivando-o a continuar funcionando.

Vamos lá, vamos em frente, continuar batendo não pode ser tão difícil.

Ele tinha que continuar batendo porque, se não o fizesse, quem iria cuidar de Betsy e de Jeffrey? Se ele parasse de bater, o que iria acontecer *comigo*? Para onde eu estava indo? De repente eu olhava para o abismo, enfrentando a probabilidade de que era ali que minha vida acabava.

Eu nunca tinha sido uma pessoa religiosa, nunca tinha pensado sobre a vida após a morte, de um jeito ou de outro. Mas agora que havia uma boa chance de estar caminhando para lá eu descobria, talvez com um pouco de atraso, que eu realmente estava *interessada*.

Eu deveria ter feito cursos de desenvolvimento pessoal, repreendi a mim mesma. Deveria ter sido mais gentil com as pessoas. Quero dizer, eu tentei fazer o meu melhor, mas deveria ter tentado mais. Deveria ter frequentado a missa e ido a todas essas coisas santas.

E se as freiras na escola estivessem certas e realmente existisse o inferno? Somei meus pecados de cabeça — sexo antes do casamento, invejar as férias da minha vizinha do lado — e percebi que eu era um caso perdido. Estava a caminho de conhecer meu criador e depois seria lançada nas trevas exteriores.

Se eu pudesse choramingar de terror, teria feito isso. Queria chorar de medo. Queria desesperadamente uma segunda chance para voltar atrás e consertar as coisas.

Por favor, Deus, implorei... Por favor, não me deixe morrer. Salve-me e eu serei uma mãe melhor, uma esposa melhor e uma pessoa melhor.

De tanto ouvir as enfermeiras indo e vindo até a minha cabeceira, deduzi que meu ritmo cardíaco estava perigosamente elevado. Meu medo estava provocando aquilo. Era bom saber que meu coração ainda batia, mas não seria tão bom se eu tivesse uma parada cardíaca. Tomaram a decisão de me aplicar um sedativo, mas em vez de aquilo me relaxar, serviu apenas para retardar ainda mais meu processo de pensamento, e agora eu enxergava meu sufoco de forma mais clara.

Pensava sem parar:

Isto não pode estar acontecendo.

O medo se alternava com a raiva inútil. E me senti indignada com a minha incapacidade. Estava tão acostumada a fazer qualquer coisa que quisesse que nunca sequer refletira a respeito disso — eu podia pegar uma revista, tirar o cabelo da frente dos olhos, podia tossir. De repente entendi que ser capaz de coçar a sola do meu pé usando o dedão do outro pé representava nada menos que um milagre.

Minha cabeça continuava enviando ordens para o meu corpo:

Mexa-se, pelo amor de Deus, mexa-se!

Mas eu permanecia deitada ali, imóvel como uma lápide. Aquilo era desafiador, desrespeitoso e... sim... *cruel.* Eu me enfureci, espumei e me debati, mas sem mover um músculo.

Tinha medo de dormir, para o caso de eu morrer. As luzes ao redor de mim nunca eram desligadas e eu via o relógio assinalar os segundos, cada um deles, a noite inteira. Finalmente amanhecia e eu era levada até o térreo para ser submetida a uma punção lombar. Nesse momento eu torcia para *conseguir morrer logo* — mesmo agora a lembrança daquelas dores quase me faz desmaiar.

Porém, muito rapidamente, os médicos chegaram a um diagnóstico: eu tinha algo chamado Síndrome de Guillain-Barré, uma doença autoimune surpreendentemente rara, que atacava o sistema nervoso periférico, despindo as bainhas de mielina dos nervos. Nenhum dos meus médicos tinha visto um caso desses antes.

— Você tem muito mais chance de ganhar na loteria do que de contrair esse troço — gargalhou um dos meus médicos, um homem gordo e bonachão de cabelos grisalhos chamado dr. Montgomery. — Como conseguiu essa façanha?

Ninguém poderia dizer qual tinha sido o gatilho que dera início ao processo, mas a doença às vezes "se manifestava" (jargão médico) após um episódio de intoxicação alimentar.

— Ela sofreu um acidente de carro cerca de cinco meses atrás — ouvi Ryan contar ao médico. — Isso pode ter relação com a causa?

Não, ele não achava que tivesse.

Meu prognóstico era cautelosamente otimista. A Síndrome de Guillain-Barré raramente era fatal, desde que eu não pegasse uma infecção oportunista — o que na certa aconteceria, já que, aparentemente, todo mundo internado em hospitais pega infecções. Pelo que se ouve sobre esse assunto, uma pessoa tem mais chance de levar uma vida saudável bebendo todos os dias sete litros de água poluída do rio Ganges do que internada num hospital. Mas era possível que eu, depois de algum tempo, conseguisse me recuperar e ser capaz de me movimentar novamente, falar e respirar sem a ajuda de aparelhos.

Bom, pelo menos eu provavelmente não iria morrer.

Mas ninguém sabia me dizer quando eu ficaria bem. Até que as tais bainhas de mielina — que diabos era isso? — voltassem a crescer, eu enfrentaria um longo tempo, paralisada e muda, ali na UTI.

— Por enquanto, o mais importante é mantê-la viva — declarou o dr. Montgomery, olhando para Ryan. — Não é isso mesmo, meninas? — gritou para as enfermeiras, com uma alegria inadequada, se querem saber minha opinião. E completou, olhando para mim: — Aguente firme aí, Patsy!

— Quanto a você, venha me procurar se tiver dúvidas — completou, agarrando Ryan pelo braço. — Não vá para casa pesquisar coisas no Google. Eles escrevem todo tipo de asneiras na internet, deixam as pessoas neuróticas e você vai acabar vindo aqui choramingar, achando que sua esposa vai morrer e ficar paralisada para sempre. Sou consultor sênior deste hospital há quinze anos. Sei mais do que qualquer internet e lhe garanto que ela vai ficar ótima. No devido tempo.

— Será que não existem remédios para acelerar a sua recuperação? — quis saber Ryan.

— Não — disse o dr. Montgomery, com um ar quase alegre. — Nenhum.

— O senhor não poderia realizar alguns testes para ter uma ideia de o quanto ela está mal e... Quanto tempo vai levar para ficar bem?

— Essa pobre mulher não acabou de passar por uma punção lombar? — Olhou para mim. — Isso não foi exatamente um agradável passeio na praia, certo? — Voltou a atenção para Ryan. — Você precisa esperar o desenrolar natural das coisas. Não há mais nada que possa fazer. Cultive a paciência, sr. Sweeney. Transforme a paciência em projeto de vida. Talvez deva experimentar pescar usando moscas como iscas, que tal?

* * *

Mais tarde naquele mesmo dia, Ryan trouxe Betsy e Jeffrey para me ver depois que eles voltaram da escola. Vi seus rostos quando eles repararam em todos aqueles tubos que serpenteavam para dentro e para fora de mim. Os imensos olhos azuis de Betsy estavam aterrorizados, mas Jeffrey, como era um menino de quatorze anos e tinha interesse por todas as coisas repulsivas, parecia fascinado.

— Eu lhe trouxe algumas revistas — anunciou Betsy.

Mas eu não tinha como segurá-las. Estava desesperada por alguma distração, e, a menos que alguém lesse para mim, não adiantaria nada.

Ryan inclinou minha cabeça no travesseiro para que eu pudesse olhar para ele.

— Então, como está se sentindo?

Olhei para ele. Paralisada, é assim que estou me sentindo. Incapaz de falar, é assim que estou me sentindo.

— Desculpe — disse ele. — Eu não sei como...

— Faça aquele lance — sugeriu Jeffrey. — Eu já vi na TV. Pisque o olho direito para dizer "sim" e o olho esquerdo para "não".

— Nós não estamos na porcaria de um Grupo de Escoteiros! — ralhou Ryan.

— Você acha que é uma boa ideia, mamãe? — Jeffrey quase colou o seu rosto no meu.

Bem, era a única que havia. Pisquei o olho direito.

— Ponto pra mim! — exclamou Jeffrey. — Funciona. Pergunte a ela alguma coisa!

Com um jeito suave, Ryan disse:

— Não posso acreditar que estamos fazendo isso. Ok. Stella, você está com dores?

Pisquei o olho esquerdo.

— Não? Isso é bom. Está com fome?

Pisquei o olho esquerdo de novo.

— Não. Que bom...

Pergunte-me se estou com medo. Mas ele não fez isso, porque já sabia que eu estava, e ele também.

Já entediado, Jeffrey voltou a atenção para o seu celular. Imediatamente surgiram sons de passos correndo. Era uma enfermeira com um rosto que parecia um trovão.

— Desligue essa coisa! — ordenou. — Celulares não são permitidos dentro da UTI.

— O quê? — perguntou Jeffrey. — Nunca?

— Nunca!

Jeffrey olhou para mim com o que parecia, pela primeira vez, compaixão.

— Sem celular. Puxa... Onde está sua TV? Ei! — gritou ele, na direção da bancada das enfermeiras. — Onde está a TV da minha mãe?

— Quer *calar a boca*? — ralhou Ryan.

A enfermeira furiosa voltou.

— Não há nenhuma TV neste lugar. Isto é uma unidade de terapia intensiva, e não um hotel. E não faça barulho. Há pessoas muito doentes aqui.

— Calma, querida! — debochou Jeffrey.

— Jeffrey! — ralhou Ryan, baixinho. Para a enfermeira, ele disse: — Sinto muito. Ele também. Estamos todos só... muito chateados.

— Fica quieto! — disse Jeffrey. — Estou pensando. — Ele parecia estar lutando com alguma terrível escolha. — Tudo bem. — Chegara a uma decisão. — Vou lhe emprestar o meu iPod. Mas só por essa noite...

— Nada de iPods! — gritou a enfermeira, de longe.

— Mas o que você vai ficar fazendo? — quis saber Jeffrey, profundamente preocupado.

Betsy, que ainda não tinha pronunciado uma palavra desde que chegara, pigarreou e se manifestou.

— Mamãe, eu acho... Eu gostaria muito de orar com você.

Que diabo era aquilo?

Meu próprio drama foi instantaneamente esquecido e eu lancei os olhos para Ryan. Havia algum tempo já suspeitávamos que Betsy andava se envolvendo com o cristianismo, do mesmo modo que muitos pais temem que seus adolescentes se envolvam com drogas. Tinha circulado por sua escola uma espécie de "grupo de jovens" em busca de novos membros. Eles atacavam a vulnerabilidade das crianças criadas por pais agnósticos e era bem provável que Betsy tivesse caído em suas garras.

Para mim, tudo bem rezar mentalmente, dentro da própria cabeça, mas... Rezar em voz alta?... E em companhia de Betsy, como se fôssemos uma família de classe média americana? Era muito errado. Pisquei o olho esquerdo — não, não, não — mas Betsy tomou minhas mãos impotentes e baixou a cabeça.

— Amado Senhor, olhe para esta pobre e miserável pecadora, minha mãe, e a perdoe por todos os atos de maldade que cometeu. Ela não é uma pessoa má, apenas fraca; finge que faz zumba mas nunca aparece nas aulas; sua língua pode ser maliciosa e cruel, especialmente quando está em companhia da tia Karen e da tia Zoe. Essa última eu sei que não é minha tia de verdade, apenas a melhor amiga de minha mãe, mas quando as três se juntam para beber vinho tinto...

— Betsy, pare! — pediu Ryan.

De repente, um alarme começou a tocar, em pulsos sonoros fortes e ritmados. Parecia vir de uns quatro cubículos adiante e aquilo lançou as enfermeiras num frenesi de atividade. Uma delas correu para o meu cubículo e avisou a Ryan:

— Vocês todos têm de sair.

Mas ela correu para atender a emergência e os meus visitantes, ansiosos para não perder o show, ficaram.

Ouvi o farfalhar de uma cortina e muitas vozes alteradas dando ordens e recitando informações. Uma mulher com jaleco comprido de médica acorreu à cena rapidamente, seguida por dois homens que pareciam mais jovens, seus casacos balançando no ar por causa da pressa.

Então — deu para sentir a mudança na energia do lugar — todo o barulho e atividade pararam abruptamente. Depois de alguns segundos de nada absoluto eu ouvi, muito claramente, alguém dizer:

— Hora do óbito: 17:47.

Poucos instantes depois, um corpo sem vida foi levado para longe de nós.

— Ele está... morto? — perguntou Betsy, com os olhos arregalados.

— Uma pessoa morta — reagiu Jeffrey. — Que legal!

Ele olhou para a maca que era levada dali rapidamente e se virou para me olhar, imóvel sobre a cama. A luz dos seus olhos também morreu.

14:17

Ao voltar para casa, vindo da dos meus pais, ainda com minhas roupas mal ajustadas e inapropriadas para o tempo quente, percebo que perdi uma ligação. Fico tonta quando vejo quem ligou. E ele deixou uma mensagem.

Eu não deveria ouvi-la. *Sem nenhum contato*, não tinha sido essa a minha decisão?

Meus dedos tremem quando eu aperto as teclas.

Ali está a voz dele. Só três palavras...

"... Estou com saudades..."

Se eu não estivesse na rua, iria me jogar no chão e uivar.

Só percebo que estou chorando quando noto os olhares interessados que recebo dos motoristas dos carros que passam. Corro na direção de casa e rezo muito para não encontrar ninguém que eu conheça.

Depois de fechar a porta com segurança atrás de mim, faço o que já venho fazendo — conto o tempo: dois meses, três semanas e dois dias. Começo a agitar as coisas.

Verifico o vídeo de Ryan. Não foi mais assistido desde que eu o vi pela última vez naquela manhã, e nada de novo foi adicionado. Talvez nessa área esteja tudo em ordem.

Bom, é melhor eu encontrar algumas roupas de verão. Apesar de me sentir mal e tudo mais, também me sinto grata por ter um projeto, pois assim não preciso tentar escrever. Fico sentada na frente de uma tela com a cabeça vazia deixa muito espaço para que pensamentos terríveis surjam do nada.

Mergulho em meu guarda-roupa extra e começo a puxar para fora as coisas de clima quente que trouxe de Nova York. Espanto-me com o jeito como deixei tudo arrumadinho e organizado. Não percebo nenhuma evidência do desespero e da angústia em que me encontrava no instante em que desfiz as malas. Esperava encontrar cabides sobrecarregados e pendurados em ângulos tortos, meio amontoados, sandálias e chinelos largados no chão, numa pilha. Em vez disso, tudo ali parece o anúncio de um belo guarda-roupa italiano entalhado à mão. Não tenho nenhuma lembrança de ter organizado tudo de um jeito tão impecável, mas parece que, pelo visto, já aceitei a nova realidade: moro ali, agora; aquela é a minha casa, talvez para sempre.

Estou em estado de choque: não tenho nada para vestir. Nenhuma das minhas coisas de Nova York serve mais. Em algum momento ao longo dos últimos dois meses, eu engordei. Quanto exatamente, não sei dizer. Há uma balança no meu banheiro, mas não subo nela nem por um decreto. De qualquer forma, não preciso disso, pois tenho provas terríveis do meu aumento de peso: nada cabe em mim.

O problema é minha... parte da frente. Deixe eu sussurrar... *Barriga*. Mal consigo pensar na palavra. Mentalmente, pigarreio de leve para enfrentar a verdade desagradável: eu tenho uma barriga. De tamanho considerável!

Eu sempre soube que esse dia chegaria...

Depois de uma vida inteira esmagando-a, a porcaria finalmente tinha se libertado das amarras.

Eu me forço a ficar diante do único espelho de corpo inteiro na casa. Fica na porta do guarda-roupa extra, e eu percebo que desde que voltei para a Irlanda ainda não tinha olhado meu reflexo nele. Obviamente por eu não interagir muito bem com roupas antigas.

Mas esse não é o único motivo de eu não ter notado a expansão da minha barriga. Eu tinha estado em processo de negação sobre mim mesma, sobre minha aparência, sobre minha própria existência. Tinha ignorado meu cabelo, mesmo sabendo que ele andava implorando por um bom corte; minhas unhas estavam roídas e quebradas, embora Karen vivesse me oferecendo sessões grátis de manicure.

Eu simplesmente empurrava "com a barriga" cada um dos meus períodos de vinte e quatro horas, lidando com o novo conjunto de desafios que cada dia me trazia — dinheiro, Jeffrey, o grande buraco no centro de mim mesma...

De certo modo eu me... desliguei. Tive de fazer isso, por uma questão de sobrevivência.

No entanto, andei *comendo demais* para uma pessoa que foi "desligada".

Coitado do Jeffrey. Eu caluniei o pobrezinho, achando que ele tinha encolhido minhas roupas, quando a culpa era minha o tempo todo.

Lanço olhares de soslaio para mim mesma. Vislumbres minúsculos. Só consigo digerir essa verdade intragável em pedaços, em pequenos flashes estilhaçados. Essa sou *eu*? Pareço um ovo com pernas. Uma... *barriga* com pernas.

Ao longo dos últimos dois anos eu tinha mantido a "palavra que começa com B" muito longe de mim por meio do auxílio quase diário das corridas, do Pilates e de um plano de alimentação baseado em muitas proteínas. Mas minha vida regada a *personal trainers* e *chefs* particulares tinha desaparecido e em seu lugar me fora dado aquele... apêndice frontal, aquela... *coisa*. Se eu não pronunciar o nome, talvez ela vá embora. Talvez tudo que deseje seja a validação da sua existência, e se eu a ignorar ela vá, depois de algum tempo, abandonar esse corpo que não lhe pertence e se transferir para outra mulher que irá cobri-la de atenções, para em seguida agarrar punhados de banha molenga com as mãos cheias e lamentar isso, e depois se jogar no chão fazendo dezoito abdominais por minuto até, finalmente, se levantar do chão e procurar no Google "Como obter uma barriga negativa em vinte minutos".

Sim, vou ignorá-la. Vou continuar em frente, como antes. Eu me sinto mais calma, agora que tenho um plano.

Só que continuo sem ter o que vestir...

Essa é uma preocupação.

Não vou ser derrotada por isso! Sou uma pessoa positiva! E eu estou saindo para fazer compras!

Volto para casa de mãos vazias e muito preocupada. Tropecei num fato chocante: não existe nada nas lojas para uma mulher de quarenta e um anos e três meses. Eles não fazem roupas para nós. Pulam as mulheres da minha faixa etária. Há camisetas sem mangas e vestidos de lurex justíssimos, com tamanhos dos doze aos trinta e nove anos. Há calças fáceis de lavar, com cinturas elásticas, para a turma que tem mais de sessenta. Para mim, porém, nada. Nada. Nada. *Nada*!

Segui o exemplo de Karen e experimentei um jeans *skinny* com corte no tornozelo e uma camiseta sofisticada, mas fiquei parecendo um estudante obeso. Em seguida tentei umas calças de linho ajustadas sob medida e, ao me olhar no espelho, me perguntei como foi que minha mãe tinha aparecido de repente dentro do provador. Foi então que percebi que a pessoa no espelho era eu. O horror, o horror!

Sem desrespeito à minha mãe. Ela é uma mulher bonita. Para quem tem setenta e dois anos. Eu tenho só quarenta e um e três meses, e isso não está nada certo.

Subitamente eu percebo o porquê de as roupas de grife serem tão caras. Elas têm um corte muito melhor. Os tecidos são de qualidade superior. Eu pensei que estava apenas pagando um monte de dinheiro a mais só pela alegria de me vangloriar por aí balançando uma sacola da DKNY, pensando "Consegui! Provei que consigo pagar duzentos dólares por uma saia preta simples que dava para achar na Zara por dez."

Será que a ausência de roupas para a minha faixa etária é algum tipo de pegadinha? Um plano para nos manter todas dentro de casa e fazer com que nosso envelhecimento intragável permaneça oculto dos olhos de uma sociedade centrada no que é jovem? Ou para nos fazer gastar todo o nosso dinheiro em lipoaspiração? Juro para mim mesma que vou chegar ao fundo dessa questão.

Enquanto corro de volta ao estacionamento, pego um atalho por dentro de uma loja de jornais e revistas. De repente, me vejo ridicularizada por capas de revistas, muitas delas exibindo mulheres que afirmam que estão "Fabulosas aos quarenta!".

Paro diante de uma dessas revistas. Conhecia a mulher que sorria para mim com ar radiante. Tinha participado do seu *talk show* em Nova York, e vou contar para vocês, baixinho, um segredo: O "Fabulosa aos quarenta" dela não passa de um punhado de mentiras. Seu rosto está cheio de substâncias injetáveis, *cheio* delas. Ela é mentalmente doente devido a uma fome crônica. E ela não tem quarenta anos coisa nenhuma, tem trinta e seis. De forma astuta e dissimulada, está se alinhando ao mercado de quarenta anos, que lhe trará mais dinheiro, exibindo-se como uma mulher magra e de aparência jovem, um modelo a seguir. Com cada sorriso e gesto ela transmite a ideia "sou uma de vocês". Mas seu exército de seguidoras nunca vai se parecer com ela, não importa o quanto compre roupas como as dela. Mas é claro que isso não vai impedir as pobrezinhas de tentar. Nem de culpar a si mesmas quando tudo der errado.

"Quando você estiver atravessando o
inferno, siga sempre em frente"

Trecho de *Uma piscada de cada vez*

Quase todas as pessoas na UTI são pacientes exemplares. É claro que a razão disso é que a maioria delas está em estado de coma. Além do mais, a passagem de quase todas elas por ali é muito curta — ou elas morrem ou melhoram e são levadas para uma enfermaria diferente. Mas eu estava na posição incomum de estar lá para uma permanência de longo prazo, e as enfermeiras não tinham sido preparadas para lidar com isso. Não falavam comigo porque não tinham adquirido o hábito de conversar com nenhum dos pacientes da UTI. De qualquer jeito, de que isso serviria, já que eu não podia responder, mesmo?

Quando elas me viravam ou colocavam um novo saco de alimentação no orifício aberto no meu estômago, isso era feito com a mesma força que seria empregada se eu estivesse inconsciente. Quando um tubo saía de mim, elas o espetavam de volta como se estivessem enfiando um plugue na tomada. Às vezes, no meio da manobra, elas se lembravam que eu sabia e sentia tudo que estava acontecendo e se desculpavam.

Mas essas eram as únicas vezes em que um membro da equipe falava comigo, e eu estava quase louca de solidão.

Não havia nada ali para me distrair — nem telefone, nem Facebook, nem comida, nem livros, nem música; não havia conversas... Nada. Por natureza, eu era uma pessoa tagarela — quando um pensamento entrava na minha cabeça eu imediatamente o expelia, mas agora o pobrezinho tinha de pular da parede do meu crânio e voltar para meu cérebro, como todos os milhares de outros pensamentos não expressos em palavras.

Eu podia receber duas visitas por dia, cada uma de apenas quinze minutos. No resto do tempo eu ficava trancada em minha própria cabeça, e nunca parei de me preocupar. Uma rotina tumultuada fora montada para cuidar de Betsy e Jeffrey, mas cada dia era um desafio: mamãe trabalhava em turnos num asilo para idosos; Karen era viciada em trabalho — Ryan também, por falar nisso —, e as costas de papai poderiam desmontar de vez sem aviso prévio.

Eu também estava preocupada e ansiosa por causa do dinheiro — Ryan ganhava muito bem, mas nossas despesas eram enormes e nós precisávamos do meu salário do salão de beleza.

Apesar de termos um seguro de saúde, o contrato — como todas as apólices de seguro — estava crivado de exceções, casos de não aplicação, advertências e isenções. Quando eu contratei o serviço tentei de tudo para compreender ao certo o que estava ou não coberto, mas meu foco na época tinha sido proteger as crianças, não Ryan e eu.

Maior do que a minha preocupação sobre o dinheiro era a minha angústia sobre Betsy e a saúde emocional de Jeffrey — dava para ver o medo em seus olhos cada vez que iam até minha cama na ponta dos pés. Qual seria o impacto a longo prazo desse trauma?

Ryan e eu tentamos com muita determinação sermos bons pais. Pagávamos uma escola cara, sem falar em todas as atividades extracurriculares, mas aquilo ferraria com a cabeça deles. Como poderia ser de outra forma?

Quase tão ruim foi a culpa que eu sentia em relação a mamãe e papai. Eu era uma adulta, o trabalho deles como meus pais estava feito, mas eu sentia como se estivesse destroçando seus corações. Era angustiante quando eles vinham me visitar. Mamãe segurava minha mão e chorava baixinho. Papai apertava o maxilar com força, sem parar, e olhava fixamente para o chão. A única coisa que ele me aconselhou a fazer durante todo aquele tempo, foi: "Quando você estiver atravessando o inferno, siga sempre em frente."

As poucas pausas que eu tinha entre as crises de preocupação eram gastas em espantos maravilhados com a vida que eu costumava levar. Que sorte eu tinha! A uma hora dessas eu estaria dirigindo nosso carro, comendo passas que encontrara abandonadas dentro de um saquinho no chão do veículo e dando a Betsy um monte de incentivos para ela continuar com as aulas de oboé, enquanto decidia que as aulas de zumba eram um saco — eu realmente era uma pessoa multitarefa. Envolvia cada grupo muscular do meu corpo em mil atividades e ninguém tinha nada com isso.

E agora ali estava eu, tão paralisada que não conseguia nem mesmo bocejar. Teria dado dez anos de minha vida para ser capaz de calçar um par de meias.

Jurei para mim mesma que, se um dia eu melhorasse, apreciaria cada pequeno movimento que fizesse como um pequeno milagre.

Mas será que eu melhoraria? Havia momentos — cerca de um milhão de vezes por dia — em que eu tinha certeza de que ficaria ali trancada em meu corpo inútil para sempre.

Ficava tentando fazer com que meus membros se movessem e me concentrava num determinado músculo até sentir que minha cabeça ia explodir, mas nada acontecia. Era óbvio que eu não estava ficando nem um pouco melhor. Mas, pelo menos, não estava ficando pior — morria de medo de meus olhos serem atingidos e de que até essa pequena maneira de me comunicar pudesse ser bloqueada, mas eles se mantiveram funcionando.

De qualquer jeito, achava difícil me sentir esperançosa. Ryan fazia de tudo para se mostrar positivo — era realmente heroico — mas sabia tão pouco quanto eu.

Quando fui diagnosticada, minha condição gerou muita comoção entre amigos e conhecidos. A chance de que eu poderia morrer a qualquer momento adicionava um brilho extra a tudo. Segundo Ryan, "todo mundo" estava implorando para poder me visitar e dezenas de simpáticos visitantes me mandavam flores, apesar de Ryan ter avisado às pessoas que flores não eram permitidas na UTI. Velas foram acesas em minha homenagem e eu estava "sempre na lista" das orações das pessoas... Só que os dias foram passando, eu não morri, e quando fui finalmente declarada "estável" os meus fãs me abandonaram em segundos. Mesmo do meu leito de hospital dava para sentir a debandada deles. "Estável" é quase a mais maçante de todas as descrições médicas — apenas "confortável" é pior. O que as pessoas realmente gostam é um bom "estado crítico". Podem observar... "Estado crítico" mantém todas as mães coladas nos portões das escolas, com uma espécie de horror alegre, comentando sabiamente: "Poderia ter acontecido com qualquer uma de nós... Graças a Deus não aconteceu".

"Estável" não era emocionante. Significava que se você está à procura de empolgação, apostou no cavalo errado.

De algum modo, vinte e três dias se passaram — eu era como um prisioneiro marcando com um canivete o número de dias nas paredes de uma cela. Medir a passagem do tempo era o único restinho de controle que me restava sobre qualquer coisa.

Olhei para o relógio mais uma vez — ainda faltavam dezenove minutos antes de eu ser virada para o outro lado, mas meu quadril parecia estar em chamas de tanta dor. Eu não conseguiria mais aguentar aquilo. Ia acabar ficando louca.

Só que mais sete segundos se passaram e eu não pirei.

Como uma pessoa fica louca?, me indaguei. Pirar é uma habilidade de vida muito útil que deveria ser ensinada nas escolas. Seria muito cômodo ser capaz de enlouquecer por algum tempo quando a barra pesa demais.

Eu podia ver o botão para chamar a enfermeira — ficava a menos de um metro do meu rosto. Forcei minha cabeça a se mover ao longo do travesseiro, convoquei todas as minhas forças internas para tentar apertá-lo. Eu poderia fazer isso. Se desejasse de verdade, eu poderia fazer isso acontecer. Nós não estávamos sempre sendo informados de que a vontade humana é a força mais poderosa do planeta? Pensei em todas aquelas histórias que tinha lido na coleção de revistas *Reader's Digest* do meu pai quando eu era criança — relatos incríveis de mulheres que, sozinhas, tinham erguido jipes para salvar a vida de seus filhos; ou homens que tinham caminhado sessenta e cinco quilômetros através de um terreno acidentado carregando a esposa ferida nas costas. Tudo que eu tinha de fazer era apertar aquele pequeno botão de chamada.

Porém, apesar do meu tumulto interior, nada aconteceu. Querer muito alguma coisa não era garantia alguma de que aquilo iria acontecer — eu tinha sido enganada pelo *X-Factor*. Sim, eu queria movimentar minha cabeça. Sim, estava louca para fazer isso. Sim, estava preparada para enfrentar o que fosse preciso. Mas não era o bastante.

Se ao menos uma das enfermeiras que passavam pela minha cama olhasse para mim! Certamente veria pelos meus olhos que eu estava em agonia, certo? Mas elas não faziam verificações aleatórias; as máquinas tomavam conta de tudo e as enfermeiras só apareciam quando algo começava a apitar.

A única pessoa que poderia me ajudar a superar isso era eu mesma.

Aguente firme, Stella, repetia mentalmente para mim mesma. *Segure as pontas.*

Enquanto isso, escutava o aparelho de ventilação e contava até sete; depois, contava até sete novamente, fingia que meu quadril não pertencia ao meu corpo, parava de olhar para o relógio e continuava contando, continuava contando até que... apareceram duas enfermeiras! Era essa a hora!

— Você pega pela cabeça — dizia uma delas. — Cuidado com o aparelho.

Eu estava sendo levantada; de repente a dor tinha passado e o alívio me inundava de êxtase. Eu me sentia bem, como se flutuasse no ar de alegria. Fui revirada para o lado direito e as enfermeiras arrumaram meus tubos.

— Vejo você novamente daqui a três horas — dizia a outra, olhando direto nos meus olhos. Eu olhava de volta para ela, pateticamente grata pelo contato humano.

Assim que elas iam embora, o medo de morrer se apoderava novamente de mim. Esse era sempre o pior momento: segundos depois de alguém ter saído da minha cabeceira. Ficava ali, matutando se eu conseguiria um padre para lavar e enxaguar a minha alma. Só que, mesmo que tivesse sido capaz de pedir isso, suspeitava que Deus não jogava segundo essas regras simples. Seja lá o que eu tivesse feito na minha vida — às vezes meus erros não pareciam tão terríveis, mas outras vezes, sim —, a essa altura já era tarde demais para ser perdoada.

Até então, meu maior medo costumava ser que algo terrível acontecesse aos meus filhos. Mas contemplar minha própria morte era — e fiquei surpresa com meu egoísmo — ainda mais assustador.

Ali vêm Ryan, Betsy e Jeffrey! Um após o outro, eles beijaram minha testa e depois se afastaram rapidamente, esbarrando uns nos outros e morrendo de medo de tirar meus tubos do lugar.

Um pouco constrangidas, as crianças me davam as "notícias" que tinham guardado desde a visita anterior, na véspera.

— Ah meu Deus! — disse Betsy, com uma surpresa muito mal ensaiada. — Você não soube? Amber e Logan estão terminando!

Amber era a melhor amiga de Betsy. Logan era o namorado dela. Talvez já não fosse, naquela altura do campeonato...

Conte-me tudo! Tentei transmitir vibrações de incentivo com os olhos. *Vá em frente, querida. Qualquer papo, por mais furado que seja, é muito apreciado por aqui. E também estou muito grata por você ter parado com esse negócio de rezar.*

— Pois é! Eles tiveram um papo longo e Logan disse que tinha a intuição de que estava empatando a vida de Amber. Atrasando o desenvolvimento pessoal dela, entende? Ele não queria dar um tempo, mas achou que era a coisa certa a fazer.

Nossa, como eles eram sérios, todos os dessa nova geração de crianças.

... Mas eu não estava assim tão certa sobre a nobre motivação de Logan.

— Amber está arrasada, sabe como é? Mas é tipo assim... *Lindo* que Logan seja tão maduro...

Jeffrey, claramente nem um pouco interessado na saga entre Amber e Logan, comentou, falando depressa:

— Ontem à noite eu assisti *O Aprendiz*! É muito legal.

Ah, Deus! E quanto aos seus estudos? Tentei transmitir muita energia para fazer com que eles comentassem sobre seus trabalhos escolares; morria de medo que Ryan deixasse tudo correr solto até não sobrar nada enquanto eu estava deitada ali, impotente para agir.

— Eles precisavam de uma distração. — Ryan soou defensivo.

Sim, mas...

Qualquer um imaginaria que uma pessoa não deveria se preocupar com coisas assim, pequenas e mundanas quando, a cada dia, enfrentava a possibilidade concreta de morrer e ir para o inferno, mas as coisas são desse jeito, fazer o quê?

Para desviar a atenção de seu erro, Ryan pegou meu prontuário.

— Aqui diz que você teve uma boa noite de sono.

Era mentira. Isso era impossível, especialmente porque todas as luzes da UTI ficavam acesas vinte e quatro horas por dia e a ardência no meu quadril me acordava a cada duas horas; sem falar na verdadeira operação militar que era o momento de me virar de lado na cama a cada três horas, evento que acontecia a noite inteira.

— Amber diz que o fim do namoro foi uma coisa boa e tornará o vínculo entre eles mais forte. Só que... Mamãe, posso dizer uma coisa que estou pensando? Isso fará de mim uma pessoa ruim...?

Diga! Diga!

— Eu acho que Logan quer mais é ficar com outras garotas.

Eu também! Lembre-se daquele lance no verão!

— Andei pensando naquela... Naquela garota no verão.

Sim! A menina que trabalhava no barco de pesca, certo?

— Não é legal chamar uma garota de vadia, sei que não é, mamãe. Por favor, não grite comigo... Ahn, bem... Sei que você não pode gritar, mas ela *foi* meio vadia, sim.

Betsy era bonita, com pernas e braços compridos e ágeis, uma juba selvagem de cachos louros e muito longos — tinha as melhores partes de mim e de Ryan — mas cultivava um visual absurdamente pouco sexy. Usava vestidos largos do tipo avental que iam até as canelas e blusas de malha grossa, estranhas e disformes, que faziam Karen dizer, com desprezo: "Ela parece uma camponesa do século dezenove."

— Sei que Logan disse que estava apenas ajudando a garota vadia quando ela se enroscou toda na rede de pesca — disse Betsy. — Só que...

Eu não acreditei naquilo.

— Eu meio que achei que ele estava mentindo. E ontem à noite, Amber foi tipo espionar Logan.

Meu Deus! Aquilo era tão bom quanto uma novela.

— Bem, não exatamente espionar, mas... foi observar a casa dele. Ela me contou que a garota vadia saltou de um carro e...

— O tempo acabou! — A enfermeira estava parada ao pé da minha cama.

O quê? Já? Não! Eu precisava ouvir sobre a garota vadia! Eu teria chorado de tanto desapontamento se meus dutos lacrimais estivessem funcionando.

— Eu não quero ir embora — disse Jeffrey, de repente parecendo jovem e vulnerável.

— Mas tem que ir — afirmou a enfermeira. — A paciente precisa descansar.

— Mãe, quando você vai ficar melhor? — quis saber Jeffrey. — Quando volta para casa?

Olhei para ele.

Sinto muito. Sinto muito. Sinto muito.

— Em breve — disse Ryan, com uma falsa voz reconfortante. — Ela vai ficar melhor rapidinho.

Mas... e se eu não melhorasse? E se ficasse daquele jeito para sempre?

Ryan se inclinou sobre mim e acariciou meu cabelo, afastando-o para trás da orelha.

— Aguente firme — disse baixinho, olhando fixamente nos meus olhos. — Segure as pontas. Faça isso por mim que eu farei por você e nós dois faremos por eles. — Compartilhamos um momento de união de almas e então ele se afastou. — Muito bem, crianças — disse ele. — Vamos embora.

Lá foram eles e eu fiquei por minha conta mais uma vez. Não podia enxergar o relógio, mas calculei que faltavam duas horas e quarenta e um minutos até a minha próxima "virada".

17:17

Corro para dentro da casa, disposta a esquecer e deixar para trás meu desastroso passeio de compras. Jeffrey está em casa e meu coração está louco para vê-lo. Apesar de sua petulância incessante, eu o amo com uma ternura que é quase dolorosa.

— Desculpe — digo.

— Pelo quê?

— Por achar que você tinha encolhido minhas roupas.

Ele olha para mim com uma expressão de medo.

— Você sempre foi assim tão maluca?

Endireito a coluna, prontamente disposta a me sentir ultrajada, mas nesse instante meu celular toca. É Zoe. Eu vacilo por um instante — não me sinto capaz disso, não me sinto *mesmo*. Mas talvez ela esteja ligando para cancelar a reunião de hoje à noite do Clube do Livro das Mulheres Amargas. Além do mais, ela é minha melhor amiga, então é claro que vou atender.

— Oi, Zoe!

— Você não vai acreditar no que aquele babaca me aprontou dessa vez.

Não é preciso perguntar quem é o babaca — sei que é Brendan, o ex-marido de Zoe.

— Era para ele vir pegar as filhas dele às cinco da tarde, mas até agora nem deu sinal de vida e adivinha que horas são? Isso mesmo, acertou: cinco e vinte! Uma coisa é ele me tratar como se eu fosse um saco de bosta, mas fazer isso com sua própria carne e sangue! Ah, veja só, acabou de aparecer, o idiota. Nossa, você precisa ver a roupa que ele está usando! Calça justa verde limão! Acho que ele realmente pensa que ainda tem dezessete anos! Escute, apareça aqui mais cedo. Ou melhor, venha agora mesmo! Eu já comecei com o vinho.

Subitamente ela desliga e eu me sinto perseguida, quase com medo.

— Acho que você deveria arrumar uma nova melhor amiga — sugere Jeffrey.

Por um centésimo de segundo eu concordo com ele de todo coração, mas logo em seguida volto ao roteiro certo.

— Não fique bravo — reajo. — Ela é minha melhor amiga desde que eu tenho seis anos.

Zoe e eu tínhamos frequentado a escola juntas. Na adolescência, trocávamos de namorados — na verdade, Ryan tinha sido namorado dela antes de ser meu — e quando crescemos e nos casamos, nossos maridos se tornaram grandes amigos. Tivemos nossos bebês quase simultaneamente e passamos muitas férias juntos. Zoe e eu iríamos ser amigas para sempre.

Não importa o quanto eu estivesse achando aqueles dias difíceis.

Era tudo culpa de Brendan, pensei, de um jeito sombrio. Ele e Zoe tinham um casamento muito feliz até que, cerca de três anos atrás, ele estragou tudo ao levar uma garota do trabalho para a cama. As consequências disso foram terríveis. Zoe disse que se ele prometesse nunca mais tornar a ver a garota ela o aceitaria de volta, mas Brendan deixou todos horrorizados ao afirmar que se tudo fosse igual, ele, na verdade, não *queria* voltar, muito obrigado.

Todos acharam que aquilo seria o fim de Zoe, que ela simplesmente sucumbiria e murcharia em uma triste versão de sua antiga personalidade vibrante. Entretanto, estávamos enganados. A traição de Brendan provocou nela uma transformação radical. E não foi uma mudança boa.

Você sabe como, às vezes, uma mulher comum e simples muda da noite para o dia e começa a fazer musculação? Todas as outras mulheres ficam felizes em simplesmente circular pela academia com pesos cor-de-rosa fofos, mas essa nova mulher começa a misturar *shakes* de proteína e se separa do rebanho. Logo está se entupindo de esteroides, participando de competições e adquirindo um bronzeado marrom mogno. Seu corpo se modifica por completo — os seios se tornam peitorais, os braços engrossam e ficam cheios de veias. Ela vai à academia todos os dias, grunhindo e erguendo pesos, dando vida e alma à nova versão de si mesma.

Pois bem, Zoe fez isso com sua personalidade. Ela se reinventou e se remodelou até se tornar uma pessoa quase irreconhecível. Logo ela, que costumava ser encantadora e muito divertida...

— E aí? — perguntou Jeffrey num tom quase sarcástico. — Hoje é dia do Clube do Livro das Mulheres Amargas?

Mordo o lábio inferior, mastigo, mastigo e mastigo mais, enquanto percorro várias avenidas e encontro todas bloqueadas, até que giro o corpo com uma fúria repentina e encaro Jeffrey.

— Quem vai a reuniões de clube do livro num sábado à noite?

Clubes do livro são eventos de meio de semana, para que você tenha uma desculpa para entornar uma garrafa de vinho numa terça-feira!

— A primeira regra do Clube do Livro das Mulheres Amargas é que não se fala sobre o Clube do Livro das Mulheres Amargas — diz Jeffrey.

Errado. A primeira regra do Clube do Livro das Mulheres Amargas é que todo mundo bebe vinho tinto e continua a beber até os lábios racharem e os dentes ficarem pretos.

— A segunda regra — continua ele — é que todos os homens são canalhas.

— Correto. — Terceira regra: todos os homens são canalhas.

Também correto.

— Então, ahn...? — pergunto. — O que você achou do livro?

— Ah, mãe...

Ele se remexe, um pouco sem jeito.

— Você não leu! — acuso. — Peço só uma coisinha para você e nada! Custava alguma coisa ler o livro só para...?

— Mãe, é você que participa do clube do livro, não eu. É você que deveria gostar dos livros...

— Mas como é possível alguém gostar dos títulos escolhidos pelo Clube do Livro das Mulheres Amargas?

— Nesse caso, talvez você não devesse estar nele.

Preciso encher a cara hoje à noite. Até cair de bêbada. Não sou de beber muito, mas não há outro jeito de enfrentar isso. O que significa que dirigir até lá está fora de questão. Por outro lado, usar transporte público, nem pensar. Desde que se separou do marido, Zoe foi morar longe, muito longe, num subúrbio onde o aparecimento de um ônibus causa o mesmo alarme que os eclipses solares costumavam provocar nos tempos medievais. (Na época em que era casada, Zoe morava em pleno coração pulsante de Ferrytown, num lugar perto de tudo. Seu atual exílio num dos bairros mais longínquos a oeste de Dublin ajuda a esticar ainda mais a corda da sua amargura atual.)

— Jantar com os amigos? — pergunta o taxista.

— Clube do Livro.

— Em pleno sábado à noite?

— Pois é, eu sei.

— Vocês vão tomar umas e outras, então?

Olho para a minha garrafa de vinho tinto.

— Isso mesmo.

— Qual é o livro?

— Um francês. O título é *A convidada*. Foi Simone de Beauvoir quem escreveu. Eu só li por alto, mas achei muito triste. Autobiográfico. Simone de Beauvoir e Jean-Paul Sartre eram pessoas de verdade, eram escritores...

— Sei quem eles eram. — Ele parece irritado. — Existencialistas.

— Tinham um relacionamento aberto.

— E escreviam coisas indecentes — Estala a língua. — Os franceses são assim mesmo.

— Aparece uma garota e eles... — Como eu poderia descrever um *ménage à trois* de forma delicada? — Eles... ficam amigos dessa moça. E ela os destrói.

— Esse é o resultado. Vale mais a pena seguir as regras. Para onde estamos indo nesse mundo de Deus?

— Vire na próxima rua à esquerda. E depois na próxima à direita. Depois na segunda à esquerda. — Estamos em meio ao imenso bairro onde Zoe mora, com casas absolutamente idênticas. — Siga até o fim agora, vire à esquerda, depois na primeira à direita, isso mesmo, vá em frente. Segunda à esquerda, esquerda novamente. Direita. Esquerda. Vá em frente. Agora siga, vá sempre em frente, assim mesmo, está ótimo.

— Meu GPS ficou desorientado, não sabe o que o atingiu.

— Esquerda. No fim da rua, esquerda mais uma vez. Vire à direita novamente e pronto, chegamos... Pode parar.

Ao pagar a corrida, o taxista me parece ansioso.

— Pode ser que eu nunca consiga achar o caminho para sair daqui.

Tenho a súbita percepção do quanto estou profundamente encarcerada dentro daquela prisão nos subúrbios de Dublin. Sinto minha visão se ampliar e se lançar para cima da minha cabeça, para em seguida se afastar ainda mais para longe, muito longe, além das estradinhas cheias de curvas, dos espessos cabos representados pelas autoestradas, o denso aglomerado urbano da grande Dublin, a costa da Irlanda, a massa terrestre do continente europeu e todo o caminho até o espaço sideral. E me sinto minúscula, encurralada e com medo. Por impulso, peço:

— Volte para me pegar daqui a uma hora e meia.

— Você não pode cair fora depois de uma hora e meia. — Ele me olha espantado. — Faça a coisa decente: duas horas e quinze minutos.

Eu hesito.

— Mostre que tem boas maneiras.

— Ah, *tudo bem*, então. Duas horas e quinze minutos. Pode ser que eu esteja bêbada — acrescento, achando que seria o mais correto. — Não costumo ficar agitada, mas pode ser que esteja chorosa. Por favor, não deboche de mim, sim?

— Por que eu debocharia de você? Nunca me comporto desse jeito. Saiba que sou um homem muito bem-visto na minha comunidade. Tenho a reputação... merecida, devo acrescentar... de ser uma pessoa cortês. Os animais correm em bando na minha direção por instinto e... Oh, veja só, sua amiga já está à sua espera.

Zoe está com a porta da frente aberta. Pelo tom escuro dos seus dentes e o desalinho total em seu cabelo, sei que já está alta.

— Seja bem-vinda ao Clube do Livro das Mulheres Amargas! — grita ela.

Corro em sua direção.

— Olhe só para ele. O canalha imundo! — diz ela, observando o taxista. Olhou para mim com ar alegre. Você viu? E está usando uma aliança de casado! Cão imundo.

— Fui a primeira a chegar? — pergunto, ao entrar na sala da frente.

— E única!

— O quê?

— Isso mesmo. Bando de vadias! Todas cancelaram. Deirdre marcou um encontro. Com um homem qualquer aí, sei lá. Imagine! Desmarcar com a gente, desse jeito! — Ela tenta estalar os dedos, mas não consegue. — Ainda me mandou um "a gente se vê na terça que vem!".

— E Elsa? Onde ela foi? Você tem um copo?

Meu vinho é desses com tampa de rosca, graças a Deus. Preciso beber muito, e rapidamente. Se soubesse, teria começado a beber no táxi mesmo.

— A mãe de Elsa despencou do alto de uma escada, quebrou a clavícula e Elsa foi até lá para... — Zoe faz uma pausa e lança a frase seguinte com sarcasmo mordaz — ... prestar os primeiros socorros.

— Minha nossa, isso é terrível.

Estou servindo o vinho agora. Servindo e bebendo ao mesmo tempo, contentíssima.

— Sim. Conveniente pra cacete que a mãe dela quebre a clavícula justamente na noite da nossa reunião do Clube do Livro das Mulheres Amargas.

— Não creio que a mãe dela tenha quebrado a clavícula de propósito... E Belen, onde está?

— Não pronuncie esse nome debaixo do meu teto! Aquela va-di-a está morta para mim.

— Por quê?

Ela coloca os dedos sobre os lábios.

— Shhhhhhh... É segredo. Qualquer hora eu conto. Alguma novidade?

Tenho muita coisa que poderia dizer a ela — que a economia irlandesa vem exibindo sinais de crescimento modesto; que os cientistas têm tratado com sucesso o câncer ósseo em ratos. Eu poderia até comentar com ela sobre a louca ideia artística de Ryan. Mas as únicas novidades nas quais Zoe sempre demonstra interesse são os rompimentos — eles são sua comida e sua bebida. Geralmente prefere casos de relacionamentos desfeitos entre pessoas reais, mas rompimentos entre celebridades também servem.

— Não, nenhuma novidade — respondo, quase me desculpando.

— Ryan continua solteiro?

— Continua.

— Não por muito tempo, certo? Não vai precisar esperar muito até que alguma idiota de dezenove anos com cérebro de uma Barbie se encante pelo seu velho papo de artista atormentado. Mas vamos em frente. O que achou do livro?

— Bem... — Respiro fundo e tento pegar meu coração que afunda lentamente. Cheguei até ali. Estou no meu clube do livro. E já que me dei ao trabalho de (mais ou menos) ler o livro, poderia executar um esforço final. — Sei que eles são franceses e os franceses são diferentes de nós; eles não ficam chateados com a infidelidade e esse tipo de coisa, mas achei tudo muito triste.

— Aquela tal de Xavière era um pouquinho vadia...

Estou inclinada a concordar, mas não se pode fazer isso num clube do livro — supostamente as pessoas devem "discutir" a história. Por isso — de um jeito um pouco cansado — eu digo:

— Será que é assim tão simples?

— O que você acha? Eles eram felizes, Françoise e Pierre. E os dois convidaram Xavière a entrar no lance!

Um pouco assustada com raiva de Zoe, pergunto:

— E isso quer dizer que a culpa foi dela?

— Toda *dela*. De Françoise, é claro.

Engulo em seco.

— Não sei se é justo culpar Françoise por Pierre ter se apaixonado por Xavière.

Zoe olha duro para mim.

— A história é autobiográfica, sabia? Aconteceu de verdade.

Estou confusa pela corrente de raiva. Por outro lado, Zoe sempre é desse jeito e só piora quando está bêbada.

— Eu sei, mas é que...

— Stella, Stella... — Zoe me agarra pelo braço com muita força e de repente parece que tem algo muito importante a dizer. — Stella!

— Sim? — eu quase guincho.

— Você sabe o que eu vou dizer. — Ela me lança um olhar firme que é ao mesmo tempo intenso e instável.

— Ahn...

Subitamente, uma onda inesperada de alguma nova emoção a cobre por completo.

— Droga! — reage ela. — Preciso ir para a cama.

— O quê? Agora?

— Isso mesmo. — Ela cambaleia para fora da sala e segue em direção à escada. — Estou muito bêbada — explica. — Essas coisas acontecem... Quando você bebe muito. — Está meio que se arrastando e escalando os degraus até o quarto dela. — Não vou vomitar. Não vou me sufocar. Estou muito bem. — A essa altura ela já está tirando o vestido e rastejando para debaixo do edredom. — Quero só dormir. E de preferência nunca mais acordar. Mas vou acabar acordando. Vá para casa, Stella.

Providencio para que ela se acomode deitada de lado e ouço seu murmúrio:

— Para. Eu não vou vomitar. Nem sufocar. Já te falei. — Ela é uma estranha mistura de alguém extremamente bêbado e totalmente lúcido ao mesmo tempo.

Começa a roncar baixinho. Eu me deito ao seu lado e reflito no quanto as coisas são tristes. Zoe é uma das pessoas com coração mais mole e carinhoso que eu já conheci. Uma alma otimista e alegre que sempre enxerga o lado bom das coisas e das pessoas. Bem, pelo menos costumava ser assim. Só que a traição de Brendan arrasou cada pedaço da sua vida. Ela não foi apenas humilhada publicamente pela partida dele. Ficou com o coração despedaçado. Ela realmente o amava.

Para piorar a situação, Brendan secretamente reestruturou a empresa de serviços de limpeza que gerenciava com Zoe. Escolheu as empresas maiores e mais lucrativas para si mesmo, deixando para Zoe os trabalhos pequenos, pouco confiáveis ou de curta duração. Ela andava se arrebentando de trabalhar para fazer com que as coisas funcionassem minimamente bem.

E as duas filhas de Zoe, uma de dezenove anos chamada Sharrie e uma de dezoito chamada Moya, a desprezavam. Foram elas que inventaram o nome do grupo: Clube do Livro das Mulheres Amargas, e Zoe adotou a ideia numa espécie de desafio do tipo "se não dá para derrotá-las, junte-se a elas".

Olho para sua silhueta adormecida. Mesmo dormindo ela parece irritada e decepcionada. Será que aquilo vai acontecer comigo? Apesar de minha vida não ter sido exatamente o que eu gostaria que fosse, não quero me transformar numa pessoa amarga. Mas talvez não tenhamos chance de decidir sobre essas coisas, certo?

Quando a campainha toca, nós duas damos um pulo.

— Quem é? — murmura Zoe.

— Meu taxista. Até esqueci que ele estava voltando. Vou até lá só para dispensá-lo.

— Não precisa ficar aqui, Stella.

Ela se senta na cama.

— Mas é claro que eu vou ficar.

— Não. Sério. Estou ótima. Vamos esquecer esta noite e amanhã começamos tudo do zero. OK?

Eu hesito.

— Tem certeza?

— Juro.

Desço as escadas e saio no ar da noite. O taxista me lança um olhar cuidadoso pelo espelho retrovisor.

— Foi boa a noite?

— Muito boa.

— Ótimo. Para casa, não é?

— Isso mesmo. Para casa.

"O toque humano é tão importante quanto água, comida
ar, risadas e sapatos novos."

Trecho de *Uma piscada de cada vez*

No meu vigésimo quarto dia no hospital, um homem entrou no meu cubículo. Ele carregava uma pasta grande e, para meu grande alarme eu o
reconheci — não dali, dos funcionários do hospital, mas de um momento da
minha antiga vida. Era o homem irritante da Range Rover contra a qual eu
colidira, aquele que eu acusara de tentar passar uma cantada em mim. O que
ele estava fazendo ali, ao lado da minha cama de hospital? Será que aquilo
tinha alguma coisa a ver com a reivindicação do seguro?

Mas eu tinha feito tudo certinho — preenchera devidamente os imensos
formulários, depois tinha preenchido todas as papeladas de acompanha-
mento, ligando todo mês para ser sempre informada de que eles continuavam
"buscando esclarecimentos" das outras companhias de seguro envolvidas;
basicamente, eu tinha me rendido ao processo labiríntico, como faria qualquer pessoa sensata.

Naturalmente o sujeito não estava ali a fim de me pressionar para acelerar
as coisas, certo? Mesmo que eu fosse capaz de falar, não havia nada que
pudesse fazer. Fiquei confusa e com medo, a princípio. Em seguida me senti
absurdamente envergonhada e vermelha ao me lembrar da humilhação que
experimentei quando ele me explicou o motivo de querer o número do meu
celular.

— Stella? — Ele usava um jaleco comprido branco, de médico, sobre um
terno escuro. Seu cabelo fora cortado muito rente à cabeça, seus olhos eram
cinza-prateados e exibiam um ar cansado, exatamente como eu lembrava. —
Meu nome é Mannix Taylor. Sou neurologista.

Eu nem sabia exatamente o que era um neurologista.

— Vou trabalhar na sua reabilitação física.

Aquilo era novidade. Eu pensei que o dr. Montgomery era o profissional encarregado de meus cuidados. Se bem que, na condição de
"paciente estável", eu tinha pouca coisa a oferecer em termos de emoção

naquele momento. Sem contar que a única vez que tinha posto os olhos nele foi quando ele estava a caminho de um dos emocionantes "pacientes em estado crítico" num cubículo ali perto. Teve uma vez em que chegou ele até a me dizer, ao passar acompanhado por seu habitual séquito: "Olá, você ainda está aqui? Não desanime, Patsy!"

Talvez o dr. Montgomery tivesse enviado aquele neurologista irritadinho.

Embora eu estivesse paralisada e, portanto, *extremamente* imóvel, ordenei a mim mesma para permanecer sem fazer um único movimento. Talvez, se fingisse ser totalmente invisível O Homem Irritadinho fosse embora, depois de olhar atônito e avisar à enfermeira que não havia paciente algum no leito sete. Havia uma boa chance de que ele não me reconhecesse. Tinham se passado quase seis meses desde que eu tinha jogado meu carro contra o dele e aposto que agora eu estava com um aspecto muito diferente. Não vira um único espelho em todo o meu tempo de hospital, mas estava sem maquiagem, meu cabelo estava um desastre e tinha emagrecido demais.

— Hoje vamos fazer um trabalho suave em sua circulação — avisou ele. — Tudo bem?

Não, não estava nada bem.

Meu mau humor deve ter vazado para todo o ambiente da UTI, porque ele me olhou um pouco surpreso e focou a atenção em mim de um jeito novo. Sua expressão mudou.

— A gente já se conhece?

Pisquei minha pálpebra esquerda muitas vezes, tentando transmitir:

Vá embora. Vá embora daqui e nunca mais volte.

— Sim? Não? — Sua testa continuava franzida. — O que você está tentando me dizer? — Aquilo estava parecendo um episódio da antiga série de TV *Skippy, o canguru.*

Vá embora. Vá embora e nunca mais volte.

— O acidente de carro! — Seu rosto se iluminou quando ele se lembrou. — A batida.

Vá embora. Vá embora e nunca mais volte.

Ele me observou mais de perto e deu uma risadinha.

— Você quer que eu vá embora.

Sim, quero que você vá embora e nunca mais volte.

O Irritadinho — como foi mesmo que ele disse que era seu nome? Mannix — deu de ombros e afirmou:

— Tenho um trabalho a fazer aqui.

Vá embora e nunca mais volte.

Ele riu, com um ar de maldade.

— Puxa! Quando você não gosta de alguém, *realmente* não gosta. Então, vamos lá!... — pegou o prontuário no pé da cama, puxou uma cadeira e se sentou à minha cabeceira. — Como está se sentindo hoje? Sei que você não pode responder. O relatório das enfermeiras diz aqui que você teve "uma boa noite de sono". Isso é verdade?

Ele me olhou com cuidado. Pisquei o olho esquerdo. Deixei que descobrisse o que aquilo significava.

— Não? Piscar o olho esquerdo significa "não". Então você não teve uma boa noite de sono? — Ele suspirou. — Elas sempre escrevem que todo mundo teve uma boa noite de sono. A única vez em que não fazem isso é quando um paciente sai correndo para cima e para baixo pela enfermaria completamente pelado e gritando que a CIA o está espionando. Quando isso acontece elas chamam de "noite de sono agitado".

Arqueou uma sobrancelha para mim, em busca de uma reação.

— Nem mesmo um sorriso? — Ele soou sarcástico.

Eu não posso sorrir e mesmo que pudesse não o faria. Não para você.

— Sei que você não pode sorrir — avisou ele. — Essa foi uma tentativa grosseira de fazer humor. Muito bem. Daqui a dez minutos eu vou embora. Hoje vou simplesmente massagear seus dedos.

Aninhou minha mão na sua e, depois de eu ter sido privada de qualquer tipo de contato decente por mais de três semanas, aquilo foi um verdadeiro choque. Começou a massagear minhas unhas com a parte macia do seu polegar, executando movimentos minúsculos que fizeram liberar substâncias químicas de prazer em minha cabeça. De repente eu me senti tonta, quase em êxtase. Ele pegou os nós dos meus dedos e fez um movimento circular com eles. Em seguida puxou-os suavemente e isso desencadeou uma cascata de felicidade que enviou pequenas fisgadas de eletricidade através de todo o meu corpo. Ryan e as crianças mantinham distância de mim, por medo de me prejudicar, mas obviamente aquele tipo de privação não tinha sido boa, já que alguém simplesmente esfregando minhas mãos tinha conseguido me lançar naquele estado de euforia.

— Como está? — quis saber Mannix Taylor.

Aquilo me parecia tão íntimo que eu tive de fechar os olhos.

— Está tudo bem? — ele perguntou.

Abri os olhos e pisquei o olho direito.

— Isso foi um sim? Piscar o olho direito significa "sim"? Eu nunca trabalhei com uma pessoa que não conseguia falar nada. Como você ainda não enlouqueceu?

Estou tentando. Faço o máximo que posso todos os dias para não ficar maluca.

— Ok, vamos tentar a outra mão.

Fechei os olhos e me entreguei às sensações, entrando numa espécie de transe provocado por puro êxtase. Pensei naquelas histórias de bebês em orfanatos que nunca são acariciados, e no quanto isso impede o seu desenvolvimento. Agora eu conseguia entender o porquê disso. *Totalmente.* O toque humano era importante, *muito* importante, tão importante quanto água, comida, ar, risadas, sapatos novos e...

... Mas o que estava acontecendo? Por que ele parou? Abri os olhos. Ele empurrou a cadeira para trás e se levantou.

— Pronto! — Deu uma de suas risadinhas malvadas. — Até que não foi tão ruim, não é?

Vá se ferrar!

Domingo 1º de junho

05:15 — da manhã!

Domingo. Um dia de descanso. Mas não para uma mulher fracassada que tenta reconstruir sua vida. Meu despertador foi programado para tocar às seis da manhã. Só que eu já estou acordada.

A insônia é uma inimiga que ataca de muitas formas. Às vezes ela aparece no momento em que me deito na cama e permanece por várias horas. Outras noites, ela se mantém longe até mais ou menos cinco da manhã e então se intromete na minha vida, circula pelo quarto e se senta na cama até mais ou menos vinte minutos antes de o despertador tocar. É um trabalho em tempo integral brigar com essa filha da mãe.

Hoje eu acordei às cinco e quinze, preocupada com um monte de coisas. Pensei em Zoe e lhe enviei uma mensagem de texto.

Tá tudo bem? Bjs.

Ela responde na mesma hora.

Desculpe por ontem à noite. Vou combater a ressaca com mais umas doses.

Não sei como responder. Zoe anda bebendo *demais*, mas tem um monte de problemas com os quais lidar. A partir de que momento a pessoa deve parar de sentir pena de alguém e começar a lhe dar sermões?

Eu me preocupo com isso durante uns bons dez ou quinze minutos e então resolvo conferir como anda o projeto de Ryan. Felizmente nada aconteceu desde a última vez que eu olhei. Com o coração mais leve, assisto a vídeos de cabras que cantam e desperdiço meu tempo da melhor forma que consigo. Até que subitamente vem aquela vontade, como acontece noventa vezes por dia, de pesquisar sobre Gilda no Google. Mas eu não devo, então, em vez disso, resolvo recitar o mantra: *Fique bem, fique feliz, fique livre do sofrimento.*

Mas não consigo parar de lembrar o que aconteceu há quase dois anos, naquela fatídica manhã em Nova York, quando eu a encontrei por acaso na delicatéssen

Dean & DeLuca. Eu estava na seção de chocolates, em busca de presentes para mamãe e Karen, quando estiquei a mão e peguei uma caixa ao mesmo tempo que outra pessoa.

— Desculpe. — Eu recuei.

— Não, pode ficar com a caixa — disse uma mulher.

Para minha surpresa, percebi que conhecia aquela voz. Ela pertencia a uma mulher linda chamada Gilda, que eu tinha conhecido num jantar a que tinha ido na noite anterior. Dei uma olhada para conferir. Era ela mesma! Seu cabelo de cor dourada tinha sido empilhado de forma aparentemente desordenada em sua cabeça e ela vestia roupas casuais esportivas, em vez do vestido chiquérrimo que usara na véspera, mas, definitivamente, era ela.

Nesse instante ela me reconheceu.

— Oooiii! — Pareceu absurdamente contente e fez um movimento para frente como se fosse me abraçar, mas logo recuou, como se tivesse receio de eu achar aquilo "inadequado" (pelo que eu entendi, essa era a coisa mais temida em toda a cidade de Nova York. Mais até do que monstros, fracassar na carreira ou ser gorda.)

— Que coincidência! — Exibi um ar gentil e caloroso. — Você mora aqui perto?

— Eu estava me exercitando com uns clientes que moram nessa região. Levei-os ao parque para correr um pouco.

Sorrimos uma para a outra e, com um jeito meio tímido, ela perguntou:

— Você tem dez minutos livres? Poderíamos tomar um chá ou algo assim?

Eu lamentei recusar o convite, de verdade.

— Tenho que ir. Vou pegar um voo para Dublin hoje à tarde.

— Que tal em algumas semanas, então, quando você vier morar aqui de vez? — Ela ficou vermelha. — Eu gostaria de lhe agradecer pelo livro que você escreveu. — Seu rubor se aprofundou, fazendo-a ficar tão bonita quanto uma rosa. — Espero que não haja problema, mas Bryce me deu um exemplar de divulgação. Não quero deixá-la sem graça, mas achei seu livro muito inspirador. Sei que vou ler e reler esse livro sem parar.

— Obrigada — disse eu, meio sem jeito. — Mas isso foi só... Você sabe, uma coisa pequena e...

— Não! Não se desvalorize! Existe um monte de gente que já vai fazer isso por você.

Lembrei do homem horrível que estava no jantar da véspera e, pela expressão em seus olhos, ela também.

— E então?... — Deu uma risadinha — E aquele jantar ontem à noite?

— Nossa! — Enterrei o rosto nas mãos e gemi. — Foi terrível!

— E aquele sujeito, Arnold, com seus problemas estranhos e sua mulher revoltada?

— Ela me disse que só turistas vêm aqui na Dean & DeLuca.

— Eu não sou turista e adoro esta loja. Esses chocolates são presentes fantásticos. Ela só estava sendo desagradável.

Como Gilda era simpática!

— Quando eu voltar — avisei —, vamos nos encontrar para um café. — Nesse instante, algo me ocorreu. Ela era *personal trainer* e nutricionista. — Você toma café?

— Às vezes. Mas geralmente tomo chá de framboesa.

— E você é... muito saudável?

— Sim, mas é uma luta.

Isso foi música para meus ouvidos.

— Tem alguns dias — explicou —, em que a coisa pesa, eu desisto, bebo cafeína e como chocolate.

Engrenagens começaram a girar em minha cabeça. Tinham me dito que eu precisava perder cinco quilos.

— Acho que eu preciso de uma *personal trainer*. Não creio que você tenha tempo para... Desculpe. Desculpe — repeti. — Você provavelmente está até o pescoço de trabalho.

— Sim, ando muito ocupada agora, o que é ótimo.

— Claro...

Ela pareceu pensativa.

— Em quê você está interessada? Cardio? Força? Uma dieta balanceada?

— Nossa, sei lá. Ficar magra, só isso.

— Eu provavelmente poderia ajudar. Posso dar uma olhada em sua alimentação e nós poderíamos correr juntas.

— O único problema é que eu não sou do tipo esportivo. Nem um pouco.

Estava com medo agora. O que estava aprontando para mim mesma?

— Nós poderíamos tentar durante, digamos, uma semana? Só para ver se conseguimos nos ajustar. Que tal?

— Uma semana? — Nossa, eles não deixam as coisas ficarem no ar por muito tempo aqui.

Ela sorriu para mim.

— Aqui está o meu cartão. Não fique tão assustada. Tudo vai ficar bem.

— Será?

— Claro, tudo vai ficar ótimo.

09:48

Karen me liga.

— O que você está fazendo?

— Trabalhando — suspiro. — Escute, Karen, eu preciso de roupas novas. Nada cabe mais em mim. Eu engordei.

— O que você queria, depois de comer aquele monte de biscoitos industrializados?

Gaguejando um pouco, me defendo:

— Mas... Mas... eles estavam nojentos! — Percebo que eu sempre imaginei que se eu não curtisse muito a comida, as calorias dela não contariam.

— Ah, é? Pois diga isso para os biscoitos. E também para todos os outros carboidratos dos quais você anda "debochando" nos últimos meses.

— Certo. — Eu me sinto realmente culpada e péssima. — Então o que devo vestir? — Apesar de Karen ser dois anos mais nova que eu, sempre peço conselhos a ela.

— Posso levar você para fazer compras mais tarde.

— Nenhum lugar caro.

Como se precisasse falar! Karen Mulreid é a rainha das pechinchas. A qualquer momento ela consegue dizer exatamente quanto dinheiro tem em sua carteira, até as moedinhas. É um jogo que fazemos às vezes. Ela é como Derren Brown.

— Por falar em dinheiro — continua ela. — Como vai a escrita?

— Lenta — digo. — Lenta e... inexistente. — Em uma explosão de medo, pergunto: — Karen, e se eu não conseguir escrever outro livro?

— Claro que você vai escrever outro livro! Você é uma escritora!

Mas eu não sou uma escritora. Sou simplesmente uma esteticista que teve uma doença rara e depois melhorou.

— Calças estilo chino? — pergunto, com alarme na voz. — Acho que não.

— Pois eu acho que sim. — Karen me empurra para o provador.

Calça Chino são para homens. Aqueles homens de quarenta e poucos anos que gostam de rúgbi, têm vozes trovejantes e zero estilo. Sem chance de eu vestir isso!

— Essas calças são diferentes agora — Karen está inflexível. — Essas aqui são femininas. E você não tem escolha; elas são as únicas coisas que vão funcionar até você perder a barriga.

— Por favor, Karen. — Agarro o braço dela com um olhar de súplica. — Não pronuncie essa palavra. Prometo que vou me livrar dela, mas não diga essa palavra.

Depois de me fazer experimentar muitos e muitos itens, ela me faz comprar dois pares de calças chino azul-marinho, algumas blusas e uma echarpe comprida e esvoaçante.

— Eu estou horrível — reclamo.

— É o melhor que você pode esperar nesse momento — diz ela. — Use a echarpe sempre. Ela vai camuflar a sua... protuberância frontal.

Quando chegamos ao caixa, ela conseguiu um desconto, devido a alguma mancha invisível.

— Lembre-se — avisa —, isto é só uma medida provisória de emergência. Não é uma solução de longo prazo. Vou levá-la para casa. Mas antes quero dar uma passadinha no salão.

Apesar de ter dois filhos, o negócio de Karen é o seu bebê mais amado. Não se passa um único dia sem que ela apareça lá para ver ou conferir alguma coisa.

— Para quê? — pergunto.

— Gosto de manter Mella sempre alerta.

Mella é a gerente da loja.

— Pensei que você confiasse nela.

— Não se pode confiar em ninguém, Stella. Você sabe muito bem disso.

À medida que nos acotovelamos em meio a multidão de compradores de domingo à tarde, tentando voltar para o estacionamento, avisto alguém que reconheço: um pai da antiga escola de Jeffrey. *Alguém aí, me mate agora mesmo!* Eu não posso ficar ali de papo furado com ele, não com esta barriga. Baixei a cabeça, caminhei mais depressa olhando para o chão e pensei que tivesse escapado dele quando o ouvi chamar:

— Stella?

— Hein? — Eu me viro e exibo uma expressão superfalsa de surpresa. — Roddy! Roddy... — Não me lembro qual é o sobrenome dele e deixo a frase no ar. — Hahaha. Puxa, como vai?

— Que bom encontrar você, Stella.

— Pois é, bom ver você também.

Apresento Karen e explico:

— Roddy tem um filho que era colega de Jeffrey.

— Como *está* Jeffrey? — pergunta Roddy.

— Muito bem. Ótimo. Um pesadelo. E como está...? — Como era mesmo o nome do filho dele?

— Brian. Acabou de fazer a avaliação final da escola secundária. Não fez o menor esforço para conseguir o diploma. Agora, ele e seus amigos colonizaram a sala de estar. Todos uns enormes marmanjões inúteis.

— Igual a Jeffrey — concordo, sem muita convicção. A não ser pelos amigos.

— Passam metade das noites jogando videogames e depois dormem o dia todo.

Encorajada por talvez ter encontrado uma alma gêmea, pergunto:

— Alguma vez ele... cozinha? O seu Brian?

— Cozinhar? Você quer dizer comida? — Roddy dá uma bela gargalhada. — Você está brincando comigo? Não imagina o lixo que eles comem! Quando eu desço para a sala todas as manhãs nem consigo ver o piso, de tantas embalagens vazias de pizza. Florestas inteiras certamente foram destruídas para fabricar tantas caixas.

Engulo em seco. Jeffrey nunca pede pizzas. O que estou fazendo de errado?

— E ele nunca se dirige a mim usando uma palavra civilizada — completa Roddy.

Eu me agarro a isso com imenso alívio. Jeffrey nunca dirige palavras civilizadas a mim também. Devo estar fazendo *alguma coisa* certa.

— E aí, você veio fazer compras? — quer saber Roddy, uma pergunta desnecessária.

— Pois é. — Testo a frase seguinte: — Comprei umas calças chino. Modelo feminino.

— Calças chino para mulheres? — Ele parece surpreso. — Isso é novidade para mim. Bem... ahn... Curta suas calças. E se cuide.

— Ele nunca tinha ouvido falar nesse tipo de calça para mulheres — murmuro para Karen ao nos afastarmos.

— Claro que não. Ele é um pai que só frequenta bairros residenciais. Um homem de bom gosto e sofisticação certamente saberia. Aposto que...

— Não! Não complete! Nem sequer diga o nome dele!

17:31

Karen estaciona do lado de fora do Honey Day Spa, deixando metade do carro sobre a calçada e a outra metade em cima da linha amarela.

— Você não quer entrar? — pergunta ela.

Eu me sinto meio estranha em voltar ao lugar do qual fui sócia no passado, junto de Karen, e onde trabalhei durante tantos anos.

— Você não se preocupa com os guardas de trânsito? — pergunto.

— Eles já me conhecem, e conhecem o meu carro. E só vou demorar um minuto. Venha.

Karen e eu treinamos juntas para ser esteticistas — eu frequentei a escola até os dezoito anos, mas Karen saiu aos dezesseis. Com base em nossa formação e tradição de família, imaginávamos que não haveria muitas opções de carreira: poderíamos ser cabeleireiras, esteticistas ou balconistas de loja. Tudo à nossa volta nos levava a ter poucas aspirações na vida.

Para ser justa, meu pai sonhava com algo melhor para mim.

— Você tem uma estrela brilhante, Stella. Estude para ter um diploma. Se eu pudesse voltar no tempo...

Só que nem ele nem eu tivemos autoconfiança suficiente para levar minha educação mais longe. Então, mamãe e papai pediram dinheiro emprestado numa cooperativa de crédito para poderem mandar Karen e a mim para uma escola de estética. Em poucas semanas, Karen já fazia depilações com cera em seu quarto e conseguia ganhar dinheiro desde o primeiro momento. Depois que nos formamos, conseguimos emprego em um spa que ficava em Sandyford.

Karen sempre me dizia:

— Isto não é para sempre. Não pretendo passar a vida trabalhando para outras pessoas, como aconteceu com mamãe e papai. Vamos montar nosso próprio negócio.

Mas eu já estava acostumada a ser pobre.

Tendo Ryan Sweeney como namorado e depois como marido, continuei acostumada a isso durante muito tempo.

Karen tentou me carregar junto em seus sonhos e ambições. Registrou a empresa como "companhia limitada" e avisou:

— Poupe seus centavos, Stella, economize cada moedinha. Vamos precisar delas para quando o imóvel certo aparecer.

Mas eu não tinha centavo algum para poupar — havia Ryan e depois Betsy para sustentar. E a verdade é que eu nunca levei Karen muito a sério. Até o dia em que ela me ligou e anunciou:

— Encontrei o lugar perfeito! Fica na rua principal de Ferrytown. Um ponto privilegiado. Já peguei as chaves, vamos lá dar uma olhadinha.

O "lugar" eram quatro salas desconjuntadas em cima da farmácia. Olhei em volta, incrédula.

— Karen, isso é um buraco, uma espelunca. Você não pode trazer as pessoas aqui. Aquilo ali são...? — Corri até um grupo de coisas que cresciam no canto de uma das salas. — São cogumelos? São *realmente* cogumelos!

— Basta uma mão de tinta e tudo vai ficar uma beleza. Escute uma coisa: nossas clientes não vão se preocupar com fontes nem velas aromáticas. Elas só vão querer pernas lisinhas e bronzeamento barato. Serão todas jovens, nem vão reparar nos fungos.

Dei uma última olhada em volta e disse:

— Não, Karen. Desculpe cortar o seu barato, mas este lugar não é bom.

— Tarde demais — avisou ela. — Já assinei o contrato de locação. Nossos nomes estão nele. E eu já entreguei seu pedido de demissão no trabalho.

Olhei para ela atônita, esperando a pegadinha. Quando vi que não havia nenhuma eu disse, já meio tonta:

— Eu tenho um bebê de três meses para cuidar.

— Betsy está indo muito bem com tia Jeanette cuidando dela. Isso não muda nada.

— Onde é o banheiro? Preciso vomitar.

— Bem atrás de você.

Corri.

— Você é uma medrosa, mesmo — debochou ela, na porta do banheiro.

Tentei vomitar e depois disse:

— Vou morrer de vergonha de trazer as pessoas para essa lixeira.

Karen riu.

— Você não pode se dar ao luxo de ter vergonha. Espere até ver o quanto teremos de pagar por mês de aluguel.

Tentei vomitar novamente e Karen perguntou:

— Você não está grávida, não é?

— Não.

Eu não poderia estar grávida. Estávamos nos precavendo. Seria a pior coisa do mundo eu estar grávida num momento como aquele.

Mas eu estava.

Assim que começamos com o nosso negócio, Karen passou a trabalhar à velocidade da luz. Sempre fazia depilações com muita rapidez, mas agora parecia ser movida por propulsão a jato. Ela corria ao longo de cada sessão, mesmo quando trabalhava em locais delicados, e tagarelava sem parar.

— Essa próxima puxadinha vai doer. — Ela agarrava a perna da criatura pelo tornozelo, erguia-a bem alto no ar e arrancava a cera da virilha da pobrezinha antes de ela perceber o que acontecera. — Morda com força — dizia ela, com uma risada macabra. — Agora vamos para o outro lado. Um, dois, três... Já! Pronto! Os pelos sumiram todos, mais lisinha que bumbum de neném aqui embaixo, não valeu a pena?

Nenhum tempo de recuperação era permitido. Não havia observações gentis do tipo "não precisa se apressar para vestir a roupa, vou deixá-la à vontade". Ela sorria para a pobre moça que estava estendida em cima da mesa, chocada e nauseada, e avisava:

— Levante-se, precisamos desse lugar. Da próxima vez, tome dois Solpadines meia hora antes da sessão e você ficará ótima. Se precisar vomitar, o banheiro fica bem ali. Não tenha vergonha, não julgamos ninguém aqui. Stella também passou mal depois de sua primeira depilação Hollywood. Não foi, Stella?

Seis meses após a nossa grande inauguração, dei à luz Jeffrey. Karen — depois de relutar muito — concordou com uma licença maternidade de quatro semanas para mim.

— Esse não é um bom momento para você ficar fora. Não é *mesmo*! — lamentou.

Quando voltei, eu estava tão atordoada e exausta de cuidar de duas crianças pequenas, que usava o período morto da manhã, entre dez e meio-dia, para deitar na câmara de bronzeamento e dormir um pouco. Enquanto isso, Karen saia para distribuir folhetos e ganhar novas clientes.

Ela se mantinha informada de todas as mais recentes inovações na área de beleza e estética, mas não lendo os catálogos dos fabricantes, e sim pela análise das fotos da revista *Hello!*. Todo mês tínhamos uma oferta especial: um serviço oferecido por um preço absurdamente barato porque, segundo Karen explicava, "Tudo que eu preciso é de alguém que entre por aquela porta pela primeira vez". E vocês não vão acreditar no quanto ela era convincente — as pessoas apareciam no salão para dar nova forma à sobrancelha e saíam de lá com extensões de cílios, unhas de acrílico e o corpo completamente depilado.

No mundo de Karen a palavra "não" simplesmente não existia. Se alguém queria fazer uma sessão de bronzeamento às sete e meia da manhã, ela abria a loja especialmente para a cliente. Trabalhávamos sete dias por semana, muitas vezes até as nove da noite. Se alguém ligava e perguntava por um tratamento do qual nunca tínhamos ouvido falar, ela informava: "Vamos oferecer esse serviço em breve. Pode deixar que eu ligo para você." E saía em busca da tal novidade.

Era uma negociadora implacável e estabeleceu um complexo sistema de escambo com metade de Ferrytown, com o qual ela nunca gastava um tostão com nada.

E também não via problema algum em pedir descontos — quando conseguia alguma vantagem se mostrava extremamente alegre, e mesmo que não conseguisse, jamais se abalava. "Sempre vale a pena tentar, certo?"

Eu era o oposto. Preferia sair de uma loja descalça e dormir numa vala do que sorrir para alguém e pedir: "Me dê um desconto de dez por cento neste produto e isso será o início de uma bela amizade!" Eu morria de vergonha quando tinha de pechinchar alguma coisa, e Ryan era igualzinho. Foi por isso que, mesmo quando ele acabou montando um negócio bem-sucedido, nós continuamos duros. Acho que todo mundo tem um talento — alguns são ótimos para contar piadas, outros são confeiteiros brilhantes e algumas pessoas, como Karen, simplesmente *nunca pagam* o preço que está na etiqueta.

Karen nunca deixava a peteca cair com Honey Day Spa. Quando percebeu que a procura por depilação com cera tinha diminuído — nenhuma análise de planilhas foi necessária para detectar isso, ela soube por instinto — Karen descobriu que o motivo era que todo mundo estava fazendo depilação a laser. Portanto, era a hora certa para pegar a nova onda.

Só que o fabricante do equipamento para depilação a laser não aceitava vender o produto se nós duas não fizéssemos um curso caríssimo com eles. Karen mergulhou fundo em mil pesquisas e, por fim, comprou uma máquina de depilação a laser fabricada na China sem nem mesmo ver o produto, e "testou" em seus amigos e familiares. Foi desse jeito também que ela dominou a técnica da manicure com esmalte que durava duas semanas, as tatuagens para sobrancelhas e o *vajazzling*.

Quando a loucura das substâncias injetáveis entrou na moda, Karen ignorou o detalhe de não ser medicamente qualificada para o trabalho e começou a oferecer tratamentos desse tipo por preços irrisórios. Como sempre, fez seu treinamento com a ajuda de amigos e parentes. "Vivendo e aprendendo", dizia alegremente, e mandava Enda para o trabalho com o rosto metade torto e metade paralisado. "Não se preocupe! Dizem que o efeito dura só três meses; com um pouco de sorte você voltará ao normal em seis semanas."

Nada era complicado demais. Karen dava descontos por fidelidade, corria até a rua para renovar o pagamento do parquímetro das clientes e, nos fins de semana, o lugar estava sempre repleto de meninas, algumas com hora marcada, outras em situações de emergência (uma unha quebrada, por exemplo), e muitas só para bater papo.

O Salão de Beleza Honey se tornou uma verdadeira instituição em Ferrytown. Muitos salões de cabeleireiro abriram e fecharam as portas durante os dezenove anos desde que eu e Karen começamos a trabalhar juntas. A maioria começou sua vida já sobrecarregado com dívidas de lajotas em resina de jade e potentes sistemas de som, mas não o Salão de Beleza Honey — que se transformou no Honey Day Spa em 1999 (embora só tenha mudado o nome no cartaz). Além dos ocasionais retoques na pintura, Karen nunca investiu um centavo para embelezar as instalações.

E embora nós duas fôssemos, oficialmente, donas do lugar, o salão sempre foi de Karen.

— E então, você vai entrar? — pergunta Karen, impaciente.

— Não, eu..

... Não quero entrar. Não pretendo voltar àquele lugar cheio de fungos. Pensei que tivesse deixado tudo isso para trás.

— Vou ficar no carro.

— Tudo bem. Algo para pensar enquanto você fica aqui sentada: você precisa começar a se exercitar!

— Eu faço exercícios

— Não faz, não.

— Faço, sim!

Até recentemente eu era uma dessas pessoas que, não importa o que rolava em suas vidas, sempre se exercitavam.

— Então tá, estou só comentando.

Karen sai e eu fico ali, sentada no carro, me sentindo incompreendida e magoada: eu *faço* um monte de exercícios. Bem, pelo menos costumava fazer. E era muito disciplinada. *Muito!*

Dia sim, dia não, eu ia com tudo. Lembrei-me de uma manhã em particular — não sei por que motivo essa manhã se destacou, porque elas eram quase idênticas — em que Gilda entrou no meu quarto de hotel, acendeu a luz e disse, com gentileza, mas firme:

— Stella, querida, é hora de levantar.

Eu não fazia ideia de que horas eram, os números no relógio pareciam imateriais; tudo que importava era que se alguém me avisava que era hora de levantar, então era hora de levantar.

Eu me lembro de estar sempre muito, *muito* cansada. Não sabia quantas horas eu tinha dormido. Podiam ter sido seis; talvez só três horas e meia. Mas nunca mais de seis. Eu nunca conseguia dormir mais de seis horas.

Gilda me entregou uma caneca e ordenou:

— Beba isto.

Eu não tinha ideia do que era aquele troço; poderia ser chá verde, ou talvez um *shake* de couve. Tudo que importava era que, se Gilda me mandava beber, eu bebia.

Entornei tudo quase num gole e Gilda me passou a roupa de corrida. Ela já estava vestida com a dela.

— Muito bem, vamos lá.

Fora do hotel, o sol ainda não tinha nascido. Fizemos os nossos aquecimentos e alongamentos, e então corremos pelas ruas vazias. Gilda definia o ritmo e ela era rápida. Eu pensava que iria cuspir os pulmões para fora do peito a qualquer momento, mas não adiantava nada pedir para ela diminuir o ritmo. Aquilo tudo era para o meu próprio bem; foi aquilo que eu tinha combinado.

Algum tempo depois, quando voltávamos para o hotel, e parávamos para fazer mais alongamentos, ela me dizia:

— Você foi muito bem hoje!

Eu engolia em seco.

— Que distância fizemos?

— Seis quilômetros e meio.

Para mim pareciam sessenta.

— Estamos em Denver — comentou Gilda. — Altitude elevada. É mais difícil para os pulmões.

Eu tinha acabado de receber dois fragmentos de informação úteis!

1) Altitudes elevadas tornam mais difícil correr rápido.

2) Eu estava em Denver.

Eu sabia que era um daqueles lugares — Dallas, Detroit, Des Moines. Definitivamente uma dessas cidades americanas cujo nome começa com D. Era muito tarde quando chegamos na noite anterior, vindas de... outro lugar. Uma cidade com nome começado em... T? Baltimore, tinha sido essa! Tudo bem, Baltimore não começa com T, mas esse detalhe poderia ser perdoado porque eu tinha estado em três cidades no dia anterior. Acordara em Chicago, onde dei um monte de entrevistas, participei de um evento numa livraria no meio da manhã e depois proferi o discurso principal em um almoço beneficente. Assim que isso acabou, nós corremos para o aeroporto, onde pegamos um avião para Baltimore. Lá fiz mais mídia promocional e uma leitura noturna em que apareceram só quatorze pessoas. Em seguida eu já estava de volta ao aeroporto, à espera do voo para Denver. Eu estava atravessando tantos fusos horários de um lado para outro que já tinha desistido de tentar manter o controle das horas que estava ganhando e perdendo.

Porém, não importava onde eu estivesse, não importavam as poucas horas de sono que eu dormisse, sempre me exercitava.

Por todo o bem que isso tinha me feito.

"Não morra. Às vezes, não há mais nada
a fazer, mas você tem de ir em frente."

Trecho de *Uma piscada de cada vez*

Um dia depois de ter aparecido pela primeira vez, o Irritadinho do Range Rover entrou quase voando no meu cubículo.

— Voltei!

Estou vendo.

— Mannix Taylor, seu neurologista.

Sei quem você é e sei o que faz na vida.

— Dá para notar que você está contentíssima. — Ele riu. Tinha dentes encantadores. Dentes de gente rica, pensei, com desprezo. *Dentes de neurologista.*

Ele puxou uma cadeira para junto da minha cabeceira e pegou o prontuário no pé da cama.

— Vamos ver como você dormiu. Ora, vejo que teve uma "excelente" noite de sono, é o que diz aqui. Não apenas boa, mas excelente. — Olhou para mim. — Você concorda?

Eu olhei para ele em silêncio e me recusei a piscar.

— Não está mais falando comigo? Tudo bem, vou continuar com meu trabalho. Serão dez minutos, o mesmo de ontem. — Ele me olhou de repente. — Montgomery não *contou* que eu viria aqui todos os dias?

Eu não via o dr. Montgomery havia quase uma semana.

Pisquei o olho esquerdo.

— Ele não falou? Ou nem veio vê-la? Bem, e aquele garoto pateta que o segue como um cachorrinho?

Ele estava se referindo ao residente do dr. Montgomery, um tal dr. de Groot, que me fazia visitas esporádicas, mas parecia absolutamente aterrorizado com a UTI. Seus olhos eram grandes como ovos cozidos e ele gaguejava ao falar. Sempre fazia questão de verificar se o aparelho de ventilação estava ligado na tomada e depois fugia correndo. Percebi com clareza que ele estaria mais satisfeito em outra área de trabalho. Verificador de tomadas, talvez.

— Ele também não avisou que eu viria? — Mannix Taylor fechou os olhos e murmurou alguma coisa. — Muito bem, vamos lá: eu virei ver você cinco dias por semana, pelo menos nesse início. As bainhas de mielina crescem cerca de doze milímetros por mês. Ao longo desse período nós precisamos manter a circulação em suas extremidades, movimentando-as sempre. Mas você já sabia de tudo isso, não é?

Eu não sabia nada. Desde que me disseram que eu tinha desenvolvido uma das síndromes mais raras que existem, ninguém tinha me falado mais nada, a não ser para ficar viva. ("Aguente firme aí, Patsy!"). Mannix Taylor, porém, acabara de me informar o primeiro fato palpável: as bainhas de mielina crescem à velocidade de doze milímetros por mês. Mas quantos milímetros elas ainda precisariam crescer? Elas já estavam crescendo?

— Hoje — avisou Mannix Taylor —, vamos trabalhar um pouco com os seus pés.

Eu quase levitei de susto.

Os pés, não! Qualquer lugar, menos os pés!

Graças a uma vida inteira usando saltos altos, eu tinha os piores pés do mundo — joanetes, calos e dedos deformados. Para piorar, desde que tinham me internado naquele hospital, ninguém tinha aparecido para cortar minhas unhas.

Não, não, não, sr. Irritadinho do Range Rover. Fique longe dos meus pés!

Mas ele já estava soltando o lençol e meu pé direito pulou para fora. Ele borrifou algo sobre ele — eu esperava que fosse algum tipo de desinfetante, para o próprio bem dele — e tomou o pé em suas mãos. A parte macia do polegar dele pressionou o arco macio do pé imóvel. Ele manteve o dedo ali por um momento, a pressão quente e firme, mas logo começou a mover os próprios dedos em círculos lentos e confiantes, pressionando e puxando os tendões sob a pele de uma forma que era quase dolorosa, mas não exatamente.

Fechei os olhos. Descargas de eletricidade se moveram através de mim. Meus lábios ficaram dormentes e começaram a formigar. Meu couro cabeludo pareceu se contorcer de prazer.

Colocando a palma da mão contra a sola do meu pé, ele pressionou com força para que cada músculo se esticasse, e os ossos estalaram com um alívio de felicidade.

Com o polegar, deu pequenos beliscões no meu dedão do pé que me provocaram ondas de prazer. Os movimentos eram curtos, leves, suaves, um delicioso tipo de agonia.

Eu já não me importava com os joanetes, com pele dura e ressecada, com o pequeno caroço estranho no meu dedo menor, que poderia ser uma frieira. Tudo que eu queria era ficar ali, curtindo para sempre aquelas maravilhosas sensações.

Senti que eu ficava cada vez mais quente, então eu percebi que não era eu, era ele.

Foi então que ele enfiou o dedo maior entre o meu dedão e o segundo dedo do pé, e quando seu polegar se encaixou naquele espaço, um choque de prazer seguiu como uma corrente elétrica diretamente até o meio de minhas pernas. Com o choque, meus olhos se arregalaram. Ele estava olhando diretamente para mim e pareceu surpreso. Largou o pé em cima da cama na mesma hora, com inesperada pressa, e o cobriu novamente com o cobertor.

— Vamos parar por aqui hoje.

18:11

Karen me deixa em casa. Entro na residência vazia e sou atingida por uma onda de solidão agonizante que minhas novas calças chino femininas não ajuda a amenizar.

O que eu posso fazer para me sentir melhor? Posso ligar para Zoe, mas eu me sinto um pouco mal sempre que converso com ela. Eu posso assistir *Nurse Jackie* na TV e comer biscoitos, mas no estado atual da minha barriga, certamente terei de eliminá-los. Meus dias de curtir biscoitos acabaram. Eu terei de voltar para aquele esquema de muitas proteínas e poucos carboidratos, no qual eu como salmão no café da manhã e digo a mim mesma que donuts são como unicórnios: coisas míticas que só existem em contos de fadas.

Já fui capaz de viver assim, no passado. Deveria ser capaz de conseguir novamente. Mas eu tinha Gilda para me obrigar a seguir as regras, para supervisionar minhas refeições e dizer coisas encorajadores como "Que queijo cottage delicioso! E com camarões fantásticos! Lembre-se de que nada tem um sabor tão bom quanto se sentir magra!"

Eu dependia de Gilda por completo, e ela tomava conta de mim de um jeito fantástico; não há jeito de eu recriar todo aquele apoio sozinha.

E talvez eu esteja velha demais para ser magra. Sei que quarenta e um anos são os novos dezoito, mas vá dizer isso ao meu metabolismo.

Tenho sido corajosa nas últimas doze semanas e segui em frente de forma cega e valente. Só que, de repente, sinto vontade de desistir.

Se ao menos eu pudesse falar com ele... Vivo num contínuo estado de desejo por ele — ainda sinto como se nada tivesse realmente "acontecido" até ter lhe contado.

Olho para o telefone, tentando me agarrar aos fatos e me lembrando da minha realidade. Ligar para ele não irá resolver nada. Provavelmente fará com que eu me sinta ainda pior.

Minha vida acabou, percebo. Eu aceito isso, mas ainda há tantos anos para viver! A não ser que algo aconteça, provavelmente eu vou viver até mais ou menos oitenta anos. Como vou fazer para preencher todo esse tempo?

Talvez eu devesse me mancar, aceitar as dicas que as roupas das lojas estavam me dando e sumir durante vinte anos. Poderia comer o que bem quisesse, assistir uma quantidade infinita de televisão e reaparecer para o mundo quando chegasse aos sessenta e um anos. Encontraria algum homem que tivesse enviuvado há cerca de dez minutos — porque homens de luto desaparecem numa velocidade espantosa, são fisgados rapidamente, segundo Zoe — e ele poderia ser meu namorado. Faríamos viagens curtas até Florença para apreciar pinturas; até esse momento eu já teria desenvolvido algum interesse por arte (tudo aconteceria mais ou menos ao mesmo tempo que eu começaria a perder o controle da bexiga — esse é o sistema de trocas da natureza). Eu e o viúvo — Clive? — nunca brigaríamos por coisa alguma. Também não haveria sexo, mas tudo bem.

É claro que as filhas dele iriam me odiar. Diriam baixinho: "Nunca vou chamar você de mamãe!" Eu, gentilmente, responderia: "Sua mãe era uma mulher maravilhosa. Sei que nunca poderei substituí-la." Logo elas passariam a gostar de mim e todos celebraríamos o Natal juntos. Em segredo, porém, só para irritar as filhas desagradáveis, eu sussurraria para as crianças: "Sou a vovó de vocês agora."

Vivo dizendo a mim mesma que um dia, no futuro, vou ser feliz novamente. Um tipo diferente de felicidade da que eu acabei de perder. Um tipo muito mais desinteressante.

Só que ainda falta muito tempo pra isso acontecer, então é melhor eu me esconder num *bunker* e me acostumar com a solidão.

Contemplo a ideia de tomar uma taça de vinho, mas ainda está um pouco cedo para isso. Cansada, largo minhas novas aquisições na sala, subo a escada e, sem tirar a roupa, me jogo na cama.

Sou uma pessoa forte, digo a mim mesma lamentando, enquanto cubro a cabeça com o edredom. Sobrevivi a dificuldades — emocionais, físicas e financeiras. É só uma questão de ser positiva e olhar para frente. Ou *nunca* olhar para trás. Ou de me ajustar ao novo normal, à nova realidade, de andar nessa montanha-russa que é a vida. Como, aliás, acho que eu mesma disse em meu primeiro livro. Aceitar tudo que me é dado e tudo o que me é tirado. Reconhecendo que até mesmo a perda e as dores são dádivas.

...Eu *realmente* escrevi essa merda? E as pessoas *realmente* acreditaram nela? Na verdade, acho que eu mesmo acreditava naquela época.

Eu sempre achei que se crescia nos momentos de coração despedaçado; que quanto mais velha a pessoa ficasse, menos a coisa doía, até deixar por completo de provocar algum impacto. Mas descobri da maneira mais difícil que o coração partido é igualmente ruim, mesmo quando a pessoa é mais velha. A dor continua sendo horrível. Talvez seja até *pior* porque — foi Zoe que me explicou isso — existe o efeito acumulador: as perdas se acumulam umas sobre as outras e você sente o peso somado de todas elas.

Mas ficar me lamentando e vagando por aí com o coração partido é algo muito menos digno na minha idade. Depois que você passa dos quarenta, espera-se que você seja sábia, filosófica, leve uma vida tranquila em suas roupinhas coordenadas da Eileen Fisher e diga: "É melhor ter amado e perdido do que nunca ter amado. Alguém quer chá de camomila?"

"Nem todo mundo pode descobrir a cura do câncer.
Alguém tem de preparar o jantar e separar as meias."

Trecho de *Uma piscada de cada vez*

— Sei que você deve estar se culpando por ter contraído essa doença — disse
Betsy, com muita seriedade. — Mas lembre-se, mamãe, de que você pode ter
feito coisas ruins, mas isso não faz de você uma má pessoa.

... Não comece!

— Você provavelmente queria nunca ter nascido. Mas... — Ela apertou
minha mão com muita força. — Nunca pense isso. A vida é um dom precioso!

... Ahn...

— Sei que você e papai têm seus problemas...

Temos?

Por um momento eu fiquei profundamente irritada. Tudo era sempre tão
intenso e sério com Betsy; as coisas precisavam ser analisadas, esmiuçadas,
e, por fim, resolvidas.

— Mas você ficar paralisada e papai ter de nos levar de carro até a escola
vai fazer com que nos aproximemos mais. — Exibiu um sorriso terrivelmente eufórico. — Basta você ter fé.

Ela deve estar frequentando aquele grupo jovem da igreja, *só pode ser*!
Eu quase conseguia *enxergar* os líderes esquisitos do grupo, um homem e
uma mulher, ambos na casa dos vinte e poucos anos. O homem teria cabelo
comprido e uma estranha calça jeans boca de sino; a mulher usaria um capote
xadrez sobre um blusão branco de lã com gola rulê. Era só uma questão
de tempo até eles aparecerem ali no hospital com seus violões e tamborins,
cantando "Miguel, reme esse bote por nós", o que causaria grandes problemas
com as enfermeiras.

Ryan precisava proteger Betsy dessas pessoas, mas como eu poderia dizer
isso a ele?

Senti uma onda de frustração insuportável. Olhem só para o estado de
Betsy — sua blusa da escola não tinha sido passada e seu paletó exibia uma
estranha mancha amarela na lapela. E por que seu queixo estava com um

monte de espinhas? Será que era por ela ter só quinze anos? Ou porque estava morando no meio do lixo?

Eu não tinha ideia do que a família estava comendo — ninguém me contou e eu não tinha como perguntar — mas não havia muita chance de que Ryan estivesse preparando refeições saudáveis. Logo ele, que mal conseguia abrir um pote.

Mas não adiantaria nada ficar chateada com ele; essa parte da administração da casa tinha sido sempre responsabilidade minha. O acordo tácito era que Ryan era o talento e eu era a segunda em comando.

— Vou sair agora — disse Betsy —, para dar a você e a papai algum tempo juntos.

Ryan assumiu a cadeira desocupada e cuidadosamente segurou minha mão.

— E aí?... — Parecia completamente desanimado. — Karen virá amanhã, no meu lugar — avisou. — Preciso ir até a Ilha de Man para apresentar um projeto.

Desde o meu primeiro dia no hospital, ele não tinha perdido uma única visita, mas a vida precisava seguir em frente.

— Sinto muito — disse ele.

Está bem. Está tudo bem.

— Preciso continuar trabalhando.

Eu sei.

— Vou sentir sua falta.

Eu também vou sentir sua falta.

— Ah! — Alguma coisa lhe ocorreu. — Eu não consigo encontrar minha mala pequena com rodinhas. Onde você acha que ela... — Parou ao perceber que eu não seria capaz de responder.

Debaixo da escada. Está debaixo da escada.

Eu sempre fazia a mala de Ryan quando ele viajava. Essa era a primeira vez em muitos anos que ele teria de fazer isso.

— Não se preocupe — disse ele, para me acalmar. — Vou comprar uma nova, que não seja muito cara. Está tudo sob controle. Quando você puder falar novamente, me conta onde a mala antiga está, OK?

— O tempo acabou! — gritou a enfermeira, e Ryan se levantou na mesma hora. — Vamos embora, Betsy.

Ele me deu um rápido beijo na testa.

— Vejo você daqui a dois dias.

Não houve despedidas meladas. Nos círculos sociais que frequentamos as demonstrações de afeto conjugal eram vistas com profunda desconfiança. As regras eram que os homens deveriam se referir às suas esposas apenas como "minha mulher" ou "falastrona". As mulheres sempre se queixavam de seus maridos serem cretinos preguiçosos que não sabiam nem dar o laço nos próprios sapatos. Nos aniversários de casamento era comum ouvir coisas como "Quinze anos? Se eu tivesse assassinado alguém já estaria em liberdade agora."

Mas eu sabia o quanto a minha ligação com Ryan era forte. Nós não éramos apenas um casal; representávamos as fundações de uma família composta por quatro elementos, éramos uma pequena unidade. Apesar de brigarmos — é claro que brigávamos, éramos perfeitamente normais —, sabíamos muito bem que cada um de nós sem os outros não éramos coisa alguma.

Ryan me amava. Eu o amava. Aquele estava sendo o teste mais difícil em nossos dezoito anos juntos, mas eu sabia que iríamos sobreviver.

Será que tinham sido os mexilhões daquele restaurante em Malahide? Ou os camarões do sanduíche em promoção? Todos dizem que a gente nunca deve se arriscar quando se trata de frutos do mar, mas não havia nada fora da validade, as comidas simplesmente tinham de ser consumidas *no dia do preparo*. Foi o que eu fiz!

Eu estava novamente com aquela paranoia, tentando me lembrar de cada alimento que tinha consumido nas várias semanas que antecederam o formigamento nos meus dedos, tentando descobrir de onde tinham vindo as bactérias que provocaram a Síndrome de Guillain-Barré em mim.

Poderiam ter sido os produtos químicos que eu tinha usado no salão de beleza durante tantos anos? Ou aquilo poderia ser alguma complicação rara num caso avulso de gripe suína? Às vezes ela antecede um surto de Síndrome de Guillain-Barré. Só que um caso de gripe suína não aconteceria sem a pessoa notar...

Talvez a causa não fosse uma intoxicação alimentar, nem produtos químicos, nem gripe suína. Guillain-Barré era tão raro que só me restava especular se a causa era algo completamente diferente, algo muito mais sombrio. Talvez — como Betsy tinha insinuado — Deus estivesse me punindo por eu não ser uma pessoa boa.

Mas eu *era* uma boa pessoa. Lembrei aquela vez em que eu tinha tirado uma lasquinha de um veículo dentro de um edifício-garagem, acidente provocado pela minha completa inabilidade para estacionar o carro. Depois de lutar com minha consciência por mais de cinco minutos e verificar se havia câmeras de segurança no local — não havia —, eu tinha deixado meu número de celular sob o limpador de para-brisas do carro avariado, certo?

(Aliás, o dono do carro arranhado nunca me ligou, e eu tive a sensação gostosa de saber que fizera a coisa certa sem sofrer as consequências financeiras.)

Talvez eu não tivesse sido boa no sentido de não alcançar meu Verdadeiro Potencial na vida. Isso atualmente parecia ser um crime grave, a julgar pelas matérias nas revistas.

Porém, no papel de mãe, de esposa e de esteticista, eu tinha cumprido meu papel, *sim*! Você não precisa fazer algo dramático para cumprir seu Verdadeiro Potencial na vida. Nem todo mundo pode descobrir a cura do câncer. *Alguém* tem de preparar o jantar e separar os pares de meias.

A dor ardente tinha começado em meu quadril. Olhei para o relógio — ainda faltavam quarenta e dois minutos para eu ser virada para o outro lado. Precisava parar de contar os minutos. Voltei para as minhas outras preocupações.

Eu sempre fiz o meu melhor, garanti a mim mesma. Mesmo quando eu tinha dado foras terríveis, como naquela festa de aniversário onde eu tinha admirado uma bebezinha robusta e elogiado: "*Ele* não é uma delícia? Que idade *ele* tem?", para em seguida piorar as coisas completando: "Esse menino é realmente a sua cara!" para um homem que não era o pai da menininha robusta, e sim o homem com quem todos suspeitavam que a mãe estava tendo um caso.

Porém, apesar de toda a minha racionalização, eu *tinha feito* uma coisa muito ruim...

Um crime de omissão (e não de comissão). Já tinha colocado aquilo para longe da minha cabeça. No entanto, já que eu não tinha mais nada a fazer ali no hospital, as lembranças voltaram e a culpa começou a me matar.

Foi uma coisa de trabalho. Eu estava fazendo uma depilação a cera estilo Hollywood e achei que tivesse tirado tudo, mas quando Sheryl... — viram só, eu ainda me lembrava do nome dela — quando Sheryl estava saindo da mesa eu vi que deixara passar um punhado de pelos, mas não disse nada.

Em minha defesa, devo ressaltar que me sentia muito cansada naquele dia e Sheryl estava com uma pressa louca porque se preparava para um terceiro encontro, o equivalente a dizer que iria rolar sexo. (Minhas clientes me tratavam como seu confessor, elas me contavam tudo.) Mesmo assim eu a deixei ir embora.

O problema é que a coisa não deu certo com o cara — Alan era o seu nome. Sheryl foi ao encontro, ela e Alan transaram, como já era esperado, só que ele sumiu e nunca mais enviou uma mensagem de texto para ela. Eu sempre me perguntei se aquele restinho de pelo não depilado tinha estragado tudo.

A preocupação me consumiu por completo até que uma noite, ao acordar às quatro e quinze da manhã, decidi que iria descobrir o paradeiro de Alan e implorar para que ele voltasse atrás. Minha decisão parecia *absolutamente* certa, só que, depois que amanheceu, minha determinação do meio da madrugada tinha se desvanecido em pleno ar, e tentar achar Alan me pareceu coisa de doido.

Então tive que conviver com isso. Minha única saída para encontrar paz foi dizer a mim mesma que todo mundo faz coisas ruins pelas quais jamais será absolvido. O ponto crucial da vida não é nos tornarmos pessoas perfeitas; é simplesmente aceitar que somos pessoas más. Não más, *más de verdade*, como Osama Bin Laden ou um daqueles alucinados de carteirinha, mas sim pessoas que apresentam falhas humanas e, por conseguinte, perigosas — capazes de cometer erros que levam a danos irreversíveis.

Consegui esquecer aquele caso — que aconteceu fazia mais de cinco anos — mas agora a culpa estava de volta e não me deixava em paz. E se eu tivesse dito: "Volte para a mesa de depilação rapidinho, Sheryl, porque eu deixei de arrancar alguns pelinhos"? Será que Sheryl estaria agora casada com Alan e seria mãe de três filhos? Será que eu, por causa da minha preguiça, tinha alterado o curso das vidas daquelas duas pessoas? Teria sido por culpa minha que três lindas crianças nunca tinham nascido? Não tinham sequer sido concebidas?

Ou talvez Sheryl e Alan simplesmente não eram compatíveis? Talvez o fato de eles não terem se casado não tivesse nada a ver com aquele pequeno tufo, certo? Pode ser que Alan nem tivesse reparado neles e... Caramba, aquilo tudo era terrível! Não havia lugar algum para eu ir com meus pensamentos, e por isso eles ficavam dando voltas e mais voltas, em círculos...

... Meu quadril parecia estar em cima de brasas e eu não podia simplesmente ignorar a dor por mais tempo. Ainda faltavam vinte e um minutos para eu ser movimentada e começava a me sentir mal. E se eu vomitasse? Será que ainda era capaz de fazer isso? E se meu estômago conseguisse se contrair para vomitar, mas os músculos da garganta não conseguissem levar o vômito até o exterior? Será que eu iria sufocar? Será que minha garganta poderia se romper?

Olhei suplicante para a bancada das enfermeiras. Por favor, olhem para cima, por favor, me vejam, por favor, me tirem dessa agonia.

Um, dois, três, quatro, cinco, seis, sete. O pânico começava a se apossar de mim. Eu não conseguiria ir em frente. *Um, dois, três, quatro, cinco, seis, sete.* Eu não me achava mais capaz de suportar aquilo. *Um, dois, três, quatro, cinco, seis, sete.*

Os números digitais amarelos no meu monitor cardíaco começaram a subir rapidamente. Será que quando minha frequência cardíaca passasse acima de um valor um alarme soaria? *Um, dois, três, quatro, cinco, seis, sete. Um, dois, três, quatro, cinco, seis, sete.*

— Bom dia! — O dr. Jaleco Esvoaçante Mannix Taylor entrou quase correndo em meu cubículo, mas parou de repente ao me ver. — O que há de errado com você?

Dor.

Tentei transmitir com os olhos arregalados o que sentia.

— Sim, dá para ver pelo seu jeito. Está com dor onde? Ah, pelo amor de Deus!

Ele sumiu. Em seguida voltou com Olive, uma das enfermeiras.

— Precisamos virá-la para tirar o peso do corpo do seu lado esquerdo.

— O dr. Montgomery disse que a paciente deve ser virada a cada três horas — informou Olive.

— A "paciente" tem nome — reagiu Mannix Taylor. — Montgomery pode ser o clínico dela, mas sou seu neurologista e estou lhe dizendo que ela está sofrendo dores severas. Aliás, basta olhar para ver.

Olive fechou a boca com firmeza.

— Se você precisa da autorização de Montgomery, ligue para ele — disse Mannix Taylor.

Através de uma névoa de dor, eu assistia ao desenrolar desse drama. Não tinha certeza se era algo bom ter Mannix Taylor como meu defensor; ele parecia irritar as pessoas.

— Mas lembre-se — continuou Mannix — de que ele deixa o celular desligado enquanto está no campo de golfe.

— Quem disse que ele está num campo de golfe?

— Ele *sempre* está no campo de golfe. Nunca vai a nenhum outro lugar, ele e seus amigos. Provavelmente eles dormem na sede do clube, dentro de seus sacos de golfe, alinhados um ao lado do outro como pequenas vagens numa nave espacial. Vamos lá, Olive, eu pego a parte de cima de Stella e você pega as pernas.

Olive hesitou.

— Pode colocar a culpa em mim — propôs Mannix. — Diga que eu a intimidei e obriguei a fazer isso.

— Eles acreditariam nisso na mesma hora — disse Olive, com firmeza. — Cuidado com o aparelho de ventilação.

— Certo.

Eu não conseguia acreditar no que estava realmente acontecendo. Eles me viraram, me ergueram pelos quadris, me ajeitaram na cama e de repente eu já estava com o corpo apoiado no outro lado. À medida que a dor cedia, o alívio se instalou de um jeito maravilhoso.

— Está melhor? — Mannix me perguntou.

Obrigada.

— Com que frequência você precisa ser virada? Em que momento a dor teve início?

Olhei para ele em silêncio.

— Pelo amor de Deus! — Ele parecia enlouquecido de frustração. — Isso é...

Não é minha culpa eu não poder falar.

— Depois de uma hora?

— Pisquei o olho esquerdo.

— Não? Duas horas? Ok. A partir de agora você vai ser virada na cama a cada duas horas.

Colocou a mão na minha testa.

— Você está fervendo de tão quente. — Parecia menos irritado. — Devia estar em completa agonia.

Ele saiu do cubículo mais uma vez e depois de uma troca de palavras curta e ríspida com Olive, voltou com uma tigelinha de água e uma toalha de limpeza. Passou um pouco de água fria no meu rosto que parecia em chamas e usou as pontinhas da toalha para massagear em torno das minhas órbitas oculares, enxugar meus cílios e lavar em torno da minha boca. Parecia um herói bíblico exibindo toda a sua misericórdia.

19:22

Há um barulho lá embaixo — Jeffrey deve estar em casa. Meu coração se anima um pouco com a ideia de haver outro ser humano na casa.

Corro escada abaixo e a visão do meu filho alto e magro e mal-humorado me enche de tanto amor que eu quero apertá-lo.

Pela primeira vez ele não está carregando o seu inseparável tapetinho de ioga. Mas carrega outra coisa, uma cesta rasa de vime, dessas para verduras. Segura a cesta com a alça apoiada na dobra do braço e parece... Ahn... Pouco viril. Ele parece, sim, *bobinho*. Parece a Chapeuzinho Vermelho indo visitar sua vovozinha.

— O que está acontecendo? — Eu me esforço para usar um tom alegre.

— Estive fora, à procura de alimentos.

— À procura de alimentos? — Deus do céu.

— Coisas selvagens. — Ele pega o que parece ser um punhado de ervas daninhas em sua cestinha de Chapeuzinho Vermelho. — Ervas silvestres e plantas. Você faz ideia da quantidade de alimento que está crescendo lá fora? Junto das cercas vivas? Até mesmo nas rachaduras das calçadas?

Vou vomitar. Vou, sim. Ele vai me obrigar a comer aquelas coisas. Meu filho é um estranho lobo solitário que quer me envenenar.

Ele nota os sacos de compras debaixo da escada.

— Você estava gastando dinheiro? — Soa tão indignado quanto um patriarca vitoriano.

— Eu precisava de roupas novas. Não tenho nada para vestir.

— Você tem toneladas de roupas.

— Elas não cabem mais em mim.

— Mas nós não temos dinheiro!

Faço uma pausa, escolhendo as palavras com cuidado.

— Nós não estamos "falidos" — Ainda não. — Temos o suficiente para viver por algum tempo. Um longo tempo — acrescento, falando depressa. Afinal... Quem sabe? — E quando acabar de escrever meu novo livro, ficará tudo bem. — Se eu conseguir uma editora e se alguém comprar o livro. — Não se preocupe, Jeffrey. Lamento muito você estar preocupado.

— Mas eu *estou* preocupado.

Ele parece uma velha rabugenta. Mas reparo que não menciona a possibilidade de *ele* conseguir um emprego. Mesmo assim não digo nada. Ponto para mim. Muitos pais teriam jogado isso na cara dos filhos.

— Quando eu estava na rua — comento —, acabei me encontrando por acaso com o pai de Brian, Roddy. Você se lembra de Brian? Talvez você pudesse dar uma ligadinha para ele.

— Você quer que eu tenha amigos?

— Bem... Nossa vida é aqui agora.

"Qual é a sua?...", tive vontade de dizer para ele. Eu também não estou nem um pouco feliz com a situação, mas continuo fazendo o melhor que posso para levar a vida em frente.

Nosso impasse é interrompido pelo telefone. É Betsy, ligando de Nova York. No início deste ano ela ficou noiva de um advogado rico e bonito de trinta e seis anos de idade chamado Chad — uma situação que tinha sido outro dos legados de Gilda: quando Betsy terminou o ensino médio e não conseguia nem mesmo um emprego dobrando roupas na Gap, Gilda milagrosamente conseguiu para ela um estágio numa moderna galeria de arte no Lower East Side. Um dia Chad entrou na galeria, pôs os olhos em minha filha e então, com a maior cara de pau, disse que compraria uma das instalações se ela fosse jantar com ele.

Eles se apaixonaram imediatamente e, apesar de todo o dinheiro que Ryan e eu tínhamos desembolsado na educação de Betsy, ela pediu demissão do "emprego" na mesma hora e se mudou para o enorme apartamento de Chad. Eles vão se casar em algum momento do ano que vem, e, embora ela pareça muito feliz, a sua falta de ambição me aterroriza.

— Mas você não entende? — Ela sempre perguntava. — Eu não quero ter tudo. Essa vida me parece cansativa. Quero ficar em casa, ter filhos e aprender a tricotar.

— Mas você é tão jovem...

— Você tinha só vinte e dois anos quando eu nasci.

— Há uma grande diferença entre dezenove e vinte e dois.

O que me preocupava era a sua incapacidade de cuidar de si mesma, caso um dia Chad caísse fora. E a situação tinha as palavras "Chad vai cair fora um dia" escrita por todos os lados. Ele era desse tipo, um homem inerte por ter dinheiro demais e com a ideia de que tinha direito a tudo. Ele se casaria com ela, certamente. Porém, em cinco ou dez anos iria trocá-la por uma versão mais jovem. Largaria Betsy de lado e ela ficaria à deriva.

Mas talvez ela ficasse bem. Poderia fazer um curso de corretora imobiliária, que é o que todas essas esposas do tipo ex-troféus pareciam fazer. Elas ficavam duronas e encontravam seu próprio caminho. Compravam para si mesmas um veloz carrinho TransAm, tiravam férias em lugares ensolarados, e arrumavam namorados mais jovens que eram sempre parasitas, tinham um tipo de beleza desinteressante, e todo mundo secretamente suspeitava serem gays.

— Betsy! — exclamo. — Querida!

Apesar de nos falarmos quase todos os dias, tenho medo de que ela esteja ligando para dar más notícias — se as novidades sobre o projeto idiota de Ryan chegou até ela estaremos com um verdadeiro problema nas mãos. Ou talvez tivesse saído algo no *New York Times* de hoje sobre Gilda...?

Mas ela fica só batendo papo e me conta sobre a nova bolsa que comprou.

— É Michael Kors! — diz ela. — E também comprei três vestidos retos e sem mangas na Tory Burch.

Nos últimos seis meses o visual de Betsy, financiado por Chad, passou por uma profunda transformação.

— Vou clarear o cabelo um ou dois tons — avisa ela. — Vou ficar totalmente loura.

— Bom... Que ótimo!

— E se essa cor mais clara não funcionar para mim?

— Você pode voltar para a sua cor natural.

— Mas o meu cabelo vai ficar completamente danificado.

— Que nada, existem tratamentos.

— É verdade — concorda ela, feliz da vida. — E então? Como vão as coisas com você?

— Ótimo, tudo ótimo! — Porque é isso que você deve dizer quando é mãe.

— Tem certeza?

— Claro. Com certeza! Tudo bem, outra hora a gente se fala mais, querida. E... Ah... Mande lembranças minhas para Chad.

— Tudo bem. — Ela ri.

Atrás de mim, ouço o som de um garfo tilintando contra um copo.

Eu me viro. A mesa da cozinha está posta com dois pratos cheios de ervas daninhas.

— Espero que você esteja com fome! — avisa Jeffrey. — Porque é hora do jantar!

"Minha barriga pode não ser 'negativa', mas, pelo menos, eu não quebrava as pernas só por levantar de uma cadeira."

Trecho de *Uma piscada de cada vez*

— Eu odeio a minha vida! — declarou Betsy. — Queria nunca ter nascido — Ela saiu da UTI bruscamente.

Nossa, que mudança de opinião! Ainda ontem ela não estava me explicando o quanto a vida era uma dádiva preciosa?

Olhei com cara de interrogação para Karen e Jeffrey.

O que tinha acontecido?

Jeffrey ficou mais vermelho que uma beterraba e deu as costas para mim.

— Ela recebeu sua visita mensal na noite passada — disse Karen. — Não havia absorventes em casa. Ela tentou sair de fininho para comprar alguns na rua, mas Ryan a impediu e ela teve falar para ele.

Eu me odiei. Não devia estar deitada naquela cama de hospital; devia estar em casa, cuidando da minha família. Essa conversa deve ter sido muito dolorosa e constrangedora tanto para Betsy, quanto para Ryan. Betsy era muito recatada com relação ao próprio corpo e Ryan tem horrores tipicamente masculinos a qualquer lembrança de que sua menininha tinha se tornado uma mulher. Vocês precisavam tê-lo visto no dia em que eu comprei o primeiro sutiã de Betsy.

"Ela é muito nova ", balbuciou ele.

"Mas tem seios", retruquei.

"Não, não diga uma coisa dessas." Ele cobriu o rosto com as mãos. "Ela não tem!"

— Betsy ficou morrendo de vergonha na noite passada — continuou Karen. — Ryan também. Você pode imaginar. Mas ele saiu e comprou uma caixa de absorventes. Da marca errada, claro... — Fez uma pausa, e acrescentou: — Mas acabou levando a coisa numa boa. Sei que eu sempre disse que ele é um inútil preguiçoso. Mas está se saindo bem. Anda cozinhando e tudo.

Eu conhecia o conceito de "cozinhar" para Karen. Quando ela preparava um pacote de arroz no micro-ondas já se achava pronta para participar do *Masterchef.*

— É melhor eu ir — disse ela, levantando-se. — Vou levar seus filhos para a escola. Mamãe e papai estarão aqui para a visita da tarde. Vamos, Jeffrey, vamos procurar sua irmã.

E lá se foram, me deixando sozinha com meus pensamentos.

Pobre Betsy. Na idade dela, tudo parecia muito importante e dramático — "Queria nunca ter nascido!"

Curiosamente, apesar dos lugares escuros que eu tinha conhecido desde o mês anterior, não houve uma única vez em que eu tivesse preferido não ter nascido.

Talvez o motivo fosse a morte estar sempre tão presente naquela UTI. As pessoas morriam nas camas à minha volta o tempo todo. Às vezes se passavam cinco ou seis dias sem que houvesse perdas, e então dois pacientes morriam em uma mesma manhã.

Cada vez que isso acontecia, eu me sentia cheia de gratidão por ter sido poupada.

Não que meus pensamentos fossem sempre positivos — é claro que eu sempre desejava que não tivesse sido "premiada" por aquela doença terrível e estranha; queria poder voltar para casa, para meus filhos, para Ryan e para o meu trabalho. Nossa, como eles me pareciam mais preciosos, agora! Desejava não me sentir tão apavorada e sozinha, mas em nenhum momento, mesmo quando a dor no quadril era insuportável, eu pedia para nunca ter nascido.

Uma frase, que minha avó costumava dizer, ficava rolando sem parar no fundo da minha mente: "Quando você se alista tem de virar um soldado."

Vocês sabem a maneira como as pessoas de idade têm sempre uma lista interminável de notícias terríveis — uma mulher no fim da rua que teve seu telhado arrancado, o poste de um sinal de trânsito que caiu em cima do marido de alguém e o homem que trabalhava nos correios, cujo cão tinha mordido um advogado?

Pois bem, sempre que vovó Locke (mãe do meu pai) vinha nos visitar, ela desfiava um rosário com *todos os tipos* de desastres que existiam. Quando finalmente terminava, suspirava longamente, com uma espécie de melancolia feliz, e dizia: "Quando você se alista tem de virar um soldado."

Ela estava querendo dizer que quando você se "alista" para a grande aventura que é viver, tem de aceitar tudo, as coisas boas e as más; não existe cláusula alguma do tipo "pular fora" nos momentos de dor. Todo mundo sofre. Eu podia ver isso com uma clareza surpreendente, até mesmo nos pais da escola de Betsy e Jeffrey. Na superfície, suas vidas pareciam um grande carrossel de férias fabulosas, mas você ouvia versões diferentes. Uma das mães, que era médica, foi demitida por se drogar usando os próprios analgésicos que receitava.

Outra das mães, uma das mais fabulosas — puxa, vocês tinham que vê-la, parecia que era casada com um astro do rock. Ela usava jeans do setor infantil das grandes lojas, e era magérrima, de um jeito que não denotava grande esforço. Pois bem... Um belo dia ela se levantou de uma cadeira, quebrou o fêmur e descobriu que sofria de osteoporose — aos trinta e cinco anos! Aparentemente, por uma anorexia que se arrastava há vários anos.

Foi levada para um hospital psiquiátrico e nunca mais foi vista. (Será que faz de mim uma pessoa muito ruim — provavelmente, sim — o fato de essa história dela ter me trazido um pouco de alívio? Minha barriga pode não ser "negativa", mas, pelo menos, eu não quebrava as pernas só por me levantar de uma cadeira.)

Todo mundo sofre. Não só eu.

E eis que chega Mannix Taylor. Seu jaleco branco comprido está voando ao vento — sempre que ele aparecia era com agitação e desenvoltura.

Abotoe a porcaria desse jaleco.

Ele pegou uma cadeira e disse, quase alegremente:

— Stella, sei que você não gosta de mim.

Pisquei o olho direito. Sim. Afinal de contas, por que não? Era uma coisa óbvia. E ele também não gostava de mim.

— Mesmo assim, você topa trabalhar comigo em um pequeno projeto? — Ele parecia... *entusiasmado.*

... Ahn... Ok...

Mais uma vez eu pisquei o olho direito.

— Isso é tudo que você consegue fazer? — perguntou. — Piscar?

Olhei para ele. Em meu tom mais sarcástico, pensei:

Sinto muitíssimo decepcionar você.

— Tudo bem, eu só queria ter certeza. Escute, eu estive pensando sobre você e sua incapacidade de se comunicar. Isso não é bom. Você já ouviu falar de um livro chamado O *escafandro e a borboleta*?

Eu tinha, na verdade. Papai tinha me obrigado a ler esse livro alguns anos antes.

— Foi escrito por um homem, que, assim como você, só era capaz de mover suas pálpebras. Na verdade, ele só podia usar uma delas; estava em uma situação ainda pior que a sua. O que eu estou tentando dizer é que se você pode piscar, também pode falar. Então, pense em algo que você gostaria de dizer para mim. — Pegou uma caneta do bolso. Com um sorriso sarcástico, pediu: — Tente ser educada e simpática. — Arrancou uma das páginas do meu prontuário na cabeceira da cama e o virou para escrever no verso em branco. — Você não terá energia suficiente para falar muita coisa — avisou. — Portanto, faça com que valha a pena. Já pensou em algo?

Pisquei o olho direito.

— Ok. Primeira letra. É uma vogal?

Pisquei o olho esquerdo.

— Não? Então só pode ser uma consoante.

Pisquei o olho direito.

— Essa consoante... Fica na primeira metade do alfabeto, de A até M? Sim? Certo.

Mais uma vez, pisquei o olho direito.

— É o B? — quis saber ele.

Pisquei o olho esquerdo.

— Pare, pare — pediu. — Você vai ficar exausta se tiver de reagir a cada letra. Vamos aperfeiçoar isso. É o seguinte... Se não for a letra certa, não pisque, Vou ficar de olho. Deixe que eu faço o trabalho pesado. OK. É a letra C?

Eu não reagi.

— D?

Pisquei o olho direito.

— É D? OK. — Ele escreveu a letra na página. — Segunda letra. Uma vogal, Sim? A?... E?... É E? Ok, próxima letra, Vogal? Não... Consoante...

Fomos em frente até eu soletrar a palavra DESCULPE.

Ele se recostou na cadeira e perguntou, com ar de curiosidade:

— Você está se desculpando pelo quê? — Deu uma risada sarcástica. — Eu mal consigo esperar para descobrir. Você consegue ir em frente?

Oh, sim.

Continuamos até eu completar a frase "DESCULPE PELO SEU CARRO".

— Essa é a sua primeira chance de se comunicar em um mês e você a usa para ser irônica? Nada de reclamar que alguma coisa está muito quente, muito fria ou muito dolorida? Bem, é ótimo saber que tudo está tão bem com você. Imagine só, e eu aqui preocupado com seu estado!

De repente eu me senti profundamente arrependida de ter desperdiçado aquela oportunidade valiosa sendo esperta. Deveria ter perguntado se alguém poderia mandar Jeffrey lavar o cabelo — suspeitava que ele não fazia isso desde que eu fui parar no hospital — ou se Karen poderia comprar a revista *Grazia* e ler para mim.

— De qualquer modo — Mannix Taylor curvou a cabeça de forma cortês. — Desculpas aceitas.

Quem está sendo sarcástico, agora?

— Quem está sendo sarcástico, agora? — murmurou ele, quase para si mesmo, e me lançou um olhar rápido. Quase alarmado, disse: — Foi exatamente isso que você pensou.

Eu pisquei.

Não.

Ele balançou a cabeça para os lados.

— Para uma mulher que mal consegue mover um músculo, Stella Sweeney, você não sabe esconder o que está pensando. Por falar nisso, não foi o *meu* carro que você atingiu.

Eu comecei a piscar.

DE QUEM ERA O CARRO?

Mannix Taylor olhou para a página onde transcrevia minhas piscadas e olhou para mim.

— Stella... — Balançou a cabeça e deu uma risadinha. — Vamos esquecer esse assunto?

Mas eu queria saber.

Ele me analisou durante tanto tempo que eu pensei que ele não fosse me contar. Então, para minha surpresa, ele disse:

— O carro era do meu irmão.

Do seu irmão?

— Era *mais ou menos* do meu irmão.

Era ou não era?

— De alguma forma, ele conseguiu convencer o vendedor da concessionária a deixá-lo dar uma volta em um Range Rover novinho em folha sem, na verdade, ter pago nada por isso.

Como?

— Ele é extremamente charmoso, o meu irmão. — Mannix me olhou zombeteiro. — Obviamente, essa não é uma característica comum na família.

Ei, foi você quem disse isso...

— Eu estava levando o carro de volta para a concessionária, mas o veículo não estava no seguro. Era um trajeto curto e eu tenho seguro contra terceiros, mas...

Levei alguns momentos para juntar todos os pontinhos, cheguei à imagem completa e vi que ela não era nada bonita — Mannix Taylor dirigia um carro novo, naquele dia; um carro novo que ainda não estava com seguro. Sendo assim, o custo total para substituí-lo poderia cair sobre os seus ombros.

O homem irado que tinha entrado pela minha traseira, apesar do seu frenesi de raiva, não seria necessariamente considerado responsável.

Eu não fazia ideia do quanto custava um Range Rover novo, mas devia ser os olhos da cara.

DESCULPE.

— Ah, está tudo bem. — Exausto, ele esfregou a mão sobre o rosto.

Eu estava com tanta vontade conversar que ficaria feliz de ouvir qualquer coisa, mas aquilo era bom demais para eu deixar o assunto morrer.

Transmitindo incentivo com os olhos, encorajei Mannix Taylor a continuar.

— Ele é meu irmão mais velho. É corretor de imóveis. Roland Taylor. Você provavelmente já ouviu falar dele. Todo mundo o conhece. E todo mundo o adora.

Roland Taylor. Sim, eu o *conhecia*! Ele sempre participava de *talk shows*, era um sujeito acima do peso que distraía as pessoas com histórias muito engraçadas. Para ser justa, ele era muito divertido: tinha sido o primeiro agente imobiliário da Irlanda a virar celebridade. Corretores famosos eram uma das muitas coisas estranhas que o Tigre Celta tinha apresentado ao mundo, ao lado dos oftalmologistas de celebridades e das pessoas que descobriam mananciais de água subterrânea usando varinhas.

Apesar de seu tamanho, Roland Taylor sempre usava roupas muito modernas e óculos de hipster, mas de algum modo aquilo o deixava encantador e não engraçado. Era extremamente simpático — o tipo de celebridade que você gostaria que fosse seu amigo na vida real. E era irmão de Mannix Taylor! Que coisa inesperada!

— Ele tem alguns... problemas — informou Mannix Taylor. — Com dinheiro, entende? Com os gastos. Não é culpa dele. Essa é uma... ahn... característica de família. Um dia eu falo sobre isso. — Ele me olhou como se tivesse acabado de pensar melhor: — ... Ou talvez não...

Segunda-feira, 2 de junho

04:14

Eu desperto. Não quero acordar, mas obviamente não apaziguei os deuses do sono com ofertas suficientes. Vou para meu escritório (aquele que na verdade é um quarto de tralhas) e ligo o computador. Então penso: "O que estou fazendo, em nome de Cristo?" São quatro da manhã. Prontamente desligo o computador, volto para a cama e remexo na minha gaveta de cabeceira em busca de algum tipo de ajuda para dormir. Uma caixa de comprimidos de valeriana se apresenta. A bula recomenda dois comprimidos "para ter um sono tranquilo", então eu tomo seis porque, puxa, afinal é só um remédio natural e fitoterápico. Minha atitude imprudente do tipo "que se dane" claramente impressiona os deuses do sono, porque sou recompensada com mais cinco horas de sono profundo.

09:40

Acordo para a vida novamente. No andar de baixo, há sinais de que Jeffrey já comeu seu desjejum e saiu — uma caneca lavada e uma tigela estão lado a lado no secador de louça, quase *cintilando* de capricho e limpeza. Temos uma máquina de lavar louça e não há necessidade de ele lavar coisa alguma à mão, mas Jeffrey o faz de qualquer jeito, como uma espécie estranha de censura contra mim.

Eu me demoro mais um pouco à mesa da cozinha, tomo chá e divago sobre o quanto meu filho é esquisito. Ele poderia ter envenenado a nós dois na véspera com aquelas coisas que pareciam forragem. Obviamente isso é só uma fase pela qual está passando, mas quanto mais cedo ele se tornar normal, mais rápido eu vou gostar.

Bebo mais chá e como uma tigela considerável de granola. Isso mesmo, granola: biscoitinhos quebrados disfarçados de comida saudável. Mas sei exatamente o que estou fazendo. Já não estou em negação. Mas, para começar meu PRRB (Programa Radical de Redução de Barriga), preciso comprar comida horrível especial, e até lá posso muito bem usar o que tenho em casa. Afinal de contas, é um crime desperdiçar boa comida, especialmente nessa época de dificuldades.

Nesse instante, sou invadida por um medo horrível e súbito. A ideia de viver sem carboidratos é aterrorizante.

Mas já fui capaz de conseguir isso no passado, lembro a mim mesma. Embora, analisando em retrospecto, estou espantada com a forma como eu era obediente. Mais uma vez eu me recordo daquele dia em Denver, quando Gilda tinha me obrigado a levantar da cama e me fez correr seis quilômetros e meio no escuro. Quando voltamos ao hotel eu tinha tomado uma ducha e simplesmente aguardara as instruções adicionais. Estava *esperançosa* de que seria alimentada de forma adequada, mas não adiantava nada perguntar. Se me fosse oferecida comida, eu comeria. Se não fosse, eu não comeria. Simples assim. Nenhum pensamento envolvido. Pensar era função de Gilda.

Ela estava no comando da minha dieta — uma dieta com contagem de calorias, muita proteína e zero açúcar. Entre isso e a corrida, a dieta me manteve vestindo tamanho 38. Tamanho 38 pela medida europeia, devo enfatizar. Não é tamanho 38 norte-americano, que na verdade é o tamanho 42 europeu, aquele tipo barril, que ninguém admira.

Enquanto Gilda fazia escova no meu cabelo com o secador — havia pouquíssimas coisas que ela não sabia fazer —, repassava a agenda do dia.

— Em dez minutos o carro vai chegar para nos levar ao programa *Bom Dia Denver*. Você está no bloco das sete e meia e terá quatro minutos. Eles vão anunciar o evento da hora do almoço e exibir a capa do livro. Depois disso, vamos a um centro de reabilitação física, onde você vai se encontrar com pacientes. E vai dar o café da manhã deles. Um canal de notícias local vai cobrir esse momento...

— E quanto a mim? — Minha ansiedade explodiu. — Vou conseguir tomar o café da manhã?

— Claro! — garantiu ela.

— É sério?

Ela riu.

— Não me olhe assim. Você vai comer um pouco da comida do hospital com os pacientes.

— Comida de hospital?

— Vamos lá — disse ela, com ar encorajador. — Vai ser muito comovente. Você poderá conversar sobre as lembranças que tudo aquilo lhe traz, da época em que você era alimentada por um tubo enfiado no estômago. Quem não gostaria de ser tocado por uma recordação como essa? Já sinto lágrimas nos olhos.

— E você? — perguntei. — Imagino que vai curtir uma pilha de panquecas com melado.

— Acho que sim. Mas lembre-se, eu não sou a estrela.

Nós duas rimos.

De volta ao presente, comi mais granola e analisei a minha manhã. Tarefa um: preciso perder meio quilo naquele lugar que começa com "b". Tarefa dois: preciso escrever um livro.

O celular toca. É mamãe.

— Onde você está? — Ela parece irritada.

— Onde eu deveria estar?

— Aqui. Para me levar para as compras. Hoje é segunda-feira.

Uma das minhas tarefas é levar mamãe ao supermercado toda segunda-feira de manhã. Como é que eu pude esquecer?

Por outro lado, isso significa que posso adiar qualquer outro trabalho por algum tempo. Excelente!

— Chegarei aí em quinze minutos.

— Você deveria estar aqui agora.

Usando a minha calça nova como ponto de partida, improvisei uma espécie de visual de verão. Felizmente ganhar de peso não tinha afetado meus pés, de modo que minhas sandálias do ano passado ainda me serviam.

10:30

Entro no carro, o mesmo veículo no qual eu costumava levar Betsy e Jeffrey para a escola. O carro do qual eu já não precisava mais quando minha nova vida começou e eu me mudei para Nova York. Pedi a Karen para vendê-lo, mas ela o manteve porque, obviamente, não tinha a mesma fé que eu no meu final feliz.

Talvez isso tivesse sido melhor, mesmo. Porque quando meu final feliz acabou por não passar de uma ilusão, eu precisava muito de um carro. E aquele ali estava esperando para me receber em casa, como se eu nunca tivesse ido embora.

Enquanto eu dirijo, a música "Bringing Sexy Back" toca no rádio e eu sou levada ao passado, para o show de Justin Timberlake no Madison Square Garden, no qual Gilda tinha me levado. Aquela foi uma das melhores noites da minha vida. Pela milionésima vez eu me pergunto como ela estaria. Mas não posso me permitir pesquisar sobre ela no Google. Tudo que posso fazer é repetir o mantra: *Fique bem, fique feliz, fique livre do sofrimento.*

10:35

Mamãe abre a porta e está com uma expressão de irritação por eu ter me esquecido do supermercado semanal. Mas, logo em seguida, me olha de cima a baixo e exclama, com um ar de prazer e alarme:

— Stella! Você comprou uma calça nova?

Com orgulho inesperado eu digo:

— Karen me ajudou. É uma calça chino.

— Calça chino? Isso não é roupa para homens?

— Essa é uma calça feminina.

— Uma calça desse estilo? Isso deve ser novidade. Muito bem! — Ela é um poço de admiração. — Você ficou ótima! Entre e vá mostrar ao seu pai.

— Certo. Olá, papai.

Eu não enfio só a cabeça no portal da sala; entro direto para me certificar de que ele vai conseguir dar uma boa conferida em mim.

— Ah, aí está você, Stella! — diz ele. Então me olha mais de perto, com atenção. — O que você fez? Você está ótima!

— Comprou uma calça chino — informou mamãe atrás de mim.

— Calça chino?

— Chino *feminina* — dizemos juntas, eu e mamãe.

— Será que a *parvenu* teve alguma coisa a ver com isso?

— Teve, sim — mamãe e eu dizemos ao mesmo tempo.

— Muito bem. Devemos dar crédito a quem merece — disse papai. — Você está ótima!

— Ótima! — concorda mamãe. — Ao máximo!

Ora, ora, quem diria! Eu estou ótima. Minha calça chino feminina é um sucesso! Meu novo visual funciona!

12:17

Ah, meu Deus, a porcaria que eles comem — biscoitos, batatas fritas, bolos estranhos com validade de dez meses... Qualquer combinação de gordura trans e açúcar é bem-vinda no carrinho de Hazel Locke.

As compras com minha mãe são sempre uma grande luta de poder — ela é quem leva o carrinho e controla tudo que entra nele. Nessa semana mamãe vence — ela me avisa que é melhor eu melhorar minha habilidade para estacionar, em seguida salta do carro com uma moeda de um euro na mão e pega um carrinho de compras antes mesmo de eu desligar o motor. Quando lhe convém, mamãe pode ser surpreendentemente ágil. E também muito esperta.

Gastamos um tempo terrivelmente longo na central das gorduras trans, então eu insisto em uma visita ao corredor de frutas e legumes.

— Que tal um brócolis? — sugiro.

— Eu odeio brócolis — avisa ela, de mau humor.

— Mas você nunca nem sequer provou.

— Isso mesmo. Porque eu odeio.

— Vamos lá, mamãe. Que tal algumas cenouras?

Com pouca empolgação ela toca em um saco de cenouras, mas logo recua como se aquilo fosse radioativo.

— Produto orgânico!

— Orgânico é bom — digo, como sempre faço. — É melhor para a saúde do que essas coisas comuns.

Ela pega uma maçã orgânica.

— Como isso é possível, Stella? Repare no formato meio torto dessa maçã. Parece uma maça de Chernobyl. De qualquer forma — diz ela, com ar melancólico —, a essa altura da nossa vida devemos nos permitir esses pequenos prazeres.

— Mas vocês vão morrer prematuramente.

— E daí?

Quero agarrá-la pelos ombros e dizer com sinceridade: "Vocês precisam parar de ser tão velhos!"

Mas ela não consegue evitar. Mamãe e papai, eles nunca vão se vestir de linho branco e andar descalços à beira do mar, sorrindo de mãos dadas e brilhando com uma saúde induzida por óleo de peixe.

"Só porque você mora perto de um campo de golfe,
não significa que você tem que jogar golfe".

Trecho de *Uma piscada de cada vez*

Mannix Taylor entrou no meu cubículo, acompanhado por quatro, não...
por cinco das enfermeiras. O que estava acontecendo?

— Bom dia, Stella — cumprimentou ele. — Vamos dar uma pequena
aula, aqui. Você poderia mostrar às suas enfermeiras aquelas piscadas de
olho que você e eu treinamos ontem?

Ahn, tudo bem.

As enfermeiras se amontoaram em torno da minha cama com caras
azedas. *Estamos muito ocupadas,* diziam suas vibrações. *Temos trabalho
suficiente e não precisamos ser obrigadas a assistir a uma mulher paralisada
piscando os olhos.*

— Vamos lá! — Mannix segurou a caneta sobre um pedaço de papel. —
O que você gostaria de dizer, Stella? Primeira letra. Consoante? Não? Uma
vogal? Sim? A, E, I, O? O! OK! Já temos um O.

Ele se virou para as enfermeiras.

— Vocês viram como é que se faz. Quem gostaria de assumir a partir daqui?

Como ninguém se apresentou como voluntária, ele entregou a caneta e a
página para a enfermeira que estava mais perto dele.

— Você fará isso, Olive — disse ele. — Vá em frente, Stella.

Quase timidamente, eu soletrei a palavra OLÁ.

As enfermeiras se entreolharam, e, por fim, uma delas disse:

— Olá para você também.

— Por que você está dizendo olá para ela? — perguntou outra. — Ela está
aqui há quase um mês.

— Mas esta é a primeira vez que Stella tem a chance de falar com vocês
— explicou Mannix.

— Ahh... Certo, então. Bem, agora precisamos ir.

Quando elas voltaram para sua bancada de trabalho, ouvi claramente
uma delas dizer:

— Quem *diabos* ele pensa que é?

— A que horas o marido dela chega? — Mannix perguntou a Olive.

— Na maior parte das manhãs mais ou menos às oito, e depois volta às sete da noite.

— Quer dizer que nós poderíamos estar conversando todo esse tempo? — Ryan, com ar sombrio e muita raiva, se empinou todo diante de Mannix Taylor. — Ela está aqui há quase um mês e ninguém nos disse nada sobre isso? *Sim, mas...*

Ryan parecia não entender que Mannix tinha introduzido o sistema de piscar especialmente para mim.

— A Síndrome de Guillain-Barré é espantosamente rara — explicou Mannix. — Em todo o meu tempo trabalhando como neurologista, nunca encontrei um caso. Não existem protocolos em hospital algum deste país para tratar dessa doença.

— Isso é papo furado! — reagiu Ryan.

— No entanto, eu entrei em contato com especialistas nos Estados Unidos e...

— Ela está aqui há um mês e ainda não melhorou nem um pouco!

Eu tentava desesperadamente chamar a atenção de Ryan.

Pare de gritar, eu queria dizer. *Ele está me ajudando. Ficou aqui até mais tarde hoje, só para poder explicar tudo isso para você.*

— Quem diabos é você, afinal? — quis saber Ryan.

— Como eu já disse, sou o neurologista de Stella.

— O que aconteceu com o dr. Montgomery?

— O dr. Montgomery ainda é o médico de Stella. Eu sou o neurologista. Desempenhamos papéis diferentes. Ele é o responsável geral pelo tratamento de Stella.

— Vou ter de pagar dois honorários, em vez de um só?

Eu não podia suportar a ideia de o quanto tudo aquilo devia estar custando.

— Por que você levou quase um mês para aparecer aqui?

— Stella deveria ter sido colocada sob os cuidados de um neurologista desde a primeira noite em que deu entrada aqui no hospital, mas alguém deixou isso passar. Foi uma mancada administrativa. Lamento muito se o sistema decepcionou você e Stella.

— Ah, mas que m...

Ficou claro que Ryan estava no limite da paciência e da exaustão. Tinha vindo direto para o hospital do aeroporto, depois da apresentação do seu projeto na Ilha de Man, puxando sua nova mala de rodinhas barata. Parecia arrasado, cansado ao extremo e muitíssimo infeliz.

— Stella... — disse ele. — Eu não consigo fazer isso hoje à noite. Vejo você amanhã de manhã.

Lançou mais um olhar frio para Mannix Taylor e saiu.

Enquanto seus passos ecoavam ao longe, Mannix Taylor e eu nos entreolhamos.

Nenhuma boa ação fica impune.

Ele deu uma risadinha como se tivesse entendido o que eu estava pensando — talvez tivesse, ou talvez não. Então, girou nos calcanhares e também foi embora.

O dr. Montgomery estava atrasado.

Depois do confronto entre Ryan e Mannix Taylor, meu marido tinha exigido um relatório do meu progresso.

— Quero respostas — Ryan tinha me dito mais cedo, tenso de fúria. — Estou cansado de ver você apodrecendo nessa cama, sem nenhuma melhora. E quero saber quem é esse tal de Mannix Taylor.

Ryan tinha trazido Karen com ele para a reunião; os três estavam em pé com Mannix Taylor em um triângulo estranho, junto do meu cubículo. Pela linguagem corporal, dava para ver que, assim como Ryan, Karen também não gostava do neurologista.

O problema era que Ryan e Karen estavam com raiva — raiva por eu estar doente e raiva por eu não estar melhorando —, e essa raiva precisava de um foco.

Numa nota mental para mim mesma, pensei: se alguém estava com raiva de mim, eu não deveria levar isso para o lado pessoal, porque ninguém sabe o que o outro está passando.

— Quanto tempo mais o dr. Montgomery vai demorar? — quis saber Karen, virando-se para Mannix Taylor. — Eu tenho que trabalhar.

— Eu também — ecoou Mannix.

Coisa errada a dizer. Karen estava enfurecida e eu acompanhava tudo da cama, indefesa.

De repente, toda a energia na UTI mudou — o dr. Montgomery havia chegado. Ali vinha ele, garboso e sorridente, distribuindo cordialidade para todos os lados, arrastando uma comitiva de médicos residentes.

— Bom dia, dr. Montgomery — cumprimentaram as enfermeiras sorridentes. — Bom dia!

A chegada do dr. Montgomery provocou um grande surto de apertos de mão. Tão grande, na verdade, que Ryan e Karen, acidentalmente, apertaram as mãos um do outro.

Ninguém apertou minha mão. Ninguém nem olhou para mim.

— Dr. Montgomery — disse Ryan. — O senhor me pediu para ser paciente. Eu fui paciente. Só que eu... nós... a família de Stella, precisamos de uma atualização honesta sobre o progresso dela.

— Claro que sim, claro que precisam! Bem, o meu colega aqui, o dr. Taylor, é especialista em neurologia. Por favor, Mannix, você se importaria de compartilhar um pouco da sua — disse com uma entonação sarcástica — "sabedoria"?

— Simplificando ao máximo possível — disse Mannix Taylor —, a Síndrome de Guillain-Barré ataca as bainhas de mielina dos nervos. Eles precisam voltar a crescer antes do movimento retornar aos membros. Entretanto...

Montgomery interrompeu suavemente:

— Vocês ouviram o especialista: as bainhas de mielina nos nervos de Sheila precisam voltar a crescer antes do movimento poder voltar aos seus membros.

— O nome da paciente é Stella — disse Mannix Taylor.

O outro médico nem sequer se virou para ele; simplesmente manteve os olhos benevolentes fixos no rosto ansioso de Ryan.

— Mas quanto tempo isso vai demorar? — perguntou meu marido. — Ela não mudou desde a primeira noite em que deu entrada aqui. O senhor pode nos dar uma estimativa de quando ela poderá voltar para casa?

— Sei que vocês devem estar sentindo falta dela e da comidinha caseira — brincou o dr. Montgomery. — E devem saber que estamos todos batalhando sem cessar para que Sheila melhore o mais depressa possível. As enfermeiras aqui da nossa UTI são as melhores meninas no mundo.

Mannix Taylor olhou diretamente para a bancada da enfermagem, onde duas pessoas da equipe eram homens.

— Você poderia nos dar ao menos alguma perspectiva de tempo? — perguntou Ryan. — Alguma ideia? Uma semana?...

— Ora, por favor, acalmem-se! — Montgomery apontou para mim, prostrada na cama. — Puxa, vejam a pobrezinha.

— Que tal um mês?

— Pode ser — afirmou Montgomery. — Pode ser, sim. Talvez até antes.

Sério?

Mannix Taylor parecia perplexo.

— Respeitosamente, se me permitem...

Montgomery o cortou e continuou, sua voz firme como aço:

— No entanto, a saúde de Sheila é a nossa maior prioridade, e não podemos dispensá-la até ela estar totalmente bem. O senhor é um homem instruído, sr. Sweeney, e sabe disso! Portanto, se nossa paciente não estiver a caminho de casa em um mês a partir de hoje, o senhor não deve ligar para a minha secretária aos berros, como fez esta manhã! A pobre Gertie não está preparada para essas coisas! Ela é uma ótima batalhadora, mas é das antigas. Hahaha!

— Um mês, então, é um prazo aproximado? — insistiu Ryan.

— Sem dúvida. O senhor já começou a curtir a pesca com moscas, conforme eu sugeri?

— Ainda não...

— Pois deveria. E quanto a você? — O dr. Montgomery olhou para Karen com admiração escancarada. — Você joga golfe, por acaso?

— Ahn... Não.

— Pois devia jogar. Apareça no clube uma hora dessas. Uma menina linda como você certamente colocaria um sorriso em alguns rostos por lá.

Montgomery olhou para o relógio, fez menção de sair e disse:

— Que Deus nos abençoe e salve a todos! — Começou a distribuir cartões de visita, um para Ryan, um para Karen e um para o pateta do dr. de Groot, que prontamente o pegou. — Ei, me dê isso de volta, seu cão adestrado! Não quero *você* ligando para a minha casa, já basta olhar para sua cara o dia todo. Eu e minha sombra, hahaha!

Para Ryan e Karen, ele disse:

— Meu telefone de casa está aí. Podem me ligar, dia ou noite. A sra. Montgomery está muito acostumada com isso; fica morta para o mundo depois que toma seus comprimidos, hahaha! Qualquer dúvida ou preocupação, basta pegar o telefone. Agora, receio que tenha de abandoná-los, embora ame todos aqui. Tenho um compromisso.

— Como está seu rendimento no golfe? — perguntou Mannix Taylor, de forma enfática.

O dr. Montgomery lançou-lhe um olhar de desagrado benigno.

— Sabe de uma coisa? Você devia se juntar a nós no clube uma hora dessas, Mannix; isso talvez lhe fizesse bem. — Olhou para a plateia. — Nosso dr. Taylor é um sujeito muito sério!

Todos riram de forma obediente.

— Sabem o que meu neto sempre diz? — perguntou Montgomery. — Por que vocês não se alegram um pouco?!

Todo mundo riu de novo.

— Foi um prazer. — O dr. Montgomery sorriu. — Precisamos nos encontrar novamente em breve. — Com muita rapidez, apertou a mão de todos, menos a de Mannix. E a minha, é claro. Ao sair, declarou: — Aguente firme aí, Patsy! — E lá se foi ele, sua comitiva apertando o passo para conseguir acompanhá-lo.

— Ele é divertido — elogiou Karen, observando-o ir embora.

Sério?

Karen era a pessoa mais esperta que eu conhecia na vida — como poderia ter se encantado com aquelas brincadeiras idiotas do dr. Montgomery? Ele tinha enrolado todo mundo e deixara bem claro — pelo menos para mim — que não sabia nada sobre a minha condição. E meu sangue gelou ao me questionar quanto ele iria cobrar por aqueles preciosos poucos minutos de papo furado.

Com a saída do dr. Montgomery, foi como se um balão murchasse. Toda a diversão se dissolveu no ar. Então Mannix Taylor começou a falar e as coisas ficaram ainda mais sombrias.

— Escutem... — disse ele para Ryan e Karen — Sei que o dr. Montgomery garantiu que Stella poderá estar em casa dentro de um mês, mas isso não vai acontecer.

Ryan estreitou os olhos.

— Como assim?

— Não há nenhum jeito de garantir que...

— O dr. Montgomery fez bacharelado em duas especialidades na Trinity, e ainda se formou com honras — disse Ryan. — É consultor sênior neste hospital há mais de quinze anos. Você está dizendo que sabe mais do que o seu chefe?

— Sou neurologista. Eu me especializei em distúrbios do sistema nervoso central.

— Mas você me disse que não sabia nada sobre a Síndrome de Guillain-Barré! — exclamou Ryan.

— O que eu disse foi que nunca tinha lidado com ela num ambiente clínico. Mas entrei em contato com especialistas nos Estados Unidos e, pelo que tenho ouvido, é melhor vocês baixarem as expectativas.

— Então ela não vai para casa em um mês?

— Não.

— E como pode dizer isso na frente dela? — reclamou Karen, com irritação. — Como pode ser tão cruel?

— Não tenho a intenção de ser cruel, apenas...

— Então, quando ela *estará* em casa? — perguntou Ryan.

— É impossível dizer ao certo.

— Fantástico — disse Ryan, com sarcasmo selvagem e muita raiva. — Simplesmente fantástico!

Karen pegou o braço dele, numa tentativa de acalmá-lo.

— Ryan, me escute — pediu ela. — Vamos embora. É melhor deixar como está, por enquanto.

Os dois me deram beijos na testa, com ar relutante, e saíram. A única pessoa que ficou na minha cabeceira foi Mannix Taylor.

— O dr. Montgomery *realmente* fez bacharelado em duas especialidades na Trinity — disse ele. E acrescentou: — Mais ou menos mil anos atrás.

Para minha grande surpresa, eu ri daquilo, mentalmente.

— E é consultor aqui há trocentos anos. O que seu marido disse é verdade.

Mas isso não fazia dele um bom médico.

— "Muito estudo não ensina compreensão" — citou Mannix. — Acho que foi Sócrates quem disse isso.

Vibrei as pálpebras; era o sinal combinado para quando eu queria falar. Ele pegou caneta e papel, e eu soletrei:

HERÁCLITO.

— Heráclito? — Mannix Taylor ficou intrigado. — O que é um Heráclito? — De repente começou a rir. — Heráclito! Foi Heráclito, que disse: "Muito estudo não ensina compreensão". Não foi Sócrates. Você é uma figuraça, Stella Sweeney. Ou devo chamá-la de Sheila? Como é que você conhece os filósofos gregos sendo uma humilde cabeleireira?

ESTET...

— Sim, esteticista, eu sei. Foi só uma piada.

Piadas deveriam ser engraçadas.

— É verdade. — Ele suspirou. — Talvez eu deva desistir das piadas. Parece que eu não tenho jeito para elas.

Naquela noite, nas longas horas de vazio de meu sono "excelente", pensei a respeito de Mannix Taylor: ele era um homem muito peculiar. A forma como debochara do dr. Montgomery era chocante e pouco profissional, mesmo ele estando certo.

Gostaria de saber sobre a vida dele fora do hospital. Usava um anel de casado — é claro que usava —, tinha dentes bonitos e trabalhava numa profissão respeitada e bem-remunerada. Devia ter uma esposa perfeita.

A menos que fosse gay. Mas eu não sentia isso nele. Não... Ele definitivamente tinha uma esposa.

Eu me perguntei se ele era tão ranzinza em casa quanto no trabalho. Tinha certeza de que não era. Aposto que sua esposa não aceitaria esse tipo de atitude. "Deixe seus problemas profissionais no trabalho, não traga nada para casa", eu quase conseguia ouvi-la falar. Eu a imaginei como uma mulher alta, de beleza escandinava, talvez uma ex-modelo. Perfeita e talentosa, gerenciava seu próprio negócio. Fazendo... o quê? Decoração de interiores? Isso mesmo, interiores. Mulheres do tipo dela sempre faziam isso — visitavam clientes com amostras de cores de tintas ou de tecidos e cobravam uma fortuna. Ou ela também poderia ser uma psicóloga infantil — essas mulheres às vezes tiravam algo da cartola e surpreendiam a gente.

Decidi que ela e Mannix tinham três lindos filhos louros. Uma das crianças tinha... Deixe-me ver... Dislexia, porque a vida de ninguém é tão perfeita. Mas um professor particular vinha ensiná-la quatro tardes por semana. Ele era caro, mas valia a pena. Saoirse estava se saindo muito bem e conseguia acompanhar sua turma.

Mannix Taylor morava... onde, exatamente? Em algum lugar com portões eletrônicos. Sim, certamente. Provavelmente uma daquelas belas casas em Wicklow, perto do Druid's Glen Golf Club. Um celeiro adaptado, ampliado e restaurado que se estendia por meio acre de terreno. Adequadamente rural, com campos e tudo o mais em volta, mas pertinho da autoestrada N11, para ele poder chegar rapidamente em Dublin, em menos de meia hora.

O que será que Mannix Taylor fazia nas horas vagas? Difícil dizer, mas uma coisa era certa: não jogava golfe. Isso era uma pena, já que ele morava perto de um clube de golfe tão respeitável.

16:22

— Soube que você andou exibindo sua nova calça chino por aí! — Karen está na minha porta da frente, seu cabelo louro escovado e superbrilhoso.

— Isso mesmo. — Fico de lado para deixá-la entrar. — Muito obrigada mesmo. Devo admitir que tinha algumas dúvidas...

— Não se empolgue, pode parar! — Ela entra e vai direto para a cozinha. — Ainda é muito cedo para vinho? Acho que sim. De qualquer modo você não pode beber. — Ela dá um tapinha na chaleira. — Onde eu estava, mesmo? Ah, certo! Não comece a achar que você está bem. As calças novas são apenas uma solução temporária. Uma camuflagem. Você ainda vai ter que perder seis quilos.

— Seis, não — choramingo. — Três.

— Cinco.

— Quatro.

— Tanto faz. Todo mundo perde peso quando seu mundo desaba — comenta ela, pensativa. — Como é que você pode ter tão pouca sorte? — Abre e fecha alguns armários. — Você tem algum saquinho de chá normal por aqui? Não vou beber essa merda de chá de ervas.

— Nem eu — concordo, com dignidade. — Essa merda de chá de ervas pertence a Jeffrey.

— Nossa, ele é estranho. Se bem que meu filho também é. Você acha que somos portadoras de algum gene de estranheza masculina? Proteína! — exclama ela, abruptamente. — É disso que você precisa. Muita, *muita* proteína. Esqueça que os carboidratos existem.

— Esses cílios são verdadeiros? — pergunto, desesperada para mudar de assunto.

— Esses aqui? — Karen pisca os cílios longos e espetados ao olhar para mim. — Nada meu é de verdade. Nada! Tudo é falso. Unhas... — Ela balança as mãos rapidamente para mim e as puxa de volta em menos de um segundo. — Dentes — Escancara os maxilares em um rápido "grrr". — Sobrancelhas; bronzeado. Vou fazer extensões de cílios em você. — Engole em seco e, com algum esforço, acrescenta: — A preço de custo.

Faço que não com a cabeça.

— Já fiz extensão de cílios. Eles são um pesadelo! Você não pode tocar neles, não pode fazer nada para aborrecê-los. É como estar num relacionamento disfuncional.

Karen me olha de um jeito cheio de significado.

— Meu relacionamento não era disfuncional — garanto. — Era funcional.

— Até que deixou de ser.

Comecei a me sentir um pouco chorosa.

— Ah, Karen... Talvez seja melhor você ir, agora. — De repente eu me lembro de algo. — Sonhei com Ned Mount novamente ontem à noite.

— Que papo é esse de sonhar com ele?

— Nós não decidimos com quem vamos sonhar, sabia? De qualquer modo, eu gosto dele.

Ned Mount tinha me entrevistado em seu programa de rádio, quando *Uma piscada de cada vez* foi lançado na Irlanda. Nós dois nos demos muito bem.

— Vocês...?

— Não... Essa parte da minha vida acabou.

— Mas você só tem quarenta e dois anos.

— Quarenta e um.

— E meio.

— E um quarto. Só um quarto.

O olhar de Karen vagueou pelo meu rosto.

— Já está na hora de você dar uma levantada em alguns lugares. Faça isso! O dr. JinJing vai no meu spa quinta-feira agora. Por minha conta.

— Ahn... Não, obrigada...

Devido a uma restrição governamental, Karen teve de interromper a aplicação de substâncias injetáveis e agora um jovem médico chinês ia ao salão, toda segunda e quinta, para aplicar Botox e enchimentos diversos numa clientela entusiasmada. Mas eu já vi os resultados das intervenções do dr. JinJing e aquilo me assustava. "Mão pesada" é a melhor maneira de descrever seu trabalho e eu sei, por experiência própria, que Botox mal aplicado era pior que nenhum Botox.

Eu conhecia uma pessoa muito boa em Nova York, um médico que entendia as sutilezas de tudo isso. Eu conseguia movimentar as sobrancelhas e tudo o mais. Foi então que cometi o erro grosseiro, numa de economizar dinheiro, de procurar uma pessoa que cobrava mais barato. Minha testa se transformou numa espécie de toldo despencado. Fiquei parecendo uma mulher Cro-Magnon com um perpétuo ar de desaprovação. Os dois meses que eu levei esperando que o Botox de má qualidade desaparecesse do meu rosto me pareceram um período interminável.

— Você tem certeza? — perguntou Karen, impaciente. — Eu não vou cobrar. Uma oferta dessas não aparece todo dia.

— Juro por Deus, Karen, estou bem por enquanto.

— Você ouviu o que eu falei? Eu disse que não ia cobrar!

— Obrigado. Muito legal mesmo! Mas vamos deixar isso para outra hora... Agora não, ok?

"Em vez de pensar 'Por que eu?', eu penso 'Por que não eu?'"

Trecho de *Uma piscada de cada vez*

Na minha cama de hospital, tudo mudou depois do advento do Código de Piscar. Minha primeira comunicação com a família foi pedir a Karen para lavar meu cabelo, e só uma pessoa destemida como ela seria bem-sucedida naquela empreitada — porque foi um trabalho *pesado* envolvendo forramento de plástico, jarros, esponjas e inúmeras bacias de água. Para não mencionar a negociação delicada que era evitar todos aqueles tubos que entravam e saíam de mim. Mamãe, Betsy e Jeffrey assistiram a tudo, correndo obedientemente ao banheiro para jogar fora a água com sabão e voltar com material fresco. Depois, Karen secou meu cabelo com secador, fazendo ondulações nele e eu poderia ter morrido feliz ali mesmo, de tanta limpeza.

Meu pedido seguinte foi uma promessa solene de Betsy e Jeffrey de que eles permaneceriam comprometidos com seus trabalhos da escola, e meu terceiro desejo foi um pouco de diversão — eu estava cansada de pessoas entrando, olhando para mim com tristeza por quinze minutos e depois saindo. Queria distração, até mesmo risadas. Teria dado minha vida para assistir a um episódio de *Coronation Street*, mas, como isso estava fora de questão, talvez alguém pudesse ler revistas para mim: eu ansiava por notícias de namoros e rompimentos entre celebridades, ganhos e perdas de peso, novas tendências de sapatos e beleza.

Foi então que as coisas ficaram meio estranhas. Papai ficou sabendo que eu tinha pedido para alguém ler para mim e chegou, muito empolgado, com um livro da biblioteca dentro de um saco plástico.

— Este é um romance de estreia — acenou com o livro para mim. — Foi escrito por um jovem americano. Tom Wolfe disse que ele é o mais espetacular romancista do século XXI. Joan o separou especialmente para você.

Puxou uma cadeira, começou a ler e foi muito, muito terrível.

— Tombando. Trombando. De leite intumescidos. Generosos. Carne cremosa que transborda. Cascatas abundantes.

Atrás dele, Mannix Taylor apareceu no cubículo.

— Carne. Cerne da vida. Verdade teutônica — continuou papai, lendo devagar. — Pele. Tudo que fomos e o que seremos. Finos invólucros de líquido vermelho e músculos marmóreos. Cartilagens vivas...

— O que está acontecendo? — Mannix Taylor parecia irritado.

Papai pulou da cadeira e se virou.

— Sou Mannix Taylor, neurologista de Stella. — Mannix estendeu a mão.

— Bert Locke, pai de Stella. — Papai aceitou com relutância o aperto de mão. — Stella quer que leiam para ela.

— A paciente não está forte. Precisa de toda a sua energia para ajudar a curar o corpo. Estou falando sério. Esse material... — Mannix apontou para o romance — me parece pesado. É demais para ela.

Silenciosamente, suspirei. Ele era muito ditatorial. Mannix Taylor conseguia novos inimigos sem fazer esforço algum.

— Então, o que eu *deveria* ler para ela? — quis saber papai, com sarcasmo. — *Harry Potter*?

Eu estava cortando uma cebola. Devo dizer, sem modéstia, que me mostrava absolutamente brilhante em minha habilidade. Era como um *chef* de um desses programas de culinária. Meus dedos ágeis voavam sem esforço, empunhando uma faca japonesa muito cara que cintilava no ar seu aço azul. Havia pessoas ao meu redor; seus rostos estavam borrados, mas elas exclamavam "ohhs" e "ahhs" com incontida admiração. Imbuída de grande confiança, girei a cebola noventa graus e me lancei numa nova onda de cortes, trabalhando quase rápido demais para o olho humano acompanhar até que, por fim, pousei sobre a bancada minha faca japonesa muito cara.

Agora, a cena principal. Minhas mãos se colocaram em concha em torno da cebola, quase em oração. Eu as afastei delicadamente para os lados, como se fossem levantar voo e — *voilà!* — a cebola simplesmente se abriu e se deixou desmoronar em mil pedaços minúsculos. Todos aplaudiram.

De repente, eu acordei. Estava na minha cama de hospital, em meu corpo imóvel, onde meus dedos eram completamente inúteis.

Alguma coisa tinha me acordado.

Alguém. Mannix Taylor. Em pé na ponta da cama, junto dos meus pés, ele me observava.

Ficou em silêncio por tanto tempo que eu cheguei a pensar que ele tinha ficado mudo, transformando-nos num par de deficientes. Finalmente, ele falou alguma coisa:

— Você às vezes se pergunta: "Por que eu?"

Lancei-lhe um olhar de desprezo. Qual era o problema dele? Será que Saoirse, sua filha disléxica imaginária, não tinha conseguido ficar entre as cinco melhores da turma, apesar de ter um professor particular?

— Não estou falando de mim — avisou Mannix Taylor. — Estou falando de você. — Gesticulou ao redor, exibindo toda a parafernália do hospital. — Você contraiu uma doença incomum. Não imagina o quanto isso é raro. E é uma doença cruel... Ficar, de repente, incapaz de falar e incapaz de se mover... Esse é o pior pesadelo para a maioria das pessoas. Então... É por isso que estou curioso. Alguma vez você se perguntou "Por que eu?"

Levei um momento para refletir e pisquei o olho esquerdo. Não. Eu já tinha me perguntado muitas coisas, mas não isso.

Mannix Taylor colocou a mão sobre o esterilizador que ficava ao lado da minha cama e pegou uma caneta e um caderno que alguém — será que foi ele? — tinha trazido.

— Não mesmo? — ele quis saber. — Por que não?

POR QUE NÃO EU?

— Vá em frente. — Ele parecia genuinamente interessado.

POR QUE EU SERIA TÃO ESPECIAL? TRAGÉDIAS ACONTECEM. MUITAS DELAS SURGEM TODOS OS DIAS. É COMO A CHUVA. É ISSO: CHOVEU EM MIM.

— Puxa! — reagiu ele. — Você é uma pessoa melhor do que eu.

Eu não era. Aquilo se devia basicamente ao meu pai. Quando eu estava crescendo, ele desativara por completo o meu aplicativo interno de autopiedade. Sempre que eu tentava ativá-lo ele me dava um puxão de orelha, de leve, e dizia: "Pare com isso. Pense em outra pessoa."

"Aaaai!", eu uivava e ele continuava: "Seja gentil, porque todas as pessoas que você conhece estão travando alguma batalha difícil'. Foi Platão quem disse isso. Aquele filósofo grego."

Então eu dizia:

"Bem, então *você* não está sendo muito gentil, me dando um puxão de orelha!"

— Antes que eu me esqueça... — Mannix Taylor tirou um livro do bolso do seu jaleco branco. — Pedi à minha esposa para recomendar algo. Ela me disse que isto aqui é leve, mas muito bem-escrito. — Ele colocou o livro sobre o esterilizador e me olhou fixamente, com um olhar brincalhão. — Veja o que seu pai pensa.

Ah, não deboche do meu pai.

— Desculpe — disse ele, embora eu não tivesse falado nada.

— De qualquer modo — continuou —, entrei em contato com dois neurologistas no Texas que já trabalharam diretamente com pacientes com Síndrome de Guillain-Barré e tenho algumas informações novas. Quando o revestimento do seu nervo começar, a crescer novamente, e não sabemos quando isso vai acontecer, pode ser que você sinta coceiras, formigamentos... e talvez sinta dor, que poderá ser aguda. Nesse caso, teremos de gerenciar essa dor — Fez uma pausa e continuou, parecendo exasperado. — Com isso, estou falando de medicamentos fortes Eu não sei por que razão nós simplesmente não devamos comentar sobre isso, mas... Enfim... Quando os movimentos retornarem, seus músculos estarão atrofiados por falta de uso. Portanto, você terá de se submeter a sessões de fisioterapia intensiva. Mas sua energia estará baixa, então você só será capaz de fazer uma pequena quantidade de exercícios por dia. Vai levar vários meses até você ser capaz de sentir que seu corpo e sua vida voltaram ao normal. Sua irmã me disse que era crueldade eu lhe contar a verdade. Eu acho que *não contar* a verdade é muito mais cruel.

— Mais uma coisa — continuou. — Existe um exame que se chama EMG, eletromiograma, que poderá nos dizer com precisão a extensão dos danos nas bainhas de mielina. Isso nos forneceria uma estimativa real de quanto tempo levará a sua recuperação. Mas a máquina deste hospital está quebrada. Eu trabalho em outro hospital que tem uma máquina funcionando.

Senti uma fisgada de esperança.

— Só que — ele completou —, como você está numa UTI, não poderá ser transportada para outro hospital, por questões de burocracia, exigências do seguro, os problemas de sempre. Eles não vão liberar você para sair daqui, mesmo que seja por algumas horas. E nenhum outro hospital vai assumir a responsabilidade por você.

Um grande grito de angústia se agigantou em mim, mas não tinha para onde ir e foi empurrado de volta para dentro das minhas células. Eu sempre tinha ouvido falar sobre a merda que era o sistema de saúde, mas só agora, que me via presa nele, eu percebia o quanto era verdade.

— Estou vendo o que posso fazer — disse ele. — Mas você precisa saber que o exame de EMG é desagradável. Não é perigoso, mas doloroso. Vários choques elétricos são enviados ao longo de suas linhas nervosas para medir as suas reações. Do ponto de vista médico, a dor é um sinal positivo; ela mostra que o seu sistema nervoso está funcionando.

Ok...

— Você quer que eu continue tentando?

Pisquei o olho direito.

— Você entendeu que vai ser doloroso? Você não poderá tomar analgésicos nem anestesia antes do exame, porque eles vão comprometer precisamente o que estamos tentando medir. Você compreende isso?

Sim! Cacete, sim! Claro que entendo.

— Você entende mesmo?

Fechei os olhos, porque agora ele estava bancando o espertinho.

— Não fique assim — pediu ele. — Fale comigo. Eu estava só brincando.

Abri os olhos e o fitei longamente.

— Existe alguma coisa que você queira me perguntar?

Eu deveria usar minha preciosa energia para perguntar mais coisas sobre o exame ou sobre a minha doença, mas naquele momento eu estava de saco cheio de tudo aquilo. Tentei ser valente, aceitei tudo e pisquei algo que me deixara curiosa desde que ele falara do irmão dele.

CONTE-ME SOBRE SUA FAMÍLIA.

Ele hesitou.

POR FAVOR.

— Tudo bem, já que você pediu com tanto jeitinho... — Respirou fundo. — Bem, analisando de fora a minha criação foi... — adotou um pesado tom de sarcasmo. — *Dourada e afortunada.* Meu pai era médico, minha mãe era linda. Figuras muito sociáveis, os dois, viviam frequentando festas e indo às corridas de cavalos, especialmente essas últimas, e sempre apareciam nos jornais. Tenho um irmão, Roland, que você já conhece, e que carregou o fardo das expectativas de meu pai. Papai queria que meu irmão fosse médico, como ele, mas Roland não conseguiu notas suficientes para isso. Eu queria ser médico, e no fundo torcia para que isso tirasse o peso das costas do meu irmão. Só que a coisa não funcionou. Roland sempre se sentiu um grande fracasso.

Pensei no homem que eu tinha visto na TV, sempre tão legal e engraçado, e me senti triste por ele.

— Tenho duas irmãs mais novas — continuou Mannix Taylor. — Rosa e Hero. Elas são gêmeas. Todos nós frequentamos escolas de elite e morávamos numa imensa casa em Rathfarnham. Às vezes a eletricidade era cortada, mas nós não tínhamos permissão de contar isso para ninguém.

O quê? Por essa eu não esperava.

— Mas havia muito dinheiro... Era uma esquisitice. Um dia eu abri uma gaveta e lá estava um pacote gordo de notas, tipo milhares. Eu não disse nada e um dia depois o dinheiro tinha sumido. Às vezes, umas pessoas vinham até a nossa porta e dava para ouvir conversas abafadas e tensas acontecendo do lado de fora, no caminho de cascalho.

Aquilo estava incrivelmente *fascinante*.

— As pessoas acham que é glamouroso ir às corridas e apostar dez mil num cavalo.

Eu não. Só de pensar nisso eu já ficava doente de tanta ansiedade.

— O problema é que se o cavalo não ganhar...

Exatamente!

— Muitas coisas eram entregues na nossa casa e depois desapareciam. — Ele parou, imerso em pensamentos, mas logo continuou: — Numa véspera de Natal, meus pais voltaram para casa com uma pintura enorme. Tinham participado de um leilão e chegaram de repente, muito empolgados. Não conseguiam parar de contar sobre as ofertas e os lances dados, como haviam contido o nervosismo e tinham ganhado. "Nunca demonstre medo, filho", disse meu pai. "Esse é o segredo." Eles contaram que o quadro era um legítimo Jack Yeats, e talvez fosse... Escolheram um lugar e o penduraram acima do consolo da lareira da sala de estar. Dois dias depois, uma van parou do lado de fora da casa e dois homens silenciosos entraram e levaram o quadro. Nunca mais ele foi mencionado naquela casa.

Caramba. Puxa vida...

— Eles moram em Nice agora, meus pais. No sul da França. É menos glamouroso do que parece, mas eles curtem ao máximo aquilo lá. Eles são um verdadeiro arraso.

Mais sarcasmo?

— Não, eles *são* realmente um arraso — confirmou ele. — Adoram uma festa. Quer um conselho? Nunca aceite um gim tônica preparado pela minha mãe: ele poderá matar você.

18:49

Eu estou no meu escritório, no Twitter, quando Jeffrey chega em casa trazendo alguns "amigos" — três rapazes que não conseguem me encarar olho no olho. Eles vão direto para o quarto de Jeffrey. A porta é batida com força na minha cara e eu sei, por instinto, que eles pretendem ver pornografia online; logo em seguida começarão a pedir pizzas. É apenas uma questão de tempo até que o chão do quarto fique repleto de caixas de pizza.

Estamos agindo como pessoas normais! Uau! Sinto-me absurdamente alegre!

No entanto, caso eles me ofereçam uma fatia de pizza, eu não posso me permitir comê-las. Isso seria um excelente exercício de interação familiar, é claro, mas, após a visita de Karen, com seu estilo "animadora de torcida", eu tinha saído para encher a geladeira de alimentos altamente proteicos. Estou empenhada em perder peso. Até agora ainda não consegui jogar meus amados Jaffa Cakes no lixo, mas estou trabalhando nisso. Em breve... Vou fazer isso em breve.

Ao me sentar à mesa de trabalho, percebo no ar um zumbido em tom grave. Talvez sejam vespas, reflito, subitamente alerta. Ou podem ser abelhas. Um ninho de abelhas... Uma colmeia, sei lá como se chama. Por favor, Senhor, não permita que abelhas tenham resolvido fazer um ninho no meu sótão.

O barulho desaparece aos poucos e digo a mim mesma que eu imaginei tudo.

Em seguida o zumbido recomeça, dessa vez mais forte. Parece que elas estão se reunindo para um ataque. Talvez a colmeia esteja presa na parede do lado de fora da casa; cautelosamente, abro a janela e coloco a cabeça para fora. Não vejo sinal algum de abelhas, mas ainda ouço o barulho. Elas devem estar no sótão. Olho para o teto, aterrorizada.

A quem poderei pedir ajuda? Ryan é inútil, Jeffrey é pior ainda. Enda Mulreid iria, provavelmente, espremer o ninho de abelhas com as próprias mãos, mas procuro limitar minhas interações com Enda. Ele é um bom sujeito, mas eu nunca sei o que dizer a ele.

Entretanto, existem vários rapazes na minha casa, naquele mesmo instante — talvez alguns dos "companheiros" de Jeffrey sejam mais corajosos que ele. Eu deveria ir até lá pedir ajuda. Sim, é isso mesmo!

Desço e paro junto da porta do quarto de Jeffrey. Não quero entrar sem pedir licença enquanto eles assistem pornografia. Vou bater antes, decido. Então vou esperar cinco segundos e tornar a bater. Sim, essa é a melhor maneira de proceder.

Mas quando me coloco diante da porta, percebo algo terrível — o zumbido de abelhas vem dali de dentro. Será que as abelhas chegaram porque perceberam que a pizza estava a caminho? Abelhas gostam de pizza? Ou de pornografia?

Então, admito a verdade terrível — não há abelhas naquele quarto. Jeffrey e seus amigos é que estão fazendo aquele ruído. Se fosse para adivinhar, diria que estão meditando.

Isso é um golpe.

Um duro golpe.

Um golpe muito cruel.

"Ninguém nunca disse que a vida era justa."

Trecho de *Uma piscada de cada vez*

—... Se você olhar essa linha — Ryan posiciona a conta de gás diante do meu rosto e aponta com o dedo. — Aqui diz que isso é um crédito de um euro e noventa e um centavos. O que está acontecendo? Por que eu tenho que pagar isso?

Como eu conseguiria explicar que nós pagamos uma parcela fixa mensal para o nosso fornecedor de gás, para evitar sermos pegos de surpresa por contas muito altas no inverno?

Eu sempre tinha cuidado das finanças da família, mas como meu período de internação no hospital tinha aumentado consideravelmente — já estava ali havia sete semanas —, Ryan tinha de lidar com as contas.

Comecei a piscar, tentando soletrar "parcela fixa".

— Primeira letra? — disse Ryan. — Vogal? Não? Consoante? Primeira metade do alfabeto? Não? P? Q? R? S?

Pisquei no P, mas ele não notou.

— T? V? W?

Pare, pare!

Vibrei os cílios descontroladamente para chamar sua atenção.

— É T?

Não!

— Perdi a piscada. — Ele suspirou longamente. — Tudo bem, vamos começar do zero. É P? Sim, P. Tudo bem. — Ele anotou. Segunda letra. Vogal? Sim? A? OK, A. Próxima letra. Consoante? Primeira metade do alfabeto? Não. É P? Q? R? S? T?

Eu pisquei e ele perdeu.

— V? W? X? Y? Z? Ele olhou para mim com um jeito acusador. Só pode ser uma dessas letras, Stella! Jesus *Cristo*. Pode dizer ao seu Mannix Taylor que este é um sistema de merda. Sabe de uma coisa? — Ele amassou a conta e a jogou no chão. — Quem se importa? Deixe que eles cortem o nosso fornecimento de gás!

Confesso que não consegui ver as enfermeiras dando risadinhas, mas *senti isso* no ar.

Pobre Ryan. Ele estava frustrado, confuso e cansado de tudo. Tinha ido à Ilha de Man quatro vezes nas últimas duas semanas, para fazer novas apresentações do seu novo projeto, e estava exausto.

— Sinto muito. — Ele respirou fundo. — Desculpe. Jeffrey, pegue a conta e jogue no lixo.

— Pegue você mesmo. Você jogou, você pega. Consequências, pai, consequências.

— Eu vou lhe mostrar a consequência! Pegue aquela *porra*!

Outra onda de risadinhas ao fundo surgiu no ar da UTI. O Show da Família Sweeney estava fazendo sucesso.

— Eu pego — ofereceu Betsy.

— Eu mandei que *ele* pegasse — afirmou Ryan.

Ah, Deus, aquilo era tão embaraçoso!

Jeffrey e Ryan se encararam longamente e, por fim, Jeffrey cedeu.

— Ooook!

Pegou a bolinha de papel amassado, atirou na direção da bancada das enfermeiras e gritou:

— Peguem!

Várias enfermeiras saltaram para trás, assustadas, numa exibição muito exagerada. Ouvi gritos de pavor e estalos de língua de pura reprovação. Eu estava superenvergonhada.

Jeffrey estava piorando; parecia mais desafiador a cada dia, e a culpa era minha. Eu o tinha abandonado ao ficar doente. Precisava voltar para casa e ser uma mãe adequada para ele.

Como se eu já não estivesse me se sentindo profundamente desanimada, Ryan pegou outro pedaço de papel.

— Estive dando uma olhada no nosso extrato bancário. Por que estamos pagando dez euros por mês para a Oxfam?

Sei lá. Para construir poços de água em Gana?

— Precisamos muito desse dinheiro, especialmente agora — afirmou. — Como faço para cancelar o donativo?

Não creio que seja possível. Até onde eu lembrava, aquilo era uma contribuição fixa, um compromisso para um ano inteiro. Mas eu não tinha energia nem para tentar explicar isso.

— Ela não sabe como cancelar — decidiu Jeffrey, com desdém. — Minha vez, agora. Mãe, você sabe onde estão minhas meias de hóquei?

... Mas como é que eu posso saber isso? Estou fora de casa há sete semanas.

— Papai não consegue encontrá-las — explicou ele. — Achei que você poderia saber.

Mas... Mas como eu poderia? Mesmo que isso parecesse maluquice eu me senti culpada, porque *deveria* saber. Elas poderiam estar em sua gaveta, na máquina de lavar roupa, na secadora, na sua sacola de hóquei, no armário da escola, elas poderiam ter se misturado com a roupa de Betsy. Mas eu não podia piscar todas essas possibilidades, porque isso levaria o dia todo.

— Posso falar agora, por favor? — perguntou Betsy, com ar arrogante. — Mãe, onde está meu macacão de dormir de coelhinho?

Não faço a menor ideia. Onde você o viu pela última vez?

— Eu preciso dele — explicou ela. — Combinamos uma festa de pijama na casa de Birgitte e fizemos uma promessa de mindinho que nós iríamos usar nossos macacões.

Quem era essa tal Birgitte que estava promovendo aquela festa de pijama? Eu nunca tinha ouvido falar dela antes. Será que Ryan tinha conversado com os pais da menina? Será que ele já tinha confirmado se tudo estava OK?...

— Tem mais uma coisa — avisou Ryan. — Nossos inquilinos em Sandycove vão sair de lá.

Fiquei arrasada. Nosso imóvel comprado para investimento estava se mostrando uma maldição absoluta. Precisávamos mantê-lo alugado para podermos cobrir os pagamentos da hipoteca, mas nunca conseguimos alguém que tivesse ficado mais de seis meses. Eu parecia passar a vida fazendo contas, conferindo dados bancários e — o mais difícil de todos — tentando encontrar inquilinos que não vandalizassem o imóvel.

— O que devo fazer a respeito disso? — quis saber Ryan.

...O tempo de visitas certamente já tinha acabado, não tinha? Mas eu notei que as enfermeiras vinham deixando minhas visitas mais tempo do que os quinze minutos recomendados. Desconfio que elas estavam felizes em ver que o Código de Piscadas de Mannix Taylor estava se mostrando um verdadeiro fardo para mim.

Finalmente Ryan e as crianças foram embora e eu fiquei sozinha mais uma vez. O mais engraçado, pensei, era que as pessoas pagavam fortunas para ir a retiros onde eram proibidas de falar, ler e assistir TV. Tinham de passar o tempo todo aprisionadas aos seus pensamentos e sentimentos, não importando o quanto isso fosse desconfortável.

Era muito semelhante ao que eu fazia bem ali na minha cama de hospital, e era obviamente uma lástima *colossal* eu nunca ter demonstrado interesse em coisas do tipo "buscas espirituais".

Fui arrancada para fora dos meus pensamentos pela visão de Mannix Taylor vindo em minha direção. O que ele estava fazendo aqui? Nós já tínhamos feito nossa sessão diária.

Ele pegou a caneta e caderno em cima do esterilizador e puxou uma cadeira.

— Olá. — Olhou para mim deitada ali de lado, imóvel, e disse: — Sabe de uma coisa? É engraçado pensar que existem pessoas que *pagam* por este tipo de situação... silêncio, privação sensorial... — balançou a mão com desdém. — Elas fazem isso para conhecer a si mesmas.

EU ESTAVA PENSANDO EXATAMENTE NISSO.

— Está funcionando? Stella Sweeney, você está conhecendo a si mesma?

EU NÃO PRECISO ME CONHECER. JÁ CONHEÇO GENTE EM QUANTIDADE SUFICIENTE.

Ele riu. Havia algo diferente ali — ele parecia ansioso, quase eufórico. Alguma coisa boa devia ter acontecido.

— No entanto, isso não é muito justo, certo? — disse ele.

QUEM DISSE QUE A VIDA ERA JUSTA?

Eu estava ficando ótima nas piscadelas, ou talvez ele era quem estava ficando cada vez melhor em me entender. Muitas vezes ele adivinhava a palavra inteira da primeira letra. Isso significava que eu não me cansava tão depressa e conseguia expressar mais coisas.

Reparou no livro que sua esposa tinha me dado.

— Como você está indo com o livro?

Muito bem, na verdade. Estávamos quase no fim.

Quando meu pai viu o livro pela primeira vez, começou a fazer caretas de desconfiança.

— Não vou ler coisa alguma para você que não tenha sido aprovado por Joan. — Levara o livro sem tirá-lo do plástico e voltou com a bênção de Joan. — Ela diz que é bem-escrito.

Foi então que eu pensei, é claro, que seria horrível.

Para minha grande surpresa, porém, o livro da esposa de Mannix Taylor era divertido. Tratava-se da biografia de uma mulher britânica de classe alta que provocara um grande escândalo na década de mil novecentos e trinta, ao abandonar o marido e fugir para o Quênia, onde experimentou todos os tipos de grandes emoções. Papai e eu ficamos grudados no livro, e nos distraímos muito com a história.

— Eu sinto como se fosse... errado estar gostando tanto — confessara papai. — Mas se Joan diz que é bom...

Pisquei para Mannix Taylor as palavras TRAGA OUTRO.

— Outro o quê? Livro? OK, vou pedir a Georgie que escolha mais alguns para você.

Georgie. Então, esse que era o nome da esposa: Georgie Taylor. A psicóloga infantil com aparência escandinava que também era decoradora de interiores. Eu ficara pensando em qual poderia ser o nome dela.

— Mas vamos ao que interessa! — Ele realmente parecia estar com ótimo humor naquela tarde — Pergunte-me o que estou fazendo aqui!

Quando comecei a piscar, ele disse depressa:

— Não, não! Foi uma forma de expressão. E então, Stella Sweeney? Você está interessada em passar um dia fora deste lugar?

O que ele queria dizer?

— Conseguimos sinal verde para o seu eletromiograma! O povo daqui vai deixar você sair e o povo de lá vai recebê-la.

Oh!

— Quer saber como foi que eu consegui isso? Não vou aborrecer você com os detalhes, mas existe uma cláusula... Ah, não, não pretendo entrar nessa! O tédio iria matá-la e estou preso ao juramento de Hipócrates de que preciso tentar mantê-la viva. Mas não importa. O que interessa é que temos sinal verde. Seu marido terá de assinar uma infinidade de papéis do plano de saúde, mas, basicamente, estamos dentro.

Uma onda de esperança me inundou. Finalmente eu poderia ter uma ideia de quanto tempo aquele inferno ia durar.

De repente Mannix Taylor ficou sério.

— Lembra do que eu disse? Vai doer. Conforme eu comentei, na verdade, é melhor que isso aconteça; vai mostrar que você está melhorando.

Eu tinha péssimas lembranças da punção lombar e estava cheia de medo.

— Mas vai dar tudo certo! — Ele parecia estar tentando animar uma criança. — Nós vamos de ambulância. Vamos acender a luz azul do teto, ligar a sirene e acelerar loucamente pelas ruas. Podemos fingir que somos dignitários estrangeiros. Vamos nos divertir muito. Que nacionalidade você quer ser?

Essa era fácil.

ITA...

— Ah, não — reclamou ele. — Italiano é muito... Todo mundo quer ser italiano. Um pouco de imaginação, vai.

A cara de pau do sujeito! Toda vez que eu começava a gostar dele, ele ia e estragava tudo. Eu queria ser italiana. Eu *era* italiana. Era Giuliana, de Milão. Eu trabalhava na Gucci. Ganhava coisas de graça.

Desobedientemente, olhei para ele. *Eu sou italiana, eu sou italiana, eu sou italiana.*

Então, numa inesperada mudança de ideia, decidi que queria ser brasileira. Puxa, onde é que eu estava com a cabeça? Brasil era o grande lance! Eu morava no Rio, era uma dançarina fantástica e tinha uma bunda imensa, mas isso não vinha ao caso.

BRAS...

— Brasileira! Agora sim, uma grande escolha! E quanto a mim? Eu serei... Vamos ver... Acho que eu gostaria de ser argentino.

Por mim, tudo bem.

— Você não acha um desperdício escolhermos o mesmo continente? — perguntou ele, parecendo subitamente ansioso. — Afinal, temos o mundo inteiro para escolher... Não — decidiu, com firmeza. — Definitivamente eu quero ser argentino. Sou um gaúcho dos pampas.

Entrando no clima, acrescentou:

— Nossa, eu bem que gostaria de ser, mesmo. Passaria todos os dias montado em meu fiel cavalo, reunindo gado, sem ninguém a quem dar satisfações. Nos fins de semana eu iria para a cidade e dançaria tango. Em companhia de outros gaúchos — continuou ele com um jeito sombrio —, porque não existem mulheres por lá em número suficiente. Teríamos de dançar uns com os outros e às vezes, ao fazermos aqueles movimentos súbitos com as pernas, acidentalmente chutaríamos os sacos uns dos outros. — Suspirou. — Mas não ficaríamos chateados por causa disso. Tentaríamos fazer o melhor que conseguíssemos.

VOCÊ É MALUCO.

— Acredite em mim — disse ele. — Isso não é nenhuma novidade.

Terça-feira, 3 de junho

09:22
Meu café da manhã se resume a cem gramas de salmão. Eu ficaria mais feliz se não comesse nada.

Não sou uma pessoa ligada em proteínas. Sou uma pessoa que prefere carboidratos.

10:09
Apesar de meu café da manhã sem alegria, começo a trabalhar. Hoje vai ser um bom dia para escrever. Disso eu tenho certeza.

10:11
Preciso de café

10:21
Recomeço o trabalho. Sinto-me inspirada, revigorada... Foi o carteiro que chegou?

10:24
Vou para a cama com o recém-entregue catálogo da Boden. Folheio as páginas com muita concentração, avaliando cada item do vestuário por suas qualidades para redução de barriga.

13:17
A porta da frente abre e é batida com força. Jeffrey grita:

— Mãe! — E começa a subir as escadas. Salto para fora da cama e tento parecer uma pessoa que trabalhou com muita dedicação a manhã toda. Jeffrey entra esbaforido no meu quarto, num elevado estado de agitação. Olha para o meu edredom amarrotado e pergunta, desconfiado: — O que você está fazendo?

— Nada! Escrevendo. O que houve?

— Onde está o seu iPad? — Ele exibe o celular. — É o Projeto Carma do papai. Está acontecendo.

Eu começo a clicar e juntos, eu e Jeffrey, conferimos as coisas. Ryan postou sessenta e três fotos de objetos que serão oferecidos em doação, incluindo sua casa, seu carro e sua moto. Sentindo-me enjoada, percorro com avidez as imagens de sua bela mobília, suas luminárias, seus muitos televisores.

— Ei! — percebo uma exacerbada sensação de posse ao reconhecer algo meu. — Essa é a *minha* imagem de Jesus Cristo! — Uma vizinha de mamãe tinha me dado quando eu estava doente. Era assustadora. Não quis ficar com aquilo quando Ryan e eu nos separamos, mas agora que ela estava prestes a ser doada para algum estranho aleatório, eu a queria.

O vídeo de Ryan tinha sido assistido oitenta e nove vezes... Noventa... Noventa e uma... Noventa e sete... Cento e trinta e quatro... Os números aumentando rapidamente bem diante dos nossos olhos. Era como assistir o um desastre natural acontecendo.

— Por que ele está fazendo isso? — pergunto.

— Porque é um idiota? — pergunta Jeffrey, de volta.

— Não, estou falando sério.

— Talvez queira ser famoso.

Fama. É o que todo mundo acha que quer. A fama boa, é claro. Não a má fama, como quando a pessoa joga um gato num latão de lixo, é filmado pelas câmeras de segurança, o vídeo viraliza no YouTube e ela se torna uma pária internacional.

Mas o lado bom de fama também não é tão bom quanto parece. Qualquer hora dessas eu conto a vocês como é.

13:28
Ligo para Ryan. A ligação cai direto na caixa postal.

13:31
Ligo para Ryan. A ligação cai direto na caixa postal.

13:33
Ligo para Ryan. A ligação cai direto na caixa postal.

13:34
Jeffrey liga para Ryan. A ligação cai direto na caixa postal.

13:36
Jeffrey liga para Ryan. A ligação cai direto na caixa postal.

13:38
Jeffrey liga para Ryan. A ligação cai direto na caixa postal.

13:40 — 13:43
Eu como onze Jaffa Cakes.

14:24
Uma nova foto aparece no site de Ryan — sua máquina de café Nespresso.

14:25
Mais uma foto aparece no site; dessa vez é um liquidificador...

Seguido por três latas de molho de tomate. A tábua de pão. Cinco toalhas de chá.

— Ele está distribuindo a cozinha — sussurra Jeffrey.

Ficamos paralisados de horror ao acompanhamos tudo pela tela.

Eis que aparece uma frigideira... e... outra frigideira... e metade de um pote de pasta de curry. Quem iria querer metade de um pote de pasta curry? O homem é um lunático!

A culpa é minha. Eu nunca deveria ter aceitado aquele acordo para publicação do livro e me mudado para Nova York. Era mais que óbvio que, em algum momento, Ryan faria alguma coisa para se reafirmar como a verdadeira pessoa criativa, de nós dois.

Mais e mais fotos de seus bens aparecem a cada segundo — o misturador de saladas, uma sanduicheira, um conjunto de garfos, um pacote de biscoitos recheado de baunilha.

— Biscoito recheado de baunilha? — Jeffrey parece atônito. — Quem come biscoito recheado de baunilha hoje em dia?

O vídeo de Ryan já foi visto 2564 vezes. 2577. 2609...

— Devemos ir até lá para impedi-lo?— pergunta Jeffrey.

— Deixe-me pensar.

14:44
Eu corro para a minha bolsa, abro o zíper do compartimento interno, localizo meu único comprimido Xanax para emergências e tomo metade.

— O que é isso? — Jeffrey pergunta.

— Ahn... Xanax.

— Um calmante? Onde você conseguiu isso?

— Com Karen. Ela diz que toda mulher deve manter um Xanax no compartimento interno da bolsa para casos de emergência. Isto é uma emergência.

14:48

Ligo para Karen.

— Escute — diz ela. — Tem alguma merda estranha acontecendo na cabeça de Ryan...

— Eu sei.

— Será que ele pirou de vez?

— Parece que sim.

— O que pretende fazer a respeito? Você vai ter de interná-lo à força em um hospital psiquiátrico.

— Como eu conseguiria isso?

— Vou perguntar a Enda. Já ligo de volta.

14:49

— Enda vai descobrir como conseguir que Ryan seja internado — digo a Jeffrey.

— Ok. Ótimo.

— Sim. Ótimo. Certo. Tudo bem. Nós vamos até lá, vamos interná-lo e tudo ficará bem.

Mas tenho a incômoda suspeita de que conseguir que uma pessoa seja internada à força não é tão fácil quanto parece. E que, depois de tê-lo internado, vai ser difícil tirá-lo de lá.

Tomo a outra metade do Xanax.

15:01

— Vamos até a casa dele para tentar demovê-lo disso — decido.

Ryan mora a poucos quilômetros de distância e tanto Jeffrey quanto eu temos as chaves da casa dele.

— Como assim? Você vai dirigir? Mas você acabou de tomar dois calmantes.

— *Um* calmante! — corrijo. — Só um. Em duas partes.

Mas ele tem razão. Não posso dirigir depois de ter acabado de tomar um Xanax. Algo de ruim poderia acontecer.

— Muito bem — afirmo, com altivez. — Nós vamos a pé.

— E aí você vai cair numa vala e eu vou ter que tirá-la de lá.

— Esta é uma área urbana, não existem "valas". — Mas minha voz está começando a soar um pouco arrastada.

Pode ser que eu não caia numa vala, mas em dez minutos de caminhada é bem possível que eu decida que seria deliciosamente agradável me deitar na calçada e sorrir angelicamente para os pedestres que passassem.

— Por que você precisa se encher de drogas? — Jeffrey parece zangado.

— Eu não "me encho de drogas". Isso é um remédio! Prescrito por um médico!

— Mas não foi o *seu* médico.

— Detalhe, Jeffrey. Um mero detalhe técnico.

— Precisamos conversar com alguém sensato.

Olhamos um nos olhos do outro e, mesmo no meu crescente casulo criado pelo Xanax, sento dor. Sei o que Jeffrey vai dizer.

— Não! — digo.

— Mas...

— Não, ele já não faz mais parte das nossas vidas.

— Mas...

— Não.

O som do meu celular tocando me faz dar um pulo.

— É Ryan!

— Deixe que eu atendo. — Jeffrey agarra o aparelho. — Pai... Oi, pai! Você ficou completamente louco?

Após uma conversa curta em que só Ryan falou, Jeffrey desliga. E parece desanimado.

— Ele diz que todas essas coisas são dele e ele pode fazer o que quiser com elas.

Sobrepujada pela minha própria incapacidade, eu como mais três Jaffa Cakes. Não, quatro. Não, cinco. Não...

— Pare! — Jeffrey leva a caixa para longe de mim.

— Esses Jaffa Cakes são meus! — Eu pareço um pouco selvagem.

Ele mantém a caixa acima da cabeça.

— Você não consegue encontrar alguma outra forma de lidar com as coisas? Em vez de se drogar com Xanax ou açúcar?

— Não. Nesse momento, não.

— Vou meditar.

— Ok, muito bem. E eu vou só...

... Deitar na cama e me sentir flutuando. E pegar mais uma caixa de Jaffa Cakes na minha "parede".

"Como é que se come um elefante?
Uma mordida de cada vez."

Trecho de *Uma piscada de cada vez*

Eu estava imersa num lugar paradisíaco, uma branca e feliz "terra do nada". Toda vez que eu começava a subir rumo à superfície, onde a dura realidade me aguardava, algo acontecia e eu caía de volta no paraíso livre de dor.

Mas não dessa vez. Eu ia cada vez mais para cima; subia e subia, até que rompi a superfície, acordei e me vi na cama do hospital.

Papai estava sentado numa cadeira, lendo um livro.

— Ah, Stella, aí está você! Você esteve na terra dos sonhos nos últimos dois dias.

Minha cabeça parecia confusa.

— Você fez o eletromiograma — informou papai.

Fiz?

— Isso deixou você exausta — explicou. — Eles lhe deram medicamentos para dormir.

Os detalhes horríveis começaram a voltar à minha mente. Primeiro houve coisas para resolver com relação à responsabilidade legal. Eu tinha que receber uma alta temporária desse hospital dada pelo dr. Montgomery aos cuidados de Ryan — essa parte foi tranquila. Só que, em seguida, meu marido deveria me transferir para os cuidados de Mannix Taylor, até que eu chegasse ao outro hospital, e Ryan estava cheio de hostilidade. Quando Mannix Taylor disse: "Vou cuidar bem dela" isso só fez com que as coisas piorassem. Ryan pressionou os lábios um contra o outro numa linha tão fina e firme que eu tive medo de que ele se recusasse a assinar.

Depois de mais ou menos dez segundos de tensão, ele rabiscou alguma coisa no formulário de autorização e tudo ficou acertado. Quatro atendentes foram necessários para me levar da UTI até a ambulância. Eu tinha sido desconectada do meu monitor cardíaco e da sonda. "Uma mordomia especial", dissera Mannix Taylor — mas um dos atendentes levava o aparelho de ventilação mecânica, o outro carregava o tubo de soro e os outros dois empurravam a cama. Todos tinham de se mover exatamente à mesma velocidade; caso o sujeito que segurava o aparelho de ventilação andasse depressa demais e arrancasse o tubo da minha garganta, eu poderia sufocar.

Completavam o meu séquito uma enfermeira e Mannix Taylor.

Um dia antes do teste, Mannix tinha trazido uns papéis impressos para a UTI.

— Você gostaria de um nome brasileiro para amanhã? Trouxe uma lista comigo: Julia, Isabella, Sophia, Manuela, Maria Eduarda, Giovanna, Alice, Laura, Luiza...

Pisquei: eu seria Luiza!

Ele perguntou:

— E quanto a mim? Preciso de um nome argentino. Santiago, Benjamin, Lautaro, Alvarez. — Ele olhou para mim. — Alvarez — repetiu. — Esse é bom. Significa "nobre guardião", o que me parece muito apropriado.

Como eu não respondi, ele continuou a ler a lista.

— ... Joaquin, Santino, Valentino, Thiago...

Eu pisquei. Gostei de Thiago.

— Que tal Alvarez? — perguntou ele. — Gosto de Alvarez.

TH...

— Thiago? Sério? Alvarez não? Alvarez significa "nobre guardião".

VOCÊ JÁ DISSE, MAS SEU NOME SERÁ THIAGO.

Eu estava revoltada. Puxa, por que ele tinha lido todos os outros nomes se já tinha decidido?

— Alvarez — afirmou ele.

Thiago.

Ele me olhou fixamente e então baixou os olhos, demonstrando submissão.

— Vai ser Thiago, então. Você é insistente.

Nossa, ele era uma pessoa ótima para se conversar.

Na ambulância, ele disse:

— Então, Luiza, você mora no Rio, uma cidade com sol o tempo todo, e é a estrela de uma novela. Depois do trabalho você vai à praia, todos os dias. Compra sua roupa na loja... Bem, sei lá, onde você quiser... Você mesma pode completar os detalhes. Mas preste atenção: se o exame for pesado, finja que você é Luiza, e não Stella. E... — acrescentou —, se a barra realmente ficar pesada demais, há sempre a possibilidade de simplesmente pararmos.

Não. Nós não iríamos parar. Aquela era a minha única chance de descobrir quando eu iria ficar melhor e eu não pretendia desperdiçá-la.

— Pense no Brasil — reforçou ele. — Muito bem. — Olhou para fora através da pequena janela. — Chegamos!

No novo hospital, fui removida da ambulância com muito cuidado e a maca foi colocada no chão, mas não entramos. Parecia que estávamos à espera de alguém.

— Onde diabos ele está? — Ouvi Mannix murmurar.

Um par de sapatos pretos brilhantes veio caminhando em direção ao nosso pequeno grupo. Algo neles me dizia que seu dono estava transbordando de raiva.

Assim que os sapatos se aproximaram mais, percebi que eles pertenciam a uma versão do dr. Montgomery, só que do novo hospital. Ele tinha o mesmo ar de quem se achava um deus, e também era seguido por um grupo de admirados jovens médicos.

— Você é inacreditável! — Reclamou ele com Mannix num tom de voz estridente e zangado. — A dor de cabeça que criou com as seguradoras!... Onde está o papel para ser assinado? — Algum ajudante cheio de medo colocou uma prancheta debaixo do nariz dele e o médico rabiscou uma assinatura sobre ela, com raiva.

— Muito bem — disse Mannix. — Estamos dentro.

Com o meu pequeno exército de ajudantes, seguimos ao longo de mais alguns corredores, subimos em um elevador e entramos num quarto. O estado de espírito, que até aquele momento estava quase festivo, subitamente desinflou e se apagou. Os ajudantes e a enfermeira se retiraram às pressas e Mannix me apresentou Corinne, a técnica que iria realizar o exame.

— Obrigada, dr. Taylor — disse ela. — Pode deixar que eu mando chamá-lo quando acabarmos.

— Eu vou ficar — avisou ele.

— Tudo bem...

Ela pareceu surpresa.

— Para o caso de Stella precisar nos dizer alguma coisa...

— Ah... Tudo bem.

Ela voltou a atenção para mim.

— Stella, vou prender um eletrodo a um ponto nervoso em sua perna direita e enviar eletricidade através dele — avisou ela. — Sua resposta enviará informações para a máquina. Depois, vou movimentar o eletrodo para vários pontos nervosos ao longo do seu corpo, até que dados suficientes tenham sido acumulados para nos informar sobre as funcionalidades do seu sistema nervoso central. Você está pronta?

Estou com medo, na verdade.

— Pronta? — repetiu ela.

Pronta.

Quando o primeiro choque elétrico passou por dentro de mim, eu soube na mesma hora que não conseguiria enfrentar aquilo. A dor foi muito pior do que eu esperava. Eu não era capaz de gritar, mas meu corpo estremeceu com força.

— Tudo bem? — perguntou Corinne.

Eu estava hesitante. Foi nesse momento que entendi o que Mannix Taylor tentava me dizer: aquilo era *realmente* muito doloroso. Tão doloroso que eu teria de ir para outro lugar na minha cabeça, a fim de sobreviver. Tentei lembrar o que ele tinha dito na ambulância — Eu era Luiza. Uma brasileira. Era a protagonista em uma novela.

— Tudo bem? — repetiu Corinne.

Ok.

... Eu morava em uma cidade onde fazia sol o tempo todo e — Caramba! Caramba, caramba, caramba!

Olhei para Mannix; ele estava tão branco que ficara quase verde.

— O que você precisa perguntar? — Ele já estava com o papel e caneta na mão.

QUANTOS MA...?

— Quantos choques você acha que vai precisar? — Mannix perguntou a Corinne.

Ela consultou o monitor e disse:

— Dez. Talvez mais.

Por Deus! Bem, eu já tinha feito dois. Aguentaria mais um. E depois disso, aguentaria mais um.

Corinne estava visivelmente confusa. Presumivelmente, tinha de enfrentar aquele tipo de situação o tempo todo. Eu imaginei que fosse algo parecido com quando eu tinha de depilar a laser as pernas muito peludas de uma pessoa: para executar meu trabalho corretamente, eu tinha de me desligar da dor da pessoa.

— Você gostaria de parar?

Depois de cada novo choque, ela me dava a opção de interromper o exame.

Não.

— Você gostaria de parar?

Não.

— Você gostaria de parar?

Não.

Concentrei-me em tudo que Mannix Taylor tinha feito, em toda a burocracia contra a qual ele lutara para que aquilo acontecesse. Eu não queria decepcioná-lo.

Mas foi muito difícil. Cada choque consumia um pouco mais da minha resistência, e no sétimo a força da dor me fez pular na mesa.

— Pare! — Mannix se colocou em pé. — É o suficiente.

Ele estava certo. Eu não conseguia aguentar mais aquilo. Não valia a pena e eu já não me importava mais.

Então eu tive um flash do dr. Montgomery e seu escárnio caso eu fugisse da raia naquele momento. O dr. "Aguente firme, Patsy" e todos os seus subordinados dariam grandes gargalhadas, assim como o consultor irritado e estridente daquele hospital. As enfermeiras da UTI provavelmente iriam abrir uma lata de chocolates Roses só para comemorar, porque todo mundo torcia para que Mannix Taylor falhasse, até o meu marido.

NÃO.

— Ela quer continuar — disse Corinne.

— O nome dela é Stella.

— Dr. Taylor, talvez fosse melhor o senhor sair um pouco, até acabarmos...?

— Vou ficar.

Corinne tinha finalmente realizado doze leituras e, quando voltei na ambulância para o meu próprio hospital, eu me sentia muito esquisita. As substâncias químicas mais bizarras inundavam meu cérebro, provocando uma mistura de euforia e horror, como se eu tivesse enlouquecido um pouco.

Foi um alívio e uma bênção quando Mannix Taylor pediu à enfermeira para me sedar.

— Você precisa dormir, dormir muito — determinou ele. — Seu corpo passou por um inferno. É necessário algum tempo para se recuperar, provavelmente uns dois dias.

Agora eu estava acordada, olhava para meu pai e ainda me sentia um pouco tonta.

— Aquele sujeito, Taylor, passou aqui ainda agora para ver você — informou meu pai. — Já vai voltar. Ele disse que a coisa foi muito dura, querida, mas também comentou que você foi muito corajosa. Quer que eu leia um pouco para você?

... Ahn... Tudo bem.

Nosso livro atual era outro sucesso indicado por Georgie Taylor. A história era sobre um tirano fictício em um país fictício do Oriente Médio, contada sob o ponto de vista de sua esposa. Papai estava tão impressionado que, a cada duas linhas, parava de ler e se maravilhava em como o texto era bom.

— Esse personagem é um sujeito frio, não acha, Stella? Ordena todas essas execuções e depois se senta para comer seu cuscuz com toda a calma do mundo...

Lia pausadamente mais meia página para mim e então fechava o livro para fazer mais alguns comentários.

— A gente quase sente pena desse sujeito. Tem uma mulher linda que parece ser uma pessoa muito decente, mas a negligencia por causa do trabalho. Fica supervisionando as torturas quando deveria estar levando-a para comemorar seu aniversário. Mas como poderíamos culpá-lo? Seus chamados "aliados" conspiram e tramam contra ele... Um simples deslize e o sujeito já era.

Papai leu um pouco mais, mas não demorou muito para que se sentisse compelido a fazer uma nova pausa na narrativa.

— Ah, querida, querida... — disse ele, com tristeza. — Pesada é a cabeça de quem usa a coroa.

Um toc, toc, toc de saltos altos anunciou a chegada de Karen. Seu cabelo parecia recém-feito e sua bolsa era nova.

— Como ela está? — perguntou a papai.

— Ótima, eu acho. Estamos esperando aquele sujeito, Mannix, para nos trazer mais novidades.

— E aí, Stella? — Karen puxou uma cadeira. — Você parece um pouco destruída, para ser honesta. Ouvi dizer que foi horrível, mas que você aguentou firme. Conte-nos como está agora. — Pegou a caneta e o caderno em cima do esterilizador. — Vamos lá. Primeira letra.

Pisquei, tentando soletrar "cansada", mas tudo estava meio confuso, eu não tinha energia e Karen não tinha paciência.

— Ah, deixa essa bosta pra lá — sentenciou Karen. — Isso é muito difícil. — Jogou a caneta e o bloco de volta sobre o esterilizador. — Vou ler um pouco para você, em vez disso.

Papai se agitou ao ouvir isso, pois estava pronto para continuar a ler o livro.

— Não, papai! — Karen foi firme. — Trouxe a revista *Grazia*. Deixe de lado essa merda que você está lendo para ela.

— Está muito longe de ser uma merda...

— Olá, pessoal! — Mannix tinha chegado.

Papai deu um pulo da cadeira.

— Olá, dr. Taylor — cumprimentou ele, com uma mistura de humildade inata e uma atitude do tipo "tenho tanto valor quanto você".

— Olá, sr. Locke — respondeu Mannix Taylor, assentindo com a cabeça.

— Bert, só Bert. Pode me chamar de Bert!

— Olá, Karen — disse Mannix. — É bom tornar a vê-la.

— Bom ver você também. — Karen conseguiu esconder sua hostilidade com um verniz de educação.

Papai disse rapidamente:

— Estamos lendo mais um dos livros que sua esposa enviou. Ela tem muito bom gosto.

Mannix Taylor deu um pequeno sorriso e retrucou:

— Exceto para escolher maridos.

— Que isso — vociferou papai. — Você é um grande sujeito. Conseguiu esse exame para Stella e tudo mais.

— Como você se sente? — Mannix automaticamente pegou a caneta e o bloco de notas.

— Cansada.

— Isso não me surpreende. Mas você foi muito bem.

VOCÊ TAMBÉM, eu pisquei de volta.

Assombrados, papai e Karen assistiam nossa harmonia — eu piscando e Mannix escrevendo as palavras.

— Deus Todo-Poderoso! — exclamou Karen, com uma expressão estranha no rosto.

— Você é muito rápido. Aliás, vocês dois — elogiou papai.

— Muito rápidos — ecoou Karen. — Isso é quase como uma conversa normal. — Estreitou os olhos para Mannix. — Como foi que você ficou tão bom nisso?

— Não sei explicar — disse Mannix, com calma. — Prática, talvez? De qualquer forma, trouxe os resultados do eletromiograma. — Acenou um maço de folhas impressas para mim. — Vou lhe explicar os detalhes mais chatos quando você estiver mais forte, mas o resumo é o seguinte: na velocidade em que suas bainhas de mielina estão crescendo, você pode esperar que seus movimentos comecem a voltar em cerca de seis semanas.

Eu fiquei atordoada. Queria gritar e chorar de alegria.

Sério? Sério? Sério?

— Você vai melhorar — disse ele —, mas lembre-se do que eu digo a você: vai ser muito trabalhoso. Você terá de ser paciente. Consegue isso?

Claro que eu consigo. Eu poderia fazer qualquer coisa se soubesse que o fim daquilo estava mais perto.

— Vou preparar um roteiro para você. Vou relatar mais ou menos o que você pode esperar, mas será apenas uma ideia aproximada. Ainda teremos de esperar vários meses. Será uma recuperação longa e dura. É algo que vai exigir muito de você.

— Como é que se come um elefante? — pisquei para ele.

— Como?

— Uma mordida de cada vez.

17:14

Estou deitada na cama esparramada como uma estrela do mar, parecendo me mover em círculos dentro de uma nuvem feita de Xanax e de Jaffa Cake; para ser sincera, os obstáculos não me parecem tão intransponíveis. Sou uma mulher forte. Sim. Uma mulher forte, muito forte e... O celular toca e meu coração quase pula para fora da garganta. O volume do toque está muito alto! Sério, *desnecessariamente* alto! O suficiente para assustar as pessoas...

Então eu vejo na tela quem está ligando e meu medo aumenta. É Enda Mulreid! Apesar de ele ser o marido da minha irmã, será sempre um policial para mim...

Rapidamente eu me sento, pigarreio para limpar a garganta e tento me recompor.

— Ah, olá, Enda!

— Oi, Stella. Espero que esteja tudo bem com você. Vou "direto ao ponto"...

Eu quase consigo vê-lo fazendo as aspas com os dedos. Admito que a ligação entre ele e minha irmã sempre representou um mistério para mim. Eles são tão diferentes.

— Soube que você planeja deter involuntariamente o seu ex-marido Ryan Sweeney, nos termos do Artigo 8 da Lei de Saúde Mental de 2001.

Meu Deus. Quando ele coloca as coisas desse jeito...

— Enda, estou simplesmente preocupada com Ryan... Ele quer doar todos os seus bens.

— Esses bens pertencem a ele, para que ele possa doá-los? Ele não está, por exemplo, servindo de receptador para mercadorias roubadas? Nem lucrando com atividades criminosas?

— Enda! Você conhece Ryan. Como você pode sequer pensar uma coisa dessas?

— Isso é um não?

— É um não.

— Bem, nesse caso...

— Sim, mas...

— Como não existem riscos sérios de que o assunto em questão possa provocar danos imediatos para ele ou para outras pessoas, não existe base legal para invocar a lei.

— Entendo. Sim, você tem razão, Enda. Não há necessidade de... ahn... *invocar* a lei. Obrigada por ter gasto esse tempo comigo. Sim, obrigada. Até logo, por agora. Até mais. — Desligo.

Estou suando frio. Enda Mulreid sempre faz isso comigo.

Jeffrey entra no quarto trovejando.

— Que foi? Quem era?

— Enda Mulreid. O tio Enda. Sei lá o nome pelo qual você o chama. Escute, Jeffrey. Vamos esquecer a ideia de internar o seu pai...

— Isso é um não, afinal?

— Sim, isso é um não, afinal.

18:59

Minha névoa de Xanax finalmente se ergue e eu decido ligar para Betsy.

— Mãe?! — atende ela.

— Querida... Tem uma coisa estranha acontecendo com o seu pai. — Eu explico tudo devagar e ela parece aceitar a situação com calma.

— Estou procurando aqui — diz ela. — Achei. Caramba! Doze mil acessos! Entendo o que você quer dizer.

— Eu só queria manter você a par do que está acontecendo. — Para ser honesta, acho que tinha ligado para ela em busca de algum conselho.

— Parece que ele está tendo um surto psicótico. Essas coisas acontecem.

— Sério? — Como é que ela sabe? Como ficou tão sábia de repente?

— Isso aconteceu com alguns caras que trabalham com Chad.

— Karen me disse que eu deveria tentar interná-lo à força.

— Ah, mãe, não — reage ela, baixinho. — Isso seria muito ruim. Provocaria uma série de sentimentos negativos. E isso faria sempre parte da história dele; papai nunca conseguirá se livrar do trauma. Mesmo assim, acho que você deveria conversar com um médico. Depressa.

19:11

Já passa das sete da noite e está muito tarde para tentar achar um médico, mas tenho a brilhante ideia de ligar para uma linha de apoio de saúde mental.

Uma mulher com uma voz gentil e suave atende.

— Olá — cumprimento. — Meu ex-marido... Eu realmente não sei como dizer isso, mas estou preocupada com ele.

— Entendo...

— Ele está se comportando de forma estranha.

— Entendo, entendo...

— Ele diz que vai doar tudo que possui.

— Entendo, entendo...

— Todo o seu dinheiro. Tudo, até a sua casa.

A voz da mulher anônima se torna subitamente animada.

— Você está falando de Ryan Sweeney? Acabei de assistir ao vídeo dele no YouTube.

— Ah... Você assistiu? Então... Você acha que ele está... Sabe como é... Está doente, louco, insano?

— Entendo, entendo...

— E então? Você acha?

— Entendo, entendo... Mas não cabe a mim decidir. Não sou médica. Não poderia fazer esse diagnóstico.

— Então... para que você está aí?

— Para demonstrar solidariedade. Digamos que você esteja se sentindo deprimida e me liga. Eu escuto tudo e digo: "Entendo, entendo..."

— *Entendo!* — Sinto uma raiva chorosa aumentar dentro de mim. — Muito obrigada pela ajuda.

23:05 — 02:07

O sono me escapa. Minhas baleias, normalmente tão amigáveis, me parecem sinistras essa noite. É como se, no fundo, seu canto em alta frequência não passasse de ameaças codificadas.

"Às vezes você consegue o que deseja e
às vezes você consegue o que precisa e,
às vezes, você consegue o que você consegue".

Trecho de *Uma piscada de cada vez*

Eu estava pensando em sexo. Do jeito como acontece quando você está deitada numa cama de hospital, totalmente paralisada.

Ryan e eu, nós nunca fazíamos sexo — quer dizer, estivemos juntos por mais de dezoito anos, seja *razoável*. Ninguém *fazia* sexo, bom, pelo menos, nenhum dos casais que eu conhecia. Todo mundo achava que os outros se pegavam loucamente, mas quando as pessoas ficavam muito bêbadas reconheciam a verdade.

Eu digo Ryan e eu *nunca* fazíamos sexo, mas é claro que fazíamos — de vez em quando, quando saíamos para alguma noitada e rolava muita bebida. E sabem de uma coisa? Era ótimo. Tínhamos três posições para escolher e tudo foi sempre rápido, eficiente e adequado para nós dois — com trabalho e dois filhos, quem tinha tempo e energia para se dedicar a mirabolantes aventuras sexuais?

Mas essa era a atitude errada, segundo diziam as revistas: você precisa "trabalhar melhor o seu casamento". Mesmo antes do sucesso de *Cinquenta tons de cinza* eu já sentia a pressão de ir além da minha "zona de conforto sexual".

— Será que não deveríamos... tentar outras coisas? — perguntei uma vez a Ryan.

— Tentar o quê?

— Sei lá! Poderíamos... — Aquela era uma palavra tão terrível que eu não sabia se conseguiria pronunciá-la. — Poderíamos... bater um no outro.

— Com o quê?

— Com uma raquete de pingue-pongue, por exemplo.

— Mas onde é que vamos arranjar uma raquete de pingue-pongue?

— Na Elverys Sports?

— Não — decidiu Ryan.

A discussão foi encerrada e eu me senti aliviada. Já andava planejando comprar aquelas bolinhas cromadas que a pessoa insere ali por baixo e deixa lá o dia inteiro. Agora não precisava mais fazer isso e, com o dinheiro economizado, poderia comprar um belo par de sapatos.

Karen, sendo do jeito que era, sempre me pareceu mais determinada em manter a agitação em sua vida sexual. Uma vez, ela e Enda tentaram encenar uma dramatização onde eles fingiriam ser estranhos que se conheciam num bar. Ela ainda usaria uma peruca preta com corte chanel. Mas eles não conseguiram ir até o fim.

— Você riu? — eu quis saber.

— Não — Karen parecia estranhamente deprimida. — Não foi nada engraçado. Foi só assustador. Para falar a verdade — disse ela —, quando eu o vi do outro lado daquele bar... Me fala uma coisa, Stella, numa boa... As orelhas dele sempre foram tão grandes assim? Na vida diária eu praticamente nunca olho para o meu marido. De repente, dar uma bela conferida nele depois de tanto tempo foi... Bem, houve um momento eu que eu me senti horrorizada por ter me casado com ele, para ser sincera...

Eu me perguntava se Mannix Taylor e sua esposa do tipo escandinava faziam muito sexo. Talvez fizessem. Talvez fosse *esse* o seu hobby, já que ele não jogava golfe.

Sim, ele e sua esposa fabulosa seriam o tipo de casal capaz de provocar vergonha em qualquer outro.

Georgie Taylor voltaria para casa depois de um duro dia de trabalho exibindo amostras de tecidos e encontraria a casa em silêncio, iluminada apenas por velas. Antes que tivesse tempo de se alarmar, um homem (Mannix Taylor, é claro) surgiria atrás dela, pressionando o corpo duro contra o seu e ordenando, com autoridade tranquila: "Não grite".

Uma venda de seda cobriria seus olhos e ela seria levada a um quarto também iluminado à luz de velas, onde ele iria despi-la por completo para, em seguida, amarrar seus braços e pernas às quatro colunas da cama.

Ele roçaria os mamilos dela com plumas e, de forma agonizantemente lenta, faria pingar, gota a gota, um óleo fortemente perfumado entre os seus seios, deixando escorrer um pouco para baixo da sua barriga e mais além...

Nu, ele se aninharia por cima dela com as pernas abertas e brincaria com aquele corpo atado por um longo tempo, antes de finalmente penetrá-la e fazê-la explodir em sucessivos orgasmos.

Puxa, que sorte a da senhora Taylor.

* * *

— Conte-me mais sobre a sua família, pisquei para Mannix Taylor.

— Ahn... Ok. Vou lhe contar sobre as minhas irmãs. Elas são gêmeas. Rosa e Hero. Hero significa herói, em inglês. Ela recebeu esse nome porque quase morreu ao nascer; passou seis semanas em uma incubadora. Elas não são idênticas — Rosa é morena e Hero tem a pele clara —, mas têm o mesmo timbre de voz e todos os grandes momentos em suas vidas aconteceram ao mesmo tempo. As duas se casaram numa mesma cerimônia, um casamento duplo. Rosa é casada com Jean-Marc, um francês que já mora na Irlanda há... Deixe eu ver... Uns vinte e cinco anos, acho. Eles têm dois filhos. Hero é casada com um homem chamado Harry e eles também têm dois filhos, quase da mesma idade dos filhos de Rosa e Jean-Marc. É absolutamente assustador como as vidas das duas parecem imagens espelhadas.

— Mas conte sobre *seus* filhos.

Uma expressão estranha cintilou em seu rosto. Ele pareceu ferido e quase envergonhado.

— Nós não temos filhos.

Isso foi uma grande surpresa. Eu tinha passado tanto tempo na minha mente e na vida imaginária que criei que realmente acreditava que ele tinha três filhos.

— Hoje — avisou ele —, vou fazer um exame geral dos seus reflexos, para ver se temos alguma resposta. OK?

— OK.

— Estamos tentando ter um bebê, Georgie e eu.

Ah, é?

— Estamos tentando há muito tempo. Não está indo muito bem.

Nossa! Eu não sabia o que responder.

— Estamos tentando fertilização in vitro — disse ele. — Isso é segredo. Georgie não quer que ninguém saiba até que tudo esteja bem. Ela não quer os olhos de todo mundo voltados para ela, perguntando se dessa vez deu certo. Ela não quer a piedade de ninguém.

Isso eu conseguia entender.

— Por isso eu não conto para ninguém.

Mas estava me contando. Por outro lado, isso não importava, já que eu não podia falar e jamais conheceria a sua esposa.

— Bem, obviamente eu já contei a Roland.

Por que isso era óbvio?

— Porque ele é meu melhor amigo.

Isso me surpreendeu um pouco e Mannix pareceu mais agitado.

— Roland é muito mais do que alguém que compra carros que não pode pagar — garantiu. — É o tipo de pessoa que faria qualquer coisa por qualquer um e é a melhor companhia que você poderia encontrar.

Certo, isso eu já entendi.

Depois de um curto e tenso silêncio, Mannix começou a falar novamente. Era como se não conseguisse parar.

— Nós já tentamos duas rodadas de fertilização *in vitro*. Nas duas vezes o embrião foi implantado e nas duas Georgie abortou. Eu sabia que as estatísticas não estavam a nosso favor, mas, mesmo assim, quando nós os perdemos, isso acabou nos afastando.

Fiquei chocada com a história trágica; foi tudo muito inesperado. Eu consegui piscar.

— Estou muito triste por você.

Mannix encolheu os ombros e analisou as mãos.

— A situação é muito mais difícil para Georgie, com todas aquelas injeções de hormônios que ela precisa tomar. Depois disso ela se esforça muito para segurar o embrião, e eu não posso fazer nada para ajudar. Eu me sinto como um grande e inútil idiota. No momento estamos na terceira tentativa e Georgie está oficialmente grávida, até que provem o contrário. Estamos na expectativa.

Tentando de forma desesperada desejar coragem, pisquei.

— Boa sorte.

Às vezes, a linguagem era completamente inútil. Mesmo que eu fosse capaz de falar, não conseguiria ter transmitido o quanto eu esperava e torcia para que aquilo funcionasse para ele e sua mulher.

Ele continuou falando.

— Eu fiz quarenta anos no ano passado, Georgie faz esse ano, e de repente tudo parecia sem sentido se não tivéssemos filhos. Deveríamos ter começado a tentar mais cedo, mas achávamos... Que burrice, que ilusão... Achávamos que tínhamos mais tempo do que na realidade tínhamos — Ele ficou em silêncio. Depois de alguns momentos, tornou a falar. — Eu adoraria ter uma grande família — continuou. — Nós dois adoraríamos. Não apenas um ou dois, mas cinco ou seis. Seria divertido, certo?

— E muito trabalhoso.

— Eu sei. No momento eu ficaria muito grato se tivesse apenas um.

— Torço para que isso aconteça para vocês.

— Como foi mesmo aquela frase que você me disse uma vez? — perguntou, pensativo. — "Às vezes você consegue o que deseja, às vezes você consegue o que precisa e às vezes você consegue o que você consegue".

* * *

Três dias depois, ele chegou em meu cubículo e me cumprimentou:

— Bom dia, Stella.

Na mesma hora eu soube que sua mulher tinha perdido o bebê.

Sinto muito.

— Como é que você sabe?

Eu simplesmente sei.

— Sinto muitíssimo.

— Resolvemos fazer uma pausa nas tentativas, por algum tempo. É muito difícil para Georgie.

— Deve ser difícil para você também.

Ele parecia estar com o coração completamente despedaçado, mas tudo que disse foi:

— É muito mais difícil para ela.

Algo se movimentou na minha visão periférica. A cerca de dois metros de distância estava um homem.

Dizem que as câmeras de televisão acrescentam cinco quilos ao peso de qualquer pessoa, mas Roland Taylor — era ele — foi a primeira pessoa que eu vi que na verdade era ainda mais gorda na vida real. Vestia um paletó muito elegante e usava sua marca registrada: óculos modernos. Apesar de Karen sempre dizer que as pessoas gordas tinham excesso de peso por serem amargas e zangadas, aquele homem irradiava bondade.

Ele envolveu Mannix em um abraço de urso e eu o ouvi dizer:

— Já conversei com Georgie. Sinto muito.

Ele segurou Mannix por um longo tempo, num abraço apertado, e eu teria chorado se fosse capaz disso.

De repente o *pager* de Mannix apitou e eles se separaram.

— Espere um instante. — Mannix leu o que estava escrito em seu *pager*. — Não saia daí. Não vou demorar.

Mannix desapareceu e Roland ficou mais um pouco, parecendo não saber o que fazer ou para onde ir. Usei cada partícula da minha vontade para atrair a atenção dele.

Ele se virou para mim e olhou para o meu rosto.

— Desculpe — pediu ele, muito sem jeito — pela interrupção.

Pisquei os olhos várias vezes e uma expressão surgiu em seu rosto, uma espécie de reconhecimento.

Ele se inclinou para ler minha prancheta nos pés da cama.

— Seu nome é Stella?

Pisquei o olho direito.

— Sou Roland, irmão de Mannix.

Pisquei o olho direito para mostrar que eu já sabia.

— Mannix me falou sobre você — disse ele.

Isso me pegou de surpresa.

Parecendo subitamente horrorizado, Roland apressou-se em explicar:

— Não pelo nome! Não se preocupe, ele respeita inteiramente o sigilo da relação médico-paciente. Tudo que ele mencionou foi a sua condição e como você se comunica através de piscadas.

Bom, assim tudo bem e tentei transmitir o que sentia através dos olhos.

— Espere um instante.

Ele se atrapalhou um pouco com a sua pasta Mulberry masculina e pegou lá dentro uma caneta e um pedaço de papel, provavelmente um recibo, e eu pisquei as palavras:

PRAZER EM CONHECÊ-LO

— Isso é incrível! — Roland sorriu de alegria. — *Você* é incrível. — Parecendo esculpidos em seu rosto, ele tinha os mesmos olhos de Mannix. — Você acabou de transmitir uma frase inteira usando só as pálpebras!

... Ah, obrigada...

Ele olhou, um pouco ansioso, na direção das enfermeiras.

— Não sei para onde ele foi. Deve voltar logo.

SENTE-SE.

— Será que eu deveria? Não estou me intrometendo?

Ele era louco? Nos meus melhores momentos eu vivia desesperada para ter companhia, e não perderia a oportunidade de ter alguns minutos com Roland Taylor, o grande contador de histórias.

CONTE-ME UMA HISTÓRIA.

— Você tem certeza? — Lentamente ele se abaixou, fazendo menção de se sentar em uma das cadeiras. — Eu poderia lhe contar sobre uma das vezes em que conheci uma pessoa famosa... Cher? Michael Bublé? Madonna?

Pisquei o olho direito.

— Madonna? Excelente escolha, Stella! — Ele se sentou na cadeira. — Bem, ela é uma deusa absoluta. *Obviamente.* Mas também um pouco... *complicada...* Começamos com o pé esquerdo quando eu me sentei sobre o seu chapéu de caubói e o deixei completamente *fora de combate...*

Enquanto conversava sobre o autoritarismo de Madonna, ele me pareceu um pouco afeminado. Eu já estava me perguntando se ele era gay. Não que isso fizesse alguma diferença, é claro.

Quarta-feira, 4 de junho

06:00

Acordo de um sonho lindo — Ned Mount estava nele. De novo! Ele dizia: "Há novos bolos no mercado. Eles são feitos de pura proteína. Pode comer quantos tiver vontade."

Passo alguns momentos aninhada na penumbra ainda meio avermelhada do pós-amanhecer e então, tomada por uma ansiedade horrível, me lembro de tudo e voo até o iPad: o vídeo de Ryan já foi assistido mais de vinte mil vezes.

Consigo ouvir que Jeffrey andando de um lado para outro na parte de fora da casa e o mando entrar.

— Você viu?

Ele acena com a cabeça para o iPad.

São muitos acessos, mas não é tipo milhões de pessoas. Poderia ser pior. E não tem mais fotos novas.

— Vou ver o velho dr. Quinn hoje — digo. — Quem sabe ele tem algum conselho sobre Ryan?

O dr. Quinn é o nosso médico de família há muitos anos. Conhece Ryan e talvez passa nos oferecer alguma ajuda.

— Estou saindo para a ioga — avisa Jeffrey.

— Ok.

Tomo um banho com muito desânimo e então como cem gramas de salmão. Estou novamente na linha depois do fracasso da véspera com os Jaffa Cakes. Depois, me sento diante do computador, colo na cara o meu sorriso falso e digito "merda"

09:01

Ligo para o Centro Médico de Ferrytown e peço uma consulta com o dr. Quinn para aquele mesmo dia, se possível. A recepcionista me dá pouquíssima atenção até que — apenas testando — eu digo meu nome e de repente ela parece impressionada e um pouco agitada. Consigo uma hora para mais tarde naquela manhã: essa é uma das vantagens de ser uma ex-celebridade. Posso não ser capaz de conseguir uma mesa no restaurante Noma, mas, se algum dia eu estiver com alguma necessidade urgente de antibióticos, é bom saber que eu não terei maiores problemas.

11:49

O que vou vestir? Bem, é muito simples: minha nova calça chino feminina ou... minha nova calça chino feminina.

Houve um tempo em que minhas roupas eram tão complicadas que eu tinha uma planilha só para elas. Tudo graças a Gilda.

Ela chegou uma tarde no meu apartamento em Nova York para nossa corrida diária e me encontrou prestes a hiperventilar.

— Não posso correr hoje — avisei.

— O que aconteceu?

— Isto. — Eu lhe entreguei meu iPad, que continha o cronograma proposto para a primeira turnê do meu livro. — Olhe para as datas. — Eu estava ofegante. — Vinte e três dias, cruzando o país em todas as direções, de um lado para o outro. Vai estar nevando em Chicago, vai estar torrando na Flórida e certamente vai chover torrencialmente em Seattle. Terei de visitar hospitais, aparecer na televisão, participar de jantares de caridade e preciso usar a roupa certa para cada um desses eventos. Não há tempo para uma pausa e eu nunca vou ficar num mesmo lugar por mais de um dia, então não posso usar os serviços de lavanderia dos hotéis. Acho que vou precisar de uma mala de viagem do tamanho de um caminhão.

Gilda analisou o cronograma com atenção.

— Por que isso tudo é tão ilógico? — quis saber. — A ordem dos lugares que vou visitar? Vou ficar indo e voltando o tempo todo. Por que um dia é Texas, Oregon no dia seguinte e depois Missouri, que fica praticamente ao lado do Texas? Por que não fazer Texas, Missouri e *depois* Oregon? Aqui tem outra maluquice... Carolina do Sul, Seattle e em seguida Flórida! Não faria muito mais sentido ir para a Flórida em linha reta depois da Carolina do Sul, que são estados próximos um do outro, para *só então* ir para Seattle?

— Porque — explicou Gilda, com gentileza. — Você não é Deepak Chopra ou Eckhart Tolle. *Ainda* não.

— Como assim?

— É assim que funciona no começo para qualquer escritor que faz turnê de divulgação. No caso dos grandes nomes, são eles que mandam; simplesmente anunciam que vão estar em tal cidade em uma determinada data e os moradores se movimentam em grandes rebanhos para vê-los. Mas com uma novata como você, a Blisset Renown tem de começar com algum evento local, para então tentar encaixá-la. Veja isto aqui — bateu na tela. — As senhoras de Fort Worth, no Texas, promoverão seu almoço anual de caridade no dia 14 de março, e é nesse dia que elas querem ver você. Não vai adiantar nada você chegar lá dia 15, certo? Porque o almoço terá acontecido na véspera. Depois, temos a inauguração de uma livraria no Oregon no dia 16 de março, vê aqui? A mídia local estará preparada para cobrir o evento nesse dia, e não vai adiantar nada você aparecer para cortar a fita da loja três dias depois, quando eles já estiverem funcionando a pleno vapor. E quanto ao Dia dos Leitores em Missouri, no dia 17 de março? O evento já foi marcado há seis meses ou mais. Por enquanto você precisa se adaptar em função do que o mundo quer. Mas isso vai mudar.

Tudo bem, eu entendi o que ela estava dizendo: havia um número espantoso de escritores de autoajuda no mundo, todos se acotovelando para conseguir o mesmo espaço na televisão, no rádio e no circuito de eventos beneficentes.

— Você tem muita sorte — sentenciou ela. — Pode não considerar tudo isso como sorte, mas tem, sim. Turnês para divulgação de livros são caríssimas. Muito dinheiro tem de ser gasto em passagens de avião, hospedagem, serviços de motorista e agências locais de publicidade. Todo escritor quer uma chance de fazer uma turnê com o seu livro, e você é uma das poucas, pouquíssimas escolhidas.

—Ah, é? — Descobrir de repente que eu era uma das poucas escolhidas ajudava a ver as coisas sob uma nova perspectiva. Mas eu ainda tinha o problema das roupas.

— Nós vamos sair para correr agora — avisou Gilda.

— Não, eu...

— Vamos, sim! Você precisa *muito* queimar toda essa energia tóxica. Quando voltarmos, você vai me mostrar o seu guarda-roupa. Tenho certeza de que você já tem um monte de coisas que vão funcionar. Mas, para preencher as lacunas, vou pedir algumas roupas para você. Conheço umas pessoas.

— Pessoas?

— Estilistas. Muitos deles são promissores. E não cobram caro. Também conheço compradores pessoais com clientes muito ricos que encomendam coleções da próxima temporada com base em uma rápida olhada. Eles pagam adiantado, mas quando as peças chegam finalmente às lojas eles já perderam o interesse; muitas vezes nem as recebem. Essas roupas têm de ir para algum lugar, certo?

— O que você quer dizer?

— Quero dizer que essas roupas são vendidas a preço de banana se você pedir com jeitinho. E se souber a quem procurar.

Eu estava completamente atônita — com tudo aquilo. As pessoas pagavam por roupas, mas nunca apareciam para pegar. E que era possível pessoas comuns se beneficiarem disso.

— Não há nada de irregular com o esquema — explicou Gilda. — A loja já recebeu o pagamento. Portanto, nada de errado se o comprador pessoal conseguir alguma graninha por fora, certo? Não tem problema.

Gilda foi fiel à sua palavra: dois dias depois apareceu no apartamento com uma montanha de roupas de grife nos braços. Eu passei a tarde toda experimentando coisas, enquanto ela me avaliava com uma honestidade brutal.

— Essa cor acaba com você. Descarte isso. Ok, isso é melhor. Decotes do tipo canoa ficam muito bem em você. Experimente isso com a saia escura e as botas. Ficou ótimo! E essa túnica? Muito pequena. Descarte! E esse vestido? É para usar de dia? É para um coquetel? Nem ele sabe para que serve. Descarte!

— Mas eu o acho lindo!

— Que pena. Cada peça tem de funcionar superbem em você. Nada vai entrar na sua bagagem a menos que mostre a que veio e faça você *acontecer*. Várias vezes, de preferência.

Ela montou uma grade de todos os eventos dos quais eu iria participar ao longo da turnê e tudo o que eu deveria usar, incluindo sapatos, roupas íntimas, acessórios e até mesmo esmalte para as unhas.

— Como é que você consegue ser tão boa nessas coisas? — perguntei, maravilhada. — Você é incrível.

Ela exibiu um sorriso leve.

— Fui estilista em outra vida.

— Mas *quantas* vidas você já teve?

12:05

No Centro Médico Ferrytown, sou encaminhada para o consultório do velho dr. Quinn.

— Olá, Stella — saúda ele, parecendo se sentir ligeiramente desconfortável. — Ouvi que você estava... de volta à Irlanda.

— Sim. Isso, voltei mesmo, hahaha.

— Em que posso ajudá-la?

— Certo. Bem, o senhor se lembra de Ryan, meu ex-marido?

— ... Sim...

— Ele ficou um pouco...

Explico toda a história do Projeto Carma, e logo que o dr. Quinn percebe por que eu estou lá, se cala.

— Não posso fazer diagnósticos a distância.

— Mas estou preocupada com ele.

— Eu não posso diagnosticar alguém de longe.

O dr. Quinn está inflexível.

— O senhor não poderia, pelo menos, me dar uma opinião extraoficial? Por favor?

— Beeem... Ele me parece um pouco descontrolado.

— Bipolar, não é esse o nome?

Muito rapidamente o dr. Quinn avisa:

— Eu não estou dizendo que ele é bipolar!

— Será que ele poderia estar tendo uma crise de meia-idade?

— Não existe tal coisa... Embora ele *esteja* na faixa etária correta. Ele desistiu do ciclismo? Quer dizer, daquela forma obsessiva? Deixou de comprar um monte de roupas de lycra?

Balanço a cabeça.

— Ele não tem outra pessoa que se preocupe com ele? Uma nova parceira?

— Não.

— Uma namorada, então, se é que podemos usar a palavra "namorada" hoje em dia sem provocar a ira de alguém. Qual é mesmo a expressão que as pessoas usam agora, em vez de dizer "namorada"? — Olha para o nada por alguns instantes. — "Foda fixa", é isso!

— Ahn... Para mim, "namorada" está ótimo. Mas ele não tem uma.

— E Ryan tem um belo trabalho! — O dr. Quinn se admira.

— Não me interprete mal; muitas vezes ele arruma uma namorada, mas elas geralmente têm cerca de vinte e cinco anos e depois de oito semanas sempre o largam por ele ser imaturo e egocêntrico. A mais recente partiu faz um mês, mais ou menos.

— Entendo. Isso é... triste. Você não poderia conversar com os pais dele?

— Sim, mas só se eu tivesse um médium à minha disposição.

— Ah, agora eu me lembro. Eles faleceram.

A mãe de Ryan morreu há seis anos e seu pai a seguiu quatro meses depois.

— Ele não tem irmãos?

— Só uma irmã. Mas ela mora na Nova Zelândia.

O dr. Quinn parece quase reverente.

— É um longo caminho até lá. Se bem que todos falam que o país é belíssimo. A sra. Quinn gostaria muito de ir, mas eu não sei se aguentaria um voo tão longo. Mesmo com as meias especiais para evitar trombose nas pernas.

— Sim, é um lugar muito distante.

— Então a irmã não vai ajudar a colocar juízo na cabeça de Ryan, certo?

— Não — concordo, com tristeza.

— E ele não tem outros irmãos? Não? Essa família é muito pequena para um irlandês da geração dele.

— Também somos só duas filhas na minha família.

— Isso mesmo. Você e Karen. Como ela *está*?

— Ela vai bem, obrigada.

— Menina ótima, Karen. Menina ótima. Ela é... muito animada... Cheia de disposição. Ela resolveu o problema das espinhas da sra. Quinn.

— Foi mesmo...?

É claro que eu já sabia de tudo sobre as espinhas da sra. Quinn. Mas existe uma promessa tácita de confidencialidade entre as esteticistas e suas clientes. O que uma mulher pensaria se fosse a um jantar elegante e descobrisse que era do conhecimento de todos que ela tinha uma barriga cabeluda, por exemplo?

— Você poderia tentar convencer Karen a conversar com Ryan — O dr. Quinn parece subitamente esperançoso. — Se alguém conseguiria lidar com ele, essa pessoa seria ela.

— É que o problema não depende só dela...

— Entendo.

Continuamos ali, num silêncio abatido, mas logo o dr. Quinn se anima.

— E você como está, Stella? — pergunta ele. — Com todas essas... Ahn.. Mudanças em sua vida? Não estou falando de Ryan... Estou falando de...

— Estou bem.

— Você está conseguindo lidar bem?

— Estou bem.

— Excelente. Que bom para você. Qualquer outra pessoa estaria aqui implorando por antidepressivos e coisas do gênero...

— Estou bem.

Não quero sua piedade nem seus antidepressivos.

— Imagine. Você parece estar muito bem — diz ele. — Bela... Ahn... — aponta com a cabeça para a minha calça.

— Chinos — confirmo. — Uma chino *feminina*.

— Uma chino feminina? Quem teria imaginado. Mais alguma coisa que eu possa fazer por você?

— Mais nada, obrigada.

— Posso tirar sua pressão — oferece ele, com ar de quase adulação.

— Tudo bem, então. — Suspiro fundo e começo a arregaçar a manga da blusa.

Continuo sentada ali, com toda a paciência do mundo, enquanto o aparelho aperta meu braço e o dr. Quinn analisa os números.

— Está um pouco alta — conclui ele.

— Não é de se admirar.

"Confie na sua intuição".

Trecho de *Uma piscada de cada vez*

— E então? — perguntou Mannix Taylor. — Qual é a Sabedoria do Dia de hoje?

Ele tinha passado a me dizer isso todas as manhãs. A princípio, aquilo me pareceu muita folga: afinal de contas era *eu* que estava pagando pelo serviço *dele*.

— Você conhece um monte de ditados sábios — disse ele. — Sobre comer elefantes, atravessar o inferno e aguentar a chuva.

Percebi na mesma hora que ele não estava pedindo aquilo para ele, mas para me dar algo em que pensar. Geralmente eu *pensava* em muitas coisas. Era bom ter um projeto, pois isso fazia o tempo passar mais depressa, e algumas das conclusões às quais eu chegara até aquele momento tinham sido: "Os desastres não acontecem apenas com as *outras* pessoas"; "Seja grato até mesmo pela menor das bondades"; "Quando um bocejo não é um bocejo? Quando é um milagre."

Algumas reflexões eram melhores que outras, obviamente. Eu estava muito orgulhosa sobre a do bocejo.

Eu já tinha contado a ele a minha reflexão sobre o campo de golfe — "Só porque você mora perto de um campo de golfe, não significa que tem que jogar golfe."

Para minha surpresa, ele argumentou:

— Mas existe outra forma de encarar as coisas. Que tal: "Se você estiver morando perto de um campo de golfe, pode muito bem aprender a jogar golfe."

— Estamos tendo uma discussão filosófica? — perguntei.

— Caramba. — reagiu ele, pensativo. — Pode ser que sim. Quer dizer, por que alguém escolheria morar perto de um campo de golfe, se não tivesse algum desejo secreto de jogar golfe?

Nessa manhã, no entanto, Mannix Taylor não estava apenas tentando me animar. Estava *realmente* buscando algum tipo de conselho sábio.

— Estou preocupado com Roland.

Ah, é?

— Já te contei que ele tem alguns problemas com dinheiro, né? Pois bem, você se lembra daquele dia, o dia em que nós... O dia do acidente de carro? Eu tinha acabado de descobrir que Roland recebera a entrada de uma casa que estava à venda, mas tinha torrado o dinheiro antes de repassá-lo ao vendedor.

Oh, meu Deus. Quanto?

— Trinta mil. Depois, quando comecei a pesquisar nos documentos dele, descobri que ele tem um monte de cartões de crédito e devia... Deve... Dinheiro. Muito dinheiro. Naquele dia eu estava sentado à sua mesa de trabalho, em meio àqueles horrores, quando olhei pela janela e reparei no Range Rover novinho em folha estacionado na vaga que era dele...

Minha Nossa!

De repente, seus olhos se iluminaram, em sinal de alarme.

— Eu não deveria estar contando isso.

— Vou ligar para os jornais agora mesmo.

Isso o fez rir e por um momento ele pareceu um homem sem problemas.

— Roland está tentando com muita determinação controlar seus gastos e pagar o que deve. Está profundamente envergonhado. Mas ainda comete alguns deslizes (parece que não consegue evitá-los, como se não tivesse controle sobre isso) e acho que vai precisar se submeter a um tratamento de reabilitação para gastadores compulsivos. Mas... Bem, é claro que ele não quer ir. Meus pais e minhas irmãs também não querem que ele vá. Dizem que ele está ótimo — porque todos eles também são péssimos para administrar dinheiro.

Ele fez uma pausa, imerso em pensamentos. Parecia vulnerável, culpado e muito chateado.

— Portanto, Stella, que é a sua Sabedoria do Dia de hoje?

Eu estava frustrada. Aquela não era exatamente a minha especialidade.

— ... Ahn... Confie na sua intuição.

— Confiar na minha intuição? — perguntou ele, com desdém. — Isso me parece conselho daqueles biscoitos da sorte. Geralmente você é melhor do que isso.

Ah, vá se ferrar.

No entanto, no dia seguinte, quando Mannix chegou na UTI, ele me disse:

— Isso vai soar meio... esquisito.

Sério?

— Roland? Você lembra que eu mencionei seus problemas com dinheiro? E andava achando que ele deveria ir para a reabilitação?

Certo...

— Ele quer saber se poderia pedir seus conselhos a respeito disso?

Mas por quê...?

— Ele gostou de você. — Mannix emendou. — Ele gostou *muito* de você, de verdade. Ficou deslumbrado com a sua atitude. Garantiu que vai confiar em qualquer coisa que você tenha a dizer.

Eu estava extremamente perplexa com aquela minha nova encarnação como "A mulher sábia e paralisada de Ferrytown". O que será que acontece com pessoas portadoras de necessidades especiais, às quais geralmente atribuímos características nobres? É assim com os cegos... Todo mundo acha que pessoas cegas são muito boas. Mas elas nem sempre são. Os cegos são como o resto de nós. Houve uma vez que eu tentei ajudar um cego em meio à multidão da Grafton Street e ele me bateu com a bengala — o golpe fez até um estalo na minha canela, foi muito doloroso. Ele fingiu que foi um acidente, mas não foi.

Além disso, era impossível para mim ser neutra sobre questões de dívidas. Só de pensar em alguém devendo dezenas de milhares de euros eu já me enchia de terror, mesmo que a pessoa não fosse eu.

Zoe uma vez me disse que o único jeito de ela ser realmente feliz seria se descobrisse que todas as pessoas do mundo tinham se casado ou estavam em um relacionamento feliz. Eu, por outro lado, sentia que um peso enorme iria se erguer de meus ombros se todas as dívidas do mundo fossem canceladas. Tinha um medo terrível de dever dinheiro e projetava isso para toda a humanidade.

— Mas eu não sei absolutamente nada sobre Roland — disse eu, com piscadas.

— Sabe sim! Ele disse que vocês se deram muito bem.

Na verdade, eu tive que concordar com isso.

— Deixe-o ao menos conversar com você — pediu Mannix. — Sei que isso é inapropriado. Nem um pouco profissional, na verdade. Mas...

Ele não precisava dizer mais nada — ele sabia disso, eu também sabia perfeitamente: deitada ali naquela cama de hospital, eu estava entediada além do que era humanamente possível, e ficaria muito grata por qualquer migalha de drama.

— Tudo bem... — resolvi, piscando as letras. — Ele pode vir.

— Hoje à tarde?

— OK.

* * *

Mais tarde naquele dia, Mannix levou Roland até a minha cabeceira. Mannix ficou circulando em segundo plano enquanto o irmão parecia envergonhado e ansioso.

— Stella, você é a bondade em pessoa por me ofertar seu tempo e sua sabedoria.

... Ahn, longe disso...

Ele se sentou e pegou o caderno e a caneta.

— Minha história em poucas palavras, Stella: eu devo dinheiro, mas em vez de pagar a quem eu devo, geralmente eu... Ahn... Arrumo mais dinheiro emprestado e embarco em frenesis consumistas do tipo comprar quatro jaquetas Alexander McQueen de uma vez só. E em seguida, eu começo a me odiar. E, é claro, fico devendo ainda mais dinheiro.

Jesus Cristo. Minha frequência cardíaca disparou só de ouvir isso.

— Quero parar, mas não consigo... Mannix quer que eu vá para uma clínica de reabilitação para me curar. O que você acha que eu devo fazer?

O QUE *VOCÊ* ACHA?

— Eu acho que deveria ir. Mas estou com medo.

É NORMAL TER MEDO DE CLÍNICAS DE REABILITAÇÃO.

Ele considerou isso.

— Você tem medo? De estar num hospital, dessa maneira?

TENHO.

— Tudo bem — Ele pensou por alguns instantes. — Se você consegue viver desse jeito dia após dia, eu, com certeza, poderei ficar seis semanas numa clínica de reabilitação, certo?

ISSO PODERÁ AJUDÁ-LO.

— Poderá? — Aquilo parecia ser uma ideia nova para ele.

PODE NÃO SER UM CASTIGO.

— Ceeerto... — Uma nuvem pareceu se erguer de cima dele. — Eu estava, tipo assim, achando que eles iriam me surrar com uma vara enquanto liam minhas faturas do cartão de crédito por um sistema de alto-falantes. Você sabe: "Oitenta euros por uma gravata Paul Smith"... Golpe de vara! "Novecentos euros por uma pasta de couro Loewe"... Golpe de vara! "Dois mil euros por uma bicicleta chique" (que eu nunca usei)... Golpe de vara!

Eu estava começando a me sentir mal. Será que ele realmente gastava tanto dinheiro com todas aquelas coisas?

VOCÊ NÃO VAI SER PUNIDO COM GOLPES DE VARA, expliquei. Disso eu estava quase certa. Quase.

— É claro que não. Onde é que eu estava com a cabeça? Sabe de uma coisa? Você é uma pessoa profundamente inspiradora. Tem tanta coragem!

...Mas eu não tinha feito nada.

— Você é uma mulher fantástica. Obrigado.

Na manhã seguinte, quando Mannix chegou, ele me cumprimentou com a seguinte frase:

— Adivinhe o que aconteceu? Roland foi para a clínica de reabilitação.

... *Puxa, que ótimo!*

— Obrigado.

Não havia nenhuma razão para ele me agradecer: Roland simplesmente tinha se convencido. Sua cabeça já estava feita; ele só não estava totalmente pronto para reconhecer isso.

— Minhas irmãs estão furiosas comigo — disse Mannix. — Meus pais também. Sou a pessoa mais odiada na minha família. — Exibiu um sorriso torto. — Mas... Puxa, até que é bom ser o melhor em alguma coisa...

12:44

Saio com o coração pesado da consulta com o dr. Quinn e vou para a rua. A banca de jornais está lotada de chocolates que acenam para mim, e preciso reunir cada grama de meu autocontrole para me impedir de entrar e comprar cinco barras de Twirl.

Decido fazer mais uma tentativa para trazer Ryan à realidade. Ele atende o celular dizendo:

— Eu não vou voltar atrás.

— Onde você está? — pergunto.

— No escritório.

Isso é uma raridade. Ele está sempre fora em reuniões, ou visitando obras e gritando com bombeiros hidráulicos incompetentes.

A distância vejo um ônibus cintilante vindo em minha direção.

— Não saia daí — aviso. — Estou a caminho.

Pego o 46A — tenho o dinheiro certinho na bolsa para pagar a passagem, e encaro isso como um bom presságio — e também me preparo para uma viagem longa, como de costume, pois essa sempre foi a minha experiência com o 46A no passado. Só que algo estranho acontece — talvez tenhamos passado por um buraco no tempo e espaço —, em trinta e nove minutos eu estou no centro da cidade, na porta da empresa Projetos para Banheiros Ryan Sweeney.

A sede da empresa fica no primeiro andar de uma casa georgiana em South William Street, e quando eu entro vejo cinco funcionários trabalhando com grande concentração diante de monitores, seus rostos iluminados pela luz das telas. No centro da sala, Ryan está sentado em uma cadeira giratória, balançando da esquerda para a direita e da direita para a esquerda, sorrindo para o espaço vazio de um jeito tão frívolo que eu fico realmente alarmada. Distribuo "olás" e acenos de cabeça para os diligentes funcionários e pego um caminho em meio a pilhas de amostras de azulejos para amostra e catálogos.

Ryan já me viu.

— Oi, Stella! — Sorri como se estivesse doidão e continua girando com a cadeira.

— Pare com isso! — peço, e felizmente ele me atende.

Aponto para os computadores, as pranchetas de projetos arquitetônicos e os equipamentos tecnológicos à volta de Ryan e pergunto:

— E então...? Onde é que tudo isto se encaixa nessa... *coisa*, nesse... lance de carma? — *Não chame isso de Projeto Carma*, imploro a mim mesma. *Não torne isso legítimo dando-lhe um nome.*

— Estou me livrando dos negócios.

Agora eu estou realmente chocada. Chocada e com medo.

— Mas... Mas isto é o seu ganha-pão e.. — gaguejo... — E seus filhos? Ryan, você tem responsabilidades

— Meus filhos já são adultos..

— Jeffrey não é.

— É, sim. Não é culpa minha se ele não age de acordo com a idade. Minha filha vai se casar. Eu os criei muito bem, paguei uma boa educação para eles, ofereci aos dois tudo que precisavam e tudo que queriam. Ainda estou à disposição sempre que eles precisam e tenho dinheiro separado para o último ano da escola de Jeffrey. Portanto, em termos financeiros, o meu trabalho está encerrado.

— Bem, e quanto à sua equipe? Eles vão perder o emprego que têm!

— Nada disso. Estou passando adiante uma empresa ativa e operante. Clarissa será a nova dona.

Giro minha cabeça rapidamente e olho com firmeza para Clarissa. Ela já é a segunda em comando na empresa há muito tempo, mas nunca nos demos muito bem. Ela não é o que se pode chamar de "pessoa amigável". É alta, magra, sempre usa calças pretas justas, botas de operário, agasalhos com aparência de muito gastos e joias chamativas de prata — a maior parte delas nas sobrancelhas, como piercings. Para piorar, faz um estilo estranho, usa mangas compridas demais no estilo "menininha perdida no mundo", o que me faz ter vontades estranhas de esbofetear a cara dela.

Ela faz contato visual comigo, me fita longamente e exibe um pequeno e enigmático — triunfante, talvez? — sorriso. A raiva e a vontade de bater nela aumentam e sou a primeira a desviar o olhar. Sempre sou. Eu sou uma fraca. Viro as costas para ela e enfrento Ryan.

— Podemos conversar em particular?

Fomos para o corredor.

— Ryan, é óbvio que você está tendo uma crise da meia-idade — afirmo, com um jeito suave. — E realmente vai se arrepender. Por que você não pode simplesmente treinar para o triatlo, como qualquer outro homem de sua idade? Podemos ajudá-lo. Jeffrey poderia nadar com você.

— Jeffrey me odeia.

— É verdade — concordo. — Odeia mesmo. Mas ele me odeia também, você não deve levar isso para o lado pessoal. Vamos combinar assim: se ele fizer a natação, eu corro com você. — Com minha atual crise da barriga, serei obrigada a fazer algum tipo de exercício, e um compromisso com Ryan seria uma coisa boa.

— Depois, vamos encontrar alguém que o acompanhe no ciclismo. Talvez Enda.

— Não vou pedalar com Enda Mulreid — avisa Ryan, com ar de rebeldia. — Ele tem coxas de policial. Resistentes.

— Outra pessoa, então, não precisa ser Enda.

Mas Ryan está muito voltado para o seu projeto, longe demais para ser alcançado.

— Stella — ele coloca as mãos nos meus ombros e me olha com entusiasmo —, estou fazendo algo importante aqui. Isto é Arte Espiritual. Vou provar que o carma existe.

Por um momento eu sou arrastada pela empolgação de Ryan. Talvez ele esteja fazendo uma coisa boa. Talvez tudo acabe bem. Mas.

— E se der tudo errado, Ryan? O que vai ser?

Ele ri de um jeito suave.

— Você nunca vai deixar de ser aquela garota da classe trabalhadora que fica aterrorizada com a ideia da pobreza, não é?

Eu balbucio, muito depressa:

— Sou uma pessoa prática. Alguém tem de ser! Você iria ver o dr. Quinn comigo? Só para verificar que você não está... você sabe... com algum problema. Na cabeça, por exemplo.

— Não estou.

Com ar de derrota, olho para ele. Não sei o que fazer. Devo voltar para o escritório e tentar argumentar com Clarissa? Mas eu conheço o seu jogo; ela vai me lançar um sorriso misterioso e dizer, com seu jeito preciso e irritante, que Ryan pode fazer tudo o que quiser. E mesmo que ela resolva não assumir o negócio, Ryan vai simplesmente oferecê-lo para outra pessoa. Em algum momento, alguém vai aceitar o presente e se recusar a devolvê-lo.

É com Ryan que eu preciso continuar trabalhando agora.

— Preciso ir — diz ele. — Quero voltar à sala para ficar girando na minha cadeira.

— Mesmo?

— É uma sensação... Boa. Eu me sinto tonto e livre.

"Tonto e livre"?

De repente ele muda o assunto, do jeito que as pessoas malucas costumam fazer.

— Sabe de uma coisa, Stella? — Olha nos meus olhos. — Você está *muito* bem. Há algo de novo em você.

— Medo extremo?

— Não, não, não. Isso você sempre teve. É algo assim como... — Ele me olha da cabeça aos pés e, por fim, aponta para as minhas pernas. — É essa calça!

Quase timidamente, informo:

— São calças chino. *Femininas.*

— São fantásticas!

Mesmo sabendo que ele não está com a cabeça no lugar, seu elogio me aquece o coração.

"Algumas pessoas conseguem mexer suas orelhas
— esse é seu truque de festas.
Não se sinta mal se você não consegue fazer isso.
Basta encontrar outro truque de festas para você".

Trecho de *Uma piscada de cada vez*

"O ânus dele encarava fixamente, como um olho sem piscar...", leu papai.

Argh, que nojo! Aquele livro que Georgie Taylor mandara era um pouco picante. Era sobre uma mulher entediada, casada com um respeitável diretor de empresa, mas que levava uma vida secreta como prostituta.

"Ela colocou as mãos em torno de seus testículos e..."

— Ah, já chega, não vou ler um troço desses! — Papai fechou o livro com um estalo seco. — Não ligo para os prêmios aos quais está concorrendo. E não estou dizendo que não é literatura. Alguns dos melhores livros do mundo estão cheios de mulheres promíscuas. Só que você é minha filha e isso não está certo. O que mais temos aí?

Ele consultou a pequena pilha de livros que Georgie Taylor tinha enviado.

— *Jane Eyre*? — Ele parecia chocado. — Mas isso é só para meninas que estão na escola. Um caminho sem volta. E o que vem depois? *O Diário de Bridget Jones? Dick e Jane vão à praia?*

Minha nossa! Sem nunca tê-la conhecido, meu pai tinha desenvolvido uma quedinha por Georgie Taylor. Um dia ele chegou a trazer um ramo de flores e pediu a Mannix Taylor que entregasse para ela. Agora parecia que sua fé em seu gosto literário impecável tinha sido abalada.

— O que mais temos nessa pilha? — Papai pegou outro livro. — *Rebecca*? Portanto, temos aqui *Jane Eyre*, um livro sobre uma louca primeira esposa no sótão. E temos *Rebecca*, sobre uma segunda esposa sendo assombrada pela memória da primeira. — Ele olhou fixamente para mim e quis saber. — O que significa isso?

Eu não sabia e era difícil lhe dedicar toda a minha atenção porque eu estava ruminando na cabeça um pequeno e emocionante segredo: estavam completando seis semanas desde o dia em que Mannix Taylor tinha me dito que o movimento iria começar a retornar aos meus músculos. Eu tinha feito uma contagem regressiva, cronometrando o tempo a cada vinte e quatro horas, à medida que elas passavam. Finalmente o dia zero tinha chegado.

Eu me perguntava qual parte do meu corpo seria a primeira a acordar. Poderiam ser minhas mãos, poderiam ser os músculos do meu pescoço, poderia ser — o melhor de tudo — minhas cordas vocais. Era difícil saber onde a vida poderia florescer, porque eu continuava ali, imóvel como um saco de areia, mas algo definitivamente iria acontecer naquele dia. Porque Mannix tinha me garantido isso.

Se bem que ele não parecia se lembrar de ter dito tal coisa; certamente não fizera menção alguma a esse fato na visita de rotina daquela manhã. Bem, ele tinha muita coisa na cabeça...

— Escute, querida, vou pegar a estrada. — Papai se levantou para sair. — Não posso ler nenhum desses livros para você, eles são apenas *chick-lit* gótico. — Balançou a cabeça com pesar. — Vou pegar algo decente com Joan. Talvez seja a hora de ler Norman Mailer novamente.

Fiquei aliviada ao vê-lo ir embora. Queria me concentrar no meu corpo, focar minha atenção como um raio laser, começando a movê-lo de forma sistemática, de músculo a músculo, preparada para reagir prontamente a qualquer agitação.

Narinas, língua, lábios, pescoço, peito, braços, dedos... A partir da outra extremidade — dedos dos pés, pés, tornozelos, joelhos, panturrilhas... sobrancelhas, orelhas... Não, isso era idiotice. Mesmo quando eu tinha saúde perfeita, nunca tinha conseguido movimentar as orelhas. Algumas pessoas conseguiam fazer isso, era seu truque de festas, mas eu não. Testa, maxilares, pescoço, ombros, cotovelos... Nada ainda.

Meu plano era ter algum movimento para exibir a Ryan quando ele viesse me visitar naquela noite. Ele precisava de uma injeção de esperança.

Mas o dia passou e nada tinha acontecido até o momento em que ele chegou, parecendo um pouco sujo e largado.

— E então?

Com ar cansado, ele se deixou afundar na cadeira e, ainda mais cansado, pegou a caneta e o caderno em cima do esterilizador.

Eu estava prestes a dizer a ele para cortar o cabelo, mas, repentinamente, desisti de fazer isso.

TUDO BEM, eu pisquei.

— Sorte a sua — disse ele. — Eu não me importaria de passar alguns dias na cama.

Horrorizada, tentei piscar palavras de compaixão para ele, mas não conseguimos um bom ritmo na recepção das letras.

— Pare — disse ele, depois que erramos a quarta letra em seguida. — Estou muito cansado para isso.

Ok. Tudo bem. Lancei pensamentos reconfortantes para ele através dos olhos. *Vamos apenas ficar aqui, juntinhos.*

— É um pouco inútil ficar aqui, já que não temos nada para conversar. — Ele se levantou. Só estava ali há cinco minutos.

Fique.

— Alguém virá aqui amanhã para ver você. Não me lembro de quem exatamente. Alguém.

Podia ser. Os visitantes não chegavam mais em bando. Vinham um por um, e às vezes não aparecia ninguém. Era início de dezembro, e os preparativos para o Natal estavam em pleno andamento. As vidas das crianças pareciam ainda mais movimentadas que o habitual, Ryan estava trabalhando como um louco para concluir um projeto antes do fim do ano, Karen trabalhava num ritmo frenético no salão e minha mãe fazia turnos extras no asilo para idosos.

Eu estava sendo deixada para trás, no vácuo de todos esses acontecimentos. A proximidade extrema que Ryan e eu tínhamos compartilhado nos primeiros dias de minha doença estava se corroendo lentamente, por conta da rotina trituante de sua vida. Eu realmente queria começar a melhorar logo.

— De qualquer forma, o seu amigo Mannix Taylor virá visitá-la.

Ryan estava sendo sarcástico? Não creio; estava simplesmente reconhecendo um fato — Mannix Taylor *iria* me visitar. Era meu neurologista e aparecia para me ver todos os dias úteis. Para isso ele era pago.

— Até logo. Vejo você em breve.

Ryan saiu e eu me senti deprimida — A boa e simples depressão à moda antiga. Nada a ver com estar paralisada. Nada a ver com o medo de ir para o inferno. Apenas deprimida.

Ryan não era capaz de enfrentar aquilo, e eu não o culpava. Tudo estaria bem no final, disse a mim mesma. Mas era difícil ir em frente enquanto isso tudo acontecia.

Pela primeira vez o dia parecia ter se arrastado ainda mais devagar, e logo depois a noite caiu. O dia fora longo e nenhum dos meus músculos tinha sequer estremecido.

Tentei ser razoável: não era justo ter aceitado as palavras de Mannix Taylor de forma tão literal. O que ele me deu tinha sido uma escala de tempo aproximada. Mesmo assim, pouco antes de adormecer, eu me senti inquieta e triste.

Em algum momento eu fui acordada pelas enfermeiras me virando. Enfrentei o jeito costumeiro delas remexendo nos meus tubos e nos sensores. Pouco antes de ser colocada sob meu lado direito, olhando para a parede, olhei de relance para o relógio; faltavam sete minutos para a meia-noite.

As enfermeiras saíram com seus sapatos de sola de borracha guinchando pelo chão e eu me acomodei no silêncio de sempre. O sono começou a chegar de novo; no instante exato em que eu tropecei na escuridão, meu joelho esquerdo se contraiu.

Na manhã seguinte, Mannix Taylor chegou quase uma hora mais cedo do que o normal. Percebi que tinha estado completamente errada, achando que ele tinha se esquecido da promessa das seis semanas. Esperança e ânsia estavam estampadas por todo o seu rosto. Ele nem fingia assumir o seu verniz de profissional impassível.

Olhei para ele e, com os olhos, orgulhosamente transmiti a palavra "sim".

Ele quase pulou em cima da cama.

— Onde?

— JOE...

— Qual? Ele arrancou meu cobertor com força.

— ESQ...

— Faça de novo para mim.

Ele colocou a mão no meu joelho esquerdo e concentrei cada grama de vontade que eu tinha para fazer com que o músculo se contraísse. Nada aconteceu. Mas eu *tinha sentido* na noite passada. Eu poderia jurar que tinha sentido.

... Ou será que não? Talvez, por querer tanto aquilo, eu tinha me enganado e me levado a acreditar nisso.

Olhei para ele com ar de quem pede desculpas.

Sinto muito.

De repente, debaixo da mão dele, meu joelho se repuxou.

Em um movimento fluido, ele rolou para fora da cama e ficou de pé.

— Não pode ser!

Por dentro eu gritava de alegria.

— Faça isso de novo! — ordenou ele. — Se você repetir o movimento eu vou acreditar que é real.

Voltou para perto da cama, colocou a mão no meu joelho e cautelosamente observamos um ao outro, nos perguntando se algo iria acontecer. Ele prendia a respiração, mas minha perna continuou imóvel como uma tábua.

— Vá em frente! — pediu ele, com impaciência.

Estou tentando.

— Vá em frente!

Estou tentando, cacete!

— Ok. — Ele suspirou. — Vamos deixar isso quieto por hoje...

Sob sua mão o meu joelho se contraiu.

— Rá! — Ele deu uma gargalhada. — Mexa o joelho um pouco mais. Por favor, tente!

Mais uma vez o músculo do meu joelho vibrou. Foi uma sensação muito esquisita, um pouco parecida com quando Ryan costumava colocar a mão na minha barriga quando eu estava grávida de Betsy e Jeffrey.

— *Agora* eu acredito em você — sentenciou Mannix. — É real! Está acontecendo! Você está ficando melhor.

— Você me disse que eu iria ficar.

— Mas eu não imaginava. Não tão depressa. Se bem que... — seu tom era uma mistura de admiração e irritação — ... se tratando de você, eu deveria ter acreditado.

15:17

Em casa, Jeffrey está na mesa da cozinha e curvado sobre seu celular.

— O vídeo do meu pai teve noventa mil visitas. A coisa está acelerando. E... ele é um dos *trending topics* do Twitter.

Eu me sinto empalidecer. Não o Twitter, o meu amado Twitter. Eu *nunca* alcancei a lista dos assuntos mais comentados no Twitter. Sinto raiva, medo, e.. sim... *ciúmes*.

— Não se preocupe — avisa Jeffrey. — Ele está apenas na blogosfera.

Eu concordo, hesitante. Não existe nada de "apenas" em se tratando do Twitter. Pelo menos, não na minha forma de ver as coisas.

— Apenas na blogosfera — Jeffrey repete, baixinho. — Não é o mundo real Isso nunca vai passar para o mundo real.

Nesse exato momento o meu celular toca. Número desconhecido. E mesmo assim eu atendo. Será que fiquei maluca?

— Stella Sweeney? — pergunta uma voz de mulher.

— Quem é?

— Meu nome é Kirsty Gaw. Trabalho para o *Southside Zinger*.

O *Southside Zinger* é apenas um jornal gratuito do nosso bairro que uma vez exibiu a seguinte manchete na primeira página: "Menino do bairro quebra placa". *Provinciano* é a maneira mais gentil de descrever esse tabloide.

— Estou ligando para perguntar sobre o seu marido, Ryan Sweeney. — Meu coração despenca. Alguém do *Zinger* deve ter feito a conexão entre Ryan e eu.

— *Ex*-marido — afirmo ansiosa, mas com muita firmeza. — Ele é meu *ex*-marido.

— Então você é Stella? — Ela parece amigável.

Meu treinamento de mídia entra em ação.

— Não, não, eu não sou essa pessoa. Número errado. Obrigada. Muito obrigada. Até logo. — Encerro a ligação da forma mais educada possível.

A coisa mais terrível em ser uma pessoa mais ou menos famosa, reflito, ao mesmo tempo em que grito com as mãos tapando a boca, é que você tem de se mostrar como uma pessoa simpática o tempo todo. As coisas já estão difíceis o suficiente sem que as pessoas fiquem dizendo por aí, pelas suas costas: Aquela Stella Sweeney parece muito gentil, mas, na verdade, ela não passa de uma vaca arrogante!

— Que foi? — pergunta Jeffrey.

Olho para ele com olhos distantes.

— Era do *Southside Zinger*. Porra! Que merda!

— Por favor, não fale palavrões, mamãe. De qualquer jeito, é apenas o *Southside Zinger*, o jornal que publica manchetes do tipo "Senhora do bairro perde um dos cílios postiços".

Olho para ele com admiração. *Quase admiração*, é claro. Até que isso foi muito engraçado, em se tratando de Jeffrey.

Meu celular toca novamente. Kirsty Gaw deve estar ligando novamente. Mas não é ela. Esse é outro periódico, um jornal *de verdade*: o *Herald*. O nome pisca na tela. Seguro o aparelho e o mostro para Jeffrey.

— Elas sabem! — sussurro. — As pessoas reais já sabem

— Merda — reage ele.

— Agora foi você! — Apesar de tudo, estou contente por me sentir com a moral elevada dessa vez. — Você é quem está falando palavrões

— Não foram "palavrões". Só um. Foi *só um* palavrão.

— Tanto faz.

— Tanto faz — imita ele. — Ouça a si mesma.

O celular toca mais uma vez — é do *Mail*. Depois é o telefone fixo que começa a tocar. Do *Independent*. Em seguida, os dois telefones começam a tocar ao mesmo tempo. Quase como nos velhos tempos. Vozes estão deixando mensagens, e assim que uma ligação se encerra o aparelho começa a tocar de novo. Desligo o celular e tiro a tomada do telefone da parede.

— E se eles aparecerem aqui em casa? — pergunta Jeffrey.

— Isso não vai acontecer.

Mas pode ser que aconteça. Aconteceu, dois anos antes...

Eu me inclino contra a pia e permito que o presente se dissolva em ondas tortas, enquanto eu desapareço por um caminho de memórias...

... e me transporto para um dia aparentemente comum no fim de agosto. Tinha terminado de trabalhar e dei uma passadinha em casa para pegar as crianças; estávamos indo para Dundrum, a fim de comprar o material para o novo ano escolar deles, que iria começar na semana seguinte.

— Vamos lá — Eu estava na porta da frente, balançando as chaves. — Vamos logo!

— Você já viu isso? — perguntou Betsy, com cautela.

Era a revista *People*. Eu lia dezenas de revistas, porque tínhamos todas elas no salão de beleza, mas não comprávamos as edições norte-americanas porque não conhecíamos as pessoas que apareciam nas capas — fracassos e desgraças de celebridades só eram *realmente* interessantes quando você sabia *quem era* a celebridade.

— Já vi o quê?

Betsy me mostrou a revista aberta; havia uma foto de Annabeth Browning. Eu não tinha muito interesse na política americana, mas sabia quem ela era:

a mulher do vice-presidente dos Estados Unidos, que tinha provocado uma grande agitação alguns meses antes, quando fora presa por "dirigir de forma errática" e descobriram, mais tarde, que estava completamente chapada, com medicamentos de venda controlada. Os guardas que a prenderam não tinham reconhecido quem ela era e a imprensa soube de tudo antes de a Casa Branca ter tempo de abafar o caso.

Uma verdadeira tempestade tinha se seguido na mídia. Naturalmente, Annabeth teve de pedir desculpas publicamente e se internar imediatamente numa clínica de reabilitação. Todos esperavam que ela completasse seus vinte e oito dias para, em seguida, retomar seus deveres públicos, mais animada do que nunca, tudo isso acompanhado por sessões de fotos protocolares com o marido e os dois filhos, além de uma entrevista com Barbara Walters, na qual ela descrevia a prisão como "a melhor coisa que já me aconteceu".

Só que em vez de retornar à vida pública, ela foi morar em um convento local. Seus índices de aprovação, que vinham crescendo de forma constante, caíram drasticamente. Aquilo estava fora do roteiro. Ela já tinha conseguido seus vinte e oito dias de fama, o que mais poderia querer?

A imagem na minha frente era uma foto meio desfocada de Annabeth sentada em um jardim — eu estava especulando se aquilo não seria o jardim do tal convento, porque o cenário parecia o de um convento. Ela estava sentada num banco, lendo um livro. A manchete berrava, em letras garrafais: O QUE ANNABETH ESTÁ LENDO? Analisei a foto — Annabeth estava deixando o seu cabelo louro natural crescer, e aquilo lhe caía bem.

— Ela está me parecendo ótima — disse eu. — Ela estava muito extravagante antes. Esse tom natural fica bem melhor nela.

— Esqueça o cabelo! — Betsy parecia agitada. — Olhe aqui! — Ela bateu na ampliação circular de um detalhe da foto, a mão de Annabeth. — É o seu livro.

Olhei e tornei a olhar, olhei tanto que os meus olhos quase ficaram vesgos, mas Betsy estava certa: aquele era o meu livro.

— Como ela conseguiu esse exemplar? — De repente, eu senti um extremo desconforto. Meu pequeno livro era uma coisa pessoal, publicada em particular. E Annabeth Browning não era exatamente uma figura popular. Uma mulher impopular lendo publicamente o que eu tinha escrito? Aquilo não poderia terminar bem para mim.

Meu cérebro começou a trabalhar até depois do expediente, tentando conectar alguns pontos. Havia só cinquenta exemplares do meu livro em todo o mundo; ele nunca tinha sido colocado à venda para o grande público; as únicas pessoas que tinham um exemplar dele eram meus amigos e minha família. Tentei analisar a questão a partir da outra ponta. Annabeth estava em um convento. Freiras viviam em conventos. Eu *conhecia* alguma freira? Quem poderia ter tido acesso ao meu livro?

— O que está acontecendo? — Jeffrey tinha aparecido no corredor.

— Olhe para isto. — Empurrei a página da revista para ele. — Conhecemos alguma freira?

— Não é o seu tio Peter que tem uma irmã que é freira...? Ei, veja aqui, é o seu livro!

— Eu sei. Mas como foi que Annabeth Browning teve acesso a ele?

— Sei lá! Ligue para o seu tio Peter.

— Ok. — Fechei a porta da frente. Ainda era um pouco cedo para ir a Dundrum e eu peguei o telefone. — Tio Peter? Olá, sim, tudo bem, tudo ótimo, é que... Você se lembra daquele livro que eu escrevi com pequenas reflexões sobre o meu tempo no hospital, com frases do tipo "Quando é que um bocejo não é um bocejo?"

— "Quando é um milagre." — Peter terminou a frase por mim. — Sim, eu... Sei, sim. — Era minha imaginação ou ele estava parecendo evasivo?

— Você ainda tem o livro? — perguntei. — Isto é, existe alguma chance de que sua irmã, aquela que é freira... Seu nome é irmã Michael, não é? Será que ela poderia estar com ele?

Houve uma pausa longa, muito longa;

— Sinto muito, Stella — sussurrou Peter.

— Sente pelo quê?

— Nós tínhamos guardado o seu livro num cantinho encantador na estante, mas ela sempre teve dedos leves.

— Quem? A irmã Michael? Mas ela é uma freira!

— Quantas freiras normais você conhece?

Lembrei-me das que tinham sido minhas professoras na escola. A maioria delas era psicopata.

— Ela simplesmente não consegue resistir a coisas bonitas — explicou Peter, num tom arrasado. — Ela se impõe verdadeiros infernos depois, atos de penitência de todos os tipos, mas parece que não consegue parar.

— Peter, você seria capaz de descobrir se ela realmente levou o livro?

Peter expirou com força.

— Posso perguntar. Mas ela mente muito. Especialmente quando fez alguma coisa errada.

— Entendo. Ok. Escute... A que ordem ela pertence?

— Por quê? Você não vai telefonar para ela, vai?

— Preciso confirmar uma coisa. Meu livro acaba de aparecer nos Estados Unidos. Em um convento. Da ordem das... — leio por alto o artigo na revista — .. das Filhas da Castidade.

— Sim, essa é realmente a ordem religiosa à qual ela pertence — confirmou Peter.

— Mas como foi que meu livro foi parar nos Estados Unidos? A irmã Michael esteve lá?

— Não. Mas...

— Mas o quê?

— Em maio ela recebeu uma visita de alguém vindo de um dos conventos norte-americanos. Uma freira mais jovem. Irmã Gudrun. Elas foram apanhadas furtando produtos na Boots. Tinham vinte e um potes de *blush* Bourjois escondidos com elas. Vinte e um! Era quase como se quisessem ser pegas! Eu tive de ir até lá e resgatá-las. O único motivo de a loja não ter prestado queixa foi pela irmã Gudrun ser cidadã norte-americana; e a irmã Michael chorou desesperadamente e prometeu que nunca mais faria aquilo. Acho que os guardas da loja ficaram achando que Gudrun tinha levado Michael para o mau caminho, mas eu diria que uma é tão ruim quanto a outra.

— E você acha que a irmã Gudrun pode ter levado meu livro para os Estados Unidos?

— Depois do que aconteceu, eu diria que tudo é possível.

— Você consegue se lembrar em que retiro, convento, sei lá qual é a palavra, a irmã Gudrun vive?

— Claro que me lembro! Tive de preencher mil formulários com o endereço dela. A irmã Gudrun é de um convento que fica na cidade de Washington.

— Obrigada. Ahn... Desculpe, Peter.

Nossa, que vida ele levava, com a glamourosa tia Jeanette de um lado e do outro uma irmã freira cleptomaníaca.

Eu me senti vulnerável e com medo. As palavras que eu tinha escrito em particular agora estavam lá fora, largadas no mundo. As pessoas iriam me julgar. Eu seria culpada por Annabeth Browning ter perdido a alegria e não aparecer mais no programa da Barbara Walters.

Só então o telefone tocou. Jeffrey, Betsy e eu olhamos para ele, e depois uns para os outros. Tivemos uma leve percepção de que aquela ligação estava prestes a mudar nossas vidas.

Eu atendi.

— Stella Sweeney?

Minta, minta, disse para mim mesma. Mas eu gaguejei:

— É, é... É ela quem está falando.

— A Stella Sweeney que escreveu *Uma piscada de cada vez*?

— Sim, mas...

— Espere um pouco, Phyllis Teerlinck quer falar com você.

Após um clique, uma nova voz surgiu.

— Aqui é Phyllis Teerlinck, agente literária. Estou me oferecendo para representá-la.

Um milhão de pensamentos circularam em alta velocidade pela minha cabeça. Acabei escolhendo um deles e perguntei:

— Por quê? Você nem sequer viu o livro!

— Eu visitei Annabeth. Ela me emprestou por vinte e quatro horas. Escute, você está tendo oportunidade. Neste momento você pode ser a mulher mais influente do mundo, mas daqui a seis dias uma nova revista *People* vai estar nas bancas. Essa é a sua janela, mas ela vai se fechar em breve. Ligo de volta daqui a uma hora. Pode me procurar no Google. Sou uma pessoa de verdade.

Desliguei o telefone. Na mesma hora ele tocou de novo. Acionei a secretária eletrônica. Imediatamente ele tocou de novo. E de novo. E mais uma vez...

"Se é feito com amor,
o imperfeito torna-se perfeito."

Trecho de *Uma piscada de cada vez*

— Vocês precisam ir embora agora — avisou a enfermeira Salome para mamãe e papai. Ela estava com meu saco de comida na mão, pronta para conectá-lo à porta aberta no meu estômago.

— Existe alguma chance de ter uma coxa de peru aí dentro? — perguntou papai, apontando com a cabeça para o saco. — Não é Natal se não houver um pouco de peru.

Salome o ignorou. Havia apenas duas enfermeiras de plantão na UTI no dia de Natal, e ela claramente não estava feliz por ser uma delas.

— Por aqui, mal dá para perceber que é Natal. — Papai lançou um olhar carregado de culpa para a enfermeira Salome. — Nenhuma árvore, nada de decorações, nem mesmo... — disse ele, com certa indignação — ... um pouquinho daqueles festões natalinos.

Cerca de uma semana antes, Betsy tinha trazido alguns festões cintilantes e os instalara em torno das barras da minha cama, mas isso provocara uma imensa comoção.

"Isso é uma UTI! As pessoas estão gravemente doentes. Esses enfeites podem estar infestados de bactérias!"

— Vamos embora, então — determinou mamãe. — Feliz Natal, Stella.

Mamãe estava em prantos. Chorava o tempo todo a cada visita. Eu me sentia tão culpada que às vezes desejava que ela não aparecesse. Então, me sentia ainda mais culpada.

— Aproveite o seu jantar de Natal, querida — Papai lançou outro olhar sombrio para Salome.

Cerca de uma hora mais tarde, Ryan chegou com Betsy e Jeffrey.

— Feliz Natal, mamãe, Feliz Natal — gritou Betsy. Usava um par de chifres de rena na cabeça. — Obrigada pelo vale-presente.

Lamento, querida, sei que é...

— ... Um pouco impessoal, não é? — disse ela. — Mas nós vamos às compras juntas quando você estiver melhor. Nesse dia as coisas serão totalmente pessoais.

— Só que o Natal vai ter passado há muito tempo — lembrou Jeffrey.

— Pare com isso! — Betsy começou a chorar. Para mim, ela explicou: — Ele está simplesmente revoltado porque Papai Noel lhe trouxe a atualização errada.

Antes que eu pudesse evitar, fitei Ryan com um jeito de culpa nos olhos.

— Vamos resolver isso amanhã — garantiu ele, com firmeza.

— Você acha que é assim tão simples? — perguntou Jeffrey, com igual firmeza.

Esse foi um Natal horrível, totalmente diferente de qualquer outro. Nos anos anteriores eu sempre tinha ficado um pouco louca — comprando uma árvore de verdade, cobrindo a casa com luzes, preparando as decorações à mão, gastando uma fortuna em presentes e embrulhando tudo com muita dedicação. Apesar de Betsy e Jeffrey já não acreditarem em Papai Noel há muito tempo, eu ainda colocava meias vermelhas nos pés das camas deles e as enchia de bugigangas e chocolates.

Para mim, o Natal era todo planejado e executado em função das crianças, e era muito importante transformá-lo num momento mágico. Não ser capaz de preparar coisa alguma naquele ano fez com que eu me sentisse terrivelmente triste. Até então, aquela tinha sido a coisa mais difícil em minha doença.

Fiz questão de me certificar de que Ryan tinha feito o básico — ele montou uma árvore de Natal, tinha comprado o vale-presente para Betsy e o celular novo de Jeffrey. Mas eu não me atrevera a lhe pedir mais nada. Ele já sofria demasiada pressão por causa de todo o resto.

Tentei conseguir que mamãe pendurasse as meias vermelhas para as crianças, mas piscar só funcionava com pedidos simples; mesmo assim eu tinha de raciocinar com antecedência e exatidão o que planejava dizer, para usar o menor número possível de letras. Se as coisas se perdessem no meio de uma palavra, era difícil encontrar o caminho de volta para a ideia correta. Aquilo era cansativo e a única pessoa que era boa nisso era Mannix Taylor.

— Abra o presente que eu trouxe para você — disse Betsy. — Abra o meu presente! — Ela colocou um pacote pequeno e aparentemente pesado sobre a minha barriga. — Sei perfeitamente que você não pode fazer isso, mas estou agindo de forma "inclusiva", entende? — Ela rasgou uma das pontas do papel. — O que será?

Consegui ver um pé de cerâmica marrom. Minhas expectativas não eram muito altas.

Ela continuou rasgando o papel até revelar um cachorro meio torto.

— Fiz isso na aula de cerâmica! Não está muito perfeito, eu sei, mas foi feito com muito amor. Porque todos nós sabemos o quanto você adoraria ter um cachorro de verdade.

Nesse momento me senti inchando de tanto amor por ela que pensei que meu coração fosse explodir. Betsy era uma menina muito doce e eu amei profundamente o meu cãozinho torto.

— Acho que vou ter de tirá-lo de cima de você. — Ela lançou um olhar implacável para a bancada da enfermagem; Betsy ainda não tinha se recuperado do terrível "Escândalo dos Festões". — Mas ele vai estar lá quando você voltar para casa.

— Sim, daqui a dez anos — reclamou Jeffrey, emburrado. — Este aqui é o meu presente. Vou desembrulhá-lo, posso?

Pentelhinho sarcástico.

Sem a menor cerimônia, ele arrancou o papel de embrulho... e revelou um diapasão. Eu não sabia o que aquilo significava. Um diapasão? Mas... *por quê?*

Ryan não tinha levado presente algum para mim.

— Sinto muito — disse ele. — Com essa correria toda...

Claro. E o que ele poderia me dar, de qualquer modo?

Mas eu tinha um presente para Ryan. Era um voucher para o Samphire, um restaurante que ele comentara várias vezes que tinha vontade de conhecer. Eu pedira a Karen para comprar aquilo, mas o que eu realmente tentava fazer era dar a Ryan um presente que representasse um lampejo de esperança: logo chegaria o dia em que eu estaria melhor e seríamos capazes de ir até lá juntos. Tentei piscar tudo isso para ele, mas a ideias saíram embaralhadas no meio das letras erradas.

— Tudo bem, eu sei — garantiu ele. — Está tudo bem. Obrigado. Gostei de verdade. — Segurou o cartão junto do coração.

— Hora de sair! — berrou Salome.

Todos se levantaram ao mesmo tempo e correram dali quase embolados, como se alguém tivesse permitido que eles saíssem da escola mais cedo.

O hospital caiu num profundo silêncio. Todos os pacientes, com exceção dos casos mais graves, tinham recebido alta para passar o Natal em casa. Nenhuma operação tinha sido marcada, para que ninguém ficasse ali se recuperando de uma cirurgia. Havia apenas mais um paciente na UTI — um homem mais velho, vítima de um ataque cardíaco. Eu consegui ouvir sua família sussurrando dores e chorando ao redor de sua cama, mas logo eles tiveram de sair e ficamos só ele e eu.

O lugar todo ecoava e parecia deserto. Eu nem conseguia ver as enfermeiras. Talvez elas estivessem em algum quarto dos fundos bebendo Malibu e comendo rolinhos de salsicha, e quem poderia culpá-las?

O tempo sempre passava devagar, mas naquele dia estava quase parado. Eu observava o relógio arrastando o ponteiro dos segundos, deslizando docemente e parecendo curtir a lentidão. Eu só queria que não fosse mais Natal. Tinha sido muito triste estar longe de meus filhos, marido e o resto dos parentes. Em qualquer outra data eu estava preparada para ser corajosa, mas naquele dia aquilo era muito difícil.

Para passar o tempo eu brinquei com meus músculos. Até agora eu conseguia erguer a cabeça um centímetro do travesseiro e flexionar um pouco os joelhos. Meu tornozelo direito podia girar um pouco e meus ombros se contraíam de leve ao meu comando. A vida em meus músculos estava voltando, mas aleatoriamente; não parecia existir um padrão para aquilo.

As melhoras que eu mais desejava eram no meu aparelho fonador ou nos meus dedos, mas enquanto eu esperava pelo sinal de vida deles, exercitava os músculos que funcionavam e prestava meticulosa atenção aos outros, pronta para vibrar a qualquer resposta, não importava o quanto ela fosse pequena.

Mas era assustadora a velocidade com que eu me sentia sem energia — se girar o tornozelo alguns centímetros me esgotava tanto assim, como é que eu conseguiria caminhar novamente?

Às oito eu já tinha usado todas as minhas distrações. Talvez conseguisse dormir um pouco, quando acordasse seria amanhã e o Natal teria terminado. Fechei os olhos e desejei mergulhar na inconsciência, mas logo ouvi passos vindos de muito longe se aproximando, até chegar à porta da UTI.

Eles pareciam muito altos naquele silêncio.

Reconheci o som. Mas o que ele estava fazendo ali na noite de Natal?

Os passos se aproximaram mais e ali estava ele... Mannix Taylor.

— Feliz Natal! — Num movimento automático, ele pegou a caneta e o caderno.

Eu comecei a piscar.

— O que você está fazendo aqui?

Quando eu ainda estava na segunda letra, ele disse:

— Achei que você poderia estar se sentindo solitária.

Eu não sabia o que dizer.

— Foi um dia legal para você? — perguntei.

— Ótimo — disse ele. — Sua família veio aqui?

— Sim, vieram mais cedo. Ganhou presentes legais?

— Não. E você?

— Um cão de cerâmica e um diapasão.

— Um diapasão? Foi seu marido que deu?

— Jeffrey.

— Talvez isso não seja tão ruim; afinal, ele *é* um adolescente... O cão foi do seu marido?

— Betsy.

— O que o seu marido lhe deu?

Eu não queria dizer. Estava envergonhada.

Aquilo era muito estranho. Por que Mannix Taylor estava ali?

— Fui visitar Roland hoje — disse ele.

— Como ele está?

Eu tinha um interesse pessoal nele.

— Está ótimo. Animado. Vai sair da reabilitação em breve. Pediu para eu lhe transmitir o seu amor e gratidão eternos.

Puxa, isso era bom.

Algo surgiu em meu campo de visão — havia uma mulher em pé junto à bancada vazia das enfermeiras. Aquilo foi tão inesperado que eu me perguntei se não estaria tendo alucinações. Ela nos observava, e meu instinto me disse que já estava ali havia algum tempo.

Seu cabelo era comprido e escuro; as sobrancelhas eram fabulosas e ela usava uma blusa preta justa e — por Deus! — uma calça skinny de vinil!

Estava muito pensativa, imóvel, parecendo deslocada. Parecia ter sido teletransportada para ali diretamente de um filme de terror.

No instante seguinte, ela estava se movendo em minha direção e eu fiquei com medo. Mannix olhou por cima do ombro e quando a viu ficou muito tenso.

Ela atravessou a UTI de um jeito que só posso descrever como agressiva e olhou firme para mim, deitada ali impotente na minha cama, e então olhou para Mannix.

— Sério? — perguntou ela. — Sério mesmo??

Eu queria gritar:

Você não está me vendo no meu melhor momento! Se meu cabelo tivesse sido secado com um secador, como o seu; se eu estivesse maquiada e não sofresse de uma doença com risco de vida, você me levaria mais a sério. Pode ser que eu não conseguisse vencer o concurso de Miss Mundo, mas... Não, vamos deixar a coisa por isso mesmo. Eu nunca conseguiria ser Miss Mundo.

Então ela se afastou com passos largos e decididos, inegável irritação e com um jeito desconfiado, em suas pernas compridas.

Um estranho silêncio se seguiu.

Por fim, Mannix disse:

— Essa é a minha esposa.

Sério?

Mas a esposa dele deveria ser legal, calma, com aparência de escandinava. Não deveria ter cabelos escuros, olhos escuros, sobrancelhas magníficas e — pelo amor de Deus! — calças skinny de vinil!

— É melhor eu ir embora — disse ele.

E foi.

Quinta-feira, 5 de junho

07:03

Sou acordada pelo som da campainha da porta sendo apertada sem parar.

Dou uma olhada sorrateira para fora, da janela do andar de cima, com medo de que possa ser um jornalista. Mas é Karen, já totalmente maquiada e calçando sapatos vermelhos de couro envernizado com saltos altíssimos, que me parecem estranhamente sinistros.

Desço, abro a porta e ela empurra um jornal para mim.

— É melhor você ver isto.

É o *Daily Mail* e o rosto de Ryan está na primeira página.

— Onde está Jeffrey? — Karen olha em volta, quase com medo.

— Na cama! — responde a voz dele mesmo, muito abafada.

Nós vamos para a cozinha, onde, com a boca seca e a cabeça explodindo, eu leio avidamente. O artigo descreve Ryan como "sexy", "talentoso", e informa que sua casa é uma "residência de luxo" que vale dois milhões de euros, o que não é verdade, não chega nem perto.

— Você também aparece — avisa Karen. — Aí diz que você é uma escritora de autoajuda.

— Uma escritora "fracassada" de autoajuda?

— Não. Porque você não é. Pelo menos, *ainda* não.

— Aí diz que eu estou na Irlanda? Quantas das minhas informações pessoais estão soltas por aí, em domínio público?

— Nada, é tudo bastante neutro. Mas eu só li essa matéria e a notícia apareceu em outros jornais também — avisa ela. — Bem, pelo menos nos irlandeses. Mas eu não quis desperdiçar meu dinheiro comprando todos os outros, porque dá para ler online tudo que interessa. Ele está muito bem nessa foto. — Ela analisa a imagem de Ryan por vários ângulos. — Acho que ele sempre teve boa aparência, com esse cabelo e olhos escuros... O fato de ser idiota é que estraga tudo. Agora me diga: o que você vai fazer a respeito?

— O que eu posso fazer? Enda diz que eu não posso interná-lo à força. O dr. Quinn não me ajudou em nada. Aliás, perguntou por você. Disse que você fez um excelente trabalho nas espinhas da sra. Quinn. É inútil falar com Ryan; não vejo nenhuma chance de ele mudar de ideia. E não tenho nenhum amparo legal para isso porque estamos nos divorciando.

— Mas onde é que ele vai morar quando tudo der errado? — pergunta Karen

— Não sei.

— Ele não pode morar aqui.

— Talvez a coisa não dê errado — reflito. — Talvez ele esteja certo e o universo *vai lhe providenciar* tudo.

Karen pisca um olho só, lentamente, com ar de ceticismo e deboche.

— O universo ajuda aqueles que se ajudam — avisa ela. — Ryan Sweeney vai acabar dormindo em seu sofá. A menos, claro, que ele acabe dormindo em sua cama.

— O que você quer dizer com isso?

Ela começa a chacoalhar as chaves do carro. Esse é o sinal internacional de partida iminente de um local.

— Fui! Tenho crianças em casa para lavar e vestir.

Joga a bolsa no ombro e vai embora fazendo barulho com os saltos de seus aterrorizantes sapatos vermelhos. Sigo seu rastro perfumado.

— Karen, o que você quer dizer?

— Quero dizer que você é meio molenga para essas coisas.

— Não sou, não. Sou teimosa. E orgulhosa.

— Só é desse jeito quando uma pessoa feriu você de verdade. Mas é uma otária diante de uma história de pouca sorte. Você é a primeira pessoa que Ryan virá procurar quando ficar sem teto. É melhor testar sua resistência e se preparar.

E com isso, saiu voando pela porta da frente.

Entro na internet na mesma hora para ler as notícias sobre Ryan. Estou morrendo de medo do que as pessoas possam ter publicado sobre mim — tentei manter meu infame retorno à Irlanda o mais discreto possível. Queria evitar que as pessoas descobrissem até que ponto as coisas tinham corrido mal, a fim de ganhar algum tempo e tentar consertá-las. Mas Ryan e seu projeto tolo começam a me arrastar contra a vontade de volta para os holofotes, onde há todas as chances de que a minha verdade nua e crua seja colocada na berlinda de forma impiedosa.

Cada um dos artigos me menciona.

"Ele era casado com a escritora de autoajuda Stella Sweeney, com quem tem dois filhos"; "Sua ex-esposa é a escritora Stella Sweeney, que fez sucesso internacional com um livro motivacional *Uma piscada de cada vez*".

Mas nada de muito revelador foi dito. Por enquanto. Isso tudo pode ser esquecido e desaparecer logo.

Muito timidamente, religo o celular. Vinte e seis ligações não atendidas. No mesmo instante ele começa a tocar. Seguro longe de mim e, com um dos olhos fechados, consulto o visor — era mamãe.

— Que foi? — pergunto. — Já é dia de fazer compras de novo? — Eu posso jurar que tinha ido com ela fazia poucos dias.

— Seu pai quer falar com você.

Ouço ruídos abafados e um pouco de estática quando o telefone é entregue a papai, e ouço sua voz.

— Ele está na televisão.

— Quem?

— Aquele idiota do Ryan Sweeney. Ele diz que vai doar todas as suas coisas. Está no canal *Ireland AM*, nesse exato momento.

Pego o controle remoto e, para meu horror, Ryan estava realmente no canal *Ireland AM*. A transmissão ocorre do lado de fora de sua casa e ele conversa com muito entusiasmo. Está explicando:

"Devido a algumas questões legais, algumas das minhas posses mais valiosas só serão doadas no Dia Zero. A casa que vocês veem aqui atrás de mim foi doada para uma instituição de caridade. A papelada está sendo toda preparada por advogados nesse instante."

"Muito nobre", diz a repórter. Mas ela está tentando esconder um sorrisinho. Acha que Ryan é maluco. "Agora, vamos voltar ao nosso estúdio."

— Não se deixe atingir por isso, querida — diz papai. — Ele é apenas um egocêntrico babacão. Sempre foi, sempre será. Você quer dar um pulinho aqui em casa para subir e descer algumas vezes na nova cadeira elevatória?

08:56

Jeffrey surge.

— Vou sair — avisa. — Estou indo dançar.

— Dançar? Sério? — Como aquilo era.. ahn... normal! Bizarramente normal, eu diria!

Então, percebo que não era nem um pouco normal. É, na verdade, uma hora extremamente estranha do dia para alguém sair e ir para a balada. Submetido a um ansioso interrogatório, Jeffrey me conta que não está planejando ir a uma boate para beber até cair. Nada disso. Vai participar de um troço chamado "oficina de dança". Onde pretende colocar as emoções "para fora".

Olho para ele. Tenho uma vontade quase incontrolável de rir. Preciso fechar a boca e morder a língua para segurá-la no lugar. E isso exige cada pedacinho da minha força.

10:10

A campainha toca. Eu me achato contra a parede do quarto e dou uma olhada sorrateira, como um caubói num tiroteio. Não é um jornalista, é Ryan, e eu fico feliz em recebê-lo, porque estou pronta para apostar que todo aquele interesse da mídia o deixou em estado de choque e lhe trouxe a sanidade de volta.

— Entre, entre!

— Preciso falar com você — diz ele. — Recebi uma ligação do *Saturday night in*.

O *Saturday night in* é uma instituição irlandesa: um programa de bate-papo que era apresentado desde a Idade da Pedra pelo dinossauro televisivo: Maurice McNice — seu nome verdadeiro é Maurice McNiece, mas todos o chamavam Maurice McNice, embora eu sempre o tivesse achado rancoroso e paternalista. Dois meses atrás, porém, Maurice McNice tinha batido as botas, passou para a grande sala de estar verde no céu e a batalha entre os apresentadores irlandeses para substituí-lo à frente do programa tinha sido acirrada e cruel. O microfone do poder tinha sido, por fim, conquistado pelo habitante dos meus sonhos, Ned Mount.

— E daí...? — pergunto, cautelosa.

— E daí que eles querem que nós dois participemos do show. Você e eu juntos.

— Para quê? Por quê?

— Porque temos uma história juntos, nós dois. Você e seus livros, eu e minha arte.

— Ryan, nós estamos separados, atualmente estamos lidando com um processo de divórcio. Não existe nenhuma *história*.

— Você poderia conseguir um pouco de publicidade.

— Não, eu não poderia. Não tenho nada para promover. Estou tentando me manter discreta. Estou tentando colocar minha vida de volta nos trilhos. A última coisa que eu iria querer é participar de um programa de TV em rede nacional e dizer a todo mundo o quanto tudo está ruim na minha vida. Além do mais, olhe só para a minha barriga! — A essa altura, eu já estava praticamente gritando. — Como é que alguém poderia aparecer na televisão com esta barriga?

— Eles não querem que eu vá sozinho — explica ele. — Preciso de você para fazer isso.

Respiro profundamente, muito devagar.

— Leia meus lábios, Ryan. — Enuncio as palavras de forma clara. — Não existe sequer a mínima possibilidade de eu aceitar aparecer no *Saturday night in*.

— Essa foi uma frase comprida e complicada — diz ele. — Ainda bem que eu não sou surdo, senão eu não faria a menor ideia do que você estava dizendo.

— Pois é, mas você não é surdo. Ouviu muito bem o que eu disse. Eu não vou fazer isso.

— Você é incrivelmente egoísta. — Ele balança a cabeça para os lados num movimento forçado, como um mau ator, tentando transmitir desprezo. — E também é crítica demais. E totalmente rígida. Você sabe o que acontece quando a pessoa não se solta um pouquinho, Stella? Ela *quebra*. E você ainda se pergunta por que sua vida se despedaçou? Bem, foi *você mesma* que fez isso acontecer; você trouxe tudo para si própria.

Mantendo as costas eretas, avisa:

— Pode deixar que eu sei onde fica a saída.

Apesar de eu me sentir muito, *muito* chateada, reflito sobre o fato de nunca, até aquele momento, ter ouvido uma pessoa dizer essas palavras na vida real.

11:17

Come 100g de queijo cottage. Mas isso não levanta o meu astral tanto quanto fariam, digamos, 100g de chocolate ao leite.

12:09

Eu me sento diante do teclado e digito a palavra "merda".

12:19 — 15:57

Paro de digitar e começo a meditar sobre a minha vida. Será que eu sou tão crítica e rígida como diz Ryan? As minhas circunstâncias atuais são todas minha culpa? Será que eu poderia ter feito as coisas de forma diferente?

Eu não sei... Tento não pensar sobre o que aconteceu, porque é simplesmente muito doloroso. Na época, eu tinha optado por uma ruptura radical, sem nenhum contato, porque sabia que essa era a única forma pela qual eu conseguiria sobreviver. Não quero agora despertar dúvidas sobre se tinha ou não feito a coisa certa. Fiz o que fiz na época porque não me restava outra escolha.

Mas... e se aquilo fosse a coisa errada...?

Ah, vá se ferrar, Ryan, por ter colocado minhocas na minha cabeça!

15:59

Decido sair para dar uma corrida. Apenas uma corrida curta. Para facilitar a minha volta aos exercícios.

16:17

Descubro que ainda estava sentada diante do teclado.

Mas acabei de tomar uma decisão: desistirei oficialmente dessa história de escrever um livro. Não consigo. Eu não tenho nada a dizer e não conseguirei enfrentar a parte de divulgação no final do processo. Entretanto, preciso muito de um emprego. Preciso ganhar dinheiro de alguma forma. Existe algo que eu saiba fazer? Qualquer coisa?

... Bem, eu *sou* uma esteticista treinada.

Isso! A solução: eu voltarei a atuar no campo da beleza! Nunca se esquecem essas habilidades. É como andar de bicicleta, certo?

17:28

Não é como andar de bicicleta.

Ligo para Karen, conto-lhe os meus planos e ela diz:

— Hã-hãã... Seeei. Você consegue tirar uma costeleta feminina com linha?

— Bem, não...

— Fez algum treinamento recente em pedicure medicinal?

— Bem, não...

— Sabe trabalhar com microagulhas? Mesoterapia?

— ...Não. — Na verdade, eu nem mesmo sei o que eram aqueles dois últimos tratamentos. — Mas sei fazer depilação com cera, Karen. Posso depilar toda a Irlanda.

— Depilação com cera? Escute uma novidade: depilação com cera saiu de moda junto com os *mullets*! Aqui vai a verdade, Stella: eu jamais lhe daria um emprego, e olha que sou sua irmã. Você pulou fora da agitada linha de produção na área da beleza. De forma *vo-lun-tá-ria*, devo acrescentar. Tudo nessa área corre rápido demais para você conseguir voltar um dia.

17:37 — 19:53

Fico sentada com a cabeça entre as mãos.

19:59

Reuno todos os Jaffa Cakes, o pacote de granola e os outros simpáticos produtos cheios de carboidratos que encontro em casa e jogo tudo na lixeira marrom do jardim da frente. Em seguida, pego um frasco de detergente líquido e despejo abundantemente em cima de tudo, para não haver possível tentação de recuperar nada. A sra. "Vizinha-do-lado-que-nunca-foi-com-a-minha-cara" surge do nada. Ela me acha muito convencida e pretensiosa. E eu sou *mesmo*. Isso se chama mobilidade social.

— A lixeira marrom é só para alimentos — avisa a vizinha. — Você não pode colocar embalagens na lixeira marrom. Isso vai na lixeira verde.

Eu me contenho para não esguichar o resto do detergente na cara dela. Vou a passos largos para a cozinha e volto com duas latas de leite condensado Marigold e, com uma cara amarrada, coloco-as na lata de lixo certa.

— Feliz, agora? — perguntei.

— Não — diz ela. — Eu nunca estou feliz.

20:11

A que horas é considerado aceitável ir para a cama? Suspeito que nunca antes das dez da noite. Tudo bem, eu posso esperar mais duas horas.

20:14

Vou para a cama. Sou dona do meu nariz. Posso fazer o que me der na telha. Não estou presa às regras tolas e burguesas da nossa sociedade.

20:20 — 03:10

Não consigo dormir. Reviro para um lado e para o outro na cama durante quase sete horas.

03:11

Consigo pegar no sono. Sonho com Ned Mount. Estamos num trem, cantando "Who Let the Dogs Out?". Eu tenho uma voz inesperadamente melódica e ele é muito bom em fazer os latidos.

"Ficar melhor é mais fácil quando a pessoa realmente quer melhorar."

Trecho de *Uma piscada de cada vez*

— Stella? — chamou uma voz. — Stella!

Abri os olhos. Uma mulher estava de pé ao meu lado com a cabeça quase em cima da minha, sorrindo.

— Olá. Desculpe acordá-la. Meu nome é Rosemary Rozelaar.

E daí?

— Sou sua nova neurologista.

Senti como se tivesse recebido uma martelada no coração.

Rosemary Rozelaar sorriu novamente.

— Vou assumir o comando do seu caso, no lugar do dr. Taylor.

Trancada em meu corpo imóvel, olhei para aquela mulher de sorriso suave e agradável.

Eu não via Mannix Taylor fazia mais de dez dias — desde a curiosa visita na noite de Natal, quando sua mulher tinha se materializado.

Em teoria, eu não deveria ter esperado para vê-lo — tudo, com exceção dos cuidados hospitalares mais básicos, tinha sido suspenso até a primeira segunda-feira de janeiro. Mas ele tinha demonstrado um interesse tão pessoal no meu caso que eu senti que as regras normais não se aplicariam. E aquela história da sua mulher aparecendo na UTI tinha sido muito estranha. Tudo me pareceu esquisito, ainda mais pela forma abrupta como ele tinha se retirado às pressas, e eu ainda esperava algum tipo de explicação.

Todos os dias, durante a zona morta entre o Natal e o Ano-novo, eu tinha me sentido tensa e em estado de muita expectativa; quanto mais o tempo passava sem que Mannix Taylor aparecesse, com mais raiva eu ficava. Passei muitas horas perdida em pensamentos, treinando todas as formas possíveis de ignorá-lo no instante em que ele finalmente aparecesse.

Mas ele não veio. E agora aquela mulher estava me dizendo que ele não viria novamente.

— O que aconteceu?

Comecei a piscar freneticamente.

— Espere — disse Rosemary. — O dr. Taylor me avisou que você se comunica por piscadas. Se tiver um pouco de paciência comigo, vou encontrar algo onde possa escrever.

Ela se virou em busca de um pedaço de papel. Não sabia sobre o caderno em cima do esterilizador e eu não podia ajudá-la, e também não podia deixar de pensar que Mannix e eu já estaríamos na sexta frase a essa altura.

Minha cabeça estava a mil por hora. Será que Mannix tinha diminuído suas horas de trabalho? Talvez tivesse acontecido alguma tragédia e ele tinha sido obrigado a desistir por completo do trabalho.

Mas mesmo naquela incerteza, eu soube.

Rosemary finalmente tinha encontrado um pedaço de papel e uma caneta e, com uma lentidão tortuosa, consegui fazer a pergunta.

POR QUE ELE FOI EMBORA?

— Excesso de trabalho — explicou ela.

Mas havia algo de evasivo em seus olhos. Ela não estava exatamente mentindo, porque provavelmente não conhecia a história completa. Mas também não estava dizendo exatamente a verdade.

— Sou uma neurologista muito experiente — garantiu. — Compartilho vários casos com o dr. Taylor. Posso lhe assegurar que você vai ter a mesma qualidade de atendimento comigo que tinha com ele.

Eu não teria, é claro. Ele fora muito além dos seus deveres e obrigações.

PRECISO FALAR COM ELE, soletro.

— Vou lhe transmitir o seu pedido.

Mais uma vez surgiu aquela expressão em seus olhos, quase de pena, do tipo "não me diga que você desenvolveu uma quedinha pelo nosso Mannix Taylor".

Ela voltou sua atenção para um formulário impresso.

— Vejo que os movimentos estão voltando aos seus diversos grupos musculares — leu. — Por que não me mostra o que já consegue fazer? Podemos começar a trabalhar partir daí.

Fechei os olhos e me ocultei por completo dentro da minha mente.

— Stella. Stella? Você pode me ouvir?

Hoje não.

Eu estava incrivelmente deprimida. Não conseguia descobrir exatamente o que acontecera entre Mannix Taylor e eu, mas me senti rejeitada e humilhada em uma escala épica.

Os dias se passaram e Rosemary Rozelaar me visitava regularmente, mas nunca mais mencionou Mannix, e eu resolvi não tornar a perguntar sobre ele.

Logo Rosemary começou a expressar preocupação no quanto minha recuperação tinha desacelerado.

— Seu prontuário mostra que você estava fazendo belos progressos antes do Natal.

Estava?

— Você terá de trabalhar por isso, Stella — disse ela, com ar de reprovação.

Terei?

— Há alguma coisa que você queira me perguntar, Stella?

Ela colocou a caneta sobre uma folha de papel, mas eu me recusei a piscar. Havia apenas uma pergunta para a qual eu gostaria de resposta. Já tinha perguntado isso a ela, e não pretendia me atormentar perguntando novamente.

Mais tarde, naquele mesmo dia, Karen veio me visitar.

— Espere até você ver quem está na *RSVP*! — Empurrou uma revista na frente do meu rosto e havia uma foto de Mannix Taylor (41) e sua adorável esposa, Georgie (38), em algum baile de *Revéillon*.

Mannix usava uma gravata borboleta preta e parecia um homem diante de um pelotão de fuzilamento.

— Ele parece um coelhinho assustado, não é? — comentou Karen. — Você nunca me contou que a esposa dele era Georgie Taylor.

Os motivos para isso eram:

A) Estou muda;

B) Não sabia que Georgie Taylor era "alguém".

Karen nunca tinha se encontrado pessoalmente com Georgie Taylor, mas sempre sabia tudo sobre quem valia a pena conhecer e, para minha vergonha, eu estava faminta por informações.

— Ela é dona da Tilt — explicou Karen.

Tilt era uma loja especializada em estranhas roupas assimétricas de estilistas belgas. Eu tinha ido lá uma vez e experimentara um imenso e assustadoramente caro casacão desigual, cinza, confeccionado em base de carpete. As mangas tinham sido presas por grampos gigantescos. Olhei para mim mesma no espelho, tentando desesperadamente amar o casaco, mas eu parecia uma figurante de um filme passado na Idade Média, onde havia centenas de camponeses atarracados e de olhar vazio, que tinham acabado de percorrer grandes distâncias a pé por estradas muito ruins.

— Ela está com um aspecto fabuloso, não acha? — Karen passou seu olhar profissional sobre a foto. — Ela ergueu um pouco os olhos e os maxilares, aplicou botox em torno dos olhos, fez preenchimento nas rugas de expressão nos lados da boca. Mas não em demasia. Uma beleza natural. Eles não têm filhos — acrescentou, com um olhar significativo.

Disso eu já sabia.

— Eles são esse tipo de pessoas, entende? Crianças iriam interferir com a prática de esqui em Val d'Isère e nos fins de semana em Marrakech marcados por impulso.

Eu não disse nada. Porque, obviamente, não podia. Mas me surpreendi ao perceber o quão pouco nós sabemos sobre as pessoas. E como tantas vezes acreditamos nas histórias superficiais que elas nos vendem.

— Mas ela não tem trinta e oito anos, tem quarenta.

Eu sabia disso, mas como era possível Karen saber?

— A irmã de Enda trabalha no setor de emissão de passaportes. Viu o pedido de Georgie Taylor para renovação do seu passaporte. Reparou que, na verdade, ela tem quarenta anos, embora ande por aí falando para todo mundo que tem só trinta e oito. Mas tudo bem, não dá para censurá-la. Todos mentem a idade.

Consegui perguntar para Karen quanto tempo fazia que os Taylor eram casados.

— Eu não sei exatamente — disse ela, revirando as informações na cabeça. — Faz um bom tempo, não é uma coisa recente. Sete anos? Oito? Se eu fosse dar um palpite, diria oito. — De repente ela estreitou os olhos. — Por que você quer saber?

Estou só puxando assunto...

Seu rosto se iluminou, mas logo ela pareceu quase irritada.

— Você gosta dele.

Não.

— É melhor que não, mesmo — disse ela. — Você tem um marido muito bom, que está se matando para manter tudo mais ou menos em ordem naquela casa. Você soube que ele saiu para comprar absorventes para Betsy?

Santo Cristo! Será que eu nunca mais deixaria de ouvir a história de como Ryan tinha saído para comprar absorventes para Betsy? Aquilo já tinha se tornado uma espécie de lenda da mitologia irlandesa. Grandes feitos de homens irlandeses: Brian Boru lutando na Batalha de Clontarf; Padraig

Pearse lendo a proclamação da independência irlandesa nos degraus da escada da GPO, a sede dos Correios; Ryan Sweeney comprando absorventes para sua filha Betsy.

E ali estava o herói mitológico em pessoa.

— Olá, Ryan — cumprimentou Karen. — Aqui, fique com a minha cadeira. Já estou de saída.

Ryan se sentou.

— Porcaria de janeiro. Está congelando lá fora. Você tem sorte de estar aqui no quentinho o tempo todo.

Sorte? Tenho mesmo?

— Você deve estar querendo saber das novidades, suponho — disse ele. — Bem, as telhas para o hotel em Carlow ainda não saíram da Itália. Dá para acreditar? Ah!... — disse ele de repente, se lembrando de algo. — Fui àquele lugar ontem à noite.

Que lugar?

— Ora, você sabe... Samphire, o restaurante para o qual você me deu um vale. Fui com Clarissa. Uma refeição rápida depois do trabalho. Te falar, lugarzinho supervalorizado, viu.

A raiva me corroeu as entranhas. *Seu babaca egoísta*, pensei. *Seu babacão egoísta.*

Sexta-feira, 6 de junho

06:01

Acordo e quero morrer — estou maneirando no carboidrato. Já estive aqui antes, e é horrível. Não tenho energia e não tenho esperança. Lá embaixo, na cozinha, estão os 100g de queijo cottage a que eu tenho direito no café da manhã, mas nem me dou ao trabalho de descer.

Em vez disso, examino a situação de Ryan. Ele postou centenas de itens para doação e seus quatro vídeos já foram assistidos centenas de milhares de vezes. A cobertura da mídia é mundial e toda avaliação é positiva. Fala-se do "Novo Altruísmo" e do "Altruísmo em época de austeridade".

09:28

Estou na cozinha olhando para uma pequena tigela de queijo cottage e tentando reunir a vontade para comê-lo quando a campainha toca.

Vou na ponta dos pés até a sala da frente, lanço pela janela a minha olhada furtiva de caubói num tiroteio e quase tenho um colapso ao ver que é Ned Mount. Aquele da televisão. O apresentador do *Saturday night in*. Ryan deve ser o responsável por isso!

Mesmo assim eu abro a porta. Porque gosto muito dele. Ele me entrevistou no rádio quando *Uma piscada de cada vez* foi lançado, e me pareceu generoso e amável. E me deu um filtro de água. Embora, na verdade, eu ache que simplesmente sonhei com isso, não foi...?

— Olá — cumprimento.

— Meu nome é Ned Mount. — Ele estende a mão.

— Eu sei.

— Eu não tinha certeza de que você iria se lembrar.

— É claro que eu me lembro de você. — Por um momento receio vacilar e começar a contar a ele sobre meus sonhos. — Entre.

— Você permitiria? — Ele pisca os olhos e sorri. Porque esse é o seu trabalho, lembro a mim mesma.

Na cozinha, preparo um bule de chá.

— Eu ofereceria alguns biscoitos — digo —, mas estou seguindo uma dieta de restrição de carboidratos e tive de me livrar de todas as coisas gostosas da casa. Aceita um pouco de queijo cottage?

— Não sei... Deveria?

— Não — admito. — Você não deveria.

— Quer dizer que você voltou a morar em Dublin — afirma ele. — Pensei que tínhamos perdido você de vez para os Estados Unidos.

— Bem... — Eu me contorço. — Entre uma coisa e outra... De qualquer modo, imagino que você não apareceu aqui para comer uma tigela de queijo cottage.

— Exato. — Ele balança a cabeça, quase com pesar. — Stella... — Seu olhar é sincero. — O que posso fazer para convencê-la a participar do meu programa com Ryan amanhã à noite?

— Nada — digo. — Por favor, eu não consigo fazer isso. Não posso aparecer na televisão. Tudo está muito...

— Muito o quê? — ele me incentiva a completar, com olhos gentis.

— Eu não posso me sentar lá e fingir que está tudo bem... Quando na verdade está tudo péssimo.

Pronto, falei demais! As antenas de Ned Mount ficam em alerta e eu estou à beira das lágrimas.

— Escute... — Tento recuperar o controle. — Não creio que Ryan esteja fazendo a coisa certa. Estou preocupada com ele. Acho que ele está tendo um colapso nervoso ou algo assim.

— Então venha ao programa para dizer isso.

Levo um momento para refletir sobre o quanto essas pessoas da mídia não têm a mínima vergonha de nada. Não importa o quanto você tente escapar da fisgada, eles sempre conseguem empurrar você novamente para o meio do fogo.

— Você vai poder dar sua opinião — promete ele. — Tenho certeza que muitas pessoas concordariam com você.

— Não, elas não concordariam. Eu me tornaria a pessoa mais odiada da Irlanda. Ned, eu só quero levar uma vida tranquila.

— Até a próxima vez que tiver um livro para promover?

— Sinto muito — digo. — De verdade.

Sou distraída pelo som de uma figura que parece vir cambaleando pelo corredor. É Jeffrey. Ele irrompe na cozinha com o cabelo despenteado e as roupas muito desarrumadas. Move os olhos de mim para Ned Mount, mas não parece realmente registrar a presença de nenhum dos dois.

— Dancei sem parar durante vinte e duas horas. — Sua voz está rouca. — Vi o rosto de Deus.

— Vá em frente — propõe Ned Mount, com interesse. — Como é o rosto dele?

— Cabeludo. Muito cabeludo. Vou para a cama. — Jeffrey se afasta.

— Quem é esse rapaz? — pergunta Ned Mount.

— Ninguém. — Sinto-me intensamente protetora de Jeffrey.

— Sério?

— Sério.

Nós dois nos olhamos longamente.

— Ok — cedo. — Ele é meu filho. E filho de Ryan também. Mas, por favor, Ned, não tente fazê-lo ir à televisão. Ele é muito jovem e um pouco...

— Um pouco...?

— Um pouco... Bem, ele curte ioga e é... vulnerável. Deixe-o em paz. Por favor.

13:22

Em sua enquete online semanal, a revista *Steller* acaba de eleger Ryan Sweeney o homem mais sexy na Irlanda. Colocaram uma foto dele parecendo o irmão menos bonito de Tom Ford. Curiosamente, no número nove da lista apareceu um outro novo integrante entre os mais bonitos. É Ned Mount.

"Você pode flertar com o perigo,
mas também sempre pode se afastar da beirada."

Trecho de *Uma piscada de cada vez*

Mannix Taylor nunca mais voltou e eu fiquei terrivelmente zangada com ele. Afinal, ele era o mesmo homem que havia se queixado sobre o sistema hospitalar ser desumano, e mesmo assim tinha me abandonado. Nem ao menos tinha dado as caras para me dar adeus.

À medida que os dias se passavam, Rosemary Rozelaar começou a se mostrar desesperada com a forma como o meu progresso tinha paralisado. Minha condição se tornou uma preocupação tão grande que até mesmo o esquivo dr. Montgomery me visitou e fez um discurso de incentivo.

— O que foi que eu disse no primeiro dia em que vi você? — perguntou a mim, com um olhar exigente. — Eu disse: "Aguente firme, Patsy." — Agora, vamos lá! Não caia no último obstáculo! Aguente firme, Patsy! — Abriu os braços, como se tentasse englobar toda a sua comitiva, as enfermeiras e até Ryan, que estava ali por acaso, me visitando. — Vamos, pessoal, repitam comigo: "Aguente firme, Patsy!"

O dr. Montgomery, o pateta do dr. de Groot e todas as enfermeiras da UTI começaram a recitar "Aguente firme, Patsy".

— Mais alto! — exigiu o dr. Montgomery. — Vamos lá, sr. Sweeney, o senhor também precisa dizer.

— Aguente firme, Patsy!

O dr. Montgomery colocou a mão em concha em torno da orelha.

— Eu não consigo ouvi-lo.

— Aguente firme, Patsy!

— Mais alto!

— AGUENTE FIRME, PATSY!

— Uma vez mais, para dar sorte!

— AGUENTE FIRME, PATSY!

— Ótimo! — O dr. Montgomery sorriu. — Muito bom. Isso deve fazer a magia da cura funcionar. Por Deus, vejam só que horas são! O campo de golfe já está acenando para mim! Que o Senhor abençoe a todos.

Fechei as pálpebras e virei o olhar para dentro de mim. Meu nome não era Patsy e eu não iria aguentar firme porcaria nenhuma. Não ali, nem lá, nem em lugar algum.

No dia 15 de fevereiro, tudo mudou: de repente eu decidi ficar melhor. Ryan não tinha me dado nada de Dia dos Namorados, nem mesmo um cartão, e eu vi, com clareza arrepiante, como a minha vida estava se esvaindo. Ryan estava entediado, de saco cheio de me ver doente, e as crianças também. Se eu não tocasse a vida em frente bem depressa, não haveria ninguém para quem voltar.

E havia mais uma coisa: eu queria sair do hospital, queria ir para longe do sistema e da doença que tinham me tornado vulnerável ao que quer que tenha acontecido com Mannix Taylor. Eu sabia que quando eu melhorasse ele não teria mais poder algum sobre mim.

Assumi o comando da minha recuperação e, quase da noite para o dia, minha melhora teve início. Comecei a piscar ordens ao longo do dia todo, e aquela nova determinação de aço devia ser evidente, porque todo mundo me obedecia. Solicitei e obtive analgésicos fortes quando meus nervos recém-cobertos de mielina começaram a me fazer sentir comichões e ardências. Alertava Rosemary Rozelaar a cada nova contração na musculatura, e insistia para que um fisioterapeuta viesse todas as tardes para me ajudar a fazer exercícios. À noite, quando o fisioterapeuta ia embora, eu continuava com as séries de movimentos, flexionando e apertando meus músculos até eles desistirem por pura exaustão.

A equipe do hospital não tinha nenhum outro caso para poder fazer comparações, mas, mesmo assim, eu sabia que eles estavam impressionados com minha súbita curva ascendente de recuperação.

No início de abril os músculos das minhas costelas e do peito já estavam fortes o suficiente para eu ser retirada do aparelho de ventilação. A princípio durante intervalos de cinco segundos de cada vez, depois dez segundos, e então minutos inteiros. Dentro de mais três semanas eu já estava respirando sem ajuda e fui transferida da UTI para uma enfermaria comum.

Em maio eu me levantei e caminhei um passo. Logo eu estava me movimentando sozinha, primeiro numa cadeira de rodas, em seguida com um andador, e depois com uma única muleta.

Outro ponto de virada marcante foi o retorno de minha voz.

— Imagine só se você começar a falar de um jeito refinado e elegante — brincou Karen —, como acontece com o cabelo das pessoas que saem da quimio e começam a crescer de forma totalmente diferente? Já pensou se você começar a se expressar como uma das personagens de *Downton Abbey*? Não seria divertido?

Os últimos músculos a alcançar a recuperação foram os meus dedos, e o primeiro texto que digitei e enviei me pareceu um milagre.

No final de julho consideraram que estava bem o suficiente para receber alta e voltar para casa. Um pequeno exército de funcionários apareceu para as despedidas — o dr. Montgomery, o dr. de Groot, Rosemary Rozelaar, inúmeras enfermeiras e enfermeiros, atendentes e auxiliares. Examinei os rostos, me perguntando se ele iria aparecer. Não havia sinal de sua presença, mas a essa altura eu já tinha feito as pazes com a situação.

Algo de muito estranho havia acontecido entre nós, isso eu era capaz de reconhecer. Tínhamos construído uma espécie de conexão particular — na verdade isso já acontecera desde o dia do acidente de carro. Na sequência da colisão, nós tínhamos compartilhado alguns segundos de comunicação, de forma quase psíquica.

Era natural que eu tivesse desenvolvido uma quedinha por ele — eu estava vulnerável e ele era meu nobre guardião. Quanto a ele, parece que já andava carregando alguns fardos pesados na época, e o projeto de me curar lhe tinha proporcionado um foco.

Ele tinha feito a coisa certa ao cortar o problema pela raiz. Eu estava muito comprometida com Ryan e minha família, e obviamente Mannix Taylor estava comprometido com a sua esposa.

As coisas da vida, os relacionamentos, eles nunca "simplesmente acontecem". Você pode flertar com o perigo, pode testar os limites do seu casamento, mas também sempre pode se afastar da beirada. Você tem uma escolha; ele fizera a escolha dele e eu o respeitava por isso.

No dia 28 de julho, quase onze meses desde que os meus formigamentos haviam começado pela primeira vez, vi meu quarto novamente. Eu tinha perdido um ano letivo inteiro da vida dos meus filhos, mas resolvi não ficar triste. A única maneira de conseguir isso era me encaixar de volta na minha vida o mais rapidamente possível, ser a melhor esposa, mãe e esteticista que pudesse ser. E foi exatamente o que eu fiz. Esqueci tudo a respeito de Mannix Taylor.

Segunda-feira, 9 de junho

07:38

Acordo e ouço o som da televisão na sala de estar. Jeffrey já deve ter se levantado. Assaltada pelo pavor, desço e me sento ao lado dele no sofá.

— Já começou — informa ele, sem emoção.

A TV está sintonizada na *Ireland AM* e Alan Hughes apresenta uma reportagem ao vivo da rua de Ryan.

— Estou aqui ao vivo para apresentar o Dia Zero de Ryan Sweeney. — Alan Hughes parece quase gritar de emoção.

O Dia Zero, na verdade, tinha começado na noite anterior — alguns madrugadores chegaram de vans e tinham dormido a noite toda do lado de fora da casa de Ryan. Aquilo era uma espécie de "primeiro dia de liquidação".

Alan está entrevistando alguns dos esperançosos visitantes e perguntando em que objeto cada um está de olho.

— Na mesa da cozinha — responde uma mulher.

Outra diz:

— Nas roupas. Ele é do mesmo tamanho que o meu namorado, que vive se apresentando no tribunal para explicar pequenos delitos e sempre precisa de ternos novos.

No fundo, dá para ver um cordão de isolamento formado por muitos policiais que vestiam coletes em tons fluorescentes. Depois da deslumbrante aparição de Ryan no *Saturday night in* — pois é, no final a entrevista foi ao ar mesmo sem a minha presença — as autoridades perceberam que aquilo tinha todo o potencial para se transformar num tumulto desenfreado. Portanto, regras básicas tinham sido estabelecidas: as pessoas seriam admitidas em lotes de dez, seriam autorizadas a permanecer dentro da casa por meros quinze minutos e lhes seria permitido levar unicamente o que conseguissem carregar com as mãos.

— A atmosfera aqui é muito festiva! — Atrás da cabeça de Alan Hughes, três homens estão passando com um colchão *king size* içado sobre os ombros. — Olá, senhores. Vejo que conseguiram uma cama.

— Conseguimos, conseguimos sim! — Os homens se inclinam para falar no microfone de Alan. Mas o colchão é muito pesado e instável e como os homens perderam o impulso ao parar de caminhar, eles se desequilibram e o colchão começa a tombar e despenca de vez para um dos lados, derrubando Alan Hughes, que fica preso debaixo do peso.

Essa parte é engraçada.

07:45

— Sou Alan Hughes, transmitindo ao vivo debaixo do colchão de Ryan Sweeney.

Dá para ouvi-lo, mas não para vê-lo.

— Isso é horrível. — reclama Jeffrey, soltando um gemido baixo e longo.

— Um, dois, três... AGORA! — Vários homens trabalham juntos a fim de erguer o colchão, coloca-lo de lado e libertar Alan Hughes e seu microfone.

Alan Hughes se levanta com rapidez, parecendo um pouco despenteado, mas em boa forma.

— Essa foi ótima! — exclama ele. — Alguém aí tem um pente?

— Jeffrey — digo, olhando para ele. — Eu enfrentei um trabalho de parto muito difícil para ter você.

Jeffrey está em silêncio, mas sua boca vai se apertando.

— Foi uma agonia, nossa, como foi!

— O que você quer?

— Durou muito tempo; vinte e nove horas ao todo...

— ... E eles não quiseram aplicar uma peridural — completa ele. — Eu já conheço essa história. O que você quer?

— Vá até o supermercado Spar e me compre alguns Jaffa Cakes.

Vou recomeçar minha dieta de proteínas amanhã de manhã. Hoje é impossível.

08:03-17:01

Jeffrey e eu mantemos vigília enquanto, ao longo de todo o dia, várias estações de rádio e TV interrompem a programação para exibir ao vivo o Projeto Carma. De vez em quando o próprio Ryan aparece, cheio de sorrisos, para dizer o quanto está feliz com a maneira como tudo está indo. Às vezes os entrevistadores fazem elogios a ele; outras vezes, mal conseguem esconder o quanto o consideram insano.

Tudo é humilhante, deprimente e realmente muito chato. E fica progressivamente mais chato à medida que o dia passa e as pessoas emergem da casa com coisas cada vez menores e mais vagabundas: colheres manchadas; celulares antigos sem linha; chaves para abrigos de jardim que já não existem mais.

Aumenta a sensação de que o fim está à vista. Por volta das cinco da tarde, uma jovem sai da casa e segura um vidro de azeitonas diante da câmera.

— Esta foi a última coisa. A data de validade é de dois anos atrás.

— Olha só! — alerta Jeffrey. — Papai está saindo.

É verdade, ali está Ryan. Ele fica na rua em frente à casa que já não é mais sua.

— Olhe para ele — diz Jeffrey. — O babaca. Aposto que vai fazer algum discurso ou algo assim.

Ryan saboreia o seu momento. Abre os braços e anuncia aos meios de comunicação do mundo:

"Estou aqui diante de vocês sem mais nada."

As pessoas aplaudem, Ryan exibe um sorrisinho nojento, faz uma humilde e pequena reverência e um gesto de *namastê*, e eu me vejo com raiva e muita vontade de dar um soco na cara dele.

Nesse instante, alguém fala:

— Você ainda está calçando seus sapatos.

Ryan parece um pouco desconcertado.

— Isso mesmo — reclama outra voz da plateia. — Você ainda está calçando seus sapatos.

— Ok — diz Ryan, com um jeito expansivo. — Observação muito justa. — Ele retira os sapatos e eles prontamente desaparecem em meio à multidão.

— E as suas roupas! — grita alguém.

— Sim, as suas roupas — reclama uma voz mais alta. — Você não pode afirmar que não tem mais nada enquanto ainda estiver vestindo as roupas.

Ryan hesita. É evidente que não esperava por isso.

— Vá em frente! — mais alguém grita. — As roupas!

Ryan está começando a parecer um pouco como um coelho pego subitamente por faróis altos, mas chegou até ali e não tem escolha a não ser ir até o fim. Desabotoa a camisa e a joga para o seu público com certo entusiasmo e vitalidade.

— Continue!

As mãos de Ryan vão para a cintura.

— Por Deus, não. — sussurro.

Ryan abre o zíper do jeans e arria a calça até o chão. Em seguida tira as meias, chicoteando o ar com as pernas, e as lança na direção da multidao.

Tudo que resta são suas cuecas pretas. Ryan faz uma pausa. As pessoas estão segurando a respiração, num suspense coletivo. Certamente que ele não vai...?

— Ele não vai — implora Jeffrey.

Enfio outro Jaffa Cake na boca. Ele não vai. Engulo um e enfio outro logo atrás. Meu medo é extremo. Ele não vai.

Ele vai! De forma provocante, Ryan começa a rolar sua cueca para baixo, revelando seus pelos pubianos. Uma boa parte de seu pênis aparece antes de um espectador gritar:

— Violação da ordem!

Para ser exato, o termo técnico a ser usado seria "atentado ao pudor", mas os policiais já estão em cima de Ryan antes de seus testículos aparecerem.

Jeffrey está uivando de agonia e Ryan está sendo levado, oculto por um cobertor da polícia. Imediatamente, as imagens pixeladas de seu pênis estão circulando ao redor do mundo. Pessoas no Cairo, em Buenos Aires, Xangai, Ulan Bator, cite qualquer cidade do planeta, estão dando uma boa olhada no pênis do meu ex-marido (mas não no Turquemenistão, segundo nos informa a narração do programa. Aparentemente eles não estão autorizados a ver pênis na televisão por lá.)

17:45

Ryan passa a noite em uma cela da polícia e é liberado no dia seguinte com uma advertência. Um membro zeloso do público devolve seus sapatos e roupas na delegacia.

Terça-feira, 10 junho

07:07
No brilhante ar da manhã, Ryan fica na rua em frente à delegacia de polícia e espera que o universo lhe providencie tudo.

Mas isso não acontece.

ELE

Sabe quando uma celebridade rompe um relacionamento e dois segundos depois já está saindo com outra pessoa, e faz de tudo para que todos pensem que não houve traição? Sabe?

Pois é, essa pessoa provavelmente está mentindo...

Foi uma noite em março. Fazia quase oito meses desde que eu voltara para casa do hospital. Ryan e eu tínhamos ido para a cama por volta das onze e eu despenquei num sono profundo. Estava de volta ao trabalho em tempo integral e vivia absurdamente cansada.

Em algum momento, na escuridão da noite, eu acordei. Olhei para o despertador. Eram 03:04. Obviamente a minha insônia tinha vindo me fazer uma visita e eu me preparei para algumas horas sem dormir, mas logo percebi que o que tinha me acordado era um ruído curto e agudo de algo estalando. Ouvi com atenção, os músculos já tensos, e me perguntei se estaria imaginando coisas.

Ryan ainda dormia profundamente e resolvi voltar a tentar dormir quando ouvi o barulho novamente. Vinha da janela do quarto e Ryan acordou de repente, perguntando:

— O que foi isso?

— Não sei — sussurrei. — Já ouvi umas duas vezes.

Estiquei a mão para acender a luz.

— Não! — disse Ryan, com urgência na voz.

— Por quê?

— Porque se alguém estiver invadindo a casa, vou surpreendê-lo.

Ó Deus, não. Eu não queria que Ryan desse uma de herói. Aquilo poderia acabar mal.

Ele pulou da cama, foi até a janela e olhou para o jardim da frente, que estava muito escuro.

— Tem alguém lá embaixo!

Ele apertou os olhos para enxergar melhor. Uma pequena quantidade de luz vinha de um poste público.

— Não é melhor chamar a polícia? — perguntei.

— É Tyler! — Ryan quase engasgou de indignação. — Que diabos ele está fazendo aqui a essa hora?

Tyler era o namorado de Betsy. Ela estava em meio às torturas do seu primeiro caso de amor oficial. Ryan e eu achávamos tudo muito bonitinho. Bem, pelo menos até aquela noite achávamos bonitinho.

Outro barulho de estalo soou.

— Ele está atirando pedras! — exclamou Ryan.

— O que nós fizemos?

Obviamente eu tinha assistido a filmes demais sobre pedófilos sendo acusados injustamente e expulsos dos vilarejos.

— Shhh — disse Ryan. — Shhh. Ouça!

Então eu ouvi: o som de Betsy dando risadinhas.

— Suba aqui! — convidou ela, sua voz sendo levada pelo ar frio da noite.

Fui até a janela na ponta dos pés e assisti, incrédula, Tyler tomando distância com muita determinação, para em seguida correr em direção à casa e escalar vários metros parede acima, antes de se estatelar no chão.

— Que porra é essa?! — Ryan começou a caminhar de um lado para outro, procurando roupas para vestir.

— Deixe que eu cuido disso. — Eu odiava ser vista sem maquiagem; até mesmo um pouco de rímel teria ajudado, mas Ryan estava com a cabeça muito quente para lidar com isso.

Desci a escada de roupão e abri a porta da frente.

— Olá, Tyler.

— Oh, olá, sra. Sweeney.

Eu procurava sinais. Será que ele estava bêbado? Ou drogado? Mas parecia normal, muito bonito e controlado, como sempre.

— Posso ajudá-lo? — perguntei, com um leve sarcasmo.

— Eu só queria dizer olá para Betsy.

Olhei para o quarto de Betsy bem a tempo de vê-la fechando a janela rapidamente.

— Você não quer entrar para uma xícara de chá? — convidei.

Ele sorriu.

— Ahn... Puxa, mas está meio tarde.

— É mesmo — disse eu, com firmeza. — Está tarde. Você gostaria que eu o levasse para casa?

— Está tudo bem, sra. Sweeney, estou de carro — Ele mostrou o veículo com o polegar por cima do ombro. Apesar da situação burlesca e quase ridícula, não pude deixar de sentir uma fisgada de orgulho por minha filha estar namorando um rapaz que já tinha o próprio carro.

— Ok. Muito bem. Por favor, volte para casa, sim? Amanhã é dia de escola. Betsy vai ver você lá. Boa noite, Tyler.

— Boa noite, sra. Sweeney.

Corri até as escadas e entrei no quarto de Betsy, que fingiu que estava dormindo.

— Sei que você está fingindo — avisei. — Essa história ainda não acabou.

Voltei para o nosso quarto. Ryan estava furioso.

— Ele estava lá embaixo como a porra de um Romeu. E depois tentou escalar a parede da casa como... como o Homem-Aranha!

Eu estava desesperada para voltar a dormir. Vivia muito cansada.

— Vamos resolver isso amanhã de manhã.

— É melhor você falar com ela — disse Ryan. — Quer dizer, sobre métodos anticoncepcionais e tudo o mais. Não quero que me apareça em casa avisando que está grávida.

Conforme a recomendação dos peritos na área, eu batia papos regularmente com Betsy, onde tentava descobrir se ela era sexualmente ativa. Mas ela se agarrava com recato à própria virgindade — ela e as amigas usavam palavras como "repugnante" e "vadia" quando se referiam às colegas de sua turma que estavam dando por aí; eu ficava muito feliz de não ter conhecido ninguém assim quando *eu* tinha dezessete anos.

Cada vez que tínhamos essa "conversa" eu reforçava com Betsy a ideia de que quando ela estivesse realmente "gostando" de um menino, precisaria recorrer à pílula. Mas percebia agora que, pelo fato de ela ser pudica por tanto tempo, eu havia pensado que sempre seria desse jeito.

— Podemos fazer isso juntos? Nós dois? — perguntei a Ryan.

— Você faz ideia da *pressão* que estou sofrendo no trabalho? *Você* é quem tem de falar. Eu tenho um emprego. Estou ocupado.

— Tudo bem. Desculpe.

Eu também tinha um emprego, mas a culpa tinha colorido tudo na minha vida desde que eu voltara do hospital.

Na manhã seguinte eu fui acordada por Ryan, todo vestido, inclinando-se sobre mim.

— Não se esqueça de levar aquele papo com Betsy — lembrou ele. — A menos que queira ser avó antes dos quarenta.

Ele desceu a escada pisando duro e bateu a porta da frente com tanta força que a casa quase se desmantelou.

Eu me arrastei para fora da cama e bati à porta de Betsy.

— Posso entrar, querida?

Ela olhou para mim com cautela.

— Você e Tyler. — Sentei-me ao lado dela na cama. — É ótimo ver você tão feliz. Mas seu pai e eu queremos ter certeza de que você está se prevenindo.

— Prevenindo? — A compreensão surgiu nos olhos dela. — Você quer dizer com relação a...?

Eu dei de ombros, com ar de naturalidade.

— Algum tipo de anticoncepcional — confirmei.

Ela me olhou com repulsa.

— Se você quiser — ofereci, timidamente —, podemos ir falar com o dr. Quinn...

— Mãe, isso é nojento. — Colocou as palmas das mãos nos olhos e gritou. — Você e papai têm conversado sobre isso?

Balancei a cabeça afirmativamente.

— Isso. É. Muito. Ridículo. — Ela se sentou na cama e disse: — Quero que você saia do meu quarto.

— Mas, Betsy, estamos só tentando ajudar...

— Você está invadindo meu espaço!

— Mas...

— Fora! — ela gritou.

— Sinto muito.

Eu tentaria de novo mais tarde, quando ela não estivesse tão emotiva. Caí fora dali e esbarrei em Jeffrey.

— Bom trabalho! — disse ele. — "Tio Jeffrey" até que não soa tão mau. E você quer ser a avó Stella? Ou só "vovó"?

— Houve um tempo — eu disse a ele — em que você me amava tanto que queria se casar comigo.

Desci a escada, me sentei na cozinha e, trêmula, bebi uma xícara de chá.

Nossa pequena casa parecia estalar de tanta tensão, e eu tentava me lembrar se o ambiente ali sempre tinha sido tão belicoso. Será que aquela quantidade de preocupações e angústias familiares era normal? Será que durante todos aqueles meses no hospital eu tinha idealizado e criado fantasias sobre a nossa vida?

Mas no meu coração eu conhecia a verdade: eles nem se davam conta disso, mas Ryan, Betsy e Jeffrey estavam com raiva de mim por todo o tempo em que eu tinha estado doente. Jeffrey guardava os piores rancores; ele fervia com uma variedade de emoções desagradáveis. Agora Betsy estava agindo de forma estranha e eu tinha de admitir que Ryan e eu também não estávamos indo muito bem.

No passado, eu costumava brincar dizendo que nós nunca transávamos, mas agora nós *realmente* nunca fazíamos sexo. Pouco depois de eu voltar do hospital para casa tínhamos feito uma vez; tinha sido há mais de sete meses e não houve mais ação desde então.

Sentada à mesa da cozinha, tive um momento de medo frio e real. Alguma coisa tinha de ser feita. De alguma forma, eu tinha de assumir o controle e consertar as coisas.

Uma Noite Especial era a resposta. Ryan e eu precisávamos de algumas horas longe das crianças e das suas emoções borbulhantes. Nada muito elaborado. Nenhuma das coisas que Karen e Enda tinham feito, com as perucas e as identidades falsas. Era só uma questão de nos reconectarmos durante um bom jantar e alguns drinques. Eu poderia até comprar calcinhas novas...

Dominada por esperanças e desesperos, perguntei a Karen se ela poderia dar uma olhada nos meus filhos e fui até o Powerscourt Hotel, porque era lá que todos iam quando queriam uma Noite Especial. Reservei um quarto para quinta-feira, dali a dois dias. Não havia razão para hesitar. As coisas precisavam voltar aos trilhos o mais depressa possível.

Liguei para Ryan, que atendeu perguntando:

— O que foi agora?

Tentando parecer atrevida e audaciosa, eu disse:

— Espero que você não tenha planos para quinta-feira.

— Por quê? Quem quer que eu faça o quê?

— Você e eu, Ryan Sweeney, vamos curtir uma Noite Especial.

— Não temos dinheiro para uma "Noite Especial".

Financeiramente estávamos em uma péssima situação; o ano que eu passara longe do trabalho tinha representado uma mordida e tanto em nossas finanças. Para piorar, nossos mais recentes inquilinos tinham comunicado a intenção de sair de nossa casa em Sandycove, e nós ainda não havíamos encontrado novos interessados.

— Às vezes é preciso priorizar as coisas — argumentei.

— "Noite Especial", isso é muito cafona.

— Vamos curtir uma "Noite Especial" — insisti, com ar sombrio e desafiador. — E vamos nos divertir muito.

* * *

Na quinta-feira à tarde eu fiz escova no cabelo, preparei uma bolsa com um belo vestido e sapatos de salto alto e — sim! — calcinhas novas. Karen chegou e tomamos uma taça de vinho na cozinha enquanto eu esperava por Ryan para me pegar.

Jeffrey olhou para o meu cabelo, minha bolsa de roupas e disse, com um sorriso de escárnio:

— Você é patética.

— Se você fosse meu filho e falasse comigo desse jeito — disse Karen —, eu cobriria você de tanta porrada que você ficaria vendo um monte de estrelas por uma semana.

— Sério mesmo? — Jeffrey parecia ligeiramente temeroso.

— Sim, é sério, e isso não iria fazer mal algum. Poderia até lhe ensinar a ter um pouco de respeito.

— Mas você não pode fazer isso — afirmou Jeffrey. — Existem leis.

— É uma pena.

Meu celular tocou. Era Ryan. Eu me levantei e peguei a bolsa.

— É Ryan. Provavelmente já está aí fora.

Apertei a tecla para atender e avisei:

— Já estou saindo.

— Não. Espere um pouco. Estou atrasado. Venha dirigindo até aqui e eu a encontro assim que puder.

— E quando isso vai ser? — Uma ponta de decepção surgiu em minha voz.

— Eu não sei. Assim que resolver o problema que surgiu com uma banheira. Ela é grande demais para passar pela porta. Alguém fez merda na hora de medir e...

— Tudo bem.

Não havia necessidade de eu ouvir mais nada. Durante o meu casamento com Ryan eu já tinha ouvido, com detalhes, relatos de cada Grande Desastre no Banheiro que aconteceu ao longo da história. Aquilo já tinha perdido o poder de me encantar.

— Ok, Karen — disse. — Vou sair agora. Obrigada por fazer isso. Não deixe Betsy sair. Não deixe Tyler entrar. Se houver oportunidade, converse com Betsy sobre controle de natalidade e...

— Uma boa surra é o que ela precisa também. E aquele garoto, Tyler. Eu sairia distribuindo tabefes por aqui a torto e a direito, se pudesse fazer as coisas do meu jeito. Todos eles ficariam vendo estrelas.

* * *

Enquanto dirigia no trajeto de meia hora até Powerscout, eu repetia na cabeça, sem parar: *Estou alegre... Estou alegre... Estou muito alegre. Estou a caminho de um encontro especial com um homem sexy.*

Na verdade, era até melhor eu estar dirigindo aquele carro sozinha, decidi. Chegaríamos separados, como se mal nos conhecêssemos.

Fiz o *check-in* no hotel e circulei por todo o belo quarto, me sentindo um pouco tola. Sentei-me na cama, admirei a vista, conferi quanto custava um pacote de batatas Pringles no frigobar e desejei que alguém estivesse ali comigo para compartilhar minha indignação com o preço elevado.

Depois de um tempo, decidi curtir um pouco a jacuzzi e disse a mim mesma que, quando saísse dali, Ryan já teria chegado.

Mas o meu tempo na jacuzzi foi cheio de ansiedade, não só porque estava com medo de meu cabelo ficar todo respingado, mas também porque não era muito fã de águas agitadas. Quando voltei para o quarto, Ryan ainda não tinha chegado. Cansada de esperar eu me deitei na cama e, quando dei por mim, Ryan estava em pé no quarto. Eu tinha adormecido.

— Que horas são? — perguntei, meio grogue.

— Nove e dez.

— Oh!... Oh, nós perdemos o nosso jantar. — Eu me sentei e tentei ficar acordada. Estendi a mão para o telefone. — Mas acho que ainda podemos ir. Espere um pouco.

— Ahn, não, não faça isso. Podemos pedir serviço de quarto.

— Você acha? Mas o restaurante daqui é tão bom...

— Já ficou tarde e eu estou muito cansado.

Para ser honesta, eu estava muito cansada também, então pedimos sanduíches de bacon com alface e tomate acompanhados por uma garrafa de vinho, e comemos em silêncio.

— As batatas estão ótimas — disse Ryan.

— Sim, estão ótimas. — Agarrei a chance de embarcar nessa maravilha de conversa.

— Dê uma ligada para Karen, sim? Certifique-se de que Tyler não entrou furtivamente em nossa casa e engravidou nossa filha enquanto estamos aqui de papo.

— Vamos deixar tudo isso de lado por esta noite.

— Eu não consigo relaxar se estiver pensando nisso.

Engoli um suspiro e liguei para Karen.

— Tudo certo? — perguntei.

— Ahn... Tudo ótimo.

Mas eu tinha percebido algo em seu tom.

— Que foi?

— Bem, eu tive uma conversa legal com Betsy. E ela está transando com aquele garoto, Tyler.

— Meu Deus!

Quer dizer, eu sabia, mas não queria saber.

— Eles estão usando camisinhas.

Oh... Tive vontade de chorar. A minha menininha.

— Eu falei que ela precisa usar pílula. Ela me contou que aceita ir até o centro de apoio Well Woman, mas não com você.

— Por que não?

— Porque todos os adolescentes são uns pentelhos mesmo. Ela me disse que topa ir comigo. Vou levá-la na próxima semana.

— Ah. Tudo bem, então. — Era muita coisa para eu processar, e tentei não levar aquilo para o lado pessoal. — E como Jeffrey está?

— Jeffrey? Jeffrey é um pentelhinho também.

Desliguei com dor no coração e me virei para dar a notícia a Ryan. Descobri que ele tinha rastejado para debaixo do edredom e dormia profundamente.

Tudo bem. Eu também estava muito cansada. Mas amanhã de manhã, viesse o inferno ou o dilúvio, iríamos nos divertir muito.

Tomamos o café fa manhã na cama. Ficamos ali sentados em nossos robes atoalhados brancos, comemos abacaxi fresco e tomando café.

— Isso é bom — disse Ryan, abocanhando um bolo dinamarquês. — É de amêndoas, não é? Você vai comer o seu?

— Hã?... Não, pode comer.

— Obrigado. E o que é isso? Algum tipo de bolinho? — Ele avançou com avidez, comeu todo o cesto de pães e bolos, e em seguida gemeu: — Nossa, estou cheio! — Em seguida ele se recostou no travesseiro e massageou o estômago; eu me aconcheguei mais para perto e comecei a desatar o nó do seu robe.

Ele ficou tenso e pulou da cama.

— Isso tudo é muito artificial! Eu não consigo relaxar. Prefiro ir para o trabalho.

— Ryan...

Ele correu para o banheiro e, em questão de segundos, já estava debaixo do chuveiro. Mais alguns segundos estava de volta, e começou a vestir as roupas.

— Você não precisa ir embora — sugeriu ele. — Podemos ficar com o quarto até o meio-dia, certo? Curta uma massagem, ou algo assim. Só que eu estou indo para o trabalho.

Bateu a porta com força ao sair. Esperei por alguns minutos e depois, lentamente, comecei a arrumar minhas coisas e resolvi ir trabalhar também.

Quando eu cheguei em casa, Karen estava no computador.

— Pensei que você só iria voltar de tarde.

— A "Noite Especial" terminou mais cedo.

— Ah, é? Bom — disse ela com um jeito estranho, meio indeciso —, você sabe quem está de namorado novo?

— Quem?

— Georgie Dawson.

— Quem?!...

— Você deve conhecê-la melhor como Georgie Taylor.

Depois de um silêncio, perguntei:

— O que está me dizendo?

— O que você ouviu. Mannix Taylor e sua mulher estão separados. E vão se divorciar.

— *Por que* você está me contando isso?

Seu rosto era pouco amigável.

— Sei lá! Só estou me perguntando se você já sabia disso.

— Você está louca? Eu não o vejo há mais de... — fiz as contas com os dedos. — Faz mais de um ano. Quinze meses!

Karen deu duas clicadas furiosas com o mouse e informou:

— Aquela doidona da Mary Carr vai ao salão hoje à tarde para uma depilação com cera naquela perseguida nojenta.

— Não havia nada entre a gente — disse.

— Por que a mulher com a boceta mais cabeluda da Irlanda resolve escolher o nosso salão para uma depilação...? — Em seguida, murmurou: — Havia sim, Stella. — As feições do seu rosto estavam duras sob a luz azulada emitida pela tela do computador. — Eu não sei o que, exatamente. Mas havia, sim. — Ela parecia preocupada. — Você sabe que, na vida real, você nunca seria adequada para ele?

— Eu sei.

Eu jamais confessaria minha queda por ele. Ou seja lá o que aquilo tinha sido.

— Ele é muito elegante, fino e mal-humorado...

— Ryan também é muito mal-humorado.

— Ryan é ótimo.

— É ótimo, mesmo — confirmei. — Você sabia que enquanto eu estava no hospital, ele saiu uma noite e comprou absorventes para Betsy?

— Sim, sabia... Nossa, hahaha... — disse ela, num tom de sarcasmo. — Você é divertida!

— Me fala uma coisa, como estão meus horários hoje? Tenho muitas clientes marcadas? Dá tempo de eu ir consultar o dr. Quinn?

— Para que você quer vê-lo?

— Porque ando sempre cansada.

— *Todo mundo* está sempre cansado.

— Você não. De qualquer forma, eu só quero verificar se estou bem. Que aquela Síndrome de Guillain-Barré não vai voltar.

— Ela não vai voltar. É tão rara que foi uma bizarrice total você pegar essa doença, para início de conversa. Mas — disse ela — o dia no salão está tranquilo. Vá em frente.

O dr. Quinn coletou um pouco do meu sangue.

— Você pode estar com anemia — avisou. — Seria melhor pedir um *check-up* com o médico do hospital onde você esteve internada. Marque hoje mesmo, porque vai levar um tempão para você conseguir um horário na agenda. Os médicos são assim mesmo — explicou, com ar melancólico. — Trabalham cerca de meia hora por semana. O resto do tempo eles vão jogar golfe.

Engoli em seco.

— Quem eu deveria procurar, afinal? O médico-geral do hospital? Ou o neurologista?

— Eu não sei. O médico-geral, eu acho.

— Não seria o neurologista? Já que o problema que eu tive foi neurológico?

— Você está certa. É o neurologista.

Saí para a rua e resolvi marcar a consulta. Assim que o número começou a tocar, desliguei. Meu coração estava disparado e minhas mãos estavam suadas. Merda. Que diabo eu ia fazer?

Liguei novamente e desta vez esperei até que uma mulher atendeu.

— Eu preciso marcar uma consulta — disse eu.

— Com o dr. Taylor ou com a dra. Rozelaar?

— Vamos ver... Bom... Eu era paciente do dr. Taylor antes, mas depois fui transferida para a dra. Rozelaar. Acho que o melhor a fazer é perguntar ao dr. Taylor.

— Eu não posso incomodar o dr. Taylor com uma pergunta adminis...

Eu a interrompi.

— Escute, estou falando sério. Acho melhor você perguntar ao dr. Taylor e deixar que ele decida.

Algo no meu tom fez efeito.

— Dê-me o seu nome, por favor — pediu ela. — Mas fique sabendo logo de cara que ele tem uma longa lista de espera. Eu ligo de volta assim que souber a data.

Fiquei na rua, naquela tarde fria de março, e entrei numa espécie de animação suspensa. Cerca de dez minutos depois, a mulher me ligou de volta. Parecia um pouco confusa.

— Falei com o dr. Taylor. Ele me disse que é ele mesmo que você deve ver. Supreendentemente, também me avisou que abriu um horário novo para hoje à tarde.

— Hoje?!...

Tudo bem.

Foi fácil escapar do trabalho. Tudo que eu precisei fazer foi dizer a Karen que o dr. Quinn estava preocupado com uma possível recorrência da Síndrome de Guillain-Barré e então, mais que depressa, ela já estava me apressando na direção da porta. Não queria que eu ficasse doente de novo. Tudo aquilo tinha sido muito inconveniente da última vez.

Contei a Karen que minha hora tinha sido marcada com o "consultor", e ela achou que eu me referia ao dr. Montgomery, porque sorriu e disse:

— Diga a ele que eu mandei lembranças.

Eu não senti necessidade de desfazer o equívoco.

A consulta estava marcada para as quatro da tarde. Fui dirigindo até a Clínica Blackrock, estacionei e esperei um pouco para sair do carro. Mas não saí.

Fiquei espantada com o que eu estava pretendendo fazer. Mas o que, exatamente, eu *pretendia*? E o que Mannix Taylor pretendia?

Talvez ele tivesse marcado a consulta com tanta rapidez por preocupação profissional. Essa era a explicação mais provável.

Mas... e se não fosse isso?

E se houvesse mais?

Havia uma boa chance de que eu estivesse delirando. Eu sabia como a vida funcionava — as pessoas acabavam sempre com parceiros do mesmo "tipo" que elas: pessoas do mesmo grupo socioeconômico, mesmo nível de escolaridade e mesmo tipo de beleza física. Mannix Taylor e eu pertencíamos a mundos diferentes. Eu era considerada bonita, mas de um jeito normal, nada muito marcante. Ele, por sua vez, não era bonito do jeito convencional, mas era... sexy. Sim, isso eu já tinha admitido para mim desde a primeira vez que o vi: ele era sexy.

Ou, pelo menos, era até a última vez em que tínhamos nos visto, quinze meses atrás.

Num momento em que eu estava muito doente e, portanto, provavel mente não era a mais confiável das testemunhas.

Já eram cinco para as quatro, eu precisava resolver. Olhei para o prédio. Ele estava em algum lugar lá dentro. Esperando por mim.

Só de pensar nessas palavras eu senti um calafrio me percorrer por dentro. Ele estava esperando por mim.

E se eu saísse do carro e entrasse lá, o que aconteceria?

Nada, talvez.

Talvez Mannix Taylor não estivesse procurando nada. Ou talvez, quando me encontrasse com ele eu não o acharia assim tão...

Mas... E se eu achasse?

E então?...

Eu nunca tinha traído Ryan. Nunca tinha estado nem perto disso. Quer dizer, já passei por alguns momentos, uma vez ou outra, quando um homem me lembrava que eu era uma mulher. Algumas semanas atrás, num posto de gasolina, um homem de boa aparência tinha me envolvido num bate-papo a respeito do meu carro — um Toyota banal e sem atrativos — e quando eu percebi que ele na verdade estava dando em cima de mim, saí dali um pouco perturbada e satisfeita.

No clube do livro do qual participava, eu costumava entrar na pilha com o mesmo entusiasmo de qualquer mulher quando elas resolviam delirar sobre com quem transariam se conseguissem um passe de uma noite para sair com alguém fora do casamento. Na verdade, isso era *tudo* o que fazíamos no clube do livro — nenhuma de nós lia os livros, só bebíamos vinho, conversá-vamos sobre férias que não podíamos pagar e nos perguntávamos se Bradley Cooper era um homem do tipo que "martelava" ou era um cara com estilo "suave e gentil".

E será que Ryan nunca tinha me traído?

Eu não sabia. Nem queria saber. Certamente ele tinha tido inúmeras oportunidades, muito mais do que eu. Ele estava muitas vezes longe de casa, e houve momentos em que eu me perguntei como ele conseguia lidar com seus impulsos sexuais durante o tempo em que eu estivera no hospital...

...e como lidava com eles agora, já que não queria mais fazer sexo comigo.

Por um momento, vi minha vida por outro ângulo e senti frio e medo. Sete meses sem sexo era muito tempo em um casamento. Em uma relação de vinte anos, ninguém espera que ambos ainda estejam rasgando as roupas um do outro, dia e noite. E todo mundo já passou por períodos de seca. Mesmo assim, sete meses era muito tempo.

Talvez Ryan estivesse tendo um caso. Será? Houve momentos em que eu me perguntava sobre ele e Clarissa. Mas Ryan parecia muito mal-humorado — se ele andava me traindo, não estaria se sentindo culpado e, esporadicamente, me inundando de flores e de afeto?

No momento, o meu radar com Ryan estava completamente desligado. Eu tinha tentado consertar as coisas na nossa "Noite Especial" de merda, mas a coisa virou um fracasso épico.

E ali estava eu, ainda sentada no meu carro, e já passava um minuto das quatro. Eu deveria resolver logo o que fazer, mas me sentia paralisada de medo.

Havia uma possibilidade de que, se eu saísse do meu carro e entrasse naquele prédio, estaria caminhando para outra vida. Ou pelo menos longe da que eu tive.

Permiti a mim mesma imaginar como seria estar com Mannix Taylor, ser a companheira de um neurologista, morar em um lugar bonito e conseguir a custódia total de Betsy e Jeffrey. Eles amando Mannix, Mannix amando meus filhos também, Ryan sem se importar com nada disso e todos virando grandes amigos.

Eu teria que lidar com as irmãs loucamente gastadoras de Mannix, e seus pais viciados em jogo, é claro. Talvez Georgie complicasse um pouco as coisas, mas a vida de ninguém era perfeita, certo?

Por outro lado... E se eu entrasse no consultório de Mannix Taylor, rolasse algum tipo de química entre nós e acabássemos embarcando numa aventura que iria durar três semanas — curta o suficiente para não significar nada, mas longa o bastante para destruir totalmente a minha família? Isso não seria tão bom.

Já passavam sete minutos das quatro horas. Eu já estava atrasada, muito atrasada. Ele já devia estar achando que eu não ia aparecer.

Tive que especular comigo mesma o que havia de errado comigo — eu estava entediada? Será que todos passavam por algo parecido em seus casamentos? Havia algum momento em que as pessoas casadas desejavam ser outras pessoas?

Uma coisa eu sabia com certeza: você só tem uma vida. Lembrei-me que tinha me ocorrido exatamente esse pensamento durante a minha primeira noite no hospital, quando eu pensei que fosse morrer: você só tem uma vida e deve vivê-la da forma mais feliz que conseguir.

Só que, às vezes, sua vida não pertence apenas a você. Eu tinha responsabilidades. Era casada, tinha dois filhos.

Amava Ryan. Provavelmente. E mesmo que eu não o amasse, eu não poderia destruir meu lar. Betsy e Jeffrey tinham enfrentado momentos assustadores e horríveis enquanto eu estive no hospital. No livro da vida, eu estava no vermelho, estava em débito com eles. Talvez para sempre.

Eu precisava encontrar outra maneira de preencher a lacuna que parecia cobiçar Mannix Taylor. Eu teria que descobrir um... novo interesse. Talvez fizesse um curso de Budismo. Ou meditação. Talvez, quem sabe, eu desse uma nova oportunidade ao crochê.

Olhei para a entrada da clínica e imaginei Mannix saindo pela porta, correndo na direção do meu carro e me dizendo que eu tinha que estar com ele. Então eu pensei... *Por que alguém como ele iria querer ficar com alguém como você?*

Passavam quinze minutos das quatro, agora. Fiz um acordo comigo mesma: se eu contasse até sete e Mannix não aparecesse, eu iria embora dali na mesma hora.

Então contei até sete. Embora muitas pessoas saíssem do prédio — era sexta-feira à tarde, muitos dos funcionários já estavam indo para casa — nenhum deles era Mannix Taylor.

Eu daria mais uma chance para a contagem até o sete, decidi. Mas ele continuou sem aparecer. Ok, mais uma vez... Na oitava rodada, ou talvez nona, girei a chave na ignição, liguei o carro e fui para casa.

A casa estava vazia. Jeffrey estava fora, numa viagem com o time de rúgbi da escola. Betsy tinha ido a uma festa do pijama com Amber. E ela *realmente* tinha ido a uma festa do pijama com a Amber, e não estava, em vez disso, transando com Tyler, porque eu tinha confirmado com a mãe de Amber.

E onde estava Ryan? Eu não tinha tido notícias dele o dia todo, então eu só poderia supor que ele estava no trabalho.

Abri uma garrafa de vinho e tentei ler, mas não consegui me concentrar. Pensei em ligar para Karen ou para Zoe, mas não saberia como traduzir em palavras os meus sentimentos peculiares.

Eram quase dez da noite quando Ryan chegou e subiu a escada direto. Eu o ouvi caminhando no andar de cima de um lado para outro; em seguida, veio o som do chuveiro ligado. Depois de algum tempo ele desceu e foi para a sala da frente.

— Tem algum vinho por aí? — perguntou, olhando para o celular em sua mão. Eu lhe entreguei uma taça e perguntei:

— Como foi seu dia?

— Meu dia — disse ele, ainda olhando para o celular — foi uma merda federal.

— Foi?

Digitando alguma coisa, ele disse:

— Todos os meus dias são uma merda federal. Eu odeio minha vida.

Um arrepio demorado eriçou os cabelinhos da minha nuca.

— O que você odeia?

— Tudo. Odeio meu trabalho. Odeio ter de planejar banheiros. Tenho ódio das pessoas burras e incompetentes com as quais tenho de lidar todos os dias. Odeio os fornecedores que arrancam dinheiro de mim. Odeio meus clientes com suas ideias estúpidas e retardadas. Odeio... — seu celular tocou e ele olhou para o número. — Vá se foder. — explodiu ele, com desdém. — Eu não estou falando com você, cacete. — Jogou o celular no sofá e ele parou de tocar depois de algum tempo.

As reclamações de Ryan sobre seu trabalho me pareciam sempre familiares, mas naquele dia era diferente, porque eu tinha abandonado a minha vida imaginária com Mannix Taylor a fim de ficar com ele.

De repente eu me senti com a cabeça leve — muitos sentimentos tinham sido incitados pela minha visita ao estacionamento da Clínica Blackrock. Eu pensei que tivesse empacotado todos eles e os guardado longe de mim, mas o azedume de Ryan conseguiu libertá-los novamente.

— E quanto às crianças? — eu me ouvi perguntando a Ryan. — Elas fazem você feliz?

Ele olhou realmente para mim pela primeira vez desde que chegara em casa. Parecia espantado.

— Você está louca? Jeffrey é tão preocupado e angustiado. E Betsy é tão terrivelmente... *jovial*. Pelo menos era até começar essa merda de namoro com Tyler. Isto é, eu os amo, mas eles não me fazem feliz.

Então eu fiz a pergunta-chave.

— E quanto a mim?

Uma súbita cautela invadiu seus olhos.

— O que tem você?

— Eu faço você feliz?

— Claro.

— Não, falando sério. Eu realmente faço você feliz? Sente-se aqui, Ryan. — dei um tapinha no sofá. — E antes de responder, posso dizer uma coisa? Você só tem uma vida.

Ele balançou a cabeça, um pouco hesitante.

— O que você quer dizer?

— Quero dizer que você poderia muito bem ser feliz. Então, vou perguntar mais uma vez, Ryan: eu faço você feliz?

Depois de uma pausa longa, muito longa, ele disse:

— Quando você coloca as coisas desse jeito... Não. Você não me faz feliz. Isto é... — acrescentou muito depressa. — Você não me faz *in*feliz. Eu não presto atenção em você.

— Certo.

— Você não deveria ter ficado doente — disse ele, numa súbita explosão de raiva. — Foi isso que estragou as coisas.

— Pode ser.

— Com certeza!

Aquele era o momento mais honesto que tínhamos um com o outro em vários anos.

— Sei que você não perguntou — disse. — Mas você também não me faz feliz.

— Não faço? — ele pareceu espantado. — Por que não?

— Você simplesmente não faz.

— Mas...

— Eu sei, eu sei. Você é ótimo. E do jeito que você esteve comigo todo o tempo em que eu estive no hospital... Você é ótimo, Ryan. — Eu nem sabia se estava sendo sincera. De certo modo, estava.

— E...? — disse ele.

— Eu sei. Soube de quando você saiu e foi comprar absorventes para Betsy. Muitos homens não fariam isso.

Alguns segundos de mudez total se seguiram, e então ele disse:

— E aí, o que vamos fazer?

Eu mal podia acreditar nas palavras, mesmo quando as ouvi saindo da minha boca.

— Acho que vamos nos separar.

Ele engoliu em seco.

— Isso me parece um pouco... Tipo assim... Extremo demais.

— Ryan, nós não fazemos sexo. Somos como dois amigos... que são muito gentis um com o outro.

— Eu sou bom para você.

— Não, não é.

— Nossa, eu não sei quanto a isso. Não poderíamos procurar um terapeuta?

— Você quer procurar um terapeuta?

— Não.

— Bem, então...

— Mas eu não vou me sentir solitário?

— Você vai conhecer outra pessoa. É muito bonito, tem um bom trabalho. Você é um partidão.

Uma estranha energia surgiu entre nós e esse era um bom momento para eu perguntar se alguma vez ele tinha me traído. Mas eu não queria saber. Já não importava.

— Estou com quarenta e um anos — disse ele.

— Quarenta e um é jovem, hoje em dia.

— Mas eu preciso de um tipo especial de mulher — lembrou ele. — Alguém que saiba que eu sou um artista. Não quero fazer parecer que tudo gira em torno de mim, mas...

— Não se preocupe. Há milhões de mulheres apropriadas lá fora.

— E as crianças?

Fiquei em silêncio. Essa era a minha maior preocupação.

— Eles vão ficar muito chateados. Ou talvez nem liguem. — Nesse instante, comecei a repensar as coisas. — Talvez devêssemos esperar? Até eles ficarem um pouco mais velhos? Até Jeffrey fazer dezoito anos?

— Mais de dois anos? Ah, não, Stella. Todos dizem que o dano é idêntico para crianças criadas em um casamento sem amor e para as que vêm de um lar desfeito.

Sem amor? Estávamos penetrando cada vez mais em território desconhecido.

— Quem fica com a custódia deles? — perguntou Ryan.

— Nós vamos compartilhar a custódia, eu suponho. A menos que você queira custódia total, certo?

— Você está brincando comigo? — exclamou. Depois, com a voz mais calma, disse: — Não, não, é melhor compartilharmos a custódia. Não consigo acreditar que estamos conversando sobre essas coisas. — Olhou ao redor da sala. — Isso está realmente acontecendo?

— Sei o que você quer dizer. Eu também sinto como se estivesse sonhando. Mas sei que é real.

— Quando eu acordei essa manhã naquele hotel, não fazia ideia de que hoje, nessa mesma noite... Pensei que estávamos ótimos. Bem... — consertou — Para ser franco, nunca tinha questionado nada disso. Como vamos fazer com relação ao dinheiro?

— Não sei. Eu não tenho todas as respostas. Nós acabamos de decidir isso. Mas temos mais sorte que muita gente. Temos um imóvel em Sandycove. — Subitamente, o fato de não termos conseguido novos inquilinos parecia um endosso divino para a nossa separação.

— Quando você diz "vamos nos separar" está dizendo que nós vamos nos divorciar? — perguntou Ryan.

— Suponho que sim.

— Cacete! — ele expirou com força. — Isso não tem nada a ver com tribunais, tem?

— Pode ter, se você quiser.

Ele pensou sobre o assunto.

— Ah, não, podemos muito bem dispensar problemas. Não vale a pena estragar as coisas. Quer dizer, todo mundo anda fazendo isso. — Era verdade. Em nosso círculo de amigos, vários casais tinham dado início ao processo de divórcio nos últimos meses. — Parece aquela época em que todo mundo resolveu comprar um apartamento de férias na Bulgária, alguns anos atrás. Uma espécie de modismo, não foi?

— Talvez. — *Pelo amor de Deus*, pensei.

— Que bom para nós sermos tão civilizados — disse ele. — Somos diferentes de Brendan e Zoe. — A separação de Zoe e Brendan continuava sendo muito amarga.

— Você não parece triste. — Ryan assumiu um tom de acusação.

— Estou em choque. Talvez. A dor virá depois. Você está triste?

— Um pouco. Devo dormir no sofá esta noite?

— Não há necessidade.

— Vamos assistir Graham Norton?

— Tudo bem.

Assistimos a um pouco de televisão e, por volta de onze e meia da noite, nós dois fomos para a cama. Ryan se despiu de forma muito discreta, tendo o cuidado de esconder sua nudez.

Quando nós dois estávamos debaixo do edredom, ele propôs:

— Deveríamos fazer sexo em homenagem aos velhos tempos?

— Eu preferiria que não fizéssemos.

— Ok. Eu também. Mas podemos dormir de conchinha?

— Tudo bem.

Na manhã seguinte, assim que acordamos, ele perguntou:

— Será que eu sonhei? Vamos realmente nos divorciar?

— Se você quiser.

— Ok. Vou ter de me mudar daqui?

— Um de nós terá de se mudar.

— Acho que seria melhor se eu saísse. Vou morar em nossa outra casa.

— Certo. Hoje mesmo?

— Nossa, mas eu nem sequer tomei minha primeira xícara de café! E como é que pode você estar tão calma?

— ... Porque tudo já tinha acabado há muito tempo.

— E por que não percebemos?

Refleti sobre isso.

— Sabe o jeito como conseguimos ver a luz das estrelas, mesmo daquelas que já estão mortas há muito tempo? Somos nós.

— Isso foi muito poético, Stella. Mortos há muito tempo? Tão ruim assim? Uau! — Ele se colocou de barriga para cima e disse: — Bem, pelo menos eu sou uma estrela.

Segunda-feira de manhã, logo cedo, Karen e eu estávamos começando a planejar nosso dia, quando ouvimos uma pessoa que vinha subindo a escada do salão.

— Mas já? — disse eu. — Alguma cliente está com pressa.

Karen viu o visitante antes de mim e seu rosto se tornou duro e hostil.

— O senhor deseja alguma coisa?

Era ele. Mannix Taylor. Não em suas roupas de hospital, mas com o sobretudo cinza sofisticado que vestia na primeira vez que o vi, quando joguei meu carro contra o dele.

— Posso ver Stella? — perguntou ele.

— Não — respondeu Karen.

— Eu estou aqui. — respondi.

Ele me viu e o choque do nosso contato visual me deixou zonza.

— O que aconteceu com você na sexta-feira? — quis saber ele.

— É que eu... Bem...

— Eu esperei até nove horas da noite.

— Oh. Eu deveria ter ligado avisando. Sinto muito.

— Podemos conversar?

— Estou no trabalho.

— Você tem horário de almoço?

— Pode ir agora — ofereceu Karen, parecendo irritada. — Vão logo e batam seu papo. Mas lembre-se, senhor — ela se colocou entre Mannix Taylor e eu —, que ela é casada.

— Ahn... Na verdade — eu disse, quase me desculpando —, Ryan e eu nos separamos.

O rosto de Karen assumiu um tom de branco perolado, com o choque. Nunca em sua vida ela fora pega desprevenida daquela forma, e se mostrou muito desconcertada.

— O quê? Quando?

— No fim de semana. Ele saiu de casa ontem à noite.

— E você não me contou?

— Eu estava prestes a fazer isso.

Ela se recompôs e fez a maior pose para dizer:

— Mas lembrem-se bem... — Estreitou os olhos para Mannix, depois para mim, e novamente para Mannix. — Vocês dois e seu pequeno romance hospitalar... Isso tudo só existe em suas mentes; na vida real vocês jamais dariam certo.

Do lado de fora, naquela gelada manhã de março, sugeri que fôssemos até o cais. Nós nos sentamos em um banco, olhamos para os barcos que passavam e eu perguntei:

— O que está acontecendo? Por que você apareceu no meu trabalho?

— Por que você marcou uma consulta comigo na sexta-feira? E depois, por que não apareceu?

— Ouvi dizer que você e sua esposa se separaram...

— É verdade.

— Sinto muito.

— Está tudo bem.

— Eu queria muito ver você. Mas de repente me senti assustada demais.

— Certo. — Depois de uma pausa, continuou: — Não é estranho estarmos falando um com o outro usando palavras de verdade, em vez de piscadas?

— É mesmo. — Eu tinha acabado de me dar conta de que estávamos realmente nos comunicando com nossas vozes. — Mas éramos muito bons nas piscadas. — De repente eu fiquei irritada com toda aquela timidez e cautela. — Apenas me fale — pedi. — O que aconteceu? Com a gente. No Hospital. Eu não imaginei tudo, imaginei?

— Não.

— Então me explique.

Olhando fixamente para o mar, ele ficou em silêncio por um longo tempo, até que finalmente disse:

— Formou-se algum tipo de conexão entre nós. Não sei como isso aconteceu, mas você se tornou... A pessoa de que eu mais gostava. Ver você era o momento mais radiante do meu dia, e quando a nossa consulta terminava, todo o brilho ia embora.

Ok...

— Na frente doméstica, Georgie e eu andávamos tentando muito ter um bebê... Ou bebês. A fertilização *in vitro* não estava funcionando, mas mesmo sem filhos eu queria dar a mim e a Georgie a melhor chance que fosse possível. Mas não conseguia estar totalmente com ela, porque pensava o tempo todo em você. Então eu tive que parar de ver você. Desculpe por não ter explicado. Se eu tivesse tentado ia acabar expondo muito as coisas; isso apenas pioraria tudo.

— E então o que aconteceu?

— No final, nós fizemos seis tentativas de fertilização *in vitro*, mas nenhuma delas funcionou — disse ele. — O que havia entre Georgie e eu simplesmente se desfez. Eu me mudei de lá cerca de cinco meses atrás. Nós demos entrada no pedido de divórcio. Ela está saindo com outra pessoa agora, e parece gostar dele.

— E tudo acabou entre gritos e muita amargura?

Ele riu.

— Não. É a prova de o quanto tudo está acabado. Sem gritos ou qualquer coisa. Suponho que nós agora somos... amigos.

— Sério? Isso é bom.

— Nós nos conhecemos desde que éramos crianças, nossos pais sempre saíam juntos. Acho que nós sempre seremos amigos. E quanto a você e Ryan?

— Ele se mudou e nós já contamos o que aconteceu às crianças. Mas é tudo um pouco estranho. *Muito* estranho.

— Você ainda o ama?

— Não. E ele não me ama. Mas está tudo bem. — Eu me levantei. — É melhor eu voltar para o trabalho. Obrigada por ter vindo. Obrigada por me explicar tudo. Foi legal ver você.

— Legal?

— Legal *não*. Bem estranho.

— Stella, sente-se aqui por mais um minuto, por favor. Podemos nos ver novamente?

Sentei-me cuidadosamente na ponta do banco e, quase com raiva, perguntei:

— O que você quer de mim?

— O que *você* quer de *mim*? — rebateu ele.

Assustada, eu o analisei longamente. Queria sentir o cheiro de seu pescoço, percebi. Queria tocar seu cabelo. Queria lamber seu...

— Responda uma coisa — pedi. — E, por favor seja honesto. Eu não sou seu tipo, sou?

— Eu não tenho um "tipo" definido.

Eu o encarei.

— Tudo bem — admitiu ele. — Acho que você não é.

— Então a conexão que tivemos no hospital...

— E no acidente de carro — disse ele. — Mesmo naquele dia já estávamos nos comunicando sem palavras.

— Mas o meu estado enquanto eu estava no hospital, com tubos entrando e saindo de mim, meu cabelo sem lavar, sem um pingo de maquiagem, não foi uma ilusão você gostar de mim?

— Não.

Oh.

— Foi pior — ele disse. — Acho que eu me apaixonei por você.

Eu dei um pulo do banco e me distanciei um pouco dele. Fiquei chocada, depois emocionada e então, muito rapidamente, comecei a me perguntar se ele estaria mentalmente doente. Isto é, o que eu sabia sobre ele, *de verdade*? Ele poderia muito bem sofrer de delírios ocasionais ou... crises de loucura ou o quer que fosse que as pessoas loucas tinham.

— Vou voltar ao trabalho — avisei.

— Mas...

— Não!

— Por favor...

— Não!

— Você me encontra mais tarde?

— Não!

— Para o almoço, amanhã?

— Não!

— Vou estar aqui à uma da tarde. Vou trazer sanduíches.

Corri de volta para o salão, onde Karen caiu em cima de mim como um cão faminto.

— Eu liguei para Ryan — disse ela, falando muito depressa. — Ele me disse que vocês realmente se separaram. Eu não contei a ele que Mannix Taylor tinha aparecido aqui, porque não havia razão para perturbá-lo com uma coisa que não ia tornar a acontecer, certo? E então, o que está rolando?

Mais ou menos às seis da tarde, na véspera, Ryan e eu tínhamos tido a conversa histórica em torno da mesa da cozinha; a conversa que selou a ruptura da nossa pequena família. Tínhamos dado um ao outro um aceno de cabeça. Em seguida, pedimos a Betsy e a Jeffrey para que eles desligassem seus aparelhos eletrônicos e se sentassem conosco. Eles, obviamente, sentiram que algo grave estava no ar, porque atenderam ao nosso pedido sem resistência.

Eu comecei dizendo:

— Seu pai e eu, nós amamos muito vocês dois.

— Só que... — disse Ryan.

Esperei que ele continuasse, mas como ele não o fez, a bola voltou para mim.

— ... Seu pai e eu decidimos nos separar... — Era difícil dizer, porque era crucial demais. — Terminar o casamento.

Silêncio total. Jeffrey me pareceu enjoado com o choque, mas Betsy aceitou a novidade com calma.

— Eu já sabia que as coisas não andavam bem — disse ela.

— É mesmo? Como?!

Então me lembrei das conversas encorajadoras que ela costumava ter comigo quando eu estava no hospital, e sobre o quanto a minha doença faria com que Ryan e eu nos reaproximássemos.

— Isso é culpa sua! — gritou Jeffrey, olhando para mim. — Você não deveria ter contraído esse troço, essa... doença!

— Eu falei exatamente isso — cantarolou Ryan.

— As coisas já não estavam dando certo desde muito antes do hospital — afirmou Betsy. — Mamãe nunca teve a chance de se autorrealizar. O foco principal desse casamento sempre foi o papai. Desculpe, pai. Eu amo você, mas a mamãe ficava sempre em segundo plano.

Eu estava maravilhada. Até alguns dias antes, Betsy tinha sido uma menininha que não queria nem discutir sobre anticoncepcionais, e agora se transformara numa jovem mulher madura, com uma compreensão do meu casamento maior do que a minha.

— Vocês vão se divorciar? — perguntou Betsy.

— Isso vai levar um longo tempo, uns cinco anos. Mas vamos dar início ao processo, sim.

— Você vão contratar advogados? — quis saber Jeffrey.

— ... O processo vai ser bastante amigável.

— Papai vai se mudar para outra casa? — perguntou Jeffrey.

Olhei para Ryan. Ele olhou para mim. Aquilo estava realmente acontecendo?

— Sim — eu consegui dizer. — Ele vai morar na casa em Sandycove.

— E eu vou morar com quem?

— Com quem você quer morar?

— Vocês não deveriam me fazer perguntas como essa. Vocês deveriam me dizer. *Vocês* são os pais! — Ele parecia choroso. — Eu não quero morar com nenhum de vocês. Odeio os dois! Especialmente você, mãe. — Ele empurrou sua cadeira com força para trás e foi para a porta.

Num piscar de olhos eu decido continuar com Ryan. Estava terrivelmente assustada com o que tínhamos desencadeado. Nós não poderíamos fazer aquilo com nossos filhos.

— Por favor, Jeffrey, tenha calma. Vamos ver... Ainda podemos repensar as coisas.

Ryan estava começando a ficar aborrecido.

— Não — afirmou Jeffrey. — Agora você já contou. Não pode fingir que está tudo bem quando não está.

— Exatamente — concordou Ryan, um pouco rápido demais. — Sei que isso é difícil para você, cara, mas a vida é cheia de lições difíceis.

Lentamente, Jeffrey tornou a se sentar à mesa.

— Mamãe e eu estamos nos separando — disse Ryan. — Mas é muito importante que vocês saibam que amamos vocês.

— Quando é que você vai se mudar? — quis saber Jeffrey, olhando para Ryan.

— ... Bem, hoje à noite. Mas não precisa ser hoje. Posso esperar até que você esteja pronto.

— Se você está indo, é melhor ir logo de uma vez. — Jeffrey parecia estar recitando suas falas a partir do texto de uma novela. — Você arrumou uma namorada?

Observei Ryan atentamente. Essa era uma pergunta que também me interessava.

— Não.

— E você vai se casar com ela, ter outros filhos e esquecer tudo sobre nós?

— Não! Você vai me ver com a mesma frequência que me vê atualmente...

— Que é praticamente zero.

Para ser franca, Jeffrey tinha razão.

— Nós ainda somos uma família — disse. — Uma família amorosa. Você e Betsy são as pessoas mais importantes para nós, e isso nunca vai mudar. Estaremos sempre aqui para vocês, não importa o que aconteça.

— Exatamente. Estaremos sempre aqui para vocês, não importa o que venha a surgir. Pronto, é isso! — Ryan tinha o ar de alguém que encerrava uma reunião às pressas. — É uma notícia triste, mas vamos conseguir superar tudo, certo?

Ele se levantou. Nossa mesa redonda familiar tinha obviamente chegado ao fim.

— Então... ahn... — disse Ryan, olhando para mim — Você poderia me ajudar a empacotar algumas das minhas coisas...?

Arrumei a mala de rodinhas dele com roupas suficientes para ele usar ao longo dos próximos dias. O plano era que Ryan fosse gradualmente removendo o resto das suas coisas ao longo de várias semanas. Não haveria a chegada dramática de nenhum caminhão de mudança, isso nós já tínhamos decidido.

Quando ele saiu, eu quase me senti como se ele estivesse indo para uma de suas viagens de trabalho, como se tudo fosse continuar no mesmo ritmo de sempre e não tivesse acontecido nenhum abalo sísmico nas vidas de todos nós.

Jeffrey foi direto para a cama e eu podia ouvi-lo soluçar, mas quando eu bati à sua porta ele gritou e mandou, com uma voz cheia de lágrimas, que eu fosse embora.

Depois de algum tempo fui para a cama, mas não consegui dormir.

Eu já tinha passado incontáveis noites naquela mesma cama sozinha, enquanto Ryan estava em viagens de negócios; na teoria, aquela noite não deveria ser diferente. Mas tudo tinha mudado e eu estava devastada. De repente eu me lembrei da garota que era quando conheci Ryan — eu tinha dezessete anos, a idade de Betsy agora. Ryan e eu tínhamos circulado pelo mesmo grupo de amigos durante muito tempo e, embora eu tivesse tido alguns namorados e ele tivesse curtido um bom número de namoradas, eu sempre tinha gostado dele. Ryan não era apenas bonito, era talentoso também, e quando ele começou a cursar a faculdade de Belas Artes, eu imaginei que o tivesse perdido de vez para aquelas garotas universitárias descoladas.

Mas não foi assim que aconteceu. Ele permaneceu em contato com seus velhos amigos e, depois de mais algum tempo, começamos a gravitar um em torno do outro. O sentimento nos atingiu em cheio. Aquilo era diferente de qualquer outro romance que tínhamos experimentado: era algo real, era sério, era uma coisa adulta.

Eu tinha sido louca por ele, completa e descontroladamente apaixonada; à medida que fui me lembrando do quanto tinha sido sincera ao recitar meus votos de casamento, chorei e chorei sem parar.

Por volta de uma da manhã o meu celular tocou. Era Ryan.

— Você está bem? — ele quis saber.

— Triste, sabe como é...

— Eu só queria conferir uma coisa — disse ele. — Nós nos amamos um dia, não foi?

— Sim, nós realmente amamos um ao outro.

— E ainda amamos um ao outro agora? Mais ou menos? Só que de uma forma diferente?

— Sim. — Eu estava sufocando com as lágrimas. — Só que de um jeito diferente.

Nós desligamos e eu chorei ainda com mais força.

— Mamãe?

Betsy estava em pé na porta do meu quarto.

Ela veio caminhando na pontinha dos pés, se deitou na cama ao meu lado e aconchegou seu corpo no meu. Em algum momento mais tarde, no meio da madrugada, eu peguei no sono.

Na terça-feira de manhã, verifiquei minha agenda. Não havia ninguém marcado para uma da tarde.

— Tudo bem para você se eu sair para almoçar à uma hora? — perguntei a Karen.

— Você está louca? Essa é a nossa hora mais movimentada.

— Tudo bem — disse suavemente. Veremos.

Enquanto eu esperava pela cliente das dez, decidi dar a mim mesma uma bela pedicure. Enquanto eu esfoliava meus pés com vigor, Karen ficou me olhando com os olhos semicerrados.

— Você está se empenhando muito nisso aí. Não se esqueça de cobrar a si mesma pelo trabalho.

— Eu também sou dona deste salão, Karen. Sei como funciona o nosso sistema.

— Vai tudo dar terrivelmente errado, sabia?

— O que vai dar errado?

— O que quer que esteja acontecendo entre você e Mannix Taylor.

— *Nada* está acontecendo.

— Você pirou de vez. Imagine só, se separar de Ryan!

— Tudo já acabou há muito tempo com Ryan.

— Mas estava tudo ótimo até sexta-feira! Foi o dia em que você soube que Mannix Taylor estava solteiro.

— Que cor você acha que eu devo colocar nos dedos dos pés?

Ela estalou a língua e saiu do salão.

Quando deu uma e quinze, nenhuma cliente inesperada tinha aparecido. Peguei meu casaco e avisei a Karen:

— Vou sair.

Desci a escada correndo, antes que ela pudesse me impedir, ao mesmo tempo que me perguntava se ele ainda estaria lá.

Quando eu o vi sentado no banco olhando para o mar, me senti como se tivesse recebido uma pancada forte no peito. Fiquei completamente sem fôlego, como se tivesse quatorze anos de idade e aquele fosse meu primeiríssimo encontro. Foi terrível.

Ao som dos meus passos, ele olhou em volta. Um ar de gratidão pareceu inundá-lo.

— Você veio! — exclamou ele.

— Você me esperou! — respondi.

— Eu já esperei muito tempo por você — disse ele. — Que diferença faz mais meia hora?

— Não diga coisas desse tipo. — Eu me empoleirei na ponta do banco. — Isso é lisonjeiro demais.

— Eu trouxe sanduíches. — Ele apontou para um saco pardo. — Vamos brincar de um jogo.

Assustados, nos fitamos longamente. Os dois engoliram em seco ao mesmo tempo.

Pigarreei e perguntei:

— Que jogo?

— Caso eu tenha trazido o seu sanduíche favorito, você me encontra aqui de novo amanhã.

— Eu gosto de sanduíche de queijo — falei, com cautela.

Tive medo de ele pegar do saco um sanduíche de peru com cranberry, que era o que eu mais odiava.

— Que tipo de queijo? — ele quis saber.

— ... Qualquer tipo.

— Ah, por favor. Seja específica.

— ... Mozarela.

— Aqui está um de mozarela e tomate.

— É o meu favorito — confirmei, quase temerosa. — Como é que você sabia?

— Eu sabia porque conheço você — afirmou ele. — Conheço *de verdade*.

— Santo Cristo — murmurei, pressionando as mãos sob meus olhos. Aquilo era intenso demais para mim.

— E também... — acrescentou ele, quase alegremente —, comprei oito sanduíches. Algum deles tinha de ser o que você mais gosta... Mas só porque eu tive o cuidado de garantir que estaria certo, isso não quer dizer que não era para ser. De um jeito ou de outro, significa que você terá de me encontrar novamente amanhã.

— Por quê? O que você quer de mim? — Eu estava à beira das lágrimas. Cinco dias atrás eu era uma mulher que tinha um casamento feliz, de muitos anos.

— Eu queria... — Ele olhou nos meus olhos. — Você. Eu quero, você sabe... O de costume.

— O de costume!

— Quero deitar você sobre uma cama cheia de pétalas de rosas. Quero cobrir você de beijos.

Isso me silenciou por algum tempo.

— Isso é a letra de uma música ou algo assim?

— Acho que pode ser do Bon Jovi. Mas eu gostaria de fazer isso.

— E se você for um esquisitão que só gosta de mim muda e paralisada?

— Vamos descobrir isso em breve.

— Mas e se eu comecei a gostar de você? — Já era muito tarde para isso. — Estou falando muito sério... Você faz esse tipo de coisa com muita frequência?

— O quê? Apaixonar-me pelas minhas pacientes? Não.

— Você é um esquisitão?

Depois de uma pausa, ele disse:

— Não sei se isso conta, mas estou tomando antidepressivos.

— Para quê?

— Gota.

Ele riu e eu o encarei.

— Depressão — consertou ele. — Depressão leve.

— Isso não é engraçado. Que tipo de depressão? Maníaca?

— Não, apenas o tipo comum. O tipo que todo mundo tem.

— Eu não.

— Talvez seja por isso que eu gosto de você.

— Preciso voltar para o trabalho.

— Leve um sanduíche para sua irmã. Eu tenho seis sobrando. Pegue. — Ele me mostrou o interior do saco de papel, que de fato estava lotado de sanduíches. Peguei um de filé com molho de raiz-forte e o coloquei na bolsa ao lado do meu, ainda intacto.

— Vejo você amanhã — disse ele.

— Não vai, não.

De volta ao salão, Karen me saudou com uma cara azeda.

— Como está Mannix Taylor?

— Ele mandou um presente para você. — Sorri para seu rosto malicioso e lhe entreguei o sanduíche.

— Eu nunca como carboidratos.

— Mas se comesse, filé com molho de raiz-forte seria o seu sanduíche favorito.

— Como foi que ele soube? — Ela ficou interessada, apesar de fingir que não.

— Esse é o tipo de homem que ele é. — Dei de ombros, como se não fosse grande coisa.

Ele quer me deitar sobre uma cama cheia de pétalas de rosa e me cobrir de beijos, disse a mim mesma. De um jeito ou de outro, eu queria me manter ocupada. Trabalhei na minha marca de biquíni com o laser; em seguida, enfrentei meia hora de pura agonia da máquina anticelulite nas coxas e, então — desconsiderando todas as normas de segurança — fiz um bronzeamento artificial completo com spray em mim mesma.

Quarta-feira foi mais um dia seco, claro e com céu azul, um tempo muito incomum para a Irlanda. Apesar de estar frio, amargamente frio. Mas eu nem consegui sentir isso, apesar de vestir meu casaco leve e chamativo — aquele que eu só usava para ir do carro para o restaurante, apenas o tempo suficiente para que todos pudessem dizer:

"Meu Deus, seu casaco é um arraso!"

Mais uma vez eu me atrasei quase trinta minutos. Mesmo assim ele estava lá, sentado no banco, olhando para o mar e esperando por mim.

— Trouxe o seu sanduíche — avisou ele.

Aceitei sem entusiasmo. Não havia motivo para empolgação porque eu não podia comer. Mal tinha conseguido engolir uma porção mínima de comida, desde segunda-feira.

— Posso lhe perguntar algumas coisas? — pedi. — Por exemplo: onde você está morando agora?

— Em Stepaside. Num apartamento alugado. Georgie ficou com a casa. Pelo menos até resolvermos todas as... Você sabe... Pendências legais.

— Onde fica a casa?

— Na rua Leeson.

Quase no centro da cidade. Não num retiro rural perto de Druid's Glen, como eu imaginara. Entre tantos outros detalhes que eu tinha inventado sobre a vida dele...

— Ninguém mais conversou comigo no hospital — disse eu, percebendo isso naquele instante. — Você foi o único que me tratou como uma pessoa de verdade. — Então me lembrei de algo. — Além de Roland. Como ele está?

— Indo muito bem. Trabalhando. Pagando suas dívidas. Não compra mais doze pares de sapatos de uma vez só. Ele frequentemente fala sobre você.

Roland era tão amável.

— Diga a ele que mandei um abraço.

Quando comecei a me lembrar do quanto eu tinha me sentido apavorada ao longo das infindáveis semanas e meses em que estive no hospital, comecei a sentir uma raiva irracional de Mannix.

— Eu era uma espécie de prisioneira, não era?

Ele pareceu surpreso e eu respondi por ele.

— Eu era!

— Mas...

— E você era como um carcereiro, o policial bom que empurra pedaços de pão por baixo da porta. — Minha raiva cresceu. — Eu estava vulnerável. E você se aproveitou disso. Eu quero ir embora agora.

De repente me coloquei em pé e ele também, com o semblante coberto de ansiedade.

— Amanhã? — perguntou.

— Não. Definitivamente não. Pode ser. Não sei.

Saí dali correndo e na mesma hora me misturei com um bando de alunos desengonçados, com as pontas da camisa para fora da calça, que estavam por ali obviamente matando aula.

Na quinta-feira de manhã eu disse a Karen:

— Hoje eu não vou sair de jeito nenhum.

— Ótimo — disse ela, com satisfação.

— Pode tirar o dia de folga que eu cubro todo o serviço.

— Eu não posso tirar o dia de folga, sua tonta. Paul Rolles está agendado para hoje. Vem fazer depilação completa com cera: costas, bunda e saco, a partir de uma da tarde.

Com ar jovial, ofereci:

— Pode deixar que eu o atendo.

— Ele é *meu* cliente — disse Karen. — É um cara decente, dá excelentes gorjetas e confia em mim.

— Deixe-me atendê-lo hoje. Você pode ficar com a gorjeta do mesmo jeito.

— Ok, então.

À uma da tarde eu recebi Paul, peguei suas roupas, coloquei-o sobre a mesa de depilação e comecei a arrancar tiras de cera das suas costas; apesar de pensar em Mannix sentado no cais, me esperando com um sanduíche, me senti muito satisfeita comigo mesma e com a minha força de vontade inabalável.

Conversava com Paul, um amante de gatos, e fazia o trabalho no piloto automático, falando dos assuntos banais que funcionam como papo de esteticista. "Vamos lá, conte-me mais"; "Sua gatinha fez isso?"; "Nossa, escalou as cortinas sozinha até o teto?"; "Puxa, que divertido!"; "Ela parece uma maluquinha, mesmo."

Mas minha cabeça estava em outro lugar. Paul era um sujeito grande, e apesar de eu estar trabalhando em velocidade dobrada, depilá-lo por inteiro estava levando muito tempo. Enquanto eu espalhava cera derretida em seu corpo e pressionava as tiras de depilação para arrancá-las logo depois, fui me sentindo como um elástico que se esticava cada vez mais.

— Levante a bunda um pouco mais. Já estou chegando no seu...
— Espalha a cera, prende a tira, arranca a tira. Cera, prende, arranca. Cera-Prende-Arranca. Cera-Prende-Arranca.

Faltavam dez para as duas, eu já estava chegando aos testículos de Paul pela parte de trás quando o elástico dentro de mim arrebentou.

— Sinto muitíssimo, Paul, mas vou pedir à minha irmã para vir aqui terminar o serviço.

— Mas o que...

Ele ergueu o corpo e se apoiou nos cotovelos, sua bunda depilada empinada para o alto, parecendo muito vulnerável.

— Karen?

Ela estava sentada em seu banquinho, na recepção.

— Karen. — Minha voz estava muito aguda e trêmula. — Você se importaria de entrar e acabar de atender Paul? Está tudo pronto, exceto o... Você sabe, a última parte. É que de repente eu me lembrei de que preciso sair.

Os olhos dela brilharam com raiva, mas ela não podia me repreender na frente de um cliente.

— Claro — disse ela, e o som saiu através de lábios imóveis.

Eu já estava pegando o casaco. Desci a escada às pressas, tentando passar brilho nos lábios enquanto corria.

Eram quase duas horas e ele ainda estava lá.

— Então? — disse ele.

— Então eu estou aqui. — Suspirei e enterrei o rosto nas mãos. — Eu não queria vir. Não consigo fazer meu trabalho direito. Vou vomitar. Isso é horrível.

Ele assentiu com a cabeça.

— Não é horrível para você! — exclamei.

— Como você acha que eu me senti, sentado aqui, achando que você não iria aparecer?

— *Não me faça* sentir culpada.

— Desculpe. Sinto muito. — Ele tocou meu cabelo e disse: — Está tão bonito.

— Você acha? Eu só o lavei hoje de manhã e passei uma chapinha, rapidinho.

— Chapinha...?

— Sou esteticista — informei, com ar de desafio. — Bem-vindo ao meu mundo.

Na sexta-feira de manhã, Karen perguntou:

— Você vai se encontrar com ele hoje?

— Nada acontece — expliquei, na defensiva. — Nós apenas ficamos sentados lá, conversando.

— E quanto tempo isso poderá durar?

— Para sempre.

Mas não podia. Quando eu cheguei ao nosso banco, Mannix disse:

— Dá para acreditar nesse tempo?

— Vamos conversar sobre o clima? — Meu tom era quase de desprezo. Mas eu olhei para o céu. Ele ainda estava assustadoramente azul brilhante e sem nuvens, como se Deus estivesse conspirando para fazer com que Mannix e eu ficássemos juntos.

— Qualquer dia desses vai chover — anunciou Mannix.

— E...?

O olhar significativo em seus olhos fez com que eu me arrastasse, aos poucos, até a outra ponta do banco, longe dele.

Ele também deslizou ao longo do banco e me agarrou pelo pulso.

— Vamos ter de nos encontrar em outro lugar.

— E...?

— Exatamente — disse ele. — E... Pense nisso.

Olhei para o meu colo e em seguida lancei para ele um olhar meio de lado. Ele estava se referindo à cama com pétalas de rosas e tudo que a situação implicava.

Então minha atenção foi atraída por algo completamente diferente — eu tinha acabado de ver alguém que eu conhecia. Aquilo era tão improvável que eu só podia estar imaginando. Mas eu olhei novamente e era definitivamente ele: Jeffrey.

Horrorizado, o meu olhar se colou no dele.

Gaguejei:

— Vo-você... Você deveria estar na escola.

Jeffrey olhou de Mannix Taylor para mim e gritou:

— E você deveria ser uma mãe decente. Estou falando sério!

— Mas eu não fiz nada!

Jeffrey fugiu correndo e, de olhos arregalados, eu disse a Mannix:

— Preciso ir.

Persegui Jeffrey e ele deve ter me ouvido, porque parou e se virou.

— Eles viram vocês — gritou. — Os caras da minha turma.

Que caras? Quando eu me lembrei do bando de estudantes com quem eu esbarrara no outro dia, quase chorei. Eles eram da turma de Jeffrey? Que tal isso como exemplo de péssima sorte? Com o coração apertado, percebi que as minhas más ações seriam sempre descobertas.

A vergonha tomou conta de mim. Vergonha e tristeza por Jeffrey.

— Querido, me desculpe, por favor...

— Saia de perto de mim. Sua vagabunda!

O mundo desabou na minha cabeça. Uma delegação apareceu lá em casa para gritar comigo — Ryan, mamãe, papai, Karen e, é claro, Jeffrey. Até mesmo Betsy se posicionou contra mim. O ponto básico da revolta deles era Ryan ter me apoiado de forma incondicional durante uma longa doença e eu ter retribuído sua lealdade começando um caso com meu neurologista.

Não adiantou nada eu tentar lembrar a qualquer um deles — incluindo Ryan — que meu marido não me amava mais. Ele era o único que tinha ficado "ao meu lado". Tinha sido uma coisa muito visível, esse "ao meu lado". Eles todos tinham testemunhado o que ele fizera — os malabarismos com os horários, trabalhando até se estafar, com o rosto abatido de fadiga e preocupação. E não se esqueçam de que ele tinha comprado absorventes para Betsy. Imaginem! Um homem! Comprando absorventes! Para sua filha!

— Você mentiu para mim. — Ryan tinha grandes placas vermelhas nas bochechas. — Tentou fazer parecer que nós dois simplesmente não nos amávamos mais.

— Nós não nos amamos!

— Mas o tempo todo você estava com outra pessoa.

— Não, senhor, não estava!

— Jeffrey nos contou que viu vocês.

Confirmei que as crianças não estavam ao alcance da minha voz e murmurei:

— Nada aconteceu entre nós.

— *Ainda* não! — exclamou Karen — Nada aconteceu *ainda*!

Eu me distraí com os ruídos pesados que vieram do andar de cima.

Jeffrey e Betsy estavam lá, no segundo andar — que diabos estavam aprontando?

— Nós não conseguiríamos aguentar esse sujeito, o dr. Taylor, em nossas vidas — declarou mamãe.

— Vocês não têm de aguentar ninguém!

— Gostamos de rir de pessoas — explicou papai. — Nós somos muito bons em zombar do nosso Ryan aqui... Sem ofensas, filho, mas tiramos sarro de você o tempo todo. E o Enda de Karen, apesar de ser um policial, é muito cômico, do seu jeito. Mas esse sujeito, Taylor, é muito diferente. Ele tem... *gravitas*.

— Isso é o mesmo que "cojones"? — perguntou mamãe, puxando papai num canto.

— Não. — Papai pareceu exasperado. — "Cojones" é diferente.

— Embora ele também os tenha, certamente — afirmou Ryan. — Imaginem, dar em cima da minha esposa doente. Minha esposa *paralisada*!

— Ele *não fez* isso!

— O problema — explicou mamãe, com um traço de ansiedade — é que teríamos de convidá-lo para ir à nossa casa. Lá é muito pequeno!

— Pequeno para quê? — perguntei. — O que vocês estão planejando fazer? Dar um baile para ele?

— Sua mãe e eu já discutimos sobre isso — disse o pai. — A única maneira de evitar convidá-lo seria colocando fogo na casa inteira.

— Vocês moram numa casa geminada — avisou Jeffrey, passando por eles e arrastando uma mala. — Vocês não fariam isso com os seus vizinhos. O carro está aberto, pai?

— Aqui, pegue o controle remoto. — Ryan entregou o chaveiro para Jeffrey.

Betsy apareceu. Ela também puxava uma mala de rodinhas.

— O que está acontecendo? — gritei.

— Vamos morar com papai. Estamos abandonando você. — comunicou Betsy.

E lá se foram, todos eles, me deixando sozinha.

Completamente sozinha, chateada, confusa, envergonhada e resistente.

... Completamente sozinha, com pés lisinhos e sem calos. E uma virilha totalmente depilada. E um bronzeado dourado e reluzente.

Eu não tinha feito coisa alguma de errado, e ainda assim todos estavam me julgando — seria culpada se fizesse, e também seria se não fizesse.

Já que era assim, eu poderia muito bem "fazer".

— Mannix, quero ver você.

— ...Tudo bem. Onde? Você quer sair para tomar um drinque?

— Não. — Eu estava remexendo na minha gaveta de calcinhas. — Já não aguento mais essa baboseira toda.

— Que baboseira?

— Vamos lá, Mannix.

— Tudo bem. Eu também já não aguento mais.

Vesti a roupa íntima que tinha comprado para minha Noite Especial com Ryan. Não valia a pena ser sentimental, porque aquela era a única coisa sexy que eu tinha. Depois, cobri o corpo todo com loção hidratante iluminadora e enfiei nos pés um par de sapatos muito altos para, em seguida, dar uma rápida olhada no espelho de corpo inteiro. Ótimo. Eu tinha tido dois filhos, estava com Ryan havia muito tempo e decidi deixar a coisa rolar solta. Tinha trinta e nove anos e mesmo no meu auge nunca teria passado por uma modelo profissional.

Fui acometida por um arrependimento súbito, daqueles de sentir vontade de retorcer as mãos, por não ter feito Pilates diariamente ao longo dos últimos vinte anos. Por Cristo, teria sido tão difícil assim? Apenas trinta minutos por dia já teriam me mantido numa forma razoável. Mas eu não me dera esse trabalho e agora teria de pagar o preço.

Obriguei-me a parar de reclamar da minha barriga, da minha idade e de todas as chances que eu tinha desperdiçado de me tornar Elle Macpherson. Mannix tinha me visto com tubos saindo da maioria dos meus orifícios. Portanto, qualquer coisa que eu lhe oferecesse naquela noite só poderia representar um avanço.

Escolhi o vestido azul Vivienne Westwood que cobria meus joelhos e tinha pregas estratégicas que disfarçavam minha barriga — sabia que Karen me achava uma tola, mas aquele vestido tinha valido cada centavo.

A indecisão entre usar meia 3/4 ou meia-calça ameaçou desencadear outro derretimento da minha calota cerebral, e resolvi renunciar a ambas. Rapidamente, como se aquilo não representasse nada, tirei a aliança e a deixei cair numa gaveta. Depois, antes que eu me convencesse a desistir, desci a escada correndo e saí na noite fria.

A sra. Vizinha-do-lado-que-nunca-foi-com-a-minha-cara estava em pé no seu jardim da frente, no escuro.

— O que está acontecendo? — quis saber ela. Já devia ter acompanhado o drama que acontecera mais cedo, quando Jeffrey e Betsy tinham saído de casa carregando malas. — Devo avisá-la, Stella, que essas roupas são absurdamente inadequadas para o frio que está fazendo.

— Tudo bem — reagi, abrindo a porta do carro. — Não pretendo usá-las por muito tempo.

O apartamento de Mannix ficava no segundo andar de um prédio num condomínio novo e imenso. Tive de caminhar por um corredor cruelmente brilhante, sem decoração, em meus sapatos incapacitantes, pelo que me pareceram vários quilômetros.

Finalmente cheguei ao 228. Bati à porta sem graça de madeira e ele a abriu na mesma hora. Vestia uma camisa larga e solta, jeans desbotado, e seu cabelo estava bagunçado.

— Eu me sinto uma prostituta — avisei. — E não de um jeito bom.

— Existe um jeito bom? — Ele me entregou um copo de vinho e fechou a porta atrás de mim.

Olhei ansiosamente por cima do ombro.

— Por que você não faz com que eu me sinta uma prisioneira?

— ... Eu...

— Karen diz que *existe* um lado bom, no lance da prostituta. — Eu não conseguia parar de falar. — Brincar com fantasias sexuais, sabe?

— Que tal sermos nós mesmos esta noite? — Ele me pegou pela mão e tentou me levar para frente. — Eu não tive tempo para conseguir as pétalas de rosa. Não estava esperando por isso...

— Não importam as pétalas de rosa. — Entornei o vinho quase todo de uma vez só. — Onde é o quarto?

— Você está animada.

— Que nada... — garanti. — Estou é apavorada. Estou com um medo surreal. — Minha voz estava ficando mais rápida. — Faz mais de vinte anos desde que eu estive com outra pessoa. Este é um grande passo para mim. Estou quase perdendo a coragem.

Fiquei em pé no corredor, olhei para a cozinha, o banheiro e a sala de estar, todos mobiliados em tons neutros e discretos. Havia uma aparência de nudez, algo inacabado neles, como se ele ainda não tivesse se preocupado em mudar para lá em definitivo.

— Este é o quarto? — Timidamente, abri uma porta.

Mannix olhou para a cama, um móvel genérico coberto com um edredom branco.

— Isso mesmo.

— Está muito claro aí dentro. Qual é o lance das luzes? Você tem um *dimmer* para regular a intensidade?

— Não... Escute, Stella, por favor, sente um pouco na sala de estar. Respire fundo.

— Nós vamos ter de fazer no escuro.

Ele balançou a cabeça para os lados.

— Eu não vou fazer nada no escuro.

— Você tem um abajur? Pegue uma luminária. Deve haver alguma luminária. — Eu tinha visto uma na sala da frente. — Vá até lá e pegue.

Enquanto ele desligava a luminária de mesa e a levava para o quarto, fiquei parada no corredor, bebendo o vinho e batendo o pé no chão, de nervoso. Quando Mannix acendeu a luminária e desligou a lâmpada do teto, o quarto pareceu zumbir sob uma luz rosada e suave.

— Assim é melhor. — Entreguei-lhe meu copo vazio. — Tem mais disso?

— Sim, claro... Deixe que eu...

Ele foi para a cozinha e, quando chegou de volta eu estava no quarto, sentada na beira da cama e transbordando de ansiedade.

Ele me entregou o vinho e perguntou:

— Você tem certeza sobre isso?

— Você tem?

— Tenho.

— Então, vamos nessa. — Tomei um gole imenso. — A propósito — eu disse, me deitando na cama, ainda de sapatos. — Eu não sou muito boa com bebidas. Não me deixe ficar muito bêbada.

— Tudo bem. — Ele tirou a taça da minha mão e a colocou no chão. Na mesma hora eu a resgatei e tomei mais um gole, mas logo devolvi o vinho e tornei a me deitar. — A primeira vez é sempre a pior. — Olhei para ele em busca de confirmação. — Não é?

— Também não tem que ser desagradável — disse ele.

— Eu sei, eu sei. Não foi isso que eu quis dizer. É só que... Preciso de você do jeito que você era no hospital.

— Quem é que estava preocupada de eu só gostar de uma mulher muda e paralisada?

— É que... Eu preciso que você assuma o controle.

Depois de um segundo, ele perguntou, suavemente:

— Você quer que eu assuma o controle?

Fiz que sim com a cabeça.

Lentamente, ele começou a desabotoar a camisa.

— Você quer dizer... Assim?

Caramba. Mannix Taylor estava desabotoando sua camisa na minha frente. Eu estava prestes a fazer sexo com Mannix Taylor.

Ele deixou a camisa descer num farfalhar de algodão sobre o ombro, eu estiquei a mão e toquei sua pele, acariciando seu pescoço e sua clavícula.

— Você tem ombros — reparei, com espanto.

Também tinha peitorais fortes e uma barriga invejavelmente reta.

Pensei em suavizar o clima dizendo: "Nada mau para um cara de quarenta e poucos anos", mas não consegui falar.

— Agora é a sua vez. — Ele começou a tirar meus sapatos.

— Não — avisei, ansiosa. — Eles precisam ficar. Para criar a ilusão de que eu tenho pernas compridas.

— Shhh.

Ele colocou meu pé direito em suas mãos. Em seguida o pousou no colo e apertou o arco interno com os dois polegares. Manteve-os ali por um momento, a pressão exercendo uma espécie estranhamente prazerosa de dor, mas logo deslizou as mãos ao longo do corpo do pé, esticando meus tendões sob a pele. Eu fechei os olhos, sentindo calafrios de prazer.

— Lembra-se disso? — Eu o ouvi dizer.

Eu me lembrava — fora a única vez que ele tinha trabalhado em meus pés, enquanto cuidou de mim. Algo poderoso tinha acontecido entre nós naquele dia, tanto tempo atrás, e ele nunca mais tornara a fazer aquilo.

Enquanto ele pressionava e massageava, meus lábios começaram a formigar, meus mamilos se apertaram e endureceram.

Com o polegar, ele deu pequenos beliscões de felicidade em torno do meu dedão do pé. Os movimentos eram como pequenas mordidas de prazer. Ele enfiou o dedo médio entre o dedão e o segundo dedo do pé, balançando devagar até que eles se separaram ligeiramente; quando seu polegar se encaixou no espaço que se abriu, um choque de prazer subiu como uma corrente elétrica por dentro de minhas pernas.

Meus olhos se abriram e ele estava olhando diretamente para mim.

— Eu sabia — disse ele. — Você sentiu isso também? Naquele dia?

Concordei com a cabeça.

— Meu santo Cristo — sussurrei.

Eu estava absolutamente em chamas e ele ainda nem tinha me beijado.

E então o beijo aconteceu. Dobrei a perna direita, ergui o corpo um pouco, puxei-o para baixo e nos beijamos por um longo tempo. Meu pé ainda estava em seu colo, pressionado contra algo muito duro. Eu empurrei o pé um pouco mais e ele deu um gemido.

— Isso é... — perguntei.

Ele assentiu.

— Quero ver — pedi.

Ele se levantou. Abriu o botão de cima do jeans e desceu o zíper lentamente até sua ereção se lançar para fora.

Nu, ele permaneceu parado diante de mim, nem um pouco tímido.

— Agora é sua vez — ordenou ele.

Comecei a levantar o vestido até as coxas.

— Tem certeza de que não podemos apagar a luz?

— Ah, nunca tive tanta certeza em toda a minha vida. — Seus olhos eram puro brilho. — Esperei muito tempo por isso.

Enquanto eu me contorcia para fora do meu vestido, ele me observava como um falcão.

Seu olhar era tão atrevido e apreciativo, seu sorriso era tão quente, que no momento em que eu tirei meu sutiã já tinha perdido toda a inibição.

Ele tinha dito que queria me cobrir de beijos e foi o que fez. Cada parte de mim — meu pescoço, meus mamilos, a parte de trás dos joelhos, o interior dos pulsos e onde mais importava. Cada nervo do meu corpo se acendeu. Um pensamento flutuou na minha cabeça — eu estava tão acesa quanto o quadro de distribuição elétrica no filme *Jerry Maguire* —, mas logo a imagem foi para longe.

— É hora do preservativo — sussurrei.

— OK — disse ele, a respiração quente contra a minha orelha.

Com muita eficiência, ele colocou a camisinha e, assim que entrou em mim, eu tive um orgasmo. Agarrei suas nádegas e apertei seu peso sobre o meu corpo, mal aguentando a intensidade do prazer. Eu tinha me esquecido de como o sexo podia ser fabuloso.

— Ó Deus — eu me engasguei. — Ó, meu Deus.

— Isso é só o começo — avisou ele.

Ele abrandou o furor até torná-lo uma deliciosa agonia. Ele se apoiava em seus braços e se movia com cuidado, entrando e saindo de mim, me observando com aqueles olhos cinzentos.

Eu estava maravilhada com o seu controle. Aquele certamente não era um homem privado de sexo há vários meses. Mas eu não ia pensar nisso agora.

Sem tirar os olhos dos meus, ele continuou se movimentando para dentro e para fora de mim até me levar a outro pico de prazer, ainda mais poderoso que o anterior. E depois de novo... E mais uma vez.

— Não aguento mais. — Eu estava encharcada de suor. — Acho que vou morrer.

Ele aumentou a velocidade, movendo-se cada vez mais rápido até que, finalmente, se debatendo e gemendo baixinho, gozou.

Ficou deitado em cima de mim até que seus suspiros ofegantes se tornaram ciclos regulares de respiração; só então saiu de mim, rolou para o lado e me aninhou em seus braços, colocando minha cabeça em seu peito. Na mesma hora, adormeceu. Fiquei ali quietinha, atordoada de espanto. Eu e Mannix Taylor juntos na cama. Quem teria pensado nisso?

Cerca de meia hora depois ele acordou, ainda adoravelmente sonolento.

— Stella. — Parecia espantado. — Stella Sweeney? — bocejou. — Que horas são?

Havia um despertador no chão.

— Acaba de dar meia-noite — eu disse.

— Você quer que eu chame um táxi para você?

— O quê? — Pulei para fora da cama como uma mola.

— Eu pensei... que você gostaria de voltar para casa.

Peguei o sapato e joguei em cima dele.

— Caramba! — ele reagiu.

Com gestos trêmulos eu recuperei meu sapato, depois o outro e, arrasada, enfiei a calcinha e o vestido. Joguei o sutiã dentro da bolsa.

— Eu achei que, por causa dos seus filhos e tudo o mais... — explicou ele.

— Ótimo.

Abri a porta da frente, levando os sapatos na mão. Não pretendia calçar aqueles troços tenebrosos.

Eu ainda esperava que ele me impedisse de ir embora, mas ele não o fez, e quando eu segui pelo corredor iluminado por anônimas lâmpadas frias, rumo ao elevador, *realmente* me senti como uma prostituta.

Remexi na bolsa em busca do celular e, quase em lágrimas, liguei para Zoe.

— Você ainda estava acordada? — perguntei.

— Estava. As crianças estão com Brendan e aquela cadela. Estou sentada aqui com o controle remoto e minha garrafa de vinho.

Vinte minutos depois eu estava com ela.

Ela me recebeu de braços abertos.

— Stella, seu casamento acabou, é normal se sentir perdida e...

Eu me livrei do abraço dela.

— Zoe, posso perguntar quais são as regras em relação a encontros, hoje em dia?

— As mesmas que sempre valeram: eles fodem você uma vez e depois nem telefonam mais.

Merda.

— Mas é muito cedo para se preocupar com isso. Você e Ryan mal deciram se separar e... Isto é, pode ser até que resolvam voltar e ficar juntos...

Eu balançava a cabeça para os lados.

— Não. Não, Zoe. Você conhece Mannix Taylor?

— O médico?

— Ele foi me procurar no trabalho segunda-feira.

— Essa segunda-feira que passou? Essa segunda de menos de cinco dias? E você não me contou?

— Desculpe, Zoe, é que foi tudo meio estranho...

Ela estava juntando rapidamente as peças soltas na cabeça.

— E você o deixou foder com você? Hoje à noite? Ai, meu Deus!

— E então, logo depois... Ele me perguntou se eu queria que ele chamasse um táxi.

Seu rosto era uma imagem de pura compaixão.

— Sinto muito, Stella, os homens são assim mesmo. Você esteve fora de campo durante muito tempo, não tinha como saber.

Meu celular tocou e eu olhei para a tela.

— É ele.

— Não atenda! — disse ela, depressa. — Ele está só à procura de outra trepada.

— Tão cedo?

— Ele é o tipo de homem que conseguiria "levantar" quatro vezes por noite. É o Senhor Altamente Competente! O Senhor Macho Alfa. Desligue o celular. Por favor, Stella.

Ok.

Zoe fez o melhor que pôde, mas ela não estava conseguindo me reconfortar. Então fui para minha casa vazia e enfrentei os fatos: meu casamento tinha acabado, meus filhos estavam traumatizados e todos me odiavam. Aquilo era *exatamente* a pior situação que eu imaginava. Eu não tinha conseguido nem mesmo as três semanas; tinha conseguido uma única noite.

Eu sabia, no fundo do coração, que Mannix Taylor iria me humilhar. Todos também sabiam, e era por isso que todo mundo tinha levantado objeções contra ele.

Cansada, especulei sobre mim e Ryan. Será que podíamos consertar as coisas e seguir em frente? Minha vida não era ruim; Ryan não era um homem mau, apenas egoísta e também autocentrado. Só que havia um pequeno detalhe: eu não gostava mais dele, nem de longe. Mesmo que tivesse conseguido me enganar até agora, aquela noite com Mannix tinha arruinado o sexo com Ryan para sempre.

Por outro lado, havia mais em um casamento do que sexo. Quem sabe... se eu conseguisse uma máscara de látex que se parecesse com Mannix para Ryan usar...

Levei quase a noite toda para pegar no sono. Acho que já passava das seis da manhã quando eu finalmente entrei numa estranha e desconfortável terra de sonhos, e acordei às nove. Na mesma hora liguei o celular, não consegui me impedir de fazer isso. De qualquer forma, tinha um motivo legítimo: as crianças talvez precisassem entrar em contato comigo.

Não vi chamadas de nenhum deles, mas havia oito ligações de Mannix. Zoe teria apagado todas as mensagens sem me deixar ouvi-las, só que Zoe não estava lá.

"Stella...", em sua primeira mensagem, Mannix me pareceu comoventemente pesaroso. "Eu me expressei mal. Você tem filhos e eu tentei mostrar a você que não me importo com isso. Por favor, me ligue de volta."

Sua segunda mensagem dizia: "Eu realmente sinto muito. Podemos conversar sobre isso? Você vai me ligar?"

Sua terceira mensagem dizia: "Eu estraguei as coisas. Mil desculpas. Por favor, me ligue."

Em seguida: "Sou eu de novo. Estou começando a me sentir como um perseguidor."

E depois: "Sinto muito por fazer as coisas do modo errado. Você sabe onde eu estou."

Nas três últimas ligações não havia nenhuma mensagem gravada. A mais recente acontecera sete horas antes, e eu soube, em meu coração, que ele não ligaria novamente. Não era o tipo de homem que rasteja; tinha feito sua parte, certamente foi o que decidira. Nesse instante o celular tocou e meu coração quase pulou pela boca.

Era Karen.

— Eu estava conversando com Zoe — disse ela. — Ela me contou o que aconteceu.

— Você está ligando para tripudiar?

— Não tripudiar, exatamente. Mas, Stella, controle-se, por favor! Ele não é para você. Esse é o homem que foi casado com Georgie Dawson. *Georgie Dawson*. Você está me ouvindo? Em comparação com ela você não passa de... Você sabe — com um ar sincero, completou: — Não quero diminuir você, Stella, mas ela conhece tudo sobre arte e essas coisas. Provavelmente sabe falar italiano. Provavelmente sabe preparar codornas recheadas. O que você sabe fazer? Além de depilações complicadas?

— Eu leio livros — afirmei com veemência.

— Só porque papai a obriga. Você não é naturalmente assim. *Georgie Dawson* é.

Ela suspirou.

— O lance é o seguinte, Stella: você fodeu com a sua vida em grande estilo. Andei conversando com Ryan e ele não vai aceitar você de volta... — Que cara de pau a dela! — Mas você tem Zoe, certo? Vocês duas podem sair juntas. Soltem-se um pouco. Usem sapatos baixos. Desistam de eliminar as barrigas. Pensem em todos os bolos que poderão devorar... — Por um momento ela pareceu um pouco melancólica. — Ouça o que estou dizendo, Stella. — Ela me pareceu absolutamente sincera. — Sei que seus filhos odeiam você agora, mas eles *vão* perdoá-la e voltar porque... Vamos combinar... — disse ela, tentando me convencer: — Ninguém consegue aguentar Ryan o tempo todo, certo?

Ela desligou e eu liguei para Betsy. O celular tocou duas vezes e passou bruscamente para a caixa de mensagens — ela rejeitou minha chamada. Então liguei para Jeffrey e aconteceu a mesma coisa. Aquilo doeu.

Obriguei-me a ligar para os dois novamente e deixei uma mensagem vacilante e ridícula. "Sinto muito por toda a agitação que provoquei. Mesmo assim, eu estarei aqui para vocês a qualquer hora do dia ou da noite, não importa o motivo."

Depois de falar, decidi colocar umas roupas para lavar, mas quando peguei o cesto de roupa suja, vi que ele estava quase vazio — só as minhas roupas estavam nele. As crianças e Ryan tinham levado até suas roupas sujas. Com um certo espanto, percebi que agora não havia nada para fazer. Eu *nunca* tinha ficado sem alguma coisa para fazer. Agora não havia roupas para lavar, nem para passar, nada de bancar a motorista para Betsy e Jeffrey, levando-os para seus vários compromissos nos fins de semana. Em circunstâncias normais, a vida era uma batalha constante para eu conseguir me manter no topo da montanha de coisas que tinham que ser feitas num dia. Sem Ryan e sem as crianças, minha vida parecia não ter andaimes.

Voltei para baixo, me deitei no sofá e refleti sobre o que Karen dissera: eu realmente *tinha* fodido com a minha vida em grande estilo.

Mas talvez, no grande esquema das coisas, tudo que aconteceu era para ter acontecido mesmo. Talvez Mannix Taylor fosse apenas um catalisador, um dispositivo cósmico para me mostrar que eu deixara de amar Ryan. Às vezes as coisas desmoronam para que outras coisas melhores se encaixem na nossa vida — Marilyn Monroe tinha dito isso. Se bem que... Vejam só como ela acabou...

E talvez eu estivesse perdendo meu tempo tentando encontrar sentido em tudo: às vezes as coisas não acontecem por uma razão, às vezes elas simplesmente aconteciam.

Parecia uma eternidade desde a última vez que eu tinha tido tanto tempo só para mim mesma. Isso me fez lembrar da época em que eu tinha estado no hospital e meus pensamentos eram obrigados a correr sem parar em torno da minha cabeça, sem saída, como *hamsters* numa rodinha.

Em algum momento eu liguei para Zoe, que respondeu após o primeiro toque.

— Você não ligou para ele?

— Não.

— Escute o que eu vou lhe dizer: nada de passadinhas rápidas por lá, nem mensagens curtas, nem textos com conteúdo sexual, nada de ligar, nem de usar o Twitter. E você também não pode ficar bêbada, porque esse será seu momento de maior fraqueza.

Mas não havia a mínima possibilidade de alguma dessas coisas acontecer. Eu tinha orgulho. Demais, até.

O dia foi longo e já estava escuro quando a campainha tocou. Por um tempo eu pensei em simplesmente ficar ali no sofá e ignorá-la, mas ela tornou a tocar. Relutantemente, eu me obriguei a ficar em pé, e quando vi mamãe e papai na minha porta me recusei a reconhecer a decepção que me inundou.

— "Não perguntes por quem os sinos dobram" — disse papai. — "Eles dobram por ti".

— Trouxemos bagels — anunciou mamãe.

— Bagels?

— Não é isso que as pessoas fazem nos filmes para mostrar que se importam?

— Obrigada. — Eu me surpreendi comigo mesma e explodi em lágrimas.

— Ora, vamos lá, querida — Papai colocou os braços em volta de mim. — Você é forte, uma pessoa excelente e está com boa saúde.

— Venham para a cozinha. — Mamãe seguiu na frente, acendendo as luzes do corredor pelo caminho. — Vamos tomar chá com bagels.

— Como se come essas rosquinhas? — quis saber papai.

— É só colocar para torrar — disse mamãe. — Não é assim, Stella?

— Não é preciso torrar — Rasguei duas folhas de papel de alumínio e embrulhei as rosquinhas.

— Mas elas não ficariam melhores torradas? — quis saber mamãe. — Aposto que ficariam mais gostosas. Tudo quente é mais agradável — garantiu.

— Estamos aqui para dizer que sentimos muito, Stella. Desculpe a mim e ao seu pai, nós dois sentimos muitíssimo.

Papai estava junto da torradeira.

— Eles são muito gordos, não vão encaixar.

— Você precisa cortá-los ao meio, antes — explicou mamãe. — Com uma faca.

— Você tem uma faca aí?

— Na gaveta — eu disse, com voz pastosa.

— Estou do seu lado — garantiu mamãe. — Seu pai também. Simplesmente tomamos um susto. Todos nós.

— Foi um choque — emendou papai, colocando os bagels na torradeira. — E decepcionamos você. Sua mãe decepcionou você.

— Seu pai também decepcionou você.

— Pois é. Nós dois sentimos muito.

— Vai ficar tudo bem — garantiu mamãe. — As crianças vão superar isso. Ryan vai superar também.

— Na plenitude do tempo, tudo vai ficar excelente.

— Mannix Taylor é seu namorado? — quis saber mamãe.

— Não.

Um fino fluxo de fumaça preta com aparência assustadora começou a subir da torradeira.

— Você vai voltar para Ryan?

— Não. — A fumaça preta começava a ondular.

— Tudo bem. Não importa o que aconteça, nós amamos você.

Um ruído agudo e estridente nos atingiu os ouvidos: o alarme de incêndio tinha disparado.

— Somos seus pais — disse mamãe.

— E acho que quebramos sua torradeira, mas nós amamos você.

* * *

Apesar dos convites de Zoe, Karen e de mamãe e papai, eu passei o domingo todo sozinha. Decidi que a casa precisava ser limpa — devidamente limpa, de um jeito que não acontecia havia mais de uma década — e me lancei ao trabalho com determinação. Com muito zelo, esfreguei os armários da cozinha, ataquei o forno e raspei as juntas dos azulejos do banheiro com tanto vigor que os nós dos meus dedos ficaram vermelhos, e depois arranhados. Apesar da dor eu continuei esfregando, e quanto mais minhas mãos em carne viva ardiam, melhor eu me sentia.

Eu sabia o que estava fazendo: era como se passasse o esfregão e a água sanitária em mim mesma.

Eram sete e pouco da noite quando Betsy ligou. Atendi na mesma hora.

— Querida?

— Mãe, não há roupas limpas para eu ir à escola amanhã.

— Por que não?

— Não sei muito bem.

Olhando em torno, em busca de soluções, perguntei:

— É porque ninguém lavou nada?

— Acho que sim.

— Então, basta lavar alguma coisa.

— Não sabemos usar a máquina de lavar.

— Pergunte ao seu pai.

— Ele também não sabe. Mandou que eu perguntasse a você.

— Tudo bem, coloque-o na linha.

— Ele disse que nunca mais vai falar com você. Não dá para você vir aqui lavar nossas roupas?

— ... Tudo bem.

Isto é, eu poderia ir, numa boa, o que mais havia para fazer ali em casa?

Quinze minutos depois, Betsy abriu a porta para mim. Nervosa, entrei no saguão pronta para enfrentar a ira de Jeffrey e de Ryan.

— Eles saíram — disse Betsy. — Tenho que ligar para eles depois que você for embora.

Engoli a mágoa.

— Ok. Venha para a área de serviço e vou explicar tudo.

Em menos de trinta segundos, Betsy já tinha compreendido o funcionamento da lavadora e da secadora, que eram idênticos aos que tínhamos em casa.

— Mas é assim tão fácil? — perguntou Betsy, desconfiada. — Nossa, quem diria.

Alguma coisa me incomodava ali.

— Se nenhum de vocês sabe fazer isso, como conseguiram se arranjar durante todo o tempo em que eu estive no hospital?

Betsy refletiu sobre aquilo.

— Acho que tia Karen, vovó e tia Zoe eram as pessoas que cuidavam da roupa.

E Ryan ficava com os louros da tarefa. Agora as lacunas em seu conjunto de habilidades estavam sendo expostas... e havia uma pequena parte vergonhosa de mim que estava feliz. Talvez Jeffrey e Betsy enxergassem que eu tinha *algumas* utilidades, afinal.

— Então, mãe, é melhor você ir agora.

— Certo. — Nesse instante eu me atirei sobre ela e comecei a chorar e a dizer "Sinto muito" um monte de vezes, sem parar. — Ligue para mim se você precisar de mais alguma coisa, tá? Promete?

Entrei no meu carro e fui para casa. Na luz lançada por um poste, vi Ryan e Jeffrey parados numa esquina, com ares agourentos. Eu sabia que estava imaginando coisas, *sabia* que eles não poderiam estar *realmente* segurando forcados em chamas e agitando os punhos no ar enquanto me observavam ir embora, mas foi essa a impressão que eu tive.

Na segunda-feira de manhã eu acordei com a casa em silêncio. Ansiei por ouvir os ruídos e tumultos de uma manhã habitual, eu agitando Betsy e Jeffrey para que se aprontassem para a escola, enquanto eu mesma me arrumava para o trabalho. Mas não havia nada que eu pudesse fazer, exceto esperar.

Peguei o celular e olhei para ele. Nada. Sem chamadas não atendidas, sem mensagens, nada. Não consegui deixar de achar que Mannix Taylor poderia ter tentado com um pouco mais de determinação.

Foi um alívio ir para o trabalho e, pela primeira vez, cheguei lá antes de Karen.

— Nossa! — foi a reação dela ao chegar e já me encontrar lá. — Quanta determinação!

— Muita. Essa sou eu.

— É melhor a entrega da SkinTastic chegar agora de manhã — reclamou ela, e mal acabara de dizer isso quando a campainha tocou. — Pronto, chegou. Vou lá pegar! — Saiu correndo e desceu a escada. Karen nunca pagaria a mensalidade de uma academia de ginástica, mas conseguia se manter magra porque se movimentava o tempo todo. Considerava um sinal de fraqueza pessoal alguém permanecer sentado por mais de sete minutos.

Reapareceu em seguida, toda esbaforida enquanto subia a escada, carregando uma imensa caixa de papelão.

— Putz! — Ela lutava com o peso. — O preguiçoso do entregador deixou a encomenda na porta e caiu fora. Isso pesa uma tonelada!

Ela colocou a caixa em cima da mesa e atacou as camadas de fita crepe com um estilete. Esperei pela ladainha de queixas que geralmente acompanhava uma entrega — de acordo com Karen, os fornecedores sempre enviavam as quantidades erradas dos produtos errados: eram todos cretinos, idiotas, imbecis e tolos.

— Mas... que diabos é isso? — perguntou.

Obviamente eles tinham se enganado mesmo dessa vez. Eu temia pelo representante da empresa, que iria sentir o lado afiado da língua dela.

— Veja só, Stella! — Ela segurava um livro pequeno de capa dura. Parecia um livro de orações, ou talvez uma coletânea de poesia. A capa era decorada com redemoinhos em rosa dourado e bronze; o material dava a impressão de ser muito caro e era lindo.

— Tem um monte desses livrinhos aqui, todos iguais. — Fez uma contagem rápida. — Deve ter uns cinquenta. Certamente foram enviados por engano. Mas a etiqueta diz que o pacote foi endereçado para você.

Peguei um dos livrinhos e o abri ao acaso. O papel era pesado e lustroso. No meio de uma página, em meio a graciosos arabescos, estavam as palavras:

"Eu daria dez anos da minha vida para ser capaz de colocar um par de meias."

— Que diabo é isso? — perguntei.

A página seguinte dizia:

"Em vez de pensar 'Por que eu?' eu penso 'Por que não eu?'"

Virei para olhar para a capa, algo que eu deveria ter feito imediatamente. O nome do livro era *Uma piscada de cada vez*, e tinha sido escrito por alguém chamado Stella Sweeney.

— Eu? — Fiquei atônita. — Eu escrevi isso? Quando?

— O quê? Você escreveu um livro? E o manteve em segredo?

— Mas eu não fiz isso. Quer dizer, não escrevi um livro. Vá até a primeira página e veja se existe alguma informação.

— Há uma introdução.

Nós lemos ao mesmo tempo.

No dia 2 de setembro de 2010, Stella Sweeney, mãe de dois filhos, foi internada em um hospital, sofrendo de uma paralisia muscular que progredia rapidamente. Ela foi diagnosticada com a Síndrome de Guillain-Barré, uma doença autoimune raríssima que ataca e desativa o sistema nervoso central dos pacientes. Quando cada grupo muscular de seu corpo falhou, incluindo o sistema respiratório, ela chegou muito perto da morte.

Uma traqueostomia e um aparelho de ventilação salvaram sua vida. No entanto, durante vários meses, a única maneira pela qual ela conseguia se comunicar era piscando as pálpebras. Estava sozinha, assustada e, muitas vezes, sofria terríveis dores físicas. Mas nunca cedeu à autopiedade ou à raiva; ao longo de sua internação ela se manteve positiva e otimista, até mesmo inspiradora. Este pequeno livro é uma reunião de algumas das palavras de sabedoria que ela transmitiu a partir do seu corpo trancado... Uma piscada de cada vez.

— Minha Nossa! — disse Karen, quase com desdém. — Essa é você? Isso faz você parecer como uma... Madre Teresa, ou alguém desse tipo.

— Quem fez isto? Quem fez isso? — Eu folheava mais das páginas, totalmente surpresa ao ler as coisas que, supostamente, tinha dito.

"Quando um bocejo não é um bocejo? Quando é um milagre."

Eu tinha uma vaga lembrança de que tinha piscado essa frase para Mannix Taylor.

E:

"Às vezes você consegue o que deseja e às vezes você consegue o que precisa e, às vezes, você consegue o que você consegue."

A única pista que eu consegui achar foi o nome de uma gráfica. Procurei no Google o número e perguntei à mulher que atendeu o telefone:

— Escute, eu sei que isso parece estranho, mas você pode me dizer o que vocês fazem aí?

— Somos uma empresa particular na área de publicação.

— O que isso significa?

— O cliente nos entrega seu manuscrito; escolhe o papel, a fonte, o tamanho, a ilustração da capa — tudo é feito por encomenda, com uma qualidade elevadíssima. Em seguida, nós imprimimos tudo.

— E o cliente tem de pagar?

— Sim.

— É que existe um livro com meu nome na capa, mas eu não o encomendei.

Eu estava com medo de ter de desembolsar alguma grana, e aquela brincadeira me parecia terrivelmente cara.

— Você poderia me informar o seu nome?... Stella Sweeney? Deixe-me ver. — Ouvi o barulho de teclas sendo digitadas. — *Uma piscada de cada vez?* O pedido foi feito e pago pelo dr. Mannix Taylor. Ele já recebeu os cinquenta volumes que encomendou em setembro do ano passado.

— Quando você diz "volumes" você quer dizer "livros"?

— Exatamente.

— Mas... Por que eu os recebi só hoje?

— Receio não saber informar. Sugiro que você pergunte isso ao dr. Taylor.

— Mas eu nunca mais vou tornar a falar com ele.

— Talvez você deva rever essa decisão — sugeriu ela —, porque eu não posso ajudá-la mais a partir daqui.

— Quer dizer que esses livros serão distribuídos para as lojas? — Eu estava um pouco empolgada.

— Somos uma editora sob encomenda. — Ela parecia muito formal, talvez estivesse na defensiva. — Nossos volumes são feitos unicamente para os nossos clientes, para uso pessoal.

— Entendo.

Por um segundo eu pensei que tivesse escrito um livro de verdade. Uma sombra ínfima de desapontamento passou por mim, mas fui em frente.

— Obrigada — agradeci, e desliguei. — Mannix Taylor é responsável por isso — falei a Karen.

— Puxa! Quem poderia imaginar que você era tão boa de cama?

— Não sou. Ele os encomendou em setembro do ano passado.

Ela olhou fixamente para mim. Sua testa teria se franzido se não tivesse recebido uma recente injeção de Botox para manter tudo sob controle.

— Puxa, então ele deve... *gostar muito* de você. Mas por quê?

— Porque eu sou positiva, otimista, até mesmo inspiradora. Segundo o que está escrito aqui.

— *Eu* sou a única pessoa inspiradora da família.

— Eu sei. E então...? — perguntei. — O que devo fazer?

— Entendo seu ponto de vista. Reciclar isso tudo vai ser uma fortuna, agora que eles começaram a pesar as lixeiras. Você poderia... Sei lá... Guardar para dar de presente de aniversário? Livrando-se deles aos poucos?

— Eu quis dizer, o que devo fazer com ele?

Seus lábios se apertaram numa linha fina.

— Por que você está me perguntando? Você sabe o que eu penso.

— Mas você mesma disse que ele deve gostar de mim.

— Você tem dois filhos. Sua responsabilidade é com eles.

— Ele me disse que me amava.

— Ele nem sequer conhece você.

Karen insistia para que deixássemos nossos celulares desligados enquanto "fazíamos" algum cliente. Isso era ser profissional, dizia ela. Mas quando deu meio-dia e meia, eu sabia que Betsy e Jeffrey estavam no intervalo de almoço na escola. Como eu não tinha cliente algum, liguei o celular para falar rapidinho com eles. Esse era o meu plano para reconquistá-los: oferecer o máximo de tempo que eles necessitassem, além de lembretes regulares e isentos de culpa afirmando o meu amor pelos dois.

Balbuciei uma oração, pedindo para que seus corações irados tivessem amolecido um pouco, e mal pude acreditar quando Betsy atendeu:

— Oi, mãe.

— Oi, docinho! Liguei só para dizer olá. Como está o seu dia?

— Bom!

— Você já almoçou?

— Sim, mamãe — disse ela, muito séria. — Também me vesti de manhã e coloquei meus sapatos.

— Muito bem, hahaha! E tomou o café da manhã?

— Mais ou menos. Você conhece o papai. Ele não é nem um pouco safo quando se trata de tarefas domésticas.

Aquele *não era* um bom momento para começar a criticar Ryan. Proceda com cautela, aconselhei a mim mesma. Mantenha-se neutra.

— Ok, então. Bem, me ligue se precisar de alguma coisa, se quiser ajuda com os deveres de casa, qualquer coisa. De dia ou de noite.

— Tudo bem. Eu amo você, mamãe.

Amo você! Aquilo era um enorme avanço.

Estimulada por isso, liguei na mesma hora para Jeffrey.

Opa, um passo atrás. Ele ainda se recusava a falar comigo. Ryan também.

Mas, sempre esperançosa, dei uma olhada rápida em minhas mensagens. E havia quatro mensagens de voz. Todas de Mannix Taylor.

Lancei um olhar temeroso sobre o ombro — Karen ficaria louca se me pegasse ouvindo os recados. Então uma estranha serenidade baixou em mim. Eu era uma mulher adulta. Que tinha apenas uma vida. Iria escutar o que ele tinha a dizer e assumiria as consequências.

Eu me senti mais segura quando o telefone começou a tocar. E era ele: Mannix Taylor.

Com muita confiança, apertei a tecla verde.

— Alô.

— Alô? — Ele pareceu surpreso. — Desculpe, eu não estava esperando que você atendesse.

— Pois eu atendi.

— Você recebeu os livros?

— O que significa aquilo?

— Me encontre e eu explico.

Já tinha pensado numa resposta.

— Encontrá-lo onde? Não vou ao seu apartamento. Nunca mais eu piso lá. E não, você não pode vir à minha casa, nem sequer peça...

— Bem, que tal...

— Ir ao Fibber Magee's para uma cerveja e um sanduíche? Não. Algum restaurante chique para uma conversa embaraçosa, com todos os garçons de antenas ligadas no nosso papo? Não. O Powerscourt Hotel, onde eu daria de cara com todas as pessoas que já conheci na vida? Não.

Ele riu baixinho.

— Tem esse chalé de férias em Wicklow, no litoral. Sou dono dele, junto com minhas irmãs. Fica a meia hora de carro, saindo de Ferrytown, e antes que você pergunte: Georgie não vai lá há muitos anos. Sempre achou aquilo um tédio.

— Então não há problema em você me levar para um lugar onde o tédio impera, certo?

Depois de uma pausa, ele garantiu:

— Você não vai sentir tédio.

— E não vou precisar arrumar um táxi para casa depois que você terminar comigo?

Outra longa pausa.

— Eu não vou terminar com você.

Seguindo as instruções de Mannix, dirigi em direção ao sul com o resto do tráfego da hora do rush noturno. Em Ashford eu saí da rodovia principal, entrei em uma menor e segui ao longo de uma estradinha de terra batida muito comprida, passando por imensos campos cobertos de vegetação áspera e marrom. A luz do sol insistia em permanecer no céu do anoitecer — a primavera estava chegando.

Dava para sentir o cheiro do mar, e, de repente, quando eu cheguei ao topo de uma colina, lá estava ele, o som das ondas um pouco abaixo de mim, com uma leve coloração de estanho em meio à noite que caía.

Mais abaixo, à esquerda e solitária, erguia-se uma antiga casa térrea de fazenda, iluminada por lâmpadas amarelas acolhedoras. Devia ser aquele o lugar.

Dirigi por um portão onde havia placas de madeira com mensagens e segui até uma varanda clara em que estavam algumas cadeiras desbotadas pelo sol e dois daqueles aquecedores pouco ecológicos para os quais todos torciam o nariz. (Para ser honesta, eu nunca tive problema algum com eles; preferia ficar aquecida.)

Mannix estava no quintal, carregando uma braçada de toras.

Ele me observou enquanto eu estacionei e saí do carro.

— Oi. — Ele sorriu.

— Oi. — Olhei para ele. Então sorri também.

— Entre — convidou. — Está frio aqui fora.

Lá dentro, tudo era aconchegante de um modo rústico e prático. O fogo estava aceso na lareira, lançando sombras que saltavam pelas paredes. Tapetes estavam espalhados pelo chão de madeira e dois grandes sofás de chenile gasto tinham sido instalados um diante do outro. Almofadões e mantas em cores desbotadas estavam espalhados pela sala.

— Vai ficar quente em pouco tempo — disse ele. — Este lugar aquece muito depressa.

Ele jogou as toras em uma caixa e caminhou sob uma arcada até a cozinha. Sobre uma comprida mesa de madeira havia duas garrafas de vinho e um enorme saco pardo da delicatéssen Butler's Pantry.

— Temos comida — disse ele. — Jantar. Quer dizer, não fui eu que preparei. Eu simplesmente comprei. Precisamos colocar tudo no forno. Vinho tinto ou branco?

Eu hesitei. Não sabia como aquilo iria funcionar. E se eu decidisse voltar para casa? E se Betsy ou Jeffrey precisasse de mim?

— Tinto.

Você vai ser punida.

Sentei-me à mesa e uma taça de vinho foi colocada diante de mim.

— Vou só reservar o branco — Ele pegou um saco de cubos de gelo e, com muito barulho, colocou os cubos num balde de metal. — Nossa! — exclamou. — O que há de errado com o gelo? Por que é tão barulhento?

Obviamente ele estava tão nervoso quanto eu.

Enquanto ele enfiava a garrafa de vinho branco no balde, peguei na bolsa um exemplar de *Uma piscada de cada vez.*

Esperei até que ele servisse uma taça para si mesmo e se sentasse na minha frente.

— Então? — perguntei, com cara de quem tratava de negócios. — Fale-me sobre isso.

— Certo! — disse ele, com ar igualmente profissional. — Eu estava apenas devolvendo suas palavras a você. No hospital, você se lembra das muitas conversas que tivemos? Quando você piscava coisas e eu escrevia tudo? Pois é, eu guardei os cadernos.

— *Cadernos?* No plural? Quantos?

— Sete.

Achei isso assombroso. Eu nunca tinha percebido que o caderno era trocado por outro novo quando um ficava cheio. Na época, eu só me preocupava em me fazer entender.

— Por que você os guardou?

— Porque... eu achava você corajosa.

Oh... eu não sabia o que dizer. Não tinha sido criada para receber elogios.

— Você não fazia a menor ideia do quanto estava doente. Você não sabia que quase ninguém acreditava que você conseguiria se recuperar.

— Meu Deus... — Talvez tivesse sido uma boa ideia eu *não ter* sabido.

— E depois, lembra quando começamos com aquele negócio de "Sabedoria do Dia"? Você disse muitas coisas sábias.

— Ah, não, eu não disse — reagi, automaticamente.

— Eu costumava ler as suas frases, ainda mais quando percebi que Georgie nunca iria ter um bebê, que ela e eu não iríamos conseguir, e suas palavras me faziam sentir... — Ele deu de ombros. — Sabe como é? Elas faziam a... a dor, se essa é a palavra certa, parecer menor.

— Mas por que transformá-las em um livro?

— Porque... Porque eu quis.

Aquilo era a descrição dele, em poucas palavras: porque eu quis.

— Foi Roland quem colocou essa ideia na minha cabeça — explicou Mannix. — Depois que ele saiu da clínica de reabilitação, escreveu um livro sobre sua vida dissoluta. Como ninguém quis publicá-lo, ele fez contato com essas pessoas e essa gráfica. Mas logo percebeu que talvez não fosse a melhor ideia do mundo se colocar ainda mais em dívida com a publicação de um livro sobre como ficar devendo uma fortuna. Mas isso me fez pensar sobre o seu material. Isso me deu algo em que focar... A escolha do papel, das letras, da apresentação e tudo o mais. Eu esperava ser capaz de dar isso de presente a você, um dia...

— Você fez tudo isso antes ou depois de você e Georgie se separarem?

— ... Antes.

— Isso não é nada bom.

— Não, realmente *não é* nada bom. É por isso que não é nenhuma surpresa Georgie e eu estarmos nos divorciando.

Muito bem. Próximo tema em pauta.

— Por que você não veio atrás de mim? — perguntei. — Naquela noite?

— Porque eu não sabia o que tinha feito de errado. Estava dormindo, tinha acabado de acordar. Tentava mostrar a você que aceitava numa boa o fato de você ter filhos, e de repente recebi uma sapatada na cabeça. — Ele se inclinou para mim e disse, com intensidade: — Entendi tudo errado. Liguei e lhe expliquei. Eu estava arrependido. Liguei oito vezes.

Confirmei com a cabeça. Era verdade.

— E por que *você* não ligou *para mim*? — quis saber ele.

Fiquei surpresa.

— Você está brincando?

— Não, estou falando sério. Eu me desculpei. Ergui as mãos em sinal de derrota. Não havia mais nada que eu pudesse fazer. Então, por que você não me ligou?

Por que razão eu não tinha ligado para ele?

— Porque eu tenho orgulho.

— E muito! — Ele me fitou longamente. — Somos muito diferentes, você e eu.

— Isso vai ser um problema?

— Não sei. Talvez.

Um barulho de coisas rachando nos fez dar um salto de susto. Era o gelo do balde que se derretia, e isso quebrou a tensão.

— Você tem uma venda para os olhos? — perguntei, de repente.

— Para quê?

— Já que eu estou aqui... Poderíamos muito bem nos divertir.

— O que você... Por que uma venda?

— Eu nunca fiz isso. Também nunca fui amarrada.

— Você nunca... — Todos os tipos de emoções pareceram se mover por trás dos olhos dele... Cautela e curiosidade. E interesse. — Nunca mesmo?

— Com Ryan tudo era muito... convencional — expliquei.

Mannix riu.

— E você não é assim?

— Não sei. Nunca me dei ao trabalho de descobrir. Só que agora eu quero.

Ele se levantou e me agarrou pelo pulso.

— Venha, então.

— Qual é a pressa?

Peguei minha bolsa e ele me levou às pressas por um corredor com piso de madeira.

— Estou com medo — disse ele — de que você mude de ideia.

Ele abriu a porta de um aposento e olhou para o interior, como se avaliasse as possibilidades de um local onde pudesse amarrar alguém. Empurrei a porta um pouco mais — era um quarto iluminado por uma dúzia de velas brancas grossas. As chamas piscavam e eram refletidas nas colunas de bronze da cama; o edredom estava quase completamente oculto por uma espessa camada de pétalas de rosa em tom vermelho-escuro.

Eu não sabia se devia ficar ofendida ou lisonjeada.

— Você apostou alto nas suas chances.

Parecia que ele tentava chegar a uma mentira plausível, mas logo encolheu os ombros e riu.

— Sim, eu apostei.

Avidamente, nós nos beijamos e ele me guiou de costas para dentro do quarto. Eu me atrapalhei com os botões da camisa dele, mas consegui abrir três; em seguida, a cama bateu na parte de trás dos meus joelhos e eu caí sobre o colchão, puxando-o para cima de mim. Pétalas voaram por toda parte e o cheiro de rosas encheu o ar.

Ele montou com as pernas abertas sobre os meus quadris, deslizou suas mãos sobre a minha blusa justa e inseriu o dedo nos espaços entre os botões, forçando-os de leve até que, um por um, eles se abriram. Eu usava um sutiã preto com o fecho na frente e lentamente, quase de forma experimental, ele o abriu e meus seios se derramaram para fora, parecendo perolados à luz das velas.

— Ó Deus! — Ele parou tudo na mesma hora.

— Tudo bem? — Eu mal conseguia respirar.

Ele balançou a cabeça para frente, com os olhos brilhando.

— Tudo muito bem.

Rapidamente ele desabotoou os dois últimos botões da camisa e a atirou longe. Em seguida, tirou o cinto pelas presilhas do jeans e o puxou com força, mantendo-o esticado em suas mãos. Olhou para mim, como se tentasse decidir alguma coisa.

Será que ele...?

— Quer tentar?

Com a velocidade da luz ele me virou de bruços, levantou minha saia e chicoteou de leve a minha bunda com a ponta do cinto. Aquilo doeu.

— Pare! Eu quero sexo convencional, quero sexo convencional! — Gritei, com muito entusiasmo e alegria, e ele desabou por cima de mim, rindo de forma descontrolada.

— Tudo bem, não vamos repetir isso. — Ele me puxou para ele, com os olhos brilhando. — Mas você quer ser amarrada?

— Não. Sim. Não sei!

— Certo.

Ele me posicionou no centro da cama, esticou meus braços acima da cabeça, colocou o cinto em torno de meus pulsos e os prendeu em uma das barras da cabeceira da cama. À luz das velas, ele era um retrato de pura concentração, enquanto verificava se estava tudo seguro.

— Não deveríamos combinar um código? — De repente me bateu a ansiedade. — Caso eu queira parar?

Isso o fez rir mais uma vez.

— Não zombe de mim. — Eu me senti ofendida.

— Eu não estou. Você é... doce. Ok. Que tal "não"? — Ele arqueou uma sobrancelha. — Ou "pare"?

Incerta, eu o observei com atenção.

— Basta dizer "Pare, Mannix" — disse ele —, e eu vou parar.

Ele começou a dobrar a camisa.

— O que você está fazendo?

— Eu não tenho uma venda à mão — disse ele. — Estou improvisando.

Ele continuou a dobrar a camisa até transformá-la numa tira impressionantemente reta.

— Tudo bem? — Ele segurou-a camisa sobre o meu rosto.

Engoli em seco.

— Ok.

Ele a colocou sobre meus olhos e deu um nó apertado o suficiente para gerar uma pontada de medo.

— Você consegue respirar?

Fiz que sim com a cabeça. Em vez de rosas, tudo o que eu sentia era o cheiro dele.

Senti suas mãos trabalhando, tirando suavemente a minha saia, que foi seguida pela calcinha. Uma porta se abriu com um rangido — acho que era o guarda-roupa — então algo fresco e sedoso deslizou sobre mim e foi atado em torno de um tornozelo; tive quase certeza de que era uma gravata. Senti um apertão forte que percorreu todo o caminho até o quadril, e não consegui mais mover a perna. O mesmo aconteceu do outro lado e de repente eu estava toda esticada e imóvel. Não foi exatamente uma surpresa, mas, ao mesmo tempo, era. Dei um puxão experimental em minhas mãos e mais uma vez senti aquele curto arrepio de medo. Tinha pedido por aquilo, mas agora já não tinha tanta certeza.

O quarto ficou em silêncio. Eu não podia ouvi-lo. Ele tinha saído? Minha ansiedade aumentou em um ou dois pontos. Eu poderia ser abandonada ali, naquela casa oculta num lugar ermo — ninguém sabia que eu estava aqui e...

Inesperadamente, o peso dele fez pressão em cima do meu corpo e sua respiração estava quente no meu ouvido.

— Você vai curtir muito isso — ele sussurrou. — Eu prometo.

Depois, Mannix removeu a venda, me desamarrou, e meus braços e pernas caíram pesadamente sobre a cama coberta de pétalas. Atordoada e flutuando numa sensação de leveza prazerosa, eu estava de barriga para cima e, por um tempo infinito, olhei para o teto e para as vigas de madeira...

— Mannix? — murmurei, por fim.

— Hummm?

— Eu li em uma revista sobre aquelas camas suspensas...

Ele riu de leve.

— Uma cama que balança?

— Hum-hum... Não é para dormir, só para... Você sabe?

Ele rolou por cima de mim e ficamos cara a cara.

— Para... *você sabe*?

— Isso mesmo.

— Você é cheia de surpresas.

Languidamente, passei a mão ao longo dos músculos firmes na lateral do seu corpo.

— O que você faz?

— O que eu "faço"?

— Para se exercitar.

— Natação.

— Deixe-me adivinhar. É a primeira coisa que você faz de manhã. Usa a raia mais rápida da piscina. Ninguém fica em seu caminho. Quarenta travessias.

Ele sorriu, um pouco hesitante.

— Cinquenta. Mas as pessoas ficam no meu caminho. Quer dizer, eu não me importo se elas ficam... E às vezes eu saio para velejar.

— Você tem um barco?

— O marido de Rosa, Jean-Marc, tem um saveiro. Ele me empresta o barco de vez em quando. Eu amo a água.

Eu não. Tinha medo dela.

— Eu não sei nem mesmo nadar.

— Por quê?

— Sei lá. Nunca aprendi.

— Vou lhe ensinar.

— Eu não quero aprender.

Isso o fez rir.

— E você, o que faz?

— Zumba.

— Sério?

— Bem... Na verdade eu tive umas duas aulas. É difícil. Os movimentos são complicados. Para ser franca, eu não costumo "fazer" nada desse tipo. Agora me conte algumas coisas. Fale-me dos seus sobrinhos.

— Eu tenho quatro. Os filhos de Rosa são Philippe, que vai fazer dez anos no mês que vem, e Claude, que tem oito. Hero tem Bruce e Doug, também com dez e oito anos. Eles são muito divertidos. Você sabe como os meninos são, digamos, muito simples, sem complicações.

— Nem sempre. — Eu estava pensando em Jeffrey. — Oh, Deus! — De repente eu me dei conta que era melhor ligar para Betsy e Jeffrey. — Que horas são?

— Você quer saber que horas são? — Mannix se esticou para poder ver o antiquado relógio sobre a mesinha de cabeceira. — Nove e dez.

— Ok. — Comecei a me contorcer para sair debaixo dele.

— Você está indo embora?

— Preciso ligar para os meus filhos.

Peguei minha bolsa do chão e a coloquei sobre a cama.

— Vou lhe dar um pouco de privacidade.

— ...Você não precisa sair.

Ele congelou, meio em dúvida.

— Se prometer ficar quieto — completei.

—- Claro. — Ele pareceu quase ofendido.

— Eles ficariam chateados se soubessem que eu estou falando deste lugar... ao seu lado.

— Stella... Eu sei.

Procurei e encontrei meu celular. Jeffrey, como de costume, não atendeu. Mas Betsy respondeu.

— Tudo bem, querida? — perguntei.

— Eu meio que estou sentindo sua falta, mãe.

Ponto pra mim!

— Eu estarei sempre aqui para você, querida — disse eu, mais animada.

— E aí...? O que vocês comeram no jantar?

— Pizza.

— Que legal!

Ouvi alguns gritos no fundo. Parecia Ryan.

— Está tudo bem aí? — perguntei.

— Papai disse que é para você parar de vigiar a atuação dele. Avisou que ele é pai há tanto tempo quanto você é mãe.

— Desculpe, é só que...

— Até mais. — Ela desligou.

— Tudo bem? — Mannix me observava.

Entreguei-lhe o celular. Ele largou o aparelho dentro da minha bolsa e eu pedi:

— Faça com que eu me sinta melhor.

Ele olhou nos meus olhos e pegou minha mão.

— Minha doce Stella.

Beijou os nós dos meus dedos com extrema ternura. Mantendo o olhar, levou a boca pelo meu braço acima até alcançar a curva interna do cotovelo. Nesse momento eu expirei baixinho e deixei tudo acontecer.

* * *

Acordei com o som do mar; o sol começava a surgir. Mannix ainda estava dormindo, então eu deslizei para fora da cama e vesti o pijama que tinha levado, como se estivesse indo a uma das festas de pijama no estilo das amigas de Betsy.

Preparei um pouco de chá e depois, envolta num cobertor, peguei meu exemplar de *Uma piscada de cada vez* e fui para a varanda.

O dia estava frio, mas seco. Olhei para o mar, além da grama dura no solo de areia branca e vi o céu se encher de luz. Aquilo era como ter a vida de outra mulher, talvez uma personagem de um filme de Nicholas Sparks. Só para ver o que eu sentiria, envolvi a caneca com as mãos, algo que nunca faria normalmente. Foi bastante agradável, pelo menos no início, mas não dava para fazer aquilo por muito tempo sem queimar os dedos.

Furtivamente, abri *Uma piscada de cada vez*. Eram as minhas palavras, mas eu mal conhecia aquela versão de mim. Era estranho, e provavelmente não muito saudável, me enxergar através dos olhos de outra pessoa.

Eu folheava as páginas e as lembranças do meu tempo no hospital inundaram minha mente em cada frase que eu lia.

— Stella? — Era Mannix e estava nu, exceto por uma toalha em torno da cintura.

— Deus! Você me deu um susto.

— *Você* é que me deu um susto. Pensei que tivesse ido embora. Volte para a cama.

— Agora eu já estou acordada.

— Foi isso mesmo que eu quis dizer. Volte para a cama.

No trabalho, Karen me cumprimentou, dizendo:

— Você precisa tirar essa merda daqui. — Ela falava da caixa de livros. — Estou tropeçando nela o tempo todo. Não tem espaço.

— Tudo bem, vou levá-los embora hoje mesmo.

Ela olhou para mim com mais atenção.

— Meu santo Cristo! Não há necessidade de perguntar o que você andou fazendo na noite passada.

— Co-como assim?

Como é que ela sabia?

Seu olhar desceu para o meu pulso.

— Essa marca é sangue? Você está sangrando?

Segui seus olhos.

— É uma... pétala de rosa esmagada. — Elas estavam em todos os lugares. Apesar de eu ter tomado uma ducha e lavado o cabelo, alguns fragmentos iam continuar grudados em mim por vários dias.

— Oh, meu Deus. — Ela quase sussurrava — Posso sentir o cheiro. Rosas. Ele fez aquela coisa com pétalas de rosas. Você sabe que há uma empresa que vende essas pétalas? Uma sacola imensa de pétalas arrancadas do caule. Não fique se achando, pensando que ele gastou horas fazendo isso. Tudo que o que precisou fazer foi abrir a sacola em cima da cama. Deve ter levado cinco segundos.

— Ok. — Eu não sabia, mas não estava a fim de dar início a uma discussão.

— E então? — ela quis saber. — Isso foi... sexy?

Eu não sabia o que dizer. Estava louca para falar sobre tudo aquilo, mas tive medo do seu julgamento.

— Não! — Ela ergueu a mão. — Não me conte. Tudo bem, conte-me só uma coisa: houve algum lance de dominação?

Eu refleti por alguns segundos.

— Sim. Um pouco.

O rosto de Karen era um retrato de emoções conflitantes.

Eu me perguntei se deveria mostrar a ela a marca vermelha na minha bunda, mas decidi que não deveria ser tão má.

Eu não tinha clientes marcados entre dez e meia e meio-dia, então saí para distribuir *Uma piscada de cada vez* para amigos e parentes próximos. Estava tentando mostrar a todos que Mannix Taylor era um homem bom que fazia coisas boas.

As reações ao livro foram variadas. Tio Pedro ficou confuso, mas sua reação foi positiva.

— Vamos encontrar um local encantador para esse livro em nossa estante. Não se preocupe, a porta tem chave, ele vai ficar muito seguro lá.

Zoe ficou impressionada.

— Uau! — Seu queixo estremeceu e ela ficou com lágrimas nos olhos. — Preciso lhe pedir desculpas, porque isso é completamente diferente de lírios e trufas. Talvez ele seja um homem bom, Stella; talvez existam alguns deles por aí, afinal.

Mamãe demonstrou ansiedade.

— Você poderá ser processada? As pessoas que escrevem livros estão sempre sofrendo processos.

Papai quase explodiu de tanto orgulho.

— Minha própria filha. Autora de um livro!

— Papai, você está *chorando*?

— Não estou, não.

Mas estava.

No entanto, no fim do dia ele me ligou para reclamar:

— Aqui não existe exatamente uma história.

— Desculpe, papai.

— Você vai mostrar isso a Ryan e às crianças?

— Não sei.

Eu me senti em agonia. Mostrar o livro a eles poderia tornar as coisas muito piores. Mas esconder tudo deles também seria péssimo.

Na quarta-feira à noite, Betsy me ligou.

— Mamãe? Eu vi o livro... Aquele que o dr. Taylor fez para você. Vovô nos mostrou.

— Ah, mostrou? — Segurei o celular com mais força.

— Ficou... Tipo assim... Muito lindo. Ele gosta de você, não é?

— Bem... — Era melhor ser honesta. — Parece que sim.

— Mãe, você poderia nos comprar alguma comida?

— Como o que, por exemplo?

— Como granola, suco e bananas. Essas coisas, você sabe. E alguns rolos de papel higiênico. E eu também acho que precisamos de um aspirador de pó.

— Eu posso ir aí e limpar a casa.

— Acho que papai não iria se sentir confortável com isso.

— Ok.

A verdade é que eu torcia para que Ryan falhasse como único responsável por eles. Mas também queria que meus filhos recebessem alimentação adequada, vestissem roupas limpas e mantivessem o bom ritmo na escola. Portanto, eu ia precisar ser solidária.

Mas não solidária *em excesso...*

Na quinta-feira de manhã, antes do trabalho, comprei tudo que achei que as crianças e Ryan pudessem precisar. Rezando para que eles já tivessem saído de casa, toquei a campainha e, como não houve resposta, me permiti entrar. A casa estava imunda! A cozinha, em particular — cada superfície estava gosmenta, coberta de migalhas e com restos de comida. Havia estranhas manchas pegajosas no chão e as várias lixeiras estavam transbordando.

Enquanto eu reabastecia a geladeira e trabalhava na limpeza desinfetando as bancadas, refleti que aquilo era uma loucura completa: *eles* tinham me abandonado e, no entanto, ali estava eu fazendo suas compras e limpando sua casa. Mas eu sabia que estava se aproximando rapidamente o momento em que tudo aquilo daria errado para Ryan e as crianças seriam minhas novamente.

... E tive de admitir que eu quase não os queria de volta. Ainda não. Queria ficar um tempo sozinha.

Com a diferença que eu não estava sozinha. Estava com Mannix.

Todos os dias desde segunda-feira, assim que eu saía do trabalho, dirigia até a casa de praia, onde ele estava sempre à minha espera, as velas já acesas, o vinho já servido e a geladeira cheia de comidas maravilhosas que nós, na maior parte das vezes, não comíamos. No minuto em que eu entrava pela porta ele já estava em cima de mim. Fizemos tanto sexo que eu estava dolorida. E fizemos em todos os lugares. Ele me despia sobre o tapete diante da lareira e depois passava cubos de gelo ao redor dos meus mamilos. Ele me levava para fora de casa onde, apesar do frio espantoso, rasgávamos as roupas um do outro, na areia. Uma noite eu acordei na escuridão com tanto desejo, que o excitei com a mão até ele ficar completamente duro, o suficiente para ser montado; só quando já estava dentro de mim, ele acordou.

Todas as manhãs, antes de sairmos para nossos trabalhos, transávamos pelo menos uma vez.

Mesmo assim, ao meio-dia de quinta-feira, eu estava tão excitada que achei que não conseguiria aguentar até de noite. Por isso, num intervalo entre dois clientes, dirigi até a minha casa e liguei para ele.

— Onde você está? — perguntei.

— No meu consultório.

— Está sozinho?

— Por quê?

— Eu não estou usando calcinha alguma.

— Oh, Cristo — ele gemeu. — Não, Stella.

— Sim, Stella. Estou deitada na minha cama.

— Não me diga mais nada. Você nunca fez sexo pelo telefone antes?

— Há uma primeira vez para tudo. Estou me acariciando, Mannix.

— Stella, eu sou a porra de um médico! Preciso atender as pessoas. Não faça isso comigo.

— Vamos lá... — sussurrei. — Você já está completamente duro?

— Estou...

— Então, finja que eu estou aí. Imagine que estou com você dentro da minha boca. Finja que a minha língua está...

Eu mantive o fluxo constante de palavras, num tom baixo, enquanto ouvia a respiração dele se tornar mais rápida e irregular.

— Você está... se tocando? — perguntei.

— Estou — sussurrou ele, num volume quase inaudível.

— Você está... Movimentando sua mão?

— Estou.

— Faça isso mais depressa. Pense em mim, imagine a minha boca, pense nos meus seios.

Ele gemeu um pouco mais.

— Você vai gozar?

— Vou...

— Quando?

— Daqui a alguns instantes.

— Vá mais depressa — ordenei.

Eu continuei falando, até que ele fez um ruído rouco, a meio caminho entre um gemido e um grunhido

— Ó Deus — sussurrou ele. — Ó Deus. Ohh...

Esperei até que sua respiração voltasse ao normal.

— Você já conseguiu...?

— Já.

— Sério? — eu gritei.

Sexo por telefone! Eu? Quem diria!

Eu estava me mantendo à base de mais ou menos quatro horas de sono por noite, mas nunca me sentia cansada. Em algum momento o dr. Quinn ligou para me dizer que meus exames de sangue tinham ficado prontos e estava tudo normal, mas eu já sabia disso: minha exaustão crônica tinha desaparecido por completo.

Aqueles dias eram uma espécie de férias de mim mesma, e quando Mannix e eu não estávamos fazendo sexo, simplesmente ficávamos deitados na cama e conversávamos; longamente, entre devaneios, enquanto tentávamos recuperar o atraso nos acontecimentos de duas vidas inteiras.

— ... E assim, durante cinco verões seguidos eu trabalhei numa fábrica de conservas em Munique.

— Por que seu pai não pagou para você cursar uma faculdade?

— Ele não tinha dinheiro para isso. Chegou a pagar o primeiro semestre do primeiro ano, mas acabou pedindo o dinheiro de volta.

— Nossa, mas por quê?

— Porque ele precisava. Escute... Um dia, no hospital, você me contou que tinha se tornado médico para agradar seu pai. Isso é verdade?

— Foi mais para proteger Roland. Eu achei que meu pai iria deixá-lo em paz se eu fizesse isso.

— Mas você gosta do que faz?

— Ahn... Gosto, sim. Provavelmente eu não me comporto de forma perfeita junto à cabeceira dos pacientes, mas disso você já sabe. As pessoas esperam milagres só porque eu fiz faculdade de medicina, mas eu não posso lhes dar esses milagres, e isso me deixa deprimido. Trabalhando com vítimas de derrame, como eu trabalho, ou cuidando de pessoas que sofrem de Mal de Parkinson, na melhor das hipóteses, eu os ajudo a gerenciar sua condição. Não curo ninguém.

— Certo...

— Mas você foi diferente, Stella. Havia uma possibilidade de que um dia você ficaria completamente curada, havia uma chance de você ser o meu milagre. E você foi.

Eu não sabia o que dizer. Era bom ser o milagre de alguém.

— Por que você escolheu neurologia? Poderia ter sido outro tipo de médico? Ele riu.

— Escolhi neurologia porque eu sou enjoado. De verdade. Nunca daria um bom cirurgião. Quanto às outras opções? Havia oftalmologia... Olhos. Globos oculares. A ideia de trabalhar com eles todos os dias... Ou cérebros... Por Deus!... Ou intestinos! Quer dizer, você escolheria isso?

— Então, o que você teria preferido fazer com sua vida? Em vez de ser médico?

— Não sei. Eu nunca tive uma "vocação". Sei que não é uma *profissão* no sentido de trabalho, mas eu teria gostado muito de ser pai.

Pronto. Ele mesmo tinha contado. Aquele era o assunto que tínhamos passado vários dias deliberadamente contornando.

— E agora, Mannix? — perguntei, de um jeito delicado. — Você ainda quer filhos? — Tínhamos de enfrentar essa questão logo de cara.

Ele suspirou e se remexeu um pouco para poder me olhar diretamente nos olhos.

— Esse barco já partiu. Depois de Georgie e eu tentarmos tanto... Todas aquelas decepções... A coisa se estendeu durante tanto tempo, havia tantas esperanças e depois houve tantas perdas. Mas estou em paz com isso. — Ele pareceu surpreso consigo mesmo. — Eu nunca estou em paz com coisa alguma, mas... Sim, estou em paz com isso. Amo meus sobrinhos. Vejo-os muito, nos divertimos à beça e isso é o bastante. E você?

Eu estava tão louca por Mannix que a ideia de uma versão dele em miniatura me provocava arrepios; só pensar em ficar grávida dele já me provocava emoções poderosas.

Mas eu conhecia a realidade. Bebês representavam uma tarefa árdua. Muitas mulheres estavam tendo bebês na minha idade e até mais velhas, mas meus instintos maternais foram aplacados pelas duas crianças que eu já tinha tido.

— Acho que bebês não vão ser parte da nossa história — disse.

— E não tem problema — afirmou ele.

Fiquei em silêncio. Estava pensando em meus filhos, em como eu tinha despedaçado nosso lar e em como eles nunca me perdoariam.

— Eles vão voltar — garantiu Mannix.

— O momento não poderia ser pior. Poucos dias depois de eu descobrir que Betsy está dormindo com o namorado dela... Eu deveria estar lá, junto dela.

— Você não poderá estar junto se ela não permitir. Mas tudo vai ficar bem em breve.

Ele provavelmente estava certo. As relações entre Ryan e as crianças tinham se deteriorado a tal ponto que Jeffrey agora se recusava a falar com Ryan.

— Sabe de uma coisa? — perguntei, em tom descontraído. — Eu ainda não consigo acreditar que Betsy está dormindo com o namorado dela; não consigo *mesmo*.

— Mas você já estava dormindo com seu namorado aos dezessete anos?

— Claro! Você também não estava, quando tinha dezessete anos? Não me conte. Eu nem preciso perguntar. Você adora isso não é? — perguntei.

— Sexo.

Ele se levantou mais um pouco e me lançou um olhar significativo.

— Sim. Não vou mentir. Eu... quero você.

— E você também quer outras pessoas?

Eu precisava ter alguma ideia do tipo de jogador ele era.

— Como assim? Você quer uma lista?

— A última pessoa com quem você fez sexo... Antes de mim? Foi a sua mulher?

— ... Não.

Isso me fez calar a boca. Eu não sabia se conseguiria lidar com mais informações a respeito. E se tivesse havido um monte de gente?

— Não — disse ele, como se lesse minha mente. — De qualquer forma, você também adora sexo.

Tudo desmoronou às onze da noite, na sexta-feira, com um telefonema de Betsy.

— Venha nos pegar. Vamos voltar a morar com você — disse ela.

— Agora?

— Definitivamente agora!

— Ahn... Claro! — Afastei meu corpo nu de Mannix.

— Papai não tem senso de responsabilidade paterna — explicou Betsy. — Temos chegado atrasados na escola todos os dias. E agora ele diz que não pode nos levar de carro aos lugares onde precisamos ir amanhã. Isso é inaceitável.

— É... Ahn... Jeffrey vai voltar para casa também? — Ele continuava sem atender às minhas ligações.

— Sim. Mas ele ainda está seriamente revoltado com você, e não estou brincando.

— Tudo bem, pego vocês daqui a quarenta e cinco minutos.

— Quarenta e cinco? Onde é que você *está*?

Desliguei e rolei para fora da cama.

— Para onde você vai? — Mannix olhou ansioso, quase com raiva.

— Para casa.

— Então... Como vai ser agora?

— Não sei.

— Quando eu vou ver você novamente?

— Não sei.

Enquanto eu dirigia pela autoestrada escura e vazia em direção a Dublin, fui forçada a enfrentar os pensamentos que tinha mantido trancados numa caixa ao longo de toda a semana. Havia um jeito correto de se fazer as coisas: uma mãe recém-separada e com dois filhos prosseguia com muita cautela ao entrar em qualquer relacionamento novo. A existência do homem era mantida em segredo até que a mulher tivesse certeza de que ele era um sujeito decente, um cara de confiança, e que estava disposto a fazer um esforço para tudo dar certo com os filhos dela; e que o relacionamento tinha um bom potencial para durar um longo tempo...

Eu tinha feito tudo errado. Mas as coisas tinham se precipitado por causa dos colegas de Jeffrey, que tinham me visto com Mannix naquele dia no cais. E também, por causa de tudo que os momentos mágicos e inesperados no chalé tinham feito comigo.

Ryan abriu a porta exibindo um sorriso tímido. Estava tão aliviado de as crianças estarem indo embora comigo que tinha se esquecido de ficar furioso ao me ver.

— Então é isso! Crianças! — Ele acenou para nós, da porta. — Vejo vocês em breve!

— Tanto faz. — Betsy jogou sua mala no carro e sentou no banco do carona.

Em silêncio, Jeffrey colocou sua bagagem no porta-malas, entrou e se sentou no banco de trás.

Ryan já havia fechado a porta da frente.

— Vou falar uma coisa só... — anunciou Betsy, olhando para frente. — E não estou dizendo isso simplesmente porque eu, obviamente, estou furiosa com ele, mas a verdade é que ele é uma bosta de pai. Desculpe o palavrão.

— "Bosta" não é palavrão.

— Mamãe! Faça o seu papel de mãe exemplar, por favor!

Quando chegamos e entramos em casa, Betsy me levou para um canto.

— Eu estou numa boa, totalmente numa boa *mesmo*, mãe... Mas você deveria tentar novamente uma reaproximação com o... — Ela arregalou os olhos na direção das escadas, por onde Jeffrey já tinha desaparecido — Vá fundo nessa, mamãe! — Ela me deu um tapinha na bunda (obviamente, aquela era a minha semana para isso), mas logo disse: — Desculpe! Passei totalmente dos limites!

Pelo amor de Deus.

Esperei alguns minutos e fui bater à porta de Jeffrey. Ele já estava de pijama e na cama.

— Posso me sentar na sua cama?

— Tudo bem... — Ele se ergueu e puxou o edredom até o peito. — O dr. Taylor é seu namorado?

— Eu... ahn... não sei.

— Você estava tendo um caso — afirmou Jeffrey. — Foi por isso que você e papai se separaram.

— Eu não estava tendo um caso. — *Isso* eu podia dizer com toda a honestidade.

— Mas... E e esse lance do livro? Ele fez isso há muito tempo.

— Eu não estava tendo um caso — repeti, como os políticos fazem. — Não ouvia falar dele já fazia muito tempo, mais de um ano.

— Ele tem esposa?

— Tinha, mas eles estão se divorciando.

— Ele tem filhos?

— Não.

— Então é por isso que ele está com você. Porque você tem filhos.

— Não é por isso.

— Nós vamos ter de encontrá-lo?

— Você gostaria disso?

— Nós já o conhecemos. No hospital.

— Mas isso foi há muito tempo. É diferente.

— Então ele é seu namorado?

— Sinceramente, Jeffrey?... Eu não sei.

— Mas você *deveria* saber. Você é adulta.

Ele tinha razão. Eu deveria saber, mas não sabia.

— E quanto a você e papai? — quis saber ele. — Vocês nunca mais vão voltar a ficar juntos?

Um milhão de pensamentos passaram zunindo pela minha cabeça. Em teoria, tudo era possível — mas seria muito, *muito* improvável.

— Não — resolvi ser direta. — Não.

— Isso é muito triste... — Uma lágrima escorreu por seu rosto.

— Jeffrey. — A dor dele era como uma faca no meu estômago. — Eu gostaria de poder proteger vocês de toda dor, sempre. Gostaria de poder contar apenas coisas felizes para vocês. Essa é uma lição dura para você aprender tão jovem.

— Você acha que o dr. Taylor gosta de você, não acha? Talvez ele goste. Mas ele não é meu pai. Ele pode ser seu... namorado. Mas você não pode transformar isso numa nova família.

— Tudo bem. — Quando acabei de dizer isso, percebi que não deveria fazer promessas que não poderia cumprir.

— Mas se ele vai ser seu namorado, devemos nos encontrar com ele.

Eu não esperava isso.

— Você quer dizer... Você e Betsy?

— E também a vovó e vovô. Tia Karen, tio Enda, tia Zoe, todo mundo.

Jeffrey lançou para Mannix um olhar frio.

— Meu pai tem uma picape Mitsubishi. É o melhor carro que existe.

A fala de abertura de Jeffrey em seu primeiro encontro com Mannix não era exatamente amigável.

— É... Ahn, sim, você tem razão. — Mannix assentiu com a cabeça com vigor, e visivelmente forçou os braços para fazê-los parecer soltos e descontraídos. — Provavelmente é o melhor carro que já foi feito. Picapes são... Ahn... São ótimas!

— Que carro você tem? — quis saber Jeffrey.

Eu assistia ansiosamente; muita coisa dependia dessa resposta.

— É um... Bom, é outro carro japonês. Não tão bom quanto uma picape Mitsubishi, mas...

— Qual é?

— Um Mazda MX-5.

— Esse é um carro meio feminino — O desprezo de Jeffrey era selvagem.

— Tecnicamente ele *era* um carro para meninas — concordou Mannix. — Minha ex-esposa... Quer dizer, minha tão-logo-ex-esposa, Georgie era a verdadeira dona do carro. Mas ela comprou um novo, agora.

— Qual ela comprou?

— Um Audi A5. E quis que eu ficasse com o Mazda.

— Por que você não comprou um carro novo também?

— Porque, ahn... o Audi é muito caro...

— Quer dizer que ela está com um Audi novinho e você ficou com um Mazda de segunda mão? Cara, você é um frouxo.

Mannix olhou longamente para Jeffrey. Levou um bom tempo antes de falar.

— ... Às vezes é melhor a gente ceder. Tenho certeza de que você, sendo um homem que convive com duas mulheres, vai gostar dessa dica.

Um ar de surpresa invadiu o rosto de Jeffrey. De repente ele percebeu que poderia ter um aliado em Mannix.

Mas depois, quando Mannix foi para casa, encontrei Jeffrey chorando em seu quarto.

— Se eu gostar do dr. Taylor? — ele engasgou. — Vou estar sendo malvado com papai?

Ao longo das semanas seguintes eu apresentei Mannix para minha família e amigos; as reações deles variaram. Karen foi descontraída e civilizada. Zoe não queria se mostrar encantada, mas estava. Mamãe ficou nervosa e deu risinhos. Papai foi sociável, tentou envolver Mannix num papo sobre livros e ficou espantado ao saber que ele não era um leitor ávido. "Mas... Com toda a sua educação...?"

— Eu sou mais um homem da ciência

— Mas Stella é uma grande leitora. O que vocês dois têm em comum?

Mannix e eu trocamos olhares um com o outro, e foi como se uma voz oculta começasse a sussurrar *Sexo, sexo, sexo...*

Papai corou muito, murmurou alguma coisa e saiu apressado da sala.

Era impossível dizer o que Enda Mulreid achou de Mannix, porque era impossível dizer o que Enda Mulreid achava de alguém. Como meu pai disse muitas vezes: "Aquele rapaz mantém sempre as cartas coladas no peito." Em seguida, sempre acrescentava: "Embora ele provavelmente não jogue cartas, para não correr o risco de se divertir e começar a *gostar* delas."

Betsy declarou oficialmente que gostava de Mannix e que Tyler também gostava dele.

— Tyler tem um grande instinto para pessoas — garantiu ela, com since-ridade. — Às vezes eu lamento muito você e papai terem se separado. Sinto vontade de voltar a ser criança, para sermos do jeito que éramos. Mas a vida é assim. Como você mesma disse em seu livro, a vida não pode ser feita só de bolhas de sabão e pirulitos.

Concordei, com uma ponta de ansiedade. Será que ela estava ficando tão "pé no chão" quanto parecia?

— Ela está apaixonada — disse Mannix. — Tudo são corações e coelhinhos brancos para ela agora.

— Se você diz... — Talvez fosse realmente simples.

— Você se lembra de como era — perguntou Mannix. — Estar apaixonada? Eu lembro. Porque estou apaixonado...

— Pare!

Ele recuou e disse:

— Ok, vou parar.

— Não diga que está apaixonado por mim. Você nem me conhece. E eu não conheço você.

— Nós passamos a nos conhecer no hospital.

— Depois de algumas conversas feitas à base de piscadas? Isso não conta muito. Não é o mundo real. Eu não sei o nome do sentimento que tenho por você. A única coisa que sei com certeza é que você me assusta.

— Em que sentido? — Ele pareceu chocado.

— Estou apavorada de que você possa me dominar por completo.

— Não vai ser o caso.

Mas isso já estava acontecendo.

— No passado, eu amei Ryan, mas depois fiquei doente e não sobrevivemos a isso. No passado, você amou Georgie, mas não puderam ter filhos e agora já não a ama mais. Isso diz muita coisa.

— O quê, por exemplo?

— Que não se pode batizar alguma coisa de amor até tudo dar errado e as pessoas sobreviverem à crise. O amor não se trata apenas de coraçõezinhos e flores. E também não é só um sexo maravilhoso. O amor tem a ver com lealdade. Resistência. Enfrentar as batalhas como soldados, lado a lado. A neve explodindo na sua cara. Os pés envoltos em tiras de panos. O nariz se desfazendo devido às ulcerações do frio. Suas...

— Certo, tudo bem, já entendi. Pode trazer os desastres.

— Eu só estou querendo dizer que...

— Eu entendi, Stella, de verdade. A bola está do seu lado do campo, agora. Eu nunca mais vou mencionar a palavra "amor" até que você o faça.

Mannix marcou um reencontro entre Roland e eu. Assim que ele entrou no restaurante, vestindo uma camisa estampada com uma estampa estranha e óculos sofisticados de armação grossa, senti uma gostosa sensação de calor. Ele já me parecia um amigo, daqueles antigos e muito amados. Apressamos-nos em direção ao outro e ele me apertou num enorme abraço de urso.

— Tenho muita coisa para lhe agradecer — começou ele. — Ir para a reabilitação foi a salvação da minha vida.

— Oh, Roland, eu não fiz nada! Você foi quem decidiu ir.

— Você me convenceu.

— Eu não, Roland. Você mesmo se convenceu.

Então chegou a hora de conhecer as irmãs de Mannix.

— É o aniversário do meu sobrinho Philippe. Ele vai fazer dez anos. Vai ser apenas uma coisa de família, sábado à tarde. Se você levar Betsy e Jeffrey, vai ser um jeito agradável e discreto de eles se conhecerem. E também de conhecerem Roland.

Levei todo mundo no meu carro porque Mannix ainda estava com o carro de dois lugares que pertencera a Georgie.

Na viagem, Mannix contou a Betsy sobre as pessoas que ela estava prestes a conhecer e ela, muito docemente, anotou tudo em seu celular, para não se esquecer dos nomes.

Rosa e Jean-Marc moravam em uma residência grande e luxuosa em Churchtown, mas quando passamos pelos portões da entrada eu reparei que o leão de pedra da coluna esquerda tinha tido a cabeça arrancada.

— Philippe e Claude fizeram isso com um taco de cricket — explicou Mannix. — Isso sempre me faz rir.

Rosa, uma mulher pequena e muito arrumada, veio correndo pelo corredor para nos cumprimentar. Reconheci a blusa que ela vestia; eu tinha uma idêntica que tinha me custado apenas oito euros. Aquilo me animou.

— Olá, Stella, seja bem-vinda. Eu sou Rosa. — Ela me acolheu com um abraço.

— E eu sou Hero. — Outra mulher apareceu atrás de Rosa e também me deu um abraço.

Era impressionante o quanto elas eram parecidas. Rosa tinha cabelo escuro, o de Hero era louro, mas seus rostos e corpos e até mesmo a entonação de suas vozes eram idênticas.

— Você é Betsy? — perguntou Rosa.

— Totalmente! — gritou Betsy, e se atirou primeiro nos braços de Rosa e, em seguida, de Hero.

Rosa e Hero pareciam prontas para mover seu abraço duplo na direção de Jeffrey, mas um olhar duro dele as fez recuar e dar apenas um beijo curto em Mannix.

— Entrem, entrem. — De repente, Rosa se virou para mim e disse: — Stella, parece que nós já nos conhecemos.

— Mannix falava muito sobre você na época da sua doença — explicou Hero. Senti Mannix tenso, então um vermelho forte inundou o rosto de Hero.

— Sem mencionar seu nome! — apressou-se a esclarecer.

— Não pelo nome, é claro — emendou Rosa.

— Claro, não pelo nome — confirmou Hero. — Mannix é inteiramente profissional.

— Sim, *inteiramente* profissional.

— Silencioso como um túmulo. — Isso fez com que Rosa e Hero dessem uma risadinha ao mesmo tempo.

— Mas ele nos contou sobre a sua condição...

— ... E comentou o quanto você era corajosa.

— Calem a boca — pediu Mannix.

— Vamos pegar alguns drinques — propôs Rosa. — Para suavizar essa gafe.

Na cozinha havia um grande bolo, meio torto, onde se lia: "Feliz Aniversário, Philippe".

— Sim, eu sei — Rosa apressou-se a explicar — Fiz esse bolo ontem à noite, depois de tomar umas bebidinhas. Vinho, Stella? Ou você prefere gim?

— ... Vinho está ótimo.

— Betsy? Aceita uma taça de vinho?

— Ah não, eu não bebo nada. Aceito um suco de laranja.

— Jeffrey? Uma cerveja?

— Eu tenho só quinze anos.

— Isso é um sim ou um não?

Rosa quase se dissolveu numa bela gargalhada, mas Jeffrey disse, com muita frieza:

— É ilegal beber na minha idade.

Ele ia fazer dezesseis em seis semanas *e* bebia sempre que eu autorizava; de qualquer forma, era só um detalhe técnico. Mas aquela era uma oportunidade de Jeffrey ser rude e ele não poderia perdê-la.

— Nesse caso, suco de laranja para você também.

Ouvimos um barulho de pés na porta dos fundos e uma pequena multidão de meninos entrou correndo.

— É o tio Roland?

— Ainda não. Mas é o tio Mannix.

Os meninos se apresentaram como os quatro sobrinhos de Mannix: Philippe, Claude, Bruce e Doug. Todos abraçaram Mannix, algo que achei comovente; em seguida, Philippe rasgou o papel do seu presente — era o pacote completo para a nova temporada do Chelsea.

— Demais! — ele se empolgou. — Você é mesmo o melhor!

Os quatro meninos demonstraram pouco interesse em Betsy ou em mim, mas ficaram muito focados em Jeffrey.

— Para que time você torce? — perguntou-lhe Philippe.

— Time? — quis saber Jeffrey. — De futebol?

— Ou de rúgbi... — Philippe estava perdendo a paciência.

— Não torço para nenhum time. Esportes coletivos são para idiotas.

Eu fiquei morrendo de vergonha.

— Jeffrey, por favor!

— Bem, eu sei que sou apenas uma menina. — declarou Betsy. — Mas eu amo o Chelsea! Vamos lá, pessoal. Vamos lá para trás chutar algumas bolas!

— Você vem também? — perguntou Philippe a Jeffrey, humildemente. — Para termos um número par?

Mas Jeffrey o ignorou.

— Eu vou! — disse Mannix.

— Oba!

Os maridos vieram dizer olá — Jean-Marc não era tão bonito quanto seu nome fazia crer e Harry tinha uma bela barriga, mas ambos foram simpáticos e acolhedores.

— Temos enroladinhos de salsicha e coisas desse tipo. — Rosa empurrou a comida para mim. — E vamos cortar o bolo quando Roland chegar.

Pouco tempo depois os sobrinhos armaram uma algazarra.

— Aqui está Roland, tio Roland chegou!

E ele chegou em grande estilo, vestindo um blazer de lapela elaborada e o rosto cheio de sorrisos. Seu presente para Philippe foi o pacote completo do Chelsea para jogos fora do seu estádio e o menino quase explodiu de tanta alegria e surpresa da coincidência.

— Tio Mannix me deu o pacote para os jogos em casa e você me deu o para os jogos *fora de casa*. Isso não foi uma sorte?

— Espantoso! — concordou Mannix, com ar sério.

— Puxa, até parece que nós combinamos fazer isso — disse Roland.

Ele e Mannix trocaram um sorriso de cumplicidade tão grande que aquilo quase me chocou.

— Olá, senhor! — Roland se dirigiu a Jeffrey. — Creio que ainda não fomos apresentados.

— Não...

— É um prazer conhecer você.

— O prazer é meu.

Eu quase ri. Diante dos meus olhos, Jeffrey estava se soltando.

— E você deve ser Betsy?

Betsy analisava o visual descolado de Roland, mas foi educada e encantadora.

Então Roland voltou sua atenção para mim.

— Stella! — Ele me envolveu num abraço grande e caloroso, mas logo se afastou um pouco e me inspecionou. — Você está fantástica, Stella. Consegue ficar ainda mais bonita a cada vez que a vejo.

— Você também está ótimo, Roland.

— Estou? — Passou a mão sobre a barriga, em círculos. — Estou mesmo?

— Está! — De repente nós dois estávamos nos dobrando de tanto rir.

Na volta para casa, a avaliação de Betsy foi empolgante e positiva.

— Essas crianças são muito fofas! Adoráveis!

— O que eles serão da gente? Primos postiços? — Jeffrey tinha obsessão com esse tipo de coisa.

— Amigos, eu espero.

— Em teoria, eles não seriam exatamente parentes de nenhum tipo, a menos que Stella e eu nos casássemos — disse Mannix.

— Isso não vai acontecer. — Jeffrey olhou fixamente para ele.

Mannix abriu a boca para falar alguma coisa. Lancei-lhe um olhar e ele tornou a fechá-la.

— Tio Roland tem namorada? — quis saber Betsy.

— Não o chame assim — reclamou Jeffrey.

— Ok. Roland tem namorada? — insistiu Betsy. — Nenhuma amizade especial?

— Não... No momento não há nenhuma amizade especial — disse Mannix. — Mas mesmo que houvesse, não seria uma garota.

— Ele é gay? — disse Betsy. — Para mim não faz nenhuma diferença!

Parei na porta de casa e todos saíram do carro.

— Ali está o seu carro de mulherzinha — apontou Jeffrey, olhando para Mannix. — Você pode ir para casa, agora.

— Ele vai entrar — avisei. — Vai jantar conosco. — Falei com gentileza, mas deixei claro que estava encaixando Mannix em nossas vidas.

— Este é *nosso* fim de semana com a *nossa* mãe — insistiu Jeffrey. — No próximo fim de semana vamos ficar com meu pai e vocês dois podem fazer o que quiser. — Engoliu em seco ao dizer isso. — Por enquanto... Adeus.

Ele enxotou Mannix com a mão e completou:

— Vamos lá, pode ir. Fizemos o que você pediu: conhecemos seus sobrinhos, que, aliás, são um bando de tolos; conhecemos suas irmãs com seus problemas de bebida e o seu irmão, que é tão gordo que pode morrer a qualquer momento.

— Jeffrey! — gritei.

— Vá embora. Minha irmã e eu temos lugares para ir e precisamos que nossa mãe nos leve de carro.

— Georgie quer conhecer você.

— Mannix, eu não quero me encontrar com Georgie. Tenho medo dela.

— Você precisa ser apresentada a Georgie. Se vamos fazer as coisas do jeito certo, temos que conhecer todo mundo, dos dois lados.

Então, uma mesa foi reservada no Dimants. Para dois.

— Como assim, para dois? — perguntei a Mannix, em pânico. — Por que você não vem?

— Ela quer vê-la sozinha — disse.

— Nós não temos que fazer tudo que ela quer.

— Temos, sim. Conheça-a. Você vai entender.

A mesa foi reservada para oito da noite, então eu cheguei lá às oito em ponto.

— Você foi a primeira a chegar — avisou a recepcionista.

Sentei-me à mesa e os minutos foram passando. Às oito horas e dezoito minutos eu decidi ir embora, pelo menos para proteger o que me sobrara de autoestima.

Foi então que eu a vi.

Karen diria que não existe tal coisa, mas ela era muito magra. Estava ainda mais magra do que naquela única vez em que eu a vira no hospital. Carregava pendurada no braço uma bolsa do tamanho de um Nissan Micra e estava vestida de preto dos pés à cabeça, a não ser por uma fascinante mistura de lenço e colar com uma imensa pedra verde.

Ela se apressou em minha direção, me beijou nas duas bochechas e deixou no ar o sopro de um perfume estranho e marcante. Sentou-se diante de mim e, embora estivesse com os olhos ligeiramente fundos, era lindíssima.

— Por favor, não brigue comigo por causa do atraso — pediu. — Você sabe como é. Trânsito, estacionamento...

Eu também tinha enfrentado tráfego pesado e estacionamento e consegui chegar a tempo, mas já tinha entendido que regras diferentes se aplicavam a Georgie.

Ela me olhou direto nos olhos e disse:

— Você não deve se sentir culpada por causa de Mannix.

— ... Eu...

— Deixe-me explicar — disse ela. — Nós não éramos bons um para o outro, Mannix e eu. Ele é uma espécie de pesadelo. Eu também sou assim. Tentei fazer uma objeção, ansiosa para não ofendê-la.

— Eu sou mesmo! — insistiu ela. — Tenho humor instável, sou pessimista e dada a momentos sombrios, perco as estribeiras com facilidade. Sou profundamente sensível.

Concordei, um pouco hesitante. Aquela era a primeira vez que eu conhecia alguém que se descrevia de tal forma.

Ela era hipnotizante; era muito *esbelta*. Tudo nela — seus braços e pernas, o cabelo, os cílios, até os nós dos dedos — pareciam ser compridos em demasia. Ela tinha um suave quê de Iggy Pop.

Inesperadamente, ela abafou uma risada.

— Sinto muito — disse. — Não consigo parar de olhar para você e nos comparar uma com a outra.

— Eu também. — E, com isso, ficamos amigas.

— Esse seu perfume é...? — De repente eu compreendi. — É uma fragrância personalizada, não é?

— Claro! — Ela parecia surpresa, como se fosse realmente algo muito estranho um perfume *não ser feito* por encomenda. — Conheço um perfumista em Antuérpia. Ele é... não existe outra palavra para isso: um mago. Você *tem* de ir até lá. Sua lista de espera é de cerca de seis anos, mas diga que você é minha amiga e ele vai atendê-la.

— Quer dizer que você vai muito à Bélgica? Para comprar coisas para a sua loja?

— Umas cinco vezes por ano.

— A peça em seu pescoço é linda! — disse eu. — É de um dos seus espetaculares designers belgas?

Na mesma hora ela o tirou do pescoço.

— Tome. — Ela me entregou. — Isso agora é seu.

— Não, de jeito nenhum! — Afastei a mão dela com as minhas. — Eu não estava tentando agradá-la... Georgie, estou implorando, por favor, não!

Com ela, porém, não havia como argumentar. Ela estava em pé, fora de sua cadeira, e já estava prendendo o colar-echarpe no meu pescoço, ajeitando meu cabelo em torno da peça. Então tornou a se sentar e admirou seu trabalho manual.

— Viu só? Foi feito para você. Tal como o meu marido.

— Desculpe — sussurrei.

— Estou brincando! Eu não me importo nem um pouco. Estou sendo sincera, Stella. Mannix e eu estávamos absurdamente errados um com o outro. Eu sou muito nervosa, como um cavalo de corrida, enquanto você é... serena, estável e... Por Deus, não me leve a mal, Stella, mas você é uma mulher... sólida. Ele precisa de alguém como você — Ela me analisou longamente. — Em seu jeito aparentemente comum, você é realmente muito bonita.

Toquei a peça presa em meu pescoço. Estava me sentindo péssima por causa daquilo. Eu odiava a ideia de ela achar que eu tinha pedido o colar. Eu só elogiei porque achei bonita a porcaria do acessório! Estava apenas sendo *gentil*.

— Você nunca poderia ser descrita como uma beleza clássica — refletiu. — Mas tem um rosto adorável.

— Isso aqui foi muito caro? — perguntei, ansiosa, tocando na peça.

— Depende do que você considera caro. Ele não precisa exatamente ser guardado num cofre. Você *tem* cofre? Não? Bem, não se preocupe, basta guardá-lo em sua caixa de joias. Prometa-me que vai usá-lo muitas vezes. Todos os dias. Essa pedra é jade, boa para proteção, e estou sentindo que você vai precisar de muita.

Antes que eu tivesse chance de ficar sem rumo depois de ouvir isso, ela continuou:

— Eu me sinto mal pelas palavras que eu disse naquela noite de Natal, no hospital. Deixei implícito que você não era uma mulher assim *tão especial*. A verdade, porém, é que naquele momento nós dois, Mannix e eu, estávamos apenas sendo cruéis um com o outro. Eu estava perdendo o meu marido e... isso dói.

— Está tudo bem — falei. — De qualquer forma, eu também não passava pelo meu melhor momento. Estava sem maquiagem e minhas raízes não eram retocadas havia vários meses.

— E eu estava trepando com meu instrutor de meditação naquela época — contou ela. — Que aliás, para ser franca, era de um tédio mortal. As pessoas espiritualizadas muitas vezes são chatas, você não acha? Eu não tinha o direito de zombar do romance de Mannix. Então, como estão indo as coisas entre vocês? Soube que seu filho não aprova.

— ... É verdade.

— E você não pode simplesmente dizer: "Acostume-se com isso"?

— Ele é meu filho. Eu destrocei seu mundo e preciso cuidar dos sentimentos dele.

— E quanto ao seu ex? Ele ajuda?

— Não. — De repente eu senti vontade de chorar.

Ryan e eu tínhamos combinado que, para dar aos nossos filhos uma sensação de segurança, eles iriam morar comigo durante a semana toda enquanto durasse o período das aulas. A cada dois fins de semana, eles ficariam com ele. Portanto, em dois preciosos dias a cada quinzena eu conseguiria ver Mannix de forma adequada, fazer sexo com ele, ir para a cama em sua companhia e acordar ao seu lado.

— Às vezes Ryan fura nos fins de semana em que ele tem a guarda — expliquei.

— Então, o que acontece quando você não pode ver Mannix? Como vocês conseguem organizar os momentos de sexo?

Fiquei com o rosto vermelho e quente. Por acaso, aquilo era da conta de Georgie Dawson?

— Por Deus, me desculpe, Stella — disse ela. — Eu devia ligar o motor do cérebro antes de abrir a boca.

Mas ela estava certa. Embora já nos víssemos há mais de dois meses, Mannix e eu vivíamos lutando contra a imposição dos limites de tempo para ficarmos juntos. De vez em quando não aguentávamos. Houve uma quarta-feira em que eu menti para Karen, disse que tinha uma consulta com o dentista, corri para a cidade e me encontrei com Mannix em seu horrível e dissoluto apartamento de solteiro para uma sessão de sexo frenético. Outra vez, Mannix apareceu quando eu já estava trancando o salão e ia para casa, mas ele me deteve e disse: "Sei que você precisa ir embora para ficar com seus filhos, mas me dê pelo menos dez minutos." — Ficamos ali, sentados no salão vazio, de mãos dadas, e eu chorei porque estava cansada de desejá-lo e não ser capaz de tê-lo.

A privação crônica era realmente desgastante, e a única coisa pior que aquilo eram os encontros furtivos e estranhos, cuidadosamente orquestrados e dolorosamente embaraçosos, momentos em que eu tentava misturar meus dois mundos.

Com muito cuidado, Georgie disse:

— Eu entendo que você tenha de cuidar das sensibilidades do seu filho.

Comecei a me remexer de ansiedade.

— Só que... — continuou Georgie. — Você precisa cuidar de Mannix também.

Aquele era um aviso amigável que vinha aparentemente com boa intenção, mas isso me assustou.

— E quanto a Roland? — quis saber ela. — Ele não é simplesmente o máximo? Essa é a coisa mais triste em uma separação. Você tem de romper com a família toda.

— Você sente falta deles? Você se sente solitária?

— Estou sempre me sentindo solitária. — Apesar das palavras desoladas, ela parecia quase satisfeita consigo mesma. — É verdade, Stella. Sou a mulher mais solitária na face da terra.

— Eu serei sua amiga — propus, com sinceridade.

— Você já é minha amiga — disse ela. — E eu sou sua amiga também. No entanto, eu poderia ter um milhão de amigos e isso não iria impedir essa dor aqui. — Colocou a mão no plexo solar. — Ela é quase palpável. Eu a sinto como um nódulo preto. Um nódulo sombrio que é, ao mesmo tempo, um vazio desolador. Você entende?

— Não.

Fiquei fascinada. Eu nunca tinha conhecido de perto uma pessoa depressiva, até então. Bem, pelo menos não uma pessoa daquele tipo, tão interessada em si mesma. Apesar disso, eu realmente gostei dela.

— Talvez nós três devêssemos morar juntos — brinquei.

Isso a fez rir muito e balançar a mão, em sinal de desdém.

— Não, eu já estou felicíssima por não precisar mais morar com Mannix Taylor. — Rapidamente, completou: — Sem ofensas. Ele é ótimo. Você sabe que ele está tomando antidepressivos?

— Ele me contou.

— Mas não está deprimido. Esse é apenas o jeitão dele. Um cara do tipo "o copo está metade vazio". Às vezes ele diz que nem sequer recebeu um copo da vida. Mas você vai adorar os pais dele!

— Vou?

— Eles são muito divertidos!

— Mas... e quanto ao jogo, às pinturas que eles não podem pagar e tudo mais?

Ela encolheu os ombros.

— Eu sei, eu sei. Mas é só dinheiro, sabe?

Não.

Oi. Atolado de trabalho. 3 Guerra Mundial
estourando por aqui... Não posso ficar com
as crianças esse fim de semana.
Sinto muito ter furado. Bj, Ryan

Incrédula, olhei para o celular. Era cinco e meia da tarde de uma sexta-feira, as crianças estavam esperando pelo pai do lado de fora dos portões da escola, suas mochilas arrumadas, prontos para Ryan ir buscá-los para o fim de semana, e ele simplesmente cancelava tudo? *De novo?*

Na mesma hora liguei para ele e caiu na caixa postal. Com os dedos tremendo de raiva, batuquei um texto no teclado mandando que ele atendesse da próxima vez que eu ligasse, ou então as crianças e eu iríamos até lá para vê-lo pessoalmente.

— Oi, Stella!

— Ryan? *Ryan?*

— Sim. Está uma loucura, isso aqui. Vou trabalhar o fim de semana todo. É uma emergência.

Ele estava mentindo. Nunca tinha havido emergências de fim de semana no tempo em que ele estava casado comigo. A verdade é que as crianças o entediavam. Quando nós quatro morávamos juntos, Ryan poderia escapar de casa sempre que lhe convinha, mas um total de quarenta e oito horas sendo o único fornecedor de atenção e entretenimento para os filhos? Com isso ele não conseguia lidar.

— Ryan. — Eu quase engasguei. — Eles estão na porta da escola esperando por você.

— Eu sei. Péssimo, né?

— Você nem os viu durante a semana.

— Isso é para o bem deles, nós concordamos. O mínimo de interrupção e distracões durante a semana escolar.

— Então, quem é que vai contar a eles que você não vai pegá-los?

— Você.

— Eles também são seus filhos! — sibilei, entre dentes.

— Foi você que criou essa situação — silvou ele de volta.

Ele estava certo. Não havia nada que eu pudesse dizer.

— Uma pena — disse ele — que você tenha que perder o seu fim de semana cavalgando em seu namorado médico nas dunas de Wicklow, mas a vida é assim mesmo: merdas acontecem!

Ele desligou e eu não consegui recuperar o fôlego. Senti como se meu peito desmoronasse. O desgaste de tentar gerenciar a situação com Ryan, Jeffrey e Mannix estava me destruindo. Eu vivia fazendo malabarismos diante das diversas situações que apareciam, tentando desesperadamente manter as pessoas felizes, e cada vez que a sexta-feira se aproximava, maior o meu temor de que Ryan pudesse cancelar tudo. Eu nunca conseguia relaxar, nem estar à vontade em minha própria vida, e também não tinha o direito de pedir a alguém para me dar alguma folga porque eu mesma tinha criado aquela situação.

— Mannix, não vai dar para nos vermos. Ryan não vai poder ficar com as crianças.

Uma tensão silenciosa pareceu queimar o telefone.

— Mannix, fale comigo, por favor.

— Stella — disse ele. — Eu tenho quarenta e dois anos de idade. Estou falando sério... Estou falando sério sobre você. Quero ficar ao seu lado vinte e quatro horas por dia, em vez de duas noites a cada quinze dias, e às vezes nem isso. Eu me sinto só sem você. Passo cada porcaria de noite num horrível apartamento alugado, enquanto você está a poucos quilômetros de distância, dormindo sozinha.

Eu não disse nada. Aquele era um tema familiar, e havia momentos em que eu tinha medo de Mannix desistir de mim.

— Somos adultos — disse ele. — Não devíamos ter de viver desse jeito. Você sabe como eu me sinto a seu respeito, mas não sei quanto tempo mais vou aguentar mantendo esse esquema de "só nos fins de semana".

O medo se apoderou do meu coração.

— Então, você não se importa realmente comigo.

— Você não pode dizer isso. Essa é a vida real, onde nada é totalmente preto ou branco. É tudo meio cinza.

— Mas...

— Por mais que você seja muito boa no sexo por telefone — disse ele —, isso já está começando a cansar.

— Eu sou boa nisso? — decidi focar na mensagem positiva.

— Você é fantástica — garantiu ele. — Por que você acha que eu ainda estou aqui?

— Querida, sinto muito pelo atraso! — Georgie se apressou pelo restaurante onde Karen e eu já estávamos à sua espera. — A culpa é do Viagra. — Georgie me deu um grande abraço. — Sim, eu estava com o meu novo homem, ele tomou dois daqueles seus pequenos comprimidos azuis de prazer e a coisa toda continuou por uma eternidade. — Ela gemeu, revirou os olhos e, em seguida, mirou o holofote de seu sorriso em Karen. — Olá — disse ela. — Sou Georgie. Você deve ser Karen.

Karen assentiu, totalmente muda. Ela tinha insistido para marcarmos aquele encontro, praticamente implorara por aquilo, pois tinha uma fixação, num nível quase doentio, por Georgie Dawson. Vivia dizendo, com a voz falsamente triste: "Precisamos ser boas para a mulher mais solitária na face da terra."

— Para ser franca — Georgie puxou uma cadeira e expirou o ar pesadamente. — Eu pensei que ele nem fosse aparecer.

— Adorei sua bolsa — sussurrou Karen.

— Obrigada — disse Georgie. — Depois ele me pediu para deitar na banheira e fingir estar me afogando. Galeses são *muito* pervertidos, podem acreditar em mim.

— Mais pervertidos que Mannix? — perguntei, só para fazê-la rir.

— Ah, aquele pequeno coroinha? — debochou ela, com os olhos cintilando de jovialidade. — Ah, Stella, você é uma piada.

— Essa bolsa é Marni? — Karen parecia acariciar o ar, apontando para a bolsa de Georgie. — Posso tocar nela? Nunca nem mesmo toquei numa bolsa dessas.

— Nunca? Então você precisa tê-la! — Na mesma hora, Georgie começou esvaziar o conteúdo da bolsa em cima da mesa.

— Não! — gritei, alarmada. — Georgie, não. Ela não quer a sua bolsa. Karen, diga a Georgie que você não quer essa bolsa.

— Olhem, aqui está meu brinco de crisólito! — exclamou Georgie. — Eu sabia que ele iria reaparecer. — Uma pilha de coisas começou a se amontoar sobre a mesa: chaves, uma carteira, óculos escuros, um celular, goma de mascar, várias pulseiras finas em prata, um pequeno frasco de perfume, cinco ou seis brilhos labiais, um pó compacto Sisley...

— É toda sua. — Georgie deu a bolsa vazia para Karen.

— Oh, por favor. — Enterrei meu rosto nas mãos.

— Stella, são apenas coisas — disse Georgie.

— Isso mesmo — concordou Karen, agarrando a bolsa contra o peito, parecendo Gollum com o Anel. — São apenas coisas.

— E então, como você está, minha menina doce? — perguntou Georgie, olhando para mim.

Karen já tinha chamado um garçom e pedira um saco de papel para guardar os pertences de Georgie.

— Posso pedir desculpas em nome da minha irmã? — perguntei.

— Está tudo bem, está tudo ótimo. — Georgie afastou minhas preocupações com mão no ar — Diga-me como você está, Stella. Como está indo o seu divórcio?

— Nada mal, na verdade — eu disse.

— O meu também!

Nós duas caímos na gargalhada.

Levaria uns cinco anos para que Ryan e eu conseguíssemos estar oficialmente divorciados; no entanto, nossas condições e propostas financeiras tinham sido surpreendentemente harmoniosas — provavelmente porque possuíamos tão pouco: não havia ações, nem dívidas, nenhum plano privado de aposentadoria. Nossa casa, com a hipoteca, tinha sido transferida para mim, e Ryan ficou com a casa de Sandycove e seu patrimônio líquido negativo. Como Ryan ganhava muito mais do que eu, tinha concordado em cobrir todos os gastos de Betsy e Jeffrey, incluindo as mensalidades da escola, até eles completarem dezoito anos. Tirando isso, nossos assuntos financeiros mútuos foram completamente cortados.

O que, afinal, tinha sido mais difícil de entrar em acordo era quem ia cuidar de Betsy e Jeffrey.

— Precisamos conversar sobre a custódia — eu tinha dito, olhando com firmeza para Ryan sobre a mesa do advogado.

— Custódia — meu advogado repetiu.

O advogado de Ryan pulou na mesma hora.

— Meu cliente tem todo o direito de ver os filhos. Já é generoso o suficiente ao permitir que você tenha acesso irrestrito a eles durante os dias de escola.

Eu suspirei.

— O que eu gostaria era que seu cliente deixasse de tirar o corpo fora na última hora, nos fins de semana em que deveria ficar com as crianças.

Pelo visto, porém, isso era algo que não poderia ser impingido por lei.

Depois, quando estávamos na porta, Ryan disse:

— Então, é isso, nosso divórcio está encaminhado. Como você está se sentindo? Eu me sinto muito triste.

Eu o fitei longamente: ele *não estava* nada triste.

— Ryan, eu estou implorando: você precisa manter seu compromisso com as crianças nos fins de semana. E terá de ficar com eles e viajar por uma semana inteira durante as férias, assim que as aulas acabarem.

— Enquanto você vai ficar fazendo o quê? Indo para sua casa de praia com o neurologista?

— Ele não é mais meu neurologista. E eu tenho direito a uma folga. Uma semana, Ryan, isso é tudo que estou pedindo. Vou ficar com eles o resto do verão.

— Ótimo — murmurou. — Vou organizar alguma coisa.

— Em um país diferente — completei. — Não na Irlanda.

Ele levou as crianças para um resort brega na Turquia, caiu na balada e saiu à caça de alguém todas as noites, pois finalmente percebeu que era um homem solteiro e livre para transar com quem lhe desse na telha. As crianças passavam as noites confinadas no apartamento minúsculo, assistindo a filmes nos laptops, e as manhãs esperando Ryan voltar para casa.

— Isso é inaceitável — desabafou Betsy, com ar grave, numa de suas inúmeras ligações para mim.

— O que Jeffrey acha? — Eu estava interessada em ouvir suas observações sobre a vida sexual de Ryan, considerando que ele tinha opiniões tão fortes sobre a minha.

— Jeffrey diz que papai pode fazer o que quiser.

— Ah, é?... Porque...

Jeffrey pegou o telefone.

— Foi você que começou. Papai não teria outras garotas se você não o tivesse traído.

— Eu não o traí!

— Ele está tentando tirar o melhor que consegue de uma situação ruim.

Algo me fez perceber que Ryan tinha dito exatamente aquelas palavras para Jeffrey. Mas eu não podia me dar ao luxo de ficar com raiva porque tinha conseguido minha semana na casa de praia com Mannix.

Um dia, durante essa semana feliz, Mannix propôs:

— Podemos ter um cachorro?

— Quando?

— Não agora, claro. Mas em algum momento no futuro. Eu sempre quis um, mas Georgie não me deixou.

— Eu também amo cães. — Fiquei animada. — Só que Ryan odeia, e eu me obriguei a esquecer o quanto gostaria de ter um. Que raça iríamos escolher?

— Um cão abandonado?

— Certamente. Talvez um collie.

— Podemos chamá-lo de Shep? — pediu ele.

— Com certeza! Vai ser Shep.

— Vamos caminhar na praia aqui, só você, eu e Shep. Vamos ser uma família. Prometa-me que um dia, depois de seu desastre ter nos atingido e termos sobrevivido, que isso vai acontecer.

— Prometo.

— Sério?

— Talvez.

Quem diria? Era bom ser otimista!

Assim que Ryan voltou para a Irlanda, começou a cancelar os fins de semana novamente. Ele também arrumou uma namorada, a primeira de muitas, todas quase idênticas Cada um delas terminava com ele ao fim da oitava semana.

A primeira menina se chamava Maya — de vinte e poucos anos, tinha as sobrancelhas pintadas e usava onze brincos.

Betsy a reprovou.

— Você prestou atenção nos sapatos dela? São muito altos! Será que ela os roubou de alguma *drag queen*?

— Você fala isso porque parece uma amish. — Jeffrey tinha uma quedinha considerável por Maya. — Ela é bonita. E tem uma tatuagem na bunda.

— Ela mostrou a tatuagem para você? — Era hora de eu ficar preocupada.

— Não, mas me contou. É um golfinho.

Um golfinho? Pelo amor do Senhor Deus. Custava alguma coisa ela ser um pouco mais original?

E assim o verão foi seguindo; eu vivia num estado de terror constante, sobrevivendo graças às pequenas parcelas de tempo que compartilhava com Mannix, à espera de que, em algum momento, ele decidisse que aquilo tudo não compensava o trabalho.

... Depois veio aquele dia que poderia ter sido como outro qualquer, no fim de agosto. Eu tinha terminado de trabalhar e dei uma passadinha em casa para pegar as crianças; estávamos indo para Dundrum, a fim de comprar o material para o novo ano escolar deles, que começaria na semana seguinte.

— Vamos lá — Eu estava na porta da frente, balançando as chaves. — Vamos nessa!

— Você já viu isso? — perguntou Betsy, com cautela.

— Já vi o quê?

— Isso.

Era a foto de Annabeth Browning, a esposa do vice-presidente dos Estados Unidos, viciada em medicamentos, se escondendo em um convento e lendo o livro que eu tinha escrito.

Um telefonema rápido tinha esclarecido tudo: era a amiga com dedos leves da irmã de tio Peter, com toda a probabilidade, o motivo de o livro ter aparecido em Washington, e eu fui tomada pelo medo. Que aumentou exponencialmente quando o telefone tocou e era Phyllis Teerlinck se oferecendo para me representar como agente literária. Quando ela desligou, o telefone fixo tocou na mesma hora. Deixei que caísse na secretária eletrônica; dessa vez era uma jornalista. Assim que ela terminou de falar o telefone tocou novamente. E de novo. E de novo.

Era como estar sitiada. Nós nos sentamos, assistindo ao telefone tocar repetidas vezes, até que Betsy pulou, arrancou o fio da parede e sentenciou:

— Precisamos da tia Karen.

— Não — afirmou Jeffrey. — Precisamos do dr. Taylor.

Fiquei imensamente surpresa. Mesmo depois de quatro meses, desde que tinham se encontrado fora do hospital, Jeffrey ainda se irritava e exibia hostilidade só de ouvir menção ao nome de Mannix.

— Ligue para ele, mamãe. Ele saberá o que fazer.

Então eu liguei.

— Mannix. Preciso de você.

— Ahn... Ok — disse ele, baixinho. — Por favor, me dê só um instante para eu trancar a porta. — Ele achou que eu estava ligando para fazer sexo por telefone. Nossos momentos juntos eram tão curtos e imprevisíveis que aproveitávamos todas as oportunidades que tínhamos.

— Não, não é isso. Em quanto tempo você pode chegar aqui? Vou explicar enquanto você estiver dirigindo.

Abri a porta para Mannix.

— Há fotógrafos na rua — avisou ele.

— Oh, meu Deus! — Enfiei a cabeça para fora e tornei a recolhê-la em menos de um segundo. — O que eles querem?

— Três Big Macs e um McFlurry.

Olhei para ele, que riu com uma cara divertida.

— Fotos, eu imagino.

— Mannix, isso não é engraçado.

— Desculpe. Oi, Betsy! Oi, Jeffrey! Tudo bem se eu fechar as cortinas e persianas? Só até essas pessoas irem embora? Depois eu quero que vocês me mostrem a revista.

Jeffrey a empurrou depressa para ele.

— A mulher que ligou se chama Phyllis Teerlinck — disse Jeffrey. — Ela quer ser agente literária de mamãe. Eu já pesquisei seu nome. Ela existe mesmo. Representa muitos autores. Mamãe conhece alguns deles. Veja... — Jeffrey clicou no site de Phyllis Teerlinck para mostrá-lo a Mannix.

— Bom trabalho. — elogiou Mannix.

Jeffrey pareceu inflar de orgulho.

— Você sabe o que eu estou pensando? — disse Mannix. — Se uma agente literária está interessada...

— Outros devem estar também. Foi exatamente o que eu pensei! — exclamou Jeffrey.

— Sério? — Eu fiquei surpresa. — Por que não disse logo?

— É que eu estava esperando para falar com o dr... com Mannix a respeito disso.

— Você quer que nós descubramos isso? — Mannix me perguntou.

Eu estava petrificada de empolgação, medo e curiosidade.

— Tudo bem, quero.

Mannix começou a digitar alguma coisa em seu iPad.

— Vamos tentar, digamos, cinco das maiores agências literárias norte-americanas.

— Não procure as grandes! Tente algumas das pequenas e mais simpáticas.

— Não! — disse Jeffrey.

— Ele tem razão. Você pode muito bem procurar direto a melhor. O que tem a perder? Ok, aqui está alguém da William Morris que trabalha com escritores de autoajuda. Jeffrey, tente fazer uma referência cruzada entre a lista de best-sellers do *New York Times* e as agências. Concentre-se em escritores de autoajuda. Onde está meu celular? — Mannix teclou alguma coisa e escutou atentamente. — Caixa postal — murmurou para mim, e em seguida disse: — Estou ligando em nome de Stella Sweeney. Ela escreveu o livro que Annabeth Browning aparece lendo na revista *People* desta semana. Você tem trinta minutos para retornar esta ligação.

Ele desligou e olhou para mim.

— Que foi? — perguntou.

— Trinta minutos?

— Agora, você tem uma quantidade enorme de poder. Podemos fazer jogo duro também.

— Jogo duro?

— Isso mesmo. Jogo duro.

Nós caímos em gargalhadas que beiravam o descontrole.

— Tem mais uma agência aqui — avisou Jeffrey. — Curtis Brown. Eles são grandes e representam alguns autores de autoajuda.

— Bom trabalho — disse Mannix. — Você quer ligar para eles?

— Ahn, não — disse Jeffrey, com timidez. — Você faz isso. Vou continuar em busca de agentes.

Então Jeffrey vasculhou toda a lista dos livros mais vendidos do *New York Times*. Encontrava os autores de autoajuda e pesquisava no Google até achar o nome e o telefone do agente. Mannix fazia as ligações e deixava os ultimatos: retorne esta ligação em meia hora ou você perderá a chance de ser agente de Stella Sweeney.

A pessoa da William Morris foi a primeira a ligar de volta, e Mannix o colocou no viva voz.

— Obrigado por me procurar — disse o agente —, mas terei de recusar a oferta. Ser associado a Annabeth Browning não é algo que me deixe confortável, nesse momento.

— Obrigado pelo seu interesse e o seu tempo.

Sei que é maluquice, mas eu fiquei chateada. Até menos de uma hora atrás eu nem sequer tinha considerado a ideia de ter um agente literário, mas agora eu me sentia rejeitada.

— Bem, ele que se foda! — exclamou Jeffrey.

— Isso mesmo — concordou Betsy. — Perdedor!

O agente da Curtis Brown também não me queria.

— O mercado de livros de autoajuda já está saturado.

Gelfman Schneider também me esnobou — mais uma vez, por causa da minha "ligação" com Annabeth Browning. A Page Inc. não estava aceitando nenhum cliente novo, no momento. E Tiffany Blitzer preferia não ser "arrastada pelo momento de atenção desmedida que Annabeth Browning estava conseguindo".

No instante em que Betsy reconectou o telefone fixo de volta na parede e Phyllis Teerlinck tornou a ligar, eu me sentia totalmente envergonhada, e pronta para concordar com tudo que ela quisesse.

— Ouvi dizer que você está ligando para todos os agentes da cidade — disse Phyllis.

— Ahn... É... Bem...

Mannix pegou o fone da minha mão.

— Sra.Teerlinck? Stella tornará a falar com você daqui a quinze minutos.

Para minha surpresa, ele desligou o telefone e eu olhei para ele.

— Mannix!

— Dei uma rápida olhada nas informações de contrato padrão de Phyllis Teerlinck para novos clientes: os percentuais dela são mais elevados do que os habituais da indústria, e sua definição de "propriedade intelectual" é tão abrangente que quase inclui suas listas de compras; ela leva trinta por cento em todos os filmes, programas de TV e representações audiovisuais; e tem uma cláusula de "perpetuidade". Isso significa que, se você trocar de agente, vai continuar pagando comissões para ela, além das que irão para o novo agente.

— Oh, meu Deus.

Eu não entendi por completo tudo que Mannix dizia, mas entendi o suficiente para baixar meu astral. Aquilo não era real. Nenhum agente literário de verdade estava interessado em mim. Todo o episódio era como um daqueles e-mails cheios de spams que informavam que a pessoa tinha ganhado um milhão de euros, mas, na verdade, queriam só pegar os seus dados bancários.

— Ela é uma má agente? — quis saber Betsy.

— Não — afirmou Mannix. — Ela é, obviamente, uma agente muito boa. Especialmente se ela é tão dura com as editoras quanto é com seus próprios clientes. Porém... — ele disse, olhando para mim. — Posso conseguir melhores condições.

— Eu posso trabalhar como minha própria agente — falei.

Mas todo mundo sabia que eu era uma péssima negociadora: eu era famosa por isso. No trabalho, Karen era a responsável por todas as compras, porque eu não tinha cara de pau para pechinchar descontos.

— Deixe-me fazer isso por você — pediu Mannix.

— Por que você acha que seria bom nisso?

— Tenho muita prática. Tive de fazer um monte de acordos para livrar Roland de seus problemas.

— Acho que devíamos deixar Mannix assumir o controle — disse Jeffrey.

— Também acho, totalmente — garantiu Betsy, entrando na conversa.

— Você confia em mim? — perguntou Mannix.

Essa era uma boa pergunta. Nem sempre. Não para tudo.

— Não vou comprometer você com coisa alguma — disse ele. — Nem vou fazer promessas em seu nome. Mas se você decidir trabalhar com ela, vou lhe conseguir condições mais justas.

— Deixe-o fazer isso, mamãe — pediu Jeffrey.

— Deixe! — ecoou Betsy.

— Tudo bem — cedi.

Betsy, Jeffrey e eu nos escondemos na sala de estar e assistimos a um seriado, enquanto Mannix estabelecia um comando central na mesa da cozinha. De vez em quando, nos intervalos entre os episódios, eu conseguia ouvi-lo dizer coisas como "Esses dezessete por cento é que são de matar! Eu não posso ir além dos dez".

Eu nunca o tinha visto tão envolvido em qualquer outra coisa.

Em algum momento, Betsy foi, na ponta dos pés, até a janela da sala de estar e lançou uma olhada furtiva lá para fora.

— Eles foram embora. Os fotógrafos — anunciou.

— Graças a Deus.

Mas uma parte de mim parecia ter se esvaziado. Foi chocante descobrir o quanto eu era corruptível.

Depois de quatro episódios do seriado — o que significava que ele já estava ao telefone havia mais de uma hora e meia —, Mannix desligou e fez uma aparição triunfal na sala de estar.

— Parabéns, você conseguiu uma agente.

— Consegui?

— Se você quiser.

— O que foi que ela disse?

— Desceu de trinta por cento para dezessete sobre os direitos de audiovisual, o que significa que ela realmente quer você, isso é muito para se abrir mão. Nas edições impressas ela baixou de vinte e cinco para treze por cento. Eu estava disposto a aceitar quinze.

— Bem, isso é... ótimo.

— Ainda faltam alguns detalhes para ser resolvidos, mas é coisa pequena. O que você acha de ela vir aqui de manhã?

— Vir para onde?

— Para cá. Dublin. Irlanda. Esta casa.

— Co-como assim? Por quê?

— Para você poder assinar o contrato com ela.

— Nossa, ela está com pressa.

— Ela recebeu uma oferta de uma editora norte-americana para fechar agora. Precisa de um contrato bem amarrado com você, antes de aceitar a oferta deles.

— Você quer dizer que alguém está oferecendo dinheiro pelo livro? — perguntei, baixinho.

— Isso mesmo.

— Quanto? — perguntou Jeffrey.

— Muito.

Às sete da manhã no dia seguinte, Jeffrey e eu estávamos alisando as almofadas do sofá da sala de estar, onde Mannix tinha dormido, quando ouvimos uma porta de carro bater na rua.

Jeffrey olhou para fora, pela janela.

— Ela chegou!

De fato, uma mulher corpulenta de cabelo curto e uma saia e paletó pretos esquisitos, pagava um taxista. Ela parecia uma mistura de viúva grega com buldogue.

— Ela chegou cedo — eu disse.

Do andar de cima veio o som de Betsy gritando:

— Ela chegou, ela chegou!

Fui até a porta da frente.

— Phyllis?

— Você é Stella? — Ela arrastou sua mala de rodinhas pelo caminho até a porta.

Eu não sabia se apertava a mão dela ou lhe oferecia um abraço, mas ela me salvou do problema.

— Eu não faço contatos físicos — avisou ela. — Excesso de germes. Eu aceno.

Ergueu a mão direita e espalmada e balançou os dedos, como se estivesse dançando jazz. Sentindo-me um pouco tola, fiz o mesmo.

— Deixe-me pegar sua bolsa.

— Não. — Ela praticamente me empurrou para longe dela.

— Entre... Este é meu filho Jeffrey. — Ele estava em pé no pequeno saguão. Tinha vestido uma camisa branca e uma gravata para a ocasião — Nada de apertos de mão, Jeffrey — avisei. — Phyllis gosta de acenar.

Phyllis fez o movimento novamente e Jeffrey a imitou. Pareciam cumprimentar um ao outro num filme de ficção científica.

Betsy veio aos pulos pela escada, como um labrador dourado, seu cabelo ainda úmido e perfumado do banho.

— Não seja boba — disse ela. — Preciso abraçar você, tipo, totalmente.

Ela se enroscou toda em Phyllis Teerlinck, que avisou:

— Se eu pegar uma gripe você fica com a culpa e com a conta do médico.

— Você é hilária! — exclamou Betsy.

— Você gostaria de se sentar em algum lugar? — perguntei a Phyllis.

Ela olhou para mim como se eu fosse louca.

— Consiga-me um café e um lugar onde possamos conversar.

Em seguida o seu foco passou pelo meu rosto e sobre o meu ombro — ela obviamente tinha visto algo que lhe agradava: Mannix emergiu da cozinha.

Virei-me para dar uma olhada — ele estava tão sexy! Eu mal podia acreditar que ele era meu.

— Você deve ser Mannix — disse Phyllis.

— Phyllis? — Os dois se avaliaram mutuamente por algum tempo, como um par de lutadores profissionais prontos para entrar no octógono. — Nenhum contato físico, foi o que eu ouvi?

— Eu poderia abrir uma exceção para você. — Ela pareceu, inesperadamente, estar flertando. (E olhem que, como Betsy descreveu mais tarde: "Eu pensei que ela gostasse totalmente de mulheres.")

— Por que vocês não vão todos para a sala de estar? — sugeriu Mannix. — Vou preparar café.

— Obrigada. — Eu estava pateticamente grata. Quando Mannix se incumbia até mesmo das menores tarefas domésticas, o meu coração vibrava de emoção. Vê-lo colocando água na chaleira para ferver, ainda mais na minha cozinha, me fez acreditar que havia um futuro onde cenas como aquela seriam normais.

Na sala de estar, a mesa já estava posta com pratos e guardanapos.

— Pãezinhos — falou Phyllis.

— Mannix comprou tudo.

Ele tinha saído às seis da manhã para ir até a loja de conveniência do posto e comprara sacolas e mais sacolas de croissants e *muffins*.

— Quer dizer que você não os preparou para mim?

— Bem, eu teria feito isso, mas... — Eu não tinha assado nada desde... nunca, na verdade.

— Mãe — disse Betsy, com sua voz gentil. — Ela está brincando.

Para minha surpresa, Phyllis Teerlinck não sofria de uma lista de alergias alimentares tão comprida quanto o seu braço. Comeu um muffin...

— Puxa, isso está uma delícia! — Comeu um segundo, seguido por um terceiro e, em seguida, fez surgir da bolsa toalhinhas antissépticas e limpou as migalhas da boca. — Onde está aquele cara que ia trazer o café?

— Estou aqui. — Mannix tinha aparecido nesse instante.

— Você foi comprar os grãos na Costa Rica? — brincou ela.

Mannix analisou as migalhas que haviam sobrado no prato de Phyllis.

— Você come depressa.

— Eu faço tudo depressa — avisou Phyllis. Novamente com aquele tom de flerte. — Então, vamos fazer as apostas? — Para mim, ela disse: — Você quer que essas crianças fiquem aqui?

— Qualquer coisa que eu fizer irá afetá-los. — Eu estava moderadamente desafiante. — É claro que quero que eles participem de tudo.

— Controlem sua empolgação, é tudo que eu peço. Vamos lá!... — Pegou uma pilha de papéis na bolsa, algo que eu imaginei que fosse uma impressão do meu livro. Acenou aquilo no ar e disse: — Nós podemos ir longe com isso aqui. Perca cinco quilos e você me terá como agente.

— O quê?!

— Pois é, precisamos de você um pouco mais magra para torná-la passível de ser promovida. A televisão acrescenta cinco quilos em todo mundo e todo aquele blá-blá-blá.

— Mas...

— Detalhes, detalhes. — Com uma batida de seu braço, descartou minhas evidentes preocupações. — Arranje um *personal trainer*, e tudo vai dar certo.

— Será? — Eu não gostava da direção que aquilo tomava.

— Ei, *relaxe*, vai ser ótimo. Então... Primeiro temos de acertar os termos entre nós duas. Você está com as revisões aí?

Ela ficara enviando alterações no contrato até o momento da decolagem do seu avião. Mannix imprimira o documento final e ele estava no centro da mesa.

— Você aceitou as mudanças? — quis saber ela.

— Humm... Aceitei. Só que você não confirmou a cláusula quarenta e três — avisei.

— Qual é? — Como se ela não soubesse.

— Direitos para o território irlandês. Eu gostaria de mantê-los.

Ela deu uma risada maliciosa.

— Você está se sentindo sentimental e estou me sentindo generosa. Tudo bem, pode ficar com eles.

Ela pegou o maço de páginas, eliminou a cláusula de número quarenta e três, rubricou ao lado e, em seguida, deslizou o contrato e a caneta para mim.

— Assine-o, então.

Eu hesitei.

— Parece muito importante e rápido demais? — perguntou Phyllis. — Tudo bem, vá em frente, leia com calma. Mas não há nada importante. São apenas coisas.

— Você é um pouco estraga-prazeres — disse Mannix.

— Simplesmente mantenho o pé no mundo real.

Rabisquei meu nome na parte inferior do documento e Phyllis disse:

— Parabéns, Stella Sweeney. Phyllis Teerlinck é sua agente.

— Parabéns, Phyllis Teerlinck — devolveu Mannix. — Stella Sweeney é sua cliente.

— Gosto dele — observou ela, olhando para mim. — Ele é bom.

— Estarei aqui a semana inteira — avisou Mannix. — Experimente o frango.

— Então... Você disse que uma editora estava interessada...? — perguntei.

— Blisset Renown. Já ouviu falar deles? São o braço editorial da MultiMediaCorp, sabiam? Fizeram uma oferta com validade de vinte e quatro horas. Não querem uma guerra de lances. É do tipo "pegar ou largar".

— Quanto...?

Na noite passada, Phyllis dissera ao telefone, para Mannix, que era "muito", mas não quis detalhar a quantia real e nós passamos muito tempo especulando sobre o quanto "muito" realmente significava.

— Dependendo das condições — disse ela —, seis dígitos.

Betsy engasgou e ouvi Jeffrey engolir em seco.

— Seis dígitos *baixos* — avisou Phyllis. — Mas eu acho que eu posso convencê-los a chegar até duzentos e cinquenta mil dólares. Dá para mudar sua vida, certo?

— Puxa, e como!

Mesmo num ano bom eu nunca conseguia mais de quarenta mil.

— Eu poderia enviar o livro para todas as grandes editoras — disse Phyllis —, mas o fator Annabeth Browning é arriscado. Ela pode ajudar o livro. Mas também pode fazê-lo explodir na nossa cara. Impossível saber ao certo, pense nisso. E enquanto você está refletindo, me fale qual é a relação entre vocês dois? — Ela queria dizer Mannix e eu. — Vocês são casados?

— Somos — disse Mannix.

— Ok. Muito bom.

— Ah, mas não com Stella, e sim com outra pessoa.

— Humm... Nada bom.

— Não é ruim — atalhei eu, depressa. — Nós dois estamos nos divorciando

— Então, qual é a demora? Façam isso logo.

— Não podemos — expliquei. — Leis da Irlanda — disse eu. — Os dois têm de estar morando separados há mais de cinco anos. Mas somos como se já fôssemos divorciados. Ryan, meu ex-marido, e eu concordamos com tudo: dinheiro, custódia dos filhos, tudinho. A mesma coisa com Mannix e Georgie. Somos todos amigos. Ótimos amigos! Quer dizer, Ryan ainda não conheceu Georgie pessoalmente, mas ele vai amá-la. Quer dizer, *eu* a adoro e deveria odiá-la, certo? Ela é uma ex-mulher fabulosa. Bem... Futura ex-mulher e... — Minha voz travou.

— Então o que vai ser, pessoal? — perguntou Phyllis. — Blisset Renown? Ou vocês querem se arriscar com o desconhecido?

— Preciso decidir agora?

Ela se inclinou para frente e disse na minha cara:

— Isso mesmo. Agora.

— Preciso de mais tempo.

— Você *não tem* mais tempo.

— Pare de intimidá-la — disse Mannix. — Isso é bullying.

— Fale-me desse editor — pedi a Phyllis.

— Seu nome é Bryce Bonesman.

— Ele é legal?

— Legal? — Phyllis parecia nunca ter ouvido aquela palavra antes. — Você quer que ele seja legal? É isso? Então ele é legal. Talvez você devesse conhecê-lo. — Ela começou a pensar. — Que horas são em Nova York?

— Três da manhã — disse Mannix.

— Ótimo. Deixe-me ligar para ele. — Phyllis teclou um monte de números — Bryce? Acorde aí! Uh-huh. Sim... Sim... Ela quer saber se você é legal. Ok. Sei... Sei... Combinado.

Ela desligou o telefone e me perguntou:

— Você pode ir até Nova York?

— Quando?

— Que dia é hoje? Terça-feira? Então, digamos... Terça-feira.

Minha cabeça estava girando.

— Eu não tenho dinheiro para ir a Nova York assim, de uma hora para outra.

Phyllis me lançou um olhar de desprezo.

— Você não vai pagar nada! O pessoal de Bryce Bonesman vai bancar as despesas. De tudo. — Acenou com o braço, efusivamente. — As crianças também estão convidadas.

Betsy e Jeffrey começaram a gritar e pular em volta da sala.

— É só por um dia — avisou Phyllis. — Você voltará para casa amanhã.

— E Mannix? — perguntei. — Ele também está convidado?

Mais uma vez, Phyllis me olhou com desdém.

— É claro que Mannix também está convidado. Foi ele quem fez isso acontecer. E ele é o seu companheiro, certo?

Mannix e eu olhamos um para o outro.

— Certo!

Jeffrey parou subitamente de guinchar e saltar.

Um carro brilhante e comprido nos pegou na porta e a sra. "Vizinha-do-lado-que-nunca-foi-com-a-minha-cara" quase implodiu com o peso da própria bile.

Fomos encaminhados até um local afastado e pouco familiar do aeroporto de Dublin, onde uma moça charmosa, encantadora e muito perfumada nos levou por um corredor brilhante, de vidro, até uma sala com objetos de arte, poltronas confortáveis e um bar completo. Nossa bagagem foi levada, a moça perfumada pegou nossos passaportes e os devolveu logo depois, com as etiquetas das malas e os cartões de embarque.

— Suas malas já foram despachadas para o aeroporto JFK, de Nova York — informou ela.

Jeffrey apertou os olhos ao ler o seu cartão de embarque.

— Já fizemos o check-in? Não precisamos entrar numa fila, nem nada?

— Está tudo pronto.

— Uau. Estamos na classe executiva?

— Não.

— Ah.

— Vocês estão na primeira classe.

Dez minutos antes do horário marcado para a decolagem, fomos colocados num Mercedes preto — o mais caro Mercedes do planeta, segundo Jeffrey — e conduzidos até cerca de cinco metros do avião. No topo da escada, duas comissárias de bordo nos cumprimentaram pelo nome:

— Dr. Taylor, sra. Sweeney, Betsy, Jeffrey, bem-vindos a bordo. Dr. Taylor, sra. Sweeney, posso lhes oferecer uma taça de champanhe?

Mannix e eu olhamos um para o outro e começamos a rir de um jeito descontrolado.

— Desculpe — pediu Mannix. — É que nós estamos só um pouco... Sim, adoraríamos uma taça de champanhe.

— Venham até a primeira classe e vou lhes levar o champanhe imediatamente.

Entramos por trás da cortina mágica e Jeffrey disse:

— Uau! Essas poltronas são *enormes*.

Eu não era uma deslumbrada completa em termos de viagens de luxo. No auge da fase Tigre Celta da Irlanda, Ryan e eu tínhamos voado em classe executiva para Dubai. (Toda a experiência tinha sido ousada e glamourosa, e todo mundo fazia o mesmo naquela época; mal sabíamos o que iria acontecer com o país.) Isso, no entanto, estava num nível muito acima. Os assentos eram tão grandes que só havia espaço para quatro lado a lado, dois de cada lado do corredor do avião.

— Ok, mãe. — Jeffrey de repente assumiu o comando. — Você vai naquele lugar junto da janela. Vou me sentar ao seu lado. Betsy pode ficar ali. E Mannix pode ir junto da outra janela.

— Mas...

Eu queria me sentar ao lado de Mannix. Queria beber champanhe com ele, curtir cada segundo daquilo juntos e...

Mannix me observava. Eu ia deixar Jeffrey fazer isso?

— Eu quero me sentar ao lado de Mannix — disse eu, com voz fraca.

— E eu quero me sentar ao seu lado — disse Jeffrey.

Todos nós congelamos, num estado de tensão. Até a comissária, que já chegava pela cortina com a bandeja do champanhe, parou no meio do caminho, metade do corpo dentro e metade fora. Betsy manteve os olhos baixos, assumindo a configuração padrão de que a vida era perfeita, enquanto Mannix e Jeffrey continuavam a me observar. De repente, eu estava no centro das atenções e a minha culpa, sempre tão fácil de acionar, começou a fluir.

— Vou me sentar com Jeffrey.

Mannix me lançou um olhar zangado e virou as costas.

Jeffrey, presunçoso e vitorioso, acomodou-se ao meu lado e passou as sete horas seguintes fazendo seu assento zumbir para cima e para baixo, para cima e para baixo. Longe dali, no outro lado do avião, Mannix levava um papo de frases curtas e educadas com a minha filha.

Em algum momento eu adormeci e acordei pouco antes de pousarmos no JFK.

— Oi, mãe — cumprimentou Jeffrey, muito alegrinho.

— Oi. — Eu me sentia zonza, mas dava para ouvir Betsy rindo muito, muito alto.

— Você perdeu o chá da tarde — disse Jeffrey. — Ganhamos bolinhos e outras coisas.

— Ah, foi? — Minha língua parecia enorme.

O avião tocou o chão; quando nos levantamos para sair, Betsy me agarrou pelo pescoço e me deu um abraço que se transformou em um movimento de luta.

— Ei, mãe! — disse ela. — Bem-vinda a NOVA YORK!

— Betsy? — Aquilo era muito pior do que a sua exuberância normal. — Você está... Ai, meu Deus, você está bêbada?

— A culpa é do seu namorado. — Ela riu.

Mannix deu de ombros.

— Champanhe grátis. O que um cara pode fazer?

No momento em que descemos do avião, fomos levados até uma limusine.

— Precisamos pegar nossas malas — eu disse.

— Alguém já está cuidando disso. As malas têm uma limusine só para elas.

Engoli em seco.

— Certo.

Eu tinha estado em Nova York duas vezes antes. Uma delas com Ryan, fazia muito, muito tempo, antes de as crianças nascerem, quando tínhamos vagado pelo meat-packing district em busca de inspiração para a sua arte. A segunda tinha sido cerca de cinco anos atrás, num fim de semana de compras com Karen. Ambas as viagens tinham sofrido restrições orçamentárias, mas essa era exatamente o oposto.

A limusine nos levou para o Mandarin Oriental, para uma suíte no quinquagésimo segundo andar, com janelas do chão ao teto e vista para o Central Park inteiro. Os cômodos pareciam ser infinitos — saletas, banheiros, até mesmo uma cozinha totalmente equipada. Eu vaguei por um quarto do tamanho de um campo de futebol e Jeffrey surgiu ao meu lado. Ele analisou a situação rapidamente.

— Este é o quarto principal — disse ele. — Você e Betsy podem dormir aqui.

— Não. — Minha voz vacilou.

— Que foi? — Ele parecia jovem, surpreso e muito zangado.

Pigarreei e me forcei a falar.

— Este é o meu quarto. Meu e de Mannix.

Ele olhou para mim com olhos de fogo. Parecia que estava pensando em dizer alguma coisa. Depois de algum tempo, porém, fez uma linha apertada com os lábios e se afastou por toda a vasta extensão do carpete, quase esbarrando em Mannix, que vinha quase cambaleando pelo caminho, rindo de alegria.

— Stella, você precisa ver o tamanho do arranjo de flores que eles mandaram! E... o que houve?

— Você se importaria se Betsy e eu dormíssemos aqui?

— E eu o quê? Vou ficar em outro quarto? Eu me importaria, sim.

Olhei para ele, silenciosamente pedindo misericórdia.

— Trace um limite — disse ele. — Isso terá de acontecer em algum momento.

Baixei a cabeça e pensei: odeio isso, odeio isso. É tão difícil. Tudo que eu quero é estar com ele. E que todos possam ser felizes. E que todos possam se amar e que a vida seja simples.

— Nós não transaremos — disse ele, com desagrado na voz. — Isso tornaria as coisas mais fáceis?

Antes que eu pudesse responder, o telefone tocou. Era Phyllis.

Ela tinha vindo no mesmo voo que nós, mas saíra do aeroporto num ônibus especial. Ela nos contou que sempre voava na classe econômica, mas que cobrava do editor a classe executiva.

— Phyllis — eu disse. — Você devia ver a nossa suíte!

— Chique, não é? Não fique muito acostumada com isso; vocês vão passar só uma noite nela.

— Deve estar custando uma fortuna.

— Que nada... A Blisset Renown administra um monte de negócios à sua maneira; eles devem ter feito algum acordo. E mandaram flores, não foi? Claro que mandaram. A assistente de Bryce Bonesman vai passar por aí amanhã assim que vocês fizerem o check-out, e vai levar o arranjo para o seu apartamento pequeno e triste. Agora, se arrume, ele quer encontrar vocês.

— Quem?

— Bryce Bonesman.

— Agora? Nós acabamos de chegar.

— Como assim? Você achou que estava aqui para se divertir? Vocês não estão aqui para se divertir. Você e Mannix, um carro irá buscá-los em trinta minutos. Pareça magra.

— Sério?

— Sério. Pareça promovível. Use uma cinta modeladora Spanx. Sorria muito. E quanto àqueles seus filhos? Outro carro irá pegá-los também. Eles conhecerão os pontos turísticos e toda essa merda.

Bryce Bonesman era esguio, tinha sessenta e tantos anos e um charme de onde gotejava sofisticação. Ele segurou minha mão direita, apertou meu braço e disse, com grande sinceridade;

— Obrigado por ter vindo.

— Ora, *eu* é que agradeço. — Eu estava nervosa porque ele tinha bancado as passagens de avião e o magnífico hotel.

— Obrigado ao senhor também. — Bryce voltou a atenção para Mannix.

— Então, aqui estão eles — anunciou Phyllis. — Que ótimo. — Ela começou a caminhar por um corredor. — No lugar de costume? Já estão todos lá dentro?

Nós a seguimos até uma sala de reuniões, onde um pequeno exército de pessoas já estava sentado em torno de uma longa mesa. Bryce apresentou todos eles. Havia alguém que era vice-presidente de marketing; Outro alguém era vice-presidente de vendas. Havia um vice-presidente de imprensa, um vice-presidente de livros de bolso, um vice-presidente da área digital...

— Sente-se ao meu lado. — Bryce puxou uma cadeira para mim. — Não vou deixar você longe da minha vista!

Os vice-presidentes riram, educadamente.

— Então vamos lá... Nós adoramos o seu livro — garantiu Bryce Bonesman. Uma cacofonia de exclamações de concordância se seguiu. — Podemos transformá-lo num grande sucesso.

— Obrigada — murmurei.

— Você sabe que o mundo editorial está definhando?

Eu não sabia.

— Sinto muito por ouvir isso.

— Alivie um pouco esse clima tenso — disse Phyllis a ele. — Não é da sua mãe que você está falando.

— Você tem uma grande história para contar — garantiu Bryce. — Essa coisa de Guillain-Barré. E Mannix como seu médico. A questão de você estar largando o seu marido é que vai ser um pouco mais complicada de administrar. Ele é viciado em sexo? Alcóolatra?

— Não... — De repente, eu não gostei do rumo que aquilo estava tomando.

— Tudo bem. Você e ele ainda são bons amigos? Todos celebram juntos o Dia de Ação de Graças?

— Bem, nós não celebramos o Dia de Ação de Graças na Irlanda. Mas somos bons amigos, sim. — *Mais ou menos.*

— Esta é uma oportunidade que aparece uma vez na vida, Stella. Vamos lhe oferecer um adiantamento considerável, mas se tudo der certo você poderá ganhar muito mais dinheiro.

Poderei?

— Obrigada.

Minha voz era quase inaudível, porque eu tinha vergonha de ser considerada uma pessoa de tanto valor.

Quase como um detalhe, ele acrescentou:

— É claro que vamos precisar que você nos escreva um segundo livro.

— Mesmo? Obrigada! — Fiquei profundamente lisonjeada, mas logo em seguida fui tomada pelo terror: como diabos eu faria aquilo?

— Naturalmente, essa oferta está sujeita a condições.

... Que são?

— Este livro não é uma jogada certa. Você vai precisar fazer turnês de divulgação e participar de cada programa do país. Teremos ações pequenas e muitas viagens. Você vai possivelmente fazer quatro turnês ao todo, começando no início do ano que vem. Cada turnê terá duração de duas ou três semanas. Vamos levar você até onde Judas perdeu as botas. Queremos transformar você numa marca.

Eu não estava realmente certa sobre o que isso significava, mas murmurei:

— Obrigada.

— Se você trabalhar duro, vai fazer sucesso.

— Sou boa em trabalhar duro. — Pelo menos nesse ponto eu pisava em terreno firme.

— Então terá de desistir do seu emprego e vir morar aqui durante um ano, pelo menos. Você vem com tudo ou volta para casa.

Fiquei surpresa, quase chocada, e fui atingida por um mau pressentimento. Eu já tinha abandonado meus filhos quando fiquei doente e não poderia fazer isso novamente.

— Mas eu tenho dois filhos — expliquei. — Eles têm dezessete e dezesseis, e ainda estão na escola.

— Nós temos escolas aqui. Excelentes escolas.

— Quer dizer que eles poderiam vir comigo?

— Claro.

Minha cabeça estava girando, porque eu tinha verdadeira obsessão com a vida acadêmica de Betsy e Jeffrey. Betsy só tinha mais um ano de escola para cursar, e Jeffrey tinha dois. O que uma mudança para Nova York faria com os estudos deles? Por outro lado, certamente, as escolas ali em Nova York eram melhores que as deles, certo? E a experiência de vida de ter morado em uma cidade diferente faria muito por eles, não é? E mesmo que fosse um desastre, não era para sempre...

— O novo semestre está prestes a começar — disse Bryce. — Que tal isso como um belo sinal de sincronismo? Podemos providenciar um bom apartamento, num bairro bom, para vocês.

Um dos vice-presidentes disse algo baixinho para Bryce, e ele respondeu:

— Ora, mas é claro!

Para mim, ele disse:

— Que tal lhe parece um apartamento duplex de dez cômodos no Upper West Side? Com uma governanta, um motorista pessoal e acomodações para empregados? Nossos queridos amigos, os Skogell, estão passando um ano fora dos Estados Unidos, na Ásia, e a casa deles está disponível.

— Sim, mas...

Instintivamente, eu sabia que Betsy e Jeffrey adorariam morar em Nova York: eles iriam se gabar eternamente com os amigos. Ryan iria, com relutância, talvez, concordar com tudo, mas onde Mannix se encaixava naquela história?

Phyllis se levantou e anunciou:

— Precisamos da sala.

Bryce Bonesman e todos os seus funcionários ficaram em pé. Eu ergui as sobrancelhas para Mannix — o que diabos estava acontecendo? Ele me enviou mensagens com os olhos, só que dessa vez eu não consegui compreendê-lo.

— Quero conversar em particular com minha cliente — anunciou Phyllis. — E com você. — Acenou para Mannix.

Todos os outros saíram super depressa; claramente já estavam acostumados a esse tipo de coisa.

Para Mannix, Phyllis disse:

— Fique ali. Não olhe para cá. Quero um momento com Stella.

Em voz baixa, ela me disse:

— Sei o que você está pensando. Você está pensando nele. — Ela lançou os olhos para Mannix, que havia se afastado de nós, de forma obediente. — Está louca de paixão e não quer estar em um país diferente dele. Quer tal o seguinte?... Você precisa de uma pessoa. Um assistente, um gerente, chame do que quiser. Alguém que sirva de intermediário e cuide dos negócios. Vai ser preciso um monte de interações entre a Blisset Renown e você. Questões de viagens, logísticas promocionais. Ele é muito bom nisso, o seu namorado. Vai conseguir o cargo. E antes mesmo que você pergunte, não faço essas merdas. Conseguirei grandes acordos, mas não vou segurar sua mão.

— ... Mas Mannix tem um trabalho. Mannix é *médico*.

Com bom humor e um ar de desprezo, ela disse:

— "Meu namorado, o médico". Se é assim, porque não perguntamos "ao médico" o que o médico quer?

— Estou pensando no assunto — disse ele, de longe.

— Você não deveria estar ouvindo.

— Pois é, mas ouvi.

— Phyllis — disse eu, ansiosa. — Bryce mencionou um segundo livro.

— Isso mesmo. — Ela acenou com a mão com desdém. — Outra seleção desses provérbios sábios e inspiradores, iguais aos de *Uma piscada de cada vez*. Você poderá fazê-lo até dormindo. Primeira regra de publicação: se alguma coisa dá certo, basta repetir tudo com um título diferente.

— ... E você acha que eles vão me pagar a mesma quantia? — Eu quase desisti de ousar perguntar isso.

— Você está brincando comigo? — disse ela. — Eu conseguiria outro acordo para um segundo livro seu hoje mesmo, ainda esta tarde, e lhe obteria outro quarto de milhão de dólares. Só que meu instinto, que nunca está errado, diz que é melhor esperar o momento certo, porque eles vão lhe pagar um caminhão de dinheiro a mais.

Foi a certeza dela, mais que qualquer coisa, que me convenceu de que uma nova vida poderia ser criada para mim a partir da oportunidade bizarra que Annabeth Browning me fornecera. Aquilo era real.

Para Mannix, eu perguntei:

— Você estaria disposto a desistir de seu emprego por um ano?

— ... Por um ano? — Ele se escondeu em algum lugar dentro de sua mente e eu prendi a respiração, com uma esperança que ia além da conta. — Tudo bem — assentiu ele, devagar. — Durante um ano, sim, eu estaria disposto a desistir.

Exalei e me senti quase eufórica.

— E você? — perguntou ele. — Está *numa boa* em desistir do seu emprego por um ano?

Foi muito legal da parte de Mannix me perguntar isso. Só que no meu caso, o meu emprego não era um trabalho "de verdade", não como o dele.

— Perfeitamente numa boa — garanti. — Eu topo. Um milhão por cento.

— A vida tinha me revelado, subitamente, uma solução para todos os meus problemas. Jeffrey adoraria morar em Nova York, e, se o preço para isso fosse eu estar com Mannix, ele certamente engoliria tudo. E eu conseguiria viver com Mannix e compartilhar sua cama, noite após noite...

— Obrigada, Mannix — falei. — Obrigada de verdade.

Aquele era o momento perfeito para eu dizer que o amava. E que tinha valido a pena esperar.

— Mannix, eu...

— Então isso é tudo? — interrompeu Phyllis. — Estamos acertados.

Esvaziada da minha empolgação, assenti com a cabeça. Eu teria outra chance de contar a Mannix que o amava.

Phyllis foi até a porta e chamou:

— Todos vocês, voltem aqui.

Quando os vários vice-presidentes retornaram aos seus lugares, e o som das cadeiras sendo arrastadas e a reacomodação de todos se encerrou, Phyllis foi para a cabeceira da mesa e anunciou:

— Vocês têm um acordo!

— Maravilhoso! — disse Bryce Bonesman. — Uma notícia maravilhosa.

Todo mundo começou a circular pela sala, apertando as mãos, sorrindo e dizendo que estavam ansiosos para trabalhar comigo.

— Vocês vão se juntar a mim e à minha esposa para jantar às oito da noite. — Bryce Bonesman olhou para o relógio. — Isso lhes dará tempo para ver o apartamento dos Skogell e conferir a vizinhança. Vou dar uma ligada para Bonda Skogell e avisá-la de que ela deve esperar vocês.

— Obrigada.

Eu planejava dar uma passadinha na loja Bloomingdale's, enquanto ainda conseguia ficar em pé.

— Quanto aos seus filhos, por esta noite, Fatima vai levá-los para passear pela cidade. Certo, Fatima? — Fatima era uma das vice-presidentes, e me pareceu ligeiramente surpresa com essa notícia. — Leve-os ao Hard Rock Cafe e em seguida para um musical, mas não *The Book of Mormon*. Faça com que eles se divirtam, mas mantenha-os seguros.

Ele voltou a focar em mim.

— Depois, volte para sua casa amanhã, encerre sua vida por um tempo e volte o mais depressa possível. Temos muito trabalho a fazer!

ELA

— Tome um *Manhattan*. — Amity pegou uma taça rasa em uma bandeja de prata trazida por uma mulher silenciosa e toda vestida de preto. — Não existe melhor maneira de dar as boas vindas a alguém que chega a Manhattan do que com *Manhattans*, certo?

— Obrigada.

Eu estava impressionada com os saltos extremamente altos de Amity Bonesman, seu incompatível ar maternal e seu enorme apartamento, elegantemente mobiliado, cheio de tapetes e antiguidades.

— Ah, Manhattans. — Bryce Bonesman tinha chegado à sala. — Amity sempre oferece *Manhattans* quando as pessoas são novas na cidade. Olá, Stella. Você está adorável. Você também está ótimo, meu jovem. — Bryce me beijou e apertou a mão de Mannix. — *Manhattans* são um pouco amargos para o meu gosto. Eu tenho uma quedinha por doces, mas não contem isso ao meu dentista.

Mannix e eu rimos, como se esperava de nós.

— Então, vamos lá! — Bryce ergueu a taça. — Para Stella Sweeney e *Uma piscada de cada vez*. Meus votos para que o livro vá para o topo da lista de best-sellers do *New York Times* e permaneça lá por um ano!

— Ah, que lindo. Obrigada. — Bebemos nossos drinques amargos.

— Temos um convidado especial para você hoje à noite — anunciou Bryce.

Puxa, é mesmo? Eu achava que aquele era apenas um jantar íntimo com meu novo editor e sua esposa. Eu me sentia meio desconectada por causa do *jet lag* e um pouco zonza de adrenalina, e não sabia como iria lidar com mais golpes ao meu organismo. Mesmo assim, de forma obediente, preguei um olhar de expectativa no rosto.

— Nós vamos receber Laszlo Jellico.

Laszlo Jellico. Eu conhecia esse nome.

— Vencedor do prêmio Pulitzer — completou Bryce. — Um grande homem das letras norte-americana.

— É claro — disse Mannix.

— Você já o leu? — perguntou Bryce.

— Claro. — Mannix estava mentindo. Tinha jogo de cintura. Era muito melhor do que eu nesse tipo de coisa.

— Eu acho que meu pai leu um de seus livros — eu disse. — *A primeira vítima da guerra*, é esse o nome?

— Isso mesmo! Seu pai é o velho camarada com problemas nas costas, que trabalhou nas docas desde criança?

— Ahn... Ele mesmo.

Bryce Bonesman, provavelmente, tinha a mesma idade que meu pai, mas Blisset Renown parecia ter concordado em divulgar uma ficção que seria a minha vida — eu vinha de uma família de trabalhadores, gente desnutrida e coberta de fuligem, como o pai e os irmãos em *Zoolander*.

— Laszlo vai gostar de saber disso. Não se esqueça de lhe contar — ordenou Bryce. Para Amity, ele avisou: — Laszlo vai trazer companhia.

— Oh, uau! Quem será hoje à noite? Na última vez foi uma modelo da Victoria's Secret. — Ela notou a expressão de Mannix. — Na verdade, não. Mas era jovem. Muito jovem e *muito bonita*.

Ela piscou para mim e completou:

— Mannix vai gostar dela.

— Hahaha. — Tive que fingir que não fiquei com um ciúme absurdo diante da ideia de Mannix conhecer outra dessas mulheres *bonitas*.

— A penúltima bebeu até não poder mais, se sentou no colo de Laszlo e começou a colocar comida na boca dele como se o pobrezinho tivesse Alzheimer. Foi muito divertido — afirmou Amity, girando os olhos para cima.

— Também teremos a companhia de Arnold e Inga Ola — avisou Bryce. — Arnold é meu colega e também maior rival. Você o conheceu esta tarde.

— Na sala de reuniões? — Será que ele era um dos vice-presidentes?

— Nós o vimos no elevador, quando vocês estavam saindo.

— Ah! Eu tive uma leve lembrança de um sujeito que parecia um sapo, tinha um ar agressivo e tinha dito: "Quer dizer que você é o novo bebê de Bryce?"

— Aquele que parecia zangado? — perguntei.

— Esse mesmo!

— Ela é uma figura! — disse Amity, sobre mim.

— Arnold ficou muito chateado por não ter assinado um contrato com você. Mas ele teve sua chance — disse Bryce, alegremente. — Phyllis mostrou seu livro para ele antes, mas Arnold achou tudo um lixo. Mas assim que eu me interessei por você, ele também a quis.

Mannix e eu trocamos olhares rápidos.

Continue sorrindo; continue sorrindo; aconteça o que acontecer, continue sorrindo.

— Falando no diabo!... — disse Bryce. — Aqui estão Arnold e Inga.

Arnold — tão hostil e com a mesma cara de sapo que eu me lembrava — foi empurrado na minha direção.

— É a nova mascote de Bryce! E seu namorado domesticado! Prazer em conhecê-lo, senhor — disse ele para Mannix.

— Já fomos apresentados.

Arnold o ignorou.

— Então o seu livrinho conseguiu um editor! Que tal essa? E você vai sair em turnê? A pequena moça irlandesa seduzindo os Estados Unidos da América com sua pequena e triste historinha sobre estar paralisada. Eu contei à minha empregada doméstica a seu respeito. Ela disse que vai pedir à Virgem Maria por você. Ela veio da Colômbia. É católica, como vocês.

Meu rosto estava em chamas.

— E aqui está você, na casa muito bem mobiliada de Brucie. E ele *também* convidou Laszlo para esta noite. Você deve ser muito importante. Ele só convoca Laszlo quando realmente quer impressionar.

— Laszlo é um dos meus amigos mais queridos — explicou Bryce, olhando para mim. — Já sou editor dele há vinte e seis anos. Eu não o "convoquei".

— Estou morrendo de fome — avisou Arnold. — Podemos comer?

— Assim que Laszlo chegar — disse Amity.

— Se esperarmos até aquele bundão chegar, não vamos conseguir jantar nunca — murmurou Arnold. — Senhorita — pediu ele à mulher anônima que segurava uma bandeja de bebidas. — Você poderia me trazer uma tigela de sucrilhos com passas?

— Não precisa — avisou Amity. — Ele chegou!

Entrou Laszlo Jellico. Era alto e largo, com barba espessa e volumosa e um monte de cabelo que mais parecia a juba de um leão.

— Amigos, meus amigos! — saudou, com voz estrondosa. — Amity, minha amada. — Ele colocou as mãos nos seios dela e os apertou de leve. — Não consigo resistir — explicou ele. — Nada supera a sensação de apertar carne verdadeira. — Beijou todos os homens, chamando-os de "meus queridos"; recusou os drinques e exigiu chá, mas acabou dispensando a bebida sem sequer prová-la, e garantiu que tinha ficado "paralisado de emoção" com meu "romance sublime" quando, obviamente, não fazia a menor noção de quem eu era.

— Gostaria de lhes apresentar Gilda Ashley — continuou.

Sua acompanhante era rosada, dourada e bonita. Para meu alívio, porém, não parecia devastadoramente sexy do jeito que costumam ser as modelos da Victoria's Secret.

— O que você faz na vida, mocinha? — quis saber Arnold, virando-se para Gilda com um tom de voz que insinuava que ela era uma prostituta.

— Sou nutricionista e *personal trainer.*

— Ah, sim? E onde fez o seu curso?

— Na Universidade de Overgaard.

— Nunca ouvi falar.

Mannix e eu trocamos um olhar. *Que babaca!*

— Quer dizer que você é a nutricionista do Laszlo? — perguntou Arnold a Gilda. — O que você oferece para ele comer?

Ela deu uma risada melodiosa.

— Sigilo de cliente.

— E o que você sugeriria que eu comesse? Eu gostaria de seguir a mesma dieta de Laszlo Jellico, o gênio.

— Quem sabe se você marcar uma consulta? — Sua voz era calma.

— Talvez eu deva. Você tem um cartão?

— Não.

— Mas é claro que você tem um cartão. Uma menina esperta como você, inteligente o suficiente para trabalhar com Laszlo Jellico? Claro que você tem um cartão.

— Eu... — Gilda estava ruborizada.

Eu assistia a tudo, mortificada pela pobrezinha. Ela provavelmente tinha um cartão ali, mas sabia que seria falta de educação distribuí-lo durante um jantar.

A salvação veio de Mannix.

— Se ela diz que não tem um cartão, talvez não tenha.

Arnold lançou um falso olhar de surpresa para Mannix.

— Ok, garoto da fazenda. Não precisa ficar irritado.

— Ele é neurologista — disse eu.

— Não nesta cidade.

Eu abri minha boca para pular na conversa e defender Mannix, mas ele colocou a mão sobre o meu braço, para me acalmar. Com esforço, eu me virei e me vi cara a cara com a mulher de Arnold, Inga. Sem muito interesse, ela perguntou:

— Você está gostando de Nova York?

Fazendo um grande esforço para soar alegre, eu disse:

— Estou amando. Eu só passei uma tarde aqui, mas...

Bryce ouviu a conversa e anunciou:

— Eles vão alugar o apartamento dos Skogell.

— O apartamento dos Skogell? — Inga pareceu surpresa. — Mas eu soube que você vai trazer seus dois filhos, onde todos vão se *acomodar*?

Essa era uma questão sensível. O "duplex com dez cômodos no Upper West Side" me parecera fabuloso e enorme na descrição, mas quando visitamos o lugar naquela tarde, descobri que quatro dos dez cômodos eram banheiros, e tudo me pareceu menos impressionante. Basicamente, o apartamento dos Skogell era composto por uma cozinha, uma sala de estar e três quartos. (O closet contava como um cômodo, na linguagem dos corretores de imóveis. E as "acomodações de empregados" era, para meu choque, um quarto com banheiro minúsculo.)

— Não estamos acostumados a muito — disse eu, docemente.

— É um palácio para nós — garantiu Mannix, com a maior cara de pau. — Um tremendo palácio.

— E fica em uma parte bonita da cidade — completei. — Mal posso acreditar que Dean & DeLuca vai ser meu mercado local.

Durante o nosso passeio rápido pela vizinhança, Mannix e eu demos uma passadinha ali e eu quase desmaiei com os pães frescos, maçãs de tipos diferentes e as massas artesanais. — Quando eu estive aqui com minha irmã, há cinco anos, ficamos perto da filial do SoHo e todos os dias nós...

— Dean & DeLuca? — disse Inga. — Minha nossa, os turistas realmente adoram aquilo.

Depois de um segundo, Mannix disse:

— Nós somos uma dupla de pessoas simples e rústicas.

Inga lançou-lhe um olhar penetrante.

— Você já arrumou escola para os seus filhos? Isso vai ser duro. A maioria das escolas tem uma lista de espera imensa.

Quase triunfante, eu disse:

— Amanhã, às dez da manhã, nós temos uma entrevista marcada na Academy Manhattan.

— Uau, isso foi rápido.

Graças a Bonda Skogell, que, talvez sentindo a minha decepção com o apartamento nada "fabuloso", tinha intercedido em nosso favor. Seus dois filhos estudavam lá e, de um jeito vago e delicado, ela dera a entender que exercia alguma influência sobre o conselho.

— É uma boa escola — disse Inga Ola. — Eles ensinam música, arte, esportes...

— É exatamente o que estou procurando. Um lugar com espírito semelhante ao da escola atual dos meus filhos.

— Sim... — concordou Inga. — Essa é uma boa opção para as crianças pouco dotadas, em termos acadêmicos.

Muito mais tarde, quando voltamos para o hotel, as crianças estavam dormindo no segundo quarto. Eu não os tinha visto desde que saíamos cedo para a reunião na Blisset Renown, muitas horas antes.

— Devo acordá-los? — sussurrei para Mannix.

— Não.

— Mas tudo isso os afeta. E se eles não quiserem vir morar em Nova York?

— Shhh... — Sua mão deslizou entre meus ombros e o zíper do meu vestido deslizou zunindo pelas minhas costas, o metal frio me provocando um delicioso arrepio.

— Você disse que não ia fazer sexo comigo. — lembrei.

— Eu menti.

Seus olhos estavam cheios de determinação. Ele me guiou para o nosso quarto, chutou a porta atrás dele e me jogou na cama enorme onde, apesar da presença de Jeffrey no quarto ao lado, fizemos sexo de forma feroz e apaixonada. Depois, quando estávamos deitados nos braços um do outro, Mannix disse:

— Tudo correu bem.

— O que você quer dizer? — Sexo conosco sempre corria bem.

— Quer dizer que Jeffrey não invadiu o quarto coberto por uma imensa capa preta e entoando a música do filme *A profecia*.

— Ah, Mannix...

— Desculpe. Quer que eu apague a luz?

— Estou tão energizada que sinto como se nunca mais fosse conseguir dormir de novo. — Respirei devagar para me acalmar e fui invadida, na mesma hora, por uma onda de ansiedade. — Mannix, Ryan vai pirar de vez. — Eu já andava repetindo isso a cada instante desde que tinha concordado com a condição de Bryce Bonesman de me mudar para os EUA. — Eu deveria ter conversado com ele antes. E se ele não deixar que as crianças se mudem para cá conosco?

— Então eles ficam na Irlanda, morando com ele.

— Mas ele mal consegue lidar com eles dois fins de semana por mês.

— Justamente! Desafie-o a encarar essa barra.

— Você é durão.

Ele deu de ombros.

— Quero que isso dê certo. Quero isso para nós. Podemos falar de mim por um minuto? — Seu tom era brincalhão. — Amanhã de manhã eu tenho que impressionar a Academy Manhattan com minhas habilidades de pai.

— Você vai se sair bem — garanti. — Você é fantástico com os seus sobrinhos. — Um novo medo surgiu. — Mannix, será que estamos fazendo a coisa certa? É um risco tão grande.

— Gosto de riscos.

Eu sabia que ele gostava de riscos. E também sabia que ele não era burro. Se estava aceitando tudo aquilo é porque o risco não deveria ser tão grande.

— Foi uma noite esquisita, não foi? — comentei. — Arnold Ola e sua esposa horrível. E aquele Laszlo Jellico? Foi como se eles tivessem contratado alguém para fazer truques de mágica. Mas Gilda foi um amor.

— Laszlo Jellico é namorado dela?

— Espero que não — disse eu. — Ela me parece muito boa para alguém como ele.

— E este aqui é não pasteurizado? Ahhh... Não? — O homem que apontava para um queijo no fundo do balcão de vidro da Dean & DeLuca parecia irritado. — Então eu não quero saber. Por favor, mostre-me apenas os não pasteurizados.

Eu analisei o sujeito com cuidado; ele vestia uma calça comum e um blusão azul-marinho com gola polo feito de malha de seda de aparência desagradável. Tinha uma careca brilhante e parecia a própria imagem de um intelectual do Upper West Side. Também era brusco a ponto de parecer descortês, mas esse, no entanto, era o comportamento mais característico de Nova York; a marca registrada da cidade, pelo que me contaram. Por outro lado, se Inga Ola era digna de crédito, aquele poderia ser apenas um turista caipira que morava em Indiana.

O dia tinha começado com um generoso desjejum em nossos roupões turcos de toalha felpuda, na nossa suíte no Mandarin Oriental. Então, Mannix e eu tínhamos chamado Betsy e Jeffrey para uma "conversa séria".

Eu expliquei que tinha conseguido um acordo de publicação, com a condição de eu morar nos Estados Unidos.

— Se o seu pai estiver de acordo — engoli em seco —, e nós conseguirmos uma boa escola, vocês viriam morar em Nova York comigo...

Os guinchos e pulos começaram.

— ... E Mannix — completei. — Se fizermos isso, Mannix e eu estaremos juntos. Morando juntos. Pensem nisso.

— Estou totalmente OK com isso — garantiu Betsy.

— E você, Jeffrey? — perguntei.

Ele não queria fazer contato visual comigo — estava dividido entre o desejo de morar em Nova York e a necessidade de demonstrar sua desaprovação. Por fim, ele disse:

— Tudo bem. OK.

— Sério? — insisti. — Você precisa ter certeza sobre isso, Jeffrey. Porque se tomarmos a decisão, não podemos mais voltar atrás.

Ele olhou para a mesa, e depois de um longo silêncio, disse:

— Eu tenho certeza.

— Muito bem, então. Obrigada. — Eu me concentrei em Betsy. — E quanto a você e Tyler? — Eles ainda estavam oficialmente apaixonados.

— Ele virá nos visitar — cantarolou ela.

Ele não viria e nós duas sabíamos, mas isso não importava.

— Então, você vai ser rica? — murmurou Jeffrey.

— Não sei — falei. — É... arriscado prever.

Tudo era perigoso e desconhecido. Quem podia garantir que o livro iria vender bem? Quem poderia saber como as crianças iriam enfrentar o desafio de morar na cidade mais veloz do mundo? E quem poderia ter certeza de que Mannix e eu iríamos nos adaptar da situação atual de viver, basicamente, um caso para, em vez disso, morar e trabalhar juntos vinte e quatro horas por dia, sete dias por semana?

Só havia um jeito de descobrir...

— Arrumem-se — disse eu. — Mas não muito. Aqui diz: a Academy Manhattan — parei para citar o material de divulgação que Bonda Skogell tinha me trazido —, celebra o individualismo dos seus alunos. — Betsy, não escove o cabelo.

Trinta minutos depois nós estávamos fazendo um tour completo pelas magníficas instalações da Academy Manhattan.

— Excelente — murmuramos na piscina, e depois no espaço para a orquestra e na sala de soprar vidro... — Excelente.

Em seguida, o verdadeiro teste teve início: as entrevistas. Três membros do conselho nos interrogaram, em família, para analisar se nós éramos compatíveis com o "espírito" da Academy. Jeffrey foi um pouco mal-humorado, mas eu desesperadamente torci para que a leveza e a alegria de Betsy conseguissem compensar isso. Quando a entrevista terminou, Betsy e Jeffrey foram levados para fazer uma série de testes de aptidão, e eu fui submetida a um interrogatório individual pelo conselho. Suas perguntas foram bastante suaves — como eu me descreveria como mãe, esse tipo de coisa —, mas quando eu acabei e foi a vez de Mannix, meus nervos começaram a estalar.

— Boa sorte — sussurrei para ele.

— Vamos levar cerca de trinta minutos — avisou a mais simpática das senhoras da entrevista. — Por favor, aproveite as instalações do setor de visitantes.

— OK... — Tentei saborear o conforto da cadeira na sala de recepção, mas eu estava mais assustada que um gato, e só conseguia imaginar todos os obstáculos que poderiam bloquear aquela oportunidade milagrosa. Jeffrey talvez falhasse nos testes deliberadamente; ou Mannix poderia não se apresentar como uma figura paterna convincente sem eu estar ao seu lado, sussurrando suas falas...

Levantei-me, desejando poder me distrair um pouco das preocupações. Ia tentar pensar em coisas agradáveis. Dean & DeLuca, por exemplo... A loja ficava a dois quarteirões de distância da escola; tínhamos passado por ela a caminho dali. Quando me lembrei de como Inga Ola tinha rotulado a Dean & DeLuca como um refúgio de caipiras e gente simplória, fui golpeada por uma sensação de vergonha. Mas logo consegui reunir algum espírito de luta, decidi voltar à loja e conferir — aquilo era uma coisa pequena que eu poderia controlar em uma vida que de repente tinha ficado louca.

Eu não tinha muito tempo, e me apressei pelas ruas; assim que passei pela entrada da loja, meu coração e meu astral se levantaram — os buquês de flores exuberantes, as pilhas arquitetônicas de frutas com cores de pedras preciosas! Certamente aquela não era simplesmente outra atração turística como, digamos, o Woodbury Common, certo? O sujeito vestindo um blusão de malha que queria um queijo não pasteurizado *certamente* parecia um morador local.

Em uma tentativa de resgatar o meu paraíso idealizado do julgamento de Inga Ola, eu me aproximei do homem de blusão de malha de seda e perguntei:

— Desculpe-me perguntar... O senhor é aqui de Nova York?

Ele olhou para mim por baixo de pálpebras pesadas.

— Que merda é essa?

Eu obtive a minha resposta. Ele era rude, muito rude, deliciosamente rude: era um produto genuíno.

— Obrigada.

Sentindo-me melhor, fui olhar para um pacote de grãos de café que tinham sido passados através do tubo digestivo de um elefante. Eu tinha lido sobre aquilo — aparentemente era mais caro, por grama, do que ouro puro. Demorei-me ali, entre interessada e repelida pelo produto.

Eu *morreria* de vergonha se meu pai pudesse me ver ali. Ele nunca tinha tomado café em toda a sua vida. ("Por que eu faria isso quando posso muito bem tomar chá?") E certamente muito menos um café que tinha sido processado pelo sistema digestivo de um elefante.

Com uma vaga lembrança de comprar presentes para mamãe e Karen, fui até a seção de chocolates e coloquei a mão numa caixa ao mesmo tempo que outra mulher.

— Desculpe. — Eu recuei.

— Não, você pode ficar com eles — disse a mulher.

Foi quando eu percebi que a conhecia: era Gilda, da noite anterior.

— Oiii! — Ela pareceu absurdamente satisfeita em me ver ali, e eu também senti uma calorosa acolhida com relação a ela. Tanto que, em menos de cinco minutos, concordamos que ela seria minha *personal trainer* quando eu voltasse para morar em Nova York.

— O único problema — avisei — é que eu não sou do tipo esportivo. Nem um pouco. — Agora eu estava com medo. Em que tinha me metido?

— Nós poderíamos experimentar durante, digamos, uma semana? Para ver se nos ajustamos?

Ela me deu seu cartão e me assegurou que tudo ia ficar bem, o que foi muito bom de ouvir.

— Isso é ótimo — falei. - Mil desculpas, mas preciso ir.

— O que vocês planejaram para hoje?

— Vou pegar as crianças e Mannix, recolher nossas malas do hotel e ir para o aeroporto. Depois, voar para casa, contar a todo mundo as novidades e começar a arrumar minha vida.

— Uau. Muita coisa! E Mannix? Ele está arrumando sua vida também? Ele vai se mudar para cá com você?

— Vai. — disse eu, e me permiti saborear a emoção daquilo. — Mannix e eu estamos fazendo isso juntos.

Estávamos sentados na sala de embarque do aeroporto JFK, quando chegou a notícia de que Betsy e Jeffrey haviam sido aceitos pela Academy Manhattan. Betsy gritou e berrou muito, e até mesmo Jeffrey pareceu ficar satisfeito.

— Uau! — Mannix empalideceu um pouco. — Conseguimos a escola, o apartamento, você já tem o seu contrato de publicação... Isso tudo está realmente acontecendo. Chegou a hora de realocar meus pacientes para o ano que vem.

Preocupada, olhei para ele.

— Nós não temos de fazer isso.

— Mas eu quero. Todos os planetas estão alinhados — disse ele. — Isso tudo é... demais!

— Eu me sinto culpada por abandonar minhas clientes... e olha que tudo que eu realmente faço por elas é pintar suas unhas. Deve ser muito mais difícil para você.

Ele balançou a cabeça para os lados.

— Você não pode se permitir sentir culpa quando é médico. Você tem que dividir tudo em compartimentos, essa é a única maneira de sobreviver. Está tudo bem, Stella. É só por um ano. Está tudo bem.

Ele pegou o celular e começou a enviar e-mails.

Era melhor eu começar também. Precisava conversar com Ryan. Já deveria ter feito isso na véspera, mas tive medo do confronto. E também tinha de combinar tudo com Karen, talvez ver se alguém poderia cobrir minha ausência enquanto eu estivesse fora.

— Oh! — De repente eu me lembrei: — Enquanto você estava sendo entrevistado esta manhã, eu fiz uma rápida visita à Dean & DeLuca e me encontrei, por acaso, com Gilda.

— Gilda de ontem à noite? Isso é que é coincidência!

— Foi mais um sinal... Os planetas *estão* alinhados. Quando eu voltar, ela vai ser minha *personal trainer*. Nós vamos correr juntas. Você pode vir também. — Então eu refleti melhor. — Ou talvez não. Ela é muito jovem e bonita.

— *Você* é jovem e bonita.

— Não sou, não.

E mesmo que fosse, o mundo estava cheio de mulheres jovens e bonitas.

— Não pense assim. — Ele leu meus pensamentos. — Você pode confiar em mim.

Posso? Bem, eu não tinha escolha, a não ser acreditar nele. Viver de outra maneira apenas me deixaria louca.

Ao voltarmos, como previsto, Ryan ficou frenético.

— Você não pode levar meus filhos para longe de mim! Para outro país. Outro *continente*!

— Tudo bem. Eles podem ficar com você.

Seus lábios tremeram.

— Você quer dizer... — ele quase tropeçou nas palavras. — Aqui na minha casa? O tempo todo?

— Durante um ano, mais ou menos. Até eu saber o que vai acontecer.

— Você quer que eu fique aqui na velha Irlanda, cuidando dos seus filhos, enquanto você e Mannix Taylor vão ficar se vangloriando para cima e para baixo pela Quinta Avenida?

— Eles também são seus filhos.

— Não, não — disse ele, falando muito depressa. — Eu vou ser o vilão, aquele que impediu meus filhos de morar em Nova York? Nada disso, essa será uma grande oportunidade para eles.

Escondi meu sorriso. Não era bonito tripudiar.

— E então? É boa essa escola que você encontrou?

— Semelhante à Quartley Daily, mas não tão cara.

Isso, Ryan aceitou a contragosto, era uma boa notícia.

— E eles vão poder ir a pé para a escola — disse eu. — Ela fica só a cinco quarteirões do apartamento.

— O "apartamento". — Ryan não conseguiu esconder seu ar de zombaria. — Ouça você mesma. E Mannix vai realmente desistir do trabalho?

— Vai. — Tentei parecer alegre.

— Mas ele é *médico*!

— É só por um ano...

Eu estava pensando em mandar fazer uma camiseta com essa frase estampada.

Todo mundo parecia indignado com Mannix, como se ele tivesse o dever de continuar curando as pessoas doentes.

— Será que ele não vai se sentir culpado? — perguntou Ryan.

— Ele é bom em compartimentar as coisas.

— Eu não sairia por aí me gabando por causa disso — disse Ryan.

— Compartimentar pode ajudar você a sobreviver.

Ryan balançou a cabeça e exibiu um pequeno sorriso zombeteiro.

— Continue dizendo isso a si mesma e tudo ficará muito bem. E então, você vai realmente receber um quarto de milhão de dólares? Eu recebo alguma parte dessa grana?

— Bem... — Eu já tinha antecipado essa pergunta, e Mannix me ajudara a preparar uma resposta. — Você e eu, Ryan, já acertamos todas as nossas questões financeiras...

Ele deu de ombros; estava só jogando verde.

— Você sabe que esse adiantamento nem é tão grande assim, certo? Você costuma ganhar quarenta mil por ano, e Mannix cerca de cento e cinquenta mil, não é?

— Como você sabe disso?

Eu sabia o salário de Mannix, mas nunca tinha dito a Ryan.

— Eu estive... em contato com Georgie Dawson.

Eu olhei para ele.

— Por quê?

— Só para me manter por dentro das coisas. Estou ligado em tudo, já que ninguém mais se incomoda. Então, como eu estava dizendo, um quarto de milhão de dólares é pouco mais de um ano da renda combinada atual de vocês dois. Como é que você e Mannix vão dividir essa grana? Você vai dar para ele um pouco do seu dinheiro toda semana, como se ele fosse seu escravo sexual? Ele não vai aceitar.

— Isso não lhe diz respeito, Ryan, mas já abrimos uma conta conjunta para as nossas despesas, aluguel e todo o resto. Mannix não quis nada do adiantamento, mas bem que merecia: ele fez o livro acontecer. E desistiu de seu emprego para trabalhar comigo, então merece pagamento.

— Então vocês estão dividindo tudo?

— Ainda temos as contas bancárias de nossas vidas atuais, mas estamos abrindo uma nova conta conjunta; de agora em diante vamos compartilhar tudo.

— Ah, o amor verdadeiro. — Ryan fingiu enxugar uma lágrima dos olhos. — Mesmo assim, esse dinheiro não vai durar muito tempo.

Na defensiva, eu disse:

— Se as coisas correrem bem, podemos fazer mais dinheiro. Eles me pediram para escrever um segundo livro.

— Até parece que isso vai funcionar! *Uma piscada de cada vez* é uma coisa única, uma aberração rara, um cisne negro. Cerca de oito milhões de livros são publicados a cada ano. Há uma possibilidade gigantesca de você falhar.

Ok, Ryan estava com ciúmes. Ele era o artista da família e, pela sua ótica, não era assim que as coisas deviam acontecer. Mas eu era a pessoa que estava de mudança para Nova York, para viver com o homem dos meus sonhos. Portanto, podia me dar ao luxo de ser magnânima.

Nem todo mundo foi tão mesquinho quanto Ryan. Quando eu perguntei a Karen se eu poderia tirar um ano de licença, ela sugeriu comprar a minha parte no salão.

Fiquei estupefata. Eu pensei que ela fosse ficar furiosa comigo pela inconveniência de tudo aquilo.

— Esqueça o assunto, você não se liga nisso — disse ela. — Esqueça tudo a respeito do salão.

Ela estava certa, e eu fui atingida por uma imensa sensação de alívio.

— Está tudo bem — confessou ela. — Eu me sinto aliviada também.

— O salão sempre foi basicamente seu, na verdade.

— É, acho que sim. Só quero dizer duas coisas — ressaltou ela —: Boa sorte com sua nova vida e tudo o mais, mas não venda a sua casa.

— Eu não estava planejando vendê-la. Sei que tudo é um risco enorme, Karen, mas estou dando um passo de cada vez.

— Ótimo. E não seja burra. Tenha um plano B. E um plano C.

De repente eu senti uma espécie de enjoo provocado pelo medo.

— Karen, será que eu estou maluca? Isso é loucura? Desistir do meu trabalho, me mudar com os filhos para o outro lado do mundo, Mannix abandonar o trabalho durante um ano? — A náusea se espalhou pelo meu estômago. — Karen, de repente a ficha está caindo... Acho... Acho que estou entrando em choque.

— Recomponha-se e segure a onda. Esse é um tremendo milagre, como ganhar na loteria. Bem, de certo modo. Esse dinheiro não é tanto quanto o de um prêmio de loteria. Mas seja *feliz*.

Respirei fundo uma vez. Depois, mais uma vez.

— Escute, vou vender o meu carro. Não tenho onde deixá-lo.

— Deixe-o comigo — ofereceu ela, na mesma hora. — Eu cuido dele. Mais uma coisa: eu soube que você e Mannix vão abrir uma conta conjunta. Isso eu acho maluquice. Eu nunca deixaria Enda Mulreid ter um centavo do que é meu. Portanto, o dinheiro da venda da sua parte no salão eu vou depositar em uma nova conta para você, só para você. Você pode chamá-la de "conta para emergências", "refúgio financeiro", o que quiser. Um dia você poderá ficar feliz com essa decisão.

— Mas você acabou de me dizer para eu ser feliz.

— Seja feliz *e* cuidadosa.

— Feliz *e* cuidadosa — repeti, com um ar de sarcasmo. — Tudo bem. Agora eu preciso contar tudo a papai e mamãe.

Mamãe e papai se mostraram encantados com a notícia, mas mamãe não pareceu entender por completo o que estava acontecendo. Papai, no entanto, ficou dolorosamente orgulhoso.

— Minha própria filha tendo um livro publicado. E em Nova York! Eu poderia ir lá visitar vocês.

— Você tem passaporte, pelo menos?

— Posso tirar um.

Em seguida, fui até a casa de Zoe, que chorou incontrolavelmente com a notícia, mas a verdade é que ela andava chorando de forma incontrolável todos os dias.

— Sinto muito — ela fungou. — Você merece isso. Atravessou o inferno enquanto esteve doente. Agora, algo de bom resultou daquilo. Mas vou sentir muitas saudades suas.

— Não é para sempre.

— E quando você estiver lá, acho que vou visitar a cidade e ficar na sua casa, sem pagar hotel. Talvez vá até morar com você, já que minha vida aqui está se despedaçando.

— Vai melhorar.

— Você acha?

— Claro! — Meu celular tocou. — É Georgie — comentei. — Você se incomoda se eu atender?

— Claro que não. — Ela fez um gesto com a mão e esfregou o rosto com um lenço de papel.

— Querida! — declarou Georgie. — Estou quase morrendo de alegria por você! Eu morei em Nova York por um ano, quando tinha dezoito anos... E arrumei um namorado italiano por lá, GianLuca, um príncipe. E não é força de expressão, não, ele era um príncipe mesmo, *literalmente*, da baixa realeza italiana. Existem montes deles circulando pelo mundo. Um homem lindo, só que não tinha uma lira que fosse toda sua e era doido de pedra. Ele me obrigava a passar suas camisas com água de vetiver, e quando eu me esquecia disso ele não trepava comigo. Até hoje o cheiro de vetiver me deixa chorosa e com tesão.

Eu não pude deixar de rir e Zoe olhou para mim com ar magoado, curvada sobre si mesma e agarrada a um lencinho.

— Mannix me contou que vocês vão na próxima semana — lamentou. — Vocês dois vão fazer *muita falta* na Festa de Separação que eu vou dar. Queria tanto que vocês fossem! Não dá para adiar a partida, nem que seja por alguns dias?

— Acho que não — eu disse, com gentileza.

— Uma pena! — lamentou novamente. — E não dá para vocês voarem de volta para cá por alguns dias?

— Não — garanti. — Você é uma maluquinha adorável, Georgie! Mas vamos nos ver antes de eu ir embora. Podemos brindar à sua separação com uma garrafa de Prosecco.

— Oh, querida, que furo o meu. Eu sempre falo só de mim. Parabéns pelo contrato do seu livro. Beijos grandes! — Com uma enxurrada de beijos estalados, ela desligou.

— Como é que algumas pessoas se separam tão bem? — perguntou Zoe. — Eu odeio tanto o Brendan, mas *tanto*, que poderia cuspir só de pensar nele. Desejo que tudo de ruim no mundo aconteça em sua vida. Quero que ele saia para tirar férias na Austrália e, assim que pousar lá, quero que o pai dele morra, só para ele ter de voltar na mesma hora para casa. Quero que o pau dele apodreça e caia! Eu pesquiso doenças no Google e desejo que todas elas o atinjam. Descobri uma coisa horrível, uma bactéria que penetra pelo ânus e provoca coceiras constantes, desesperadoras e...

Eu tive de interrompê-la. Zoe era capaz de continuar nesse estado de espírito durante horas. Rapidamente, comentei:

— As coisas nem sempre foram amigáveis entre Mannix e Georgie.

— Mas agora são.

— Pois é. A papelada do divórcio já foi resolvida, a casa foi vendida...

— Eles ficaram com um patrimônio líquido negativo? — perguntou Zoe, esperançosa.

— Ficaram sem dívidas. E sem muito dinheiro, também. Mas foi uma separação tranquila.

Planetas em alinhamento, exatamente como Mannix tinha dito.

Carmello girou uma mecha de meu cabelo em volta do seu dedo e analisou meu reflexo no espelho.

— Seu cabelo é ótimo — elogiou ela.

— Obrigada.

— Com um corte adequado ele poderia ficar fantástico.

— Ahn...

De repente, Ruben apareceu ao meu lado.

— Quanto tempo isso ainda vai levar? — Ele vivia nervoso na maior parte do tempo, mas agora parecia como se fosse começar a gritar e nunca mais parar.

— Um pouco mais de brilho — disse Carmello, languidamente. — Só então eu estarei pronta para Annabeth.

Mas Annabeth Browning não estava ali. Estava sendo esperada havia uma hora e meia, mas não havia sinal dela.

— Ligue para ela novamente — pediu Ruben ao seu assistente.

— Ela não está atendendo.

— Então mande uma mensagem de texto, um tuíte, fique amigo dela no Facebook, mas encontre-a!

Eu estava em uma suíte no Carlyle Hotel, sendo preparada para uma matéria de cinco páginas para a revista *Redbook*. Annabeth Browning finalmente saíra do convento onde tinha se escondido e voltara para casa, a fim de levar sua vida com seus dois filhos e seu marido, o vice-presidente dos Estados Unidos. Todo mundo queria entrevistá-la, mas ela só concordou em dar uma entrevista exclusiva para a *Redbook*. Foi quando alguém, em algum lugar — eu não tinha ideia de quem ou como —, conseguiu convencê-la a transformar a entrevista em um depoimento sobre como *Uma piscada de cada vez* tinha sido a "salvação" da sua vida. Por fim, a matéria virou algo do tipo "O dia em que Annabeth conheceu Stella".

Aquela era uma grande jogada, da qual tanto eu quanto Annabeth, iríamos nos beneficiar. Annabeth teria chance de recitar todas as coisas que se diz em casos de reabilitação ("Fiquei mais forte", "Meu casamento está mais forte", "Minha fé em Deus está mais forte") e *Uma piscada de cada vez* iria conseguir toneladas de publicidade, justamente quando eu estava começando minha primeira turnê para promovê-lo.

As pessoas andavam de um lado para outro na suíte — além de Carmello havia uma maquiadora, um estilista, um fotógrafo, o editor da *Redbook* e Ruben, o assessor de imprensa da Blisset Renown. Todos os principais participantes do evento tinham trazido seus assistentes. Eu mesma tinha um só para mim — Mannix, que vestia um terno escuro e estava encostado a uma parede, olhando para mim e parecendo que trabalhava para a CIA.

— Ainda sem resposta — disse a assistente de Ruben.

— Então, vão para a rua e comecem a procurar por ela. Todos vocês! Vão! Você também, garota da maquiagem. Vão, vão, vão!

Todos olharam para ele.

— Você também! — apontou para o fotógrafo. — E quanto a você... — Ele se virou para gritar com Mannix, mas o que viu no rosto dele o fez recuar, alarmado.

O celular de Ruben tocou. Ele olhou para a mensagem e disse, baixinho:

— Meu Jesus Cristinho!

— Que foi?

— Levantar acampamento, pessoal! Ela não vem!

— O quê? Por que não?

— Liguem a TV. Onde está a TV? Coloquem na Fox News.

Mas a notícia estava em todos os canais. Annabeth tinha sido presa novamente. Assim como da última vez, estava dirigindo de forma errática e completamente chapada por efeito de medicamentos pesados. Um útil pedestre a tinha filmado com o celular tentando dar um soco meio frouxo em um dos policiais.

— Parece que seu livro não a curou, afinal — disse alguém.

Horrorizada, eu olhava para a tela. Pobre Annabeth. O que aquilo iria significar para o seu casamento, seus filhos, sua vida?

Silenciosamente, todos na suíte do hotel começaram a arrumar suas coisas para ir embora dali. Quando saíram, todos se desviaram de mim, como se minha má sorte pudesse ser contagiosa. Um pouco mais tarde do que todos os outros, percebi que o infortúnio de Annabeth também era meu.

— Vamos lá — disse Mannix. — Vou levá-la para casa.

— Prefiro voltar a pé. — Eu me sentia tonta. — Um pouco de ar pode me fazer bem.

O celular de Mannix tocou. Ele olhou para a tela e rejeitou a ligação.

— Quem é? — perguntei. — Phyllis?

— Não se preocupe com isso.

Certamente era Phyllis.

Ele pegou minha mão.

— Vamos embora.

Era fim de outubro e Manhattan estava linda — a temperatura era leve, as árvores mudavam de cor e as vitrines das lojas estavam cheias de botas lindíssimas — mas eu achava difícil apreciar tudo.

— Isso é muito ruim, não é? — perguntei. — Annabeth reincidindo no mesmo erro?

— É ruim para Annabeth, com certeza. Péssimo para sua família. Mas para você? É apenas mais um componente de publicidade. Ruben tem muitas outras coisas na manga. Escute, havia algo estranho acontecendo no cabelo dele?

Concordei com a cabeça

— Ele faz aquela coisa... Coloca fuligem na cabeça para encobrir a calvície. Não é fuligem de verdade, é um produto chamado "Adeus à calvície" ou algo assim, você não estava imaginando coisas.

— Estou me perguntando o que teremos para o jantar.

— Eu também estou curiosa. — Nós dois rimos, porque sabíamos que seria comida mexicana. Era sempre mexicana.

Quando Bryce Bonesman disse que teríamos governanta e motorista eu tinha presumido que ele estava falando de duas pessoas diferentes. Mas era uma pessoa só, uma mulher mexicana de cara amarrada que se chamava Esperanza. E não havia carro algum; os Skogells tinham devolvido o carro à concessionária quando foram para a Ásia.

Esperanza trabalhava muito — fazia todas as compras, a limpeza, a lavanderia, a cozinha e bancava a babá à noite, quando eu e Mannix saíamos. O problema é que ela mal falava, e eu não tinha certeza se aquilo era um problema com o idioma ou uma questão de personalidade.

Eu tentei fazer amizade com Esperanza. Em nossa primeira noite eu a convidei para se juntar a nós durante o jantar que ela mesma tinha preparado, mas ela disse:

— Não. Não.

E se retirou para seus minúsculos aposentos, onde assistia a novelas mexicanas com a TV num volume muito alto. Eu me senti desconfortável, a princípio, sobre a divisão marcante entre "ela" e "nós". Com o passar dos dias, porém, e cada vez com mais trabalho sendo jogado em cima de mim, eu me sentia cansada demais para sentir culpa.

— Como é que eu vou lidar com a recaída de Annabeth no meu blog e no Twitter? — perguntei a Mannix.

— Vamos jantar antes, e depois poderemos trabalhar e pensar em alguma coisa.

Assim que chegamos, Betsy e Jeffrey dispararam para a mesa da cozinha.

— Depressa — disse Jeffrey. — Estamos morrendo de fome.

Não importava o que estivesse acontecendo, o jantar com as crianças era um momento especial todos os dias.

Esperanza — silenciosa como um túmulo — serviu o chili e eu murmurei:

— Obrigada, muito obrigada.

Em seguida, ela colocou uma tigela de guacamole na mesa e Mannix disse:

— Obrigado, Esperanza.

Depois veio o feijão frito pela segunda vez e nós quatro dissemos:

— Obrigado.

— Isso parece delicioso — completou Betsy.

— Sim, delicioso — confirmou Mannix.

— Isso mesmo, delicioso. — Eu suava de constrangimento.

Por fim, Esperanza se retirou para seu quartinho; sua TV começou a gritar em espanhol e eu consegui relaxar.

— E então? — Foquei a atenção nas crianças. — Como foi o dia de vocês?

— Ótimo! — disse Betsy.

— Sim, excelente! — ecoou Jeffrey.

Eles estavam de alto astral. A escola era ótima, eles estavam fazendo amigos e adoravam estar em Nova York.

— É como morar dentro do cenário de um filme — disse Jeffrey.

Meu coração pulou de alegria. Saber que Jeffrey estava feliz tirou um pouco do veneno da minha tarde horrível.

— Mas eu sinto saudades do papai — disse ele, falando depressa.

Tudo bem.

— Claro que você sente falta dele — disse eu. — Quer dizer, você estava com ele praticamente vinte e quatro horas por dia, todos os dias do ano. É normal sentir a distância.

— Stella... — Mannix colocou a mão no meu braço.

— Não faça isso. — disse Jeffrey.

— O quê? Tocar a sua mãe?

— Gente! — disse Betsy. — Vamos ficar numa boa.

Comemos em silêncio por cerca de cinco minutos, em seguida Betsy disse:

— Estamos todos numa boa? Porque eu tenho algo para contar.

— Ah, é? — Fiquei preocupada na mesma hora.

Betsy abaixou o garfo e inclinou a cabeça para frente.

— Por favor, não fiquem tristes, mas Tyler e eu terminamos. Ele é um grande cara, vai ser sempre o meu primeiro amor, mas é impossível manter meus deveres de casa em dia *e também* oferecer um tempo de qualidade para manter a nossa relação transcontinental. — Ela ergueu a cabeça e seus olhos brilhavam com lágrimas que eu não podia deixar de achar que eram um pouco forçadas. — Fizemos o nosso melhor. Tentamos pra cacete fazer tudo funcionar... Desculpem o palavrão! Mas não conseguimos fazer a relação dar certo.

— Oh, querida. — murmurei.

— Você está bem? — perguntou Mannix.

— Apenas triste, Mannix. Obrigada pelo carinho. Estou totalmente triste. Ele continua sendo o meu melhor amigo, mas estamos fazendo a transição para uma nova fase do nosso relacionamento, então eu estou muito triste.

— O mar está cheio de peixes — disse eu, para confortá-la.

— Mãe! — Ela arregalou os olhos, horrorizada. — É cedo demais para eu começar a pensar assim. Faltam *décadas* para eu desencanar. Antes disso eu tenho que ficar de luto e honrar meu relacionamento com Tyler.

— Claro — disse eu, baixinho, — Sinto muito, sou uma idiota.

— Nisso você tem razão — confirmou Jeffrey. — Então, já acabamos este jantar de merda?

— Se estiver bem para você terminarmos, Betsy — falei.

— Estou bem — garantiu ela, quase num sussurro. — Eu só precisava contar a vocês. Pode ser que vocês me vejam chorando ou olhando para fora da janela com um ar triste, e quero que saibam que o problema não é com vocês; simplesmente sou eu tentando lidar com essa situação.

— Você é muito corajosa — disse Mannix. — E, por favor, saiba que estamos todos aqui, se você precisar.

— Agradeço muito.

— Certo, então. — Mannix olhou para mim. — Vamos trabalhar — disse ele, me chamando.

— Quem deu a você o cargo de chefe dela? — quis saber Jeffrey.

— Eu mesma. — afirmei.

— Mas você está sempre trabalhando. Nunca para.

— Porque há muitas coisas a fazer. — Eu estava cansada de explicar isso a ele.

Bryce Bonesman queria mudanças urgentes no texto de *Uma piscada de cada vez*.

— Você tem que reescrever muito do livro. Alguns desses ditados simplesmente não são objetivos. E alguns deles pertencem a outras pessoas, certo? Portanto, teremos problemas de direitos autorais.

Basicamente, eles precisavam de vinte e cinco frases inspiradoras que fossem originais, e precisavam até meados de novembro, a fim de publicar o livro em março.

— Eu gostaria que pudéssemos publicá-lo em janeiro — comentou Bryce, com pesar. — Ninguém publica livro algum em janeiro, isso é um desperdício; você poderia ter o mercado todo só para você. Mas não temos tempo para acertar tudo a tempo.

Todas as noites, Mannix e eu vasculhávamos os cadernos que ele tinha mantido de nossas conversas no hospital. Até agora tínhamos dezenove ditados extras polidos e aprimorados, que Bryce Bonesman tinha considerado aceitáveis. Mas ainda precisávamos peneirar mais seis, e nosso prazo para isso era de duas semanas. Ser sábia era muito mais difícil do que eu imaginava.

O que tornava tudo mais difícil é que Bryce tinha me dito que o meu segundo livro era para ser "mais do mesmo".

— Ele deverá ser exatamente como o seu primeiro livro, mas com material novo, obviamente.

Então, eu estava numa luta constante entre colocar todas as frases boas no *Uma piscada de cada vez* e a necessidade de guardar algumas coisas boas para o segundo livro.

Mannix e eu nos retiramos para o nosso quarto, que também funcionava como escritório.

— Aquela ligação que você recebeu após a sessão de fotos — eu quis saber —, foi de Phyllis? Ela cancelou a reunião de amanhã?

Mannix hesitou. Ele tentava me proteger das más notícias.

— Foi — confessou ele.

Fiel à sua promessa, Phyllis não fazia contatos diários conosco. Tudo que lhe importava era descobrir o momento certo de conseguir o melhor acordo para negociar o meu segundo livro — ainda não escrito — com a Blisset Renown. Foi por isso que, quando ela soube do meu encontro com Annabeth Browning e da entrevista para a *Redbook*, decidiu que aquele seria o momento ideal para marcar uma reunião com Bryce e sua equipe logo para a manhã seguinte. "Eles vão estar nas alturas! É aí que nós entramos em cena e *bum*! Saímos da sala com meio milhão de dólares."

— Outro momento vai chegar — afirmei. — Até que ponto é ruim essa recaída da pobre Annabeth? — perguntei a Mannix.

— O público não está fazendo ligação alguma com você.

— Mas...?

— Desculpe, amor. Chegou um e-mail de Ruben avisando que quatro das revistas cancelaram os textos que você escreveu para elas.

Ruben tinha me obrigado a escrever vários artigos para as principais revistas mensais do país — alguns grandes, outros pequenos, onde eu falava de tudo, desde o meu primeiro beijo até a minha árvore favorita ou o batom que salvou minha vida. Tudo aquilo iria aparecer nas edições de abril de cada revista. Essas edições de abril, que iriam para as bancas em março, deveriam coincidir com minha primeira turnê, mas as edições já estavam sendo fechadas, e eu precisei me matar de trabalhar para escrever tudo num curto espaço de tempo.

— Tudo bem. — Levei algum tempo para absorver a perda. — O que está feito, está feito. E quanto à mensagem de hoje para o blog? — Devo dizer que estamos orando por Annabeth? Eles adoram essas coisas sagradas aqui.

— Acho que você deveria se distanciar dela.

— Isso soa um pouco... brutal.

— É um país brutal. Ninguém quer ver seu nome associado com um fracasso. Você viu como eles ficaram hoje, na sessão de fotos?

O celular de Mannix tocou.

— É Ruben.

— Boas notícias! — gritou Ruben. Apesar de ele estar falando com Mannix, deu para eu ouvir tudo.

Uma revista do meio-oeste americano, chamada *Ladies Day*, queria que eu escrevesse um artigo sobre a minha doença.

— Eu sei — disse Ruben a Mannix —, que você nunca ouviu falar dessa revista. Mas ela é enorme no coração do país. Oito milhões de leitores. Eles precisam de mil e quinhentas palavras até meia-noite.

— Meia-noite? — eu me espantei. — Meia-noite de hoje? Mannix, me passe esse celular. Oi, Ruben, aqui é Stella falando... Você tem algum conselho sobre como devo lidar com a história de Annabeth no meu blog?

— Que Annabeth?... É assim que você vai lidar com isso.

Ele desligou. Mannix escreveu um texto curto para o blog, que supostamente deveria ter sido escrito por mim, e eu comecei a trabalhar no artigo para a *Ladies Day*. Tudo que tinha relação com o livro acontecia em alta velocidade, e eu sempre sentia que estava muito atrasada.

Tanto eu quanto Mannix fazíamos muito barulho, digitando em nossos laptops, quando a campainha tocou e nos arrancou da concentração.

— É Gilda — avisou Mannix.

— Já são dez horas? — Gilda vinha três noites por semana para fazer Pilates comigo.

— Você está cansada demais? Devo cancelar?

— Não, está tudo bem.

— Olhe só para você. — Mannix riu. — Toda animadinha com sua nova amiguinha. Devo ficar com ciúmes?

— Eu é que pergunto: *eu* deveria sentir ciúmes de você?

Mas eu não estava preocupada que Mannix pudesse estar a fim de Gilda. Não é que eu fosse ingênua — um alarme zumbia dentro de mim, constantemente ligado, observando ambos. Só que simplesmente não havia nenhuma centelha entre eles. Os dois se relacionavam de forma civilizada e amigável, ponto final.

Jeffrey gritou:

— Gilda está aqui! — Jeffrey era outra história: ele era louco por Gilda.

Gilda enfiou a cabeça na porta. Estava toda sorridente e rosada.

— Oi, Mannix. Tudo pronto, Stella?

— Estou indo.

Minha aula de Pilates acontecia no corredor porque não havia outro espaço no apartamento para fazê-lo. Gilda tinha comentado:

— Alguns dos meus clientes têm uma academia de ginástica completa em casa e não trabalham tão duro quanto você.

Começamos e foi difícil, como sempre. Quando estávamos a meio caminho do "cem", numa bateria de exercícios pélvicos, ouvimos ruídos de coisas caindo no quarto de Betsy — claramente algo tinha despencado lá, imaginei que tivesse sido uma de suas prateleiras — e ela gritou chamando Mannix. Ele saiu do nosso quarto e cortou caminho pelo corredor.

— Desculpe atrapalhar — disse ele, e por um momento ficou em pé de frente para mim, com as pernas do lado de fora das minhas. Olhou para baixo e, silenciosamente, fez mímica com a boca: "Quero foder você agora mesmo, com força."

Em meio à contração que acontecia entre as minhas pernas, por causa do exercício, e aquele olhar sedutor dele, fiquei com medo de ter um orgasmo ali mesmo, naquele instante.

— Será que não conseguimos persuadi-lo a fazer Pilates também? — perguntou Gilda, com sua voz melodiosa.

Ela ainda estava na posição de impulso pélvico. Seus quadris estavam erguidos e sua região central ficou inclinada na direção de Mannix. Era quase como se a voz de Gilda viesse dali. Ele lançou um olhar muito rápido para aquele espaço, enrubesceu de leve e correu para acudir Betsy.

Depois que Gilda foi embora, peguei meu laptop na sala para continuar o trabalho.

— Venha para a cama — disse Mannix.

— Eu não posso. Preciso terminar isso.

— Venha para a cama — disse ele. — É uma ordem.

Mas eu estava muito ansiosa para rir daquilo.

— Já vou.

Quando eu finalmente acabei de escrever o artigo, enviei-o e escalei a cama, cansada, Mannix já estava dormindo. Às vezes, quando isso acontecia, seu braço seguia como uma cobra até o outro lado da cama e me puxava para junto dele, mas naquela noite ele não fez isso.

Às sete da manhã seguinte, Mannix e eu ainda estávamos dormindo quando a campainha tocou.

— Que porra! — murmurou Mannix. — Ah, é Gilda. Hora da sua corrida.

— Ele acordou um pouco. — Você ainda não descobriu se Laszlo Jellico é namorado dela.

— Ela já o mencionou uma ou duas vezes. — Eu já vestia minha roupa de corrida. — Mas não sei se ela realmente está com ele. Acho que não. Volte a dormir.

— Eu, dormir? Tenho responsabilidades, inclusive a de convencer seu filho encantador a sair da cama.

Meu coração afundou. Às vezes isso era muito, *muito* difícil.

— Estarei de volta em quarenta e cinco minutos. Obrigada por acordar as crianças.

— Tudo bem. Descubra! — insistiu Mannix. — Descubra se ela está ou não com ele.

Na rua, Gilda fazia alongamentos. Vestia um moletom rosa, um chapéu também rosa e me pareceu tão bonita que me fez rir.

— Você parece uma menininha de doze anos — brinquei.

— Quem me dera! Estou com trinta e dois.

Trinta e dois. Eu sempre tive curiosidade de saber a idade dela, mas ficava sem jeito de perguntar.

Apostei tudo e perguntei:

— E você tem namorado?

— Não estou namorando, no momento.

Tive de pensar um pouco. Imaginei que aquilo queria dizer "não", mas as pessoas se expressavam de um jeito diferente em Nova York.

— Mas você e Laszlo Jellico...? — eu a incentivei a continuar.

— Rolou um lance. Mas nada sério. Relacionamentos são muito difíceis.

— Eu sei...

Ela me deu uma olhada.

— Não para você.

— Para mim, sim, às vezes.

— Mas Mannix...?

Eu hesitei.

— Meu filho o odeia. E somos muito diferentes, Mannix e eu. Fomos criados de jeitos diferentes, pensamos de forma diferente. — Era um grande alívio poder contar tudo aquilo a alguém que não iria me julgar e não tinha conhecido a antiga Stella, aquela que fora casada com Ryan.

— Mas vocês parecem loucos um pelo outro — insistiu Gilda.

— Nós temos uma boa... química. — Eu estava mortificada, mas aquele papo era culpa minha. Eu é que tinha puxado o assunto. — Sabe como é, a coisa física. Mas, às vezes, o resto pode ser muito difícil.

Voltei da corrida e encontrei Mannix ainda tentando mandar as crianças para a escola. Foi por isso que, quando Ruben ligou, eu atendi. Normalmente era Mannix quem cuidava das enxurradas de exigências de Ruben e as repassava para mim de um jeito mais fácil de digerir. Só que ele estava resolvendo algum impasse com Jeffrey sobre alguma coisa totalmente irrelevante, mas que aparentemente importava para ambos.

— Uma boa notícia! — Ruben declarou. Eu já tinha aprendido a desconfiar dessa frase e acabaria por detestá-la. — A *Ladies Day* adorou seu artigo.

— Isso é ótimo.

— Mas eles precisam que você reescreva algumas partes. Sobre a sua fé, por exemplo. Como as suas orações e a sua fé a salvaram.

— Você quer dizer minha fé em Deus? Mas, para ser franca, eu não tenho fé alguma em Deus.

— Então invente. Você é uma escritora. Eles precisam disso para hoje à tarde.

— Mas minha foto de autora está marcada para hoje à tarde.

— Então você tem a manhã toda.

— Alguma novidade sobre Annabeth? Como ela está?

— Como eu já disse: *Que Annabeth?* Tenho uma lista de outras peças menores para você escrever. O *Sacramento Sunshine* quer quinhentas palavras sobre o seu signo zodiacal favorito; o *Coral Springs Social* quer uma receita original inventada por você, com ênfase no baixo colesterol...

O telefone foi arrancado da minha mão por Mannix. Ele fez mímica com a boca para mim:

— Não fale com ele. — E saiu do quarto.

Mannix não confiava na abordagem para divulgação seguida por Ruben. Não gostava da sua estratégia de atirar para todos os lados em busca de divulgação. Achava que não havia estrutura naquilo, não havia preocupação demográfica alguma; dizia que eu estava apenas fornecendo enchimento para inúmeros jornais locais e me esvaziando no processo.

Poucos minutos depois, Mannix estava de volta.

— Faça o artigo para a *Ladies Day* — disse ele. — Eles realmente têm um público decente. Ao contrário desses outros tabloides para que Ruben está ligando. E não converse com Ruben, porque esse é o meu trabalho. Tudo bem, agora eu vou nadar um pouco.

Todas as manhãs, Mannix ia a uma piscina nas proximidades e executava suas cinquenta travessias na piscina, batendo na água como se ela tivesse insultado sua mãe.

— Volto em uma hora.

Eu trabalhei em cima do artigo para a *Ladies Day*, tentando ressaltar minha fé em Deus, mas não consegui me obrigar a mentir de forma tão descarada: isso era errado e potencialmente perigoso. Embora eu não acreditasse em Deus, continuava tendo medo dele.

Durante o dia, Mannix montava o escritório na sala da frente, enquanto eu ficava no quarto, curvada sobre o laptop. De vez em quando, através da parede, eu podia ouvir a voz de Mannix murmurando ao telefone, e aquilo ainda tinha o poder de me excitar. Tudo que eu tinha de fazer era me levantar da cadeira, tirar a roupa e em trinta segundos poderia estar fazendo sexo com ele. Mas tínhamos muito trabalho pela frente. Às vezes eu preparava café e deixava um bule do lado de fora da porta da sala, mas não falava com ele; era isso que tínhamos combinado, o único jeito de realmente fazermos alguma coisa.

No momento, Mannix tinha um projeto paralelo em andamento; já deixara escapar uma ou duas pistas sobre isso, mas eu sabia que não devia forçar nada até que ele estivesse pronto para me contar. Já era quase uma da tarde quando ele irrompeu no quarto e anunciou:

— Trinta mil.

— Trinta mil o quê?

— Seu adiantamento na Harp Publishing. Para publicar *Uma piscada de cada vez* na Irlanda.

— Oh, meu Deus!

Tinha sido ideia minha manter os direitos irlandeses para publicação fora do contrato com Phyllis. Eu estava apenas sendo patriótica. Algumas semanas atrás, porém, Mannix tinha percebido que esses direitos poderiam ser vendidos. Ele me perguntou se poderia tentar uma editora irlandesa e, aparentemente, tinha acabado de conseguir isso.

— Eles são muito respeitados. Já publicaram alguns vencedores do Man Booker.

— Está falando sério? Papai vai ficar muito feliz. Nossa, Mannix... Trinta mil!

— A oferta inicial deles era de mil e quinhentos euros. Consegui que eles chegassem a trinta mil. — Ele não conseguia esconder seu orgulho. — E como não há Phyllis, não haverá nenhuma porcentagem para o agente.

— *Você* foi o agente. Você agenciou isso. Mannix, você é um agente de verdade! Oh, Mannix, estou tão impressionada.

— Impressionada até que ponto?

Olhei para o relógio. Precisávamos ser rápidos.

— Impressionada a *esse* ponto! — Declarei, colocando a palma da minha mão no peito dele e empurrando-o para a cama.

Ele foi rápido para se despir — a camiseta e a calça de moletom saíram em segundos. O cheiro almiscarado dele fez com que meu corpo se abrisse como uma flor.

Abaixei-me sobre ele e me movimentei em sinuosas figuras em formato de oito, me apertando com força e fazendo-o se mover comigo. Ainda era novidade aquele controle sobre meu próprio corpo. Ele continuava tentando me fazer acelerar e eu continuava colocando minha mão em seu abdômen e dizendo:

— Mais devagar.

Depois de algum tempo ele me colocou por baixo, passando para cima de mim, e o peso da sua pelve sobre a minha desencadeou um orgasmo imediato.

— Ainda não — implorei. — Espere um pouco. Mais um...

— Eu não consigo — engasgou ele, convulsionando-se dentro de mim. — Sinto muito — sussurrou em meu cabelo.

Eu acariciei a parte de trás da sua cabeça.

— Garoto testosterona. Ficou todo aceso por ter conseguido um bom acordo. Caramba, eu nunca conheci alguém que adorasse fazer sexo tanto quanto você.

— Mas você também adora. Está passando por um despertar sexual que já merecia ter vivenciado há muito tempo. Está apenas me usando para isso.

— Será?

Ele deu de ombros.

— Pode ser.

No estúdio para fazer minha foto de autora, o estilista trouxe com ele uma mala cheia de estonteantes sapatos Jimmy Choos, todos impressionantes, mas Berri, o diretor de arte, vetou todos eles na mesma hora.

— Está tudo errado! — gritou ele. — Você tem de parecer maternal.

Deslizei meus pés para dentro de um par de sapatos altíssimos, de ponta superfina, maravilhosamente incrustados em prata e platina. Mannix pegou o celular e tirou uma foto.

— Não publique isso no Twitter! — ordenou Berri.

— Tarde demais — disse Mannix, e nós dois rimos.

— Eu sou o diretor de arte! Sou o chefe aqui! Vocês dois precisam levar isso a sério!

— Stella ficou ótima nesses sapatos — disse Mannix para Berri. — Por que transformá-la em algo que ela não é?

— Viram só? — Berri apontou para Mannix e chamou a atenção de todos na sala. — É por isso que não encorajamos os namorados a participar das sessões de fotos das autoras. — Para Mannix, ele disse: — Você não entendeu nada. Não importa o que você acha que Stella é: *nós* é que decidimos quem ela é. E decidimos que ela será uma mulher aconchegante e segura. É assim que o livro dela vai vender.

Baixinho, Mannix disse para mim:

— Vou comprar esses sapatos para você.

O estilista ouviu.

— Posso lhes oferecer um desconto de cinquenta por cento.

— Nesse caso eu vou comprar dois pares.

Nós três nos acabamos de tanto rir e recebemos olhares frios do fotógrafo e de Berri. O problema era que aquela sessão era muito semelhante às outras quatro ou cinco sessões de fotos que eu já tinha feito, incluindo a da véspera, no Carlyle, que acabou não acontecendo.

A verdade é que, a cada vez, eu tinha um cabeleireiro diferente, um fotógrafo diferente e um diretor de arte diferente, com uma proposta levemente diferente, mas eu era a mesma pessoa, com a mesma cara. O desperdício de tempo e de recursos fazia todo o processo parecer uma bobagem.

* * *

Voltamos para casa a tempo de jantar com meus filhos. Eles estavam tão conversadores e obviamente felizes que aquilo foi um bálsamo para a minha alma. Depois da sessão daquele dia e das fotos horríveis que me fizeram parecer uma bisavó de noventa e três anos, eu já me perguntava se tinha cometido um erro terrível, arrancando todos nós de casa para nos levar até aquele país estranho.

Quando o jantar terminou, Mannix propôs:

— Coloque seus sapatos novos e vamos sair para tomar um martini.

Com um ar de muita decepção, balancei a cabeça.

— Só vamos fazer isso quando tivermos escolhido e entregado todos os vinte e cinco provérbios sábios que Bryce Bonesman pediu. Até lá, temos que continuar trabalhando. Desculpe, amor. E aí... Chegou mais algum e-mail de Ruben?

— Não.

— Posso ligar para ele? Quero só saber se o artigo para a *Ladies Day* ficou bom. Eu trabalhei muito nele.

Mannix suspirou.

— Vou ligar para ele. E vou colocá-lo no viva voz.

— Oi, Ruben — cumprimentei, do outro lado da sala. — Meu texto para a *Ladies Day* ficou bom?

— Deixe-me ver meus e-mails. *Ladies Day, Ladies Day...* Certo, achei. Não. Eles não gostaram do artigo. *O que não tem remédio... remediado está.* Certo?

— Não gostaram de nada? — perguntei.

— De nada.

— Então é só isso e acabou o assunto? — Eu mal conseguia acreditar.

— Exato. Foi para o lixo. Vamos em frente, sempre olhando para cima!

Outubro terminou e tropeçamos em novembro sem perceber. Todos os dias eram insanamente atarefados.

Mannix e eu conseguimos os nossos vinte e cinco novos ditados antes do prazo final de Bryce, e eu comecei o treinamento de mídia com um consultor chamado Fletch. Fizemos dezenas e dezenas de entrevistas falsas para a TV, em que não importava o que me perguntavam — qual a idade dos meus filhos, quais as coisas que eu mais queria fazer na vida — eu sempre respondia com *Uma piscada de cada vez.*

— Sério — disse Fletch. — Repetir o título do seu livro a cada dez segundos seria o ideal.

Ele me deu dicas detalhadas sobre postura, como cruzar as pernas à altura dos tornozelos com elegância, o posicionamento correto da cabeça. Até mesmo a altura mais adequada do sapato para conseguir deixar o corpo em ângulo reto.

— E você precisa de algumas picadas.

— Picadas? — Achei que ele estivesse falando de vacinas ou algo assim.

— Sim, você sabe, enchimento para os lábios, Botox ao redor dos olhos. Nada de muito pesado. Nada cirúrgico. Eu conheço um cara muito bom.

Mannix se opusera a isso de forma furiosa.

— Isso vai arruinar seu rosto.

Até agora eu tinha resistido aos injetáveis por causa dos desastres que Karen perpetrara nos rostos que tinha "tratado", mas não podia deixar de imaginar como eu ficaria se uma pessoa adequada pusesse as mãos em mim. Então eu procurei o profissional indicado por Fletch, que me atraiu com sua abordagem do tipo "menos é mais", e me dispensou pouco depois com o rosto parecendo um pouco mais fresco e mais brilhante, mas não muito diferente. Um forte contraste com as pobres criaturas que cambaleavam para fora do Honey Day Spa depois das aplicações de Karen, muitas vezes parecendo que tinham acabado de sofrer um AVC.

Na verdade, as melhorias no meu rosto foram tão sutis que Mannix nem percebeu até que eu contei, e então ficou com raiva.

— Você pode fazer o que quiser — disse ele. — Mas não faça isso pelas minhas costas.

— Sinto muito — disse eu. Mas não sentia. Na verdade eu estava muito, muito satisfeita com o meu rosto revigorado.

No entanto, apesar das "picadas", de todo o Pilates e das corridas que eu andava fazendo, Fletch me analisou e decretou que eu ainda não estava pronta para a TV.

— Observe a si mesma no monitor — disse ele. — Veja como seu tronco parece redondo.

Minhas bochechas se inflamaram de vergonha.

— Ei, você até que está bem na vida real — disse ele. — Mas este é o nosso trabalho. Temos de corrigir isso antes do grande público americano vê-la. Procure uma nutricionista.

— Eu já tenho uma — disse eu.

— Quem?

— Gilda Ashley.

— Ah, é?

— Você a conhece? — perguntei.

— Só de nome. Então, muito bom, isso é ótimo, você já tem uma nutricionista. Peça a ela para transformar você numa carboréxica. Sem carboidratos, tipo, nunca mais. Você não pode nem olhar para o pão. Se você der de cara, acidentalmente, com alguma massa, repita o seguinte mantra em sua cabeça: *Que você esteja bem, que você esteja feliz, que você esteja livre de sofrimento.*

— É um mantra para mim ou para a massa?

— Para a massa. Ela não pode fazer parte de sua vida, mas você não deseja o mal dela, certo?

— ... Certo.

— Se você repetir isso um número suficiente de vezes, vai descobrir que sua atitude mudará, de forma genuína, para uma atitude de amor e compaixão.

— ... OK.

Curiosamente, eu sempre tinha ouvido falar que era Los Angeles que estava cheia de malucos, e não Nova York. Tudo bem... Vivendo e aprendendo.

Então Gilda assumiu o controle total da minha dieta. Todas as manhãs ela me entregava uma espécie de marmita com a minha comida para o dia todo. No café da manhã eu bebia um suco verde esquisito que incluía, entre outras coisas, couve e pimenta caiena.

— No meio da manhã, se você ficar realmente com fome, e isso significa fome *de verdade*, pode comer isso aqui. — Ela me deu um Tupperware minúsculo.

— O que é isso?

— Castanha do Pará.

Eu olhei para o que havia ali dentro. A castanha balançava dentro da caixa, parecendo tão ridiculamente pequena que aquilo me fez rir e rir, sem parar, e logo Gilda também estava rindo.

— Eu sei — disse ela. — A pobrezinha tem uma aparência meio triste, não é?

— O que Laszlo Jellico teria dito se você desse uma dessas para ele? — Mudei a voz para um trovejar pomposo. — Isso não é bom para mim, minha querida Gilda. Traga-me os peitos de Amity Bonesman! Deixe-me mamar neles um pouquinho.

Gilda ainda estava rindo — mais ou menos —, mas tinha ficado vermelha.

— Desculpe! — Bati com a mão na boca.

— Tudo bem — ela disse, num tom meio frio.

Eu sorri, hesitante.

— Sinto muito, Gilda.

Percebi que estava com medo de perdê-la. Ela era a coisa mais próxima que eu tinha de uma amiga de verdade em Nova York. Sentia saudades de Karen e de Zoe, e trabalhava duro para arrumar algum tempo livre e conseguir novas amigas.

— Está tudo bem. — Gilda sorriu. — Estamos numa boa.

Começando a partir do Dia de Ação de Graças, no fim de novembro, Nova York se transformava na estação das festas. A Blisset Renown teve sua comemoração de Boas Festas no dia 10 de dezembro. Mas tudo foi feito dentro dos próprios escritórios porque, como todo mundo dizia, "o mercado editorial está muito desgastado, caindo pelas tabelas" e seria indecoroso gastar uma fortuna em um grande evento.

Eu estava puxando assunto com duas copidesques quando algo pontudo cutucou minha bunda. Eu me virei. Era Phyllis Teerlinck, em quem eu, literalmente, nunca mais tinha posto os olhos desde o dia em que ela fechara o contrato do meu livro, e isso tinha acontecido em agosto.

— Olá! — cumprimentou ela, empunhando a caneta com a qual tinha me espetado. — Meu Deus, o que aconteceu? Eles *novayorkizaram* sua aparência? Magra e reluzente!

— Que bom rever você, Phyllis.

— Sem tocar! — Ela repeliu meu quase abraço mostrando a palma da mão. — Eu odeio essas coisas. Todos beijando as bundas de todo mundo. Olá, meninas. — Ela saudou as duas mulheres com quem eu estava falando. — Passei aqui só para pegar alguns cupcakes para os meus gatos. Sou eu mesma: a mulher maluca que mora sozinha com os gatos. Passe aquela bandeja para mim, por favor. — Ela despejou uma bandeja de mini cupcakes gelados num grande Tupperware, que guardou em seguida dentro de uma bolsa grande, com rodinhas. — E então, Stella, por onde anda aquele seu homem sexy?

— Está bem ali.

Parado ali perto, encostado em algumas estantes, Mannix estava conversando com Gilda. Nesse momento, Gilda disse alguma coisa que o fez rir.

— Ótimos dentes — elogiou Phyllis. — Muito brancos. Quem é aquela belezinha com quem ele está conversando?

— O nome dela é Gilda Ashley.

— Ah, é? Por que ela está aqui?

— Ela me perguntou se podia vir e eu pensei: por que não?

— Você confia em Mannix com ela?

Para divertir Phyllis, eu balancei a cabeça, dizendo, com exagero:

— Nããão.

Phyllis riu.

— Sábia Stella.

Como se percebesse que olhávamos para ele, Mannix se virou, me fitou e murmurou:

— Tudo bem?

Eu balancei a cabeça. Sim, estava tudo bem.

Então ele notou Phyllis e veio em nossa direção, puxando Gilda junto com ele.

— Ouvi dizer que você fechou um contrato de publicação — disse Phyllis para Mannix. — Com uma pequena editora irlandesa. Bom para vocês! Vamos torcer para que eu não tenha omitido acidentalmente outros territórios no nosso contrato, certo? Você daria um bom agente.

Mannix inclinou a cabeça, como se agradecesse.

— Vindo de você, isso é um tremendo elogio. Então, vamos vê-la em algum momento do ano que vai começar?

— O quê? Você quer que eu leve vocês dois a um almoço sofisticado e pague a conta? Depois que Stella escrever seu segundo livro e o momento for adequado, vamos fechar um novo contrato e vocês vão ganhar um caminhão de dinheiro. Até lá eu lhes ofereço apenas os meus votos de Boas Festas.

Ela serpenteou por entre os convidados; logo depois, pegou uma bandeja de cupcakes das mãos de um estagiário com ar surpreso e a esvaziou em um de seus potes.

— Ela é a sua agente? — perguntou Gilda. — Meu Deus, ela é... *horrível.*

No dia 21 de dezembro Mannix, Betsy, Jeffrey e eu voamos para a Irlanda, para o Natal. Era tudo um pouco estranho, porque não tínhamos onde ficar. Minha casa tinha inquilinos e Mannix não tinha mais casa alguma. Não havia espaço suficiente na casa de mamãe e papai para nós quatro. Apesar de Karen ser a pessoa dinâmica e energizada de sempre, eu não achei justo despejar todos nós em cima dela e dos dois filhos pequenos. A casa de Rosa estava cheia porque os pais de Mannix tinham vindo da França. Hero e sua família estavam morando numa casa de dois quartos desde que Harry tinha sido despedido de seu trabalho no banco, e não havia espaço lá.

No final, Betsy e Jeffrey ficaram com Ryan, Mannix se hospedou no pequeno apartamento de Roland, e eu vivia entre um lugar e outro.

Eu estava ansiosa porque estava prestes a conhecer os pais de Mannix, Norbit e Hebe, e, como ficou provado, tinha razão em estar. Apesar de sua reputação de serem pessoas de alto astral e muito alegres, eles claramente não me acharam boa o suficiente para Mannix. Sua mãe me olhou friamente e me ofereceu um aperto de mão fraco.

— Então você é Stella — disse ela. Nesse instante, reparou que Georgie tinha aparecido na pequena reunião da família Taylor e quase engasgou de tanta emoção. — Georgie, querida! Menina angelical! Deixe-me sufocá-la com beijos.

O pai de Mannix nem se preocupou em apertar minha mão, mas só faltou correr para Georgie como um cão abanando o rabinho, tentando lambê-la. Engoli minha decepção e decidi ser adulta. Mas isso reforçou a suspeita que eu sempre carregara: a de que eu era apenas uma penetra no mundo de Mannix.

Norbit e Hebe não foram os únicos que fizeram desfeita comigo. Ryan também foi horrível — nisso não havia nada de novo. Uma noite ele chegou em casa totalmente embriagado e disse:

— Lá está ela. A mulher que roubou a minha vida.

— Pare com isso, Ryan; você está bêbado.

— Deveria ter sido eu — reafirmou ele. — Saiu em todos os jornais daqui a notícia de que você tinha assinado um contrato com a Harp! E tudo vai piorar quando o seu livrinho de merda sair. Você certamente vai aparecer na TV e tudo o mais. De agora em diante eu me recuso a chamá-la de Stella. Você será conhecida por mim como *A mulher que roubou a minha vida*.

Na manhã seguinte, ele disse:

— Eu me lembro do que disse ontem à noite. E eu não me arrependo.

— Ótimo. Eu vou sair para ver Zoe. Ela é legal comigo.

Mas Zoe me disse que estava "puta da vida".

— Estou indo de triste para amarga.

— Ah, não entre nessa — pedi.

— Mas eu quero. Já tenho até um mantra: *Todos os dias, de todas as formas, estou ficando cada vez mais amarga.*

Nem tudo na Irlanda era desagradável — Karen e eu tivemos uma grande noitada em companhia de Georgie. E eu estava realmente satisfeita por poder colocar o papo em dia com Roland. Ele continuava vestindo roupas espalhafatosas, mas tinha perdido um pouco de peso.

— Eu sei! — disse ele, balançando sua barriga, ainda de tamanho considerável. — Estou magérrimo, certo? Você está preocupada? Acha que estou com alguma doença grave?

Ele me fez rir muito.

— Estou fazendo a caminhada nórdica — explicou ele, com orgulho. — Em breve eu vou ficar parecido com a Kate Moss.

De volta a Nova York, Gilda me repreendeu por eu ter engordado três quilos na Irlanda.

— Vamos colocá-la num regime de sucos, só sucos. Dez dias, para começar, e depois vamos reavaliar.

Dez dias!

A dieta de sucos era terrivelmente difícil. O problema não era eu simplesmente estar sempre com fome, mas eu vivia chorando muito. Um metro de neve caiu em Nova York naquele mês de janeiro; ventos implacáveis vinham direto do norte congelado e eu me sentia sempre com muito frio e chorosa. Com exceção de alguns momentos, em que eu me via extremamente furiosa, geralmente por causa de alguma coisa ridícula e sem importância.

Gilda foi gentil, mas se manteve obstinada.

— Sabe todos aqueles pedaços de torta que você comeu na Irlanda? Pois é, agora chegou a hora da vingança.

Em uma manhã especialmente infeliz, tudo me pareceu demasiado. Os flocos de neve sopravam em rajadas ferozes fora da janela e me senti trêmula e fraca. Então o telefone tocou e uma voz elegante de mulher me perguntou:

— Posso falar com Mannix?

— Ele não está, no momento. Está na piscina. Aqui quem fala é Stella. Quem está falando é Hebe? Ahn... mãe de Mannix?

— Isso mesmo. Por favor, informe ao meu filho que eu liguei. Posso confiar que você vai lhe transmitir o recado?

E desligou. Pasma, fiquei olhando para o fone. Eu não queria me permitir chorar, mas não havia ninguém no apartamento para ver, então eu me entreguei. No entanto, quando Gilda chegou, eu ainda soluçava.

— Querida, o que houve? — Ela me pareceu cheia de preocupação.

— Nada, não é nada. — Limpei o rosto. — É a mãe de Mannix. Ela acabou de telefonar e falou comigo como se eu fosse uma... criada sorrateira ou uma fulaninha desonesta, e isso me assusta.

— Mas ela mora na França, certo? — disse Gilda. — Você nunca vai precisar vê-la.

— Mas... e se Mannix pensar da mesma forma que a mãe? Subconscientemente?

Gilda revirou os olhos.

— Estou falando sério — confirmei. — Você não entende. Simplesmente acha que somos todos irlandeses, todos iguais, mas Mannix e eu viemos de mundos diferentes. Não temos muito em comum.

— Parece-me que vocês têm muito em comum.

— Você está falando de... sexo? — Meu rosto vermelho ficou ainda mais vermelho. Tudo bem, eu admitia que essa parte era fantástica. — Mas... e se isso for tudo o que tivermos? Apenas isso não nos levará muito longe. Gilda, será que poderíamos cancelar nossa corrida de hoje? Estou muito chateada. Minhas pernas parecem geleia.

Ela exibiu um ar de solidariedade, mas balançou a cabeça lentamente para os lados.

— Meu trabalho é fazer com que você corra. Seu trabalho depende de você fazer isso.

Eu vesti minha roupa de corrida. Na rua, o vento bateu no meu rosto como bofetadas dadas por uma mão cruel. Enquanto corria, eu chorei, as lágrimas congelaram nas minhas bochechas e eu pensei:

Eu não fui feita para enfrentar essa vida. Não sou forte o bastante. Somente as pessoas duras sobrevivem nesta cidade; as pessoas com nível anormal de autoconfiança, determinação e força interior.

— Feliz aniversário — sussurrou Mannix em meu ouvido.

Abri os olhos, piscando muito para me obrigar a acordar.

— Champanhe? — perguntei. — Na cama? Para o café da manhã?

— É um dia especial.

Sentei-me na cama e tomei um gole da taça.

— Você está pronta para o seu presente? — Mannix fez surgir na minha frente uma sacola preta pequena, que parecia cintilante e cara.

— É um filhote de cachorro? — perguntei.

Ele riu.

— Posso abri-lo? — Desfiz as fitas da sacola e encontrei uma caixinha preta dentro. Que também tinha fitas, e eu as desfiz lentamente. Dentro da caixa havia uma bolsinha de veludo preto e eu esvaziei o conteúdo na palma da mão. Surgiu um par de brincos de ouro branco, com pedras que brilhavam com um fogo claro e intenso.

— Isso são... diamantes? — Eu estava apavorada. — Oh meu Deus, são realmente diamantes!

Eu não possuía joias verdadeiras. O anel de noivado que Ryan me dera devia ter custado umas dez libras, na época.

— Isso é estranho, mas, só para você saber — explicou Mannix. — Eu paguei por eles, ouviu? Com dinheiro de uma conta bancária diferente, não da nossa conta conjunta. Foi assim que você imaginou que sua vida estaria aos quarenta anos? — perguntou ele.

Eu mal conseguia falar. Estava morando em Nova York, com aquele homem lindo, e dali a quatro dias eu daria início à primeira turnê do meu livro pelos Estados Unidos. Eu não conseguia acreditar no quanto era sortuda.

Aquele era o momento certo para eu dizer a Mannix que o amava. As palavras correram até a minha boca, mas eu as engoli de volta — elas pareceriam ter sido estimuladas pelo belo presente de joias caras, e isso seria muito errado.

* * *

O presente de aniversário de Gilda para mim foram dois ingressos para um show de Justin Timberlake, porque eu sempre tive uma quedinha por ele. Para tornar as coisas ainda mais fantásticas, Gilda me permitiu um dia de chocolate liberado, e também de sorvete e vinho, pois disse que eu iria dançar muito e queimaria todas as calorias extras. Fomos juntas para o show e eu adorei cada segundo: eu gritava a cada vez que Justin empurrava os quadris para frente, chorei baldes durante a canção *Cry me a river* e dancei tanto em meu estado de excesso de adrenalina, que meus saltos altíssimos não me provocaram nenhuma dor. Ao voltarmos para casa, num estado de felicidade e quase êxtase, Gilda observou:

— Precisamos fazer esse tipo de coisa com mais frequência. Você não tem divertimento suficiente em sua vida. Alguma vez você foi ao balé? Já assistiu a *O lago dos cisnes*?

— Não, e para ser sincera, Gilda, esse programa não me parece muito divertido.

— Ah, mas você está errada, Stella, é absolutamente lindo. É algo... transcendente. Vou comprar ingressos. Acho que você vai adorar.

— Tudo bem.

E, para minha grande surpresa, eu realmente adorei.

E então chegou a hora de eu começar a turnê do livro...

No *Bom dia Cleveland*, a mulher da maquiagem me considerou um desafio.

— Suas sobrancelhas, o que eu devo fazer com elas?

— O que está errado?

— É que elas são simplesmente... *horríveis*.

Como eu era produtiva! Ainda eram oito e meia da manhã, eu já estava acordada há mais de três horas, tinha voado oitocentos quilômetros e minhas sobrancelhas já tinham sido insultadas.

— Eu posso pintá-las — disse a maquiadora —, mas você precisa parar de arrancá-las.

Aquilo foi interessante, porque um dos profissionais de maquiagem na véspera — em qual cidade mesmo?... Des Moines? — tinha me dito que elas eram muito espessas. Mas eu não tinha a energia para sair em campo em defesa das minhas sobrancelhas.

A sensação do lápis de maquiagem suave na minha testa era adorável. Eu tinha acabado de fechar os olhos por um momento e...

— ... Stella?

Dei um pulo na cadeira. Estava olhando para o rosto de uma jovem mulher.

— Cochilo restaurador! — expliquei, com a voz pastosa.

Mas não havia nada de restaurador naquilo — dava para sentir baba no meu queixo e eu não fazia a menor ideia de onde estava.

— Sou Chickie — apresentou-se a mulher. — Você está em Cleveland, Ohio, e precisa acordar; você estará no ar em sete minutos.

— Durante quanto tempo eu estive apagada?

— Trinta segundos — informou Mannix.

— Ah, você é Mannix! — exclamou Chickie. — Vai precisar de um pouco de base.

— Para quê? — perguntou Mannix.

— Precisamos de você no show com Stella. Temos de nos concentrar em coisas como... Você se sente castrado por trabalhar para ela?

Comigo — disse eu, pelo que me pareceu ser a milionésima vez. — Mannix trabalha *comigo*.

Isso continuava a acontecer em todos os lugares aonde eu ia, na turnê do livro. Os meios de comunicação estavam obcecados com Mannix, e suas perguntas sempre eram uma, de duas opções: como eu conseguia viver comigo mesma, depois de ter castrado totalmente um homem? Ou como me sentia sendo uma traidora do feminismo ao ceder a gestão da minha carreira ao meu sócio diabolicamente inteligente e controlador?

— Precisamos conversar com ele — insistiu Chickie.

— Não! — determinou Mannix.

— Viu só? — perguntei. — Ele não é nem um pouco castrado.

Mas Chickie tinha suas ordens.

— Precisamos dele nesse bloco do programa.

— Você *não precisa* de minha cara feia na TV — disse Mannix.

— ... Você é uma graça. — Chickie parecia confusa. — Tipo assim, para um homem velho. Quer dizer, um homem *mais* velho. Isto é, eu não quis dizer... Eu preciso...

— Stella é a estrela. Você precisa dela.

— Mas...

— Eu *preciso* não participar do seu programa.

Chickie olhou para ele por um longo tempo, então se afastou rapidamente e começou a falar muito depressa em seu headset.

— Eu preciso que as pessoas parem de me dizer que "precisam" disso ou daquilo. — Mannix a viu desaparecer. Com ar de arrependimento, ele me disse: — Desculpe, amor.

Estava tudo bem. Supus que aquilo tinha acabado ali.

Mas não tinha. Como punição, o apresentador do programa não anunciou o local nem os horários da minha sessão de autógrafos no meio da manhã, e ninguém apareceu. Mas talvez ninguém fosse aparecer de qualquer maneira. Eu estava aprendendo, bem depressa, que a mecânica e o resultado das sessões de autógrafos eram impossíveis de prever. Eu tinha imaginado que seria difícil impressionar as multidões nas cidades maiores, porque as pessoas tinham dezenas de outras escolhas culturais; também supus que elas não estariam propensas a comparecer em massa nos recantos mais afastados, mas as coisas nem sempre corriam desse modo.

375

De qualquer forma, pelo motivo que fosse, Cleveland não me amava e eu estava cansada demais para me importar. Foi bom não ter de conversar com dezenas de pessoas, foi ótimo eu não precisar dizer a mesma coisa de novo e de novo, sem parar. Além do mais, era difícil ficar sentada com as costas retas e um sorriso colado no rosto. Havia um perigo muito real de eu cochilar, despencar para frente e bater com a cara na mesa.

Eu já estava na estrada promovendo *Uma piscada de cada vez* havia onze dias. Não tinha conseguido um único dia de folga. Se você desenhasse o percurso da turnê sobre um mapa dos Estados Unidos e reparasse como muitas vezes eu ia e voltava, certamente iria rir.

Mas eu continuava me lembrando do que Gilda tinha me dito: eu tive sorte. *Eu tenho sorte*, repetia para mim mesma. *Eu tenho sorte, eu tenho sorte, eu tenho sorte*. Eu estava tão cansada que mal conseguia me vestir, mas eu estava vivendo o sonho.

Na verdade, se não fosse pelo plano de roupas que Gilda tinha montado para mim, *juro* que não teria sido capaz de me vestir. No entanto, ele funcionou como um relógio.

Embora você não consiga sempre contar com algo totalmente inesperado...

Mais tarde, naquele mesmo dia, em Cleveland, Ohio, em um almoço beneficente, um idiota bêbado derramou metade da sua taça de vinho tinto em cima dos meus sapatos de salto alto de camurça azul bebê, justamente os sapatos que apareciam em destaque em quase todas as minhas participações nos programas de TV.

Devo levar o crédito por ter me controlado e não ter voado em cima dele para mordê-lo. Exibindo os dentes num sorriso petrificado, derramei vinho branco sobre os sapatos, cobri tudo com sal e continuei sorrindo, mesmo sabendo que nada acabaria com aquelas manchas. *Sorria, sorria, sorria sempre.*

Tudo bem... Sim, obrigada, são apenas sapatos, hahaha; não, não há necessidade de pagar a lavagem a seco; de qualquer maneira é impossível lavar sapatos a seco, seu velho bêbado cretino; apenas me deixe em paz agora, por favor, pare de pedir desculpas, por favor, pare de fazer com que eu me sinta na obrigação de deixar você numa boa sobre o que aconteceu; eu devo ir agora, já me diverti muito, sim, obrigada, claro, pelo menos eu ainda tenho pés, é a pura verdade, mas agora eu tenho de sair daqui correndo e ir para um lugar afastado, onde eu possa gritar.

De volta ao quarto do hotel, Mannix me disse, com cautela:

— Você tem outros sapatos. — Ele não era bobo, sabia que esse era o tipo de coisa errada de se dizer para uma mulher.

— Eu não tenho! — Com lágrimas, segurei um par de botas pretas. — Posso usar isso aqui com saias? Não. Ou isso? — Levantei um par de botas Ugg para neve e depois um par de tênis. — Não. Não.

— E quanto a esses? — Mannix pegou um par de sapatos de salto altíssimo, com brilhantes.

— Eles são para a noite, para eventos de gala ou jantares. Esses sapatos... — levantei o par arruinado — eram perfeitos para o dia, para as pernas nuas, para usar com saias. Eles eram bonitos, glamourosos, até mesmo confortáveis! E agora estão arruinados. Sei que estou exagerando, mas eles eram o *elemento crucial* da turnê desse livro!

— O elemento crucial? — repetiu Mannix, e olhou para mim.

— Eram, sim, o elemento crucial, e não me faça rir.

Ele sempre conseguia neutralizar ou aliviar uma situação. Por alguns momentos felizes, antes de termos de começar a trabalhar novamente, nos deitamos lado a lado na cama.

— Não é possível conseguir outro par? — perguntou ele.

— Eles são da Kate Spade. Estamos em Hicksville, Ohio. Eles não terão sapatos Kate Spade aqui.

— Eu pensei que Kate Spade tinha acabado — disse ele.

— Eles voltaram. Mas você não deveria saber sobre essas coisas. Seja homem.

Ele rolou para cima de mim e olhou para o meu rosto.

— Seja homem? — Perguntou.

Olhei para ele por um momento. O clima entre nós mudou e ficou mais denso e sensual.

Não havia tempo. Mas eu não me importava.

— Seja rápido — pedi, arrancando a calcinha.

Ele *foi* rápido. Quase. Seus gemidos ainda estavam acabando quando o telefone tocou.

— Caramba! — gemeu Mannix.

Era da recepção, me avisando que um jornalista estava à minha espera no saguão.

— Obrigada — disse eu, quase sem ar. — Vou descer.

— Fique mais um minuto. — Mannix tentou me agarrar pelos quadris.

— Não posso. — Desvencilhei-me dele. — Enquanto eu estiver fora, você pode ver se consegue resolver alguma coisa a respeito dos meus sapatos?

— E se eu derramar mais vinho tinto sobre eles para fingir que é um novo estilo? Um visual tipo Jackson Pollock?

— Ok... — Valia a pena tentar. Vesti uma calça jeans e botas que estavam erradas para Cleveland e mais erradas ainda para uma entrevista, mas não havia escolha.

— Se isso não der certo, nós podemos cancelar o resto da turnê — declarou Mannix.

— Ótimo. Estarei de volta em meia hora.

Os respingos no estilo Jackson Pollock de Mannix não funcionaram. As marcas simplesmente pareciam manchas de vinho tinto, só que em mais quantidade. Em seguida, ele tentou tirar as manchas com lencinhos removedores de maquiagem, mas eles deixaram os sapatos com mais falhas. Enquanto eu teclava no meu blog, Mannix tentava encomendar um par de sapatos Kate Spade em Nova York, para substituir os destruídos.

— Você poderia enviá-los em entrega urgente para Cleveland, Ohio? Mas nós vamos voar para Tucson às cinco da tarde de hoje. E sairemos de Tucson amanhã às sete da manhã. Você não pode garantir que eles estarão lá...? Tudo bem... Amanhã estaremos em San Diego entre nove e meia da manhã e as quatro da tarde. Mas não temos um endereço, vamos ficar circulando pela cidade. Amanha à noite? Seattle. Ótimo! — Depois de fornecer todos os detalhes, ele desligou. — Tudo acertado! Um par idêntico de sapatos estará esperando por você em Seattle.

Eu não podia usar calças jeans e botas no dia seguinte em San Diego. Eu iria derreter. Teria de sair para tentar encontrar um par de sapatos temporários ali em Cleveland, mas eu tinha três entrevistas marcadas, com horário apertado entre elas.

— Eu vou — ofereceu Mannix.

Ele voltou com um par de sapatos azuis-claros: eles eram de couro, não de tecido suave; tinham bico redondo, em vez de bico fino; os saltos eram pesados, em vez de curvos e finos. Pareciam ser feitos de plástico barato e horrível.

— São quase idênticos, certo? — Mannix parecia muito satisfeito consigo mesmo.

Raiva — uma onda terrível de raiva — começou a se avolumar dentro de mim. *Porra de homens!* Eles eram absurdamente *burros*. Não tinham a mínima noção de *nada*.

Algo me disse que eu estava sendo irracional, então eu engoli a fúria e me lembrei que aqueles sapatos horrorosos eram apenas para ser usados por um dia.

(No fim das contas, não foi isso que aconteceu. Os sapatos Kate Spade não conseguiram chegar em Seattle até o momento da nossa partida. Em seguida, eles foram enviados para São Francisco para nos encontrar lá; mais uma vez, chegaram tarde demais. Provavelmente ainda estão por ali até hoje, circulando pela grande massa continental que são os Estados Unidos, seguindo a minha trilha, ponto a ponto, como um daqueles fãs da banda Grateful Dead.)

Enquanto eu estava tentando fazer as pazes com os sapatos de aparência barata, meu celular tocou. Era Gilda — e eu vacilei em atender. Durante toda a turnê, Gilda tinha dado continuidade ao meu programa de exercícios por telefone. Ela conhecia minha agenda e marcava uma corrida por dia e uma sessão de Pilates em dias alternados.

— Oi, Gilda — saudei. — Já estou com o meu equipamento e meu fone de ouvido, prontinha para sair.

— Ótimo!

Deitei-me de costas no chão do quarto do hotel e respirei um pouco mais ofegante.

— Muito bem, já estou na rua, agora. Comecei a correr. Entrei no ritmo de doze minutos.

— Mantenha esse ritmo — disse ela. — Dois quilômetros a cada dez minutos. Mantenha o ritmo durante mais quinze minutos.

— OK. — Eu soprei e bufei, enquanto Mannix calmamente olhava para mim, balançava a cabeça para os lados e sorria.

Gilda falava palavras de incentivo no meu ouvido e eu fingia perder o fôlego.

— Volte pelo mesmo caminho, agora — disse ela. — Mas faça a próxima sequência em oito minutos.

Eu bufei com força no bocal até que Gilda disse:

— Vá com calma até dez. Agora doze. Fique estável em doze até chegar de volta ao hotel. Como está a sua alimentação?

— Bem... — Eu chiava como uma asmática. — Hoje eu comi frango com feijões-verdes no almoço beneficente. Não comi pão. Nem arroz. Nem sobremesa.

— E agora você vai voar até Tucson para um jantar beneficente. As mesmas regras se aplicam: não importa o que eles coloquem no seu prato, nada de carboidratos. Nunca! E principalmente: nada de açúcar. Vou ligar novamente às cinco e meia da manhã, no horário de Tucson. Corra oito quilômetros antes de sair para o aeroporto. Vá fazer seus alongamentos agora. Você foi muito bem.

— Obrigada, Gilda. — Desliguei e permaneci deitada no chão.

— Sabe de uma coisa? — comentou Mannix. — Isso é maluquice. Simplesmente diga a ela que você está cansada demais para enfrentar essa maratona.

— Não posso. Ela ficaria... desapontada comigo. Vamos, temos de ir para o aeroporto.

O voo para Tucson atrasou mais de três horas; Mannix e eu fizemos um bom progresso em nossas úlceras mútuas.

— É um jantar beneficente — disse eu, com o rosto nas mãos. — Todas aquelas pessoas pagaram para estar lá. Todos estão esperando que eu apareça e converse com eles.

Assim que aterrissamos em Tucson e corremos para pegar um táxi, eu tentei me contorcer para entrar no vestido e acidentalmente chutei o motorista na cabeça. Eu ainda estava me desculpando quando ele parou o carro na porta do hotel, onde uma delegação de membros histéricos do comitê já estava à minha espera.

— Olá — disse eu. — Desculpem-nos por...

— Venha. É por aqui.

Eles me empurraram para cima do palco sem ao menos me dar chance de recuperar o fôlego.

Imediatamente eu percebi que aquela seria uma plateia difícil. Às vezes, você tem energia, e outras vezes não. Eu tinha mantido aquelas pessoas à espera e elas estavam chateadas. Foi por isso que, logo que eu terminei de contar minha história, o questionamento hostil começou.

— Meu marido teve a Síndrome de Guillain-Barré... — informou uma mulher.

Eu balancei a cabeça, simpaticamente.

— ... E ele morreu — completou ela.

— Oh, querida — murmurei. — Eu sinto muito.

— Ele era uma pessoa muito boa, provavelmente melhor do que você. Como é que ele morreu e você não?

— ... Bem, eu só sobrevivi porque conseguiram fazer uma traqueotomia em mim e colocaram um aparelho de ventilação a tempo...

— Ele também passou por uma traqueotomia. Será que fizeram o procedimento dele de forma errada?

— Bem, ahn...

— Por que Deus permite que as pessoas morram? O que há com o plano de Deus?

Ela olhou para mim, esperando por uma resposta. Eu era ainda menos especialista nos planos de Deus do que em traqueotomias eficazes.

— ... Os caminhos de Deus são misteriosos — finalmente eu consegui falar. — Alguma outra pergunta?

Uma matrona local de cabelos surpreendentes se apossou do microfone que passava de mão em mão e pigarreou.

— Você acha que eles vão fazer um filme do seu livro? E se isso acontecer, quem você gostaria que representasse o seu papel?

— Kathy Bates — respondi eu.

Um murmúrio confuso eclodiu quando eles ouviram isso.

"Kathy Bates?", eu os ouvi, murmurando entre eles. "Mas Kathy Bates é morena".

Eu tinha me esquecido que os americanos consideram isso autodepreciação.

— Desculpem, eu quis dizer Charlize Theron — emendei, rapidamente.

— Ou Cameron Diaz. — Eu estava quebrando a cabeça tentando lembrar de outras estrelas de cinema louras. — Vejo uma senhora ali com a mão levantada. Qual é a sua pergunta, por favor?

— Como eu faço para ficar famosa?

— A senhora poderia matar alguém — eu me ouvi dizer.

Um *Ooohhh* chocado circulou por toda a sala. Horrorizada, eu disse:

— Desculpe, eu não deveria ter dito isso. É o cansaço. — Eu já tinha me mostrado insensível à mulher cujo marido tinha morrido. Aquele processo desgastante tinha minado toda a minha compaixão. — É que eu já estou na estrada há onze dias e...

O microfone foi agarrado da minha mão por uma das senhoras do comitê.

— Obrigada, Stella Sweeney. — Ela fez uma pausa para permitir alguns aplausos desconexos e uma ou duas vaias. — Stella agora vai autografar seu livro no auditório.

A fila foi curta. No entanto, eu estava em alerta total contra os malucos. Já sabia que os malucos ficavam até o fim. Os malucos não ficavam na fila com o resto das pessoas, nem se misturavam.

Naquela noite, como uma espécie de brinde especial, havia uma dupla de malucos-alfa em plena posição de ataque. A mulher, uma doidona animadinha; o homem era um sujeito do tipo "maluco com problemas de controle de raiva".

— Vá você primeiro — ofereceu a Doidona Animadinha, varrendo o ar com a mão de um jeito convidativo e gracioso para o homem atrás dela.

— Não, vá você.

— Não, não, vá você.

— Escute, sua piranha, estou deixando você ser atendida na minha frente porque...

Enquanto ele era levado para fora do recinto, atirou algumas páginas em mim:

— Esse é o *meu* livro! Façam críticas dele! Me liguem!

A Doidona Animadinha se inclinou muito perto de mim e avisou, animadamente:

— Vou levar *você* para tomar alguns drinques num bar fabuloso que eu conheço, e então você vai contar *para mim* a sua fórmula secreta para escrever um best-seller.

— Ah, que legal de sua parte — eu repliquei —, mas tenho que estar dentro de um avião daqui a seis horas para... — Onde, diabos, era mesmo o evento de amanhã?... — San Diego.

— Ah, é? — Ela estreitou os olhos para mim. — Eu comprei seu livro! E também o recomendei para as minhas amigas. Você é uma megera! Tudo que estou pedindo é...

— Obrigada. — Eu me levantei e sorri para as pessoas em volta, cegamente. — Muito obrigada. Vocês foram todos adoráveis. Tucson, que lugar adorável. Todos vocês aqui são adoráveis, mas preciso ir agora.

Peguei uma taça de vinho abandonada sobre uma mesa, bebi tudo de uma vez só, tirei os sapatos e disse:

— Mannix, vamos?

Pegamos um táxi para o nosso hotel, onde eu me deitei no chão do nosso quarto diante do frigobar, derramando M&Ms na boca e cantarolando sem parar:

— Chocolate, chocolate, eu gosto pra cacete de chocolate!

— Ruben quer falar com você. — Mannix segurou o telefone para mim.

Arregalei os olhos e balancei a cabeça para os lados: eu não queria falar com Ruben. A turnê do livro tinha se encerrado dois dias antes e eu tinha passado o tempo todo na cama, quase incapaz de falar.

— Está tudo bem — avisou Mannix, com calma. — É coisa boa.

Peguei o telefone.

— Tenho uma notícia incrível — anunciou Ruben, num tom tentador. — Você está pronta? Vamos lá! *Uma piscada de cada vez* apareceu na lista. Trigésimo nono lugar na lista dos mais vendidos do *New York Times*. Enquanto isso, Bryce precisa de vocês para uma reunião pós-turnê. Vamos vê-los na sexta-feira, às onze da manhã. Bryce poderá levar vocês para almoçar depois.

Deitei a cabeça no travesseiro, tonta de alívio.

Logo depois da ligação de Ruben veio uma enxurrada de felicitações de seis ou sete dos vice-presidentes da editora.

A próxima a entrar em contato foi Phyllis.

— Trigésimo nono lugar? — disse ela. — Meus gatos alcançariam essa posição, se escrevessem um livro.

Antes da reunião, Gilda veio ao apartamento e fez uma bela escova no meu cabelo — descobri que quando ela era adolescente tinha trabalhado aos sábados num salão de beleza e conseguira "aprender o básico".

— Existe alguma coisa que você não saiba fazer? — perguntei, enquanto ela girava a escova no meu cabelo.

Ela riu.

— Meus conhecimentos de física nuclear andam meio vagos. — Logo depois, franziu a testa. — Você não está planejando usar aquele vestido, está?

— Ahn... Estou. — Aquela era uma bela roupa da Anthropologie; ela mesma tinha me ajudado a escolher.

— Não para hoje! — explicou Gilda. — Desculpe, Stella, mas hoje você precisa parecer durona. — Começou a mexer nas minhas roupas e pegou um terninho apropriado e feito sob medida. — Vista isto — aconselhou ela. — Esta é a roupa certa.

— OK — eu disse.

Na Blisset Renown, Mannix e eu fomos rebocados até a mesa da sala de reuniões, onde um pequeno exército de vice-presidentes já nos aguardava. Eu esperava ver Phyllis ali — ela recebera um convite por e-mail —, mas não havia sinal dela.

— Sejam bem-vindos, todos vocês. — Bryce entrou na sala e tomou seu lugar à cabeceira da mesa. — Vamos dar início à reunião.

Pelo visto, íamos começar sem Phyllis.

— Para todos que trabalharam na divulgação de *Uma piscada de cada vez*, bom trabalho! — disse Bryce. — Um agradecimento especial a Ruben e sua equipe pela excelente cobertura que conseguiram. E, claro, estamos todos muito contentes com a presença do livro na lista dos mais vendidos. Portanto, este é um bom momento para refletir e ver em que pé estamos. Ainda não recebemos os números finais da Barnes & Noble e de muitos varejistas on-line, mas já chegaram muitas informações concretas por parte dos vendedores independentes e podemos projetar alguns resultados a partir daí. Para isso, vou passar a palavra ao nosso colega, o vice-presidente de vendas Thoreson Gribble.

Thoreson, um homem de peito enorme com uma camisa branca como a neve, deu um sorriso reluzente para a sala.

— Então, o livro ter entrado na lista dos mais vendidos é uma ótima notícia. No entanto, nós não conseguimos as vendas imediatas de lançamento que teríamos preferido. — Olhou para os dados em seu iPad. — Nossa suposição é que a associação do livro com Annabeth Browning tenha assustado muitas pessoas. Mas os sinais são esperançosos. Por exemplo, temos sessenta e quatro cópias vendidas em uma única livraria independente em Boulder, Colorado, venda impulsionada por uma empolgada resenha publicada pelo jornal *WoowooForYou*.

Eu percebi que estava segurando a respiração.

— Vermont também mostrou vendas fortes — continuou Thoreson. — A Maple Livros em Burlington vendeu trinta e três exemplares em uma única semana, impulsionada por um livreiro solitário que se descreve como um "apaixonado" por *Uma piscada de cada vez*. — Por toda a sala foram ouvidos murmúrios de aprovação para Thoreson. — Portanto, uma salva de palmas para isso!

— Isso é ótimo, Thoreson — interrompeu-o Bryce, com suavidade. — Stella e Mannix, vocês poderão ler o relatório completo em seus momentos de lazer. Para resumir, isso aqui é uma maratona longa, e não uma corrida de curta distância. Conseguimos um início encorajador, e o plano é construir as vendas de forma agressiva, em cima dessa base sólida. Poderíamos ter conseguido resultados mais encorajadores na primeira turnê? Ora, certamente. Basicamente, porém, correu tudo bem.

— Obrigada — murmurei, um pouco ansiosa.

— Existem muitos bolsões de apoio para você lá fora, e o algoritmo criado por nossa maga da matemática dos cálculos custo-benefício, Bathsheba Radice, indica que temos potencial de venda para a promoção de mais duas turnês.

— Tudo bem, mas... — tentou Mannix.

— Aqui está o plano — anunciou Bryce. — Faremos outra turnê em julho, quando as pessoas começam a sair de férias. Depois, vamos voltar à estrada em meados de novembro para aproveitar o mercado de presentes de fim de ano. Até o início do ano que vem já teremos alcançado uma avalanche de vendas. Esteja com seu novo livro pronto no dia primeiro de fevereiro, para podermos publicá-lo em julho.

Ele empurrou sua cadeira para trás e se levantou.

— Foi fantástico rever vocês.

Ele estava saindo? Mas eu achei que íamos almoçar juntos.

Tropecei nos pés ao me levantar da cadeira, mas Bryce apertava minha mão e batia no meu ombro, já a meio caminho para sair da sala.

— Fique bem, Stella.

Estávamos no meio de abril e a primavera tinha chegado, aparentemente da noite para o dia. O sol brilhava e havia até um pouco de calor nele. Mannix e eu voltamos para casa passando por dentro do Central Park, onde centenas de narcisos em tom de amarelo-canário estavam alinhadas à nossa passagem. Apesar de eu ter sido dispensada com tanta rapidez por Bryce, era impossível não me sentir esperançosa.

De volta ao apartamento, mandei uma mensagem para Gilda, avisando que eu estava em casa e pronta para minha corrida diária. Quinze minutos mais tarde ela bateu a minha porta.

— Eles não levaram vocês para almoçar, afinal? — perguntou ela.

— Não...

— Ah... OK. E então? Como está a sua agente maluca? O que ela roubou hoje?

— Ela não foi.

— Puxa! Ela simplesmente a deixou na mão em uma reunião importante? Ela não faz muito pelos dez por cento que recebe, certo?

Na verdade, Phyllis recebia treze por cento; mesmo assim, senti que devia defendê-la.

— Ela não é o tipo de agente que segura a mão dos autores.

— Tudo bem, isso não é da minha conta. Então, Stella, vamos sair agora para acelerar o seu metabolismo!

— Seja cuidadosa com ela — pediu Mannix.

— Sim, claro. — Gilda rolou os olhos para cima. — Uma carga preciosa, eu sei.

Descemos pelo elevador e saímos em plena luz do sol.

— Ele é muito bom para você — comentou Gilda.

— Ah, você sabe, é que... Ahn... Sim, ele é muito bom, mesmo.

— Ok, vamos mexer os braços com força para manter o coração bombeando.

— Então, quanto a você... Ahn... Você está namorando alguém, no momento?

Meu relacionamento com Gilda era estranho. Compartilhávamos uma intimidade instintiva, mas como eu pagava a ela pelos seus serviços, alguns limites deveriam ser observados.

— Ando beijando meus sapos, só beijando alguns sapos.

— Você vai encontrar algum cara bacana — falei, para encorajá-la.

— Bem, eu, com certeza, não vou aturar algum sujeito que seja babaca. — Seu tom de voz era claro e duro. — Estou à espera de um cara dos sonhos, como o Mannix.

Estou à espera de um cara dos sonhos, como o Mannix. Suas palavras ficaram ecoando em minha cabeça e — surpresa e abalada — eu me virei e olhei para ela. Eu sempre achei que ela era bonita, mas, inesperadamente, ela me pareceu uma rainha. Uma bela rainha que tinha o poder de levar Mannix para longe de mim. Minha boca se abriu, meu queixo caiu e eu me afastei dela.

Ela se lançou na minha direção e me agarrou pelo braço. Seus olhos pareciam chocados, ainda mais brilhantes e azuis.

— Ai, meu Deus — disse ela. — Eu me expressei de forma totalmente errada. Sei o que você deve estar pensando! Pois não pense nisso!

Eu não precisava falar; sabia que o medo estava estampado em todo o meu rosto.

— Stella, você e eu... Nós trabalhamos juntas, mas é mais do que isso. Somos amigas. Sou muito leal a você. E *nunca* iria magoá-la.

Eu ainda não conseguia falar.

— Não estou dizendo que o homem de outra mulher esteja sempre fora dos limites. — Ela falava rápido demais. — Não importa o quanto você deseje ser uma pessoa boa, se houver uma centelha de atração, então ela existe e pronto, certo?

Eu tentei concordar, mas não conseguia.

— Se o relacionamento de um cara não estivesse indo bem e eu sentisse que poderia rolar alguma coisa, então... Talvez eu topasse. Porém, mesmo se não houvesse esse lance de lealdade total entre você e eu, Mannix é um cara loucamente apaixonado por você, Stella! Eu simplesmente estou passando por um momento de fraqueza e autopiedade. Fiquei com ciúmes. Não de você ter Mannix ao seu lado — acrescentou, rapidamente. — Simplesmente desejava poder parar de me encontrar com idiotas e começar a conhecer alguns caras legais.

— Tudo bem.

Corremos por quase seis quilômetros. Mas eu ainda me sentia meio abalada.

Assim que cheguei em casa, fui direto para a sala de estar.

— Mannix?

— Hummm? — Ele estava paralisado por algo em sua tela.

— Você gosta de Gilda?

Ele se virou para mim. Pareceu surpreso.

— Não — disse ele. — Eu não gosto de Gilda.

— Mas ela é jovem e linda.

— O mundo está cheio de mulheres jovens e lindas. O que está acontecendo?

— Há muito tempo eu lhe perguntei se a última pessoa com quem você tinha dormido antes de mim tinha sido Georgie, e você disse que não. — Eu não podia *acreditar* que eu não o tinha atazanado mais sobre isso desde então. — Quem era ela?

Ele ficou em silêncio por um tempo.

— Só uma garota. Eu a conheci numa festa. Georgie e eu já tínhamos nos separado e eu já estava morando naquele apartamento que você tanto amava. Foi coisa de uma noite, apenas.

Eu estava com tantos ciúmes que senti vontade de vomitar.

— Só uma garota — repeti. — Essa é a forma respeitosa pela qual você se refere a uma mulher que fez sexo com você?

— O que você queria que eu dissesse? Que ela era uma mulher estonteante, uma instrutora de ioga de vinte e quatro anos de idade e peitos enormes?

Eu ataquei de volta.

— Ela era?

— Eu não posso ganhar de jeito nenhum, não é? Escute, eu não sei qual era a idade dela. Na época, eu estava me sentindo quase aleijado de tanta solidão. E ela também, eu acho, mas estou só supondo. Eu me senti pior na manhã seguinte. E acho que ela também.

— Qual era o nome dela?

— Isso não importa. Eu não vou te contar porque não quero que você fique obcecada. Odeio saber que você não confia em mim.

— Eu não confio em você.

— Bem, *eu* confio! Analise a situação dessa maneira: você permite que eu compartilhe sua casa com a sua filha de dezoito anos. É claro que você confia em mim com ela. Stella, eu não vou começar a jogar pedras aqui, mas foi você que largou seu marido por outro homem.

— Ryan e eu já tínhamos nos separado. — Parei de falar porque estava mentindo. — Você acha que Gilda flerta com você?

— Ela flerta com todo mundo. Esse é o jeito dela, você sabe... seu *modus operandi*... a sua forma de se relacionar com o mundo.

— Eu sei o que significa *modus operandi*.

Ele riu.

— Eu sei que você sabe. Vou lhe contar uma coisa: estive com Georgie durante muito tempo e nunca a traí. As coisas ficaram confusas no final e nós dois fizemos coisas das quais não nos orgulhamos. Eu não sou perfeito, Stella. Cometi erros...

Eu olhei para ele e ele olhou de volta para mim, mas eu não tinha ideia do que ele estava pensando. Às vezes eu o achava impossível de avaliar, como se não conhecesse nada a seu respeito.

— Precisamos conversar — anunciou ele.

Meu coração começou a bater mais depressa.

— É uma boa notícia — acrescentou ele, com rapidez.

— Que foi?

— *Uma piscada de cada vez* está em quarto lugar na lista dos best-sellers da Irlanda.

— O quê? — Fiquei extremamente surpresa. — Como?

— Ele foi publicado na semana passada. Muitos dos artigos que você escreveu para serem publicados aqui foram aceitos por revistas de lá. Até mesmo aquele da *Ladies Day*.

— Sério? Puxa, isso é ótimo.

Aquilo era fantástico de ouvir, mas meu humor não estava acompanhando os fatos.

— Eles convidaram você para uma viagem de divulgação do livro no mês que vem, mas você está esgotada. Por outro lado, você teria a chance de visitar sua família e amigos, ver todo mundo, e não haveria nenhum tipo de estresse sobre onde iríamos ficar, porque a Harp pagaria um hotel para nós.

— Que tipo de hotel?

Eu estava com um pé atrás. Já tínhamos aturado mais do que era aceitável em questão de hotéis com acomodações não muito limpas, paredes nem um pouco à prova de som e verdadeiras espeluncas em nossa turnê para a Blisset Renown.

— Qualquer hotel que escolhermos.

— O Merrion? — Engoli em seco. — Eles pagariam pelo Merrion? Oh, meu Deus. Diga que sim!

Ele riu.

— E quanto ao cronograma da Harp?... Eles estão pedindo menos trabalho seu em uma semana do que a Blisset Renown em um dia. Querem apenas uma aparição na TV, no *Saturday Night In*.

— Será que eu conseguiria ir a esse programa?

— Eles seriam capazes de matar para ter você lá — garantiu Mannix. — Eu já recebi um dilúvio de e-mails deles.

— Será que papai poderia conhecer Maurice McNice?

— Eu não sabia que seu pai gostava dele.

— Ah, mas ele não gosta, ele o odeia. Mas adoraria a oportunidade de dizer isso na cara dele. Continue falando.

— A Harp quer apenas uma coletiva para a imprensa e uma noite de autógrafos.

— Só isso?

— Há mais uma coisa... Muitas das estações de rádio estão em busca de uma entrevista sua. Mas, como um favor pessoal para mim, eu gostaria que você participasse do programa de Ned Mount.

Ned Mount tinha sido um tremendo astro do rock antes de apresentar programas de rádio. Fazia parte de uma banda chamada The Big Event e todos o adoravam.

— É que eu gostaria de... ahn... Sabe como é, eu gostaria de conhecê-lo — disse Mannix.

— Gostaria? Bom, tudo bem. — Eu me distraí com o toque do meu celular. — É Ryan. É melhor eu atender. Oi, Ryan.

— Olá, Ladra de Vidas.

Eu suspirei.

— O que posso fazer por você?

— Eu soube que você vem à Irlanda para divulgar a sua piada de livro.

— Como você soube? Nada foi acertado ainda...

— Existe uma coisa que você pode fazer por mim, Stella... Conseguir que eu conheça Ned Mount. Já que você roubou toda a minha vida, considere esse ato uma pequena reparação, uma chance para aplacar sua consciência, pelo menos um tiquinho.

— OK.

Assim que eu desliguei, o celular tocou novamente.

— Karen?

— Você vem à Irlanda? Que maravilha eu ter descoberto isso pelo rádio!

— Ainda não está sequer decidido!

— Deixa pra lá. Não é para isso que estou ligando. Algo estranho acabou de acontecer. Você conhece Enda Mulreid?

— O seu marido? Ahn... Conheço. — Fiz mímica com a boca para Mannix: *Que merda é essa?*

— Ele quer falar com você. A próxima voz que você ouvir será a dele.

Depois de alguns ruídos e o som de alguém pigarreando, a voz de Enda Mulreid entrou na linha.

— Olá, Stella.

— Oi, Enda.

— Stella, eu não me sinto bem em fazer isso, mas gostaria de lhe pedir um favor.

— Oh...

— Pois é... Bem, é verdade, este sou eu pedindo um favor. Estou me comportando absurdamente fora do meu padrão e você deve, sem dúvida, estar surpresa. O meu pedido é este: se você for ao programa de Ned Mount, eu posso acompanhá-la? Sou fã dele há muitos anos. The Big Event foi a trilha sonora da minha "juventude". No entanto, é necessário deixar bem claro que eu nunca poderei retribuir o seu favor, por conta da minha posição profissional na *An Garda Síochána*. Para dar um exemplo, se você um dia for pega ultrapassando algum limite de velocidade, eu não poderia intervir para anular a acusação. Você simplesmente teria de "aguentar o tranco".

— Enda, se eu realmente chegar a participar do programa de Ned Mount e estiver tudo bem com ele, você será bem-vindo para ir, e não haverá expectativa de eu receber algo em troca.

— Talvez eu possa lhe dar um conjunto completo de beleza da Body Shop.

— Não há necessidade, Enda, não há necessidade.

Eu desliguei e disse para Mannix:

— Sabe o programa de Ned Mount? Acho que vamos ter de alugar um ônibus.

Com a agitação dos preparativos para a viagem à Irlanda, a sensação de estranheza com Gilda foi esquecida. Houve apenas um momento, no dia seguinte ao nosso papo, quando eu abri a porta para ela, que vinha para a nossa aula de Pilates; nós nos olhamos com cautela.

— Ahn... A respeito do que aconteceu ontem... — começou ela.

— Por favor, Gilda, eu exagerei na reação...

— Não, eu sou uma idiota. Deveria ter pensado antes de falar.

— É que eu sou muito sensível com relação a Mannix. Entre. Eu sinto muito.

— Eu também sinto muitíssimo. — Ela entrou no saguão.

— Eu sinto ainda mais.

— Não, eu sou quem mais sinto.

— Não, eu é que sou.

Nós duas demos uma risadinha e então, de repente, as coisas ficaram numa boa novamente. Como Mannix tinha dito, o mundo estava cheio de mulheres jovens e lindas. Se eu olhasse para cada uma delas como uma ameaça, eu ficaria totalmente destruída.

— Entenda apenas — disse ela — que eu sou totalmente dedicada a você.

Eu percebi que realmente acreditava nela. Apesar de eu pagar pelos seus serviços, Gilda era minha amiga e muito mais. Ela me oferecera seu otimismo e entusiasmo, e fornecera soluções para problemas que iam muito além de sua área de atuação. Tinha demonstrado mais de uma vez o quanto se importava comigo.

— Está tudo bem — eu disse. — Estamos bem.

— Que alívio! Agora, e sobre essa sua viagem à Irlanda? Demais, hein? Posso ajudá-la na escolha das roupas para a turnê.

— Bem, eu vou ficar lá apenas por uma semana, vou visitar só Dublin e o tempo lá estará consistente. Quer dizer, consistentemente horrível, mas... Oh, desculpe, Gilda, isso soou ingrato. Obrigada. Sim, seria ótimo se você me ajudasse com as roupas.

* * *

— E então? — Ned Mount piscou para mim. — Você rezou muito quando estava na cama do hospital?

— Claro que sim. — Olhei em seus olhos perspicazes e inteligentes. — Mais ou menos do jeito que rezo antes de olhar a fatura do meu cartão de crédito!

Ned Mount riu, eu ri, a equipe de produção riu e os vinte e tantos homens que tinham insistido em me acompanhar à entrevista da rádio, e que estavam assistindo tudo com a avidez de crianças atrás do vidro à prova de som, também riram.

— Você foi muito corajosa — elogiou Ned Mount.

— Ah, não fui, não — falei. — A verdade é que as pessoas precisam tocar a vida em frente.

— Fomos inundados com tuítes positivos e muitos e-mails — anunciou ele. — Vou só ler alguns deles. "Stella Sweeney é uma mulher muito corajosa"; "Eu tive um derrame no ano passado e a história de Stella me dá esperanças de que vou melhorar"; "Estou adorando a atitude humilde e pragmática de Stella. Bem que precisávamos de um pouco mais de pessoas como ela neste país cheio de rabugentos e chorões". — Ned Mount completou: — Existem, literalmente, centenas de mensagens como essas, e eu preciso dizer que me sinto da mesma maneira.

— Obrigada — murmurei, morrendo de vergonha. — Obrigada.

— Esta é Stella Sweeney, caros ouvintes. Seu livro, do qual eu tenho certeza que vocês já ouviram falar, se chama *Uma piscada de cada vez*, e ela vai autografar exemplares na Eason's da O'Connell Street, no sábado às três da tarde. Voltaremos depois do intervalo.

Ele tirou os fones de ouvido e disse:

— Obrigado, foi ótimo.

— *Eu* é que agradeço E obrigada também... — lancei um olhar para Mannix, Ryan, Enda, até mesmo Roland e tio Peter, que estavam todos se apertando contra o vidro com olhares de clamor e súplica — por sair para dizer olá para os meus amigos.

— Sem problema. — Ned Mount se levantou. — Mais uma vez, meus parabéns. Eu não sei como você suportou todo aquele tempo no hospital. Você deve ser uma pessoa muito especial.

— Nada disso. Sou uma pessoa absurdamente comum. — Ruborizei e meu rosto ardeu de calor. — Agora, prepare-se! — avisei enquanto abria a porta, e uma multidão de homens despencou em cima dele.

Eu não conseguia parar de sorrir enquanto observava Enda Mulreid, que de forma sincera e calorosa tentava explicar a Ned Mount o que The Big Event tinha significado para a sua vida. Aparentemente, ele tinha perdido a virgindade ao som da canção *Pulando do penhasco*. Isso era algo que eu *não precisava* descobrir.

Apesar de eu ter descoberto detalhes indesejados sobre a vida sexual de Enda Mulreid, a viagem foi maravilhosa. Onde quer que fosse, as pessoas apareciam em massa e eu era celebrada por ter sobrevivido. Um dos críticos me chamou de "guru acidental". "Você nos dá esperança", eu vivia ouvindo. "Sua história nos traz esperança".

Fui ao programa *Saturday Night In*, onde Maurice McNice me descreveu como "a mulher que arrebatou os Estados Unidos de costa a costa", o que estava longe de ser verdade. Por um tempo, porém, eu entrei na onda daquela imagem ficcional, concordei com tudo e disse que sim, era maravilhoso ser um sucesso.

Mannix e eu ficamos no Merrion, onde eu comi e bebi o que me deu na telha, e o único exercício que eu fiz foi levantamento de taças para brindar com Mannix. Por uma semana eu fingi que Gilda não existia.

Claro que nem tudo foi positivo. Um jornal publicou uma crítica mordaz, com a manchete: "Um Paulo Coelho de saias?" Em uma das linhas mais venenosas, a crítica dizia: "Levei mais tempo para ler esse livro do que a autora para escrevê-lo".

Depois, minha participação no programa de Maurice McNice foi atacada por um jornalista de TV chamado William Fairey, que escreveu: "Mais uma mulher em crise de baixa autoestima usa a sua história 'triste' para tentar empurrar alguns livros para outras mulheres em crise de baixa autoestima".

Roland — que tinha ido visitar Mannix e eu no hotel — deu uma lida na crítica e riu.

— William Fairey é um idiota amargurado. Ele falhou em tudo, exceto em ser completamente amargo. Ele está tão abaixo de você, Stella! Está abaixo de todos nós. Está além do desprezo.

Em maio, Georgie fez uma rápida visita a Nova York. Ficou lá por dois dias, a caminho do Peru.

— Por que ela está indo pra lá? — quis saber Karen, pelo telefone.

— Para "se encontrar".

— Ah, por favor! — exclamou Karen. — O resto das pessoas tem de "encontrar a si mesmas" no bairro em que nasceram e foram criadas, mas as meninas chiques como ela só conseguem "se encontrar" viajando para outro continente e fazendo ioga no alto de montanhas, ao alvorecer. Será que ela vai ficar fora por muito tempo?

— Indefinidamente, segundo ela me contou.

— Mas então... Quem está gerenciando a loja dela?

— A mulher que sempre gerenciou.

— Bem, se Georgie alguma hora dessas precisar de ajuda — Karen se esforçou para soar como realmente não se importasse —, ou precisar de alguém para dar uma olhada nos números ou algo assim, eu poderia ajudá-la.

— Que bom.

— Como eu estou, mãe? Mannix? — perguntou Betsy.

Ela estava na porta da sala de estar. Usava um vestido longo de baile em cetim verde menta, coturnos e uma camisa xadrez de lenhador tamanho GG. Seu cabelo parecia selvagem e despenteado, e ela resolvera desenhar traços tortos e irregulares com lápis preto até a linha do cabelo. Mesmo assim, nada conseguia impedi-la de ser bonita.

— Você está fabulosa, querida — eu disse.

— Com certeza — ecoou Mannix. — Bom baile.

A campainha tocou e Betsy disse:

— O pessoal chegou!

O baile de formatura da Academy Manhattan não era tão meloso quanto o de outras escolas: os alunos eram "encorajados" a considerar aquela uma noite simples, sem limusines, sem corpetes nos vestidos nem casais pré-formados. Um restaurante típico alemão das redondezas tinha sido arrumado com mesas compridas e não havia nenhum lugar marcado, para que todos pudessem se amontoar ali e ninguém ser deixado de fora. Pelo que eu entendi, a Rainha do Baile ia ser um menino.

— Venha até a rua para me dar até logo — convidou Betsy. — E tire muitas fotos para podermos enviar para o papai.

Parada junto do meio-fio, no pôr do sol da tarde de maio, havia uma van laranja que havia sido contratada para a noite. Estava cheia de adolescentes, meninos e meninas. A porta lateral se abriu e eu tirei um monte de fotos. Pelo que pude ver, só uma pessoa tinha se dado ao trabalho de vestir um smoking — uma menina forte, cabelo penteado para trás, com olhos e lábios de vampiro.

— Entre, Betsy, entre! — Braços se estenderam com energia para agarrá-la e ela despencou no meio dos amigos. Logo, entre gargalhadas e guinchos agudos, a van foi embora.

Mannix os assistiu sair, com um olhar melancólico no rosto.

— Você vai chorar de novo? — perguntei.

A cerimônia para entrega de diploma de Betsy foi um pouco mais cedo, naquele dia, e Mannix tinha comparecido porque Ryan avisou que não poderia bancar o próprio voo. Quando Betsy estava no palco, aceitou o pergaminho enrolado e sorriu timidamente, com orgulho, eu tive certeza que vi uma pequena lágrima no olho de Mannix.

Ele negou, é claro, mas era em momentos como aquele que eu me lembrava do quanto, no passado, ele tinha planejado e sonhado com filhos que fossem dele.

— Shep — disse eu a ele, enquanto assistíamos a van seguir rua abaixo. — Você, eu e Shep, andando na praia. Concentre-se em Shep.

— Tudo bem — disse ele. — Shep.

Shep tinha se tornado a nossa palavra de conforto e segurança.

Voltamos para o apartamento e eu disse:

— Vou só enviar algumas dessas fotos para Ryan. É claro que, logo depois, ele vai me ligar pelo Skype para reclamar, enlouquecido, sobre a roupa pouco glamourosa de Betsy.

— Foda-se ele — disse Mannix, irritado. — Ela estava linda.

— Pronto, enviei as fotos. Eu diria que ele vai ligar em menos de cinco minutos.

— Eu aposto três.

Mannix ganhou. Em dois minutos e cinquenta e oito segundos, o rosto furioso de Ryan apareceu na tela.

— Esse é o baile de formatura dela! — gritou ele. — Que diabo era aquilo que ela estava usando?

— Ela está em busca de visual e estilo próprios. Deixa ela.

— Qual a legenda que apareceu em seu álbum de formatura?

Engoli em seco. Aquilo ia ser difícil.

— Ela foi eleita "a aluna com mais probabilidades de ser feliz".

Como eu já esperava, Ryan ficou frenético.

— Isso é uma vergonha! — rugiu ele, do outro lado do Atlântico. — Praticamente um insulto. Quem é que deseja ser feliz? Que tal bem-sucedido? Rico? Poderoso?

— Ser feliz é tão ruim?

— Ela ainda está com aquele plano de ser babá?

Betsy tinha provocado um aborrecimento profundo algumas semanas antes, ao esboçar seus planos futuros declarando que planejava ser babá.

— Isso não é uma carreira! — foi a minha reação.

— Ah, é mesmo? — Ela tinha mostrado uma determinação pouco usual. — A quem pertence a minha vida, exatamente?

— Betsy, você precisa cursar o ensino superior.

— Vamos encarar a realidade, mamãe: eu não sou a mais brilhante, pelo menos em termos acadêmicos.

— Você é brilhante, sim! É fluente em espanhol e japonês. E é extremamente talentosa em Arte e Design, foi seu professor que me disse isso. A culpa é minha — lamentei. — Chegamos muito tarde aos Estados Unidos para você começar sua preparação para uma escola da Ivy League. Nós deveríamos ter vindo um ano antes.

— Mãe, você está viajando? Mesmo que isso fizesse sentido... *Ivy League*? Eu nunca vou ser essa pessoa.

Eu não conseguia entender direito Betsy. Ela estava muito fora de sintonia com o resto de sua geração e, na verdade, com todo o mundo ocidental — não exibia o desejo arrebatador de todos para encontrar um emprego que pagasse montes de dinheiro.

Eu tinha passado a maior parte da minha vida preocupada com o futuro dela — e de Jeffrey. Mesmo quando estivera paralisada no hospital, devotara uma considerável quantidade de tempo para rezar, pedindo que Ryan estivesse supervisionando o desempenho escolar deles de forma correta. Mas nem a própria Betsy parecia se incomodar com isso. Não é que ela fosse preguiçosa, apenas estranhamente descontraída.

Eu me alternava entre ficar muito preocupada com minha filha e matutar se haveria algo de errado com o fato de ela estar realmente contente com a sua vida.

— Ela tirou da cabeça aquela ideia de ser babá — avisei a Ryan. — Ela diz que agora quer ser uma arteterapeuta.

— Arte? — ladrou ele.

Ryan tinha a mais estranha das atitudes quanto à possibilidade de algum dos filhos apresentar alguma aptidão para a arte. Eu nunca consegui decidir se ele queria ser o único artista na família ou se desprezava a arte por ter falhado nisso.

— Arteterapia — expliquei. — É uma coisa diferente. — Falei com um tom suave porque ainda tinha outra notícia desagradável para contar. — Ela foi muito bem na entrevista para duas universidades de artes liberais. Mas antes disso ela quer tirar um ano livre.

— Para fazer o quê, exatamente?

— Bem...

— Ah, não. Ela não está vindo para cá, está?

— Ryan, você é o pai dela. Ela sente saudades de você, sente falta de estar em casa. De qualquer forma, vai ser uma visita curta. Logo depois ela vai para a Ásia, vai passar três meses lá. Cinco outros colegas da sua turma também vão. Ela vai ficar bem.

— Santo Jesus crucificado! — ele murmurou. — E aquele outro cretininho é tão errado quanto ela.

O outro cretininho era o coitado do Jeffrey.

Era verdade que Jeffrey não conseguira encontrar seu rumo até agora, academicamente falando. Já tinha sido estabelecido que ele não era dono de um espírito especificamente "voltado para a matemática". O problema é que ele também não demonstrava exatamente um nível de excelência nas disciplinas humanas ou artísticas. Por insistência de Ryan, tentamos encaminhá-lo para o que ele chamava de carreiras "mais viris", como economia ou administração de empresas; só que nada disso tinha decolado, também. Houve um curto período em que Jeffrey demonstrara uma aptidão quase sobrenatural para aprender mandarim, mas isso também se mostrou apenas um momento fugaz e decepcionante.

— Eu dei tudo para essas crianças — lamentou Ryan. — São uns filhinhos da mãe ingratos, isso sim! E a culpa é sua! — disse ele. — Assuma de uma vez, diga isso para mim.

— A culpa é minha. Há uma coisa de que você vai gostar — anunciei. — Jeffrey arrumou um amigo rico. Ele foi convidado para ficar na casa deles em Nantucket por um mês.

— Rico, quanto?

— Alguém disse que o pai dele é dono de metade do estado de Illinois.

Não havia realmente nada negativo para Ryan reclamar a respeito disso, não importava o ângulo que abordasse. Foi por isso que, depois de uma despedida brusca, ele desligou.

Mannix balançou sua taça de vinho.

— Estou sentindo alguns tons de impertinência.

— Insolência, eu diria — atalhou Roland, estalando os lábios.

Enfiei o nariz na taça e declarei:

— Eu poderia afirmar que estou percebendo um indício minúsculo de... pura *grosseria*?

Mannix e eu estávamos de férias com Roland na região de vinhos, no norte da Califórnia.

No início de junho, Betsy tinha partido em sua viagem à Ásia via Irlanda, e Jeffrey tinha ido para Nantucket com seu novo amigo rico. De repente, Mannix e eu estávamos sozinhos em Nova York.

— É estranho estarmos aqui sem eles — disse Mannix.

— Eu sei. Mas é uma boa oportunidade para eu dar início ao segundo livro.

— Por que não saímos de férias? — propôs Mannix. — Só por uma semana?

— Sem chance. — Eu estava inflexível. Mantinha um olhar cauteloso no nosso dinheiro. Um quarto de milhão de dólares tinha me parecido uma quantia enorme no início, mas os gastos com o aluguel, os impostos e as despesas diárias da vida em Nova York eram pesados. Todos os tipos de despesas inesperadas tinham aparecido — como contratar uma governanta para cuidar das crianças enquanto eu estava em turnê, por exemplo — e o adiantamento recebido estava se desfazendo com muito mais rapidez do que eu tinha previsto.

— Você teve um ano difícil — disse Mannix. — Trabalhou muito duro; você precisa de um descanso.

— Eu sei, mas...

— Como você se sentiria sobre ir a algum lugar com Roland?

— Roland? — Eu praticamente gritei. — E onde Roland conseguiria arrumar dinheiro para tirar férias?

— Ele acabou de intermediar a venda de um prédio de escritórios e já pagou grande parte de suas dívidas. Também me disse que tem mais alguns negócios alinhados. E está se comportando muito bem, indo para seus encontros dos Devedores Anônimos...

Eu mordi meu lábio inferior.

— Só por uma semana — repetiu Mannix.

— Não estou concordando com coisa alguma, por enquanto, mas para onde iríamos?

— Para onde você quiser. — Ele deu de ombros. — A região do vinho da Califórnia, por exemplo?

— Isso seria bom? — perguntei, desconfiada.

— Eu diria que seria maravilhoso.

Ah, meu Deus, como eu estava tentada a aceitar!

— OK. — Fechei os olhos e os mantive apertados, com força. — Muito bem, vamos fazer isso!

Tudo se encaixou muito rapidamente. Nós nos encontramos com Roland em São Francisco, alugamos um carro e dirigimos rumo ao norte, parando em vinhedos e locais de preparo de alimentos artesanais durante os dias, e todas as noites nos hospedávamos em "pousadas" que eram, na realidade, hotéis 5 estrelas, mas com revestimentos em chintz. Eles tinham estábulos, restaurantes com estrelas Michelin e adegas privadas.

Foram momentos de felicidade pura — a luz do sol, os passeios diários através de belas paisagens e o prazer de ver Mannix tão feliz.

Roland era membro de alguns grupos secretos online, só de dicas gastronômicas — todas as manhãs ele informava ao GPS algumas coordenadas especiais e fazíamos passeios do tipo "mágicos e misteriosos" ao local onde algum padeiro em uma vila remota ainda moía sua farinha à mão, ou ao lugar onde dois irmãos usavam alguma técnica antiga e extraordinária para defumar bacon.

Eu não era uma apreciadora de comidas; não me importava se o pão vinha de uma fábrica enorme ou era fabricado a partir de um antigo moinho de água, mas cada nova aventura era mais divertida que a anterior. Roland era uma delícia, sempre muito positivo, sempre uma boa companhia, mas sem ser um daqueles artistas mordazes que precisavam de atenção constante.

Todas as noites, nas estalagens revestidas de chintz, nós provávamos cardápios muito elaborados, e lá Mannix e Roland tentavam me empurrar para fora da minha zona de conforto.

— Eu não posso acreditar que você nunca tenha experimentado ostras! — exclamaram na primeira noite.

— Nem pombo — confirmei. — Nem ovos de codorna. E não pretendo começar agora.

Eles tentaram me seduzir com pequenas quantidades em seus garfos, mas eu não iria ceder, especialmente quanto ao pombo. Então, em vez disso, eles decidiram me educar na apreciação de vinhos.

— Gire a bebida na taça. — Mannix me entregou uma taça imensa e redonda. — Espere alguns segundos e perceba as sensações que chegam até você.

— Isso tem cheiro de vinho — afirmei. — Vinho tinto, se você quer que eu seja realmente específica.

— Feche os olhos — sugeriu Roland. — Gire a bebida algumas vezes e diga em que ela faz você pensar.

— OK. — Eu a girei por alguns segundos e inalei profundamente. — Dentes faltando.

— O quê?

— Estou falando sério. Um sorriso arruinado. Poderia ter sido lindo, mas... Simplesmente não deu certo...

Abri os olhos. Os dois homens ainda estavam assustados e congelados, com o olhar grudado em mim. Suas posturas e expressões eram idênticas — mesmo que Roland estivesse trinta quilos acima do peso ideal e Mannix fosse magro e esbelto como um lobo, daria para qualquer um perceber que eles eram irmãos.

Mannix estendeu a mão para o copo, girou-o de leve e deu uma tossidinha dentro da taça.

— Ela tem razão. Há uma terrível tristeza nele.

— Isso é você que sente — disse Roland.

— Não senhor! Eu nunca estive mais feliz. Tente alguns goles você mesmo.

— Caramba. — Roland deixou o gole de vinho circular pela boca. — Você está absolutamente certa, Stella. Estou percebendo notas de solidão e um sabor residual de medo.

— Sonhos desfeitos — afirmei.

— Beleza perdida.

— Pneus furados — resumiu Mannix. — Todos os quatro. Cortados deliberadamente.

De repente estávamos em convulsões de riso; a impressão é que passamos a semana inteira rindo dessa maneira.

Cada taça de vinho que bebíamos se transformava num concurso para as descrições mais elaboradas e improváveis.

— Estou sentindo tons de couro de sapato.

— E pernas bambas de mesa.

— *Graffiti.*

— Ambição.

— Jaqueta de motorista de ônibus.

— Apendicite.

— Uma pitada de enxofre.

— Destroços de um naufrágio.

— E contêineres de um navio lançados ao mar?

— Nããão... Sim! Os contêineres estão chegando agora.

— Gilda vai me matar — declarei, depois de mais um jantar de cinco pratos.

— Sua dieta só será retomada na semana que vem — disse Roland. — Coma tudo.

— Você ainda está fazendo a caminhada nórdica na academia? — perguntei, um pouco hesitante.

— Não. — Ele assumiu um ar solene. — Fui obrigado a desistir quando quebrei a máquina e eles me impediram de voltar a frequentar a academia.

Eu bufei com uma risada involuntária.

Com toda a franqueza, parecia que ele tinha abandonado todos os exercícios. A figura, de certa forma esbelta, que ele tinha apresentado no Natal não existia mais. E no Meadowstone Ranch & Inn, quando os cavalariços viram Roland caminhando na direção deles com seu jeito lento e gingado, todos me pareceram nitidamente ansiosos.

— Você viu as expressões deles? — perguntou Roland. — Até os cavalos ficaram preocupados.

Lágrimas de riso escorreram pelo meu rosto.

— Vou começar a trabalhar com um novo *personal trainer* quando voltar para a Irlanda. — Ele ergueu a taça. — Por enquanto, porém, estamos aqui, neste lugar belíssimo, curtindo essa comida e esse vinho maravilhosos, e vamos apreciar tudo até o fim.

Mais tarde, quando já nos preparávamos para dormir, Mannix disse:

— Você está apaixonada pelo meu irmão.

— É claro que estou. Como alguém poderia não estar? Ele é fabuloso.

* * *

Aquelas foram as melhores férias de toda a minha vida, e quando nos despedimos de Roland no aeroporto de São Francisco eu tive de me esforçar muito para não chorar: as férias tinham acabado. Eu já deveria ter começado a escrever meu segundo livro e não tinha feito nada; e em duas semanas daria início a mais uma turnê de promoção do primeiro livro.

— Está tudo bem. — Mannix apertou minha mão com força. — Pense em Shep. Você, eu e Shep caminhando na praia. Nesse meio tempo, tenho certeza de que sua nova turnê não vai ser tão ruim quanto a última.

E não foi mesmo. Os dias de trabalho não começavam tão cedo, os horários não eram tão apertados e eu conseguia tirar um dia de descanso a cada seis dias de viagem.

Mannix e eu nos sentamos à mesa de reuniões em companhia de Bryce Bonesman e alguns dos vice-presidentes. O número de pessoas presentes era consideravelmente menor do que na última reunião de análise que tínhamos tido ali. Mais uma vez, não havia sinal de Phyllis.

— Sejam bem-vindos — saudou Bryce. — Alguns dos nossos colaboradores não puderam estar conosco hoje porque estamos na época de férias. A questão é que *Uma piscada de cada vez* não alcançou a lista dos mais vendidos dessa vez.

— Sinto muito — disse eu.

— Isso é muito ruim — afirmou Bryce. — Mas estamos supondo que é devido à época do ano; há uma quantidade absurdamente maior de livros publicados em julho, muito mais do que em março.

— Sinto muito — repeti.

— Nosso vice-presidente de vendas, Thoreson Gribble, não pôde estar conosco neste momento, mas seu relatório será enviado a todos — disse Bryce. — O ponto básico é que continuamos temporariamente esperançosos. O bastante para sugerir a vocês que continuem a ocupar o apartamento dos Skogell. — Eles vão permanecer na Ásia por mais um ano. Sua próxima turnê é em novembro, e é aí que todo o nosso trabalho duro irá aparecer. Quem sabe não será um best-seller do *New York Times* para as festas de fim de ano? Certo?

— ... Certo! Estou dentro do cronograma para entregar o meu segundo livro em fevereiro. — Bem, pelo menos eu já tinha começado a planejá-lo. Pensei num grande título. — Eu me forcei a falar com confiança. — No momento, estou chamando-o de *Aqui e agora*. Acho que isso vai servir de ponte entre a ideia da "plena atenção", o livro *O poder do agora* e todas essas coisas que estão na moda.

Com um esforço monumental, injetei positividade em minha voz:

— Vai ser ainda melhor do que *Uma piscada de cada vez*!

— Ótimo — disse Bryce. — Estou ansioso para lê-lo.

Na rua, o calor e a umidade do mês de agosto nos atingiram como um golpe. Imediatamente Mannix e eu começamos a falar ao mesmo tempo.

— Vou tirar mais um ano de folga do meu trabalho — anunciou ele.

— Mas...

— Está tudo bem. Estive pensando sobre tudo, e não podemos simplesmente abandonar o barco agora.

— Você tem certeza? — Eu me sentia culpada e infeliz.

— O problema é que se vamos alugar o apartamento dos Skogell por mais um ano, precisamos saber em que pé estamos, em questão de dinheiro. Precisamos conversar com Phyllis...

— Faz quanto tempo desde a última vez que um de nós realmente falou com ela?

Fazia séculos. Nenhum dos dois conseguiu se lembrar de quando tinha sido a última vez.

— Mas agora é diferente — afirmou Mannix. — Precisamos tomar decisões e você precisa de um novo contrato.

Assim que chegamos em casa eu liguei para Phyllis e a coloquei no viva voz. Ela atendeu na mesma hora.

— Sim? — Parecia mastigar alguma coisa, como se estivesse comendo macarrão.

— Oi, Phyllis, aqui é Stella. Stella Sweeney.

— Eu sei. — Definitivamente era macarrão. — Você acha que eu atenderia se não soubesse quem era? E aí, como vão as coisas?

— Nós acabamos de voltar de uma reunião com Bryce — disse eu. — Ele está muito entusiasmado. — Bem, ele não estava exatamente entusiasmado, mas eu aprendi que nos Estados Unidos era normal dar uma interpretação loucamente positiva sobre tudo. — Então, nós estávamos pensando, Mannix e eu, se você poderia conversar com Bryce sobre fazemos um novo contrato para o segundo livro?

— Não.

— Phyllis, me desculpe, mas Mannix e eu precisamos colocar nossa vida financeira em ordem.

Ela riu.

— Você é uma fofa! Então você acha que isso tem a ver com você? Isso não é sobre você. Isso tem a ver comigo e com a minha reputação. É o que chamamos de "impasse mexicano", querida. Esse não é o momento certo para piscar.

— Mas...

— Ei, eu não estou dizendo que eu não sinto muito por sua situação. Você não sabe se você deve renovar o contrato de aluguel por mais um ano, não sabe se deve manter seu filho aqui na escola. Mas agora não é o momento de ir até a Blisset Renown para tentar um novo acordo ou contrato. Se, pelo menos, você tivesse alcançado a lista dos mais vendidos dessa vez... — Seguiu-se uma pausa significativa e desagradável. — Olhe — voltou ela. — Bryce está apostando em uma nova turnê no outono. Ele continua gastando dinheiro e investindo recursos em você. Isso é um bom sinal. Mostra que a editora ainda não desistiu de você. Mas nada acontecerá antes da turnê.

— Então, o que devemos fazer?

— Você faça o que tiver de fazer... Volte para casa, para a Irlanda, ou fique aqui. Mas em relação a um novo contrato, teremos de esperar essa coisa toda se resolver com o tempo. Eu vou saber quando a hora certa chegar. Com certeza não é agora.

— Phyllis, eu... — Mas eu já estava falando apenas com o ar; ela já tinha desligado.

— Oh! — Eu me virei para Mannix.

Ele parecia tão chocado quanto eu.

— O que devemos fazer? — Minha cabeça estava girando.

Mannix respirou fundo.

— Vamos analisar os problemas. — Ele parecia estar fazendo um grande esforço para permanecer calmo. — O ponto mais importante da lista é Jeffrey e sua educação. Foi um grande trauma, para ele, ser arrancado da escola na Irlanda para cair de paraquedas numa nova instituição em Nova York. Ele tem feito o seu melhor para se adaptar aqui e está prestes a dar início ao seu importantíssimo último ano na escola, não podemos atrapalhá-lo nesse seu momento delicado.

— Obrigada — disse eu. — Obrigada por fazer de Jeffrey uma prioridade.

— De nada.

— Outros fatores?... — propus. — Eu não tenho um trabalho para o qual voltar, e há inquilinos na minha casa em Dublin, então nós não teríamos lugar algum onde morar.

— E todos os meus pacientes foram realocados. Levaria um bom tempo até eu montar um novo consultório e conseguir novos clientes.

Depois de um silêncio longo e ansioso, Mannix disse:

— Vamos analisar as coisas de outra forma: temos dinheiro suficiente para viver aqui por mais um ano.

— Se formos cuidadosos. E *seremos* cuidadosos — afirmei, com ar determinado. — Não haverá mais viagens de férias. Não haverá mais Gilda. Não haverá mais nada. Só que... Oh, Deus, Mannix, e se descobrirmos, em fevereiro, que eles não querem mais um livro meu? E se *Uma piscada de cada vez* não vender o suficiente? Eles não vão querer um segundo livro igualzinho. Devo fazer com que o próximo seja melhor que o primeiro. Minha nossa! — Enterrei o rosto nas mãos. Eu odiava insegurança financeira mais do que qualquer coisa.

— Não podemos pensar dessa forma. E Bryce estava esperançoso na reunião — Mannix lembrou.

— *Temporariamente* esperançoso.

— Esperançoso o bastante para bancar uma nova turnê para você em novembro. Eu acho que devemos ficar. Vamos lá, Stella, vamos apostar na positividade. Vamos simplesmente decidir colocar as preocupações de lado.

— Você passou por um transplante de personalidade?

Mas Mannix estava certo. Nós já havíamos chegado até ali. Tínhamos investido muito em termos emocionais, e também muito em termos financeiros ali em Nova York. A porta de nossa antiga vida tinha se fechado completamente, muito mais do que tínhamos imaginado. Nós não poderíamos voltar.

De repente, o verão terminou, chegou setembro e Jeffrey estava de volta na escola para cursar seu último ano.

Eu dei a Gilda a notícia de que não poderia me dar ao luxo de pagar pelos serviços dela por mais tempo, mas ela se manteve inflexível e quis que continuássemos a correr juntas quatro vezes por semana.

— Nós somos amigas, não somos? — perguntou ela.

— Sim, mas...

— Eu gosto de correr e prefiro ter companhia.

Hesitei, mas acabei cedendo.

— OK, obrigada, então. Mas se alguma vez eu tiver a oportunidade de pagar a você por tudo, de algum modo, eu farei isso.

— Como eu disse, nós somos amigas.

Betsy voltou da Ásia e não conseguiu um emprego em que não fizesse nada. Até que de algum modo, como um milagre, Gilda arrumou para ela um estágio numa galeria de arte. O trabalho não era remunerado, mas tinha uma vaga relação com os planos de Betsy para estudar arteterapia, por isso a minha preocupação diminuiu.

O proprietário da galeria era um homem cadavérico, sempre vestido de preto, chamado Joss Wootten. Segundo o Google, ele tinha sessenta e oito anos e eu levei algum tempo para perceber — mais do que todas as outras pessoas — que ele era namorado de Gilda.

— Putz, mãe! — exclamou Betsy. — De que outro jeito você acha que eu iria conseguir esse estágio?

— Caramba! — murmurei.

Qual era o lance de Gilda com os homens mais velhos?

Cuidadosamente eu abordei o assunto do que a tinha atraído em Joss.

— Ele é muito interessante — disse ela, com ar sonhador.

— Como Laszlo Jellico? — perguntei, desesperada para entender. — Ele também era interessante?

Seu rosto ficou sem expressão e ela disse:

— Ele era o tipo errado de interessante.

— Ah, então tá... — disse. — Desculpe. — Eu percebi que não deveria tocar mais naquele assunto.

Eu estava fazendo progressos com o segundo livro, que era exatamente o mesmo tipo de coisa que *Uma piscada de cada vez*. Em todas as conversas que tinha com as pessoas eu me concentrava até a cabeça doer, aguardando desesperadamente o momento em que ouviria palavras de sabedoria cotidiana. Ligava muito para papai e tentava fazer com que ele se lembrasse das coisas que a vovó Locke costumava dizer. Eu já tinha cerca de trinta ditados que poderiam funcionar, mas precisava de sessenta.

Ruben ainda me mantinha muito ocupada — todos os dias eu tinha que publicar alguma coisa no blog e tuitar uma trivialidade sábia e reconfortante, mas isso era complicado porque qualquer coisa decente que vinha à minha cabeça eu queria guardar para o segundo livro. Então Ruben me fez abrir uma conta no Instagram.

— Siga a linha "conforto e aconchegos" — sugeriu ele. — Publique imagens de alvoradas e mãozinhas de bebês.

Esse tipo de coisa não tinha absolutamente nada a ver comigo — eu preferiria mil vezes mostrar sapatos bonitos e unhas perfeitas —, mas Ruben repetiu:

— Não se trata de quem você é, e sim de *quem* nós vamos decidir que você é.

A salvação veio de Gilda, que ofereceu:

— Eu vou fazer isso. E seu material para o Twitter também. E escrever o seu blog, se você quiser.

— Mas...

— Eu sei. Você não pode me pagar. Tudo bem.

Entrei em conflito com a minha consciência naquela situação, mas logo desisti, porque eu simplesmente não conseguiria lidar com a torrente de exigências de Ruben.

— Um dia, de algum modo, sua bondade vai trilhar o caminho de volta até você.

— Ora, por favor. — Ela abanou o ar diante da minha gratidão. — Isso não me custa nada.

A exigência de Ruben para artigos permaneceu implacável. E não havia um hospital, uma escola ou um local de reabilitação física na área metropolitana de Nova York para onde eu não tenha sido despachada para dar uma palestra (basicamente qualquer lugar onde não ficasse muito caro eles me enviarem).

Foi mais ou menos no fim de outubro que Betsy conheceu Chad. Ele visitou a galeria e declarou, na maior cara de pau, que compraria uma das instalações em exibição ali se ela saísse com ele.

Fiquei chocada e preocupada: ele parecia absurdamente errado para Betsy. Era muito mais velho — só cinco anos mais novo que eu — muito mercenário e muito sarcástico.

Era um advogado, corporativo até o osso. Trabalhava doze horas por dia e levava uma vida de ternos de grife, limusines, restaurantes caros e escuros.

— O que faz com que você goste dele, querida? — perguntei, cautelosa. — Ele faz você rir? Faz você se sentir segura?

— Ah, não. — Ela estremeceu. — Ele me *emociona*.

Olhei para ela, levemente horrorizada.

— Eu sei — concordou Betsy. — Eu não sou exatamente o tipo dele. Mas Chad está passando por sua fase de garotas excêntricas.

— ... E quanto a você?

— E eu estou na minha fase de relacionamentos com advogados mais velhos. Está tudo ótimo!

Eu levantei uma pilha de calças *legging* em busca de meu estojo de maquiagem. Gilda tinha montado um kit sob medida para mim com todas as sombras, *blushes*, corretivos e brilhos labiais que eu iria precisar na minha turnê de três semanas, mas eu não conseguia encontrá-lo. As roupas estavam por toda parte, espalhadas em cima da cama, sobre a cômoda e na mala jogada no chão. Dei uma olhada em uma gaveta. Não estava lá. Era melhor aquilo aparecer logo, porque nós iríamos viajar no dia seguinte. Talvez eu tivesse deixado o estojo em outro cômodo.

Corri para a sala, onde Mannix estava e perguntei:

— Você viu meu...?

Na mesma hora eu percebi que havia algo terrivelmente errado. Ele estava sentado diante de sua mesa com a cabeça entre as mãos.

— Mannix?... Querido...?

Ele se virou para mim. Seu rosto estava lívido.

— Roland teve um AVC.

Corri para junto dele.

— Como é que você sabe?

— Hero acabou de me ligar. Ela ainda não sabia detalhes exatos, mas disse que era muito sério. — Ele pegou o telefone. — Vou ligar para Rosemary Rozelaar. Pelo que eu soube, ele está sob os cuidados dela.

Nossa... Que mundo pequeno.

— Rosemary? — disse Mannix. — Coloque-me a par de tudo. — Ele rabiscou furiosamente algumas coisas em seu bloco de anotações, até que finalmente a página rasgou. — Tomografia computadorizada? Ressonância magnética? Apresentou algum tipo de ptose? Perda de consciência? *Completa*? Por quanto tempo? Merda! Alguma cascata isquêmica?

Eu não entendia a maioria das palavras. Tudo o que conhecia sobre derrames era um anúncio de televisão horrível que focava na RAPIDEZ, e ressaltava a questão de que a vítima tinha de receber tratamento de forma *imediata*, a fim de haver a mínima garantia de algum tipo de resultado decente.

Mannix desligou.

— Ele teve um AVC isquêmico, seguido de uma cascata isquêmica.

Eu não fazia ideia do que isso significava, mas deixei que ele falasse.

— Com que rapidez ele chegou ao hospital? — perguntei.

— Não foi rápido o suficiente. Não conseguiram levá-lo nas primeiras três horas, que são as mais críticas. Seu ritmo cardíaco está anormal, e isso sugere fibrilação atrial.

— O que isso significa?

— Significa... — O médico dentro dele tentava conversar com a leiga que eu era. — Significa que Roland pode ter um ataque cardíaco. Mesmo sem essa complicação, porém, ele está em estado de coma. O que quer aconteça nos próximos três dias é o que conta.

— O que você quer dizer?

— Se não houver alguma indicação de atividade normal no tronco encefálico, ele não vai sobreviver.

Eu estava chocada; mas aquela não era a minha tragédia, aquela era a hora de ser forte.

— OK. — Eu assumi o comando. — Vamos para a Irlanda agora mesmo. Vou procurar os horários de voo.

— Não podemos fazer isso. Você não pode cancelar sua turnê.

— E você não pode deixar de ir para a Irlanda.

Olhamos um para o outro, paralisados pela singularidade da nossa situação. Nós não tínhamos nenhum roteiro, nenhum mapa, nenhuma ideia de como nos comportar.

— Vá para a Irlanda — disse eu. — Vá cuidar do seu irmão. Eu vou sair em turnê. Vou ficar bem.

Eu estava pensando que talvez Betsy pudesse ir comigo. Isto é, se eu conseguisse convencê-la a sair de perto de Chad. Ela já estava praticamente morando em seu apartamento no centro da cidade, e nós quase não a víamos mais nos últimos tempos.

Foi então que a campainha tocou. Era Gilda, que tinha ido me levar algumas roupas em caxemira drapeado que faziam parte do guarda-roupa da turnê, que ela me preparara.

— Consegui um em azul! Ele vai funcionar muito bem com o seu cabelo, mas depois eu achei esse aqui, castanho-avermelhado, e pensei que talvez...? O que aconteceu?

— O irmão de Mannix acabou de sofrer um derrame. A situação dele é muito grave. Precisamos conseguir que Mannix vá para a Irlanda o mais depressa possível.

— E quanto a você? — perguntou Gilda. — Você ainda vai sair em turnê?

— Está tudo bem — respondi. — Vou pedir a Betsy para vir comigo.

— Eu vou — ofereceu Gilda. — Serei sua assistente.

— Gilda, sua oferta é muito generosa, mas eu não tenho dinheiro para pagar pelo seu trabalho.

— Deixe-me falar com Bryce.

— Gilda... Vão ser três semanas. Dezoito horas por dia...

— Deixe-me falar com Bryce.

— OK. Mas...

— Não se preocupe — disse Gilda, olhando para Mannix. — Eu vou cuidar dela.

— Você tem o celular de Bryce? — perguntei.

— Tenho, sim. Desde quando eu estava saindo com Laszlo.

— ... Ah. Tudo bem...

Eu tinha acabado de me despedir de Mannix no aeroporto de Newark quando Gilda ligou.

— A Blisset Renown vai me pagar. Já está tudo combinado.

— Como assim?

— Simplesmente está.

— Nada. — A voz de Mannix ecoou na linha. — Absolutamente nenhuma resposta até agora.

— Mantenha a esperança — disse. — Ainda há tempo. — Fazia dois dias desde que Roland tinha tido o derrame.

— Mamãe e papai chegaram da França.

Engoli em seco. Se os pais deles tinham aparecido, era porque as coisas deviam ser realmente graves.

— Vamos fazer mais uma ressonância magnética hoje mais tarde — disse Mannix. — Talvez apareça alguma atividade no tronco encefálico.

— Cruze os dedos — sugeri.

— Sinto falta de você — disse ele.

— Eu sinto saudades suas também.

Eu queria dizer a ele que o amava, mas dizer algo assim naquele momento, pelo telefone e nessas circunstâncias, poderia parecer uma declaração feita por pena.

Eu decidi dar tanta importância ao momento de dizer aquelas palavras que isso tinha me colocado contra a parede. Eu costumava dizer a mim mesma, o tempo todo, que a situação tinha de ser a mais adequada, e percebia agora que o momento perfeito nunca existiria.

— Como vão as coisas com você? — perguntou ele — Já soube que Gilda está realmente fazendo você se exercitar. Não dá mais para simplesmente deitar no chão e respirar com jeito ofegante ao telefone, como fez nas outras duas turnês.

— Como você sabe disso?

— Ela ligou para me fazer um relatório completo do seu progresso. Ouça, Stella, se você não for capaz de correr sem que isso atrapalhe o resto do trabalho, simplesmente abra o jogo com ela. Então, em que cidade vocês estão agora?

— Baltimore, eu acho. Estamos prestes a ir a um jantar beneficente.

— Ligue para mim quando você voltar, antes de dormir.

— Tudo bem, eu ligo. E me prometa que vai tentar ser positivo.

— Prometo.

Em cada conversa que tinha com Mannix eu me esforçava para soar otimista, mas, na verdade, eu me sentia doente de tanta preocupação.

E se Roland morresse? Eu me sentia inundada de tristeza com a ideia de um mundo sem Roland. Ele era uma pessoa muito especial.

... Apesar de ser uma pessoa especial com um monte de dívidas. Alguém ia ter que pagá-las. Meus pensamentos egoístas foram fugazes, mas me deixaram envergonhada.

E como ficaria Mannix se Roland não conseguisse sobreviver? Como ele lidaria com a morte da pessoa que mais amava no mundo?

Mesmo que o irmão não morresse, sua recuperação seria prolongada e muito cara. Como faríamos para lidar isso?

Refleti que alguém deveria ter alertado Roland de que viver como ele vivia, em permanente estado de excesso de peso, não era uma boa ideia. Mas quando as pessoas viam o quanto ele era engraçado e inteligente, entendiam que dizer isso seria como chutar um filhote de cachorro. E só Deus sabe o quanto ele tentara emagrecer. Trabalhava com um *personal trainer* desde que tinha voltado das suas férias na Califórnia.

Eu suspirei, deslizei os pés para dentro dos meus saltos altos, peguei minha bolsa e bati na porta que ligava o meu quarto ao de Gilda. Depois de um segundo, entrei.

— Oh! — Ela estava trabalhando em seu laptop e, muito rapidamente, o fechou.

— Desculpe. — Parei onde estava na mesma hora. — Eu bati. Pensei que você tivesse escutado.

— Não... Tudo bem.

— Desculpe — repeti, recuando em direção à porta. — Vou apenas... — Por favor, me avise quando você estiver pronta.

Eu me perguntei por que ela estava sendo tão reservada, mas a verdade é que ela tinha todo o direito a uma vida pessoal.

— Não, Stella, espere — disse ela. — Eu estou agindo como uma idiota. Há uma... uma espécie de projeto em que eu estava trabalhando. Se eu mostrar a você, prometa que não vai rir.

— É claro que eu não vou rir. — Mas eu teria dito qualquer coisa para que ela me mostrasse, porque estava morrendo de curiosidade para saber o que andava acontecendo.

Ela apertou uma tecla no laptop e uma página colorida ganhou vida. Ali dizia: *O melhor de você: saúde perfeita para mulheres dos dez aos cem anos de idade*, de Gilda Ashley.

— Oh meu Deus, é um livro. — Eu estava atônita.

— É só uma coisinha com a qual eu ando brincando e...

— Posso olhar?

— Claro!

Ela me deu o laptop e eu dei uma passada de olhos pelas páginas. Cada capítulo focava em uma década na vida de uma mulher, a alimentação e o exercício corretos, as mudanças no corpo que deviam ser esperadas e as melhores formas para enfrentar doenças específicas, conforme a década. Cada uma delas tinha um fundo de página em uma cor linda e as informações estavam espalhadas pelas páginas em círculos simpáticos, ou lindas e discretas colunas laterais.

O layout era fabuloso. Nenhuma página estava lotada de textos, e as fontes usadas mudavam à medida que as décadas avançavam, começando com uma fonte quase infantil para as adolescentes e ficando mais elegante para as décadas dos trinta, quarenta e cinquenta; em seguida as letras se tornavam maiores e mais fáceis de ler a partir dos sessenta.

— É brilhante! — elogiei.

— Está quase pronto — disse ela, timidamente. — Mas ainda está faltando alguma coisa.

— Está ótimo — insisti.

Sua simplicidade era o que o tornava tão perfeito — as pessoas desanimavam diante de livros pesados com textos densos. Aquele era acessível e muito informativo. Além do mais, com suas belas cores e ilustrações habilmente espalhadas, era tudo basicamente otimista.

— Os gráficos são surpreendentes — disse eu.

Ela se contorceu, meio sem graça.

— Joss me ajudou um pouco com eles. Bem, me ajudou *muito*.

— Há quanto tempo você vem trabalhando nisso?

— Ah, faz um tempão... Pelo menos um ano. Mas tudo só começou realmente a tomar forma depois que eu conheci Joss. Escute, Stella, você se importa com isso?

Tive de admitir que eu realmente me senti *abalada*. Em parte porque ela tinha mantido tudo em segredo de mim. Mas eu só estava sendo infantil. *E também* mesquinha. Por que Gilda não deveria escrever um livro? Aquilo não era uma disputa onde só um poderia ganhar; não existia um número limitado de pessoas com autorização para ser escritores. Afinal de contas, tinha sido um ridículo golpe de sorte *eu* ter conseguido o contrato para lançar um livro, para começo de conversa.

— Eu não me importo — obriguei-me a dizer. — Gilda, isso é bom o bastante para ser publicado. Você gostaria que eu o mostrasse a Phyllis?

— Phyllis? Aquela mulher louca que não gosta de contato físico com as pessoas e rouba cupcakes para seus gatos? Não, obrigada.

Nós duas começamos a rir, mas eu não consegui sustentar as risadas por muito tempo.

— Gilda? — perguntei, hesitante. — Você já conheceu outros agentes literários, não é verdade? — Eu estava tentando fazer uma sutil alusão ao seu tempo com Laszlo Jellico, sem a deixar chateada. — Eles todos são tão difíceis quanto Phyllis?

— Você está perguntando a sério? Ela é louca. Ser um pouco excêntrico, eu entendo; isso pode ser divertido, e muitos agentes são um pouco maluquinhos. Mas ela é horrível. Você não teve muita sorte, porque foi obrigada a tomar uma decisão rápida. Se tivesse mais tempo, poderia ter conversado com vários outros agentes até encontrar algum legal.

— Mannix diz que eu não tenho que gostar dela. Fala que são apenas negócios.

— Nesse ponto ele tem razão — disse ela. — Mas posso lhe dizer o que é mais louco nessa história?

— Pode — eu disse, nervosa.

— Mannix seria um excelente agente literário.

No terceiro dia do coma, houve um lampejo de resposta do tronco encefá-lico de Roland. Mas toda e qualquer celebração seria prematura.

— Há noventa por cento de chance de ele não sobreviver — Mannix me disse. — E, caso consiga, será um longo caminho de volta.

Gilda e eu enfrentamos com bravura a nova turnê do livro: Chicago, Baltimore, Denver, Tallahassee... No quinto dia, eu tive que parar de me exercitar.

— Eu vou morrer, Gilda. Sinto muito, mas eu vou.

Fiz minhas entrevistas, palestras e sessões de autógrafos no piloto auto-mático. Gilda foi uma dádiva de Deus. Quase sempre ela me lembrava de quem eu era e do que estava fazendo ali.

Eu morria de saudades de Mannix, só que, sempre que conseguia conversar com ele, parecia que ele mal estava presente. De vez em quando ele tentava se conectar comigo, dizendo algo do tipo: "Gilda me contou que havia muita gente na sua apresentação de ontem". Mas o seu coração não estava na conversa.

Ao longo de onze dias, Roland sofreu três paradas cardíacas. Em cada uma delas, todos esperavam que fosse morrer, mas ele se aguentava firme, milagrosamente.

A turnê se encerrou. Gilda e eu voltamos para Nova York e eu queria voltar na mesma hora para a Irlanda, para ficar com Mannix, mas Jeffrey precisava de mim ainda mais. Esperanza e uma babá tinham tomado conta dele durante os dias da minha turnê, mas viajar novamente tão cedo para longe do ninho faria com que ele se sentisse abandonado. Eu brincava com a ideia de tirá-lo das aulas duas semanas antes de o semestre terminar, para nós dois podermos ir à Irlanda, mas seria errado ele interromper a escola.

Sempre que Mannix conseguia algum tempo longe do hospital ele falava comigo pelo Skype. Eu tentava ser positiva e manter o coração leve.

— Pense em Shep, Mannix. Você, eu e Shep brincando na praia. — Só que eu nunca conseguia fazê-lo sorrir; sua preocupação o tornara inacessível.

Betsy entrava e saía de nossas vidas continuamente, trazendo presentes estranhos como caixas de doce marrom-glacê embrulhadas em fitas exuberantes.

— Chad abriu uma conta em meu nome na Bergdorf Goodman — disse ela. — Agora eu tenho duas assistentes pessoais para compras. Estou dando uma repaginada total na minha imagem, desde a ponta do cabelo até a roupa de baixo.

— Betsy! — Eu estava chocada. — Você não é uma boneca...

— Mãe! — Ela me lançou um olhar do tipo "de mulher para mulher" — Já sou adulta. E estou me divertindo.

— Você tem só dezoito anos.

— Quem tem dezoito anos já é adulto.

— Esse doce é nojento. — Jeffrey havia abandonado seu marrom-glacê. — Parece grão-de-bico.

— Eu acho que isso é *realmente feito* com grão-de-bico — disse Betsy. — Grão-de-bico doce.

Senti vontade de chorar. Tanto dinheiro gasto na sua educação para a minha filha se transformar no brinquedinho de um homem rico, uma jovem que achava que castanhas e grãos-de-bico eram a mesma coisa.

Na festa de fim de ano da Blisset Renown eu esbarrei em Phyllis.

— Onde está Mannix? — quis saber ela.

— Não está aqui.

— Ah, não?

— Foi para a Irlanda.

— É mesmo?

Recusei-me a dar mais explicações: Phyllis tinha tido muitas oportunidades para se manter atualizada sobre a minha vida e não se preocupara com isso.

— Ouvi dizer que a sua Betsy está circulando por toda a cidade em companhia de um homem com o dobro da idade dela.

— Como você sabe *disso*?

Ela piscou para mim.

— E como está aquele seu filho que vive com raiva? Jeffrey?

Suspirei e cedi.

— Continua com raiva.

— Vi em minha agenda que o prazo para você entregar seu segundo livro para a Blisset Renown é dia primeiro de fevereiro. Você vai conseguir?

— Vou.

— O livro é bom?

Será que era? Eu tentei fazer o melhor que consegui.

— Sim, é bom.

— Pois então, aumente a sua aposta — aconselhou ela. — Torne-o grande.

— Boas festas, Phyllis.

Eu caí fora. Estava procurando por Ruben e eu encontrei-o junto de uma bandeja de ceviche.

— Ruben?

— Sim?

— Eu estava me perguntando... Você sabe tem notícia sobre as venda do meu livro?

— Sei, sim. Estão muito ruins.

— *Uma piscada de cada vez* não alcançou a lista?

— Não dessa vez. Ei, essas coisas acontecem.

— Eu sinto muito. — Eu me sentia aleijada de tanta culpa.

Eu não poderia contar isso a Mannix; ele já tinha muito com o que se preocupar. Mais tarde, porém, eu liguei para Gilda e ela ficou chocada.

— *Você* perguntou a Ruben? *Você?* Stella, nunca faça essa pergunta. Se o seu livro tivesse alcançado a lista dos mais vendidos, acredite em mim, vinte pessoas diferentes teriam ligado para você, cada uma delas querendo um pouco de crédito pelo sucesso.

No dia em que a Academy Manhattan fechou para o recesso de Natal e Ano Novo, eu fui para a Irlanda com Betsy e Jeffrey.

As crianças ficaram com Ryan e eu fiquei no apartamento de Roland, com Mannix. Só que ele quase nunca estava lá; praticamente tinha se mudado para o hospital.

Mannix tinha dito que Roland fizera alguns progressos, mas na primeira vez que o visitei fiquei chocada. Ele estava consciente, o olho direito estava aberto, mas o lado esquerdo tinha ficado paralisado e um fluxo constante de baba escorria pelo lado esquerdo da boca.

— Oi, querido — sussurrei, e caminhei na ponta dos pés em sua direção.

— Você deixou todos nós muito preocupados.

Cuidadosamente eu escolhi um caminho seguro pelo meio dos tubos e fios que estavam conectados nele, para poder beijar sua testa.

Um som veio de Roland, como um grito fraco. Aquilo foi tão patético e estranho, que me assustou.

— Reaja ao que ele disse — incentivou Mannix, olhando para mim e quase impaciente.

— Mas... O que ele disse?

— Que você está linda.

— Estou? — Forçando a alegria em minha voz. Eu disse: — Muito obrigada. Para ser franca, eu já vi você com melhor aparência.

Roland uivou novamente e eu olhei para Mannix.

— Ele está perguntando como foi a sua turnê.

— Boa!

Sentei-me e tentei inventar histórias divertidas, mas aquilo era horrível. Eu sabia, por experiência própria, como era infernal se sentir incapaz de falar. E devia ser muito, muito mais difícil para uma pessoa tão articulada como Roland.

Tentei não demonstrar meu desconforto. Mas eu estava tendo flashes e lembranças do meu tempo no hospital, e tinha certeza de que Roland estava profundamente envergonhado por sua condição.

— Ele está muito contente por ver você — insistiu Mannix.

Em cada um dos dez dias em que eu estive na Irlanda, sentei-me ao lado de Roland e lhe contei histórias. Quando eu chegava ao final do relato ele sempre soltava um de seus uivos terríveis, e a única pessoa que conseguia entender a mensagem era Mannix.

Rosemary Rozelaar era a neurologista de Roland, mas claramente cedeu todo o controle da situação para Mannix, que estava em seu ambiente, movendo-se em torno de cama de Roland, dia e noite, analisando mapeamentos e tomografias do seu cérebro.

Os pais de Mannix ainda estavam na Irlanda e apareciam de vez em quando no hospital. Eles sempre me davam a impressão de que tinham acabado de sair de alguma festa e estavam a caminho de casa; traziam gim num frasco elegante, colocavam-no na cabeceira de Roland e tomavam a bebida o tempo todo, em copinhos de plástico.

Eu nunca deixava de me preocupar com as dívidas de Roland; a lembrança penetrava meus pensamentos como uma pedra no meu sapato. Ao longo dos últimos dois anos, ele tinha quitado muito do dinheiro que devia, mas continuava a dever milhares e milhares de euros, e não havia a mínima chance de ele voltar a trabalhar durante um tempo muito, muito longo.

Eu queria trazer esse assunto à tona porque, no final, aquilo certamente provocaria um impacto considerável sobre Mannix e sobre mim, mas não queria jogar mais preocupações em cima de Mannix.

Depois de algum tempo, ele mesmo tocou no assunto. Uma manhã rara em que estávamos na cama, ele não pulou assim que acordou e foi direto para o hospital. Em vez disso, disse:

— Precisamos conversar sobre dinheiro.

— Quem? Nós?

— O quê? Não, quero falar sobre as dívidas de Roland. Eu, Rosa e Hero. E mamãe e papai, talvez eles também possam ajudar. Estivemos em negação, mas precisamos de algum tipo de reunião de família. O problema é que cada um de nós está quebrado.

— Mas quando eu entregar o novo livro em fevereiro...

— Não podemos usar o seu dinheiro para pagar as dívidas do meu irmão.

— Mas é o *nosso* dinheiro. Seu e meu.

Ele balançou a cabeça.

— Não vamos entrar nisso, por favor. Vamos ver que outras ideias nós podem surgir. Muito bem, agora eu vou tomar uma ducha.

Ele estava no meio do quarto quando seu celular, que ele tinha deixado em cima da mesinha de cabeceira, tocou. Ele suspirou.

— Quem é?

Peguei o aparelho e olhei para a tela.

— Hã? É Gilda.

— Não precisa atender.

— Por que ela está ligando para você?

— Está só querendo saber de Roland.

— Ah. Tudo bem...

Dois dias antes da Academy Manhattan reabrir após o recesso de fim de ano, Betsy, Jeffrey e eu estávamos prontos para voltar a Nova York.

— Eu não posso sair daqui — disse Mannix para mim. — Ainda não. Pelo menos, não até que ele esteja estabilizado.

— Leve o tempo que precisar.

Eu queria estar com Mannix; sentia muito a sua falta, seus conselhos, tudo a respeito dele, mas estava tentando me comportar como uma pessoa melhor e mais generosa.

Mannix nos levou até o aeroporto e o pensamento de voltar para Nova York sem ele se tornou, de repente, sufocante. Eu o amava muito. Eu o amava tanto que doía, e sabia que precisava dizer isso a ele. Já deveria ter dito há muito tempo.

No caos pós-feriados do saguão de embarque, Mannix empurrava o nosso carrinho de bagagem até o balcão de *check-in*.

— Entrem na fila, crianças — falei a Betsy e Jeffrey, e puxei Mannix para um canto discreto.

— Mannix — comecei.

— Sim.

— Eu...

O celular começou a tocar. Ele olhou para a tela.

— É melhor eu atender.

— Rosa? — disse ele. — Certo. Ok. — Mas *esteja* lá, por favor, Nós nos veremos, então.

— Está tudo bem? — perguntei.

— Rosa está tentando se esquivar da conversa sobre o dinheiro de Roland. Ou a falta de dinheiro, na verdade. É melhor eu ir. Tenha um bom voo. Ligue para mim assim que aterrissar.

Ele me beijou rapidamente na boca. Em seguida ele se virou e foi engolido instantaneamente pela multidão. Eu fiquei petrificada ali no mesmo lugar, acometida pelo terror de que nosso momento tivesse chegado e logo depois tivesse ido embora. Que de alguma forma a melhor parte da nossa história já tinha acontecido, enquanto eu esperava chegar lá, e agora já estávamos indo ladeira abaixo.

O mês de janeiro em Nova York foi de neve, mas muito tranquilo. A promoção para *Uma piscada de cada vez* tinha finalmente terminado e os meus dias pareciam estranhamente calmos. Além de ir ao cinema tipo uma vez por semana, com Gilda, eu não tinha vida social. Trabalhava muito em *Aqui e agora*, mas o ponto alto de cada dia era a ligação de Mannix pelo celular ou pelo Skype. Parecia que a condição de Roland estava começando a se estabilizar. Eu sempre queria perguntar a Mannix quando é que ele ia voltar para Nova York, mas nunca conseguia. Também ficava sem jeito de interrogá-lo sobre as finanças de Roland. Eu sabia que eles tinham promovido a sua discussão familiar, e se Mannix estava muito estressado para me contar sobre os resultados, eu teria que compreender.

Na última semana de janeiro, recebi um telefonema inesperado de Phyllis.

— Como está o novo livro? — quis saber ela.

— Acabou, finalmente. Está pronto. Estou brincando com ele.

— Por que você não vem me ver? Hoje mesmo. Traga o manuscrito.

— Tudo bem.

Eu bem que poderia resolver logo isso. Não estava fazendo mais nada mesmo.

* * *

Quando entrei no escritório de Phyllis, a primeira coisa que ela me perguntou foi:

— Onde está Mannix?

— Na Irlanda.

— O quê? Novamente?

— Não. Ainda.

— Oooooh. — Aquela era uma informação que ela não tinha, e eu não estava com disposição de lhe contar a história toda.

— O que está acontecendo entre vocês? — quis saber ela.

— São só... — dei de ombros — algumas coisas.

— Ah, é? Coisas? — Ela olhou para mim fixamente, mas eu não ia ceder.

— Você não queria ver meu novo livro? — Entreguei-lhe o manuscrito.

— É que eu ando recebendo alguns sinais de fumaça e isso está me deixando nervosa.

Na mesma hora eu fiquei alarmada.

Vi quando ela analisou as primeiras nove ou dez páginas. Logo depois ela começou a ler em alta velocidade, e antes mesmo de chegar ao fim, sentenciou:

— Não.

— O quê?

— Desculpe, querida, mas isso não vai servir. — Seu ar bondoso foi o que realmente me deixou preocupada. — *Uma piscada de cada vez* não funcionou. Você custou uma grana alta para eles. Precisa apresentar algo diferente. Eles não vão comprar isto.

— Mas é exatamente isso que Bryce me pediu para escrever.

— As coisas eram diferentes naquela época. Agora já se passaram dezoito meses e *Uma piscada de cada vez* foi um fracasso...

— Um fracasso? — Ninguém tinha me dito isso. — Foi realmente um fracasso?

— Sim, foi. Você pensava que ninguém ligava mais para você porque estavam todos fazendo dieta e de mau humor? Ninguém ligou porque eles estavam super envergonhados com você. Não vão publicar *Uma piscada de cada vez parte dois*.

— Mas não podemos esperar para ver o que eles dizem?

— De jeito nenhum. Você nunca entrega a eles algo que vai ter certeza que será rejeitado. A questão básica é a seguinte, Stella: eu não vou trabalhar como agente desse novo livro. Vá em frente e arrume algo mais aceitável, e depressa.

Como o quê? Eu não era uma escritora; não era uma pessoa criativa. Eu era apenas alguém que teve um golpe de sorte. *Uma vez.* Tudo que eu conseguiria oferecer era mais do mesmo.

— Você era rica, bem-sucedida e apaixonada — disse Phyllis. — Agora? Sua carreira afundou e eu não sei o que há com aquele seu homem, mas a situação não está me parecendo nada boa. Você já tem um monte de material aí para trabalhar!

Ela encolheu os ombros.

— Quer mais? Seu filho adolescente odeia você. Sua filha está desperdiçando sua vida. Você está do lado errado dos quarenta anos. A menopausa está correndo em sua direção a toda velocidade. Quanto mais você acha que isso ainda vai melhorar?

Eu movimentei os lábios, mas as palavras não saíram.

— Você foi sábia uma vez — disse Phyllis. — Tudo que você escreveu em *Uma piscada de cada vez* comoveu as pessoas. Tente novamente, com esses novos desafios. — Ela estava de pé, tentando me empurrar na direção da porta. — Preciso que você vá embora agora. Tenho clientes para atender.

Em desespero, eu me agarrei à poltrona.

— Phyllis? — Eu estava quase implorando. — Você acredita em mim?

— Você quer aumentar sua autoestima? Procure um psiquiatra.

Ela quase me expulsou para a rua coberta de neve, mas tornou a me ligar no fim da tarde.

— Você tem até o dia primeiro de março. Prometi a Bryce algo "novo e empolgante". Não me decepcione.

Eu estava em pedaços. Não sabia o que fazer. Era impossível produzir um novo livro do nada. Uma coisa, porém, era certa: eu não poderia contar isso a Mannix. Ele já tinha problemas suficientes para enfrentar.

O pensamento de não ter tipo algum de renda me fez sentir como se eu estivesse caindo através do espaço infinito. Mannix e eu sempre soubemos que desistir dos nossos trabalhos e mudar para Nova York era um risco. Mas nunca tínhamos contemplado os detalhes exatos de como tudo poderia dar errado — e onde aquilo nos deixaria, financeiramente. Pelo que Bryce tinha dito naquele primeiro encontro, eu entendi que teria uma carreira promissora que duraria alguns anos; uma carreira que nos garantiria a segurança por tempo indeterminado.

Durante dois dias eu vi as horas passarem com os olhos vidrados, congelada de medo. Gilda reparou que eu estava meio estranha, mas eu a enrolei. Estava com muito medo de falar sobre o que tinha acontecido. Se eu falasse a respeito daquilo, tudo iria se tornar real.

Então — em uma daquelas piadas que Deus gosta de fazer conosco — Mannix ligou para dizer que estava voltando para Nova York no dia seguinte.

— Roland está fora de perigo e não há mais nada que eu possa fazer por ele.

— Que ótimo — falei.

— Você não ficou contente?

— Estou emocionada.

— Não está parecendo.

— Estou, sim, claro que estou contente, Mannix, você sabe que sim. Até amanhã.

Em desespero, liguei para Gilda e contei a ela tudo que tinha acontecido, cada palavra que Phyllis tinha dito para mim.

— Aguente firme — disse ela. — Estou indo para aí.

Meia hora depois ela chegou, com o rosto rosado de frio. Usava um chapéu branco felpudo, botas brancas igualmente felpudas e um casaco acolchoado também branco. Estava salpicada com flocos de neve, alguns até mesmo em seus cílios.

— Puxa, está frio lá fora. Oi, Jeffrey!

Jeffrey veio abraçá-la. Até mesmo Esperanza enfiou a cabeça pela porta da cozinha e elogiou:

— A senhora parece uma princesa de um conto de fadas.

— Gostei disso, Esperanza. — Gilda sorriu e Esperanza tornou a sumir.

— Onde podemos conversar? — Ela se livrou das camadas de roupa de frio.

— Venha para o quarto.

— OK. Feche a porta. Stella, vou propor algo. Se você não gostar, esqueça que eu disse isso e nunca mais tocaremos no assunto.

— Continue... — Mas eu já sabia o que ela ia dizer.

— Nós podemos colaborar uma com a outra.

— Diga mais.

— Podemos mesclar nossos dois livros...

— Certo.

— ... E criar um guia completo sobre todos os tipos de doenças, físicas ou espirituais, para todas as mulheres que queiram viver suas vidas da melhor forma possível.

Deus, ela era inspiradora.

— Isso!

— Nós sempre combinamos, Stella, você e eu sempre nos demos muito bem. O nome disso é *kismet*, uma mistura de sorte com destino.

— Poderíamos chamar o livro de *Kismet*.

— Claro! Ou que tal: "O melhor de você"?

— Talvez a gente não tenha de decidir sobre o título agora.

— Mas isso é real? — perguntou ela. — Está realmente acontecendo?

— Está, sim! — Fiquei muito feliz, quase enjoada de alívio.

— Temos só um problema: eu não quero Phyllis como minha agente.

— Oh, Gilda. — Na mesma hora eu fiquei séria. — Eu assinei um contrato com ela lá atrás, quando tudo começou. Ela tem de ser a minha agente.

— Não no caso de nós duas aparecermos como autoras. Obviamente o seu nome apareceria em letras *imensas* na capa, e o meu em letras pequenininhas; legalmente, porém, sob essas circunstâncias, você poderá se desvincular dela.

— Não sei...

— Ei, escute. Ela foi a agente certa para o seu primeiro livro; ela colocou você no mapa dos autores e lhe conseguiu um bom contrato. Mas você não precisa mais dela agora. Por que lhe pagar dez por cento quando ela não faz coisa alguma?

— Mas quem seria o nosso agente?

Ela olhou para mim como se eu tivesse me perdido.

— Mannix, claro. É tão óbvio.

De certa forma, era mesmo.

— Veja o fabuloso acordo que ele conseguiu para você com a editora irlandesa.

— Podemos falar com Mannix sobre isso? — perguntei.

— Claro! Ele estará de volta amanhã, certo? Podemos dar a ele vinte e quatro horas para ele se recuperar do *jet lag*, e então, nós duas contamos a ele — Ela começou a rir. — Ele não terá como resistir.

— Ela estragou tudo. — Gilda fez uma alegação apaixonada para chutarmos Phyllis para escanteio. — Ela deveria ter proposto o segundo contrato assim que você conseguiu o primeiro. Mas achou que se esperasse um pouco iria arrancar muito mais grana. Foi gananciosa.

Mannix e eu trocamos um olhar: ao cortar Phyllis nós também não estávamos sendo gananciosos?

— Vocês estarão apenas agindo de forma inteligente — disse Gilda.

— Eu não sei... — retrucou Mannix. — Tenho um senso de lealdade para com Phyllis.

— Eu também — completei.

— Não se trata de lealdade — argumentou Gilda. — É apenas um negócio. Ela ainda será agente de Stella para qualquer coisa que seja publicada unicamente no nome dela. Supondo que você possa contar com ela. Gente, os fatos são claros: ela se recusa a trabalhar como agente no segundo livro de Stella e vocês estão precisando de dinheiro.

E era sempre nisso em que tudo acabava: o dinheiro.

Quase todo o primeiro adiantamento já tinha sido gasto. Não em carros velozes ou champanhe, simplesmente nas exigências diárias de morar numa cidade cara como Nova York.

— Você precisam viver — disse Gilda a Mannix. — E existem as dívidas de Roland...

Olhei para ela, confusa: ela sabia o quanto Roland devia? Porque eu não. Talvez ela estivesse falando em termos genéricos.

Após um longo silêncio, Mannix disse:

— Se essa é nossa melhor chance de manter nosso ganha-pão, então eu topo.

— Ótimo! Dez por cento para você. Stella e eu dividimos o resto meio a meio, certo?

— Combinado.

Mannix me pareceu tão cansado que eu disse:

— Eu pensei que você gostasse da função de agente que você desempenhou tão bem.

— Eu gostava. Eu gosto!

— Quem vai contar a Phyllis? — perguntou Gilda.

Depois de um silêncio, Mannix se ofereceu:

— Eu conto.

— Faça isso logo agora — propôs Gilda. — Vamos resolver isso logo.

Obediente, Mannix pegou o celular e Gilda ficou em pé.

— Puxa, essa é uma conversa que eu não quero ouvir. Venha comigo, Stella, vamos tomar um pouco de vinho.

Poucos minutos depois, Mannix entrou na cozinha e eu lhe entreguei uma taça.

— E então...? — perguntei.

Ele tomou um belo gole de vinho.

— Como foi que ela recebeu a notícia? — quis saber Gilda.

— Como já imaginávamos.

— Foi assim tão ruim? — murmurei. — Droga!

Mannix deu de ombros. Não pareceu se importar.

Gilda e eu passamos o mês seguinte trabalhando na fusão dos dois livros, combinando os ditados apropriados para cada capítulo. Gilda tinha terminado com Joss Wootten, e nós levamos o projeto para um artista gráfico jovem e muito entusiasmado chamado Noah. Aquele era um trabalho delicado e desafiador em termos de criatividade, muito mais do que eu imaginava — envolvia cortar algumas partes do texto de Gilda e encaixar partes do meu trabalho. Tivemos de tentar várias vezes até que a mistura parecesse natural, e passamos horas intermináveis olhando fixamente para as telas dos computadores que eu quase fiquei cega.

Mas isso foi importante para acertar o ritmo do texto. Eu estava com medo agora, com muito medo *mesmo*, porque aquela era a minha última chance.

Mannix tinha avisado Bryce Bonesman de que ele era agora o agente do novo livro; prometeu coisas "novas e empolgantes", e disse que o texto estaria pronto até o início de março.

Em uma noite de quinta-feira, no penúltimo dia de fevereiro, por volta das nove horas, Gilda declarou:

— Acho que está pronto. Não creio que consigamos deixar esse trabalho ainda mais bonito.

— Posso imprimir? — perguntou Noah.

Eu respirei fundo.

— OK — disse. — Pode imprimir.

Assistimos às páginas brilhantes sendo lançadas pela impressora. Eu e Gilda montamos duas cópias do nosso lindo livro, uma para cada uma de nós.

A questão complicada do título ainda não tinha sido resolvida. Gilda queria chamá-lo: *O melhor de você*; eu preferia *Aqui e agora*. Sugeri deixar a decisão final para a Blisset Renown.

— Devemos enviar tudo por e-mail para Bryce? — perguntei.

— Os arquivos são muito grandes — disse Noah. — O download levaria uma eternidade.

— Por que você não o entrega pessoalmente para ele amanhã de manhã? — perguntou Gilda, olhando para mim.

— Por que nós duas não entregamos?

— Você é a autora principal. Você é quem deveria fazê-lo.

— OK. Se você tem certeza...

Demos um abraço de congratulações, agradecemos Noah e saímos.

Na rua, perguntei a Gilda se ela ia pegar o metrô.

— Não. Vou visitar um amigo. — Instintivamente, percebi que era um daqueles caras mais velhos e interessantes, e não queria bisbilhotar.

— Então, vamos colocá-la num táxi. — Mas ela já tinha levantado a mão e um táxi logo parou.

Em casa, Mannix tentou expressar uma resposta entusiasmada diante das páginas, mas eu percebi que era um esforço. Eu estava cada vez mais preocupada com ele desde que voltara da Irlanda. Embora ele sempre tivesse brincado sobre ser uma pessoa do tipo que vê o copo metade vazio, eu me perguntei se ele estava tendo um surto de depressão de verdade, desencadeada pelo choque do derrame de Roland. Ele tinha parado de nadar, seus sorrisos eram raros e ele nunca parecia estar totalmente presente.

— Tudo vai ficar bem — eu disse a ele. — Tudo vai ficar ótimo.

Na manhã seguinte, corri até a Blisset Renown e entreguei o livro à assistente de Bryce. Ela me prometeu que repassaria a encomenda assim que ele chegasse.

De volta ao apartamento, pouco depois das onze da manhã, o celular de Mannix tocou.

— É Bryce — avisou ele.

— Ele deve ter recebido o livro! — concordei.

Mannix pegou o celular e o colocou no viva voz.

— Olá, Bryce.

— Sr. Mannix? Parabéns! Você não poderia ter escolhido um projeto melhor para lançar a sua carreira de agente aqui nos Estados Unidos.

— Obrigado.

— Eu preciso organizar uma reunião de equipe aqui com os setores de Vendas, Marketing, Digital, todo mundo, para bolarmos uma identidade completa para o projeto. Mas precisamos de vocês para uma reunião o mais rápido possível. Amanhã de manhã está bom?

* * *

No dia seguinte, na Blisset Renown, Ruben se encontrou com Mannix assim que saímos do elevador, e o seguimos pelo corredor. Imaginei que estivéssemos indo para a sala de reuniões, mas em vez disso, para minha surpresa, fomos levados à sala pessoal de Bryce. Gilda e ele já estavam lá, sentados atrás da mesa. Pareciam imersos num bate-papo envolvente.

Uma enorme quantidade de páginas coloridas — o novo livro — estava espalhada diante deles.

— Mannix, Stella, sentem-se, por favor — disse Bryce.

— Vamos fazer a reunião aqui? — perguntei. — Só nós quatro? E quanto a todos os vice-presidentes?

— Sentem-se — repetiu Bryce e eu senti uma fisgada de desconforto.

Eu puxei uma cadeira e fiquei de frente para Bryce. Mannix se sentou ao meu lado e Gilda permaneceu onde estava.

— Então... — disse Bryce. — Todo mundo aqui, todos nós adoramos o novo livro.

Senti-me quase extasiada de alívio.

— O problema, Stella — continuou Bryce. — É que não adoramos você.

Eu pensei que estivesse ouvindo coisas. Olhei para ele, esperando por algum tipo de piada.

— Isso mesmo — confirmou Bryce, parecendo arrependido. — Isso é verdade. Nós não amamos você.

Procurando por pistas, eu me virei para Mannix: ele observava Bryce com foco intenso.

— Você não está funcionando para nós — explicou Bryce, olhando para mim. — Mandamos você para todos os cantos dos Estados Unidos. *Três* vezes. Gastamos um monte de dinheiro. Ruben lhe deu dicas em número suficiente, mas o livro simplesmente não vendeu. Não da maneira que projetamos que venderia.

Ele bateu nas páginas do novo livro.

— Mas isso aqui... Isso aqui nós podemos fazer com que funcione.

Mannix falou.

— Mas os provérbios de Stella estão aí.

Bryce balançou a cabeça tristemente.

— Mas vão sair por completo do livro, e o nome dela também vai sair da capa. Ela não vai ter participação alguma nesse livro.

— Mas são os provérbios de Stella que fazem com que esse livro funcione — argumentou Mannix.

Mais uma vez Bryce exibiu aquele abano de cabeça com ar de arrependimento.

— Gilda tem um mundo de frases e provérbios dela mesma, e todo eles são melhores que os de Stella. Vamos começar do zero com Gilda. Ela bolou um grande conceito editorial, tem presença muito marcante e todo mundo vai amá-la.

— Mas... E quanto às coisas que eu escrevi? — Eu já sabia a resposta, mas não pude deixar de perguntar.

— Você não está prestando atenção. — disse Bryce. — Sim, eu sei, você está em estado de choque, e a transição para uma nova vida normal vai ser dolorosa. Então vou explicar em linguagem clara: não haverá um segundo livro para você. Acabou, Stella.

— ... E vocês vão publicar o livro de Gilda? — perguntei. — Sem mim?

— Isso mesmo. Já acompanhamos o desempenho de Gilda há algum tempo; amamos o trabalho que ela faz no seu blog e no seu Twitter.

Mannix perguntou:

— Quanto você está oferecendo pelo livro de Gilda?

— Agora você está falando como um agente — elogiou Bryce, com admiração. — Isso é o que eu quero ouvir.

— Um momento — pediu Mannix. — Eu preciso falar com Stella. Não posso simplesmente...

— Você não precisa falar com Stella — interrompeu Bryce. — Precisa falar com sua cliente, que é Gilda. Vamos dar início a um diálogo.

— Um diálogo? — perguntei.

— Sabe o que é melhor? — Bryce olhou para mim com pena. — Vocês dois têm muita coisa para discutir. Por que não saem agora? Tirem algum tempo. Processem tudo o que aconteceu aqui esta manhã. E você e eu, senhor — dirigiu-se a Mannix. — Conversaremos depois.

Bryce se levantou.

— Podem ir. — Ele nos apressou a sair da sala, varrendo o ar com as mãos.

Olhei para Mannix e ele olhou para mim. Eu não reconheci o olhar em seus olhos e não sabia o que fazer.

— Vão! — repetiu Bryce. — Mas lembrem-se: está tudo bem!

Eu não tenho lembrança de ter descido pelo elevador. De repente, me vi em pé do lado de fora, na rua, com Mannix e Gilda.

— Quer dizer que eu não tenho mais contrato para lançar um livro? — perguntei.

— Não — disse Gilda.

— E você tem? Mas como é que isso vai funcionar? — Eu parecia quase fora de sintonia. — Quem é o seu agente?

Ela encolheu os ombros, como se não pudesse acreditar na minha burrice.

— Mannix.

— Mannix? — Eu olhei para ele. — É sério, isso?

— Stella — disse ele. — Nós estamos em uma situação péssima, em termos financeiros. Precisamos do dinheiro...

— ... Então, o que vai ser de mim? — perguntei.

— Você pode ser minha assistente — ofereceu Gilda. — Pode administrar minha conta no Twitter, o meu Instagram, o meu blog. Poderá viajar em turnê comigo, se Mannix não puder.

— Mannix vai sair em turnê com você...?

— Stella, você não estava esperando por isso — disse Gilda. — Eu entendo. Mas vamos ser adultos aqui. Tente pensar nisso como simplesmente nós estarmos com os papéis trocados. Bem, quase. — Ela lançou para Mannix um olhar meigo. — Mannix poderá continuar sendo Mannix. Mas você sou eu. E eu sou... — Ela inclinou a cabeça para um lado e exibiu um sorriso largo e feliz. — Bem, eu acho que eu sou você.

EU

Quarta-feira, 11 de junho

10:10

— Minha casa! — choraminga Ryan. — Meu carro! Meu negócio, meu dinheiro. Tudo foi pelo ralo! Por que você me deixou fazer isso?

— Eu tentei evitar. Jeffrey tentou. — Eu quase choro de frustração. — Mas você não quis ouvir.

— Eu não tenho mais onde morar. Você tem que me deixar morar com você.

— Não, Ryan.

— Você sabe onde eu dormi na noite passada? Em um albergue para desabrigados. Foi ruim, Stella. Muito além do ruim.

— Por acaso eles... Alguém tentou...?

— Não, ninguém tentou me enrabar, se é isso que você está perguntando. Eles só... me zoaram a noite toda. Eram homens com nada além de barbas imensas e piolhos, e eles desdenharam de mim!

Faz menos de dois dias desde a "façanha do carma" de Ryan, e todo o interesse por ele já desapareceu. As pessoas só queriam ver se ele iria levar seu projeto lunático até o fim, e agora que ele tinha levado, a máquina seguiu em frente, em busca da próxima aberração. Agora, ninguém mais continua dizendo que Ryan está criando arte espiritual. Eles só o acham um idiota completo.

Pior que isso: parecem estar sentindo algum tipo de prazer perverso em provar que ele estava errado — ninguém está lhe dando coisa alguma.

Com o medo rastejando por dentro de mim, eu me lembro do que Karen tinha dito, poucos dias antes: que eu tenho um coração mole e, se não tomasse cuidado, vou acabar com Ryan na minha cama. Karen sempre tem razão. Tudo o que ela previu até agora, com relação àquela história de carma, se tornou realidade.

Mas eu não quero acabar com Ryan na minha cama! Ryan e eu, isso aconteceu um milhão de anos atrás. Eu mal consigo me lembrar, muito menos considero reacender essa chama.

— Por favor, Ryan. Eu não quero descer todas as manhãs e encontrar você largado de cuecas no meu sofá. Isso é muito... *adolescente*.

— Você deveria ser uma pessoa bondosa — diz ele. — É com essa imagem que você ganha a vida.

— Eu não ganho a vida com coisa alguma, no momento. Por que você não conversa com um advogado? — sugiro. — Veja se você consegue de volta algumas das coisas que distribuiu por aí. Alegue que você não estava em seu juízo perfeito quando fez tudo aquilo. Porque não estava mesmo.

— Você sabia — diz ele, com ar de especulação —, que esta era a *minha* casa?

— Não se atreva — retruco, subitamente com medo. — Isso já foi tudo resolvido. De forma muito *justa*. Você concordou, eu concordei, todos concordaram. Nós *concordamos*, Ryan!

— Talvez eu também não estivesse no meu juízo perfeito nesse dia. Talvez estivesse desequilibrado devido à dor da separação.

— E pode ser que *eu* não estivesse em meu juízo perfeito no dia em que me casei com você. — Meu rosto está quente e eu vou ficando com dificuldade para respirar.

Mas brigar com Ryan não vai adiantar nada.

— Desculpe — peço. — Eu estou muito... — Como eu estou?... Estressada? Com medo? Muito triste? Muito cansada?... — Estou com muita fome. Muita fome *mesmo*, Ryan. Para ser honesta, estou com fome grande parte do tempo, e isso me deixa irritada. Estou muito difícil de aturar, no momento. Escute, o que me diz de Clarissa? Tenho certeza que ela poderá ajudá-lo.

— Aquela Clarissa... — Ryan sacode a cabeça. — Ela trocou todas as senhas e eu não posso mais entrar no escritório. E esvaziou a conta bancária da empresa. Acho que deve ter aberto uma nova. Ela é cruel.

Não é exatamente uma surpresa, mas foi um golpe.

— Escute — diz ele. — Eu poderia dormir com Jeffrey?

— Não! — berrou Jeffrey, do quarto no andar de cima.

— Não — eu repito.

— O que eu devo fazer, Stella? — Ele me fita longamente com suplicantes olhos castanhos. — Não tenho para onde ir. Não tenho ninguém para me ajudar. Por favor, deixe-me ficar aqui.

— ... Tudo bem — Quer dizer, o que mais eu poderia fazer? — Você pode dormir no meu escritório. Por algum tempo.

— Quanto tempo é "algum tempo"?

— Nove dias.

— Por que nove?

— Oito, então, se você preferir.

— Onde eu vou guardar as minhas coisas?

— Você não tem mais "suas coisas". E Ryan, entenda uma coisa: eu preciso trabalhar. — Eu fico em pânico ao pensar que poderei tropeçar em meu ex-marido deitado num colchonete no meu escritório todas as manhãs. — Assim que eu entrar naquele escritório de manhã você terá de se levantar e cair fora.

— Mas para onde eu poderei ir durante o dia?

— Para o zoológico — sugiro, por impulso. — Vamos comprar um bilhete para toda a temporada. Vai ser legal, com os elefantes bebês e tudo o mais. Você vai gostar.

03:07

Eu desperto.

Ainda está escuro lá fora, mas algo aconteceu.

Levo algum tempo para perceber o que é: eu não estou sozinha na cama. Estou acompanhada por um homem. Um homem com uma ereção, que ele está pressionando nas minhas costas.

— Ryan? — sussurro.

— Stella. — Ryan sussurra de volta. — Você está acordada?

— Não.

— Stella. — Ele acaricia meu ombro e aperta sua ereção com mais força nas minhas costas. — Eu estava pensando...

— Você só pode estar de brincadeira comigo, cacete! — Continuo sussurrando, mas é um sussurro meio gritado. — Cai fora daqui!

— Ah, vamos lá, Stella...

— Sai! Fora da minha cama, fora do meu quarto e fora da minha casa.

Nada acontece por um momento, então eu vejo o flash fantasmagórico de seu corpo nu, quando ele sai precipitadamente na direção da porta, inclinado para frente de forma protetora sobre a sua ereção, como um caranguejo artrítico.

Pelo amor de Deus. Como é que eu fui acabar na cama com Ryan? Como a minna vida pôde dar uma volta e me colocar exatamente no lugar onde eu comecei?

— Vamos levar você para dentro, longe desse frio. — Gilda me pegou pelo braço. — Mannix, você vai para casa. A gente conversa mais tarde.

Mannix hesitou.

— Vá — disse Gilda. — Sério! Stella e eu precisamos conversar. Vou fazer com que tudo dê certo.

Com muita gentileza, Gilda me levou para o saguão da Blisset Renown. Mannix ainda estava na rua, com ar meio incerto.

O segurança pareceu surpreso ao nos ver de volta tão cedo, depois de devolvermos nossos crachás de visitantes.

— Nós estamos bem — avisou Gilda para ele. — Não precisamos de crachás. Isso não vai demorar muito.

Através da porta de vidro, vi que Mannix já tinha ido embora.

— Está tudo bem — disse Gilda para mim, para me tranquilizar. — Está tudo bem.

Eu sentia a cabeça girando, por causa da confusão. Por que ela continuava a me dizer que as coisas estavam bem, quando eu sabia que não estavam?

— Tudo vai continuar como era antes — explicou ela. — Só que desta vez... Bem, acho que eu vou ser a estrela.

Ela estava muito confiante, absolutamente segura de si mesma.

— Hoje com Bryce... — comecei. — As coisas simplesmente "aconteceram" ou você já tinha tudo planejado?

Ela ficou vermelha e depois deu uma risadinha.

— Agora você me pegou. Eu... Eu já estava trabalhando nisso há algum tempo.

— Quanto tempo?

Ela se retorceu, um pouco sem graça.

— Bem, sabe como é... Algum tempo.

Quanto tempo era "algum tempo"?

Minha memória voltou correndo ao passado, eu analisei tudo que tinha acontecido e então, de repente, cada um dos eventos dos últimos dezoito meses começaram a se empilhar uns por cima dos outros, encaixando-se todos, enquanto a percepção do que acontecera surgiu diante de mim com clareza.

— Oh, meu Deus. — Meu rosto foi inundado de calor. — Naquela manhã, em que eu esbarrei por acaso com você na Dean & DeLuca? Aquilo não foi nem um pouco casual?

Ela parecia tão alegre quanto uma criança travessa.

— Tudo bem, não foi. Eu tinha prestado atenção a tudo, na noite anterior. Sabia que você estava indo para a Academy Manhattan e imaginei que houvesse uma chance de esbarrar com você na Dean & DeLuca. Achei que poderíamos ser... amigas.

— Amigas? — Minha voz estava fraca.

— Não olhe para mim desse jeito! Eu tenho sido sua amiga. Mantive você magra. Preparei suas turnês. Eu até mesmo fiz escovas no seu cabelo.

— Mas...

— É minha culpa que seu livro tenha sido um fracasso e eles não queiram outro?

— Não, mas...

— Eu tenho talento — afirmou ela. — Você sabe como dói ter seu material rejeitado um monte de vezes, sem parar? Você quer que eu desperdice essa oportunidade porque ela me foi oferecida pelas mesmas pessoas que não querem publicar você?

— Não...

— Nós todos temos que sobreviver, certo?

Ela estava fazendo parecer que eu era uma participante voluntária em todas as coisas estranhas que tinham acontecido naquele dia.

— Isso é apenas uma questão de negócios — disse ela.

— E quanto a você e Mannix? — *O que estava rolando ali?*

Ela corou ainda mais.

— OK, isso não tem nada a ver com negócios. Bem, não são *apenas* negócios. Mannix e eu nos tornamos mais íntimos. É algo que vem crescendo ao longo dos últimos meses. Uma ligação que não existia antes.

— Mas você me disse que...

— ... Que eu não iria correr atrás do seu homem. Eu fui sincera. Mas ele não é mais o seu homem. Você e Mannix estavam se afastando lentamente já fazia algum tempo. Antes, você e ele só pensavam em sexo, e quando foi que isso aconteceu pela última vez?

Fiquei sem palavras e horrorizada — era verdade que Mannix e eu não tínhamos transado desde antes do derrame de Roland. Mas eu achava que isso se devia ao fato de eu ser obrigada a trabalhar durante tantas horas.

— Ele é meu agente agora. E acho que meu empresário, também — disse Gilda. — Vai continuar fazendo as coisas que costumava fazer para você. Vai passar todo o tempo dele comigo.

— Mas eu achei que você só gostasse de homens mais velhos.

— Você está brincando? Eles me dão vontade de vomitar. Eu tenho... me ligado a alguns deles porque eles têm sido, sabe como é... úteis. Mas eu quero Mannix.

— O que Mannix diz sobre isso?

Ela baixou os olhos.

— Sei que você está sofrendo. — Ela olhou para cima e manteve os olhos muito azuis nos meus. — Peça-lhe para se afastar de mim e eu garanto que ele não vai fazer isso.

— Mas alguma coisa aconteceu entre vocês?

— Isso é difícil para você, Stella. — Ela bateu no meu braço. — Mas vai melhorar.

— Alguma coisa aconteceu ou não?

— Stella, isso é difícil para você. Mas ele quer a mesma coisa que eu.

— Ruben?

— Stella? Eu não devia nem mesmo estar falando com você.

— Eu preciso de um favor... O celular de Laszlo Jellico.

Ele hesitou.

— Você me deve esse favor — afirmei.

— Tudo bem. — Ele recitou o número, baixinho. — Mas você não conseguiu esse número comigo, certo?

Na mesma hora eu liguei para Laszlo Jellico e, para minha surpresa, ele atendeu. Eu achava que seria enviada para a caixa postal.

— Sr. Jellico? Meu nome é Stella Sweeney. Nós nos encontramos uma vez, no apartamento de Bryce Bonesman. Gostaria de saber se eu poderia falar com o senhor a respeito de Gilda Ashley.

Depois de uma longa pausa, ele aceitou:

— Há um café na esquina da Park Avenue com a rua 69. Estarei lá em meia hora.

— OK. Vejo o senhor lá, então.

Caminhei até o outro lado da cidade e encontrei o café que Laszlo Jellico me indicara. Já estava na mesa fazia uns cinco minutos quando ele chegou. Não parecia tão grande e exuberante quanto naquela noite, fazia muito tempo, no apartamento de Bryce. Eu me levantei, fiz sinal com a mão e ele se aproximou.

— Sou Stella Sweeney, disse eu.

— Sim, eu me lembro de você. — Sua voz não era tão estrondosa como eu lembrava. Ele se sentou diante de mim. — E então?... Gilda Ashley?

— Obrigada por vir me encontrar. Posso perguntar onde o senhor a conheceu?

— Num coquetel.

— Assim, do nada? Vocês se interessaram um pelo outro? O senhor pediu o celular dela?

— Não. Nós mal trocamos duas palavras. Mas no dia seguinte, quando eu estava levando meus cães ao parque, dei de cara com ela do lado de fora do meu apartamento. Uma coincidência feliz, entende?

— Entendo.

— Achei aquilo esquisito, porque ela morava numa parte diferente da cidade — explicou ele. — Mas ela estava...

— ... Visitando um cliente. — Eu terminei a frase para ele.

Ele riu com frieza.

— Ela pegou você também, não foi? Ela surgiu no meu caminho e, nossa, pareceu muito surpresa! Se a carreira dela como escritora não der certo, ela poderá ser uma grande atriz.

— Então... O que aconteceu?

— Eu a achei muito charmosa e, de algum modo, concordei em que ela supervisionasse minha dieta. Então ela me ouviu reclamando da minha papelada e se ofereceu para ser minha assistente. Muito rapidamente, ela se tornou... Indispensável.

Eu fui levada pela memória até aquela manhã na Dean & DeLuca. Eu me sentira tão grata por ver um rosto amigável naquela cidade, e tão depressa! É crédito total de Gilda a façanha de ter conseguido se tornar tão vitalmente importante para mim também.

— Passamos a sair juntos em público, até que ela me trouxe um conjunto de páginas... — Laszlo acenou com a mão no ar. — Eu nem sei como descrever o que me pareceu aquilo... Eram listas, sintomas e soluções simplistas para problemas de saúde das mulheres. Ela insistiu que aquilo era um livro. Não era um livro. Ela queria minha ajuda para fazer com que ele fosse publicado. Mas o texto não tinha mérito algum. Eu não poderia interceder em favor dela. Pouco depois que eu recusei meu endosso, ela desfez a nossa... amizade. Não pensei mais nela, até que de repente eu soube que ela andava circulando pela cidade em companhia daquela velha fraude do mundo artístico... Joss Wootten. Ele fez uma desprezível tentativa de insulto, porque estava... se me lembro bem de suas palavras... "comendo" minha garota. E no meio de sua arrogância, citou a tremenda sorte que tinha tido em encontrar Gilda casualmente na sala de espera do seu dentista, imagine só!

Tive um flash de terror misturado com algo próximo a admiração por Gilda.

— Eu fiquei desconfiado com aquilo tudo; um pouco tarde, confesso. Fiz uma rápida investigação e... — ele encolheu os ombros — não encontrei nada de errado. A Universidade de Overgaard existe. É uma escola on-line, mas não há nada de errado nisso. Ela conseguiu seu pedaço de papel, ele é legítimo. Suas qualificações como nutricionista e *personal trainer* são verdadeiras. Então, hoje à tarde eu soube que o meu velho amigo Bryce Bonesman planeja publicar um livro escrito por ela. E esse livro é composto de... como eu descreveria?... "listas, sintomas e soluções simplistas para problemas de saúde das mulheres".

Concordei com a cabeça.

— Ela manteve o olho fixo no prêmio o tempo todo — disse Laszlo Jellico. — E agora conseguiu o que queria. Ela me usou, mas eu provavelmente não fui o primeiro sujeito a passar por isso, e duvido muito que seja o último. Por falar nisso... — acrescentou —, eu soube que o seu marido está trabalhando como agente dela.

— Ele não é meu marido.

— Certo. E jamais será. Pelo menos, não se Gilda o quiser.

— Gilda o quer. — Tive medo de desmaiar a qualquer momento.

Laszlo Jellico balançou a cabeça.

— Então, Gilda vai consegui-lo. Sinto muito, garota.

Enquanto fazia meu caminho de volta para casa, fui inundada por ondas de pânico, enquanto contemplava a realidade: eu tinha perdido Mannix. Misturado com o horror veio a humilhação, e eu revi na cabeça, várias vezes, a conversa que tinha tido na sala de Bryce. *Nós não amamos você, Stella. Não haverá um segundo livro para você, Stella.*

Tinham acontecido múltiplas traições — de Bryce, de Gilda e, a pior de todas, a de Mannix. Por que ele não se levantou, bateu na mesa e disse que não iria tolerar um livro escrito apenas por Gilda?

No momento em que cheguei ao apartamento, eu estava tão sobrecarregada que achei que minha cabeça fosse explodir.

Mannix estava na sala de estar, na frente do computador. Ele se levantou na mesma hora.

— Onde você esteve? Já liguei para o seu celular milhares de vezes.

Com a respiração entrecortada pela angústia, perguntei:

— Você é realmente o agente de Gilda?

— Você sabe que eu sou.

— E seu empresário?

— Não sei. Acho que sim. Se eu for pago para isso.

— Como você pôde? — Eu estava tão ferida por sua traição que mal conseguia respirar. — Você deveria ter ficado do meu lado. Você já sabia que ela ia armar aquele circo hoje com Bryce?

— Claro que não. Fiquei tão chocado quanto você. Mas... Stella, por favor, olhe para mim — Ele tentou me agarrar pelos ombros, mas eu me desvencilhei. — Nenhum de nós tem emprego, nenhuma renda. Ela é tudo que temos.

— Não quero que você trabalhe com ela.

— Stella. — Ele me implorou ardentemente. — Nós não temos opção.

— Aconteceu alguma coisa entre você e ela?

— Não.

— Ela disse que vocês estão mais íntimos.

Ele fez uma pausa, antes de responder.

— ... Talvez estejamos mais próximos do que éramos antes.

Fiquei gelada de medo. Aquilo era o suficiente para confirmar todas as dúvidas e perguntas que Gilda tinha deixado no ar.

— Stella, estou só tentando ser honesto.

— Mannix. — Fixei o olhar nele. — Estou implorando para que você se afaste de Gilda. Ela não é o que parece. Eu me encontrei com Laszlo Jellico. Ele me contou que ela usa as pessoas.

— Bem, é claro que ele faria isso, certo?

— Por quê?

— Porque Gilda o abandonou e ele ficou destruído. Tem sido um babaca com ela desde então.

— Não foi assim que aconteceu. Gilda mostrou o livro a ele e... Ei! Como é que você sabe a respeito disso?

— Ela me contou.

— Quando?

— Em algum momento. — Ele pensou por alguns instantes. — Foi pelo telefone. Provavelmente quando eu estava na Irlanda.

— O quê? Vocês tinham adoráveis bate-papos em que trocavam confidências?

— Você está fazendo isso parecer...

— Oh, Deus. — Engasguei.

Estava arrasada. A beleza de Gilda e sua certeza de que iria conseguir o que queria... Eu não tinha a mínima chance contra essa combinação.

— Mannix, ela roubou a minha vida.

— Ela não roubou a mim.

— Roubou, sim. Você apenas ainda não sabe disso.

Ele apertou os lábios, formando uma linha fina.

— Mannix — disse eu. — Eu sei como você é.

— Eu não sou de um *jeito específico*.

— É, sim. Você é comandado pelo seu pau.

Ele recuou. Parecia enojado.

— Alguma vez você confiou em mim?

— Não. E estava certa em não confiar. Nós somos muito diferentes, você e eu. Fomos um erro desde o início.

— É isso que você acha? — Ele mordeu as palavras. Percebi que ele estava muito, muito zangado.

— É, sim. — Bem, eu também estava com raiva.

— De verdade?

— Sim.

— Então é melhor eu ir embora.

— Sim, é melhor.

— Sério? Porque se você me disser para ir embora, eu vou.

— Vá.

Ele olhou para mim com uma expressão amarga.

— Você nunca disse que me amava. Então, acho que nunca amou, mesmo.

— O momento nunca era o certo.

— Certamente não é agora, é?

— Não, não é.

Ele foi até o nosso quarto e pegou uma mala pequena no armário. Vi quando ele jogou algumas roupas nela. Eu estava esperando que ele parasse de fazer aquilo, mas ele entrou no banheiro e saiu com um aparelho de barba e uma escova de dente, que acrescentou ao material já recolhido.

— Não se esqueça do seu remédio.

Corri para a gaveta da mesinha de cabeceira, peguei uma cartela de comprimidos e os atirei sobre a mala aberta.

Silenciosamente, ele fechou o zíper da mala e foi para o corredor, onde vestiu seu casaco. Mesmo quando ele abriu a porta da frente, achei que ele fosse desistir no último segundo, mas ele foi em frente. A porta bateu atrás dele e ele se foi.

Naquela noite ele não voltou e foi como viver em um pesadelo. Fui torturada por pensamentos de que Mannix estava com Gilda, mas eu não ia ligar para ele. Sempre tinha trabalhado duro para resistir a ser aniquilada pela força da personalidade dele, e agora isso me parecia mais verdadeiro do que nunca. Agarrei-me ao meu orgulho como se ele fosse um escudo — enquanto eu tivesse esse escudo grudado contra o corpo, eu continuaria existindo.

Por volta das seis horas da manhã, ele me ligou.

— Amor. — Parecia arrasado. — Posso ir para casa?

Tive de buscar no fundo da minha alma as forças para aquilo.

— Você ainda é o agente de Gilda?

— Sou.

— Então, não, você não pode vir para casa.

Ele tornou a ligar às dez da manhã e tivemos uma conversa quase idêntica. Isso aconteceu várias vezes ao longo dos dois dias seguintes. Eu não sabia onde ele estava morando, mas não suportaria descobrir que era com Gilda, então não perguntei. Eu poderia ter conseguido alguma pista sobre o que ele estava fazendo, verificando nossa conta bancária — para ver se ele estava retirando dinheiro ou pagando um hotel — mas tinha muito medo de olhar.

Não contei a ninguém o que estava acontecendo, porque se ninguém soubesse não seria real.

Mas Jeffrey começou a reparar.

— Mãe, o que está acontecendo entre você e Mannix?

Culpa me corroeu por dentro.

— Você e Mannix terminaram? — ele quis saber.

Fiz uma careta de dor só de ouvir essa palavra.

— Não sei. Estamos tendo um... desentendimento. Ele está hospedado em outro lugar por alguns dias.

— Isso tem alguma coisa a ver com Gilda? — perguntou Jeffrey.

Eu congelei — como é que ele sabia? O que será que tinha visto?

— Eu notei que Gilda não está por aqui também. — Ele me lançou um olhar ansioso. — Mas vai ficar tudo bem?

— Esperemos que sim.

Eu ainda tinha um restinho de fé naquilo; se eu esperasse durante um tempo suficiente talvez, de algum modo, as coisas se ajustassem de forma espontânea. Mas as horas se escoavam lentamente e eu, com os olhos profundos, me arrastava pela casa de cômodo em cômodo, incapaz de me sentir bem em lugar algum.

Eu não tinha ninguém em quem confiar. Não podia ligar para Karen — ela me diria que essa possibilidade sempre tinha estado sobre a mesa e eu não deveria estar surpresa. Eu não podia ligar para Zoe — ela começaria a chorar e a dizer que todos os homens eram uns canalhas. E não podia ligar para minha melhor amiga em Nova York porque ela era Gilda.

Eu me perguntava que conselho daria para alguém na minha situação. Percebi que provavelmente diria à pessoa que ela deveria lutar pelo homem que amava.

Mas a única forma de lutar por Mannix era continuar fiel aos meus ultimatos.

Quando ele ligou na vez seguinte, repeti o que tinha dito em todas as outras conversas:

— Mannix, eu estou implorando. Por favor, desista de trabalhar como agente de Gilda.

— Eu não posso me recusar a ser agente dela. — Seu tom era urgente. — Todo o nosso dinheiro está se esgotando, Stella, e essa é a única chance que temos.

— Mannix, você não está entendendo: se você continuar sendo agente dela, não temos chance alguma. Melhor seria se acabássemos com tudo agora mesmo.

— Tenha cuidado com o que você está dizendo.

— Eu só estou apresentando os fatos. — Eu estava morrendo de medo. — Você tem que ficar longe dela.

— Senão...?

— Senão nós terminamos.

— Tudo bem.

Ele desligou.

Fiquei ali olhando para o telefone, então reparei que Jeffrey estava na sala. A vergonha me inundou. Ele não devia estar ouvindo conversas como aquela. Era muito vulnerável; sua curta vida já tinha sido submetida a muitas turbulências.

— Escute, mãe — ele tentou parecer alegre. — Vamos sair para comer uma pizza?

— Vamos.

Fomos a um bairro italiano e ambos fizemos um esforço tremendo para parecermos alegres, e eu me senti um pouco mais esperançosa quando voltamos.

Estávamos tirando os nossos gorros e cachecóis para colocar no cabide do corredor quando reparei que algo estava errado — as botas pesadas de Mannix tinham ido embora. Elas geralmente ficavam junto da porta da frente, com os outros sapatos de inverno, e havia um marca fraca delas sobre o tapete. Mas as botas tinham ido embora.

Ofegante, corri para o quarto e abri o guarda-roupa. O lado de Mannix estava vazio.

— Oh, meu Deus. — Fiquei ofegante.

Seguida por Jeffrey, corri por todo o apartamento. O computador de Mannix tinha ido embora; sua sacola de esportes havia desaparecido; seus carregadores tinham ido embora. Cada percepção de que algo mais faltava era como receber um soco no estômago.

Com os dedos trêmulos, abri o cofre: não consegui encontrar seu passaporte. Remexi em todos os documentos e papéis; mesmo assim não consegui encontrá-lo e, finalmente, admiti a verdade para mim mesma: ele tinha ido embora. De vez.

Corri e bati à porta de Esperanza.

— Você viu Mannix? Ele veio até aqui enquanto Jeffrey e eu estávamos fora?

Mas Esperanza parecia convenientemente cega e surda.

— Eu não vi nada, senhora.

Atirei-me na minha cama e me encurvei toda, na forma de uma bola.

— Ele foi embora — As lágrimas começaram a me escorrer pelo rosto. — Eu não consigo acreditar.

— Mas você disse para ele ir, mãe — lembrou Jeffrey.

— Ele não deveria ter feito isso.

Eu me enrolei em mim mesma ainda mais apertada e uivei como uma criança, mas logo vi, de relance, o rosto aterrorizado de Jeffrey. No mesmo instante, sufoquei minha dor.

— Estou bem. — Eu parecia um animal tentando falar. Meu rosto estava encharcado de lágrimas. — Desculpe, Jeffrey. — Eu me sentei na cama. — Não queria assustar você. Eu estou bem, estou bem, estou numa boa.

Jeffrey já estava fazendo uma ligação.

— Betsy, é a mamãe. Ela não está muito bem.

Na manhã seguinte, Jeffrey se esgueirou até o meu quarto.

— Querido — eu me sentei na cama. — Sinto muito pelo que aconteceu ontem.

Betsy tinha aparecido e trouxe o calmante que surrupiara de Chad; ela me obrigou a tomá-lo. Depois de um tempo eu me acalmei e, por fim, acabei dormindo.

— Mãe, podemos ir para casa? — perguntou Jeffrey.

— O que você quer dizer?

— Para casa, na Irlanda?

— Não, querido. Você está na escola aqui. Precisa terminar seu curso.

— Mas eu odeio isso. Odeio os meus colegas. Eles só falam de dinheiro e do quanto seus pais são ricos. Eu não quero mais ir para aquela escola.

— O que está dizendo? Você quer... Largar a escola?

— Não largar. Só desistir por esse ano. Para começar novamente em setembro na minha antiga escola na Irlanda.

Fiquei em silêncio por um longo tempo. Aquilo era catastrófico. Tudo estava desmoronando à minha volta.

— Você está usando drogas? — perguntei.

— Não. Simplesmente odeio minha escola. — Em seguida, ele admitiu: — Eu meio que odeio Nova York.

— Mas eu pensei que você adorasse.

— No começo, sim. Mas as pessoas aqui não são como nós, elas são muito difíceis. E Betsy não vai voltar para nós. Ela está toda adulta agora. E se foi.

— Sinto muito, Jeffrey. — Eu estava consumida pelo remorso. — Tenho sido uma mãe terrível para você.

— Nem tudo foi culpa sua. Mas eu quero ir para casa.

— Você gostaria de morar com o seu pai?

— Na verdade, não. Mas aceito isso, se não houver outra escolha. Pense sobre as coisas aqui, mamãe. Você não conseguiu nenhum contrato para um novo livro, você e Mannix romperam. Você não tem nenhum motivo para ficar em Nova York.

Silenciosamente eu contemplei a amarga verdade das palavras do meu filho.

— Como você soube que não consegui o contrato para o novo livro?

— Betsy me contou. Ela disse que todo mundo já sabe. Então, podemos ir para casa?

— Tudo bem — concordei. — Vamos voltar para casa.

— Nós dois?

— Nós dois.

— Você está falando sério, de verdade?

Será que estava? Eu começava a me movimentar em um terreno muito perigoso — eu não podia mexer com Jeffrey, sacudindo-o de um lugar para outro. Se eu dissesse que estávamos indo para a Irlanda, então teríamos *realmente* que voltar. Era como decidir embarcar num trem de alta velocidade, sabendo que não poderíamos saltar no meio do caminho.

— Estou, sim — afirmei. — Estou falando sério, de verdade. Só que não poderemos voltar a morar na nossa antiga casa logo agora, de imediato. Vamos ter de dar aos inquilinos um aviso prévio de um mês.

— Tudo bem. Eu fico com papai. E você pode ficar com a tia Karen.

Liguei para Mannix, que atendeu na mesma hora.

— Amor? — disse ele.

— Você pode se mudar de volta para o nosso apartamento.

— O que você está dizendo? — Ele pareceu esperançoso.

— Jeffrey e eu estamos indo embora de Nova York. Vamos voltar para a Irlanda.

— Você está indo embora de Nova York? — Ele ficou chocado. — Quando?

— Daqui a dois dias.

— Sério mesmo? Tudo bem. — Ele não conseguiu esconder a raiva. — Bem, boa sorte com isso, então.

— Obrigada...

Ele já tinha desligado.

Dois dias depois, Jeffrey e eu aterrissamos em Dublin e nosso sonho de Nova York acabou. Por algumas semanas, Jeffrey morou com Ryan e eu fiquei na casa de Karen. Quando nossa antiga casa foi liberada, nós nos mudamos para lá. Jeffrey começou a fazer ioga com um ímpeto quase violento e eu mergulhei de cabeça nos carboidratos, reacendendo meu antigo caso de amor com eles.

Jeffrey e eu estávamos vivendo com o dinheiro com o qual Karen tinha comprado minha parte no Honey Day Spa, mas era só uma questão de tempo até o dinheiro acabar e eu ter de procurar um emprego. Em algum momento dessa época, motivada pelo desespero, eu decidi que iria tentar escrever outro livro.

Eu nunca me permitia pensar em Mannix, porque essa era a única maneira de conseguir sobreviver. Eu não ia começar a honrar o nosso relacionamento, nem lamentá-lo ou qualquer das coisas que Betsy teria aconselhado. O que eu tinha de fazer era superar o passado. Uma ruptura limpa, sem nenhum contato, eu dizia a mim mesma. *Limpa.* Meu tempo com ele tinha de ser empacotado e guardado numa caixa no fundo da minha memória, para nunca mais ser aberta.

Minha determinação permaneceu forte, exceto quando eu ouvia a voz dele — e isso aconteceu todas as manhãs durante dez dias porque, para minha surpresa — choque, mesmo —, ele tinha resolvido deixar mensagens de voz no meu telefone. Nós nunca nos falamos de verdade; ele apenas deixou mensagens curtas com uma voz que parecia angustiada. *"Por favor, fale comigo"; "Você estava errada"; "Eu não consigo dormir sem você". "Sinto muitas saudades suas".*

Às vezes eu era forte o bastante para apagar as mensagens sem ouvi-las, mas às vezes reproduzia a mensagem e, sempre que fazia isso, demorava dias para recuperar meu equilíbrio. Minha curiosidade estava sempre acesa

— um desejo horrível, dilacerante de saber exatamente o que estava acontecendo entre ele e Gilda — e foi uma luta terrível me manter longe do Google.

A única ligação com Mannix que eu não queria interromper era Roland. Eu não o visitava, nem sequer ligava, mas me mantinha informada sobre seu estado através da sua cuidadora, com quem mamãe uma vez tinha trabalhado. Através de várias violações de privacidade e de confiança absolutamente inadequadas, mas muito irlandesas, ela relatava tudo à minha mãe, que levava para mim as notícias de que Roland estava se recuperando bem.

Quinta-feira, 12 de junho

07:41

Desperto. Estava sonhando com Mannix. Mas, embora meu rosto esteja molhado de lágrimas, percebo que estou com um estado de espírito diferente: reflexivo, quase aceitando tudo que aconteceu.

Pela primeira vez entendo o que tinha dado errado para nós — nossa base foi instável desde o começo. Não havia confiança o bastante — o fato de eu nunca ter conseguido dizer que amava Mannix era prova de que eu sempre esperei que as coisas pudessem acabar mal.

Então, em cima dessa nossa estrutura frágil, muitas coisas ruins aconteceram num espaço de tempo reduzido — o derrame de Roland, as preocupações crônicas com dinheiro, a falha de um sonho compartilhado —, e nós não fomos fortes o suficiente para resistir a elas.

Pode ser que um dia, no futuro distante, quando eu estiver prestes a completar oitenta e nove anos, eu olhe para trás e diga:

— Quando eu era ainda relativamente jovem, me apaixonei por um homem intenso e carismático. Ele era muito para mim e quando tudo terminou aquilo quase me matou; mas toda mulher deveria experimentar esse tipo de amor uma vez em sua vida. Apenas uma vez, porém, porque ninguém consegue sobreviver a uma segunda paixão desse tipo. É um pouco como a dengue de tão forte.

Sentei-me na cama — pelo menos Ryan não estava ali comigo, então eu tinha muito pelo que agradecer. Que cara de pau a dele, não é mesmo?!... Uma cara de pau *colossal*!

Eu o encontrei na sala de estar, calçando os sapatos. Sentindo-se culpado, ele olhou para cima e suplicou:

— Não diga uma palavra.

— Vou dizer sim — esbravejei, quase cuspindo — Vou dizer *algumas* palavras.

— Aquilo foi um acidente — explicou ele, falando junto comigo.

— Você deitou na cama ao meu lado!

— Porque eu estava me sentindo desconfortável e solitário.

— Você estava querendo sexo!

— Seu problema, Stella Sweeney, é que você é muito rápida para julgar as pessoas. Não é de admirar que seus relacionamentos nunca funcionem.

Sinto o sangue desaparecer do rosto. Ryan parece evasivo: sabe que passou dos limites. Mesmo assim, tenta tirar o corpo fora e sair pela tangente.

— Toquei em alguma ferida? — pergunta ele. — Só estou dizendo a verdade. Veja só, por exemplo, o jeito como você pulou direto até a pior conclusão possível a respeito de Mannix com aquela tal de Gilda.

Recuo. Até mesmo ouvir o nome de Mannix é como ser golpeada.

— Mannix era um cara legal — afirma Ryan.

— Ah, é mesmo? — Eu estou atônita. Ryan nunca antes emitiu uma única opinião favorável sobre Mannix. — Você mudou de ideia?

— Porque sou um cara adaptável. Costumo dar às pessoas uma segunda chance.

— Com base em que informações você mudou de ideia?

— As mesmas que você tem. Vou sair para comprar um celular — avisa Ryan. — Para tentar conseguir a minha vida de volta. Jeffrey não quer me dar dinheiro nenhum. Já saiu para a aula de ioga. Isso não está certo, Stella; não é normal um rapaz com a idade dele...

— Tome! — Entrego uma nota de cinquenta euros para Ryan. — Pegue. Faço qualquer coisa para me livrar de você.

— A amarga Stella — Ryan sacode a cabeça tristemente. — Tão absolutamente amarga.

E lá vai ele, me deixando sozinha com meus pensamentos.

Ryan está errado sobre uma coisa: eu não sou amarga. Não odeio Gilda. De certa forma eu quase a entendo — ela estava apenas fazendo o que tinha que fazer. Tudo bem, reconheço que não aguardo ansiosamente pelo momento em que vou vê-la na TV e nas revistas, parecendo jovem, bonita, e com Mannix. Gostaria de poder avançar rapidamente através dessas cenas que estavam para chegar, só para me sentir segura no meu canto, mas não sou amarga.

... Um pensamento veio rastejando lentamente e se instalou na minha cabeça: Será que eu tinha sido muito rápida para julgar Mannix? Ele jurou para mim que não alimentava sentimentos por Gilda, mas eu estava tão histérica com o medo, que não tinha sido capaz de ouvi-lo. Mesmo Gilda nunca confirmou que algo estava realmente rolando entre eles; somente sugeriu que provavelmente isso iria acontecer, se eu saísse de cena.

Eu sempre tive medo de que Mannix pudesse me machucar. Então, quando pareceu que o que eu temia estava inevitavelmente acontecendo, eu fui muito rápida em acreditar que era verdade — eu estava esperando ser ferida e humilhada, e tinha cedido antes mesmo da luta começar.

Eu não quero pensar dessa maneira. Menos de uma hora atrás, eu sentia como se estivesse fazendo as pazes com as coisas que tinham acontecido, e agora tudo está despertando novamente.

Mas as perguntas não vão parar de surgir por si mesmas — e se eu estivesse errada sobre Mannix e Gilda?

Mas não há motivo algum para eu ficar ali, me agonizando. Fiz a minha escolha e agora não há volta.

Certo, é melhor eu começar a escrever alguma coisa.

08:32

Eu olho fixamente para a tela em branco.

08:53

Eu ainda estou olhando para a tela. Estou prestes a tomar uma decisão. Certo, já tomei! Vou oficialmente desistir desse negócio de escrever. Não vai funcionar, nem agora, nem nunca.

Resolvo ser esteticista novamente. Eu gostava daquilo, não era ruim no que fazia e preciso ganhar a vida. Irei tentar mais uma vez, aprender todas as novas técnicas... e de repente Karen me liga.

— Adivinhe só o que aconteceu?! — Ela soa um pouco eufórica. — Acabei de ver no Facebook que a mulher mais solitária do mundo voltou da América do Sul.

— Quem? Georgie Dawson?

— Sim, está de volta de suas viagens. Chegou para espalhar sua generosidade entre nós, os camponeses atrasados.

— Que ótimo! Isso é realmente o máximo. Escute, Karen, eu vou parar de fingir que estou escrevendo um livro e vou fazer um novo treinamento como esteticista, para aprender todas as coisas e técnicas modernas.

— A escrita do livro está indo tão mal assim?

— Na verdade nem passou da primeira linha, que continua em branco.

— Isso é uma pena — diz ela. — Nada mais de ir ao programa de rádio do Ned Mount, então?

— Não.

— Ah, tudo bem. Foi divertido enquanto durou. Vou fazer algumas pesquisas para descobrir o melhor curso para você fazer.

— Legal, obrigada. E eu vou ligar para Georgie.

Ligo para o antigo número de celular de Georgie, que eu ainda tenho, e ela atendeu na mesma hora.

— Oi, Stella!

— Oi! Você já está de volta?

— Sim. Cheguei faz literalmente vinte minutos... Bem... dois dias, na verdade. E então, o que está acontecendo com Ryan?

— Ah, Georgie, nem sei por onde começar.

— Você precisa vir me ver — convida ela. — Venha jantar aqui hoje à noite. Estou morando em Ballsbridge... O amigo de um amigo tinha uma casa livre, você sabe como são essas coisas...

— Não, não sei nem um pouco, mas não importa.

— Querida, vou direto ao ponto só para cortar a estranheza pela raiz: já soube sobre você e Mannix terem terminado. Sinto muito, muitíssimo. Como você está enfrentando tudo?

— Estou bem. — Engulo em seco — Talvez não exatamente bem, mas ficarei um dia.

— Ah, mas com certeza! Isso me faz lembrar de quando eu tinha vinte anos, morava em Salzburg, e tive um caso *terrivelmente* sexy com um homem muito mais velho, um conde. Um conde verdadeiro, de linhagem real, que morava num castelo de verdade. Usava botas de cano alto de couro preto, não estou brincando! Casado, é claro. Tinha filhos, até mesmo netos. Eu simplesmente o adorava, Stella. Quando ele terminou comigo eu corri para fora no meio da neve, totalmente nua, e fiquei torcendo para morrer. Logo depois chegou a Polícia Federal; um deles era tão gato que nós começamos ali mesmo um lance *incrivelmente* sexy, mas logo o velho conde apareceu empunhando uma pistola Luger e então... Oh, *sinto muito*, Stella, estou fazendo aquilo novamente, achando que tudo tem a ver comigo. O que estou tentando dizer é que você vai conhecer algum outro homem. Vai, sim! E... vai... amar... de novo... *muito*! Vai, sim! Vejo você à noite. Oito e meia. Vou lhe passar o endereço por mensagem.

Ela desliga o telefone. Georgie está enganada: eu nunca mais vou amar outro homem. Bem, pelo menos ainda tenho as minhas amigas. Elas serão suficientes.. Ei, espere um pouco, tem alguém batendo na porta da frente.

Para meu espanto, em pé na porta da frente da minha casa está o mais popular radialista da Irlanda: Ned Mount.

— Ah, olá, Ned... Você está procurando por Ryan?

— Não — diz ele, sorrindo para mim com seus olhos perspicazes e inteligentes.

— Estou procurando por você.

19:34

Karen aparece para me ajudar a me arrumar para ir visitar Georgie.

— Isso não é necessário — protestei.

— Claro que é necessário! Você está representando todas nós quando vai vê-la. Olhe aqui, experimente este top e vamos escovar seu cabelo, para ele ficar mais liso e brilhante. Devo dizer que você está com uma ótima aparência, Stella. Perdeu alguns quilos.

— Não sei como. Não consegui aderir por completo à dieta sem carboidratos. Bem, *talvez tivesse*, afinal, entre uma ou outra recaída.

—- Deve ser a ansiedade que você está enfrentando por causa de Ryan. Sei que já disse uma vez, já disse mil vezes, mas repito: a ansiedade é a melhor amiga da mulher gorda. Não que você estivesse exatamente gorda — emenda ela, depressa.

— Só que... Você sabe o que eu quis dizer.

19:54

A campainha toca.

— Quem será? — pergunta Karen, desconfiada.

— Provavelmente é Ryan, voltando do zoológico.

— Você não lhe deu uma cópia da chave da casa?

— Não.

— Fez muito bem.

Na verdade é Ryan mesmo, e ele exibe um ar de empolgação malcontida.

— Não vou mais ficar aqui — avisa. — Grandes mudanças estão em andamento. A primeira delas é essa: encontrei uma pessoa que aceitou me acolher.

— Quem?!...

— Zoe.

— *Minha* amiga Zoe? — perguntei.

— *Minha* amiga Zoe — ressalta ele. — Ela é *minha* amiga também. Suas filhas pentelhas foram passar o verão fora e ela está com dois quartos vagos.

— E quais são as outras grandes mudanças que estão em andamento?

— Parece que eu vou receber minha casa de volta. A instituição de caridade percebeu que não ia pegar muito bem para eles se beneficiar da situação e transformar uma pessoa num sem-teto, entende? — Ele realmente está animado. — Vou fazer algumas campanhas para arrecadação de fundos para eles... ficamos todos amigos. E existe uma boa chance de eu conseguir meu negócio de volta, vou tirá-lo de Clarissa. Avisei a ela que pretendia fundar uma nova empresa chamada Banheiros Ryan Sweeney, o que iria tirá-la do negócio, e que era melhor para ela trabalhar comigo do que simplesmente me cortar.

— E você bolou todas estas soluções por si mesmo? — Karen pergunta a Ryan.

— Bolei sozinho, sim — diz ele, confiante. — Mais ou menos.

— De verdade?

— Bem... Acho que recebi conselhos de uma pessoa, mas basicamente veio tudo da minha cabeça.

20:36

A casa do "amigo do amigo" de Georgie é uma espetacular cavalariça antiga transformada numa residência glamourosa e ficava numa das estradas mais caras da Irlanda. É realmente um espetáculo, apesar de não ter garagem. A pista estreita estava abarrotada de carrões dos mais caros que existem. Espremo meu pequeno Toyota numa vaga e me recuso a me sentir intimidada.

Georgie escancara a porta da frente para me receber. Seu cabelo está grande e solto, está muito bronzeada e exibe um ar de quem fazia ioga. Fico extraordinariamente feliz em vê-la e reflito que, se aquela amizade com Georgie for o único legado do meu tempo com Mannix, não será tão ruim.

— Você está ótima — grita ela, ao me ver, jogando os braços em volta de mim.

— Você também.

— Não, querida, não estou. Fiquei toda *enrugada*. Todo aquele sol! Vou ter de dar uma levantada no queixo, agora. Já devia ter feito isso em Lima, mas andei muito envolvida com um novo amor, um fisiculturista de vinte e seis anos. Tudo terminou mal. — Seus olhos estão brilhando. — Mal para ele, é claro! O pobrezinho chorou muito quando eu vim embora.

— Por falar nisso, Georgie, Ned Mount está tentando entrar em contato com você. Ele apareceu na minha casa hoje, pois sabe que somos amigas, e me deixou um número.

— Ah, deixou? Que doçura de homem. Nós nos conhecemos numa viagem de avião, faz alguns dias. Hummm, houve uma espécie de centelha, entende? Vou ligar para ele. Vamos lá, venha até a cozinha. Como você pode ver, tudo aqui é *bijou*, absolutamente minúsculo, mas muito acolhedor.

Já há alguém na cozinha, sentado à mesa, e eu me senti irritada por um instante. Então, para meu profundo choque, percebo que a pessoa é Mannix.

— Surpresa! — diz Georgie.

Mannix parece atordoado. Está tão surpreso quanto eu.

Olha de Georgie para mim, então de volta novamente.

— Georgie, o que está acontecendo? — quer saber ele.

— Vocês dois precisam conversar — afirmou ela.

— Nada disso, não precisamos, não.

Eu já estou a caminho da porta. Preciso dar o fora dali. Sem nenhum contato, ruptura completa e limpa, eu decidi. A única forma de eu conseguir tocar a vida em frente é por meio de uma ruptura limpa.

Georgie bloqueia minha passagem.

— Precisam sim, Stella. Mannix não fez nada de errado. Não havia nada acontecendo entre ele e Gilda.

Eu estou encontrando dificuldades para respirar.

— ... Como é que você sabe?

— Dei uma passadinha em Nova York e fiquei lá uma semana depois que fui embora do Peru, e combinamos de nos encontrar. Conversei com Gilda, com muita firmeza. Acho que ela ficou com muito medo de mim. Sim, ela tinha uma quedinha por Mannix — Georgie dá de ombros. — Cada um tem seu gosto... Ei, estou brincando!

Como eu gosto muito dela, consigo exibir um sorriso relutante.

— Venha e sente-se, querida. — Com muita gentileza, Georgie me persuade, até que eu me vejo sentada à mesa, diante de Mannix. Ela coloca uma taça de vinho na minha frente. — Não fique tão assustada.

Baixo a cabeça. Não consigo olhar diretamente nos olhos dele; aquilo é muito intenso. Intenso *demais*.

— Gilda bagunçou sua cabeça, querida. Ela precisava que você pensasse que ela e Mannix estavam tendo algo. Mas não estavam. Vocês estavam, Mannix?

Ele pigarreia para limpar a garganta.

— Não.

— Nunca?

— Nunca!

Timidamente, ergo a cabeça e olho para o rosto de Mannix. Há uma chama vigorosa entre nós.

— Nunca — repete ele, os olhos cinzentos fixos nos meus.

— Então é isso... — Georgie sorri de orelha a orelha. — Vocês dois precisam entender o que aconteceu. Estavam enfrentando circunstâncias muito confusas. Roland parecia praticamente morto e todo mundo estava devastado. Quando eu soube, *eu* chorei. Todos nós ficamos terrivelmente chateados. Apesar de que, Mannix, você sabe que eu sempre achei que você é um tanto apegado *demais* a Roland. Mas você não é meu marido e isso não é problema meu. — Ela sorri novamente. — Vocês estavam ficando sem dinheiro, e isso deixava ambos preocupados. Deviam ser mais parecidos comigo. Eu nunca me preocupo e algo bom sempre aparece.

Mannix lança-lhe um olhar sério e ela quase bufa ao dar uma gargalhada.

— Stella — Georgie fica séria novamente. — Mannix pensou que estivesse fazendo a coisa certa para vocês quando resolveu que aceitaria ser agente de Gilda. Ele estava em pânico; queria cuidar de você, financeiramente, e essa era a única maneira que conhecia para fazer isso. Só que você embarcou na pior interpretação do que rolou; para ser franca, eu *realmente* não acredito que você tenha uma opinião tão ruim de Mannix, simplesmente acho que estava com medo. Você tem aquela espécie de complexo de vira-lata de quem veio da classe trabalhadora — reflete ela. — Provavelmente você o considera muito arrogante, e ele acha você muito orgulhosa. Vocês dois têm problemas sérios de comunicação... — Sua voz continua ecoando, mas logo ela se recompõe e diz, muito empolgada: — Mas vocês vão conseguir resolver tudo. Muito bem, vou dar o fora. Esse lugar é todo de vocês.

— Você vai embora?

— Só por essa noite — Ela balança a bolsa em seu ombro elegantemente magro. Uma bolsa maravilhosa, por sinal, não consigo deixar de reparar. Talvez eu deva comentar que gostava da bolsa; aposto que ela a daria para mim na mesma hora. Opa, espere um pouco, ela está falando mais alguma coisa. Mais conselhos. — Uma última coisa: o livro de Gilda será publicado em algum momento. Talvez seja um sucesso, talvez não seja, mas você deve lhe desejar tudo de bom, Stella. Há um ritual maravilhoso que eu sugiro para essas situações: escreva uma carta para ela e coloque *tudo para fora*. Toda a sua inveja e o seu ressentimento, tudo! Em seguida, queime a carta e peça ao universo... Ou a Deus, ou a Buda, a quem você quiser... Para remover os sentimentos ruins e deixar apenas os bons. Você poderiam fazer isso juntos, você e Mannix. Seria uma ótima maneira de limpar tudo e vocês se reconectarem. Muito bem, fui!

A porta da frente se fecha. Mannix e eu estamos sozinhos na casa.

Olhamos um para o outro com cautela.

Depois de um silêncio, ele diz:

— Ela fez esse ritual da carta quando nos casamos, mas acabou colocando fogo nas cortinas do quarto.

Eu rio, de nervoso.

— Eu não sou uma pessoa ligada em rituais.

— Nem eu.

— Pois é, eu sei.

Assustados, olhamos um para o outro, chocados com a sensação de nossa velha familiaridade. Mas logo o meu humor torna a escurecer.

— O que está acontecendo? — pergunto. — Você ainda é o agente de Gilda?

Ele pareceu surpreso.

— Não... Você não sabia disso? Eu liguei, deixei várias mensagens.

— Sinto muito. — Eu pigarreio. — Eu não ouvi os recados. Não consegui...

— Desisti de ser agente dela no dia que você me disse que estava deixando Nova York. Não havia razão para continuar lá. Eu só estava fazendo aquilo por você.

— É mesmo? Mas então... Como é que ela está?

— Não faço ideia.

— De verdade? — Olho duro para ele. — Você não está nem um pouco curioso sobre ela? Nem se encontrou mais com ela em Nova York?

— Eu não moro em Nova York.

Fico extremamente surpresa.

— *Onde* você mora?

— Aqui, em Dublin. Estou montando novamente o meu consultório. Vai levar algum tempo, mas... Eu gosto de ser médico.

Algo me ocorre, algum pedaço de informação se encaixa na minha cabeça.

— Um amigo misterioso ajudou Ryan hoje... Foi você?

— Sim, fui eu.

— Por quê?

— Para ajudar você.

— Mas... Por que você faria isso?

— Porque você é tudo para mim.

Isso me silencia.

Ele pega a minha mão por cima da mesa.

— Sempre foi tudo para mim. Sempre foi apenas você.

O toque da pele dele faz com que lágrimas me surjam nos olhos. Eu pensei que nunca mais na vida fosse segurar a mão dele.

— ... Eu não consigo dormir sem você — diz ele. — E nunca durmo. Por favor, volte.

— É tarde demais para nós — digo. — Já aceitei isso.

— Mas eu não. Eu amo você.

— E eu amei você. Desculpe eu nunca ter dito isso, na época. Agora é melhor eu ir embora — Eu me levanto.

— Não! — Parecendo em pânico, ele também se levanta. — Por favor, não vá.

— Obrigada, Mannix. Meu tempo com você foi maravilhoso, e emocionante, e lindo. Nunca vou me esquecer disso e sempre me sentirei feliz por ter acontecido. — Dou-lhe um rápido beijo na boca e saio na direção do meu carro.

Sento-me atrás do volante e fico imaginando qual seria a melhor maneira de chegar a Ferrytown a partir dali. É então que me ocorre: Será que eu fui tomada de vez pela insanidade? Mannix está ali dentro e disse que ainda me ama; Mannix garante que não me traiu; Mannix quer que nós tentemos novamente.

Desligo o motor, saio do carro e volto para a casa. Mannix abre a porta. Parece arrasado pela dor.

— Sinto muito — digo, sem conseguir me controlar. — Eu não estava raciocinando direito. Mas estou agora. Eu amo você.

Ele me puxa para dentro da casa.

— E eu também amo você.

Um ano depois

Eu embalo a bebê nos braços e olho para seu rostinho minúsculo.

— Ela tem os meus olhos.

— Ela tem os *meus* olhos — diz Ryan.

— Gente! — diz Betsy. — Ela só tem quatro semanas de idade. É cedo demais para ter os olhos de alguém. De qualquer forma, ela se parece totalmente com Chad.

Kilda choraminga de leve, depois dá um gritinho e parece que vai começar a chorar descontroladamente.

— Betsy — digo, ansiosa.

— Pode deixar que eu a pego — oferece Chad.

Ele recolhe o pacote minúsculo, coloca-o junto do peito e na mesma hora Kilda se acalma.

Papai observa tudo isso com muito interesse.

— Você tem muito bom jeito para lidar com ela, não tem, meu filho? — Ele parece um pouco desconfiado. — Tínhamos nossas dúvidas sobre você. Não havia muita certeza de que você tinha potencial para ser pai, mas reconheço seu valor. Excelente!

— Excelente! — concorda mamãe.

— Obrigado — diz Chad.

— De nada. Bem!... — papai sorri para todos em volta, aglomerados na sala de estar da casa de praia. — Esta é uma *entrée* apropriada no mundo para minha primeira bisneta. *Entrée* é uma palavra francesa... Esperem um instantinho. — Ele faz uma pausa, bate com força no peito e emite um arroto robusto. — Este troço borbulhante está me dando ânsias de vômito. Vocês não têm alguma cerveja Smithwicks por aí?

— Jeffrey. — digo. — Pegue para o vovô aquela bebida de operários que ele tanto curte. Temos algumas garrafas na cozinha.

Jeffrey obedientemente se levanta e minha mãe pede:

— Já que você vai lá, poderia me trazer um pouco de chá?

— Claro. Alguém mais quer alguma coisa?

— Posso comer um pedacinho de bolo? — pergunta Roland.

— Nããã-o! — grita um coro de vozes.

— Não, meu querido — diz mamãe para ele. — Você trabalhou tanto para perder todos aqueles quilos, não comece a ganhar peso novamente.

— OK, tudo bem. — Um pouco chateado, ele esfrega a ponta do tênis rosa e laranja contra o tapete.

— Por que você não toma uma água de coco? — sugere Jeffrey.

— Beleza!

E na mesma hora, Roland volta a ficar alegre como sempre.

— E talvez você possa nos contar uma história — pede mamãe. — Conte-nos sobre aquela vez em que você conheceu Michelle Obama. Chad gostaria disso, já que é americano.

— E depois... — Ryan olha de um jeito significativo para Zoe —, é melhor irmos andando.

— Sim. — Zoe dá uma risadinha. — É melhor.

Cavalgadas. Cavalgadas o tempo todo. No ano passado, quando Ryan se mudou para a casa de Zoe, algo intenso se iniciou entre eles. Mesmo depois que ele conseguiu a casa e o negócio de volta, eles permaneceram juntos.

Na porta, Karen está olhando para as ondas do mar.

— Nunca chega até aqui? — pergunta, com certo receio. — Todo esse volume de... água?

Eu rio.

— Amo este lugar.

— Eu não conseguiria morar aqui — retruca ela. — Não saberia como. Não sou uma pessoa rural. Sou, Enda?

— Você é uma verdadeira garota da cidade. — Enda olha para ela com admiração sólida. — Você é a *minha* garota da cidade.

— Caramba, Enda. — O olhar de Karen é mordaz. — Seja lá o que você estiver bebendo, pegue leve.

Clark e Mathilde vêm fazendo o maior barulho pelo corredor e chegam na sala.

— Ei, pessoal! — grita Clark. — Que cama engraçada é aquela que balança, no quarto do fim do corredor?

Eu fico um pouco corada.

— É apenas uma cama.

— Você e tio Mannix dormem nela?

— ... Não. — Olho de lado para Mannix.

— Não — confirma Mannix, pigarreando.

Estamos dizendo a verdade. Dormimos muito pouco naquela cama.

Karen observa a mim e a Mannix atentamente; em seguida, revira os olhos e anuncia:

— Acho que seria melhor nos prepararmos para ir embora. Mas antes de irmos, Stella... — Ela atravessa a sala até onde eu estou e diz, quase sem mover os lábios: — Preciso trocar umas palavrinhas com você.

Ela me puxa para um canto.

— Escute, não sei se eu deveria lhe contar ou não, mas li uma notícia em um dos jornais britânicos de hoje. Sobre...

— Gilda e seu livro — termino por ela.

— Ah, você já sabia? Você viu? Está numa boa com isso?

— Bem...

Durante o ano passado, Mannix e eu especulamos várias vezes sobre como iríamos nos sentir quando o livro de Gilda fosse publicado.

— Se sentirmos algum tipo de amargura por causa disso — ele concluiu —, seria como segurar um carvão quente nas mãos. Somos os únicos que iríamos nos queimar.

Hoje, quando finalmente aconteceu, eu vi a foto do lindo sorriso de Gilda e li a resenha positiva do seu livro; minhas mãos tremeram e meu coração disparou. Mostrei a página para Mannix e perguntei:

— Será que podemos desejar tudo de bom para ela?

— É assim que você se sente em relação a isso? — perguntou ele.

— Bem, essa é a forma como eu quero me sentir — afirmei.

— Muito digno. — Mannix deu uma risadinha. — Mas lembre-se sempre — disse ele — de que ela realmente não importa. Mesmo. De verdade.

O último dos nossos visitantes sai por volta das sete da noite. Acenamos para os carros a distância até eles desaparecerem pela estradinha de terra, subindo pelas dunas até o monte, e de repente ficamos apenas Mannix e eu.

— Onde está Shep? — quer saber Mannix.

— Estava correndo pelo campo, na última vez que o vi.

— Vamos lá, vamos todos sair para dar uma bela caminhada.

Mannix assobia para chamar Shep e, depois de um momento, ele vem aos pinotes do alto da colina, o rabo preto acenando atrás dele como uma pluma.

Nós três estamos sozinhos na praia. O sol da tarde lança um brilho dourado e as ondas trazem um graveto pela areia brilhante, até os meus pés. Shep late e dá saltos de empolgação.

— Um presente dos deuses! — digo. — Vou jogá-lo para Shep. Vocês dois, afastem-se um pouquinho.

Mannix e Shep recuam alguns metros. Eu jogo o graveto e ele, acidentalmente, acerta Mannix.

— Aii! — grita ele.

Eu me dobro para frente, rindo muito.

— Foi a brisa. A culpa é da brisa!

— Eu perdoo você.

Mannix volta, me puxa na direção dele e Shep se enfia no meio de nós dois.

Essa é a minha vida agora.

Agradecimentos

Obrigada a Louise Moore, a melhor editora do mundo, por sua fé inabalável em mim e neste livro. Obrigada a Celine Kelly por editar meu texto com tamanho entusiasmo e inspiração. Obrigada a Clare Parkinson pelo copidesque minucioso e cuidadoso trabalho de edição. Obrigada a Anna Derkacz, Maxine Hitchcock, Tim Broughton, Nick Lowndes, Lee Motley, Liz Smith, Joe Yule, Katie Sheldrake e a todos da equipe da Michael Joseph. Eu me sinto muito sortuda por estar trabalhando junto dessas pessoas brilhantes.

Obrigada a meu lendário agente, Jonathan Lloyd, e a todos da Curtis Brown por acreditarem em meus livros e cuidarem deles de forma tão maravilhosa.

Obrigada aos meus amigos que leram o livro ao mesmo tempo que ele era escrito e me aconselharam e encorajaram o tempo todo: Bernice Barrington, Caron Freeborn, Ella Griffin, Gwen Hollingsworth, Cathy Kelly, Caitríona Keyes, Mammy Keyes, Rita-Anne Keyes, Mags McLoughlin, Ken Murphy, Hilly Reynolds, Anne Marie Scanlon e Rebecca Turner.

Agradecimentos muito especiais para Kate Beaufoy, que segurou a minha mão a cada passo do caminho, e também para Shirley Baines e Jenny Boland, cujo entusiasmo exacerbado me fez perceber que eu estava no caminho certo.

Obrigada a Paul Rolles, que fez uma generosa doação para a Ação Contra a Fome para ter seu nome incluído como um dos personagens da história.

A fim de compreender a Síndrome de Guillain-Barré, eu li os livros *Bed Number Ten*, escrito por Sue Baier e Mary Zimmeth Schomaker, *The Darkness is Not Dark*, escrito por Regina R. Roth e *No Laughing Matter*, escrito por Joseph Heller e Speed Vogel.

Obrigada às maravilhosas Elena e Mihaela Manta do instituto de beleza *Pretty Nails, Pretty Face*, que me inspiraram a escrever sobre um salão de beleza — embora eu nem precise afirmar que a *Pretty Nails, Pretty Face* é muito melhor que o Honey Day Spa!

Finalmente, agradeço ao meu amado marido e melhor amigo, Tony, por todo o incentivo, ajuda, apoio e fé em mim — não há palavras para expressar adequadamente a minha gratidão.

Impresso no Brasil pelo
Sistema Cameron da Divisão Gráfica da
DISTRIBUIDORA RECORD DE SERVIÇOS DE IMPRENSA S.A.
Rua Argentina, 171 – Rio de Janeiro, RJ – 20921-380 – Tel.: (21) 2585-2000